新井素子SF&ファンタジーコレクション3

ラビリンス〈迷宮〉
ディアナ・ディア・ディアス

新井素子

日下三蔵 編

柏書房

目次

装丁　芦澤泰偉
装画　シライシユウコ

ラビリンス〈迷宮〉

風が立ち、浪が騒ぎ、
　無限の前に腕を振る。

その間《かん》、小さな紅《くれなゐ》の花が見えはするが、
　それもやがては潰れてしまふ。

風が立ち、浪が騒ぎ、
　無限のまへに腕を振る。

もう永遠に帰らないことを思つて
　酷白《こくはく》な嘆息するのも幾たびであらう……
　　（中原中也「盲目の秋」Ⅰより）

足許《あしもと》に、火が見える。

林の南、祭りの広場で焚《た》かれている火。巨大な赤。今、陽《ひ》が落ちて、その赤はいっそう鮮《あざ》やかに目にしみた。

かすかに聞こえてくる、神木をうちあわせる音。いくつかの神木に、広場の火がうつされ、それが小さな赤い点になって村の端々へ散ってゆく。清めているのだ。村全体を。これから二昼夜にわたってとりおこなわれる祭りの為《ため》に。

流れる。流れてゆく。そう、その火の動きは、はるか山の上から見おろすと、さながら風に乗りゆるやかに流れ散ってゆく花びらのよう。

視野の左半分。そこには大きな木があり、そこだけぽっかりと暗い。闇《やみ》の魔物が喰《く》いちぎったかのように。それでも、いつしかその木のむこうにも、小さな赤い点があらわれる。流れているのだ。時は。終末にむかって。

村の女で、祭りに出ていないのは、あたしくらいなものだろう。

サーラは、半《なか》ばみじめに、半ばは意味もなく誇らしく、そう思った。今年の祭りは、去年の祭りとは違う。六年に一度の大祭。

六年に、一度。その、たったそれだけの機会の為に、女達は何とか小金をため、やわらかい布を買い、花の汁や木の実で色とりどりにそれを染め、模様を描く。美しい鳥の羽、光る石などを六年かかって集め、それで髪をかざる。金持ちの娘は、異国の美しい貝がらを何とか手にいれる。

何一つ、ないのだ。

心の中で、サーラはこう呟《つぶや》いてみる。本当は、数年間にわたってつちかわれた、一人言というさみしい癖があるのだが、今は一人言を言う訳にはいかない。オーガルの巣のそばで待ちぶせしているのだから。気配は、たたねばならない。

本当に、何一つ、ないのだ、あたしには。やわらかい布も、それを染める草の実も。鳥の羽は、沢山《たくさん》持っていたが、美しいものはみんな、他の娘に売ってしまった。光る石だって、七つもみつけていたが、去年の冬、わずかの食べ物ととりかえてしまった。あたしが――みずから、すすんで。そう、だからあたしには、祭りに着てゆくものなど、何一つ、ない。

そして、何より。

あたしには、祭りにゆく意味が、そもそもないのだ。祭りにゆく意欲が、そもそもないのだ。

女達のうち、まだ決まった相手のいないものは、ことさら美しく着かざっている筈《はず》。普段、生活におわれ、黒い毛皮をまとい、髪はすくだけ、何一つ装飾品などつけずに、木の実や根を集めている女を見慣れている男の目に、できる限り美しく装《よそお》い、髪を結《ゆ》い、羽や光る石でかざりたて、ブリークの実の汁を煮つめた液で唇に紅《べに》までさした女が、いかばかり美しくうつっていることか。村の夫婦の約半数は、六年ごとの祭りの際、ちぎりを交したという。

けれどあたしには。

女々《めめ》しいと思いながらも、サーラは、このフレーズを繰り返すことをやめられなかった。

けれど、あたしには。そもそも、ちぎるべき相手がいない——そうする自由もない。

だから。両親が何とか都合してくれた、やわらかい布を買う為のお金に、サーラは手をつけなかった。せっかくの鳥の羽も光る石も、サーラが自分から売ってしまった。

これが最後の祭りなんだから。母親は、何度かそうサーラにすすめた。この村での想い出に、ぜひ出なさいよ。これが最後の祭りなんだから。

これが最後の祭りだからこそ、サーラはそれに出たくなかったのだ。祭りがおわれば、年がかわる。年がかわって、しばらくすると——サーラは町へ売られてゆく。もう、誰にも——家族にも、リュイにも、二度と会えない。二度と会えないことが判《わか》っていてなお、祭りでリュイに会えば——きっと、何もかも、耐えられなくなる。

そして。リュイは、サーラが祭りにいないことなど、そもそも気づきもしないだろう。気づきもしない——サーラのことなど、頭にうかびもしない。

「……は」

軽く、ため息をつく。のと、ほぼ同時に、右手が宙をきっていた。先程からサーラの右手に握られていたナイフは、のそのそ巣にもどってきたオーガルの首をつらぬいていた。もう、気配をひそめることもない。

用意してきた蔦《つた》のつるで、オーガルの尾をベルトにゆわえつけた。ベルトには、全長二十センチくらいのきつねに似た小動物——オーガルが、すでに二匹、結びつけられている。一晩でオーガル三匹。いくら偶然、オーガルの巣をみつけたとはいえ、これはほめられていい数だ。

「そろそろ降りなきゃ……ね」

初めて声を出す。

「危ない……だろうな」

ここ——村の西、巨大なけわしい山、ハノウ山の中腹。この山を越えた者は、ここ数百年の間たえてなかったというおりがみつきの、非常に厳しい山である。その山のこんな高い処《ところ》——村を足許に見おろすことができる程高い処まで登ることができるのは、今のところ、村全体でも、サーラとその長兄だけ。故《ゆえ》に、ここでサーラがうっかり岩からおちても、長兄以外、誰も、気がつくことすらできないだろう。まして、怪我《けが》をした彼女を村へ連れもどすことのできる人は、存在しない。

それに、この辺までくれば、夜行性の大型肉食獣にでくわす危険は、相当あるのだ。これに対してもまた、彼女自身以外、彼女の身を守ってくれる人はいない。

それでも——それが判っていても、なお。

サーラはその場を動かなかった。

空の端にかかった、巨大な赤い月が、サーラの赤味がかった、銅色に近い金髪を染め、横顔をくっきりうかびあがらせ——さながら、髪から血を流しているかの如《ごと》き様子で、サーラはそこにたたずんでいた。

☆

「リュイ。リューイ」

「何」

「そっちにトゥードがいるぞ。ほれ、深紅《しんく》の羽で髪を飾った娘」

「……判ってるよ、見れば」

広場脇で、五、六人の男達が群れていた。ハノウ山のとばくちにある村落の一つ、ウェアドの里に住む男達。

リュイは、ウェアドの里の同じ年頃の男の中では、抜きんでて背が低く、ひよわで、常にからかわれる対象だった。今も、あこがれのトゥードをわざとらしく示され、トゥードに聞こえるかのような大声ではやしたてられ、はやくもリュイはまっ赤《か》になっていた。

「じゃ、何で声をかけないんだよ。ほら、リュイ、行けよ」

「ほらほら」

「トゥードがこっちむいたぞ、リュイ」

「大祭でもなければ、デボドンの里の女にはなかなか声をかけにくいだろうが」

六年に一度の大祭。それが、縁結びの神のようにもてはやされるのには、こういう事情もあった。この村は、村というにはだいぶ大きく、全体で数千戸、ある。これが数百戸ごとにまとまり、小さな里を形成している。日常のほとんどを、人々はその里ですごし、毎年の小さな祭りも、すべて里ごとにおこなわれる。故に、他の里の女とさり気《げ》なく知りあいになるには、大祭は格好の口実だ。

「どなたかわたしを呼びまして」

トゥードがふり返った。とたんに、リュイはまっ赤になって、他の男のかげにかくれようとする。

「ほらよ、リュイ」

うしろにいた男が、わざとリュイの腰を力一杯けとばした。前の男がすっとどく。リュイは、もんどりうって、トゥードの前で転んでしまう格好になる。

「トゥード。リュイが、話があるんだと」

「おう。リュイの話を聞いてやってくれ」

片想いの女の前で不様《ぶざま》に転ばされ、恥の為芯《しん》からまっ赤になっているリュイに、逃げるすきを与えぬよう、男達は目一杯はやしたてる。

「リュイ？　隣の里のリュイ。わたしに何の用？」

「………」

リュイは、何とか立ちあがると、服についた泥もはらわずに、その場に立ち尽くした。かみしめた唇から、血がでている。こういわれてしまった以上、今更《いまさら》ここを逃げる訳にはいかない。かといって、どんな話をしていいのか、ただ、もう、この場を逃げだしたいということ以外、まるでリュイには思いつけない。

「リューイ。いくじなしのリュイ。ほら、どうした、口がなくなったのか」

「リュイは女の前でもいくじなしかよ」

こほん。口々にはやしたてる男達の中で、一番背の高い男が、ことさらにわざとらしく咳《せき》払いをした。

「諸君、リュイをからかってはいけない。諸君とて、ほれた女の前にでればあがりもしようが。まあ、いくじなしのリュイの場合、根がいくじなしであるからにして、余計いくじがないと思われるかも知れないが、いくじのないものは仕方がない」

リュイは、もう、顔をあげることができない。ただ、肩のみが震えている。

「また、リュイとて、諸君の前では話しづらいこともあるやも知れぬ。ここは諸君、気をきかせてあげるのが友情というものではなかろうか。もどかしいという気持ちは判るが、しかしやはり、いくじなしのいくじがないのは」

「おやめなさい」

トゥードが、たまりかねてこう叫んだ。

「あなた……キタイっていいましたっけ、立派な殿方《とのがた》が人をからかったりするものじゃありませんわ」

と、キタイ、急ににやっと笑う。

「そう。確かにあまりリュイをからかうものではありません。トゥード嬢の言うとおり。またいつぞやのように泣きだされては、ウェアドの里の男はみないくじなしだと思われてしまう」

トゥードが、眉《まゆ》をあげ、完全に不快そうな顔になったのを見て、男達は一斉に、リュイをはやしたてながら、その場を去っていった。

「リューイー、いくじなしのリューイー」

かすかにそんな声が聞こえる中、リュイはただ黙って、うつむいていた。

「しようがない人達ね」

トゥードは、軽くほほえむと、服のそでの処でそっとリュイの唇の血をぬぐった。

「リュイ、気にしちゃ駄目《だめ》よ。あなたは、いくじなしじゃなくて、優しすぎるだけなんですから」

「トゥード、そでが……」

「大丈夫《だいじょうぶ》。血のしみは水で洗えばすぐおちるから」

「でも……」

水で洗ったら、せっかくのトゥードの服が――鮮やかなむらさきの模様が描かれている服が、台無しになってしまう。そんなにちゃんとした染料がなく、ただ、木の実や花の汁だけで染められている布は、下手《へた》に水あらいすれば色がおちてしまうのだ。

「大丈夫なの」

トゥードは、そんなリュイの心を読んだかのように、また、にっこり笑った。

「この色はおちないから。それに、この祭りがおわれば、また六年、この服を着ることもないでしょ」

「トゥード」

リュイは、決死のおももちで、腰にさしてあった花をトゥードに渡そうとする。トゥードが赤い羽をさしているのを見て、先刻、必死で村はずれまで走ってつんできた、大輪の赤い花。

それを出そうとして、リュイ、はじめてその花が、花弁二枚を残して無残に散ってしまっていることに気づく。先刻、ころばされた時だ。こんな、花弁二枚だけ残っている花なぞ、美しくも何ともない。

「ありがと」

と、トゥードは、どう思ったのか、リュイの手からその散りかけた花をうけとった。そのまま、かんざし風に髪にさす。

「あ、トゥード……」

今更ながら、リュイは自分の不明を恥じた。髪に花をさすのは、羽も光る石も手にいれられなかった貧しい娘だけ。それも、散りかけた花をさしている女など、一人もいない。

「わたし、この花、好きよ」

トゥードは、ただ、にっこりと笑った。

☆

リュイ。いくじなしのリュイ。

山の端にすわったまま、サーラはリュイのことを考えていた。

リュイが、里一番の――いや、村一番のいくじなしであることは、誰も否定しようのない、有名な事実だった。サーラにしても、最近まではそんなリュイを内心莫迦《ばか》にしていたのだ。

小柄で体格にめぐまれていないのは、確かに本人のせいではない。だからといって、仮にも男が、あんな性格でいいものだろうかと。

リュイは、村の男――老人や子供、病人など、狩りをすることが不可能な者をのぞいた村の男――の中で、唯《ただ》一人、狩りをしない男だった。生物を殺すことができないのだ。だから、しかたなく、女達にまじって、木の実をとり、家の中をととのえる。おまけにリュイは、服を作る――動物の皮をはぐことすらできなかった。血を見ると、貧血をおこすのだ。

人々は、こんなリュイを、嘲《あざけ》り、莫迦にし――リュイは、村人達の格好のうさばらしの的になっていた。ただでさえ、娯楽の少ない村である。人々は、何かあるたび、リュイにあたって、うさを晴らした。

なさけない。

いくじなしめ。

あれで男か。

村の人々のリュイに対する評価は、ほぼこの三言に尽きた。サーラだって、最初のうちは、ずっとそう思っていた。

一年前からである。サーラが、そんなリュイに同情のようなものを覚えたのは。同情――まったく逆ではあるが、サーラに対して下された評価も、リュイのそれとよく似ていることに気がついたから。

すさまじい。

鬼のようだ。

あれで女か。

これが、サーラに対して下された評価である――といっても、それは主に、村の男達の嫉妬《しっと》から出たものではあるが。並みいる村の青年達を圧して、わずか十三の時からサーラは、村一の狩人《かりゅうど》になっていたから。腕がたつ、といわれる若者でも、獲物の数も、足の速さも、どれ程高くハノウ山に登れるかもサーラにはかなわなかった。まして、村の平均的な男の倍近くもサーラは獲物をとった。

勿論《もちろん》、サーラに好意的な評価も多数あった。

素晴らしい。

サーラがいる限り、熊《くま》の一家は飢えをおそれずにすむな。

さすがは軍神ラーラを守護神とする娘じゃ。

けれど、どんなほめ言葉も、サーラにとってあまり嬉《うれ》しいものではなかった。何故《なぜ》なら、最後に必ずこの一言がつくから。

まったく、サーラが男であったなら、どれ程よかったか。

サーラは、決して望んで女に生まれた訳ではなかった。女のこの身で村一番の狩人なら、男であれば村どころか、国一番の狩人となったろう。男であれば、こんな辺境の地ではなく、国の中心部へ出むいていって、兵士となり名をあげることも充分可能であったろう。隊長クラスになることもあり得たし、そうすれば親兄弟だとて、こんなに貧しい生活をしなくてもすむ。

そう。できうることなら、サーラは男に生まれたかったのだ。

しかし。もし、サーラが男だったら、そもそも、今の年まで生きられはしなかったろう。女の子だから、十六になったらこの娘を売る、という約束で、あれだけの借金をすることが可能だったのだ。家族が餓死《がし》しなくてすんだのだった。それが判っているから——身にしみて、よく、判っているから、男に生まれたかったと望むことは、決してできない。

が、女である以上、サーラは売られる運命にあるのだ。

そして何より。今更、自分の性別を変えることはできない。

この、果てしないジレンマ。これが、サーラの性格を、基本的に、ゆがめた。

男まさりだ。とても女とは思えない。

そう言われるたびに、サーラはより、男のように猛々《たけだけ》しくふるまった。ハノウ山を登れる処まで登ってみたり、一人で灰色熊をたおしてみたり、命知らずの男ですらしないようなことを、いとも平然とやってのけた。わざと男にけんかを売り、そのすべてに勝ってもみせた。

リュイも、ひょっとしたら自分の同類かも知れない。あまりにもふがいないリュイを見ていると、逆にサーラはそう思えてきたのだ。

動物を殺すことができない。それを、たてにとられて、ずっと、いくじなしいくじなしとののしられてきたリュイは、あるいは、自らわざといくじなしらしくふるまっているのではなかろうか。そんな気が、した。

そして、サーラの、その同情——というより、同病あいあわれむような感情が、一種の変形した愛情になったのは、一年前のこと。

一年前の冬。それはそれはひどい年だった。サーラの生まれた十五年前の冬のように。

すこし、寒すぎたのだ、気候が。平生《へいぜい》は、せいぜいハノウ山の頂《いただき》の方に多少積もる程度降る雪が、村の中にまで降った。多くの草が寒さによって枯れ、木々もなかなか実をつけなかった。

その年はひどい飢えに村中がみまわれた。その前年と、さらにその前年が多少豊かな年で、大抵《たいてい》の家には、ほし肉の類《たぐい》が保存してあったので、かろうじて餓死者の数がふたけたで済んだくらいの。

そんな中で。サーラも——五人の兄達も、必死で雪の残る山の中をとびまわり、獲物を追った。六人の姉達は、雪を掘っては草を探した。雪の中で——いつもとは異なり、だいぶ動きにくい状況下で雪ウサギを追っていたサーラは、山で、リュイをみかけたのである。

まず、リュイがそんな処にいるのに、驚いた。別に登るのが大変だという程の処ではないが——何となく、いくじなしのリュイは、山になぞ登らぬものだと思っていたのだ。

そして。リュイの前にいるものを見て、サーラの驚きはいっそう深まった。オーガル。前足を怪我したオーガルが、リュイの前に横たわっていた。

一瞬、サーラは誤解した。リュイが――あのいくじなしのリュイが、ついにその汚名を返上して、オーガルを狩ったのかと思ったのだ。今、村の食糧事情が食糧事情であり、大の男が丸一日山を歩いても、獲物がないことがよくあるのだから、オーガルをとらえたリュイは、それだけで村の男の仲間入りを許されるだろう。いつも、先頭にたってリュイを莫迦にしているキタイなんぞは、きっと、「やあリュイ、みなおしたぜ」とか言いながらリュイの肩をいやに親し気《げ》に抱き――有無《うむ》をいわさぬその厚顔さでもって、オーガルの足の肉くらいはかすめとってゆくことだろう。

しばらく、逃げてしまった雪ウサギのことも忘れ、サーラはそこにたたずんだ。

いくじなし、男女《おとこおんな》のリュイがその汚名を返上してしまえば、あとは、男まさりのサーラという名が残るだけ。

決して、いくじなしがいいものとは思えなかったが、それでもサーラは、なにか、リュイが獲物をとらえたという事実が、口惜《くや》しかったのだ。

所詮《しょせん》、リュイのいくじなしも、自分が食物に困ればけしとんでしまう程度のいくじなしか。理不尽《りふじん》な、怒り。あそこまで、いくじなしと言われ、それにはむかいもしないなら、もっと徹底していくじなしであって欲しかった。

そう。サーラは、何がし、裏切られたような気がしたのだ。

が。

ほんの一瞬、まばたきののち。サーラは、我が目を疑った。

いくじなしのリュイは、サーラの勝手な思いこみを裏切らなかった。彼は、正真正銘《しょうしんしょうめい》、れっきとしたいくじなしだったのだ。

何となれば。リュイは、決して、そのオーガルを狩ったのではなかったから。

誰かは知らない。が、村の男の誰かが、そのオーガルをおいかけたのだろう。ナイフで切りつけるか、弓矢で射ったか、オーガルに多少の怪我をおわせたのだ。そして――慣れぬ雪山故《ゆえ》、その手おいのオーガルを逃がしてしまったに違いない。そのオーガルが、山の中でリュイに出喰わしたのだろう。

命からがら逃げはしたものの、ここ数日、ろくに何も食べていなかったオーガルは、ここで力尽きてしまったのだろう、だらしなく、雪の上にねそべっていた。そこへリュイがやってきて――相手は、動くのに不自由なオーガルである、その気になれば、いくらリュイでもつかまえることはできただろうに、あろうことかあるまいことか、リュイは、オーガルの傷の手あてをしていたのだ。

あきれた。あきれ返った。

リュイとて、今、このオーガルを殺して帰れば、少なくともこの冬場だけは、リュイの名からいくじなしの五文字が消えるだろうということに、思い到らぬ訳がない。

なのにリュイは。

本能的に逃げようとしたオーガルを、優しくひざの上に抱きあげ、雪で傷口を洗い、山を歩く者ならみな持っている化膿《かのう》どめの葉をオーガルの傷口にあててやっている。

「怖がるなよ……かみつくなよ……これで少しは楽になる筈だからな」

と言いながら。

そして、手あてのおわったオーガルを、そっと雪の上におろしてやる。オーガルは、すぐに小心な獣本来の姿にもどり、足をひきずりながらも、逃げてゆく。

リュイがこちらの方をふり返ったので、何故か、サーラは慌《あわ》てて身をかくした。サーラが身をかくす必要なぞ何一つない、この行為を追及すれば間違いなくリュイは村の裏切り者という新たな汚名をせおう身であると知りながら。

この時、サーラは思ったのである。

リュイのいくじなし。これは、並大抵のいくじなしではない。筋金いりの、実に見事な――一本、屋台骨のとおったいくじなしだ。

そして。このいささか倒錯《とうさく》した感動の果てに、サーラは、リュイに対して、かすかな――が、本人が否定しようとすればする程強くなる、結局はみずからそれを認めざるを得ない恋心を抱いたのである。

☆

折りしも、雲がでてきた。厚い雲が、いつの間にきていたのか、ひょいと赤い月をかくす。と、ただされ暗かった広場が、また一段と暗くなる。あとはかすかな星あかり。

中央では、火が、もうほとんど消えかけていた。ちらちらと、ほんの少し、おきのようになって、木の端々から赤い色が見えるだけ。その闇の中のかすかな火は、さながら、そこにひそむ肉食獣の目。

祭りは、ほとんど最高潮に達していた。

夕暮れから、日没、そして月の出まで、中央の火に照らされて人々の姿が見えていた時は、前夜祭にあたる。着かざった女達の、その衣装の区別がつかなくなる頃、本当の祭りは始まる。

神が迷宮を抜けてその姿をあらわすのだ。

広場の南端は、きりたった崖《がけ》。その崖は、妙な――誰もそれが何であるかは知らない、青い岩から成っている。

トゥード――村の副長にして神官の娘は、他の多くの人々と共に、その崖の前に立っていた。先程まで、あびるように酒を飲み、大声で歌い、はしゃいでいた村人達の姿は、もうそこにはない。今、村人達の、外へむけられていた熱気は内にこもり――皆が、これからの期待に胸をうち震わせていて、その熱気は、あついさざ波のように、崖にむかってひたひたと寄せていた。

あの崖。あの不可思議な岩。

神が、あの岩の内側に立つ時――あの岩の内側から光があたる時、あの岩は、半ば奇妙に、透《す》けるのだ。

青く、半透明に透ける岩。それは、その岩の内側に立つ神の御姿《みすがた》をかすかに見せてくれる。そして――いかなる光線の加減でか、あるいはその岩が波打っているのか、神の御姿は微妙にゆれる。故に、神の姿形はごくおぼろげに――輪郭《りんかく》すらはっきりせず、見えるだけ。

祭り以外の時には、この崖には縄がはられ、何者もこれにふれることを許されていない。トゥードの父である神官が、それをとりしきる。

が。トゥードの父親は知るまい。六年前、理性の目をもってこの祭りを見て以来、トゥードが何度かその禁をおかしたことを。

トゥードは、村で一番かしこい娘だった。かしこく――そしてまた、最も知識欲にもえた娘。

父の神官は、神に最も近く、ありとあらゆるものを知り、この村の語部《かたりべ》をもつとめていた。そんな父が、幼ない頃より、この長女の聡明なるを知り、ことさら愛《いつく》しみ教育したのである。


昔――まだ、神々が人間と共におすみになっていた頃。

父の話は、すべてこの台詞《せりふ》で始まる。それについで話されることは、幼ないトゥードにとってみれば、いかばかり神秘的で魅力的であったことか。

神は、人間の何倍もかしこく、いろいろ不思議な能力をそなえていた。

まず一つに、〝字〟というものがある。それがどのようなものであるかは、父ですら知らない。が、それは、言葉を凍らせ、言葉をそのまま保存し、遠方へ、また、時をへだてた遠い未来へ運ぶ魔術である。〝字〟というものさえわきまえておけば、遠い異国に住むものの考え、昔の人の知識を知ることができる。神々の間には、その〝字〟を集めた〝本〟というものがあり、それを使う術《すべ》さえおさめれば、今の人間でも、遠い昔、神々の考えたことをそのまま知ることができる。

また、天文学、というものがある。それは、太陽が、何故、夜西に沈むのに、また朝は必ず東から昇るのか、何故逆行することがないのか、何故規則正しく動くのかなどを説明した学問である。その奥義《おうぎ》をきわめた時、人は、みずからが立っている地面の神秘を知るのだそうだ。

トゥードは知りたかった。何もかもを。特に、その〝字〟というものを。

それを知ってどうする、というのではない。ただ、知りたかったのだ。デュロプス神――英知の神――の象徴である、金の馬の年、金の馬の月、金の馬の週、金の馬の刻に生まれた彼女の、それは宿命的な欲望。

「およそ、守護神にデュロプスしか持っていない娘なぞ、めったに生まれないからな」

しゃべれるようになってすぐ、やたら疑問詞を連発する彼女を、半ばあきれ、半ばもて余しながらも、父は、自分に判る限りのことを彼女に教えこんだ。天候の見方からはじまって、およそ彼女の人生には関係ないであろう、中央の政治の動向まで。水で洗っても模様のおちない草の実も、父に教えてもらった。また、ガラスのうしろに泥を塗ると、それは〝鏡〟というものになり、人の姿を水面よりはるかにきちんと映《うつ》してくれる、ということも父に教わった。不器量ではないまでも、決して美人ではなかったトゥードが、ついに村で一、二をあらそう美女といわれるようになったのも、いかに美しくみせるか、という術にたけていたせいと、目に宿る知性の輝きのせいといえるだろう。

そんなトゥードは、会いたかったのだ。どうしても。何もかも知っている、〝字〟というものを知っている、神に。

この不思議な岩さえ壊せば。きっと、神のすみ家への通路があるに違いない。そこをたどって、神のすみ家へ行き、神に会い、教えてもらう。〝字〟というものを、そしてその他のものを。

これが、トゥードが長年抱《いだ》いてきた夢だった。

その為、トゥードは、何回も何回も壊そうとしたのだ。あの、不思議に透きとおる青い岩を。勿論、その岩は、女の細腕で壊せるようなもろいものではなかったし、トゥード自身にもあるためらいがあって、どうしても本気の一撃を繰り出すことはできなかったのだが。

ある、ためらい。

果たして、神に会って、無事、〝字〟を習えるかどうか。神に会ったのちもなお、生きていられるかどうか。

それは、タブーを犯した罪、不敬罪などというものから発したおそれではなく——神は。

神は、人を喰うのだ。

大祭の最高潮の時。十三歳から十九歳までの娘を持った親達は、くじを引く。それにあたった人物は、娘をいけにえに差しださねばならない。

いけにえは三人。六年ごとに三人、銀の小さな剣を持ち、白い布に身をつつんだ娘は、村の逆端にある神の穴におとされる。その神の穴と、この神の崖と、直線距離にして五キロは離れているだろうか。しかし、どこをどうしてか、つながっているのだ。神の穴におとされた娘は、神に食べられる。

勿論、いけにえの娘以外の者が、神に食べられた、という話は聞かない。が、それは、いけにえの娘以外、神官たる父ですらも、直接神に会ったことがないからであって——もし、崖を破ってトゥードが中へはいれば、あるいは神に喰われるかも知れない。

喰われてしまっては仕方ないのだ、たとえ〝字〟が習えたとしても。

今日、トゥードは、父である神官が聞いたら、髪をさかだてそうな望みを抱いてこの広場にいた。神に、直接、声をかけるのだ。神に、直接聞いてみるのだ。

あとで、どれ程しかられようと、下手をして村を追放されることになっても、それはそれでいいと思っていた。〝字〟をさえ、教えてもらえれば。

広場が、ゆれた。

考えにしずんでいたトゥード、急に顔をあげる。まるで広場がゆれたような気がした。場の空気が、本当に一瞬、ゆらいだのだ。

神だ。

神の御姿《みすがた》だ。

声にならない声が広場を走り、前列にいた者共は、一斉にひざまずいた。我《われ》知らず、トゥードもひざまずく。

崖には。うすい青のヴェールを通して。確かに、神が立っていた。

背は、高い——いや。高い、という概念を越えている。常人の身長が一メートル五十から七十。神は——三メートル余り。

かすかに、頭のあたりに突起が見える。角《つの》があるらしい——が、それは、あくまで、らしいという程度であって、果たして本当に角があるかどうかは判然としない。

崖はあくまで半透明であって、透明ではないのだ。

神は、右手に火をかかげているらしい。そこが一番あかるく——そして、姿はゆらいでいた。

「神よ」

神官——つまりトゥードの父は、立ちあがると、崖に寄った。

「神よ。今年もまた、つつがなく我々が生き抜くことができたのを、御身《おんみ》に感謝致します」

ここで神官はひざまずき、深く一礼した。

「来年は、どのような年になりますでしょうか」

「思うに」

岩をつきぬけて——間に、岩という邪魔物があるから、かすかに、しかし明瞭《めいりょう》な神の声が聞こえる。

「来年は、よい年であろう。気象状況を見るに、当分、この地方は今年のような寒さに襲われることはあるまい。今年……餓死者はいかばかり出た」

「十六人でございます——成人は。子供が死ぬのは、例年のこと故」

「十六人か」

神の右手が、あごの下をなぜたように見えた。

「では、今年は、あたたかい泉のことを教えよう。北の山の中腹をくまなく探すように。あそこは、未《いま》だ火山活

動を続けている し――わしの記憶に間違いがなければ、温泉がある筈だ」

「おんせん……?」

「泉の水があついのだ。あつい泉には、怪我をした動物の群れが集まる筈。もし、これからの六年の間に、また餓死者がでるような年があれば、その泉を探すように。ただし、人が飢えていない時は、決してそこに集まる動物を殺さぬよう。そこは聖地である」

人々は、一斉にひれふした。そう――うなずくかわりに。

「また、ブリークの根には毒がある故、この村の者はブリークを食べないな?」

「はい」

「では、そのブリークの根の食べ方を教える。煮る、というのは知っておるな?」

「はい」

「皮をむき、よく煮ること。指でおして、芯まで楽に指がはいれば、そのブリークの根は食べられるようになる。ただし、少しでもかたければ、食べてはいけない。あれは食中毒をおこしやすい食べ物だからな」

「はい」

村人達は、神妙に、神の声にききいっていた。何故、若い娘をいけにえに捧げても、人が神をうやまうのか。はなはだ実利的な理由ではあるが、神は何でも知っていて――六年ごとに、人々の実生活に必要な、いろいろな知識をさずけてくれるのだ。

「ブリークの根は、煮ずにおけば、格好の保存食になる。ただし、そこから緑の芽がでてしまったブリークは、食べる時に、芽の部分をよく取ること。主にそこに毒が集中する」

そのあと、神官は、村の代表として、いくつかのことについてうかがいをたてた。ここに橋をかけたいがどうか。こんな病がはやったが、これは村に不信心者がいるせいか。

それに対して神は、例年の如く、極めて実利的な――橋のかけ方だの、病気の手あての仕方だのを、少し、教える。

やがて。神の手にあった火が、おとろえる。そろそろ、神がお消えになる時刻だ。

今をおいて、あるまい。これから今年のいけにえの娘が選ばれ、それが決まる頃、神の御姿は消えている。もし、神に、神官たる父を通さず直接うかがいをたてるなら、その機会は今しかない。

トゥードは、必死に、崖に近よろうとした。が、くじを引く為に移動しだした村人の集団、その動きが邪魔で、なかなか崖に近づけない。

「もし、すみません。通して下さい」

必死に人波を、流れに逆らってかきわけようとする。

その、トゥードの動きが、ぴたっととまった。父の――悲痛な、父の声が聞こえたから。

「トゥード」

父は、はっきりこう言ったのだ。

「神官の長女、トゥード」

父が――神官たる父が、まず誰より先にくじを引く。

そして――あたってしまったのだ。

今年、いけにえになるのは、わたしだ。

時間の流れが、急にとまった。神の姿だけを、トゥードは見ていた。巨大な影。ゆるゆると動く影。わたしを食べる影。影――。

カラの長女、ミューズ。ドゥミスの次女、イアス。そんな、あと二人の名を呼びあげる父の声が、かすかに聞こえた。

神の姿は消えていた。

☆

「サーラ！」

母親は、悲鳴のような声をあげて、サーラをむかえた。

「サーラ！　おまえ！　よく生きていたね。もう……おまえはもう、死んだものと思っていたよ」

「サーラ！　おまえ……」

二番めの兄が絶句する。

「サーラ、まあ、サーラ！　お父さま、サーラが帰ってきました」

五番めの姉の声。

「サーラ、おまえ、ハノウ山で二晩すごしたのか！　よくもまあ――まさしく軍神ラーラの化身だ」

サーラは、家族達の出むかえ――何といっても、第十五子、嫁にいった姉、独立した兄、たった一人死んでしまった兄をのぞいても、十四人の家族。出むかえはいやでも大さわぎになる――に、ほとんど無関心だった。ぽい、とまず腕の中の獣を、そして腰の獲物を放りだす。

「灰色熊《ぐま》の子供……。おまえ、これを一人で？」

二番めの姉の驚きを無視して、二番めの兄へ声をかける。

「山のとばくちの処《ところ》に、灰色熊一頭、おいてきた。あとで取ってきて」

二番めの兄は、家族の中で一番、力が強かった。

「灰色熊……成獣か？」

「うん」

兄達が、息を飲む。特に、三番めの兄は、かつて灰色熊に山で出《で》喰《く》わし、命からがら逃げた経験があった。故《ゆえ》に、いやでも息を飲んでしまう。あんな――出喰わして、逃げられれば幸運、といわれている灰色熊を、この妹は、たった一人で倒したのか。それも、子連れであれば、熊の方も気がたっていたであろうに。

「祭りの夜からおまえの姿が消えて――で、祭りの間中、帰ってこなかったろ。もう、本当に悪い子だよ、おまえは。親にこんなに――こんなに心配かけて」

母親は、案じていたサーラが怪我《けが》一つせずに帰ってきたので、気が抜けたのか、涙ぐんでさえいる。

「ごめん。熊に意外とてこずっちゃって。夜、あれに襲われた時は、あたしも死ぬかと思っちゃった」

「灰色熊にオーガル八匹……雪ウサギ。サーラ、おまえは……」

兄も、半《なか》ば呆然《ぼうぜん》としている。

「これだけ……よく……」

すぐ上の姉に肩を借りて、奥から父がでてきた。獲物の山を見て、父、一瞬、目に涙をうかべたようだ。

「サーラ……」

それっきり、黙りこむ。父の台詞《せりふ》は、聞かずともよく判っている。

何故《なぜ》。

父は、そう言いたいのに違いない。

何故、十五年前、よりによってこのサーラを売る約束をしてしまったのか。こんなにも強い――まだ、足を怪我する前、平気で山歩きができた頃の父ですらおよばぬ程の狩人《かりゅうど》、サーラを。

父が、心の中で、ひそかにサーラを自分のあとつぎと思っていることを、家族中知っていた。足を折る前の父は、村一番の狩人で――折ったのちは、長兄にその名をゆずったが、それでも、長兄ですら、足を折った父よりは獲物数が多い、という程度であって、足を折る前の父の神業《かみわざ》に近い腕には遠くおよばなかった――そして、その父の記録を楽に破ったのは、サーラだけなのだから。

しかし、それでも。この年まで、サーラが生きてこられたのだから――売られる、といっても殺される訳ではないのだから――それでよしとしなければいけないのかも知れない。

十五年前、あのひどい年。あの時、生まれたサーラをかたに借金をしなければ、そもそも、サーラをはじめとして、十二子、十三子、十四子、の四人は、間違いなく餓死《がし》していたろう。

そして、その借金は。サーラが、村で一番強い男の娘であること、この男の子供は滅多《めった》に死なないこと、軍神ラーラのみを守護神とし、また、生まれた時に星が流れたという類《たぐ》いまれな星まわりの娘であること、この三つのうち、どれ一つがかけても、かなえられない程多額のものであった。

村のどの夫婦にも、平均して十人の子供がある――出産数だけを問題とするなら。が、医学の知識というものが、まじない程度しかなく、また貧しいこの村では、飢え、病気、そして事故で、成人前に子供の大多数が死ぬのだ。というより、その、成人前の自然淘汰《とうた》に生き残れることをもって、子供は、初めて名実共に村の一員となれるといった方が正しいかも知れない。故に、どの夫婦も、最終的には三、四人の子持ちにおちつく。

が。熊――サーラの父の仇名《あだな》――の家族は。両親が共にとても丈夫な質《たち》であるせいか、十五人中十四人が生きのこってしまっている。町にまでその名が知られている、強い家系。

また、星が流れた時に生まれた子は、手の中にその星を握っている、という言い伝えがある。手の中に星を握っている――手の中に運命を、国を握っている――王となる器《うつわ》を持っている。

にわとりが先か、卵が先か。

これを考えるたび、サーラの父は、判《わか》らなくなるのだ。熊の一家の者がみな丈夫《じょうぶ》だから、多額の借金をすることが可能だった。みんなが丈夫で、育ってしまったから、借金をしなければならない程、家計が圧迫された。

軍神ラーラのみを守護神とし、星の流れた刻にうまれた娘だから、多額の借金をすることが可能だった。そういう星まわりの娘だから、今、内心で自分のあとつぎと思い、手ばなしたくないと思うような子に育ってくれた。どうして、こんな子を売ってしまったのだろう――いや、こんな子だからこそ、売れたのだ。果てしない、論理の迷路。

「しかしまあ」

父は、何とか言葉をしぼりだした。

「サーラは、これから先もまだ生きてはゆけるのだから……まだしあわせなんだろうな。いけにえの娘に較《くら》べれば」

生きてゆける。そう、生きては。売られていって、自分の意志、というものが持てなくなっても、まだ、生きては。

「そう、サーラ。ミューズが――この里からはミューズがいけにえに選ばれたのよ」

姉が声をひそめるようにして言う。ミューズ――ななめすじむかいの。

そうか。神に対してだけは公平ってもんね。サーラは、その名を聞いて、そう思った。ミューズは、村で一番の金持ちの娘。あの家に、もしサーラが生まれていれば、おそらく売られることはなかったろう。そう思って、ずっと心中ひそかにうらやましがっていたミューズ。その彼女が、いけにえか。

「あと二人は誰」

一応、サーラはこう聞いてみる。非常にしばしば人が、病気や狩りの最中の事故で死ぬこの村では、いけにえの死は――それが珍しい死に方であるという理由以外では、滅多に人の口にのぼりもしない。

「ドゥミスの家のイアス。あと、神官のところのトゥード」

……トゥード。

胸が、騒いだ。トゥード。

「……本当？」

「ええ。神官も決してずるをしないで、きちんとくじをひいていたってことが、これでよく判ったわ」

トゥード。リュイがずっと想っている娘。ここ数年間のリュイの片想いの相手。

サーラはトゥードと話したことはなかった。しかし、リュイの片想いの相手として——ウェアドの里では、それは有名な話だった。あの、いくじなしのリュイでも恋をする、というのは——その名はよく知っていた。

あの、トゥード。彼女が。

奇妙な——勝利の感覚。

自分は売られてゆく。だから、あたしの恋は決して成《じょう》就《じゅ》しない。サーラは、そう思っていた。

けれど。

リュイの恋だって、破れたのだ。リュイの片想いの相手は、一週間後、神に喰われる。

トゥードは、神に喰われる！

☆

サーラとトゥードは、三歳、年が違う。トゥードは金の馬の年の生まれ、サーラは黒の竜の年の生まれ。トゥードの方が三つ上。

神話上重要な神々には、おのおの、その神の象徴である動物がふられている。知神デュロプスには金の馬、軍神ラーラには黒の竜。中でも、主神ラムダ一族は、最重視され、暦《こよみ》にもちいられている。ラーラは、ラムダの娘にして息子であり、デュロプスは息子——ラーラの兄にあたる。一族十二神がおのおの一年ごとに守護神となり、十二年でそれは一まわりする。

そして、更《さら》にその一年を十二の月にわけ、ラムダの月、ラーラの月などと呼ぶ。その一月を十二の週、その一つの週を十二の時間帯にわけ、人々は生活している。

故に、普通の人は、四柱の守護神を持つ。たとえば、ラムダの年、ラーラの月、デュロプスの週、ラプスの刻に生まれた人間は、ラムダ（主神）、ラーラ（軍神）、デュロプス（知神）、ラプス（愛神）の四柱を守護神とする。

が、ごくまれに。ラーラの年、ラーラの月、ラーラの週、ラーラの刻に生まれる、などと、守護神をたった一柱しか持たない人間も、生まれる。この、珍しい星まわりのうち、ラーラだけを守護神とするのがサーラ（名も、ラーラからとった）、デュロプスだけを守護神とするのがトゥードである。

☆

父は、かすかに、涙をみせた。母はあれ以来ずっと泣いている。二人の兄は、ことさら気を遣《つか》い——遣いすぎて、トゥードにどんな顔で会ったらいいのか判らないらしい。

トゥードは、あれ以来――自分こそがいけにえである、と決まって以来、誰とも、まともに口をきけなかった。みんなが妙に遠慮してしまうのだ。

神官である父は、それでも、トゥード、ミューズ、イアスの三人に、職務としての注意を与えた。これからの一週間、できる限り水をあび、身をきよめること。白い衣は、神官が用意するから心配しなくてよいこと。銀の剣も神官側が用意すること。

「もし」

それから、重い口調でこう言いだした。

「もし、あまりにも、生きたまま神に喰われるのが辛《つら》かったなら、その剣で胸をつくように。いけにえに許されているのは、みずから死ぬ自由だけのようなものだからな」

ただでさえ青ざめていたミューズとイアスは、この台詞で息を飲んだ。二人共、この台詞でやっと――やっとはじめて、自分達が殺される、それも、およそ考えつく限り最も残忍な方法で殺される身であるということを、実感したらしい。

「お父さま。ようなもの、とはどういう意味ですか」

トゥードだけがある程度冷静――というより、彼女は早くから、一種の覚悟をきめていたのだ。殺される覚悟ではない、腹をきめて神に直接会い、なんとか〝字〟を教えてもらおうという覚悟を。もし、どうしても神に殺されるというなら、せめて、ありとあらゆることを教わったそのあとで。

「一応、おまえ達にも――ほんの、山の中で灰色熊の群れに襲われ、なんとか助かる、という程度の確率ではあるが、助かる術《すべ》はあるのだ」

ミューズとイアスの顔がぱっと輝いた。その――喜びを与え、しかるのちにそれをすぐうばいとるのがあまりに可哀想《かわいそう》でか、神官は、しばらく、次の言葉を言えなかった。いたましげに面《おもて》を伏せる。それから、重いため息と共に何とか顔をあげて。

「その銀の剣だが――一応、形式とはいえ、神と戦う為《ため》のものだ」

「神と戦う?」

言われた台詞が、あまりにも奇妙なものであるから、娘達三人は一様に驚いたように神官をみつめた。

「といっても、その剣の切れ味は、あまりよくはない――いや。たとえ、どれ程その剣の切れ味がよくても、いまだかつて、神と戦って勝った者、そもそも神と戦うだけの気力を持った者はいなかった」

神と戦うだけの気力を持った者はいなかった。トゥードは、その言葉を聞き、今更《いまさら》ながら、祭りの夜のことを思いだした。

あの時、何とか神に直接声をかけようと、トゥードは神の御姿《みすがた》をよく見ようと、精一杯、目を見開き、耳をそばだてていたつもりだった。今までに例のない程、トゥードの気力は充実していた筈《はず》だった。神の言葉をよく聞こうと、神の御姿《みすがた》をよく見ようと、精一杯、目を見開き、耳をそばだてていたつもりだった。今までに例のない程、トゥードの気力は充実していた筈だった。

それでも。そんなトゥードでも。

結局、神があらわれるや否《いな》や、ひざまずき、頭をたれてしまった。それ程圧倒的な差があったのだ。トゥードと、神の間には。それ程、威厳と力とを持ちあわせているのだ。判然としない神の御姿だけでも。

「しかし、ほとんどの者が、神の御姿を直接見ただけで、気死したように動けなくなるという」

無理はない、と思う。それ程、彼我《ひが》の差があるのだ。我々と神とでは。気力の点において。

「しかし——それでもなお、神にたちむかうだけの精神力を持っていて、見事神をうち破ることができれば。その者は助かるし、また、神も決してその者にたたることはないという。これはもう——何百年昔になるか判らない、神がラビリンスの奥に消える前、神と人とがかわした約束だ」

「ラビリンス……?」

「迷宮という。神がおすみになっておられる宮である。あの——神の崖《がけ》は、ラビリンスの端。神の宮は、実に、神の穴から神の崖まで、この村を南北に横切り、地面の下を通っているのだ。……また、神を殺《あや》めることなくしても、もし、神に殺される前にその場を逃げることができれば、その者は助かる」

「逃げる」

娘達の目の中に、また、希望の灯がともった。神に銀の剣をもって立ちむかう。そんなおそれおおいことはできないと、どの娘も思った。が。逃げることなら。神が怖ろしければ怖ろしい程、容易であるような気がする。

「逃げる時は——北は、ゆきどまりであるから、南、神の崖の方へむかって逃げるように。が、南は本当の迷宮である」

「迷宮……それはどういうものですか」

おずおずと、イアスが初めて口をきく。

「迷い道じゃ。正しい道は、一つしかない。正しい道をたどれば、いずれ、あの山——ハノウ山の中腹へ出る道があるという。が、そのたった一つの道以外をたどれば、それはゆきどまるか、あるいは永遠に同じところをぐるぐるまわるかじゃ」

命がかかっているのなら。それなら、正しい道を選んでみせよう。二人の娘は、心にかたくそう誓ったらしい。それを、あわれともいじらしいとも思いながら、神官は次の言葉をのみこんだ。

その迷宮を抜けたものは、この儀式が初まって以来——数百年の間、ただの一人もいない。その正しい道を知っておられるのは、この世の中に唯《ただ》一人、神だけ。

「以上で、注意をおわる」

毎回、いけにえの娘達にこの注意をするたび――毎回、我こそは正しい道をみいださんという意欲にもえる、それが生きのびる道である娘達を見るたび、神官はひそかに涙をおぼえるのだ。まして、その娘の中に、自分の愛《まな》娘《むすめ》がまじっていれば。

トゥードに涙を見せぬよう、神官はいそいでくるりと背をむける。娘達は一礼してその場を去る。神官も足早やにその場を去る。

誰もが必要以上にいそいでいたので――誰も、気づかなかった。

ここ、広場に、こっそりと人がしのんでいることに。こっそりと、今の話を立ちぎきした人物がいたことに。

サーラは、すっと立ちあがると、無造作に指で髪をすいた。

神と戦う自由がある訳か、いけにえには。だとしたら――戦う自由もなく完全に自由をなくすあたしより、まだしあわせではないか。たとえ、勝ちめがどれ程わずかでも。

軽く、目をとじる。

それから、サーラもまた足早やに、広場を抜け山へむかった。

☆

「リュイ。おまえの気持ちは判るけど……」

母親は、何度かこう言いかけては、後半の台詞をのみこんだ。おまえの気持ちは判る。片想いの娘。村中の評判になる程の片想いの相手。祭りの時、リュイが不見識にも差しだした、散りかけた花を髪にさしてくれた娘。その娘が、死ぬ。

それが、リュイにとって、どれ程悲しいことか――いや。悲しいなんてものじゃない、リュイが今、気が狂いそうに悩んでいることは、よく判った。

が。だからといって、毎日、酒ばかり飲んで、丸まって眠っていても、困る。なさけない。

結婚式がおわったばかりで、花嫁が熊に襲われて死んだ男。第一子が難産で、出血がとまらず死んでしまった女。ちょっと近所をみまわしただけで、そんな悲劇は山程ある。が、その悲劇の主人公の誰も、今のリュイ程、女々《めめ》しくふるまったという話はきかない。

「ねえ、リュイ。今日は天気がいいんだよ。ちょっと散歩にでも」

「……いいよ」

リュイは、――一日の半分以上を、丸まって眠ってすごしているとは思えない程、充血した目で、ふり返りもせず、吐きすてるようにこう言う。

「それじゃおまえ……ちょっと木の根を掘りにでも」

「僕は病気なんだ。頭が痛いんだよ。表には出たくない」

これ程、浴びるが如《ごと》く酒を飲めば、それは頭も痛くなろう。甘やかしすぎだ。

長女と次女が、そろって町の商人のところへ嫁《とつ》いだ為、リュイの家はかなりゆとりがあった。嫁いだ娘達は、町でいかに自分達が可愛《かわい》がられているかを示す為に、何かといえば、特産品やお金を持って遊びに来たから。町でしか手にはいらない細工物などは、この村では、相当の値で売れるのだ。

そして。リュイは、初めての男の子。そのあと子供が生まれなかったから、たった一人の男の子。

それで。両親は、リュイを甘やかしすぎたのだ。

サーラに、もう少し人を見る目があれば、リュイは決して信念をもって狩りをしないのではなく、狩りをしなくても生きてゆける家に生まれついただけ、ということが判るだろう。

「母さん……酒、おわった」

「あ……ああ」

それでも、母親は、リュイが普段、まず酒など飲まない人間であることを知っていたから――こう言われればつい、次のびんを出してしまう。

「あんまり飲むと体に悪いよ」

「うん……判ってる」

「判ってるっておまえね」

「判ってるんだ、うるさいな」

リュイは、ぷいと横を向くと、壁の方を睨《にら》んでしまう。

「何も判んないくせに、ぐだぐだ言わないで欲しいな」

「あ……ああ」

母親は、それでもリュイから目を離すことができない。かといって、声をかければ、この家庭内の暴君の機嫌をさらにそこねるだけだというのは判っているし。結果、極力影をひそめるような感じで、壁の脇に立つ。石造りの家の壁。少し水気を含んでいるように、じっとりと冷たい。

と。扉が、きしんだ。

「リュイ、いますか……」

女の声だ。リュイは、一瞬ぱっと顔をあげ、それからゆっくり首をふりつつ酒をあおる。何を期待してたんだ、僕は。トゥードが家に来る訳はなく、まして今の声はトゥードではない。

「はい……あら、サーラ」

「これ、おみやげのオーガルです」

逆光だ。扉があき、そこに立つ母の姿が、逆光の中に見えた。あわいオレンジ、かすかに金色。母親のシルエットが、そう見える。それは少しまぶしくて……まぶしいものを見ると、無為にすごしている自分が責められているような気になり、リュイはまた、うつむいた。

「まあ、サーラ、ごめんなさいね、気をつかわせちゃって。まあ、とにかくおはいりなさいよ」

「いえ、いいんです」

「でも……リュイに用なの？」

サーラ。来た相手の名前を聞き、リュイ、いぶかしむ。何だってサーラがくるんだ？　何の用なんだろう。

「リュイ。いらっしゃい、サーラが」

母親も、リュイと同じ疑問を持っていた。何故サーラが？

「あ……うん」

リュイ、もぞもぞ立ちあがった。来た相手が——例えば、いつもリュイを莫迦《ばか》にしっ放しのキタイなんかだったら、どうせまたからかいに来たんだろうと思えるのだが——あまりに予想外の人だったから。

「何」

ずっと、眠っていた。丸くなって。眠っていれば、すべては——この世は何もかも——夢かも知れないと思えて、楽だった。だから、久しぶりに、二本の足で立って歩くと、今更ながらに気づく。

世界は、まるで、泥のようだ。

今、リュイの足は、大地をふみしめて歩くにはあまりに頼りなく、すぐ、ぐずぐずに崩れてしまいそう。体が重く、それは自分の体重というよりは、体にまとわりつく大気のせいに思われた。

「リュイ……ひどい顔ね」

サーラは冷たくこう言い放つと、くるりときびすを返した。

「ついて来てよ。話があるの」

「僕は……」

病気なんだ。外へ出たくないんだ。

リュイ、そんなことをもぞもぞと口の中だけで呟《つぶや》く。が、それが聞こえたのか聞こえなかったのか、サーラは勝手に数歩あるき、くるりとふりむいて、言った。

「トゥードの話なんだけど……聞きたくない？」

リュイは、昔話にでてくる笛吹きについてゆくねずみのように、まったく自分の意志を持たぬ泥人形のように、よたよたと、サーラの背中をおいかけだしていた。

☆

さすがは、神官の娘だ。

トゥード。ミューズ。イアス。この三人の娘の中で、最も人々の尊敬の念を集めたのは、トゥードだった。

泣きもしない。叫びもしない。駄々《だだ》もこねない。ただ、従容《しょうよう》と、やってくる運命をむかえいれようとするかの如く、毎日、みそぎをして。

できるだけ水浴びをするように。

神官ですらこう言ったのだ。できるだけ。

この季節は、寒い。川や池には、処々《ところどころ》氷がはっていなる。水をあびるのさえ、難行苦行《なんぎょうくぎょう》。

なのに、トゥードは、誰に命じられたという訳でもなく、腰まで川につかっていた。

川だとさ。トゥードがみそぎをしているのは、川だよ。それは、村人の間に、一種の感動すら、よびおこした。水がたまり、いささかぬるんでいる池と違って、川の水は、もろにつめたい。おまけに、流れてすらいる。あんな中にはいったら、つめたいという状態を通りこして、もう何も感じられないだろうに。

つめたい。そう思うのは、最初のうちだけ。

トゥードは、川の中央まで進むと、みずからの肩に水をかけた。すきとおった、さながら刃物の如き水が、腰のあたりを流れてゆく。

刃物。ガラスの破片。

何といってもいい。それは、流れてきてはトゥードの体につき刺さっていた。寒い――よりは、痛い。

氷とガラス。よく似ている。

水は、川のまん中でトゥードという邪魔物にぶつかり、はねる。その水の飛沫《ひまつ》が、太陽の光を反射して、きらめく。あかるい反射。そこだけ見れば、水がこんなにつめたい――刃物のようなものだとは、とても思えないような。あたたかそうですら、ある。

川魚がはねる。また、飛沫が首にかかる。いたい――

足の指は、もう完全にひえきっていて、動かない。にかわか何かで、かためられたよう。

何故、ひえきると体は自由に動かなくなるのだろう。

そんなことを考えながら、トゥードは数歩、すすんだ。すすむごとに、足が切られるような痛み。足の爪《つめ》は、もう完全にむらさき色になっている。

これは、みそぎではない。トゥードはそう思っていた。これは、訓練だ。意志の力を強める為の。

ミューズと、イアスは、神の御姿《みすがた》が見えたら、すぐ逃げるつもりだという。逃げる二人をとめる気は、ない。けれど、わたしは。

わたしは、逃げる訳にはいかないのだ。神に聞きたいことが沢山《たくさん》ある。習いたいことが山程ある。

とすれば、わたしは。何とか、神と直接に対面して、言葉をかわし――それでも気死しない程の強さが欲しい。精神を、もっときたえあげねば。

それが目的の水浴びだった。ちょうど、みそぎにもなる。

体は、もうさいぜんから、悲鳴をあげ続けていた。出たいのだ。外へ。あがりたいのだ。岸へ。

が、トゥードは、自分で自分にそれを許さなかった。むしろ、たったこれっぽっちのことで悲鳴をあげる体が、にくらしかった。

川魚。何故だろう。

不思議に、思った。

川魚は、真冬でも、平然と川にすんでいる。それは川魚だからあたりまえだ。誰しもそう思う。けれど。

何故、川魚は真冬の川にいても平気で、人間はこごえ死ぬのだろう。

熊は、人間より強い。

オーガルは、人間より速い。

雪ウサギは、人間より寒さに強く、また、速い。

鳥は、空を飛ぶことができる。

そう思ってみると、人間は、他のどの動物より弱く、かぼそいものに思えた。

牙《きば》。爪。そういう攻撃の手段を、人間は何一つ持っていない。他のどの動物だって——オーガルでさえも、肉食動物は、必ず、その二つをかねそなえている。人間は、どちらもたいしたものがないのに、肉を喰う。

ナイフで、動物の皮をはぐ。それを、焼く。そして初めて、人間は動物を食べる。

不思議だった。昔、ナイフも火もなかった頃、人間はどうやって動物を食べていたのだろう。人間は、何故、肉を喰えるのだろう。

動物界の勝利者が人間だ。それは、判っている。しかし、こんなにか弱い生き物が、何故、勝利をおさめることができたのだ？　それは、雪ウサギが動物界の勝利者である、というのと同じくらい、不思議なできごと。まず、おこるべくもないできごと。わたしの武器は——人間の牙は、何なのだろう。

ふいに、足がもつれた。

危ない。もう、いくら何でも限界だ。

体がひえすぎた為、足がもつれたということは、判った。これ以上、ここにいると危険。

トゥードは、川を出ると、たいてあった火のそばで震えた。がたがた、歯が鳴る。すこし体があたたまってくると、今更、寒さが身にしみた。

トゥードは、火のそばで、本格的に震えだした。

☆

「逃げないの」

リュイは、ほぼ村のはずれまで、サーラにくっついて来てしまった。その村のはずれで、ふいにサーラはこう言ったのだ。何の前置きもなく。

「に……げる？」

「判ってるでしょ、トゥードは放っておけば殺されるのよ。……あんた、オーガルの狩りを見たことある？　オーガルはね、普段は、エサになる小動物を、一撃のもとにたおすの。首のうしろをかんでね。けど、子供がいる時だけ……それをしないのよ。お腹とか足とか、そこをかんでも即死しないところをかむ訳。何故か判る？　半死半生の、もう逃げられない、でもまだ生きて、断末魔《だんまつま》の動きをしているエサを、巣にはこぶからよ」

巣には、オーガルの仔《こ》が待っているのだ。親オーガルは、仔オーガルの前に、そのエサを投げだす。ぴくぴく動いているエサを見て、仔オーガルは、いたく好奇心をそそられるのだ。これは一体、何なのだろう。

そこで、仔オーガルは、おずおず足をだす。あがいているエサを、その爪でひっかけてみたり、かみついてみたり、転ばせてみたりする。やがて、興がのってくれば、まだ生きているエサの手足を喰いちぎってみたり。

エサの小動物にしてみれば、これは何よりの災難だ。苦痛がいたずらに長びく。それも、ちょっとやそっとの苦痛ではない。たとえ子供といえども、肉食獣のオーガルは、きちんとした爪や牙を持っているのだから。

苦痛を、最大限まで長びかせ、なぶり殺しにする。これが、この時期のオーガルの殺し方。

これは、教えているのだ。親オーガルが、仔オーガルに、獲物の殺し方を。半死半生の獣なら、逃げることはないし、仔オーガルに怪我をおわせることもない。親がいためつけたエサを、遊びながら殺すうちに、仔オーガルは、獲物のしとめ方を学ぶ。

「およそ、どんな動物でも、もっともしたくない死に方でしょうね、これは」

オーガルの、意外な残酷《ざんこく》さを聞き、あおざめ、表情をなくしてしまったリュイに、サーラはこう言う。その言い方は、まるでつき放しているかのよう。

「放っておけば、トゥードも殺されるのよ。……こんな風に」

少しの、間。

「いい訳、あんた」

そして。挑戦的に、リュイを見上げる。

サーラは、美しかった。銅色の髪は、長く、波うつ。銅色——金に、かるく、血の赤のかかった色。瞳は深いみどりで、二重《ふたえ》のまぶたが、視線の強さを強調している。唇は軽くそり、全身みごとに陽《ひ》に焼けている。

トゥードの美しさが、都会的なセンスと知性にうらうちされた美しさだとすれば、サーラの美しさは、野生の獣の美しさだった。野生の獣——それも、肉食獣。

「いいっていったって……それは……だって……」

リュイは、肉食獣の燃える瞳に出喰わした、不運な草食獣のように、口の中でもぞもぞつぶやく。

「だって……だって……」

それでも、〝だって〟を何度か口の中で繰り返すうち、何とかなけなしの勇気をとりもどしたよう。

「だって仕方ないじゃないか。だって、どうしようもないじゃないか」

一息に、こう言いきる。それから、サーラの瞳と視線がぶつかり、慌《あわ》てて目を伏せて。

「……しかた……ないよ……」

それでも、何とか口の中でこう言う。サーラは、そんなリュイを見おろすように、胸をそらして。

「逃げたら」

「に……げる？」

先刻とまるで同じ問答。

「そう。二人で、この村の外へ。あたし、知ってるのよ。あんたのいくじなしは、並み大抵《たいてい》のいくじなしじゃない。筋金いりのいくじなしだって。筋金いりのいくじなしが、恋人がいけにえになるのに耐えられる訳がないわ」

「だけど……そんな……逃げるなんて、トゥードも反対するよ」

「トゥードに一度でも聞いてみた？」

「けど……トゥードにそんなこと言って……それが他人の耳にはいったら……」

リュイは、なおもぶつぶつと、聞きとれない言葉を呟き、それから意を決したように顔をあげた。

「それはできないよ。トゥードにだってトゥードの立場があるし……僕としては逃がしてあげたいけど……そりゃ、できることなら……でも、神官の娘って立場が」

「そしてリュイにはリュイの立場がね」

サーラは、こう言うと——みどりの瞳の中で、ちょっとある感情が動いたかのようにみえたが、それはすぐ消えた——くるりときびすを返した。

「……あ」

勝手に人をここまでひっぱってきて、また勝手にきびすを返してしまったサーラに、ちょっとあっけにとられ、リュイはしばらくそこにたたずんでいた。

☆

逃げる。逃げない。逃げる。

占い、だなんて女々しいものは信じてない。けれど。

逃げる。逃げない。逃げない。逃げる。

サーラは、次の日一日、狩りもせず、花をむしってすごした。白い花。花弁の中央部が、かすかに、透《す》きとおっているが如く、青い。花はたっぷりと水気をふくんでいて、花弁一枚ちぎるごとに、しめっぽい感触を、サーラの指にあたえた。

リュイは、トゥードと、逃げる、だろうか。

何度かにわけて、吐きだすように考えてみる。

トゥードを連れ、村を逃げるリュイ。逃げたものの、ゆくあてのないリュイ。どこかの山奥で、狩りをすることもなく、野垂《のた》れ死ぬリュイ。

あるいは、トゥードと逃げたりしないリュイ。トゥードが神の穴におとされる日、酒をのんで家の中で丸くなっているリュイ。何日間か、そうやって、現実から逃避し、そしてまた、いくじなしとしての毎日へもどるリュイ。

どっちが、より、リュイらしいだろう。

逃げる。逃げない。逃げる。

どちらも、ひどく、いくじなしにはふさわしい結末のように思えた。自分の好きな女一人養えないいくじなし。自分の好きな女を見殺しにするいくじなし。

多分後者だろうな。

何で、あんな男が好きなんだろう。昔から、どうしても解決のできなかった問題を、心の中で繰り返してみる。何で、あたしは、あんないくじなしが、好きなんだろう。

その解答は、よく判っている――ような気がした。だから、何とかそれを意識からおいだそうとする――が。

何であたしはリュイが好きなんだろう。

答は、よく、判っている。

あたしもいくじなしだから。目一杯強がっても、いくじなしだから。

逃げないの。

我ながら、よく言ったものだと思う。逃げないの。こんな台詞を。

何で逃げないの、サーラ。この村にいれば、やがて売られてゆく。あたしなら、別にこの村でなくても、生きてゆける。

ものごころついて以来、なるべく意識の表へ出さないようにしていた疑問が、うかんでしまう。何で逃げないの。

サーラ。軍神ラーラを守護神とする娘。戦う相手が、灰色熊だの何だのと、はっきりしていれば、比類なく強い娘。が。戦う相手が、借金だの契約だのという抽象《ちゅうしょう》的なものだと、そもそもどうしていいのか判らない。

逃げもできず、他に何もいい案を思いつけず。ただただ、日々が流れるのを待つ。流れる。そう、日々は流れるのだ。いつの間にか、暗いしげみを抜けて、村の端まででいってしまった、祭りの夜のあかりのように。

逃げる。逃げない。

うかんだ考えをおいはらおうとして、また花をむしる。

逃げる。

占いは、いつもここでおわる。白い花。花弁は五枚。逃げる、から始めれば、必ず逃げるでおわる。

逃げる――戦う。

トゥードが逃げる、ということは、神官の娘という宿命と戦うこと。この村の習慣と戦うこと。とすると、あたしが逃げるということは。

あたしが逃げるということは、父親が莫大《ばくだい》な借金をおうということ。まず間違いなく、家族が餓死するということ。

卑怯《ひきょう》だ。あたしには、神と戦って勝つ程のチャンスもない。そう、まだいっそ、いけにえのように――戦うチャンスを与えられれば。戦う相手が判るなら。

トゥード。毎日、みそぎをしているという。みそぎをする、ということは、神に食べられる気になっている、ということ。彼女はそれで平気なのだろうか。それが運命だと、すっぱり割りきれるのだろうか。

何度もそう自問して、気づく。何てこと。あたしは、トゥードのとり乱した姿を見たいと思っている。

あさましい。自分がとり乱しているから、他人のとり乱した姿をみたがるだなんて――なんて、あさましい。

そして、このあたしが。灰色熊殺しのサーラが、ここまであさましくなる、という事実を考えると。何ともいえず、自分がいとおしかった。

リュイ。苦しみなさい。うんとだらしなく、うんとみっともなく、うんとあさましく悩みなさい。

錯乱《さくらん》した、愛情。このあたしですらあさましいんだから、リュイ、あんたはもっとずっと、あさましくみっともなくいてよ。

ずっと、ずっとあさましく……。

☆

その家には、重たい空気がたれこめていた。大きな――この村では珍しく、石造りの家。火事にも強いし、夜間、飢えた灰色熊に襲われる危険性も、木造の家よりは少ない。

その家の門の前で、サーラは、小半刻《こはんとき》、たたずんでいた。

ミューズ。美の神ロプスと愛の神ラプスを守護神にする娘。たいして器量はよくなかったが、親が一所懸命《いっしょけんめい》、いい布地だの珍しい羽だのを与える為、美女でとおっていた娘。

ミューズには、何も恩はない。ミューズを好きだと思ったこともない。

しかし、ミューズの両親はミューズを何よりかわいがっており（ミューズの家は、あまり丈夫な家系ではないらしく、兄妹二人きりだった）、村で一番の金持ちだ。ミューズに、服一着作り光る石一つ買い与えるだけのお金があれば、サーラの家族は半年しのげる。

扉の中からは、狂おしい、まがまがしい程の笑い声が聞こえてきた。ミューズだ。

自分の命があと二日。あと二日で、神に喰われる。そう思ったミューズ、もう半ばやけになっているのだろう。両親も、そんなミューズをあわれに思い、もてあまし――結局、二日にわたる乱痴気《らんちき》騒ぎがくりひろげられる訳だ。

ミューズの、かんだかい、金属の表面をひっかくような笑い声は、段々、泣き声に変化していった。泣き声にまじり、血を含んだような叫びがきこえる。

「お父様のせいよ！　何で……何であんなくじなんかに……」

それから、多分、ミューズが物を壊しているのであろう、大きな音。ののしられている父親は、返す言葉もなく立ちすくんでいるに違いない。

トゥードとは、何たる違いだろう。大人《おとな》しく、川にはいりみそぎをするトゥードと、父を責め、泣き叫び、狂ったように笑い、物を壊すミューズ。

サーラは、初めて、ミューズに好感を持った。死を直前にした娘が、悟《さと》りきった表情でみそぎをするなんて、決して許せないことなのだ。そう——許せない。さわぎまくるミューズ、どうしても従容と死にきれないミューズの方が、ずっと人間的ではないか。

トゥードを憎む——死に直面した態度として、どうしてもトゥードを許せない、自分がトゥードにおとっていると感じてしまう——思いが増すにつれ、ミューズへの好感は、たしかなものになっていった。今まで、ミューズが貧乏人をさげすむような行動をとったのも、自分の家の豊かさをひけらかすような行動をとったのも、この狂態を見ただけで、許せるような気がしてくる。

借金を相手に、剣で戦うことはできない。が、実体のある生物——神を相手にすれば。剣が使える。いけにえには、神と戦う権利があるのだ。神と戦う——あたしは、今まで、他の生物と戦って負けたことはない。

それを思うと、サーラは、おのれの体の中から、ふつふつと力がわいてくるのを感じた。

サーラは、今年の祭りに、ついに出なかった。サーラの心の中には、六年前に見た神のおぼろげな印象があるにすぎない。

これは、そんなサーラだから——あの、圧倒的な神を見ていないサーラだから、抱けた感想かも知れない、確かに。

が、神だって——たとえ、神だって、そう無闇《むやみ》やたらと強いものではあるまい。だいぶ年をとってもいる筈だ。

手を、握りしめる。かすかにつめたい手ざわり。右手の、こぶしの中で、白い花がくしゃくしゃになっていた。ほんのわずか——目では、判らぬ程にしみでた水分。

リユイは、逃げなかった。酒びたりの日々のまま、酒びたりで、家の中で丸まって眠っている日々のまま、リユイは待つ気なのだ。トゥードが殺される日を。

ま、それもいいだろう。

サーラは、何故か、心安らかにそう思った。まあ、それもいいだろう。リユイは、徹底したいくじなしなのだから。

不思議な程、おだやかな気持ちになっていた。いくじなしのリユイ。そういう単語を心の中にうかべてみても、別に、これといった思いはわきあがらない——そう。ミューズの家にいこうと決心した日から。

ミューズの家にいこう——ミューズの父に、聞いてみよう。あたし——サーラが、ミューズのかわりに、神へのいけにえになる。そのかわり、ミューズの家では、あたしの借金をかたがわりし、約束を破ったことに対するおわびのお金なり、十五年間の利子なり、相手を満足させるだけのものを払う。そしてまた、うちの家族が、一年は不自由なく暮らせるだけのお金を払う。それでミューズの命が助かるのなら、ミューズの父にとっては、決して高いものではあるまい。

こう決心した時から、サーラの想いは、すこし、変化したのだ。

いくじなしのリュイ。男まさりのサーラ。今までは、どうせ嫁に行けもしないことだし、せいぜい男まさりでいようと思った。それが、一脈、リュイのいくじなしにも通じることだと思っていた。だから、いくじなしのリュイを他人とは思えず――結局、愛してしまったのだ。

が。今。サーラは、ついに、逃げることを決心したのだ。売られてゆく、という運命から。かわりに、いけにえになる、という運命がまちかまえていたとして、それが一体何だというのだ？　今回は、相手がはっきりしているのだ。誰を相手に戦ったらいいのか判らない時とは違う。

そして。いざ自分が戦いだしてみると、リュイによせた、同情とも、共感とも、愛情ともつかぬ想いは――決して、なくなりはしなかったが――妙に、色あせてしまった。

リュイ。あなたは泣いて暮らしなさいよ。でも、あたしは――。

でも、あたしは――。

☆

「御酒《ごしゅ》である。……飲むように」

神官は、重々しく、こう言った。トゥード、イアス、そしてサーラは、純白の衣を着て、神官に言われるままに、その杯をほした。サーラの母親が、涙ぐんだその顔を見せまいとして、あらぬ方を向く。そんな様子が、充分見てとれる程、サーラはおちついていた。

サーラは、ミューズの身替わりになる、という話を、両親にも兄弟にも話さなかった。あとで――話がきまってから――それを知った母親は泣いたが、それでもサーラの決心はかわらなかった。

「おまえ……」

母は、そう言って絶句したのだ。

「おまえ、そんなに売られるのが嫌《いや》だったのかい……いや、そうだろうとは思うけど……でも、いけにえの身替わりになる程に」

母は、そう言おうとしたのだと思う。父は、何も言わなかった。

「……では」

神官は、立ちあがった。いとも心残りな様子で、トゥードを見やる。それから。

自分の仕事を思いだしたのだろう。軽く一礼すると、その場を立った。まっすぐ、神の穴をみつめる。息を吸う。その胸の、大きな起伏に、サーラは、神官のトゥードへの愛情を見たように思った。

「では」

神官は、再びこう言うと、大きく息を吸った。

「では、いけにえは、穴のそばに行くように」

イアスと較《くら》べ、トゥードは、憎らしい程、おちつき払っていた。サーラは、すくなくとも、そのトゥードにまけぬよう、胸を張る。

綿《めん》の布。思いもしなかった。この、白い衣は——綿の布で造られた服は、毛皮に較べると、はるかに動きが楽なのだ。そして、胸に抱いた、銀の小剣。切れ味は、お世辞《せじ》にもよいとはいえなかったが、それでも、切れない訳ではない。

「神よ」

穴のそばで、神官は大声を張りあげた。

「今、いけにえの娘共を」

トゥード。そして、イアス。二人の娘が、二本の神木の中央にある、深い穴へととびおりる。サーラも、目をつむり、息をととのえる。

「……ささげます」

神官の台詞《せりふ》と共に、サーラは、その穴へととびおりた。

☆

「……イアス。……サーラ」

声がするまで、サーラは黙々と、体についた枯草をはたきおとしていた。先刻、神官が放りこんだ枯草の山。妙にふわふわしている足場から岩肌の上へうつる。天井から、かすかにもれる光。サーラ達がはいってきた穴からの光。天井までは、たっぷり四メートル……ここから逃げることは、まず不可能。

「……トゥード」

今にも消えいりそうな声でこう言ったのは、イアスだった。

「……どこ」

「ここにいるわよ、イアス」

この、トゥードの声と共に聞こえたのは、やわらかい——トゥードが、イアスの手を握ろうとして、近づいた時の——音。

「トゥード……ああ、トゥード」

イアスの、何ともいえず、さみしげな声がする。

「わたし達、これからどうなるのかしら」

「……サーラは」

トゥードは、イアスのうめきには答えず、こう言う。

「あたしはここ」

サーラは、一本調子で答える。

「サーラ……大丈夫《だいじょうぶ》？」

トゥードの心配そうな声。この状態――天井の方から、かすかに陽《ひ》の光がさしているだけ――では、近くにいる人の姿もよく判《わか》らないのだ。サーラは、別にトゥードを安心させる必要は感じなかったが、それでも一応、大丈夫だと答える。

「サーラ……」

イアスのものらしい体が、サーラに抱きついてきた。肩がこきざみに震えている。吸水性のいい、綿の服を通して、サーラの胸につめたい感触がおしつけられる。イアスの顔は、涙でびしょびしょなのだろう。

「………」

何もいわず、軽い苦笑をうかべて、サーラはイアスの肩を抱いてやった。イアスは可愛《かわい》い。トゥードなんかに較べれば、ずっと。たったこれだけの――右手を動かすという行為だけで、多少なりともイアスが落ち着くのなら、喜んであたしはイアスの肩を抱いてやろう。

「ね、トゥード。逃げ道があるんでしょ。この洞窟《どうくつ》の南の方にハノウ山へ続く道が」

「ええ」

闇《やみ》の中を透《す》かすようにして前方をみつめていたトゥード、少し重い声で答える。

「でも、今のところこの道、一本道だわ……」

「じゃ、迷う心配ないじゃない。ね、サーラ、トゥード、早く逃げましょ。神様が来ないうちに」

いきおいこんでこう言うイアスを、少しあわれむように、ゆっくりとトゥードは言う。

「でも一本道ってことは――この道を歩いてゆけば、嫌《いや》でも神様に出喰《でく》わすってことだわ」

それを聞いて、サーラの腕の中で、イアスがびくっと震えた。やわらかい肉のかたまり。おびえ、震えている、肉のかたまり。こんな可哀想《かわいそう》ないじらしいものを、必要以上に震えさせるべきではない。サーラは、落ちつきはらって状況を分析するトゥードに、また、かすかな憎しみを抱いた。

「でも……ここで待ってたら……やっぱり神様が来るんでしょう」

「……そうね」

腕の中で震えているイアス。彼女を抱いている右腕に力をこめ、左手で銀の剣をまさぐる。握りしめる。最初、ひんやりとした感触を手に与えていた剣は、すぐ生あたたかくなる。

「サーラ。……行きましょうか」

「……そうね」

我《われ》知らず、声がつめたくなる。それから、一歩前へと進み、サーラは軽くため息をついた。

「……そうでもないわ」

なるべく、イアスに余計な心理的負担をかけぬよう、よりきつく、イアスの肩を抱いてやる。

「そうでもないって……」

「ここを動かない方がいいと思うわ……ってこと」

「どうして」

「前が見えない――この先は、暗いわ。嫌でも途中で出喰わすのなら、相手の姿がおぼろげにでも見える処《ところ》の方がいい。神様は、こんな処にすんでいるんだから、夜目《よめ》がさぞきくでしょう。ひょっとすると、コウモリみたいに、暗闇でも不自由しない目を持っているのかもしれない。……そんな相手と、陽の光がささない処で戦えば、まず、勝ち目はない。でしょ？」

「戦うって……サーラ」

イアスの体が、腕の中で一瞬こわばった。

「あなた、神様を相手に戦う気なの？」

「勿論《もちろん》。神様っていうくらいだから、多分灰色熊《ぐま》よりは強いでしょうけど……だからって大人《おとな》しく殺される手はないわ」

暗い、しめっぽい洞窟の中で、イアスとトゥードの息をのむ気配が、よく判った。

洞窟。光は、頭上の穴からさしこむだけ。岩肌は、うすい灰色で、処々《ところどころ》に黒い筋が見えるのは、水が流れた跡だろう。どこかにわき水があって、それが洞窟の中を流れているに違いない。その気になってみまわせば、床をちろちろ、二筋の水が流れている。空気も、陽の光がさしこまないという事実をさしひいた上でも、しめっぽくつめたい。

いつの間にか、サーラの左ほおにかかる髪は、ぬれていた。おそらく、岩によりかかった拍子に少し水がついたのだろう。かすかにはいってくる陽光が、サーラの髪を照らす。銅色の髪が、ほおにはりつき――とろりとした、重い、はちみつめいた陽光が、髪の赤味を強調する。

そこに立っているのは。勿論、といいきった瞬間から、そこに立っているのは、十五の娘ではなくなっていた。軍神ラーラ――男性にして女性、体格は筋骨隆々《きんこつりゅうりゅう》としていながら、顔は女性のやわらかさを残した神、黒い竜にまたがり、伝説の嵐の剣をかざし、巨大な蛇《へび》の化物を退治した神、その剣の一ふりで、嵐の神キムタを呼びおこし、その剣は山をも切りさいたという軍神――の、まごうかたなき化身となっていた。

相手が、オーガルだろうが、灰色熊だろうが、神だろうが、構いはしない。

一度、獲物と狙いをつけたなら、刃物なしでも殺せる小動物――オーガルや雪ウサギに対しても、サーラは決して手加減をしない。灰色熊に立ちむかう時のように。

人間が、動物を殺して食べる生物である以上、それは、相手の動物への最低の礼儀だ。

神とて、いけにえが刃物を持っていることを知っているのなら。万全の構えをとってくるだろう。人間がオーガルに礼を尽くすが如《ごと》く。

とすれば。

勿論、あたしも、死力を尽くして戦わねばならないし
——おそらくは、死力を尽くして戦っても、勝てはしないだろう。

しかし、人間におそわれたオーガルは、逃げ場がないとみきわめれば、そのかよわい小動物のなりには、まるでそぐわない、怖ろしい攻撃をしかけるのだ。——それが、人間にかなう訳がないと、知っていても。

それが、喰われる動物が、喰う動物に示す、精一杯の礼儀だろう。サーラは、長い狩猟生活の果て、いつしかそう思うようになっていた。

死力を尽くして。最後の抵抗。俺を殺そうとするおまえ——人間よ。おまえは、はたして、俺を喰うだけのねうちのある生き物か。今、ためしてやる。今、みきわめてやる。

勿論、オーガルがそんな論理的なことを考えるとは、サーラも思っていない。が——が。それは半《なか》ば信仰として、サーラは、小動物の断末魔《だんまつま》の抵抗を、そういうものだと思っていた。そういう——強さ、ではない、生物としての格をかけた戦い。

だとしたら。かりにも、オーガルを、雪ウサギを、タケを、灰色熊を倒した人間が、あっさりと神に喰われていい訳がない。そういう人間があっさりと神に喰われれば——それは、今までサーラが殺してきた、数多くの生物への——数多くの命への、侮辱《ぶじょく》になる。

そう思ったサーラの瞳は——その、目に見えない、しかしたしかにそこにある、精神力というものは、他の二人の女の子を圧倒した。つね日頃命のやりとりをしている——女だてらに狩りをするサーラだからこそ、かもしだすことのできる迫力。

「……サーラ……」

トゥードは、息をのんだ。

サーラがもし、それを知れば、おそらくは不快に思ったかも知れない。しかし——トゥードは、この一瞬、間違いなくサーラに対して、今まで父親の神官にしか感じたことのないある種の感情を、抱いてしまった。

深い尊敬。そしてまた、深い愛情。

勁《つよ》い。

自分が、例えば、みずから川にはいってみそぎをし、得たいと思った強さとは、けたが違う。それ程、圧倒的な、勁さ。

それは、他の生き物を殺し、生計をたてている——命を奪う、その際、自分の精神を損《そこな》わぬようにすることから生まれる、勁さ。

それを知らないトゥードは、ほぼ、無条件に尊敬した。サーラを、軍神ラーラの、化身の娘を。

軍神の化身・サーラには、知神の化身・トゥードのお

よぶべくもない勁さが、確かにあった。生命を無視し──生き死にを超越して、真理を求めるデュロプスと（デュロプスには、一度、破壊神クィーイに殺されたあと、どうしても自分が呪《のろ》い殺された呪句《じゅく》を知りたくて、墓の土を掘り返し、クィーイにせまり、結局生き返ってしまうという有名な神話がある）、生き死に──勝ち負けのみを問題とするラーラの差だ。そして。サーラも、トゥードも、今現在生きている以上、生き死にを何よりも問題にした、サーラの精神の勁さが、トゥードを圧倒しない訳がない。

「サーラ」

もう一回、トゥードは、言葉をしぼりだす。あとに続く一句は──結局、発せられぬままにおわった。

何となれば。

「…………」

イアスが、声にならない、しかし充分彼女の精神状況を伝えうる、息を吐いたから。

何となれば。

神が、そこに、御姿《みすがた》をあらわしていたから。

☆

イアスとは、そもそも基となる精神力でだいぶ差がある、サーラですら、悲鳴をのみこむのが、やっとだった。喉《のど》の奥からかすかにもれるうめき声──始末のしようもない。

神は、それ程までに、怖ろし気な姿をしていた。

身の丈三メートル強。並みの人間の倍はある。そして。むしろ、端整といっていい顔だち。そう、その顔は、例えば、神官だとか、キラムだとか、村の知恵袋を彷彿《ほうふつ》とさせるが如き、男前。

だから、余計、我慢ができなかったのだ。余計、怖ろしかったのだ。

神を目の前にして言うのはおかしいかも知れない。が、あきらかに、どうしても、神罰が下って生えたとしか思えない、額《ひたい》の二本の角《つの》が。

角は、とがっていた。その気になれば、灰色熊くらい、ひっかけて殺せる程に。また、強そうだった、その角は。ハノウ山にすむ、やまひつじの角に較べて、はるかに頑丈そうな角。やまひつじの角が、発情期の時、メスをひきつけるのに必要な角だとすれば、神の角は、おそらくは、他の生物を殺《あや》めるのに必要な角。

そして。腕といわず、胸といわず、足といわず。およそ、顔以外の処には、もじゃもじゃと毛がはえていた。これもまた、平生《へいぜい》、多少すね毛が濃く、胸毛が濃いだけの村の男──それも、処女であるならば、そうしげしげと見たこともあるまい──しか知らない、三人の娘達にとっては、ショックだった。何やら神が獣じみたものに思えて。獣であるならば、理屈も通らねば慈悲もない。

また、神は。

背後に、何やら長いものをひきずっていた。長いもの――尻尾《しっぽ》。体の他の部分が毛におおわれているのに、何故《なぜ》か、尻尾だけはつるりとしている。それが妙に気味が悪い。

そして。

巨大な身長、端整な顔だちに二本の角をはやした神は、たいまつのようなものを握っていた。右手に、低く、かかげて。それがちょうど顔の下にあたり、神の顔は下から光をあてられ、炎のゆらめきにつれて微妙な影がつき――それはさながら、怪談の趣向。

「……いや」

イアスが、おもいきりあとじさった。すぐ、岩肌にぶつかる。岩肌を流れる水は、イアスの背中を伝わり、たまらない悪寒《おかん》が体中を襲った。

「いやよ……いやよ！」

もの狂おしい叫び。洞窟中に、彼女の悲鳴がひびき、空気がゆれた。

「近よらないで、来ちゃ嫌《いや》！　来ちゃ嫌！　来ちゃ嫌」

完全に、錯乱《さくらん》していた。いやいやをする子供のよう。首を何度もふって――それでも、目前の神の姿が消えないのに、更《さら》に恐怖をかきたてられて。

神は、のそりと、近づいてきた。彼女達まで数メートルのところまで来て――一回、立ちどまる。軽く、目を伏せる。

優しい目をしている。何故かしら、サーラはそう思った。ゆっくりと閉じて、またゆっくりと開くまぶた。金色に近い色の輝きをおびた瞳。どことなく、優しい目だ。優しい――いや、深いあわれみを帯びた目。

「娘達よ」

神は、口を開いた。よく通る声だが、不思議と岩に反響しない。まるで、神が話す時だけ、岩がその音を吸収してしまうかのように。

「……逃げなさい」

その声は、続けた。

「逃げなさい、わしから。ある程度近づけば、わしは、おまえたちを喰いたいという欲望をおさえることができなくなる。……もう限界に近い。たのむから……逃げてくれ」

最後の方は、懇願《こんがん》するかのような口調だった。

殺したくない。私は、人間を喰いたくないのだ。そんなあさましい、そんな怖ろしいことをしたくはないのだ。

強烈な、意志の輻射《ふくしゃ》。

神の精神が、洞窟の中に満ちているのが、肌で感じられた。首のうしろ、眉間《みけん》など、敏感なところがちくちくする程の思い。

が、娘達は、誰一人として、動けなかった。

勿論、逃げたくなかった訳ではない。神の言いだした台詞に呆然《ぼうぜん》とした訳でもない。

イアスは、もう、神の言った言葉の意味が、判らなかった。神が口を開いた時から――神の強い意志があたりにうずまいた時から、彼女はもう、何も考えられなくなっていた。

気死、していた。

イアスの意志、イアスの精神は、もう、どこかへ弾《はじ》けとんでしまい――そこに立っていたのは、魂をすすられてしまったような、人のぬけがら。

「……いや……いやよ……」

かすかに、何も思っていないかのような無表情で、イアスは首を振った。無表情――そう、それは、いつの間にかイアスという人間の女の子の表情ではなくなってい て――からくり人形が、ぜんまいをきしませて、呟《つぶや》く言葉のよう。

そして。からくり人形さながらのイアスの腕は、腰へと伸びた。ベルトの所、銀の剣を求めて。腕は、恐怖のあまり、完全に血の気を失っていて、つくりものじみた白磁の白さをただよわせていた。おそらく、さわったら、つめたい磁器の感触だろう。

握る。銀の剣を。その銀《しろがね》のつめたさが、初めてイアスを、からくり人形から生身の女にもどした。

「いやあ！」

一言、叫びがこだまする。いやあ……いやあ……いやあ……。叫び声は、洞窟の中に満ち、それはガラスの破片のように、聞く者の心を切りさいた。

そして、次の瞬間。

恐怖という名の毒杯を、一気にあおってしまったイアスは、ただただそれが唯一の救いであるかのように、銀の剣を、つかまでおのが胸におしこんでいた。

ねっとりとした血が、流れる。ゆるやかに――かすかに。蛇がはうように、ゆっくりと、白い布を染めてゆく朱。

「イアス！」

次の瞬間、正気にもどったトゥードが、慌《あわ》ててイアスの胸から剣をひき抜いた。

「トゥード、駄目《だめ》！」

サーラの制止、およばず。トゥードが、イアスの胸から剣をひきぬいたとたん、ぴゅうっと、イアスの胸から血がふきだした。トゥードの腕に情容赦《なさけようしゃ》なく、赤い汚点をつけてゆく。返り血を浴びたトゥード、一瞬、殺人者であるかの如く、おびえ、あとじさる。

「……逃げてくれ。たのむ、逃げてくれ」

血を吐くようだった。神の叫びは。また、それと同時に。

白っぽい――赤いことは確かに赤い、しかし、粉をふいたかのように白くなっている――神の舌が、その唇をなめまわす。唇がめくれあがると、中から、あきらかに肉食獣のものである、とがった歯がのぞく。

「逃げてくれ——わしが、その娘を喰っている間に」

息を、整える。

トゥードに、制止の言葉を投げた瞬間から、サーラは精神力をとりもどしていた。

集中する。意識を。たった一つのこと——イアスは、自害した。そして、それをうながしたのは神であり、ここにこうしていれば、自分も神に殺されるということ——に。

首のうしろ、いわゆる盆《ぼん》の窪《くぼ》という処。そこをかき切ればいいのだ。生理学的知識がなくても、経験から、サーラはそれを熟知していた。

心臓を刺す。一見、それはもっとも正しい殺し方のように思われる。が、相手も動くし、肋骨《ろっこつ》はあるし、余程《よほど》腕に自信がなければ、心臓を一刺しにできる訳がない。まして——相手の方が、強ければ。

盆の窪の下。サーラは知らないが、ここには、延髄《えんずい》がある。脳髄《のうずい》の下端、脊髄《せきずい》につながる処。延髄は、呼吸および心臓の動きを調節していて、ここに損傷を与えれば、生物は間違いなく死ぬ。また、多少狙いが狂っても、盆の窪のすぐ脇には頸動脈《けいどうみゃく》があり、正面には気管がある。狙われて、最も危ないのが首であることは確かだ。

目をつむる。神の姿を見て、圧倒されることがないように。また、気をおちつける為《ため》に。呼吸を調節する。


「…………」

サーラ! そう叫ぼうとしたトゥードが、ついに音を発せなかった程、異様な迫力をたたえ、サーラはそこにいた。

そして。目をあけ——同時に、ジャンプ!

右腕は——銀の剣を握った右腕は、正確な一撃をくりだしていた。すれ違いざま、神の首のうしろを切りさくように。

が。神は。

まるで無造作に、体をひねった。たかる蚊《か》をおい払うかのように、うるさげに、左手を動かす。

サーラは。神の延髄を切りさく筈《はず》だったサーラは、神の左手にはらわれ、そのまま宙をとんだ。怖ろしい程の力で、近くの岩にたたきつけられる。

「サーラ!」

トゥードは——もう、訳が判らなかった。

神に、聞きたいと思っていた。〝字〟という、秘術について。神に、聞きたいと思っていた。ありとあらゆる、知識について。

が。神と邂逅《かいこう》して、ほんの数十秒後に、イアスは自害し、サーラは岩にたたきつけられた。神は、その間、まるで何もしようとせず——ただ、近づいてきたサーラを、軽く(そう。サーラは、したたか岩にたたきつけられたが、トゥードの見た限りでは、神はあくまで軽く手を動かしただけだった）ふりはらっただけ。

「サーラ！」

何が何だか、判らなかった。今――そして、ちょっと前におこったことが、現実のものとは思えなかった。理性がけしとんだ。

神は、近づいてくる。

サーラは、神のむこう側で、半ば岩にもたれるような姿勢をとっている。イアスは、もう、完全に息をしていない。

「サーラ！」

どうしていいのか、判らなかった。ただ、駆けてゆく。この状況下、間違いなく生きている――まだ、胸が波打っている――サーラの許《もと》へ。

中途で、神とすれ違う。が、それにおびえたり、それを気にしたりする、精神的余裕は、もう、なかった。

「サ……サーラ……」

くずれるように、サーラの足許《あしもと》に、すがりつく。

「サーラ、大丈夫、サーラ」

「まだ……生きてる」

サーラの声は、意外と元気そうで、何故か、苦笑している雰囲気《ふんいき》までただよわせていた。

「失敗しちゃった。神様と……あたしと……格が違った……」

苦笑するのが、精一杯だった。あまりにも、相手の力をみくびりすぎた、また、自分の力を過信しすぎた、おのれへの苦笑。

「立てる……大丈夫？」

「ああ……うん。別に、怪我《けが》したって訳じゃないから。ただ――ひどく頭を、岩にぶつけただけ」

「起きあがれるのなら、逃げてくれ」

イアスの体――イアスの死体を、無造作に抱きあげた神、ふり返りもせずこう言った。

「たのむ……逃げてくれ。そこにいれば、遠からずわしは、おまえ達を喰う」

嵐の剣。軍神ラーラが持っている、嵐の神キムタがきたえたという、伝説の嵐の剣。それを、陽光のもとにかかげれば、たちまち陽はかげり、いかずちが猛威をふるったという剣。どんなかたい岩でも――ハノウ山ですら、切りさいたという剣（ハノウ山の南には、ラーラの崖《がけ》、とよばれる崖がある。本当に、剣で一刀両断、たたき切ったような崖で、ここは神話上、軍神ラーラが、九つの頭を持つ蛇の、その六つ目の頭と共に切った崖ということになっている）。それが欲しかった、サーラは。

神が左手でサーラを払おうとした時――形勢がかわったということを知ったサーラは、銀の剣で、そのまま、神の左腕に切りつけていたのだ。加速と、重力。その二つが味方して神の左腕はなくなるか――あるいは、そこまでゆかなくても、骨に達する怪我をする筈だった。

が。銀の剣は、なまくらだった。まるで切れない、といってもよかった。毛のはえた硬い皮をもった神を相手にしては。

　結局、サーラのふりおろした剣は、神を切ることあたわず、神に怪我をおわせることあたわず——ただ、神にはねとばされただけ。

　嵐の剣があれば。あるいは、もう少し、切れ味のよい剣があれば。この場の様相はかわっていた筈だ。あたしが何とか変えただろう。

それが、サーラには口惜《くや》しくて——そしてまた。

　言い訳する余地もなく、これはサーラの失敗だった。狩りに出て、剣の切れ味が悪く、いたずらにけものに殺されたとて、一体誰が同情してくれるというのだ。間違いなく、それはサーラの失敗だというのに。

　剣を、手にいれなければ。少なくとも、この剣より、切れ味のいい奴を。そうしなければ、神を倒すなどというのは、夢のまた夢だ。

　ここを出て、村へ帰れば、鍛冶屋《かじや》のじいさまの作る剣は、これよりだいぶましな筈だ。そして、じいさまに特別注文すれば。神とて切れるような剣ができると思う。とすると。何とか、生きて村へ帰らなければ。何とか。

「……サーラ。逃げよう」

　トゥードが、サーラをひっぱる。

「……うん」

　サーラは、かろうじて、立ちあがる。まだ、頭が多少ふらふらしている。

「早く……逃げてくれ」

　神の声。そして——ぼきっという、およそこの世の中で最もいやらしい、最も聞きたくない音。

　思わず。

　振り返ってはいけない。サーラも、トゥードも、それは判っていた。振り返れば——間違いなく、絶対に見るべきではない光景を見てしまうだろう。

　けれど。それが判っていてもなお、思わず。振り返ってしまう、振り返らずにはいられない、ある種の誘惑。この場の帰趨《きすう》を知らずにはいられない——いや、そんな理屈ではない、怖いものみたさの本能。

　神は、何やら妙に白《しら》けた、棒のようなものをくわえていた。先端が五つにさけ、こわばった——イアスの、右腕。はじけた筋肉が切り口からのぞいている。腋窩《えきか》静脈切断の為、散らばる血液。とっくに心臓は、その活動をやめていたから、ふきだすようではなかったが、それでもおびただしい血液。

　神の口のまわりは、首は、腕は——あたりかまわず、その毛に血がこびりついていた。光量が少ないと、その赤は妙にどす黒く見え、今、神は、黒々と体毛を光らせて——長い舌で、腕の切り口をなめまわしていた。白い粉をふいたような舌は、血にまみれ、ぬめぬめと光る。

軟体動物であるかのように、うごめく。

そして、するどい歯が、筋肉組織にもぐり――神は、右手で獲物の肉をおさえ、軽く首をふる。

ずるり、と、たまらない音をたて、筋肉がひきちぎられた。ゆっくりと、血をしたたらせながら、口の中へ消えてゆく――肉。

「…………」

トゥードは、たまらず、吐いた。体を二つに折って。胃の内容物だけではない、できることなら、胃も腸も――この体の中のもの全部、吐き出してしまいたい。何もかも吐いて、すっぽり自分というものがこの世からなくなって――すっきりしたい。

もうすっかり胃の内容物がなくなっても、まだ続く嘔《おう》吐《と》感。胃液を吐いても、まだ吐きたらず――ただただ、むなしく、嘔吐感だけがつきあげる。

サーラは、そんなトゥードの肩を強く握った。そのまま、ひっぱる。トゥードは、足をもつらせ、みずからの吐《と》瀉《しゃ》物の中に崩れてしまう。

「やめて……わたし……もう……」

もう、腰がたたない。もう、動けない。おそらくそう言っているのであろうトゥードの肩を、また、サーラはつかみあげる。

「嫌……わたし、もう嫌……わたしも死ぬ……イアスみたいに死ぬ……生きながらあんな風に食べられるのは嫌……お願いサーラ、放っといて……一人で逃げてよ」

「一人じゃ逃げられない」

サーラは、ぼそっとこう言うと、また、トゥードの肩をひっぱる。

「どうして……いいの、わたしのことは、放っといて」

「ふらふらするんで……つえになってくれる人がいなきゃ」

「嘘《うそ》よ、そんなの……」

弱々しく反論しながらも、会話をかわすという行為のおかげで、ずいぶん気力を回復したトゥード、よたよたと歩きだす。それに、半ばつかまり、半ばおすような格好で、サーラ。

のたのたずるずる、平生よりだいぶゆっくりと――しかし、一歩ごとに気力と体力をとりもどしながら、娘達が歩いてゆく背では、ずっと神の――今はもう、逃げてゆく二人の娘にはまったく注意を払わず、ただただ食事を続ける神の、血をすすり、肉をくいちぎり、はらわたをむさぼる音だけが、聞こえていた――。

☆

「わたし……判らない……わたし……どうして……」

誰にきかせるともなく、逃げる間中ずっと、トゥードは呟き続けていた。呟くことによって、かろうじて正気の領分にとどまっていられる。そんな感じ。

「どうして……どうして、人に生活の方法を教えるだけの知恵を持った生物なら……人の暮らしを心配してくれる生物なのに……何故、神様はあんなこと、なさるの。どうして」

「生き物だからでしょうよ、神様も」

サーラは、トゥード程には、衝撃をうけていなかった。まだ生きて——足がぴくぴく動いている雪ウサギの腹を破り、腸をひきずりだしていたオーガル。そんなものを見慣れているサーラには、神の行為も、所詮《しょせん》生命を維持する為の生物の行為としか、思えなかった。

が。だからといって。だからといって、あれは、許せる行為ではない。

イアス。ほんのちょっと前まで、サーラの腕の中でふるえていた娘。ほんのちょっと前まで、生きていた娘。生き物を食べるのが、生物の必然の行為だとしたら、おのれを捕食の対象とする生物を倒すのも、生き物の必然の行為だ。

それから、錯乱気味のトゥードを、あらためて、見直す。

今もまだ異常興奮気味ではあるが——それにしても、たいしたものだわ。もうだいぶもちなおして、正気に近くなっている。かなり気丈な娘。

先程までは、トゥードの、この異様な気丈さを憎いと思っていた——が、今、判った。トゥードは、人間の感情——おびえとか、悩みとか、おそれとかを持っていないから気丈だ、という訳ではないのだ。ちゃんとそういうものを持っていて、多少、他の人より、感情の爆発点が高いだけ。きちんと、おびえたり泣いたり錯乱したり、できる。

そして、あの時。イアスが、自分の剣を自分の胸につきたてた時。つられて、トゥードが自害しても、決しておかしくはなかったのだ。それ程までに、あの場の感情は、切迫していた。

が、トゥードは。錯乱しながらも、サーラの許へ、走ってきてくれた。

これが、サーラの命をすくったのだ。あの時は、サーラも呆然自失《ぼうぜんじしつ》していて、何かきっかけがなければ、正気にもどれなかったろう。逃げもせず、岩にもたれたまま、妙にこわばった苦笑をうかべ、次に来る死を待っていただけ。

が。トゥードが。その、貴重な、正気にもどるきっかけを作ってくれた。トゥードに声をかけられて、それに返事をして——ようやくサーラは、普段の自分をとりもどしたのだ。

また、今。この暗闇の中では、トゥードはサーラなしに、サーラはトゥードなしに、ほんの五秒もいられなかったろう。さみしく、つめたく——そして、果てしない恐怖の味がする闇。

スタートの時には、まだ、上から差しこむ光と、神のたいまつの火があった。が、一つ角をまがれば。光源といえる程のものは、なに一つない。

おぼろに、壁が光っているだけ。岩にへばりついた、光を発する種類のコケ。そのコケが発する、つめたい、青いかすかな光。

その光のおかげで、おおまかな道――まがり角があるとか、大きな岩があるとか――は、判った。が。足許の起伏、小さなくぼみの類《たぐい》は、とてもそれっぽちの光量では見えず、二人は、たえず、転んではあと一人に助けおこされていた。

また。これっぽっちの光量では、お互いの顔もよく判らない。いつの間にか、気づいたら、隣にいるのは見知った娘ではなく、暗闇だけになっているやも知れないのだ。そう思うと――本当に、たよりになるのは、お互いの体のあたたかさだけ。二人はしっかりと手を握りあって――それだけを頼りに歩き続けた。

時々、目の前にふいに赤い二つの点が見える。洞窟の暗さを嫌とも思わない、不気味な洞窟コウモリの目。または、完全に暗闇に適応してしまった、小動物の目。

それらの、ひめやかな足音を聞き、またはこの静けさの中では異様に大きく聞こえる羽音を聞くたび、二人の娘は、お互いの手に力をこめた。

「どのくらい……来たかしらね」

サーラが、おずおずと口をきく。と、その声に刺激されてか、すぐ脇を、赤い瞳の小動物が逃げていった。

「さあ……直線距離なら、とっくにハノウ山についていい頃だと思うけど」

けれど、洞窟は、決してまっすぐではなく、勝手に折れ、下り、また上り――今、自分達が、村の下のどの辺にいるのか、いや、果たして、村の下にいるのかどうかすら、判らない。

そして、また、しばらくの沈黙――闇。

トゥードは、いつの間にか、どうして、と呟くのをやめていた。そんな呪文にすがらなくても、充分彼女が理性をとりもどしたという証拠。

「……サーラ」

と、ふいに、トゥードの声が、緊張をおびた。サーラ、思わず身構える。

「どうしたの」

「あの……角のむこう……あれ……ひょっとして」

ひょっとして。地上ではなかろうか。

あかるかった。確かに、その角のあちら側から、光がもれてきている。

「トゥード……」

「サーラ……」

ぱっと、二人の娘の顔に赤味がさす。急に足どりに力がはいる。

ほぼ全力疾走に近い感じで、二人の娘は角をまがる。

そして。

そして――立ちすくんだ。

☆

ラビリンス――迷宮。

それは本当に、何という迷宮だったことだろう。

まぶしい。今までの、暗闇《くらやみ》に慣れた目ではあまりにもまぶしい。まるで陽光のま下にいるような、光の乱舞。

「ガラスの……迷路……?」

トゥードが、かすかに呟《つぶや》いた。その迷宮は、確かに、ガラス製の迷路のように見えた。厚い、青味をおびた、すきとおった岩。この迷宮には、陽光に露出した部分がだいぶあるらしく、そこから光がはいってきて――それが、この、とてつもなく大量のガラスの壁に、反射し、屈折し……。

目の前には、道が数本あった。数本の道が、うねうねと続き――一番手前の道は、ほんの数メートルゆかぬうちに、また三本に分岐する。

神の崖《がけ》だ。

トゥード、心の中で思う。

これは、あの神の崖と同じもので出来ているのに違いない。

「これ……見たことがある……。ハノウ山のだいぶ上の方に、こんな岩があるわ……」

サーラが、呆然《ぼうぜん》と呟く。

「ハノウ山?」

「そう。だいぶ上の方。前に何度か行ったことがあるの……。一面、この青く光る妙な岩が露出しているところがあるの。勿論《もちろん》、木も草も生えていないから、動物も近づかない。ラーラの崖の、上の方。……聖域だから近づいちゃいけないって、大兄さんに言われた」

ラーラの崖の上。

トゥード、頭の中に、村の地図をひろげてみる。神の崖からラーラの崖まで。直線距離にして六キロメートル以上ある。もし、この迷宮が神の崖からラーラの崖の上まで続いているとすると。

「この迷宮……もの凄《すご》く大きいんだわ……今まで一本道で、まよわず歩いてきた距離より、これから先の距離の方が、ずっと長い」

目まいがした。

今までのところだって、ずいぶんあったと思う。転ぶたび、もう駄目《だめ》かと思った。が、その今までの道のりより、さらに長い道のりが、この先に待ちうけていたのだ。おまけに、ここから先は。どの道を選んだらよいのか、まるで判《わか》らない。

「地上へ通じる道は、たった一つ……」

今更《いまさら》ながらに、父・神官の言ったことが、おそろしくなった。これだけの道が――そう、入り口にあたる道で六本、更にこの先何本にも分かれている――あるとすると、地上に出ることができる確率は、一体どれ程のものなのだろう。

ましてや、これは。透《す》きとおった迷路。この迷路のどこにいても、ひとたび神がこの迷路にはいれば、わたし達の姿が見えてしまう。

神は、この迷路の地理に詳《くわ》しい。わたし達は、この迷路を見るのは初めて。とすると、わたし達の位置を確認した神が、わたし達をつかまえるのに、何の手数もかからず、わたし達は逃げまどうだけ。

絶望的な迷宮だ。絶望的な。

「トゥード」

絶望的な……ぜつぼうてきな……心の中に、そのリフレインをひびかせていたトゥード、サーラの鋭い声で、正気にもどった。

「村で一番かしこい娘のあなたとしては、どの道を選ぶべきだと思う?」

「どの道も……どの道をとったって……」

「いい? よく聞いて、落ち着いて。あなたなら落ち着けるんだから。この迷宮の光が、太陽の光なら、夜になれば、この迷宮、まっ暗になるわ。夜になれば、ここのどこにいても、神様はあたし達を発見できない……と思いたいわね、たいまつ持ってたんだから、神様は夜目《よめ》がきかないって。そして、今、あたし達が神様に勝っているのは、たった一つ――時間よ。イアスを食べおわってから、あたし達をおいかけだすのなら、神様とあたし達の間には、数刻の差がある。その、数刻の差のうちに、できるだけ神様からはなれて、夜まで逃げおおせれば……まだ、可能性はある」

「……サーラ、あなたって……」

トゥード、目をみひらく。尊敬の色がうかぶ。

「そうね……確かにそうだわ……まだ、可能性はあるかも知れない」

じっと、道をみつめる。下手《へた》にまがりくねったりせず、ここからできるだけ距離がかせげそうな道、それを選ぶべきだろう。出口へ続く道はどれか、ということに関するヒントが何一つないのだから、どれだけ神から離れられるか、を問題にすべきだろう。

「左から二本目の道……これにしましょう」

「判った」

サーラ、にっと笑って、トゥードをみつめる。

「頭使って考えることは、全部まかせる。あたしじゃ全然、判んない」

「ううん、そんなこと……サーラの方が、余程《よほど》落ち着いてるじゃない」

「山で灰色熊《ぐま》と出喰《でく》わしたら……熊は、こっちが落ち着くのを待っててくれないからね」

二人の娘は、はだしの足をそっと道にふみだし――最初はゆっくりと、ついで、いささか速足に、歩いていった。

☆

床は――壁は――冷たかった。ひんやりとしていて、すべっこく。

「どうしよう。また、道が分かれてる……」

「登り坂の道がいいと思う。……気づいた?」

「何」

「こころもちだけど、空気があったかくなってるわ。ここにはいった頃より。ずいぶん、地上に近くなったせいだと思う」

「そういえば、今までにだいぶ登ったものね……そうか、地上に近い方へ続く道を選んだ方がいいわね」

登り坂の道は、すこし、つるつるしていた。

「下手に転ぶと、すべり落ちるかな……」

サーラがこう言って、トゥードがかすかに微笑をうかべる。だいぶ、二人の娘の気分はリラックスしていた。軽口がたたける程に。

あのあと、数刻。最初のうちは、神がいつ迷路に姿をあらわすかと、振り返ってばかりいたが――角をいくつかまがり、だいぶ入り口から離れるにつけ、段々、入り口のあたりが青くかすんできたのだ。案外、壁は厚いようで、壁二枚くらいが間にはさまると、もう、透きとおっているとはいえなくなるのだ。壁の青味がものの姿をかくしてしまう。今や、入り口のあたりは完全に青く、見透かせない。

こうしてみると。逆に、この迷路が、たよりになってくるから不思議だ。神様が、彼女達を探そうとしても、迷路のどこに小娘二人かくれているのか、そうそう判るものではない。

そして。道は登ってゆく。地表に近くなってくる。

これ程いりくんだ、道のやたらある迷路なのだから、そうそう楽に抜けられる訳はない。理性でそれが判っていても、現実問題として道が登り坂で、あたりの空気があたたまってくれれば、出口は近いという夢を抱《いだ》いても無理はない。

「あ……あら」

ふいに、トゥードが歩みをとめた。

空気の色が変わった。つめたい、青味のかかった色をしていた空気が、いつしか、やわらかいあたたかい色になってきた。

「陽《ひ》が……おちるのかしらね」

「多分」

おそらく、ハノウ山の端は、きれいな朱に染まっているのだろう。ラビリンスの壁は、床は、天井は、すべてその朱をうけて――あたたかい、ほんのりとしたオレンジ、ゆるやかな、黄色がかった甘い金色、ふんわりねっとりとした空気に満たされていった。
それから。徐々に、自然は、迷宮の中にうすずみ色を刷《は》いていった。最初はかすかに、うすい墨。色彩の、喪《そう》失《しっ》感。それから、降りてくる、濃い闇。

「……暗くなったね」

「……ん」

二人の少女は、顔をみあわせ、かすかに微笑《ほほえ》む。これで、たとえ神が近くに来ても、見つかる危険性はずっと少なくなる。

そしてまた、二人は歩きだす——。

☆

夜。

遠くで、獣のなく声がする。

サーラとトゥードは、しっかりとお互いの手を握りしめて、そろそろと迷宮の中を歩いていった。

「……だいぶ、登ってきた筈《はず》よね」

「……ん……」

もう、何度となく交わした会話を、また口にする。

「もうそろそろ出ても……」

視線は、前方にむかう。

道は、どんどん登っている。どんどん出口に近くなっている。その思いが、娘達の足をつきうごかしていた。

緊張感は、まだ去っておらず、また、出口が近いという淡《あわ》い期待が、二人の足を休ませなかった。

「あ！　トゥード」

ふいに、サーラが立ちどまる。今までは、それでも小声で話していたのに、まったくあたりをはばからない大声で。

「何」

「トゥード！　トゥード！」

トゥードの手をつかんでふりまわす。

「月よ！」

迷宮の、天井。今までは、天井の上にも更に道があり——迷宮は、立体的に、幾層にもなっていたのだが、今。天井を透かして。かすかに、二つ、円盤が見える。大きな赤い月、小さな白い月。あれは、まごうかたなく——夜、空にかかる、月。

「だいぶぼんやりだけど……よく見れば、星も少し、あるみたい」

トゥードの声も、はずんでくる。手を伸ばして、天井にさわる。この岩のむこうは——外界。

二人は、いつしか、走りだしていた。外に出られる。あと、ほんの少し、登れば。外へ。

だいぶ走った。ずいぶん走った。不思議とそんなに苦しくなく——。

「サーラ！」

トゥードが、その理由に気づいて、また叫び声をあげた。今度の叫びは、つい先刻サーラがあげた、期待に満ちた叫びではなく――絶望のうめき。

「道が――下ってる！　下り坂になってる！」

走るにつれて加速がつき、いやに楽に走れたのは――道が下り坂になっていたからだ。ふと見れば、いつの間にやら天井のすぐ上は外界ではなくなったらしく――かすかな月、かすかな星は、もう見えない。

「どうしよう……この道、違ったんだわ。別な道なのよ、本来たどるべきだったのは」

二人の娘は、その場に崩れるようにすわりこんでしまった。が……やがて、サーラが意を決して――重い声をしぼりだす。

「もどろう」

「どこへ？」

「先刻の――月の光が見えたとこ。こんな、透きとおった壁、一枚なのよ、間をへだてているのは。これくらい――破ってみせる」

この壁は、神の崖と同じ岩でできているらしい。それを思うと、トゥードは、この案に賛成しかねた。

神の崖。何度か、あれを壊そうとした。でも、かなりかたい道具を使ってさえ、あれは壊れず……。

ただ。この場合、他にとるべき術《すべ》がない。それもまた、確かだ。

サーラを信じてみよう。いつの間にか、トゥードには、この年下の女の子をたよる気分が生じていた。わたしより、はるかに強くて、はるかに落ち着いているサーラ。彼女なら、あるいは。

が。数分後。

サーラもトゥードも、銀の剣やこぶしでは、とても破ることのできない――いくらひっかいても、かすり傷らつかない、ガラスとはそもそも較《くら》べものにならない硬い壁、硬い天井の前で、すわりこむことになった。

☆

白々と――そして、つめたく青く。

迷宮は、また、輝きをとりもどしてきつつあった。

陽の出の瞬間。暗闇が、濃青となり、その青さが徐々にうすらいでゆく。そして――おそらく、今日は少し雲があり、雲のすき間から一筋、陽光が差しているのだろう――強い白い光が、ななめ上方から迷宮の中を切りさいてゆく。

トゥードとサーラは、目の下に隈《くま》を作りながら、中を歩いていた。

結局、一晩、歩きづめだった。あのあと、何度か、星や月が透けてみえる場所を通った。そのたびに、淡い期待に心を震わせ――結局、また道は下るか――あるいは、ゆきどまりに出喰わした。

もう、自分がどこにいるのか、スタート地点はどちらの方向か、まるで判らなくなってきていた。だから、今、スタート地点からはなれているのか、もどっているのか、まるで判らず――そもそも、夜の間に神が迷宮の中にはいってきて、今、すぐ近くにいるのかも知れないのだ。

怖かった。

娘達は、本気でこの迷宮をおそれた。角をまがると、むこうから歩いてきた神に出喰わすかも知れない。その辺の、深い青のかすみの中から、いつ神がその恐ろしい姿をあらわすかも知れない。一晩徹夜して――眠気すら感じるゆとりのない――恐怖。

また。飢えと――いや、それよりも、何にもましてたえがたいのが、かわき。穴におとされる前、御酒《ごしゅ》を飲んでから、二人共、水は一滴も口にしていなかった。これでまた今日一日、水を口にできなかったら――間違いなく、かわき死ぬ。

水。みず。

それを考えると、むしろ、あの暗い洞窟《どうくつ》の中が恋しい。あそこは、壁といわず床といわず、水がわきでていたようだった。しかし、あそこへもどれば、出口から遠くなることは間違いなく確かで――その上、あそこへのもどり方も、もう判らない。

半《なか》ば狂いそうな、どこかへ行ってしまいそうな理性を、何とか手中におさえておこうと、トゥードは、たえまなくしゃべり続けていた。しゃべって――話す内容を考えてさえいれば、まだ、正気でいられる。

「ね、サーラ。あなた、この迷宮が自然にできたものだと思う？」

「まさか」

サーラも、同じ理由で――意識を、トゥードの話す内容にむけ、それを理解しようと努めている間は、かろうじて正気でいられる――、トゥードの話に熱心にあいづちをうっていた。

「神様がお造りになったものでしょ」

「だとしたら、おかしいと思わない？」

「何が」

「天井の高さよ。わたし、村の娘としてはずいぶん背の高い方だけど、それでも、神様よりはだいぶ低いわ。そのわたしが、手をのばせば天井をさわることができる――ということはよ、神様、よほど身をかがめないと、ここの中を歩けない、うっかり背をのばせば、必ず天井にぶつかるってことでしょ」

「そういえば……そうね」

「この迷宮は、あきらかに人間の身長にあわせて造ってあるのよ。……何で神様、わざわざ人間の身長にあわせて、こんなものお造りになったのかしら。あの……洞窟の方は、神様の身長にあわせてあったのに」

「うん……変ね」

「変よ。大体、ここに神様がおすみになっているのなら——それだけなら、何で迷宮なんて、お造りになるの？　サーラだって、まさか、自分の家を迷宮にしたいだなんて思わないでしょ」

「うん……」

「迷宮の意味は——こんなものを造る意味は、二つしかないと思うの。一つは、何かを封じこめること。もう一つは——遊びよ」

「あそび？」

「そう。もし、わたし達がものすごくお金と暇《ひま》を持てあましていて——こんなものを造る方法があったら——迷路あそびって、おもしろいかも知れない。お父さまに昔聞いたんだけど、町には装飾庭園ってものがあるんですって。草木をね、動物の形にかりこむの。オーガルとか、熊《くま》とかね」

「そんなことしてどうするの？　まさか、オーガルが、木のオーガルにひきつけられてやってくるって訳じゃないでしょ」

「飾りよ。光る石を髪につけるのと同じ。……同じような話で、生け垣迷路って聞いたことあるわ。もっとずっと小さいものだけど、木を迷路になるようにうえるの」

「町の人ってろくなことしないのね……。詩とか、音楽とか、おなかのたしにならないものばっかり」

「まあ、そうだけど……。でね、神様が神様自身を封じこめる為《ため》——っていうのも変な話だけど、とにかくそういう目的でラビリンスを造ったなら、自分の身長にあわせると思うの。迷路遊びの為に造ったのなら、なおさら。だとすると、答は一つよ。この迷路は……人間が造ったんだわ。……あ、もう一つ考え方がある。この迷路を造った頃、神様の身長が人間並みだったってこと」

「まさか」

「そうね、まさかね……。それにしてもこの迷路、一体どんな岩でできているのかしら」

　絶え間なく続く、トゥードのおしゃべりを聞きながら、サーラはサーラで、トゥードに軽い尊敬の念を抱きはじめていた。

　迷宮の高さ。確かに、言われてみれば、この高さはおかしい。でもそんなこと——言われなければ、思いつきもしなかった。

　トゥードは、村の一般の女の子の常として、狩りをしない。獣を追いかけるのには体力がいるし、殺すのには筋力と気力がいる。女は普通、そういう面では、男におとる。

　が。トゥードなら、たとえ、体力や脚力や腕力がおとっているとしても、充分、狩りができそうだ。その、知力と観察力。山道でオーガルをおいかけることはできなくとも、オーガルの巣をみつけ、立派なわなをしかけることならできるだろう。

サーラと、リュイ。守る者が男で、守られる者が女なら、逆転した関係だと思っていた。どう考えても、サーラがリュイを守る方が自然だったから。同じような意味で、トゥードとリュイも、逆転した関係といえるのではないだろうか。

「トゥード！」

小さな——しかし、はっとする程緊張感に満ちた声で、ふいにサーラは叫んだ。考えごとも何もかも、一時中断。だって——このにおいは。

「何？」

こちらも同じく、緊張して、トゥード、聞き返す。

「みず……じゃない？」

あまりのかわきが生んだ幻《まぼろし》。そうは思いたくなかった。このにおいは——そんなに強くはないけれど、このにおいは。あきらかに、かぎなれた、水のにおい。人間としては、相当野生動物に近い方のサーラ、山で、泉を探すのは得意だった。

「水？　どこに」

「水のにおいがしたわ」

しずかに、気を落ちつかせて、もう一度意識を集中する。確かに水のにおい——そして、よくよく耳をすませば、小さな滝のような音。

目前の道は、しばらくまっすぐ行き、すぐ折れていた。折れた先の方は、道が何本かかさなっているのか、厚い壁があるのか、青くかすんでいる。

「あの角の方……？」

「だと思う」

音は、確かに、そちらの方から聞こえてくるようだった。

目と目をみかわし、二人の娘は、足早やに歩きだした。

☆

角を、まがる。

と——本格的な、まぶしさ。

上が——天井が、青い。それも、ガラスのつめたい青ではない、優しいたいらかな青。処々《ところどころ》に雲——そして、太陽。

空だ。そしてここは——出口？

もし、これが出口だとすれば、あまりにも許しがたい——今までの苦労は何だったのかと問いたいような出口だった。何故《なぜ》ならそこは、人が出ることあたわず——垂直の、きりたった、七、八メートルもある壁が、そこを囲んでいたから。七、八メートルも上に地表があったとて、こんな何一つ足場のない壁を、どうやって人間が登れるというのだ。

そこは、広い部屋だった。直径三十メートルくらいの、円状の部屋。ほとんど一メートルおき程に、道が通じている。おそらくここは、迷宮のまん中の部屋なのだろう。

その、壁の一つを伝わって、水が流れていた。おそらくは、近くの泉から水をひいてあるのだろう。それが、壁を伝わって流れ、床に小さな池を作り――その池は、どういう仕組になっているのか、決してある程度以上、水をたたえはしなかった。

トゥードが、目を一杯にみひらく。あやうく、口から叫びがもれそうになる。

サーラは、素速く四囲をみまわした。何か武器になるもの――何か。

天井が高く、陽光がはいり、水がわき出、おそらくはこの迷宮の中心地であるここは――神の住居だった。

左の隅の方、半ばそこにある道にもぐるようにして、草をしいた寝どこのようなものがあった。あちらこちらの道の入り口あたりにも、何やら妙な――そう、それは、トゥードとサーラの意識からいえば、何やら妙な、としかいいようのない、用途の判らぬ――ものがあった。

そして、何より確かなのは。

二人の娘が息をのむ、その、音のない、しかしかすかな空気の流れ、気配に気がついた神が――その部屋の隅にいた神、その人が、ふり返ったから。

トゥードは、息をのんだ。息をのむのと一緒に、自分自身の理性をも、のみこんで。神の視線。それが、トゥードの体をつかんでおり、動くことはおろか、サーラの顔を見ることすら、できなかった。ねっとりと、体にまとわる、重たい、抵抗感のある神の視線。そして、石と化してしまったトゥード。

サーラは。武器を求め、あたりを見まわしていた。武器。何でもいいのだ。この、かざりものの銀の剣より切れるものでさえあれば。

サーラの体にも、神の視線は、重たくまとわりついていた。重い視線――目で、対象物を見る、という作業が、これ程の圧迫感を持つものだと、サーラははじめて知った。それ程の力を持つ、神の瞳。

そして。神が――一瞬、呆然《ぼうぜん》としていた神が、正気にもどる直前、サーラの目は、あるものにすいよせられていた。

長剣。金の。

あるいはそれは、金にみまごう何か他のものだったのかも知れない。金――奥床《おくゆか》しい、輝き。が、その剣は、金色はしていたものの、はるかに派手な、力強い――金よりもずっと切れ味のよさそうな雰囲気《ふんいき》を発散していた。切れる。

サーラの頭の中に、まず、この言葉がうかんだ。この長剣は、切れる。あたしの持っている、いけにえの持たされている、銀の剣より、はるかに。

目で、神と自分の間、そして、自分と剣との間をはかる。

間にあう。

神が、どんな攻撃をしかけてきたとしても、あたしがあの剣を持って、神と戦うことは、物理的に可能だ。サーラが剣にとびつくのと、神がしゃべるのとは、ほぼ同時だった。

「どうしてだ……」

神は、半ば呆然とこう呟いたのだ。

「どうして逃げないんだ……どうしてわしの前に戻ってくるんだ……。わしは」

空を見あげる、神の目。その目にたたえられていたのは――涙。

「わしは……わしが何をしたというのだ。どうしてわしだけが……よるな！」

最後の〝よるな〟は、サーラへの言葉。金の長剣をかまえたサーラは、じりじりと神に近づきつつあったから。サーラは、もう何も考えてはいなかった。神の言うことも、言葉としては理解できない。

が。想いは、判った。

逆流する想い。

リュイ。生き物を、殺せないリュイ。生き物を殺すことに苦痛を感じるリュイ。

本当のリュイが、どんな男であるかは、もうどうでもいいことなのだ。ただ、サーラの頭の中では、リュイという名は、生き物を殺すことに苦痛を感じる生き物、というものになってしまっている。

ここに、サーラがリュイを愛した、もう一つの理由がある。

サーラ。軍神ラーラの化身の少女。村一番の狩人《かりゅうど》。そのサーラが、生き物を殺《あや》めるのに苦痛を感じるとは、よもや誰も思うまい。が、サーラは、間違いなく、ある苦痛を感じていたのだ。

リュイにした、オーガルの話。あれは……正当防衛。仔《こ》オーガルを持った親オーガルの残酷《ざんこく》さを、ことさら強調したのは――まるで意味もなくあの話をしたのは――かつて、何度か、仔オーガルを持つ親オーガルを殺したことがあるせい。サーラが殺したオーガルにつきまとい、ミイミイとなく、仔オーガルを見たせい。そんな状況を見て、なおかつ平気でいるためには、オーガルが残酷な獣であるとでも思わなければいられないし――また、リュイに、自分の無実を――オーガルを殺した自分の無実を、無意識に主張したかったせい。

今。ラビリンスの中を満たしている苦痛。殺したくはないのだ、という、神の苦痛。それは――判った。感じとれた。

が。

が、理屈はどうあれ、感情はどうあれ、あたしはオーガルを殺す。人はオーガルを喰う。神は人を喰う。

ぴいんと、糸が張った。緊張、という名の、サーラと神との間の糸。喰われるものと喰うものの間の糸。

「二度目だな……おまえがわしに刃《やいば》をむけるのは……」

神が呟く。サーラは答えない。はっはっはっという、サーラの息づかいが、妙に耳障《みみざわ》りに聞こえる。

トゥードは。何もせず――何もできずに、立っていた。サーラと神との間の緊張は、トゥードのたちいることができないもので、また、同時にトゥードは、感じていたのだ。

神は、イアスを喰った。過去、何人何十人という、いけにえを喰った。確かに。

が、神は。人間を喰いたくないのだ。そんなことはしたくないのだ。あきらかに。

また。神は――今の神の台詞《せりふ》は。

喜んでいる。神は。サーラがここにいることに。

二度目だな。それは、確認のひびき。一度なら、あまりの恐怖に狂った人間は、神に刃をむけることができるかも知れない。が、二度、神に刃をむけることができる、というのは、まぎれもなく、神に殺意を抱いている証拠。神を殺せる意志力を持っている証拠。

どれ程、待ったろう。

トゥードは、神の意識を、殆《ほと》ど肌で感じることができた。

どれ程、待ったろう。

そう、神は思っているのだ。

どれ程、待ったろう。わしに刃をむけることのできる人間を。わしを殺せる人間を。

神は――これは推論でも何でもない、間違いなく神は、待っていたのだ。おのれが殺される、その時を。

死にたがっている神。

そのイメージが、強くうかんだ。

そして。トゥードは、動けなくなった。神とサーラの、両方の意志の間にはさまれて。両方の――あまりの意志の強さに、けおされて。

ただ、点。

サーラは、それだけを、意識していた。

ただ、点のみ。神と、自分の剣の先を結ぶ一点。どちらかがどちらかの意志にまけた時――この一点上で、勝負がきまる。

ただ――点、のみ。

そして、サーラは、動いた。

☆

肩。左肩から、ざっくりと。

神は、その場に崩れた。

神の左肩から、胸へむけて。サーラの剣は、切っていた。金の剣は、神の肩に埋まり――赤い血が、同じ生き物の証拠である赤い血が、肩から流れていた。神の。

また、サーラは。右足から、腹へむけて、ぱっくりと、肉がひらいていた。

サーラは、上から神へきりつけた。神は、ほとんど反射的に、下から上へ、手を動かした。おそろしく切れ味のよい、爪《つめ》のある腕を。

　結果。神の肩に金の剣はうまり、神は肩先からざっくりとけさがけに切られ――サーラは、右足から腹へ、逆けさに切られた。

　双方とも、放っておけば、死ぬ可能性のある傷だった。

　そんななかで。サーラは、生まれてはじめて、完全な敗北を味わっていた。

　神は、サーラに、切られてくれたのだ。切られたいと神自身が思っていて――だから、サーラは、神を切ることができたのだ。サーラが傷をおったのは……生物として、どうしてもなくすことのできない本能につきうごかされた、神の手の動き故《ゆえ》。もし、神が本気で自分の身を守ろうとしていたら――おそらくサーラは、即死していたに違いない。

「トゥード……」

「娘よ――」

　期せずして、傷ついた二人は、ほぼ同時に声をだした。

「逃げなさい。あるいは……とどめを、刺してくれ」

　神は、こう言った。サーラは、――何も、言えなかった。

　とどめを刺して。

　これは、サーラがトゥードに頼もうとした台詞。神に、とどめを刺して。首を切って。

　が、サーラは、ついに、この台詞を口にすることができなかった。

　何故なら、神は、みずからサーラに殺されようとしたのだから。神が、みずから死のうと思いさえしなければ、そもそもサーラが助かる筈がなかったのだから。

　生物としての格をかけた戦い。それに、サーラは、負けたのだ。敗者はおとなしく勝者に喰われるだけ。それが、サーラの知っている、生物界の原則であり……サーラがトゥードに、とどめを刺すことを依頼するのは、生物界のおきてに反した、ひどく恥ずかしい行為なのだ。

　あたしは確かに負けたのだから。その、恥の思いが、サーラをうちのめした。

「娘よ」

　黙っているサーラを無視して、神はこう言った。

「わしの体から、剣を抜きなさい」

　トゥードは、あやつり人形のように、何も言わず、何も考えず、神の言葉に従った。筋肉がしまって、なかなか抜けない剣。それを、満身の力をこめて引き抜く。筋肉の繊維が切断される、いやな音。

　ああ。危ないな。

　サーラは、うすれてゆく意識の中で、ぼんやりとそう思った。

止血もせずに、剣を引き抜く。これは、死期をはやめる、一番確実な方法だ。体力がごそっと失われたところへもってきて、血を——生命の泉を、大量になくすのだから。

「その剣をかまえて」

神の声は、しかし、何の感情もないように続く。

「わしの首を切りなさい」

え？

トゥードは、今度こそ、あきらかに、そういう顔をした。

「わしは今、だいぶ弱っている。殺すなら、今だ。今、おまえがわしを殺さずにいたら……怪我《けが》が治った時、わしはおまえを喰うだろう。命がおしかったら、今、わしを殺すように……殺してくれ」

サーラ。

トゥードは、目でそう言い、サーラの方をふり返った。これは……どういうことなの。わたしは、どうしたらいいの。

サーラは、そんなトゥードの思いが判っていながら、目を伏せた。あたしには、口をだす資格がない。そう思っているようだった。

「どうして……神様」

しばらく迷ったのち、トゥードは、剣をおいた。神のそばに座りこむ。

「教えて下さい、わたしに。何故、神様は死にたがっているのですか。先刻——神様が、サーラとたちあった時、判りました。この空間一杯、神様の想いが満ちていました。死にたい、という……。その理由が判らなければ、わたしは神様を殺せません」

「サーラ……。サーラというのか、娘よ」

神は、いとしいものを見るかのように、何とも優しい視線を、サーラにむけた。

「わしを殺そうと思ってくれた——わしを殺せるだけの意志力を持った類《たぐ》いまれな娘——サーラ、というのか」

サーラ、という名前が、たとえようもなく甘美なものであるかのように、神は口の中でその名を繰り返した。

それから、ゆっくりと、視線をトゥードにむけて。

「もう一人の娘よ。おまえの名は」

「トゥードといいます」

「おまえもかわった娘だな……。いくら弱っているとはいえ、わしは、この位置ならおまえを殺せるぞ。……怖くはないのか」

「怖いです。でも——それ以上に、知りたいんです。〝字〟という魔術を」

「字？　おまえ、それを誰に聞いた」

「父です。神官の」

それからトゥードは、まっすぐ、神の金色の瞳をみおろした。そして。

「わたしは――この命にかえても〝字〟という魔術をおさめたい。この世の中の不思議を知りたいんです。すべてのもののうしろにある本質、真理というものを知りたいんです。いろいろな、判らないことに、正しい説明を聞きたいんです。……神様。お願いです、わたしに教えて下さい。〝字〟という魔術を。その他の真理を。それが知りたくて――わたしは、一度、どうしても神様にお目にかかりたかったのです」

　神の目が、みひらかれた。

「驚いた……これは」

　かすかに、こう呟く。

「一千年の間、わしを殺せるだけの精神力を持った人間は、一人としていなかった。一千年めに、ようやくその娘――サーラに、会った。一千年の間、わしの知識をうけつぐ意欲を持った人間は、一人としていなかった。一千年めに、ようやくその娘――トゥード、おまえに、会った。驚いた……。トゥード、娘よ。おまえの知りたいのは、字だけか？　それを教えたら、おまえはわしを殺してくれるか？」

「〝字〟と――あと、いろいろな、この世の真理を。それから、わたしに理解できないことを。例えば、このラビリンスは、人間が、何かを封じこめるか、あるいは遊びとして造ったものですね？」

「そうだ」

　神の目が、さらに大きくひらかれる。

「どうして判った」

「神様が、こんなラビリンスをお造りになる訳がありません。ここは、神様の身長からいえば、小さすぎる。どう見ても、人間の身長にあわせて造られたものです」

「そのとおりだ。トゥード――そのとおりだ。その事実から、おまえなら、どんな推論をひきだせる？」

「太古――人間は、もっとかしこかったのです、おそらくは。もっとずっと進んだ英知を持っていて――どういう訳か、それがうしなわれたのです」

「そう。昔――太古、人間は、わしらの種族よりはるかにかしこかった」

　神様は、目を伏せる。

「我々は――人間によって、造られた種《しゅ》なのだ。人間は、我々の親なのだ。キメラのようなもの――と言っても判らないだろうな……。遺伝子工学の精髄《せいずい》――異なる二つの生物のＤＮＡが組みあわされ、また、遺伝内容を操作されてできた種が、我々強人類――実験体第二十六号群だ……」

「いでんしこうがく……でぃいえぬえい……？」

　まったく耳慣れない言葉を聞いたトゥード、おうむ返しにこう言う。神、苦笑して。

「いくらおまえがかしこくても、順をおって話さなければとても判るまいな。それにしても……」

何やら、もぞもぞと、口の中で呟く。

それにしても、驚いた。

この娘――トゥード。彼女が持っているのは、わしの知識をうけつぎたい、という、意欲だけではないらしい。あの極限状況下――わしに追われ、命からがら逃げている、という状況下で、このラビリンスの大きさのおかしな点に気づくとは。

きちんとしたものさしを持った娘だ。

通常の人間なら、自分の感覚をものさしにするだろう。自分の身長の倍以上の処に天井があれば、高い天井だと思い、自分のつま先がちょっとひっかかる程度のくぼみなら、小さい穴だと思う。

が。人間が高い天井だと思っても、それは灰色熊にとってはちょうどいい高さだ。人間にとって、どうということのない穴だとしても、小さな虫にとっては大きな穴だ。

この娘は、充分、客観性というものを持っている。頭の働きも、なかなかのものだ。

この娘なら、可能かも知れない。教育のしかたにもよるだろうが――おそらくは。わしの持っている知識を、うけつぐことが。

「変……だわ」

ふいに、トゥードが呟いた。神の心は急に現実にもどってくる。

「何が」

「あ……いえ」

トゥード、無意識にもらした一人言が、神に聞こえるとは思っていなかったのだろう。少しどぎまぎする。それから、思いを決したように、

「あの……神様が、この迷宮は人間が造ったものだとおっしゃってくれたので……あらためてあたりを見まわしたら……すごく、変だと思って。あの……ここには、神様がお造りになったものは、ないのではありませんか？この剣も……あちらにある、毛布のようなものも、そちらの用途のよく判らない丸いものも……全部、人間が使うのにちょうどいい大きさをしている……」

水のそばにある、コップのようなもの。肉をそぐ為の小型のナイフのようなもの。すべて、神が使う為のものだと思うと、小さすぎる。

それに。

それに。考えてみれば……神、自体がおかしい。

全身を毛でおおわれた生物。こんな生き物が、布を造る必然性は、そもそもない。毛布のようなものが、ここにある意味がない。

二本足で直立し、身長が三メートルもある生物。こんな生物の頭に角《つの》がある必然性は、どこにあるのだ？

「つのの……使い道がない……」

「え？」

「あ、あの、いえ……ちょっと思ったんですけれど……例えば、やまひつじなんかの角ですけど……あれは、やまひつじが四つ足で歩いていて……敵にむかって走っていった場合、頭がまず一番先にあるから、角が使えるんですよね。二本足で歩くものに角があっても――頭をかがめて、四つ足に近い格好をしなければ、角がある意味がないのではないかと……」

可能かも知れないどころのさわぎではない。

心中、舌をまく思いを、神は覚えていた。

充分、可能だ。この娘のかしこさなら。神の体型は不自然だ――何故なら、二種類の生物の遺伝子を勝手につなぎあわせたものだから。そもそも、生物学的にみて、自然に適応していない姿をしている。

が。人間がそれに気がつくとは、思いもしなかった。

神話の世界は、充分異常な世界。神とか悪魔とか妖精《ようせい》などというものは、それがどんなに生物学的にみておかしな姿をしていても、神であるというだけで許される筈なのだ。

トゥードは、不条理を不条理として認めない――不条理の奥底には、必ず、論理的に解明できる真実があるということを、本能的に知っている。これだけ科学的な目を持った人間が、中世並みの世界観を持ったこの時代に存在しているとは……。

一千年、待った。

サーラを。わしを殺せるだけの精神力を有した娘を。トゥードを。わしの持てる知識をうけつぐだけの器《うつわ》を持った娘を。

一千年、待った。そして……待っただけのかいがあった。

サーラは、その間、完全に沈黙していた。

神の言うことは、頭から理解不可能だったし――トゥードの台詞にしろ、一体何を言いだすのやら。

しかし、神の、トゥードの目の輝きを見ていると。どうやら、この訳の判らない会話は、この二人に何よりの喜びをもたらすらしいのだ。

トゥードにも神にも、こんなことをしている暇があるのなら、他にするべきことがあるだろうに。

トゥードは、こんな会話をかわす暇があるなら、神にとどめを刺すか、あるいは逃げるべきだ。

神は、こんな会話をかわす暇があるなら、トゥードを殺すべきだ。

神は、人を、喰う。

この基本大前提を無視して、この二人は一体何をしているのだ？

狩りのまっ最中に、狩人と獲物が仲良くおしゃべりをする。こんな異常な事態があっていいものなのだろうか？

「娘よ」

まじまじと——愛情のこもったまなざしでトゥードをみつめていた神、ふいに思いだす。

「もう一人の娘——サーラの、手あてを」

はっと、トゥードは我にかえる。そうだ……サーラ。神は、この時、もう忘れていた。つい先刻、神自身がトゥードにとどめを刺してくれと頼んだことを。何百年ぶりかに、神は、感じていた。生への執着《しゅうちゃく》。生きたい。切実に思った。死にたくはない。トゥードに——教えることのできる相手、神の教えることを、充分理解可能な相手に、めぐりあったから。

同時に。

わきあがる、恐怖。何百年ぶりにか味わう心の奥からの恐怖。

わしの神経は、もつだろうか。

殺したくない。サーラを。トゥードを。

それは、先程までの、人間を殺したくない、という意識とは、基本的に異なった意識。

サーラは、わしを殺せる娘。

トゥードは、わしの知識をうけついでくれる娘。

今や、神は、両方に、愛情のようなものを、抱いていたのだ。

このまま、致命傷を与えられずに放置されれば——何回かの自殺未遂の経験から判っている——神の体のうちにあるたとえようもなく強い生命力は、みずからの体を治してしまう。間違いなく。

今は、いい。今は、傷つき、食欲もわかぬ状態。が、遠からず、完全にこの怪我が治り、健全な食欲をとりもどした時、わしは、この二人の娘を食べずにいられるだろうか。

食べない——と言いきる自信は、ない。

迷宮か。そうだ、迷宮——出口のないラビリンス。この二人の娘を、喰いたくはない。絶対に。強い思い。が、人肉を喰いたいという思いを、我慢できる自信はない。強い、本能。

二人の娘を喰わずにいる為には、みずからが死ぬしか手段がない。

わしが死んでしまえば、トゥードに知識を与えることができない。

果てしない——出口のない、迷宮。

その迷宮から、ことさらに目をそむけようと、神はしゃべり続ける。

「そこの——その地球儀の……ああ、判らないか、その丸いもののそばに、葉が何十枚かあるだろう。そう、それ……それをサーラの傷口にあてて……もっとしっかり……そう。それから、その毛布をとって、それをサーラにかけてやってくれ。……そうだ、それ」

トゥードも、また。

混乱していた。

サーラの怪我をあらためて見て、わく、混乱。

この、サーラの傷は、神がつけたもの。神は、その気になりさえすれば、いつでもトゥードを、そしてサーラを、殺すことができる存在。

トゥードが死にたくないのなら、神を殺すか、ここから逃げるか、するべきだと思う。神の怪我が治れば――あきらかに、トゥードも危ないのだから。

しかし、神を殺したくない。逃げたくない。この場で、神の口から、この世の真理をきわめたい。

結論がだせない。結論がない。故《ゆえ》に――思考は、すべて神にまかせ、神のいうとおり、サーラの治療を続ける。

サーラは。

一番混乱していた。誰よりも訳が判らなかった。

何故、神は、サーラの治療をしようとするのだ？　何故、神は、みずから死にたいなどと思うのだ？

生物は、生きている限り、他の生物を喰う。これは、何ら恥じることのない、生物の必然の行為だと思う。

なのに、神は。人を喰うことを、恥じ、嫌悪《けんお》している。あまつさえ、しとめた獲物――サーラを、助けようとしている。

雪ウサギに致命傷を与え、それを喰わず、それの治療をするオーガル。考えたくもない莫迦莫迦《ばかばか》しい光景。それが今、目前にくりひろげられようとしている。あまりに莫迦莫迦しすぎて――何が何やら判らない。


神の手の中に。

奇妙な、想い。

あたしは、今、神の手の中にいる。あたしがここで何をしようと、すべて神の手の中。いつでも、神は、その手を握ることができる。と、あたしは、死ぬのだ。あたしの手の中で、白い花が、かすかな液を――血を流して死んだように。くしゃっと。

売られてゆき、自分の意志をなくす。それと――ある面では――非常に似た図式だ。今の、この――神があたしを殺そうと思えば、いつでもくしゃっとあたしが死んでしまうというのは。

が。不思議なことに。それ程の――売られてゆく、という単語が、かつてサーラの心の中にかもしだした程の――不快感、脱力感はなかった。

あたしは、神に、負けたのだから。

敗者は、勝者の思うがままに、殺される。これが生物界のおきて。

全力を尽くしてあたしに抵抗し、負け、あたしに喰べられた、動物達。そのどれもが、その時――あたしに殺される、まさにその時、今のあたしと同じような、一種倒錯《とうさく》した感情を味わってくれたなら、嬉《うれ》しい。

どこをどう間違っても、あたしは神に勝てなかったのだから。

それは、投げやりなあきらめではない。もっと、どこか悟《さと》りに似た、快感。

　自分のもてる限りの力を尽くした、そのあとにおとずれる快感。もてる限りの力を尽くして負けたなら、喰われても仕方がない――持てる限りの力を尽くして、なお、負けた相手に喰われるのなら、それは、例えば、ついうっかり崖をすべりおちて死ぬ、などという死に方より、まだまし。少なくともあたしは全力を尽くしたのだから。

　サーラは、のんだ。神がトゥードに指示した薬――シケツザイとかエイヨウザイとかチンセイザイとかいう、意味の判らぬ名称の薬を、全部。

　それは、生物としての格をかけた戦いにまけた生物として当然のことで――たとえ、この中に毒がはいっていて、自分が死ぬことになったとしても、それは仕方のないことだと思った。

　そして。こうして、どこか倒錯した悟りに似た敗北は、甘く――また、鎮静剤の効果で、サーラはゆるやかな眠りにおちていった。

☆

「遺伝子工学というものについて説明しよう」

　サーラの治療がおわり、サーラが眠った頃。神とトゥードは、まだしゃべり続けていた。神は、ありとあらゆる治療を拒否し、トゥードは訳が判《わか》らぬままに（とにかく、治療をしようとすれば、神は、その怪我《けが》をした体をひきずって逃げ、また傷口が開くのだ）、神の治療を断念しており、今は一心に神の声に耳をかたむけていた。

「設計図、というのは判るか？」

　せっけいず。トゥード、言われた台詞《せりふ》を何とか理解しようと、心の中の辞書を繰る。前にどこかで聞いた言葉……ミューズの家。

「石造りの家を建てる時に、地面に線をひきます。ここが壁、ここが扉、といった具合に。わたしの村では、地面にひいた線の上に直接石を並べるんですけれど……町では、実際の大きさどおり線を引く前に、小さな絵を描いてみるんだそうです」

　これ、設計図っていうのよ。この村で、ちゃんと設計図をひいて家を建てたのは、うちぐらいなものなんだから。いつぞや、ミューズが自慢していたのを思いだす。

「確かそれが設計図……」

「まあ、そうだな。非常に原始的ではあるが確かに設計図だ」

　神は、苦笑をうかべる。

「設計図とは、あるものを作る前に、それが完成した姿を描いたものだ。……逆に、設計図があるから、きちんと家ができる」

　トゥード、かすかに不満そうな表情をする。木造のトゥードの家は、設計図などなかったが、ちゃんと建っている。神、敏感に、このトゥードの感情を読みとり、続ける。

「まあ、今の状態では、村の家の過半数には設計図などないかも知れないが……もし、今、ここに家があって、それと、大きさも形もまったく同じ家を建てようと思ったら、設計図なしにできるかな」

「ああ……はい、判りました」

トゥード、得心《とくしん》の笑。

「家なんかは、最終的に扉と壁と屋根があれば、どんな大きさでも、どこかがくぼんでいても、真四角でなくても住むことができますけれど……設計図、というのは、そういうずさんなものを造る時ではなくて、何か、もっと細かい、狂いのないものを造る時、いるのですね」

「そうだ。さて、今、ここにオーガルがいるとする。オーガルの親から子供が生まれたら、それは一体、何だ？」

「……オーガルの仔《こ》です」

トゥード、神の言葉の真意がよく判らない。

「では、何故《なぜ》、オーガルの親からはオーガルの仔が生まれるのだ」

「え……あの……それは……」

オーガルからはオーガルが生まれる。人間からは人間。そんな常識的な事実を、疑ったことはなかった。が、今、こうしてあらためて聞かれてみると……本当に、何故、人間からはオーガルが、オーガルからは灰色熊《ぐま》が生まれないのだろう。

「すべての生き物は、体の中に命の設計図を持っている。この命がどんなものになるか、それを示した設計図だ。母親の胎内《たいない》にいる時、子供は、命の設計図にあわせて、自分を作るのだ。オーガルの仔は、オーガルに。人間の子は、人間に」

命の設計図。トゥードは、あらためて自分の体を見直した。このわたしの体の中に、命の設計図……。

「娘よ。おまえは父親に似ていような」

「はい」

背の高さ。どちらかというと、やせぎすの体つき。目の色。鼻の造り。よく、父親似だと言われる。

「しかしまた、母親にも似ていような」

声。母親そっくりだといわれる。それから、成長するにつれて、面影《おもかげ》というものが非常に母親に似てきたそうだ。

「父親は、自分の命の設計図を半分、おまえに与えた。母親も、また、半分。その二つの設計図があわさって、おまえができた。故《ゆえ》に、おまえは、父親にも母親にも似ておろう」

子供が、親に似る。親は、その親に似る。その親の親は、そのまた親の……そんなに長いこと、わたしの命は――わたしの命の設計図は、いろいろな人の間を流れて……。

親が、二人。親の親が、四人。親の親の親が、八人。

そして、十六、三十二、六十四、百二十八、二百五十六、五百十二、千……。

すぐだ。ほんの十代、さかのぼっただけで、わたしの命の設計図の基となった人は千人いる。

これだけ沢山《たくさん》人がいて、一人としてまったく同じ人がいない理由が、判った。ほんの十代だけで、千の設計図。そこにはいろいろな性質があったろう。そして、人の命の流れは、十代よりはるかに長い……。

トゥードは、圧倒されていた。自分の命のその重味に。わたしに似た人。わたしに命の設計図をわけてくれた人。それが千人……。

「その、命の設計図を、遺伝子という」

トゥードは、神の言葉を、半《なか》ば夢見心地に聞いていた、いでんし。判らないまでも、なにやら優しいひびき。わたしの遺伝子の千分の一は、十代前のおじいさんのもの。わたしの遺伝子の千分の一は、十代前のおばあさんのもの。

わたしが、もし、まだ村にいて、その時、両親と兄達とが死ぬと、わたしの家、たくわえ、服、石、すべてがわたしだけのものになる。こうして、親から子へ、子から孫へ、家だの光る石だのはうけ渡されていって……。

これを遺産という。

が。わたしの体は、そんなもののどれよりも大きな遺産だ。昔の——何千人もの人から、すこしずつ、わけてもらった遺産。何百年もの時を経て、すこしずつ、流れてきた遺産。

「わしは……おまえ達が呼ぶところの、神、正確には、遺伝子組みかえ実験体第二十六号群、仮称強人類は……妙な遺伝子を持った種族だ。……ロウグ、というのを知っているか？」

ロウグ。

あまりに異常な感動を味わっていたトゥードは、神がその言葉を口にする時、眉間《みけん》にうかんだ、恐怖、そして憎悪の色に気づかなかった。ロウグ、けがらわしいもの、恐怖の代名詞であるかのように、吐きすてるが如《ごと》く、神はその名を言った。

「ロウグ……伝説の、獣ですね？　大きく、四本足で、大きなするどい角《つの》と、するどい牙《きば》、尻尾《しっぽ》を持ち、非常に強く、何度殺しても死なない生物……。九つの頭の蛇《へび》と同じで、軍神ラーラがその頭を切ってはじめて死んだという生物……。性質はあくまで凶暴で、人肉を好んで喰《く》い、あたりの人間を恐怖におとしいれた生物」

「そうだ」

妙に悲し気に、神は呟《つぶや》く。

「軍神ラーラがどうのこうの、というのはさておき、ロウグは陸にすむ肉食獣のうちで、もっとも強く、もっとも凶暴な獣だった。ここ——半島部にはいないから、伝説の獣とされても無理はないが……かつては、内陸部に住んでいた、実在の獣だ」

けもの、というところにアクセントをおいて、神は、言う。そう。ロウグは獣で、遺伝子組みかえ実験体第二十六号群は人間だ。思えるものなら、そう思いたい。

「ロウグは……強かった。たんに力が強いというのではなく、生命力が強かった。治癒《ちゆ》能力——怪我を治す能力が、けたはずれだった。そこで人間は、莫迦《ばか》な考えを抱いたのだ。ロウグの強さを、人間がとりいれたらどうなるかと」

どんな怪我でも、たちどころに治ってしまう人間。超人願望を持つ人間にとって、それは見果てぬ夢だった。いつ、狂ってしまったのだろう。いつ。

人間の、遺伝子工学へのとりくみ方は、実におずおずとしたものだった。昔は。

遺伝子をいじる。それには、いくつかの、恐ろしい落とし穴があった。

まず、倫理《りんり》としての問題。遺伝子を組みかえる——それは、神の領域である。果たして人間が、それに手をだしてよいものか。果たして、人間が、それに手をだすことは許されるのか。

また、微生物の恐怖、という問題。初期のころ、遺伝子組みかえの実験は、微生物の類《たぐい》を主流におこなわれていた。すぐ増え、遺伝的内容が単純で、とり扱いが簡単であったから。が、それは、ある意味で、非常な危険性をはらんでいるものだった。

人間は、まだ、遺伝的に操作された微生物がどのような特質を持つか、百パーセント正確に予想できた訳ではなかった。うっかり間違って、今までのどの微生物よりも強い、怖ろしいものができたらどうする？　それが研究所からもれ、一般市民の間に感染したら？　微生物は、すぐ増えるのだ。

細心の注意が払われた。何重ものガード・システム、そして、遺伝子自体への細工。研究所の環境以外のところで、その微生物が生きてゆけないような。

市民達は、遺伝子工学の恐怖をしっかりと認識し、学者の自己規制を要求した——が。

そんなことは、する必要が、なかったのだ。

いや、学者達の良識を疑う前に、一般大衆は、もっと自分達の良識を疑うべきだったのだ。

時代の気分——この、言葉について。

もう、その頃は、核戦争の可能性は、ほぼなくなっていた。自分達の星を、何百回も完全に壊せる程の核兵器を、すべての国が有してしまっていたから。

すると。次にでてくるのが。

細菌兵器——生化学兵器。

遺伝子工学は、有効な生化学兵器を生みだすことが、最もできやすい分野である。

また、生化学兵器を使用する前には、できうることなら、人体実験をしたい。——まさか、一般市民を使う訳にはいくまい。

人間の培養細胞、これを少し発展させれば。クローニング技術の進歩。クローン人間に、人権はあるのだろうか？

この時期、歴史的バックグラウンドに〝戦争〟がちらつきはじめた時期、科学は、一斉に、怖ろしい程進歩した。そう、いつでも戦争は、爆発的に文明を進歩させる。時代の気分、というもの。

そして——はどめが、はずされた。

奇怪な生物が、次々と造りだされた。

遺伝子組みかえ実験体第十四号群——あるいは、ロウグの強さ。人の頭脳。この二つをかねそなえた生物は、理想的な戦士となる筈だった——あるいは、理想的な生物と。人類の超人願望の果てにうまれたこの生物は、強人類と名づけられた（また、長いこと人体のDNAをいじることを許されなかった科学者達のうち一部が、はどめがはずされたことを喜ぶあまり、我がちに人間のDNAをもてあそんだ、ということも、無視してはならないだろう）。

が。

強人類イコール狂人類であることに、やがて、人々は気づく。

ロウグの圧倒的な強さ、凶暴さ、特に人肉を好んで喰うこと。

これが、そのまま、強人類にもあてはまったのだ。

強人類は、人を、喰う。

本能、というものは怖ろしい。時として——いや、しばしば、人間の感情が理性を圧倒するように、強人類の本能はその理性を圧倒した。

人を見る——喰いたくなる。

非常に喉のかわいた人、丸一日水をのんでいない人が、水を見る。と、彼は、その水がきれいかどうかにかかわらず、それを飲みたくなる。飲まずにはいられない。同じように、強人類は——人間を見ると、喰いたい、という欲求をおさえきれないのだ。

なんという——なんという……。

強人類は——遺伝子組みかえ実験体第十四号群は、人類並みの知性を持っているかどうかをためされる為、人間と同じ教育をうけていた。人の命は地球より重い。そう教えられて育った強人類にとって、人をとって喰いたいという自分の本能が——本能であれば、それをなくすことはできない——どれ程憎らしい、おぞましいものであったか。

強人類は、悩み、死にたいと思い、ロウグのもつ異常な生命力が自殺をことごとく失敗におわらせ……。

そしてまた。

70

人類は、強人類のこの本能を知って以来、強人類を憎み、さげすんだ。ある点で、人類は、果てしなく勝手で自分本位になれるらしく……誰も、強人類を造ったのは人類であり、強人類自身も悩んでいるとは、思いもしなかった。

　そして、強人類は、閉じこめられた。

　そして……。

「ロウグの強さを人間が……?」

　果てしなく続きそうだった、神の思考は、トゥードの声でとぎれた。

「そう」

　神は、何とか思考をまとめ、台詞をしぼりだす。

「ロウグの命の設計図と人の命の設計図を半分ずつ持ちよった生物――それが、わしの前の代の生物だ」

　息つぎ。言いたくないことを、どうしても言わねばならぬ時のように。

「故に、我々は……このサイズの惑星にすむ二本足直立動物としては、異様に大きく、また不必要な角を持ち……同時に、人を見ると喰いたくてたまらなくなる、という本能と、怖ろしい程の強さを持つ」

　実験体第十四号群。この連中の悲劇は、まだおわらなかった。彼らは、更《さら》に悲劇的な子孫を、この世に残すことになる。

　遺伝子組みかえ実験体第二十六号群――すなわち、神を。

　ＤＮＡ――遺伝子。

　それは、人類に、大きな扉を開けてみせた。中に何があるのか判らない、いろいろな可能性を秘めた扉を。

　その中に。老化、という問題があった。人は何故、老いるのだろう。老いることがなければ――不老は、人類の夢である。

　グループＤ―32。強人類を造った科学者グループは、遺伝子レベルから見た老化、という問題にも、また、とり組んでいた。これが更なる悲劇の発端。

　物理的、化学的、栄養学的、生物学的に見て、最上の条件下で動物を育てても、必ずや、その個体は、死ぬ。また、こうした理想環境下で動物を育てても、その動物の最長寿命は変化しないのだ。生物には、おのおの種固有の寿命があり、それの限界は、環境によって左右されない。

　とすると。生物の寿命は、遺伝子の段階で、決められているのではなかろうか。

　遺伝子中に、寿命を決める因子がかくされているのなら。それならば、遺伝子をいじることによって、寿命そのものをなくすことができるのではあるまいか。

　そして、ついに、グループＤ―32は、その問題を解決した。

　数々の動物実験が、おこなわれた。遺伝子組みかえ実験体群は、しばしばその実験に利用された。

その結果、遺伝子組みかえ実験体第二十号群――キリアという生物が生まれた。老化することのない、きりんと象との混血。

そしてまた――遺伝子組みかえ実験体第二十六号群、神が。

最初から人体実験をする、というのは、いくら自分勝手な人類とはいえ、できなかったのだろう。まず、人類ときわめてよく似たＤＮＡを持った生物――遺伝子組みかえ実験体第十四号群が目をつけられた。

そして。

あくまで強く――ほとんど不死の領域に近い――、知識と徳性を持ち、同時に、人を喰いたいという本能を持った半人間は――今度は、不老というかせをおう。

不老不死は人類の夢だ。

ああ、言ってくれ、何とでも。

その言葉を聞くたび、神は――遺伝子組みかえ実験体第二十六号群は――思った。

それが人類の夢なら夢でいい。しかし、見てくれ、我々を。

人間を喰いたい、という本能をおさえることができない。しかし、精神はそれを許さない。自殺したい――できることなら自殺したい。が、ロウグの強さが自殺を許さない。なら、せめて老いて寿命で死のう。が、今や、人類によって、我々の種《しゅ》は、寿命で死ぬ権利すら奪われた。

さあ、見てくれ、我々を。

抜け道のないラビリンスに追いこまれた種を、抜け道のないラビリンスに、人間が追いこんだ種を。

実験体第二十六号群が成功したら――不老になったら。

次は、人類が不老になる番だ。

ほう。何とでも言うがいい。不老になりたければ、なればいい。永久に、おのれの血まみれの手をみつめる苦痛を味わうがいい。

が――が。

人類は――果てしなく鈍感で、自分本位な人類は――おのれの手が血まみれである、ということすら、判らないのだ。

そして。

遺伝子の組みかえ実験が次々とおこなわれる中で、戦争がおこり――種々の細菌兵器、攻撃本能のみを持った種、サイボーグなどが戦い――ついに。

ついに、あちらこちらで中性子爆弾が、原子爆弾が、破裂した。

ここ――研究所が、あった処《ところ》。神々がとじこめられていたところ。都市部とはほど遠い田舎《いなか》。

ここに、核兵器がその爪跡《つめあと》を残さなかったのは、ほぼ、当然であろう。

神々は生きのこった。キリアも生きのこり、このあたりで増えた。そして、人間も、ごくわずか、生き残った。

一千年。あの戦争から、一千年たった。

人類は、一千年の間、文明から遠ざかり、原始的な生活を強いられ——ほとんど、中世まで、文明は退化した。が。強人類——神は。まだ、寿命がおわらない。まだ、一代目が生きのこっている。

故に、強人類は——人間が、神の領域にふみこんだ為生まれた、哀《かな》しい生命体は——今や、人々の、神となった。

何という運命の皮肉。何という……。

「それはつまり……」

放っておかれれば、いくらでも回想の中にしずみこんでしまう神、トゥードのこの言葉で、またもや現実世界にひきもどされる。

「人間が、命の設計図を勝手に書きかえた、ということですか」

「そうだ」

半ば呆然《ぼうぜん》として——この娘のかしこさは一体何なのだ——神、呟く。

命の設計図。

トゥードは、また、いわれのない憎しみを抱《いだ》いていた。見たこともない——昔の、人間に対して。

わたしが、十代かかって、千人もの人からもらった設計図。

倫理的な問題は、何一つ判らない。が、本能として。トゥードは、許せなかった。

わたし——自分の体が、すき。

お父様に似た体、そしてまた、お母様に似た体が。思ったとおり動く腕。考えることのできる頭。表情の豊かな顔。

これは、何千人もの人の——祖先達の集大成。この、しぐさ一つ、表情一つとっても、すべて、先祖の人のものだった筈。

それを——そんな、時間と記憶の果てにあるものを——生命の設計図を——人間が、勝手に書きかえていいものか。

そんなことが、許される訳がない。

また、同情とも何ともつかぬ——あわれみの思い。

神。自分が、生きていることに苦しんでいる——死にたがっている、生物への。

普通の状況で、生物が死にたがる訳がない。それでも死にたがるということは——それ程の重荷を、生命の設計図を書きかえるということで、人間が、与えてしまったのだろう、神に。

だとすれば……。

二人はそのまま、おのれの精神の中におりていった。

何故。

キイ・ワードは、この単純な疑問詞。

何故、そんな哀しいことをしてしまったのだろう。昔の人間は……。

☆

あれから、数日、たっていた。

汗まみれだった。トゥードは。

獣をおいかける。矢で殺す。剣で殺す。それが、これ程までに大変なことだったとは。

今更《いまさら》ながらわきあがる。サーラへの深い尊敬の念。女だてらに村一番の狩人だったサーラ。わたしより年下の女の子。あの子は、よく……。

あれ以来。

神とサーラは、まだ、動けなかった。サーラの傷は──神の薬はとてつもなくよく効いた。神に言わせれば、サーラは今まで薬を飲んだことがなく、体内に薬に対する免疫《めんえき》がまるでないから、ことさらよく薬が効くのだそうだが──ほんの少しの怪我が元で病気になり、死んでゆく人を何人も見てきたトゥードにしてみれば、驚く程の速さで治っていった。

神の傷は。神は、手あてをすべて拒んでいたが、それでもなお、信じられない速度で治っていった。ロウグの強さ。神の、このすさまじいまでの回復力が、そのロウグという生物によってもたらされたものなら──それは、さぞ、おそろしく異常な獣であるに違いない。

サーラは、神とトゥードの間にかわされる問答をきょとんと聞き、神は、何やら異常な程の意欲を持って──そう、眠る間すらおしんで──トゥードにありとあらゆることを教えていた。歴史を、初歩の科学知識を、そしてまた、文字を。

が。神とサーラ、二人が立つことができない状態では。食糧は、トゥードが調達しなければならない。

水、という問題は、あの流れが解決してくれたが、食べ物は。トゥードが調達する以外、手はないのだ。

洞窟《どうくつ》コウモリと、獣。手にはいる肉は、それだけ。光るコケ。キノコ。手にはいる野菜は、これだけ。

そして（ごくまれに、このラビリンスへ迷いこむ獣もいることはいるが）、食糧はすべて、あの暗い洞窟で入手しなければならない。

勿論《もちろん》、トゥードは、自分がかなり大きなハンデをしょっていることを知っていた。

まず、コウモリも獣も、闇《やみ》の中で目が見える。トゥードは、見えない。

ついで、トゥードは、糸を一本持っていて、この糸をなくさずに狩りをしなければならないのだ。

ラビリンス──巨大な迷路。ここを抜けて、のち、また同じ所にもどる為には、糸か何か、とにかく目印がなければならない。神の間は、ラビリンスの中央にあり、最も人が迷いこみやすいところに造られてはいるが、最も迷いこみやすいところに、また、必ずトゥードが迷いこむ、という保証はない。

それにしても。それだけのハンデを、いくら背おっているにしても。

サーラは、夜のハノウ山で、子供を連れた灰色熊を倒したのだ。

なのに、わたしは。光るコケを集めることは何とかできるが、獣を殺すことなんて、とてもできない。

それは、狩りに対する慣れ、運動神経の問題だけではなくて……。

命の設計図。その話を聞いてから、トゥードは、獣を殺す時に、ある種の罪悪感を抱きだしていたのだ。獣の命だって――何代にもわたって、うけつがれた設計図を基に造られているのだから。

いや。設計図の話を聞かなくても。

トゥードには、今まで、自分の手で、獣を殺した経験がない。兄のとってきた、もう死体となった獣を料理したことがあるだけ。

獣の死体も、出血した、確かに。皮をはげば、血がにじんできた。

が。生きている獣を殺せば。血は、にじむのではない、ふき出すのだ。イアスの死が、トゥードにそれを教えていた。

にじむ血。ふきだす血。

双方とも、血液であることに、かわりはない。しかし、ふきだす血は――まざまざと思いだしてしまう、イアスの胸から短剣を抜いた、その瞬間を――単なる血ではないのだ。

それは、証《あかし》。トゥードが、今、まさに生物を（生物を）、殺したという証。

――生きる物。今まで、呼吸し、生き、考えていたもの

生物を殺す――もし、生物を殺せば。

わたしの手は、血まみれだ。

爪の奥、皮の奥、骨に達するまでの奥。そこは、すべて、血で汚れている。他の生物の――他の生物を、殺した時についた血で。

そして。

気づかなかった、気づきたくなかったが――すでに、わたしの手は、まっ赤《か》なのだ。皮膚の上を、走る線。目をこらしてみれば、手の皮膚は、のっぺりとした、一枚皮ではなく、多くの筋が走っている。その線の、その筋の、奥深くまで染みこんでいる血。その、鉄めいたにおいのする、血で、まっ赤なのだ――わたしの手は。

兄のとってきた獣を料理した。父が、他の人からもらった獣を、料理した。そして――食べた。

これだけで、もう、果てしなく、わたしの手は血まみれなのだ。何故なら――わたしの、わたし自身の生命は、

他の生命の死の上に、成り立っているのだから。

トゥードは。二匹、殺していた。コウモリを。

弓矢をかまえる。

その、瞬間は、冷静なのだ。何にもまして。

そして——弓をひきしぼり……。

放つ。

その、時。

その、手ごたえ。

それは、洞窟コウモリの頭に、刃《やいば》をむける——剣で、洞窟コウモリの頭を切りさく手ごたえとは違うだろう。しかし、あきらかに……手ごたえが、ある。

そして。

その手ごたえの、当然の帰結として、コウモリの死があり……コウモリの死の上に、わたしの、神の、サーラの生がある。

血まみれの生だ。

血まみれの——ふきだす、血の。

トゥードは、初めて、理解した——ように思った。

人を喰わずにいられない、その本能に耐えられなくなった神が、何故、みずからの命を絶ちたいと思うのか。

それが血まみれの生であるなら——何故、続けなければならないのか。

そしてまた。尊敬した。

サーラの、目にみえない、勁《つよ》さを。

オーガルを、灰色熊を、雪ウサギを殺せる勁さを。そういった生物を殺しても、おのが精神を、いためぬ勁さを。

そして——しかし。

トゥードは、神を、サーラを——そしてまた自分を——生かし続ける為に、今日も狩りをする。

☆

サーラは……判らなかった。いや、判ってはいたのだが——しかし、やはり、判らなかった。

根本的な、神の悩みが。

神は、人間をとって喰う、という、その行為を、恥じ、そうしなければならない自分を、憎んですらいる。

が。その悩みが、サーラには判るようで判らない。

あたしは、オーガルや、雪ウサギを殺して喰う。それは——嫌《いや》なものだ。自分よりはるかに弱い生き物を殺して喰う、という行為は。また、子連れの母オーガルを殺す時は——たまらない気持ちにも、なる。

が。だからといって。

辛《つら》い、と思いはしても、悩みはしない。

殺すのは嫌だ、と思いはしても悩みはしない。

まして。殺すのが嫌だから、逆に、みずからが死にたいと、決して思いはしない。

何故なら。サーラが獣を殺すのは、しかたのない、誰に責められる故もない、当然のことだから。

自己の生命と、他の動物の生命。この二つをはかりにかけて、自己の生命の方を重い、と思えなければ、それは、生物ではない。それは――自己の生命の方を重い、と思えないものは――本能的に自己の死を願ってしまうだろう。自己の死を願うものは、生物では、ない。

サーラは、オーガルを殺す。オーガルは、雪ウサギやりすを殺す。雪ウサギは、木の芽や若草を殺す――。

神。我々を、とって喰う生物。

神に喰われるのは、それは確かに嬉《うれ》しいことではない。勿論《もちろん》、ない。できることなら、逆に、神を倒して助かりたい。

が――全力を尽くして、なおかつ神に負けたなら。そうしたら、神に喰われるのは、当然ではないか。何故、ここで神が悩むのだ。何故、悩まねばならないのだ。

なお、判らないのは、トゥードの態度。

彼女は、どこも怪我をしてなどいない。動けないサーラとは違う。

なのに。何故、トゥードは、神にとどめをささないのだろう。何故、トゥードは逃げないのだろう。

そして、神とトゥードの間にかわされる言葉。これがまた、判らない。

トゥード、という名前は、こう書くのだ。


神は、かろうじて動く右手の指で、妙な線を描いた。

これが、トゥ……こう書くと、音をのばす記号……これがド……。

これが、オーガル、という文字。これがオ……そして、音をのばす記号は同じ……ガとル。

いくつもの、線だの半円だのが妙にいりくんだもの。そんなものの列を描くことに、何故これ程必死になるのだ？　また、何故トゥードは、そんなものを必死に見て、自分でも線を描いたりするのだ？

そして、本、というもの。その、線のできそこないが、やたらと一杯つまっている。そんなものを見て、何のたしになるのだろう。何故、そんなものを見たがるのだろう。

神とトゥードにとって、この妙な線を描き、それをもとにして音をだすのは、一種、生きがいのようなものになっている。それが判るから……余計、判らない。何故、そんなものが生きがいになるのだ？　その線は、たべられないし、薬にもならず、飲めもしなければ、服のかわりに着ることもできない――つまり、まるで役にたたないのだ。

そして。地球儀という、丸いもの。

「これが地球儀……我々が住んでいる大地は、こういう格好をしている」

神の、この言葉程無茶苦茶《むちゃくちゃ》な言葉を、サーラは聞いたことがない。

　我々が、こんな丸いものの上にいる筈がないではないか。上の一部に住んでいる人をのぞいて、下の方の人は、全部、おちてしまう。川の水は、全部、下へむけておちてしまう。それに、世界がこんな丸いものなら、丸の下は何なのだ？

　おまけに。神は、世界はまわっていると言う。莫迦《ばか》もやすみやすみ言えばいいのだ。世界は、動いたりしないではないか。まるでまわっていないではないか。第一、まわっていたら、我々はすぐ落ちてしまう。

が――トゥードが。いくつかの質問のあと、これを納得したのには、驚いた。

　トゥードが言うには、世界は怖ろしい程大きな球で、不思議な力があって人々がおちず、また、あまりに大きすぎ、常にまわっているから、人々がまわっているということに気づかない、と思う方が、合理的なのだそうだ。そう考えれば、天体の運行に納得がいくというのだ。

　冗談ではない、と思う。

　世界は大きな平地で、ところどころに山があって、一番東の端に、太陽と月が沢山かくれているのだ。で、一日に一つずつ、太陽が、一日に二つ、月が昇るのだ。月には、満月から三日月まで、いろいろな種類があり、規則正しく昇るのだ。で、すべての太陽と、すべての月が、西の端にしずんでしまった時、世界はおわるか――あるいは、西から東へむかって太陽が動く、新しい世界が始まるのだ。こう考える方が、ずっと合理的ではないか。

　地球儀という、きれいな珠《たま》をつくり、それに色を塗ったのだから、たしかに、神々には知恵があるとは思う。こんなきれいな珠は、そう簡単には作れまい。

が。いくらきれいな珠を作れたとしても、だからといって、そんな無茶苦茶な理屈を信じる訳にはいかない。

　何をやっているのだ。

　時々、サーラは、そう叫びたくて仕方がなくなった。何をやっているのだ。

　トゥードの気持ちが判らない。神の気持ちが判らない。二人の問答が判らない。二人の真剣な、この問答にかける意欲が判らない。

　――故に。いらいらする。

　不思議だった。いつもの自分にあらざる――実にサーラらしくない、心の動き。

　いつものサーラだったら。

　判らないものは、聞き流していたろう。所詮《しょせん》自分もトゥードも神も、まったく別な価値観を持っているのだから。判らないものは、判らないのだし、特に判りたくもない。

　が。何故、今。聞き流すことができないのだろう。判らない問答をされると、いらいらするのだろう。

　いらいら――不安。

不安。そうだ、この不安は、変だ。

何故、今、あたしは不安になる？　むしろ――そう、むしろ、神が、あたしとトゥードを食べてくれた方が、まだ、おちつく。

むしろ。

それは、サーラにとって、充分納得のゆく結末。狩人《かりゅうど》と獲物が問答を繰り返すのより、はるかに理解しやすい結末――ではあるが。

やはり、それも、おかしい。

いくら何でも――自分がまだ食べられていないということが、不安をかもしだすというのは――あまりに不可解だ。あまりに理解できない心の動き。

まだ、食べられていないということは、いずれ食べられるということで――だから不安なのだろうか。

そうも考えてみた。だが――どうも、サーラの不安は、それではないような気がする。

何故、あたしは不安になるのだろう。

何故――流れ。

何だろう、唐突《とうとつ》に思いついた、言葉。

流れ。川は流れる。上流から下流へ。時は流れる。昨日からあしたへ。

その、流れだ。その流れをおびやかす、不安の暗闇《くらやみ》。

祭りの日。サーラは、山の上から見ていた。村の広場でたかれる火を。火は、神木に移され、村の端々へと流れてゆき――そう。途中に、木のしげみがあって、視野をさえぎっていた。

暗闇の化物が、そこだけ喰いちらかしたように、ぽっかりと暗く。が、いずれ、時の流れに従って、その暗闇のむこう側にも、火は移っていった筈。

今、心の中に。あの時と同じ、暗闇の化物が巣くっていて――その先が、見えない。

流れが、狂うかも知れない。

今まで、サーラの心の動きをつかさどっていた、流れが。

それは、思いもよらなかった結末を導きだすだろう――そして。

そして、とにかく。

サーラは、自分の感情がまったく自分で理解できずに――心の中に、えたいの知れない化物を飼ってしまったような気がして――ただ、いらついていた。

☆

歪《ゆが》んでいるな。

それは、神にも判っていた。

そして、歪ませているのは、わしだ。が、わしは、どうしても――どうしても、歪みを是正《ぜせい》する気になれない。

トゥードに、字を教える。科学の初歩を教える。簡単な歴史を教える。

りだった。

教育目標は、それだけだった筈だ——それだけのつもりが。いつの間にか。神は、トゥードに、思想教育をほどこしている自分に気づく。思想——原罪というものを、前面におしだした、教育。

生、それ自体が、罪である。

いつの間にか、神は、トゥードに、そんな理念を教えこんでいた。勿論、口に出してそう言った訳ではない。が、かしこい——本当に、悪魔のようにかしこいこの娘は、わしの想いを、必ず理解している筈だ。現に、あの、狩りに行く時の思い悩んだ表情を見てみろ。あれは——まさしく、わしの思想教育が、トゥードに歪みを生じさせている証拠。

この歪みの結末には、必ずや、血まみれの迷宮が待ちうけている筈。人を喰いたくない、が、しかし喰わずにはいられない、という、神の迷宮。その迷宮の果てに、出口は、ない。トゥードは……徐々に、その迷宮に近づいてゆきつつある娘は、いつの日か、自殺を夢みるようになるだろう。

そして。その——怖ろしい、歪みが判っていても。神は、このレールを——迷宮へとむかうレールを、直してやる気になれなかった。

一日めか。二日めか。いつからか。

深い愛情——神の持つすべての知識をうけいれる器量を持った娘への、深い愛情は、深い憎しみに変貌《へんぼう》していた。

悪魔の如く、かしこい娘。一を聞いて十を知ってしまう娘。

神から字を学んで。いずれ、どこかの地で、戦災をまぬがれた本を発見し。トゥードは、とりもどしてしまうだろう。過去、戦争をおこした人類の知識を、すべて。そしてそれを——理解するだろう。

トゥード。果てしない理解力を持った娘。その娘を目前にし、また、その娘に話してやる為に自分の知識を復習すると。

いやが応にも、思いだしてしまった。

旧人類への憎しみを。

神を、こんな化物にし、迷宮へおいこみ、果ては勝手に自滅していった、旧人類への憎しみを。

また、神は。避けたかった、絶対に。

また文明がすすみ——また時代がすすみ——知恵という、凶悪な牙を持った人類が、またもや、神のような悲劇の種を作り、またもや戦争をおこし、またもや自滅することを。何が何でも、それを、避けたかった。

だから。おのが知識を受けつぐ者には、とことんまで、思い知らせてやりたかったのだ。おのれの——人間の生は、他の生物の死の上に成りたっている、血まみれの生である、ということを。

この、二つの想いが入り混じって、神は、トゥードの教育方針を、最初はおずおずと、少し、歪めた。のち、もっとずっと大胆に、ゆがめた。

「人間の歴史から、ついに戦争というものはなくならなかった。……不思議だろう。今まで話した程に文明がすすめば、それにつれ、生活も、はるかに快適になっている筈だ——事実、今とは較《くら》べものにならない、快適な生活を、人は営んでいたのだ。どこでもいい、この国を抜け、東へむかえば——核爆弾がつくりだした砂漠を越えれば——いくつかは、跡が残っているだろう。旧人類が世界にしるした足跡が、旧人類の文化の遺跡が。それは、壊れていたとしても、おまえ達の生活水準とはけたちがいに素晴らしいものだ。それでも——そんな生活があってもなお、最後まで、人はあらそうことをやめなかったのだ」

歪んでいる。どんどん歪んでくる。そう思いながらも——こう言わずにはいられない。

「そして、進歩した科学は、次から次へと戦う道具を造りだしていった。最初は、おのれが生きる為に、獣をより狩りやすいように造られた剣は、のち、銃になり、爆弾になり、細菌兵器になり、核爆弾になり……人が人を殺す為の道具へと進化していった」

「どうしてですか」

苦悩の果てに、トゥードは聞く。

「どうして、文明は——文明の果ては、破壊なのですか」

「最初から、人類の生は血まみれだったからだ。最初から、破壊の上に文明があったからだ。初期のうちは、文明の規模も小さく、同時に破壊も小さかったから、皆、それに気づかなかっただけなのだ」

歪んでいる。

それだけでは、なかった筈だ。人類には、もっと素晴らしい何かが——愛情が、向上心が、知識欲が——あった筈だ。あった筈——しかし、我々を、こんな種を作りだすような生物に、果たして本物の愛があり得るのだろうか。

神自身も、また、悩みながら——トゥードの歪みを育てていった。

☆

また、数日、たった。

冷たい風がサーラのほおをなでてゆき——サーラは、目ざめた。

体が軽い。何だか——とても、体が軽い。

神は、トゥードからもサーラからもはなれた、部屋の逆の隅で、まだ、眠っていた。トゥードは、サーラの脇——すぐそばで、軽い寝息をたてている。

口を半ば開き、まるっきり無防備に眠っている、トゥード。無防備——そう、その気になれば。サーラの腕は、トゥードの首に届くだろう。届き、握りつぶすことができる。やわらかい、トゥードの首筋を。

してみると。

初めて——神に傷をおわされて以来、初めて、サーラは上半身を自分でおこしてみた。足の傷にさわる。もう、完全に血はかたまっている。急な運動さえしなければ
——そっとならば、動くことができそうだ。

してみると、あたしもこれまで、神の前でこんなに無防備な様で眠っていたのか。神がはいずってくれば——いや、そんなことをしなくても、手近なナイフや剣をスナップをきかせて放れば——たやすくあたしを殺せるような。

右手を、ひらいてみた。鼻に近づけ、かすかににおいをかいでみようとする。

汗と、血のにおい。妙にしょっぱい感じのにおいしか、手のひらには残っていなかった。いつぞやの——あの、手の中で無残に散った白い花の、苦い液のにおいは、もう残っていなかった。

——あたしもあの白い花のような状態で、神が手をちょっときつく握れば、すぐに死んでしまうであろう状態で、ここに存在していたのか。

あたしの命は、神の思うがままの状態で、ここにあったのか。

くどい程のリフレイン。まるで、必然性のないリフレイン。自分の命が神の意のままになる、ということを、繰り返し心に刻みこむことに、何の意味がある。

あたしの命は、神の思うがまま。あたしの命は、あなたの思うがまま。あたしの命は、あなたの……。

愕然《がくぜん》と、した。

何だ、今のリフレインは。何だ、今の——今のはまるで。

まるで、恋唄《こいうた》だ。

あたしはあなたの思いのまま——あたしはあなたのもの——恋唄の一節としか、思いようのないリフレイン。

莫迦な——そうだったんだ。

サーラは錯乱《さくらん》し——理解した。

そんな莫迦なことがある訳がない——いつか、神に負けて以来、あたしは強い感情を心の内に育ててしまったのだ。

一体、自分を喰う生物にそんな感情を覚えるなどということがあっていいのだろうか——あたしが初めて負けた人、そして、他の生物をとって喰うのに、心の痛みを覚える人、つまりそれは、リュイよりも完全で、リュイよりも強く、リュイよりも立派な、リュイの本質ではないか。

尊敬だ、尊敬。そうとしか思いようがない、いや、そうなのだ、自分より強い生物への尊敬の念なのだ、あた

しが神に感じたのは。それ以外のものである訳がない――恋、あたしの心の中に巣くった暗闇の化物の正体がそれだとすると、すべてが理解できるのだ。何故、神とトゥードの会話にいらつき、不安になったのか。それは、自分の理解できないところに二人がいる、という事実がひきおこす、疎外《そがい》感と嫉妬《しっと》の感情。

　サーラの心の中で、二種類の思いが、同時に芽ぶき、育っていった。

　理性は、サーラの神への想いが、そんなものである、ということに、徹底して反発した。たとえ、神が、サーラよりはるかに強く、また、生物を殺して喰うことを悩む――ある意味で、果てしなくリュイ的な、サーラの愛したリュイ本人よりもリュイ的なものであったとしても、だからといって、サーラの神への想いが、そんなものである訳がない。

　理性は、サーラの頭の中を、全力で探しまわった。そんなものにとってかわる、この場にふさわしい感情を。そして、何とか見つけだした。尊敬、という言葉を。

　尊敬だ、尊敬。サーラは、そう思いこもうとした。あたしの心の中にあるのは、神への尊敬の念に違いない。他にどう考えろというのだ。尊敬、なのだ。

　が、理性よりももっと深いところにある、感情というものは。

　理性が無理矢理、感情におしつけた、尊敬という概念を受けいれることを拒否した。

　尊敬、という概念を含む、もっと大きなもの。それこそが、ふさわしいような気がした。

　神の手の中に。

　生まれてこのかた、サーラには、誰かの手の中にいた、という経験が、ない。思春期に突入する頃、すでにサーラは村一番の狩人で、男も女も両親も、すべて、サーラがおのが手の中で、守ってやるもの、だったのだ。

　リュイとサーラは、どこまでいっても逆転した関係でしか、あり得なかったろう。が、神は、リュイよりもリュイ的で、なおかつサーラを守ることができるのだ。

　そして――そして。

　軽く、サーラは頭を振った。それから、思いきり、強く。足に、じんとしびれるような痛みが走った。

　そして――とにかく。サーラは何とか雑念（そう、こんなものは雑念だ）を心からおいはらった。自分の想いがまっ二つに割れ、おのおの別方向へと進みだすのを見るのは苦痛だった。

　サーラの視線は、あてもなくあたりをうろつき――意味もなくトゥードの顔の上でぴたりととまった。神と、緊張に満ちた会話をかわすことができる娘。サーラには判らないところで、神と精神的なつながりを持っている娘。そして――サーラと同じように、神にその命をあずけ、無防備に眠っている娘の顔の上で。

トゥードの、まつ毛が、かすかにゆれたように、見えた。

☆

力をいれすぎた為《ため》、まつ毛がかすかに震えてしまったようだ。どうか、サーラがそれに気づきませんように。

何故《なぜ》、そういのるのかは判《わか》らなかったが、トゥードはそういのらずにはいられなかった。

起きて、まず。そっと、サーラの額《ひたい》にかかる、前髪をはらってみたのだ。額にさわる——熱が、さがっていた。

サーラは、最初の日、寝こんですぐ、かなり急激に発熱し——一晩で、その熱は下がったが、それでも微熱のある状態が、ずっと続いていたのだ。今朝、その微熱もなくなり、サーラは、治りかけの傷をかかえた健康体として、そこに寝ていた。

よかった。

深い、安堵《あんど》のため息をつき、トゥードは、しばらく、サーラの脇にひざまずき、その前髪をなぜていた。

よかった。これでもうサーラは、大丈夫《だいじょうぶ》。あとは、食事を沢山《たくさん》とってしばらく寝れば。傷は残るだろうが、生きてゆくのにさしさわりはないだろう。

よかった。……本当に、よかった。

サーラの赤味のかかった、光線の加減で時として血のような色に見える金髪。トゥードは、それを、その世で最も美しいものだと思っていた。わたしの、少し白《しら》けた金の髪よりはるかに美しいもの。

トゥードの精神は、壊れかけていた。神がトゥードにほどこした、歪《ゆが》んだ教育の為に。コウモリを殺して喰う——それが、果てしない悪徳の第一歩のような気がして、ならなかった。

トゥードは、自覚してしまったのだ。おのれの牙《きば》を。川魚の寒さに対する強さ。灰色熊《ぐま》の力。オーガルの速さ。そんなものより、はるかに強力で、また、はるかに凶悪な牙を。

知識、そして、知恵。

今、トゥードは、ほとんど何の苦労をすることもなく、コウモリをつかまえることができる。ごく、原始的なわなでよいのだ。獣も、また、同様。神の間にあった、バネというもの、およびその原理を使えば、コウモリや獣をとらえる為のわなは、いくらでも作れる。

ほんの数日前、汗にまみれ、おのが肉体を使って狩りをした時も、たまらない手ごたえを味わった。ふきだす血の——今、まさに、トゥードが殺した生き物の血の、てごたえ。

が。わなを一ダース程しかけ、次の日、それのうち二つ三つにかかったコウモリや獣を回収する時には——もっと、ずっと怖ろしい手ごたえがある。すでに、わなの中で生血が、にじむだけの手ごたえ。すでに、わなの中で生き物は死に到っており、もう血はふきださないのだ。トゥード自身は、何ら傷つくことはないし、汗をかくこともない。しかし、まぎれもなく、そこで死んでいる生き物は、トゥードがその生を奪ったもの。

　忘れてしまいそうだった――忘れることもできた。すでに、死んでしまった生物を回収するだけなら、おのれの手が血まみれであることを忘れるのは、可能だ。

　が、それを忘れるのは。おのれの手が血まみれになることより更《さら》に、許されないことだ。トゥードは、そう思った。自分の罪を忘れ、まったく潔白な存在だと思いこんでしまうのは、ひどく傲慢《ごうまん》で不遜《ふそん》なことだ。それは、二重にも三重にも殺しの現場からへだてられ、自分の手が血で汚れているのに気づきもしなかった、昔の人類の態度に等しい――自分が、旧人類のレヴェルまで堕落《だらく》してゆくような怖ろしいことだ。

　また。この迷宮の外へ出れば。トゥードは、いくらでも造れるだろう。数々のわなを、数々の武器を。

　いろいろ話を聞き、神が持っていた何冊かの書物――百科事典、というものだった――を読んだ結果、トゥードは、銃の原理や、爆弾の原理などもわきまえていた。その知識を、ほんの少し応用するだけで、灰色熊をたやすく倒すことができる。

　怖ろしかった。

　トゥードは、本を参考にし、時間をかけ、神が話してくれた旧人類の遺跡をたずね、材料を集めれば、核爆弾さえも、造れるかも知れない。地表の大部分を吹きとばすことができるような。

　人間が、動物の一種である、ということを考えれば、それは何という大きな、強力な、牙であろう。たかが一動物の手に余る牙、大きすぎる牙だ。

　また、そういう、怖ろしい用途を考えなくとも。

　例えば、村中がひどい飢えに襲われる年があれば。トゥードは、教えてしまうだろう、村人達に。畑というものを、牧畜というものを。

　山で動物を狩ったり、食べられる木の実をさがすより、最初から食べられる草を育て、獣を飼っておく方がはるかに楽だ。しかし、それを一度人間が知ってしまえば。

　ブロイラー、という、殺される為に生を享《う》け、他のことは何一つせず、ただただひたすら太る為にエサを食べ続ける生物が生まれるのは、すぐ。

　畑地を得る為に、土地が拓《ひら》かれ、木々が切り倒され、人間以外の動物が生きてゆきにくくなるのは、すぐ。

　そして、暇《ひま》を持つようになった人間は――トゥードや、神の手を借りなくとも、みずから科学をおしすすめ、やがて悪魔の域に達してしまうだろう。

　理由が、判った。

　町と、トゥード達の住む村とで、どうしてここまで生活水準が違うのか、その理由が。

町では、人々は畑を作っているのだ。当然、その文化の波は、この村にもおしよせてはきたのだが――神が、この村が山地であることを理由に、田畑を作ることを許可しなかったのだ。そのかわり、神は畑を作らなくとも、何とか人々が生活してゆけるよう、数々の助言をしてくれたのだ。

また、神が、あたかも出しおしみするかのように、ほんの十数分、それも六年に一度、人々の前に姿をあらわすだけで、すぐ迷宮の奥に消えてしまう理由が。

神は、あまり――できることならば、何も教えたくはないのだ。人間が、また悪魔の牙を手に入れるに到る道を。が、何の知識もなければ、この世に人間程弱い生物もいないから――すぐ、飢えや病気で、死んでしまう。半分同族として、人の命は貴重なものであると思い生きてきた神にとって、目前で、神がその気になれば助けることのできる人間が、ばたばた死んでゆくのは耐えられないことだったのだろう。

その、葛藤《かっとう》の産物が、六年に一度の、儀式化した祭りに違いない。

コウモリや、獣の死体を回収する度に、トゥードはいろいろなことを考え、悩み――苦しんだ。

そして、毎回。苦しみの果てに、サーラのことを想いだすのだ。

サーラ。女だてらに、村一番の狩人《かりゅうど》だった娘。トゥードよりも更に数多くの獣を殺した娘。それも――人間の凶悪な牙、知恵を使わずに、おのれの肉体を使って生きてきた娘。

サーラは、神格化された獣、だった。トゥードの内で。理想の人間の姿。

人間であり――また、獣である。確かに人間でありながら、人間の凶悪な牙を使わずに狩りをする娘。

人がみな、サーラ程に強ければ。おそらく、人間は、知恵という牙をはぐくまずにすんだに違いない。

また。わたしが、サーラ程に強ければ。わたしの精神は傷つくことなく――おのが無罪を主張できたかも知れない。神にむかって。

そう。サーラは、被告側の強力な、そしてたった一つの証拠なのだ。

確かに、神のいうとおり、人間は、身にあまる牙を持ち、他の生物への思いやりに徹底的に欠け、おのれの手が血まみれであることについに気づかぬ程無神経で、自然を壊し、他の生き物を死に到らしめ、ついに自分達を殺す程の悪者だ。自然の前で、人間は――わたしは、間違いなく、有罪。

が。サーラは。

姿は人間であっても、精神は崇高《すうこう》な獣だ。おのれの手が血まみれであることを知っていながら、なおかつ、血まみれの生から逃げもせず、目もそむけない、勁《つよ》い獣だ。

自信と矜持《きょうじ》を持ち、知恵という牙を持たずとも充分おのれを生かし続けることのできる力を持った獣だ。凶悪な牙ではなく、強い牙を持った獣だ。

こんな――このような人間が存在しうるのなら、たとえわたしが有罪であっても、たとえ旧人類が有罪であっても、人類すべてが有罪である訳がない。何か――何かは、判らない。が、サーラの中には、必ず何か証拠がある。

人類の存在が、罪ではない、ということの。

自分自身を有罪としてから、トゥードは、まっ暗な迷宮の中を歩いていた。出口がない。あるとしたら――それは、自分の〝死〟だけだ。

それは、いい。わたしに罪があり、その罰が死だというのなら、甘んじてうけよう。が――わたしの生命、それ自体が罪であるとは思いたくない。わたしがいて――知恵という牙を求めた、という、わたしの責任下における行為が罪だというのは認めても、存在それ自体が罪であるとは認められない――認めたくない。

わたしに関する限り、迷宮の出口がなくてもよい。が――人類すべてが、存在した時から、人の生命の設計図そのものが、出口のない迷宮にいるのは、嫌《いや》だ。

サーラの中に。確かにあると思いたかった。人の命の設計図、それ自体は罪ではない、存在を許されるものなのだ、という証拠が――出口が。確かにあると信じたかった。そして――トゥードは、信じた。

サーラ。美しい獣。崇高な獣。赤味をおびた金のたてがみを風になびかせ、よく筋肉のしまった腕で獣を殺す娘。

サーラ。あなたの金髪は、他の何よりも美しい。美、という概念を越えて――ほとんど、至福に近い感情を抱かせる程、美しい。

それは、歪んだ愛情だった。が、おいつめられたトゥードの感情は、それがたとえどんなに歪んだ形であっても、どこかへ収斂《しゅうれん》されなければならなかったのだ。さもなければ、トゥードは……狂ってしまう。

そして。トゥードの無意識は、サーラを神格化し、理想化し……。

トゥードは、サーラの金髪を愛撫《あいぶ》し続けた。ゆっくりと、なぶるように。

ゆっくりと……なぶるように。

と、サーラのまぶたが。

軽く、ふるえた。まつ毛がゆれる。

トゥードは何故か――いたずらの現場をみつけられた子供のように――慌《あわ》てて身をひるがえし、すぐそばに横になった。さっきからずっと寝ていたかのように。

わたしは、サーラの熱を計っていたのだ。病人の額に手をあてることは、何ら恥じることではない。

トゥードは、そう思った――思おうとした。

が。トゥードの感情は、彼女がサーラの額に手をおいたのは、決して看護の情からではないことを知っていたから――サーラと目があって、顔が朱に染まるよりは、いっそ寝たふりをした方がいい。いっそ。

そして、サーラの身を動かす気配。

トゥードは、うす目などあけなくとも、ただ、そこにいるだけで、サーラの仕草一つ一つが鮮明に判るような気がした。動くのだ、場の気配が。サーラと共に。

そして、何故か。しばらくじっと動かずに考えごとをしていたサーラ、ふいにトゥードをみつめだした――らしい。

痛い程、サーラの視線が感じられた。痛い程――ものの狂おしい程。

トゥードは思わずきつく目をつむり――まつ毛が、ゆれた。

☆

変だ。どこか、狂っている。

神は、この間から何度も繰り返した想いを、心の中で呟《つぶや》いてみる。

変だ。何かが、狂い始めた。

最初、ことのおこりは、確かに神だったのだ。

神は、トゥードのその類《たぐ》いまれに聡明なるを愛し――また、類いまれに聡明である故《ゆえ》をもって、彼女を憎んだ。

彼女を歪ませてしまいたいと思った。

その、愛憎表裏一体となった感情は――神には、まるで判らない図式をうみだしてしまった。

まず、トゥードのサーラへの接近。何故か判らぬが、トゥードは、サーラに、なにやら夢のような想いを抱いているようなのだ。

それに対してサーラは。妙に、トゥードに素気《そっけ》ない。段々、その素気のなさの度合いがひどくなってゆくよう。そう――まるで、トゥードに嫉妬《しっと》しているかのように。

そして。日に日に重くなる、視線。目があうとすぐ、二人共視線をそらしてしまうのではっきりとは判らないが、しかし、二人は神に対して、妙にねばっこい、重たい視線をそそいでいる。

緊張が、異様に、高まっている。

迷宮――とらわれの宮の中に、三つの感情。そして、そのうち二つは、動くことができない。

その、異常な状況が、こんなにも異常な緊張をうみだしているのだと、最初、思った。が――どうもそれだけではないらしい。

狂っている。何かが、狂いはじめた。

何度めかのその言葉のあと、神は、唐突《とうとつ》にそれを舌にのせてみたくなった。発音する。

「狂っている……」

それは、あまりに小声であった為、サーラにもトゥードにも聞こえはしなかったが、神には、よく、聞こえた。

狂っている。

その言葉を、あらためて自分の耳で聞くと。

不思議なことだが――わしは――責められているようだ。

狂っている。

そう、狂っているのではないか？　わし――神は。

狂っている。

そうだ。何故、トゥードをことさらに歪めようと思った。何故、人間を単純に悪ときめつけ、人間の持っていた（かも知れない、そう思いたい）善《よ》い性質から目をそむけようとする。

狂っている――矛盾《むじゅん》している。

すべての事象は、矛盾している、という言葉に、ぴたりとあてはまるような気がする。

矛盾している。

神は――わしは――わしの知恵をうけつぐだけの器《うつわ》を持った娘を、ことさら歪ませたいと思うなら、何故、こんなものを迷宮の中にもちこんだのだ？　矛盾している。こんなもの――百科事典だの、地球儀だの、本だの、薬だの、武器だの、紙だの、ペンだの、何だの――旧人類の文化のなごりを。

神は、遠い、一千年の昔に、思いをはせた。

☆

一千年の昔。

まだ、旧人類が、文化を持った人々が、生活していた頃。

その頃の大地は、すべて、人間の生活の為のみに存在を許されていた。

砂漠だの、森林だの、何だの。海の底にすら、人類は、その足跡をしるした。

砂漠は、数十年がかりの緑化計画の末、住宅地か、畑と化した。森林は切りひらかれ、住宅地か畑と化した。海の底に、人々は、海底農場とドーム都市を築いた。

星――そう、星々にまで、人々はその手をのばした。

月。白い和の月。当時、この星には、月が一つしかなかったのだ。そこにも、人々は居住区を作った。また、巨大なスペース・コロニーがとばされ――赤い魔の月となった。

火星――マルス。勿論《もちろん》、移住計画がたてられた。まず、マルス・コロニー。マルス・シティ。そして、植物の導入。ドームの外でも、人間が生存できるよう、何百年というタイム・スケールで、火星の大気をかもしだす計画（これは、かなり進んだところで、経済面で挫折《ざせつ》した）。

また……。

ここ。この、迷宮のある、半島。

ここは、その当時からみれば、数十年前の、大地震によって隆起してしまった、まだ新しい未開の半島だったのだ。人々は当然、この半島にも開発の手をのばそうとはしたが——地震によってできた半島故、原始的な不安を、ぬぐい去れなかった。

地震でできた半島——なら、また地震で沈んでしまうかも知れない。

科学が、この半島の安全性を強調しても、人々は、おそれた。それは——例えば、この半島にやってくることを拒む、といった種類のものではなく、この半島に土地を買い、永住することを拒むというような種類の。

そこで。かしこい企業は、この半島を切り拓き、建て売り住宅を造る、というプランを、捨てた。

かわりに、ここを、世界一のレジャー・ランドにしようとしたのである。

切りたった崖《がけ》——今、ラーラの崖と呼ばれている——、あれは、区画整理の跡。本来ならば、平地にされる筈《はず》だったのだ、あのあたりは。

そして、ここ、迷宮。特殊合成樹脂によって造られた、半透明の巨大な迷宮は、世界一の立体迷路として、その名をはせる筈だったのだ。もし——このレジャー・ランドが完成していれば。

また、あの山——ハノウ山。あれには、ムービング・ロードがとりつけられ、世界一の切りたった山、巨大な奇観、となる筈だったのだ。もし——このレジャー・ランドが完成していれば。

また。ここから、数十キロはなれたところには、研究所があった。

人里はなれた——近くには、研究所員しか住んでいない、おそろしく辺鄙《へんぴ》な研究所。

そこに——人里はなれているからこそ、そこに——神の宮が造られた。神の宮——遺伝子組みかえ実験体第二十六号群収容所。

そして、いつしか。

国際情勢は、悪化し……いつしか、何故か。戦争がおこった。

ここ——この、半島。レジャー・ランド建設技師（彼らの大半は、戦争がおこるのと同時に、母国へ帰っていった）と、研究所員（彼らの大半も、また、同様の理由でここにはいなかった）と、神と、そしていくつかの実験動物しかいない半島。ここが、核爆弾の攻撃目標とならなかったのは、むしろ、当然のことといえよう。

そして——結果論でいえば。

ごくわずかの人間と、実験動物と、神しか、生存を許されなかったのだ、この世界では。

神は、閉じこめられていた檻《おり》を、破った。人々の間にまじわり——そして。

そして、耐えられなくなってゆくのだ。

人間は、ほんの五、六十年で、死ぬ。医学というものが消えてなくなった世界では、人の死ぬのは、すぐ。神には――ほとんど不老不死の神には、死という救いは、ない。

三世代、もたなかった。人々の知恵は。三世代たたぬうちに、人々は、実際の生活におわれだし――自分達が、かつてはこの世界を支配した種《しゅ》であることを忘れた。

そして。数世代めに、遺伝子組みかえ実験体第二十六号群は、神となった。

神――自分の知らないことを、知っているもの。

神――何でも願いをききとどけてくれるもの。

神は、それが耐えられなかったのだ。かつて、自分達を、いやしめ、獣とよび、はずかしめた種族が、ほんの百年かそこらで、自分達を神と呼ぶ。

それが耐えられなかった――許せなかった（しかし、許せないといっても、ずいぶん昔に死んでしまった者に、どう怒《いか》ればいいのだ）、神は、去った。

以前研究所があった、この国の中心部から。

そして、今、神のいる、この国の片田舎《かたいなか》、以前レジャー・ランドがあった、中央の動向が伝わるのに時間のかかるところへとすみついた。

が。神は、ほんの一瞬の平和も、味わえなかった。

人を、間近《まぢか》で、見る。

すぐ近くに人がいる。

すぐ、ちかくに、ひとが、いる。

と。喰《く》いたくなる。喰いたい――どうしても、喰いたい。

何人かの人が喰われて、村人がさわぎだす頃、神々は、すでに決心をかためていた。

ここも、駄目《だめ》だ。いくら少ないとはいえ、人がいる。人がいれば――我々は、とって喰いたいという本能をおさえることができない。

神々は相談し――そして、決めた。移住することを。

ハノウ山をこえ、ちいさな半島部をこえると、島がある。まだ、名もないような無人島。そこに住もう。そこなら、人はいないだろう。人間の姿を目《ま》のあたりに見さえしなければ、人を喰いたいという欲求に悩まされることもない。

神――今、ここにいる神は、とり残された神だった。

まったく偶然（何という偶然だろう！）、神々の移動の際に、足の骨を折ってしまった神。足が治るまで、他の――先に行った神を追うことが、物理的に不可能な神。

仕方なしに、神は、足が治るまでここにいることにした。足が治るまで――が。

その間。ほんのわずかの間に、神は三人の人間を喰った。喰わずにはいられなかった。そして――また。

そしてまた、人間は、神をはなしてくれなかったのだ。他のどの生き物よりもかしこい生物。何を聞いても、必ずや正しい答をだしてくれる生物。

　たとえ、村人の一人や二人が神に喰われたとて、村全体の利益になること――例えば、矢というものの構造――を知る方が、いいのではないか。

　村全体の利益。どうせ、実にしばしば、事故や獣におそわれた為、村人は死ぬのだ。その死が、村全体の利益にむすびつくのなら、よしとするべきではないか。

　村人達は、神をがんじがらめにした。どうか、他の神々を追って、西へ渡ることがないようにと、神にたのみこんだ。この村にいてくれ。どうか、この村の為に。

　神は――この願いに、負けた。というより――この願いを持ってきた、神官に、負けた。

　神官は、決しておそれなかった。また、決していとわなかった。――神に、喰われることを。

　人を喰う生物が前にいる。その、人を喰う生物をおそれず、また、喰われることを覚悟してきた神官を前にして、なおかつ、その望みをことわることは、神にはできなかった。

　仕方なしに、神は、この村にいつくことにした――が。が。人を喰いたいという欲望をおさえることはついにできず、神は、人と約束する。

　わしは、ラビリンスの――この、迷宮の奥に、すもう。そして、この迷宮の一部分を通して、おまえ達の聞きたいことに答えよう。そのかわりに――何年かに一度、おまえ達は、このラビリンスに、刺客をいれてくれ。このわしを殺せるだけの武器を持った、強い男を。わしは――本当のことをいえば、わしは、死にたいのだ。人を喰うよりは、おのれが殺されたいのだ。

　わしの――神の、この類いまれな生命力は、自殺を許さない。いや、もっと正直に言えば、動物としての本能が、自殺をおしとどめてしまうのだ。神は、自分自身に致命傷を与えることができなかった。

　そこで――提案だ。

　わしは、おまえ達の望むよう、この地を去るまい。聞かれるままに、知識を与えよう。だから――頼むから、わしの自殺に手を貸して欲しい。

　神官は、それを約束した。また、いくつかのこと――例えば、ラビリンスの出口（その頃、人はまだ、この迷宮の出口を知っていた）に、毎月、ある量の獣やコウモリをおいこむこと（数百年の間に、おいこまれた数多くの獣は、この迷宮内で生態系を造りだしてしまい、今や、その獣を追いこむ儀式は意味がなくなり消え果ててしまったが）。例えば、水を、この迷宮の中に送りこむよう、泉から溝を造ること――を。

　迷宮は、その頃、だいぶその姿を変えていた。

　北端の方から、山が崩れ――迷宮の大部分は、地中に埋まっていた。わずか上部と、出口が露出しているだけ。入り口は、完全に地中にあった。

神は、出口から迷宮の中にはいり、閉じこもり——掘った。地に埋まった、迷宮の入り口から、村のま下をうねうねと続く、あの洞窟《どうくつ》を。暇をもて余していたし——ラビリンスにおいこまれた動物達が生きてゆく為には、コケなりきのこなり、多少はそういうものが必要だろう。その為には、地面を掘りでもしなければ——特殊合成樹脂製の迷宮には、勿論、コケもきのこもはえない。

そして、あの洞窟ができ、神の穴ができた。そこから、何年かに一度、村の強い男達が武器を持ちはいってきて——すべて、神に敗れてしまった。

失望し、呆《あき》れ、果てには怒りまで覚えた。格が——生物としての格が、あまりに違いすぎる。半人間半ロウグの神に匹敵する程の気力を持った人間が、まるでいない。

文明というものがなければ、人間は、ここまで弱くなれるのか。もともと、はだかの人間とは、これ程までに弱い生物だったのか。

神を殺すはおろか、そもそも、神の姿を見、神の瞳に出喰わしただけで、立ちすくんでしまう人間達に、仕方なしに神はたのんだ。逃げてくれ。こんな状況下で、いつまでもおまえ達とにらみあっていれば——必ずや、わしはおまえ達を喰ってしまう。

男達は、逃げることもできなかったのだ。何度逃げようとしても、結局、迷いに迷って、神の住居へ来てしまう。

刺客は、全員、神に喰われた。

そうこうするうち、村ではどんどん世代がかわってゆき——神官は三代めになり四代めになり五代めになり

……誰もが、神と最初にかわした約束を忘れた。

何年かに一度、選ばれた男が神の穴におりてゆき、神に喰われる。それは——何故だろう。

神を殺す為？　昔、祖父にそう聞いたような気がする。しかし——そんな莫迦《ばか》なことがある訳はない。

とすると——そうだ。あれは、いけにえなのだ。

いけにえ——いけにえなら、むくつけき男より、若い処女の方がいいのではないか？（この考えの裏には、村の貴重な労働力である若い男をさしだすよりも、労働力的には、あまり価値のない、若い女をさしだす方がよい、という打算的な意図も、少し、あった。）

いけにえは、剣や矢をもっている。何故だ？　儀式としてだろうか。それならば、儀式用の短剣の方が適しているのではなかろうか。

こうして、数百年のうちに、神の自殺手段はどんどん儀式化され……今日に到った。

☆

何百年かぶりに、一千年前のことを思い出してみると……やはり、わしは矛盾している。

殺されようと思って、この迷宮にこもったのならば、

何故、本だの地球儀だのを持ちこんでしまったのか。

そう、確かに。こんな、旧人類のなごりは、神が保存しなければ他の誰も保存しないだろう。が——何故、こんなものを保存しなければいけないのだ？　土に埋もれ、焼け、獣に壊されるままにしておけばよかったではないか。

理由は、ただ一つしか、思いつけなかった。

わしは——待っていたのだ。

旧人類の文化をうけつぐ者を。その者が出現した時、これらの文化遺産と、神の頭の中にある知識という遺産を渡そうとして。

これもまた、矛盾だ。

旧人類の文明は、神にとって憎しみの的《まと》でしかない筈で——それを今の人類にうけつがせる、などという行為は、できるだけさけたいことに違いないのだ。

なのに神はうけつぐ者を、待っていた。

そして、また、矛盾だ。

今、うけつぐ者があらわれたら。神は、その娘を——トゥードを、歪ませたいと思っている。憎んですらいる。憎んですら。

非常に大きな——何百年にもわたる、時間が造りだした、感情の矛盾。

これもまた、神の前に新たに口をひろげた、深い、あおざめた迷宮だった。

☆

更に、一日、たった。

緊張。怖ろしい程の、緊張。それが、世界を満たしていた。

熱のひいたサーラは、悩んでいた。

完全に、傷口がふさがれば。あたしは一体、どうするだろうか？

逃げる。神ともう一回戦う。

サーラができることは、この二つだけだ。が——物理的に、できることはその二つであっても、感情的には、両方、できなかった。

トゥードは、ひたすら想い続けた。サーラを見ていると、人間が絶対悪であるということはない、そんな気がする。とすると。サーラのどこかに、この迷宮の出口がある筈。

神は。傷の治りかけた神は、また、一番最初の悩みをぶり返していた。完全な健康体となった時、わたしはこの二人の娘を喰わずにいられるだろうか。

果てしなく、ふくれあがった緊張は、出口を求めてうずまいていた。出口——それが、ないのなら。せめて、この、無意味にひろがった緊張を収斂する一つの点を。

そして、唐突に、緊張は方向性を与えられた。

☆

夕暮れ、だった。

三人は、トゥードのとってきたコウモリの肉を喰べていた――生で。ここには、火をおこす為の木はなく、最初、それをひどくいやがったトゥードも、生で食べるしか方法がないということを納得してからは、大人《おとな》しく、生肉に慣れようと努力していた。

神の牙は、かたくしまった筋肉組織の抵抗を、まるで無視した。チーズか何か――ごくやわらかいものにかみついているかのように、たやすく、肉へもぐってゆく牙。

神が食事をしている光景は、決して食事時に見物するのに適したものではない。それは判っていても、サーラもトゥードも、その、怖ろしい牙から視線を外せなかった。二人の娘が注視する中で、肉を喰いちぎる神。いつもの夕食の光景だ。

と。外界では。陽《ひ》がおちる。今日の天気もおおむね良好で、山にかかった太陽は、あたりの空をあざやかなオレンジに染めた。迷宮は、その色をうつし――青い迷宮が、かすかに緑がかった色となり、黄緑となり、やがて黄色がかち――そして、透《す》きとおった紫《むらさき》になった。

透きとおった、あわい紫の空気の中を。ひどく唐突に、何物かが横切った。盲滅法《めくらめっぽう》駆けてきたそれは――おそらく、ついうっかり、出口からこの迷宮内へはいってしまい、何とか出ようともがいているうちに完全に方向感覚をうしない、今、陽が暮れかけたので半狂乱となってしまった、可哀想《かわいそう》なオーガル。まだ成獣ではなく、かといって赤ちゃんでもない、一人だちしたばかりの若いオーガルだった。

狩人の条件反射として、サーラは立ち、腕を腰にのばした。腰の、銀の剣をつかみ――投げようとした瞬間。その必要が、もはやないことを、サーラは知った。

神が――肉食獣の素速さをもって、神が、右腕をついて立ちあがり、脇をかけ抜けようとしたオーガルの首に、その左腕で正確な一撃を与えていたから。

トゥードが、かんでいた肉をのみこみ、あっと小さく叫ぶ間。ほんのそれだけの間に、ことはおわっていた。

オーガルは――新鮮な夕食の献立《こんだて》となって――そこに横たわっていた。

神は、ゆっくりと、左手の爪《つめ》についたオーガルの血を、なめた。唇がまくれあがり、赤くそまった牙と、粉をふいたように白い舌がのぞく。

サーラは軽く肩をすくめると、剣を、また、ベルトへもどした。

そして、神とサーラの瞳が、であった。

お互いに考えたくなかった――判りたくなかった事実が、今の、狩人としての、肉食獣としての反射的な動きのおかげで、すべて、判ってしまった。

もし、あたしの怪我《けが》が治ったら。あたしは、逃げだすだろうか？　神と、もう一回、戦うだろうか？

もし、わしの怪我が治ったら。わしは、この二人の娘を喰わずにいられるだろうか。

この疑問文は、もはや、仮定形のものではなくなっていた。

サーラの怪我は――本人が、無意識のうちにそれを認めまいとしていたから、今まで、動けなかったのだ――完全に、治っていた。

神の怪我は――本人が、無意識のうちにそれを認めまいとしていたから、今まで、動けなかったのだ――完全に、治っていた。

そして、サーラの完治は、サーラがそれを知ると同時に神の知るところとなり、神の完治は、神がそれを知ると同時にサーラの知るところとなった。

とすると……。

危険な、盤上の配置。次のサーラの一挙手一投足《いっきょしゅいっとうそく》、次の神の一挙手一投足が、すべてを決める。サーラは狩人で、神は人を喰うもの。この一点に収束された、ぎりぎりの緊張が、どういう方面にむかってはじけるか。

刃《やいば》の上の緊張だ。

トゥードは、訳も判らず、それを感じた。

あお向けにした、刃の上。そこに、神とサーラの感情がある。ほんの少しでもバランスが崩れれば、どちらかの感情は刃に切られ、はじけ、爆発するだろう。かといって――ずっと、バランスをとっていることなど、できる訳がない。

「あの」

盲目的に、トゥードは口をひらいた。あの。次に続く言葉を、思いつけない。あの。

「あの、食事は……今、食事中です」

神が、まず、その緊張をといた。そう――少なくとも、今は、食事中。

神は、ことさら大きくのびをすると、サーラに背を向けて、あぐらをかいた。背をむけて――サーラが、そっとしのびよることなぞ、まるで考えてもいないかのように。

それを見て、サーラも同時に緊張をといた。トゥードの言うことは、正しい。今は、食事中なのだ。

今は。

二人共、そう思っていて――また、相手もそう思っているであろうということを、知っていた。

今は。

確かに、今は、その時ではないかも知れない。ごまかせるものなら、ごまかしたい――今は。

が、そういつまでも、神は、自分の大好物と閉じこめられた状況でいられる、とは思っていなかったし、サーラも、そういつまでも、神を放っておける、とは思っていなかった。

しばしの安息。今、目の前には、コウモリの肉と新鮮なオーガルの肉があるのだから。今は、二人の娘を喰いたいという感情を、おさえられるのだから。たとえ――どんなオーガル、どんなウサギより、人間の方がずっと神の舌に美味《おい》しく感じられるとしても――今は。

三人は、新たな夕食のメニュー、オーガルは、ゆっくりととりわけ、白《しら》けた食事にもどった。オーガルは、完全に息たえてはいたが、肉をひきさく時、何かの加減で、それがぴくっと動いたように見え、トゥードは軽いめまいをおこした。

☆

今は。

神は、悩んでいた。今は、何とかなる――何とか、した。

もう、陽はすっかりおちていた。夜風が、体毛をなぶる。今日の風の精は、ことさら官能的な奴らしい。ねぶられている感じ。

だが。明日は？　あさっては？

いや、そんなことよりも前に。サーラの目を見た時から、神は、ある事実を理解していた。ある事実――明日、二人がおきて、神とサーラが目をあわせた時。その時が、すべての結末となるだろう。


殺されたかった――サーラに。人を殺すよりは、殺された方が気が楽だ。それに、サーラを――そう、彼女、彼女のような人間に会うのは、神が迷宮にこもった、そもそもの目的ではなかったか？――殺したくなかった。が。死ぬ訳にはいかなかった。まだ。ああ、何だって今更、思いだすのだろう？　自分のやっていないことを。

神は、まだ、トゥードに数学を教えていなかった。数学！　何ということだ！　すっかり忘れていた。数、単位というもの、0の概念、加減乗除《かげんじょうじょ》、集合論。せめてこれくらいは教えたい――いや、関数をおとしてはならないし……そうだ、幾何《きか》！　トゥードは、まるい、という言葉を知っていても、円も円周率も知らず、正方形も台形も知らず、三平方の定理も知らず……。まてよ、微積分《びせきぶん》！　トゥードが宇宙工学か化学か――いや、すべての科学を――真剣にやる気なら、微積分を教えぬ訳にはいかない。微分と積分を理解する為には……大変だ、基礎の方程式。トゥードは、xとyが未知数だということを知らない――いや、未知数という概念を、そもそも知らない。

それに、化学！　化学の基礎、ああ、まだ原子も何も教えていない！　将来、トゥードが百科事典を眺め、元素の周期表をみつけても、意味が判らないだろう。

物理学！　ああ、物理学！　この子は、基礎の基礎も知らないのだ！　作用反作用も――ああ、重力すら教えていない！　どうしてこの子が、相対性理論や量子力学を理解できる？

生物学！　遺伝子工学など、二の次でよかったのだ。その前に教えなければならないことがいくつもあった。まず、人体の基本的な機能からして、この子はまだ知ってはいない。せめて生理学の基礎を。細胞、というもの、ホルモン、というもの、赤血球というもの、白血球というもの、そしてあの輝かしい色素体！　色素体――あれだけは、教えておきたい。葉緑体、というものを。

ストロマの、あの美しい構造。グラナの、かわいらしさ。そして、カルビン回路の奇跡！　そう、あの、小さな愛らしい葉緑体のおかげで、植物は他の動物を喰わずにすむのだ。他の動物を喰わずに済む――何故、神はノアの方舟《はこぶね》に、動物をのせてしまったのだろう？　あるいは。造りなおせばよかったのだ。カルビン回路を持たない、動物という名の下等生物を。

それに――ああ！　文学、倫理学、音楽、美学、すべてが抜けおちている！　トゥードを歪ませたいと思い、ことさら教えなかった分野。

生きたい。トゥードを教える為に、わしは生きたい。生きのびたい。サーラに、殺される訳にはいかない。

が――が。

生きのびてしまったわしは、つねに身内にトゥードを喰ってしまう可能性を秘めているのだ。

……が。

☆

好き。嫌い。好き。嫌い。すき。きらい。す、き、き、ら、い、す……。

サーラは、半永久的に、心の中で白い花をむしり続けていた。イメージの中の白い花。それは、怖ろしい程沢《たく》山《さん》の花弁を秘めており――好き、と花弁をむしれば必ず嫌いの為の花弁を、嫌い、と花弁をむしれば必ず好きの為の花弁を用意していた。

愛している、憎んでいる、愛している、にくんでいる、あいしている、にくんで……。

あたしは――あたしは。

明日が、その日、だ。

先刻、神の瞳を見た時、サーラはその決心をかためていた。

明日の朝が、結着をつける日だ。

神が、サーラを、破るか。

サーラが、神を、破るか。

不思議なことに、サーラの頭の中には、〝逃げる〟という単語はうかばなかった。とにかく、サーラは神を相手に戦わねばならないのだし――それは、確かなことなのだ。

そして――何故？

何故、サーラは、神と共存する――すなわち神から逃げるという道を選ぶ――ことなく、神と、戦うことを強いられるのだろう。

理性は、それを、憎しみ故《ゆえ》と断じた。人を喰う生物、神への憎しみ。イアスを喰った生物、神への憎しみ。

それも、あった――確かに。あることは、あった――が。

もっと、何か――何か、もっと。

愛している。

時々、感情の波は、理性を圧倒し、この台詞《せりふ》をおきみやげにしてひいていった。

あ、い、し、て、い、る？

莫迦《ばか》な。何故、愛しているものと、戦わねばならないのだ。戦うとしたら、それは憎しみ故であって……。

あ、い、し、て、い、る、に、く、ん、で、い、る、あ、い、……。

サーラは、何も、判らなかった。

☆

トゥードには、判らなかった。理解不能だった。
あの時、神とサーラが、睨《にら》みあったあの時。一瞬、果てしのない危険、を感じたのだ。放っておけば……何かが狂うかのような。
トゥードは――知の神、デュロプスの化身、真理のみをおいもとめる娘は――理解できなかった。サーラと神のあいだに、愛情と憎しみとの混ざった、妙な糸が張れる理由が。
ただ、判るのは。
放っておけば、神が、サーラが、怪我をする。死ぬ。
神――先生。トゥードに、知、というものを与えてくれる存在。
サーラ――娘。単なる娘。が、トゥードに、自分が生きていることが罪ではない、と、存在自体が語りかけてくれる娘。
どちらも、トゥードは、愛していた。あいしていた――そんな言葉の、およぶべくもない高みにおいて。どちらをも、失いたくなかった。また、どちらかが、傷つくのを、見たくはなかった。
何か――なにか。
考えよう。
トゥードは、必死で思考をまとめる。
何か――なにか、神の意識を、そらすもの。何か――。
昔の――旧人類の話が、心の中で騒いだ。
旧人類――その、連中が（トゥードは、神により歪められた主観でしか、旧人類のことを考えられなかった。故に、全音節にアクセントをおいた、吐いてすてるが如《ごと》き音になる――旧、人、類）のこした足跡。

ここから――一般的には、東の国といわれるこの地から――更に、東へむかえば。巨大な砂漠、その奥に、旧人類の足跡が――文明の跡が、残っているかも知れないという。

文明の跡。そこを、わたしが――何とか旧人類並みの知力を身につけ、わたし、トゥードがおとずれれば。わたしは、数多くの発見をすることができるだろう。

わたしは。自分の国より更に東の、旧人類の版図《はんと》へ行ってみたい。

行って、いろいろなことを知って――知識を究《きわ》めて、そして判りたいのだ。

何故、旧人類は自滅したのか。何故、旧人類の文明は破壊の方向にすすんだのか。知力という万能の牙、万能でありながら他の生物を殺し、世界をめちゃめちゃにし、みずからを滅ぼした牙。では――何故、万能の牙は、良い方向へと、すすまなかったのだろう。

何故、人類というのは、こんなに哀《かな》しい生き物なのか。知力の果てに、命の設計図を書きかえ、他の生物をほろぼし、自滅する程、哀しい生き物なのか。その、答を。

つよい、牙だったのに。この世の中で一番強い牙だったのに――何故、それがこんな結果になるのか。つよい牙――だったのに。――だった？

ふいに、何かがトゥードの心の中で弾《はじ》けた。

つよい牙。他の生物がおよぶべくもない、強い牙。その牙の強さ故に、旧人類は、ほろんだ。

旧人類は、ほろんだのだ。とすると。今は――白紙の状態。

そして、わたしは。強い牙を持っている。強い、果てしなく強い牙を。

わたしが。わたしが、この牙を、更に更にみがけば。旧人類の知性のレヴェルを凌駕《りょうが》する程に、みがけば。

あるいは――判るかも知れない。

長い時間の間に、旧人類はその牙をみがき、戦い――すべてをなくした。

が、仮に。これが、知力の必然的なゆきつく先ではなかったとしたら、どうだろう。

本当は、あったかも知れないのだ。すべてを壊し、すべてを自分の支配下におき、自滅する以外の道が。遠い昔に、人類はその道から足をふみはずし――一度、まちがってしまった道は、そう、迷宮のように、ゆきづまってしまったのかも知れない。

今、すべてが白紙にもどった状態の、今。もう一回、出だしのところに立てば――あるいは、正しい道をみつけられるかも知れないのだ。

他の生物を殺さなくても、人が豊かに生きてゆける道、それが。人が動物を殺さず、神の人を喰いたいという本能をおさえる道が。

そして、もし。その道さえみつかれば――すべて、世は、こともなし。何もかもが、必ずやうまくゆく。神とサーラが争う理由が消える。

背筋を、つめたい夜風がなぜて通った。

トゥードは、一瞬身震いし――すぐに、怖ろしい程の熱が身内にあるのを感じた。熱――力、だ。

わたしは一体何をした？　そう、何をした。

自身の牙が血まみれであることを知って以来、ただただひたすら、血まみれの牙を呪《のろ》い憎んでいたばかり。そう――自身の牙が血まみれなら――その血を洗いおとすことこそ、やらねばならなかったのだ。

出口、だ。

きらきらと、青い層が幾《いく》つも重なるラビリンスの果てに、トゥードは、今、それを見つけた。

これこそが、出口だ。

迷宮の中で、立ちすくんでいれば、永遠に道はないだろう。出口のないところでがたがた震え――待つだけ。死ぬのを。

それが――それが、嫌《いや》なら。歩くのだ。自分の足で。出口を探して。

それを、忘れていた。

そして。同時に理解する。トゥードがサーラに期待したものの正体を。

サーラは――歩いているのだ。常に。立ちどまって悩んだりはしない。そして――それが、それこそが。


出口だ。

でぐちだ――。

トゥードは、いつの間にやら、眠っていた。深く、あまりにも深く考え――心の奥底までもぐっていた意識は、たやすく眠りの波にさらわれて。

その、深く続く夢の中で。トゥードは、ずっとゆられていた。

ふわふわと――不安定なところ。ここは、どこ？　上、だった。どこかは判らない。しかし、上。トゥードは上にいた。

眼下に、迷宮がひろがっている。上から見ると、出口はすぐに判った。

その、迷宮の中を、神とサーラが歩いていた。二人共、どんどん、歩くにつれ出口から遠ざかる。

逆よ。夢の中のトゥードは、精一杯の大声をあげている。

今来た道を、ひき返しなさい、と、そこに出口があるが。トゥードの声は、二人には届かない。どんどんどんどん出口から離れて。

逆よ。逆なのに。

叫ぶと同時に、上にあったトゥードの視点、徐々に下へとおりてくる。

青い、透きとおった迷宮。そして。

出口は、白光を発していた。あまりにまぶしく、外に何があるのか判らせない、光。

また。処々《ところどころ》、迷宮は、透きとおった岩ではなく――黄色の、しめっぽい、洞窟の中の岩になっていた。手でこすれば、ぼろぼろとはがれそうな岩。それにかすかに光があたり――ああ、金色だ。サーラの、あの美しい髪のような、赤味のかかった金の迷宮。

または。ルビーの赤。ぐみの赤。ぶどう酒の赤。赤い迷宮。

おお！　赤い迷宮の中で、サーラが笑った。きれいに焼けた肌が、照り返しで赤く染まる。サーラ。血まみれの美しい獣。

そして、迷宮には。気づくと、考えうる限りの装飾がほどこされている。彫刻、彫刻、彩色、壁画。

彫刻。迷宮の壁に彫られた迷宮。壁の上の迷路。交錯《こうさく》する道、こまかいどうどうめぐり、まるで――まるで、いくつもの、はちの巣。無数の美しいはちの巣のような……。あるいは。

草迷宮。あたり一面は、唐突に、夏草の中に埋もれた。みごとな若緑。萌《も》えたつ黄緑。その草が、まるで迷路のようにうねうね続き、枝分かれのある道を形成していた。風が吹くと一斉に草はゆれ――そして、何故か配置がかわるのだ。先刻まで道のあった処に草、草のはえていた処が道。

と。また、トゥードの視点は、上にのぼっていった。

いつしか、草迷宮も、彫刻をほどこした迷宮も、赤い迷宮も、崩れそうな迷宮も消え――つめたい、半透明の青い迷宮。

神とサーラは、どんどん出口からはなれていた。一歩一歩、確実に。

逆なのよ！

そう叫ぼうとして、トゥードは、気づいた。

おのれの、おろかであることに。

逆ではないのだ。これが――あるいは――正しい道かも知れない。

入り口。

迷宮に、出口と入り口があるのなら、その入り口の方。そこにむかって――出口から遠ざかっていた、神とサーラは、入り口へと着々と進んでいた。

何も。

迷宮の、どまん中に放りだされたら、何も出口のみを探すことはないのだ。入り口も、また、出口の変形であるのだから。

トゥードは、今、そこに提示された、新たな考えに喜びを感じ――また、果てしない、絶望をも感じていた。

理屈ではない、本能で。

神と、サーラが、手にいれなければならない――みつけださなければならない出口は、トゥードのものとは違うということが判ったのだ。トゥードがみつけた出口は、この二人にとって、出口ではないのだ。その、事実がかもし出す、深い絶望。

　そして、トゥードは、目がさめた。

☆

　朝、になっていた。

　雲のある日だった。夜があけても――迷宮は、明るくなりはしたが――光りだしはしなかった。

　神。サーラ。トゥード。

　三人は、同時に目をさました――いや、この言い方は、不正確だ。

　サーラは、結局、夢と現実のはざまを往復するだけで、眠れなかった。ろくに。いささかは眠ったのかも知れないが――自分が眠った、という意識は、なかったのだ。

　だから。いつが夜で――つまりは眠りの領分で――いつが朝――つまり、起きていい時間なのか――判らなかった。故《ゆえ》に、闇《やみ》の中で息をこらして。朝、あたりが明るくなって、トゥードが起きたら、自分も身をおこそうと思っていた。

　神は。やはり、どれくらい眠れたのか、よく判らなかった。あまりにも浅い眠り。

　故に、神も決めていた。トゥードか、サーラが起きたら――自分も、起きようと。

　そして今。

トゥードは、目ざめると共に、軽くのびをし、髪を指ですき――同時に、サーラと神とが、起きた。

　おはようございます――とか、何とか。

　トゥードは、言おうと思ったのだ。が――言えなかった。

　おきるや否《いな》や。神の視線はサーラを、サーラの視線は神を、しっかりとつかまえており……トゥードは、二人にかける言葉を失った。

☆

　ゆっくりと――視線をうごかさず、神の目に固定したまま、ゆっくりと――サーラは身をおこした。やわらかな、赤い金の髪が、すべり、流れる。

　滝だ。神は、思う。この娘の動きと共にゆれる髪は、赤い、神秘的な――滝だ。

　視線をあわせた瞬間、その時から、サーラの心の中はまとまりだしていた。まとまる――ゆうべ、夜っぴて悩んだ跡が、きれいに消えてゆく。絶え間なく、水面にそそぎこんでいた滝。その滝がとまって、ゆっくりと水面が落ちついてゆくように。ゆっくりと、最後のさざ波が、消えてゆくように。

　愛している。憎んでいる。好き。嫌い。

　矛盾《むじゅん》した、いくつかの感情が、きれいに統《す》べられた。

　獲物を前にした高揚感では、ない。傷ついた雪ウサギを殺す罪悪感でも、ない。灰色熊《ぐま》に出喰《でく》わした、恐怖ですら、ない。

何か——もっとずっと大きな感情。生まれて初めて味わう程の、大きな深い感情をたたえて——いや、大きな深い感情に包まれて、サーラは、そこに立っていた。

あたしの、今、やるべきことは、おそらくたった一つのことなのだろう。

神。悩んでいた。人を殺して生きることに悩み——そして、死にたがっていた。放っておかれれば、あたしやトゥードを食べてしまうのではないかと悩んでいる。

それは。それは、間違ったことなのだ。

悩むとか、悩まないとか、好きとか、嫌いとか、そんな感情のはいりこむ余地のない、大きな事実。その大きな事実こそが真実。

神は、人を、喰う。

オーガルを殺せないリュイ。

リュイは、優しい。確かに優しい。手の中にいる、傷ついたオーガルを殺せぬ程に。

が。それと同時に、リュイは、弱い。果てしなく弱くて——そして。いくじなしではなく、卑怯者《ひきょうもの》なのだ。

何故《なぜ》なら、リュイは、肉を喰うのだから。本当に、他の生き物を殺したくないと思うのなら、肉を喰ってはいけない。神のように、みずから死を望まなければならない。

また。リュイは。果てしなく善人で——強いのだ。矛盾しているようだが。

他の生き物を殺して食う。それを悩むということは——神は——一見、恐ろしい程の強さを、内に秘めているかのように見える。卑怯者でないならば、神のようにするべきだと思う。

が——神は。同時に、ひどく弱く、ひどい裏切り者なのだ。

他の生物を殺すのがしのびない。だから、みずからが死ぬ。

これ程てひどい、これ程残忍な、生命への裏切りが、他にあるだろうか。

神の想いは。他の生物を殺したくない、他の生物を殺すのは罪悪だ、という神の想いは、当然の帰結として、夢みるだろう。生きて動くものの何一つない、静かな——永遠の静寂《せいじゃく》につつまれた、生命のない世界を。

他の生命をいつくしむ、神の想いは。結局、すべての生命の否定に結びつくのだ。

まだ、リュイの方が強い。少なくとも、彼の悩みは、決してみずからを滅ぼしたりはしないのだから。自分自身の生命を保つこと。これすらできない生物は——おそらくは、この世の中で、最も弱いものだろう。

神の悩みを消す。

今、あたしがしなければいけないのは、それ。

恋のような感情をもって、尊敬をもって、憎しみをもって、あたしは、神の悩みを断ち切ろう。本来あるべき姿に——もどしてやろう。

神は、あたしを喰う生物としてあたしの前に立ちはだかるべきだし——あたしは、神に喰われる生物として、最後の必死の——あたう限りの礼儀を尽くした抵抗をしよう。

あたしは。

ゆっくりと、息を吸う。一息ごとに、体が軽く震えるのを感じる。一息ごとに、気力が充実してゆくのを感じる。

目を、みひらく。決して、かっと、という感じではなく、しかし、力をこめて。見据える。神を。

神は。あきらめに似た、重い感情で、サーラの視線をうけとめていた。遅かれ早かれ、こういう状態になることは判りきっていた。サーラ——獣のような娘。赤い、死を司《つかさど》る血の色、生を司る血の髪をした娘。この娘は、理性だの感情だのというあやかしにとらわれることなく、まっすぐ本能でわしにたちむかってくるだろう。

それが判っていて、わしは、ついに決断ができなかった。今にいたってもなお、悩んでいる。わしは——サーラを、どうするというのだろう。

この娘。この瞳。この気力。この緊張。

殺したくない。殺したくない。この——娘を。一千年、待った娘。わしを殺せる娘。肉食獣に本能的な恐怖を抱《いだ》かないか——あるいは、動物の本能として、自分をおいつめた獣に反撃するのか。これ程の精神力を持った娘。

しかし、今、殺される訳にはゆかない。トゥード。底知れぬ理解力を持った娘。旧人類の文化遺産をつぐだけの器《うつわ》を持った娘——いや、それだけでなく——いや、それだけでなく？

ほとんど、おそれだ。

恐怖——を、神は、味わっていた。

サーラは動かない。一歩も動いていない。しかし、サーラの瞳は。

近づいてくる。理不尽《りふじん》な。

近づいてくる。そんな莫迦《ばか》なことはない。

近づいてくる。あきらかに大きくなってゆく。

生まれて初めて味わう。これは——追いつめられる恐怖だ。動物が、自分の生を奪おうとするものに対して、感じる恐怖だ。

構える。剣を。

サーラは、不思議な程甘い想いを、歓喜といっていい程の甘い想いを味わっていた。

もう、先日のようなおろかなふるまいはすまい。この神を——これだけ身長差のある神を相手にして、上段から切りおろすというのは、そもそも無理だ。サーラが、本当に神をたおす気なら——そしてサーラは、一点悩むところなく、その気だった——もっと、効率のよい処《ところ》を選ばねばならない。

右手だけで構えていた剣に、左手をそえる、こうして——右から左へむけて、胴を払う。これこそが、最も、あたしの力を有効に使える切り方。そして——息を整える。

集中する。何もかもを。もう、トゥードの姿は、視界のうちにはあっても目にははいらなかった。かすかに、剣のきっ先を、左へかたむける。右手首の筋がうかびあがる。うきでる血管。この脈うつ血管にかけて——おお、我が神ラーラよ！　感謝します。あたしは、今、嬉《うれ》しい。嬉しい。狂おしい程に。

あたしは今。あたしは今。あたしは今、まさに——愛している。目前の神を。

あいしている。

空気が、ゆれた。

あいしている。

それを、神もまた、同時に、感じていた。そして、この、空気の、ねばっこい重味。

あいされている。

空気は、そう言っていた。それは——木陰でかたられる、しあわせな恋人達のラヴ・ストーリィと、まったくおもむきを別にした、命のやりとりをする者同士の恋物語。

すべての動物は。今、まさに殺されようとする瞬間、今、まさに殺そうとする瞬間、この想いを味わうのだろう。限りなく——そう、思考の限界を越えた、愛情。

サディズムの極限。マゾヒズムの極致。何とでも言うがよい、何とでも。これは——そんな概念で、始末のできるような、皮相的な感情ではないのだから。

喰われるということは。おのれの命が、他の命の中にとりこまれる、ということだ。

喰うということは。おのれの命の中に、他の命をとりこむということだ。

命をあげる。その瞬間。そこには——恐怖だの憎しみだの飢えだのを越えた、はるかに大きなものが存在している筈《はず》。はるかに大きな——命の根元にふれる程、大きな愛情。生命それ自体——生きるということの本質にふれるが如《ごと》き、愛情。

突然、神は、悟《さと》った。自分がトゥードに教えたことが、どれ程大きな誤りであったかを。

そう。人は——人類は、他のすべての生物の存在を許さぬ程の、凶悪で強力な牙《きば》を有していた。それは何故か。それは——人類が、すべての生物の勝利者であったから。他の生物を圧する程、生命に愛情を持っていたから。

生命を愛する人類が破滅へとむかったのは、それが、決して、人類の必然であったからではない。それは——人類が、生命という名の、人生という名の、歴史という名の迷宮に、一歩足をふみいれた時、異なる道を選んでしまったからなのだ。正解に到る道を、ふみはずしてしまったからなのだ。

だとしたら。トゥードは——わしによって、歪《ゆが》まされるべきではなく——正しい道を選ぶよう、教育されるべきだったのだ。

世の中は——命は。何と、数多くの迷宮に満ちていることだろう。何と数多くの迷宮に。

剣のきっ先を、更《さら》にかたむける。更にかたむけつつ、充電する。おのが心の中に。意欲を、意識を。

サーラは、サーラという個人をはなれ、命の器として、ここにいた。

凌駕《りょうが》した、サーラは。すべての点で、神を。

神は。目がはなせなかった。サーラの剣のきっ先——今や、サーラ自身ですらある、サーラの剣のきっ先から。

そして、同時に。

理解した。

サーラを殺したくはない。トゥードに、すべてを教えないうちは殺されたくない。いや、それよりも。いや、それだけでなく。

この、それだけでなく、の、うしろに続く理念を。

それだけでなく。わしは、死にたくは、ないのだ。何故なら、わしは、生きているから。

わしは、生きている。その故《ゆえ》をもって、わしは、死にたくはない。

そして、また。どうしても知りたくはないことをも、理解してしまった。

わしが、他の生物を殺すのが嫌《いや》だから、みずから死にたいと思ったことは——偽善である。わしは、本当の意味で、他の生物の死をいたんでいた訳ではない。他の生物を殺す、おのれの力に罪悪感を抱き——みずから、死にたいと思っている、と宣伝してまわっていたにすぎない。

昔。旧人類が、その文化の極みにいた頃、自殺症候群、という、病気があったそうだ。

この病気にかかった者は、一様に自殺をほのめかす。それは例えば、書きかけの遺書を家族に発見させるとか、ガス栓《せん》をひねったところで恋人に別れの電話をかけるなどという方法で、ほのめかされる。

これは——心の病なのだ。

決して、みずからの命を否定する程の心の病ではなく、わたしの悩みは、命をなくす程のものだと、はたの人にデモンストレーションしたくなる、心の病。早い話が、甘えの産物である。

この、心の病に関する話を聞くたび、神は怒りをおぼえたものだった。

あまりにも、甘えている、人間に。

そして、今。気づいてしまった。みずからの甘えに。

わしが、トゥードを、サーラを殺したくないと思うのは――トゥードに、すべてのことを教えるまで、死にたくないと思うのは――言い訳なのだ。

本当は、わしは、生きていたいのだ。すべての問題を無視して、とにかく、生きていたいのだ。ただ、その理由を正当化するためにのみ、トゥードを使っているのだ。

それに気づいたが為《ため》に、神の動きは、にぶった。

そして、サーラは勿論《もちろん》、神の、そんな鈍《にぶ》い動きを、許しはしなかったのである。

雲が一部分、動いた。

厚い灰色の層が空からどき、青がのぞく。つめたく、さみしい、青。この迷宮と同じ青。そして、雲の切れ間から、一筋、陽光が差しこんだ。あたたかい金色の――いや、つめたい銀色の、その両方が混じりあった陽光。それはちょうどサーラの背後から差し――サーラは、金と銀の、あたたかくつめたい、切りさくような包みこむような、不思議な光線を背にして立っていた。

光り輝く赤い髪。そして、金の剣のきっ先。血まみれの光り輝く獣。おのれの手が血まみれであることを知りながら、それを怖れず、それを恥じない獣。

剣のきっ先が、軽く、くっとかたむく。そのまま、それは大きく空気をないだ。空をなぎ、そのまま――。

神の、腰ちょっと下――左足を、ないだ。

それは、おそろしい程の手ごたえだった。厚い皮膚を切りさき――かたく太い、骨にぶつかる。そして、いきおいのついた剣は――いきおいのついたサーラの腕は、骨で、とまらなかった。そのまま、骨に喰いこみ――神の左足を、つけ根から、切断した。

剣は、神の右足の皮に――ななめに左足を切断したから、右足のひざの上に――わずかに喰いこんだ。サーラは無造作に、剣をひく。右足の皮膚を破き、肉をひきちぎり、剣は抜けた。

神は。一瞬――自己の甘えに気づいた為に、行動が鈍くなった。そして、次の瞬間、陽光を背にしたサーラのあまりの美しさに、我を忘れた。

身をかがめたサーラが、おのれの足を切った。瞬間、サーラをつかもうとしてのばした腕は、わずかにおよばず、サーラが剣をひいた為、完全に神の体重をささえきれなくなった足が崩れ、神はその場にたおれた。そして、そのあとを追うようにして、もう、上に体ののっていない左足が、ごとんと、それ自体意志のあるもののように、倒れた。

サーラは、神が倒れる直前に、とびのいていた。

それは、時間にして、ほんのわずかのことであったように思う。トゥードは、先程とまるで同じ格好で、ただただそこに立ちすくんでいた。神の血は、剣をつたい、それをかかげたサーラの腕にかかり――赤い彩色をされたサーラは、とてつもなく、何か、この世のものではない程に、美しかった。

倒れた神は、それでも、不屈の力をもって、身をおこしていた。勿論、立てはしない。手と尻尾《しっぽ》とを使って、かろうじて上半身をおこし、両手を、何とか使える状態にしていた。

その時、はじめて。何年もの――何百年もの、時間を経て。神の瞳は、世界を見た。悩みをまじえない、意志をたたえて。

世界は、震え、みもだえし、叫んでいた。世界は、生命に満ちていて、生命とは、震え、みもだえし、叫ぶものなのだ。おのれの生命の為に他の生命を殺すこと、他の生命の為におのれの生命が殺されること。その、震え、みもだえ、叫び。

悩んでいた時の神の目は、そしてまた、旧人類のうち悩んでいた者すべての目は、いや、あるいは旧人類は、無意識のうちにみな悩んでいたのかも知れない、その悩む者の目は。世界の震えを、世界のみもだえを、世界の叫びを、他の生命を殺す苦痛のうめきだと解釈した。生命を維持することは辛《つら》いと叫んでいると思った。

そう思ったからこそ――たとえ無意識のうちにせよ、そういう想いがあったからこそ、人は、文明が進歩し、悩むための暇を手にいれた人は、死へとむかって進みだしたのかも知れない。うめいている他の生物すべてを殺し、うめいている自分自身を亡ぼす道へむかって。旧人類の行為は、悩める世界の、ゆるやかな自殺だったのかも知れない。

が。悩まずに――悩みというものを消して、世界を見れば。

それは――世界の震え、みもだえ、叫びは――生きているということ自体だったのかも知れない。生きるということは、苦しみだの辛さだのという要素をまじえずとも、震え、みもだえし、叫ぶものなのかも知れない。

命をいれた器である、自分自身。自分自身の器を保つため、生物は、他の生物の器の中から命をうけとる。そしてまた、他の生物の器の中に、命をそそぎこむ。この、器から器への、生命のうけわたしの時に、命は――おのれが存続できるという喜び故に、おのれの命を他のものにやるという感情のスケールではかるにはあまりに大きい愛情故に、震え、みもだえし、叫ぶのだ。

古代――古生代の石炭紀に栄えたシダ。シダには、老化という現象――寿命遺伝子が、なかったのかも知れない、という説を、聞いたことがあるような気がする。が、最終的に植物界の王者と呼ばれるのは、もっとも進化した植物といわれるのは、中世代末期に出現した、顕花《けんか》植物である。

顕花植物中、一年生草本植物と呼ばれるものは、明確な寿命を持つ。名前のとおり、開花し、種子を作ると、一年で枯死するのだ。

寿命のある植物の方が、寿命のない植物より進化したものである――それは、何故か。一見、寿命などない方が――いつまでも生きていられる方が、すぐれているように見えるではないか。

が。種子をつける。種子が成熟するや否や、枯れる。そうすれば、新しい命、種子は、親の死体をこやしにして育つことができる。そう――親の死は、次代の繁茂の為のものなのだ。

命を奪う。生を、うけつぐ。――そうだ、生物というのは、生命の器のことであり、すべての生物は、器から器へと、生命をうけわたしてゆくのだ。

とすれば。

生きるということは。

わしが生きているということは。

決して、罪では、ないのだ。

初めて、悩みから解放され、世界を見た神は、心全体で叫んだ。

命。命は、他の命から、命をうけつぎ生きている。これが動かしがたい真実なら、動かしがたい真実を、恥じてはいけないのだ。それを恥じ――それを否定したら、わしは一体、何の為に生を享《う》けたのだろう。

生を、享けた。その生を、恥じ、否定し、みずから死のうと思うくらいなら、いっそのこと、生まれなければよかったのだ。生まれてしまった以上、自分の生を恥じ、否定してはならない。それは、生への冒瀆《ぼうとく》である。

サーラは、立っていた。剣を高くかかげ。その姿は――逆光の中にうかぶ、その姿は、美しく、けだかく、りりしく、たった一つのことを表現していた。美しい命。

軽く小首をかしげる。サーラは、冷静に、また同時に果てしない高揚感を身内に覚えながら、そこに立っていた。神は、移動できまい。最上段にかまえた剣を、青眼《せいがん》へとおろす。

これがあたしのつとめだ。

心の片隅が、そう思っていた。

これが――命をかけて――生物を喰う為に殺すのは、恥ずべきことではない、と教えるのが、あたしのつとめだ。その結果、あたしが死のうが神が死のうが、それは二の次のこと。これが、あたしがこの人にしてやれる、唯一の、そして最上のこと。これが、あたしのつとめだ。

その、心の片隅にあった感情を、サーラの心の内に巣くっていた巨大な暗闇が喰いつくしてゆく。

これは、あたしのつとめでは、ない。

その暗闇は、もはや、暗闇ではなかった。

あつくたぎり、輝き、目がくらむような、あまりにまぶしくて、そこに何があるのか判然としない程の光。恋のような感情も、尊敬も、憎しみも、すべてのみこんでしまう程の光。

これが、あらんかぎりの――あたしの愛情。

つとめとして、戦っているのではなく、これが、あたしを喰う生物にあたしが向けることができる、最上の愛情。

トゥードは、ついに声を発することができなかった。

それ程までに、圧倒されていた。

最初は、サーラに。のちに、サーラと神の二者に。

この二人は、知識だけでは決して追うことのできない高みにいるのだ。非常にけだかく、いとおしく、夢のような高みに。

また、ひしひしと感じていた。疑う余地はない。サーラは神に対して、神はサーラに対して、今までトゥードが見たことも聞いたこともない、極限の愛情を抱いているのだ。一歩、外へふみだせば、憎しみとみまごう程の。

そして。金と銀の逆光を背おったサーラは、また、別のイメージを、トゥードに抱かせた。

この、まぶしく――あまりにまぶしくて、先に何があるのか見渡せない光は。この、サーラのイメージは。

昨夜の夢の、出口だ。

そう、サーラは出口なのだ。迷宮の。

歩くということ。迷宮内で立ちどまっていては、結局、何もできない。迷宮の中にいるのなら、歩かねばならない、という点で、トゥードの、出口。

生きることは、決して罪ではない。仮にも、この世に生を享けたのなら、その生を否定してはいけない、という点で、神の出口。

サーラは、唯《ただ》一人、心の中に窮極《きゅうきょく》の愛という暗闇を巣くわせただけで、迷宮にふみこんでいないサーラは、その存在自体が、神とトゥードの為の出口だったのだ。

サーラは。剣を、青眼にかまえた。腕に力をいれる。

神を、見据える。あの腕の攻撃をかわしつつとどめを刺すには……。

と。風が吹いた。雲が動き、陽《ひ》がかげる。サーラに、金と銀の光を与えていた太陽は、また、雲にかくれた。

が。まだ。

サーラは輝いていた。

それは、サーラ自身の光。決して、視覚には意識できなくとも、そこにあることだけは誰にでも判る、サーラ自身の光。サーラの命が発している輝き。

負けた。

ふいに――唐突《とうとつ》に――何の脈絡もなく、神は力を抜いた。だらんと両腕が、たれ下がる。

負けた。

サーラと、神。

悩みという衣をぬぎすてて、神一個人としてそこにいた時――神は、サーラに負けた。生物としての格が違いすぎる。

生物としての格。というよりは、命の器としての、大きさ。

サーラは――幼ない頃から、自分の命の為に他の命を殺してきた、狩人《かりゅうど》のサーラは――大きな命だった。まだ、何もかも神話とお伽噺《とぎばなし》とでごまかせる時代から、否応《いやおう》なしに、自分の手が血まみれである、と認識せざるを得なかったサーラは、勁《つよ》かった。野生の動物のように。その勁さは、知識が先行する――悩む暇と悩む土壌とを、幼ない頃から与えられ続けた神の、およぶべくもない勁さ。

同時に。

神が、体の力を抜いたのを見極め、サーラも力を抜いた。勝負はついたのだ。

神の腰からは、血が流れでていた。流れでる――いや、あふれでる。

「か……かみさま」

トゥード，ようやく正気に戻って、神にかけよる。足の切断。流れ出る血。流れ出る生命。手あてを――手あてをしなければ、いくら何でも神は死んでしまうだろう。

「神様！」

トゥードは、叫び、神をゆすろうとし、すぐ、そんなことはするべきではないと気づいた。まず、止血だ。止血――けれど、この場合、腰をしばるべきなのだろうか。あ、葉。この間、サーラの怪我《けが》にあててやった葉。あれを――。

トゥード、神の足の切断面に、その葉をおしあてる。が、どくどくと、心臓の動きにあわせ、流れ出る血は、その葉を染め、流してしまう。

「娘よ。トゥード――そして、サーラよ」

急速な、失血。神の目は、もう焦点がさだまっておらず、ぼんやりとあたりをみまわす。

「サーラよ……」

そして――これは、見まごう訳がない――サーラの、赤味をおびた、金の髪に視線をやり――何とか、ほほえみに近い表情をうかべる。

「おまえは……」

あとは、声にならない。だが、神の言いたいことの内容は、双方に、嫌という程、よく判った。

「生きるということは……わしが、他の生物を喰う、ということは、罪ではないのだな……」

サーラは、ゆっくりと――限りない愛情をこめた瞳で、神を見、うなずく。

「トゥードよ。おまえに言っておきたいことがある。生きる、ということは、罪ではないのだ。おまえが生きているという事実を、恥じてはいけない」

トゥード、うなずく。そして、うなずいただけでは不充分と思ったのか、声にだして返事をする。

「わしは……わしが、何の為に、生を享けたのか、判らない。一千年にもおよぶ、わしの生の目的が、一体何であったのかは、判らない。が、今、思えば……おそらくわしは、生きることは罪ではない、と知る為に、生を享けたのだ。……トゥード。わしの、唯一人の生徒よ。おそらくは、このことをおまえに教える為に、わしは生を享けたのだ。……生きることは、恥ずかしいことではない」

　息が、異常に、はやかった。

「旧人類は、いつの間にか、正しい生命としての道を踏みはずしてしまった……のだと思う。わしは……わしは、おそらく、そのことを、おまえに告げる為に生を享けたのだ。生きることは恥ずかしいことではなく、また、恥ずかしくない生を送ってくれ、ということを……」

「神様」

　トゥードは、すがりつくように、神の耳に口をよせ、叫んだ。

「わたし、行ってみようと思います。世界の東の果てに。旧人類の、遺跡を求めて。そこで、わたしは学びたいと思っています。すべての知恵を、そしてまた、何故、人類が、道を踏みはずしたのかを……」

　神は、この台詞《せりふ》を聞くと、かすかに、ほおをゆるめた。そして、言う。

「それは良いことだと思う。ただ――おまえにはまだ、文学だの哲学だの数学だのをまるで教えていなかったから……。もし、旧人類の遺跡をみつけ、運よく図書館をみつけ、判らぬことがあったら、西の島をたずねなさい。ハノウ山をこえると、中の国、という国がある筈。そこを横切って、更に海を渡れば、西の島という、人がすまぬ島がある。そこには、我々の仲間が――神が、住んでいる筈だ」

　また、神は目をふせる。その目が、サーラと会う。サーラ、おずおずと。

「とどめをさしましょうか……そうすべきだと思うし……」

「いや」

　神、ゆっくり首を振る。

「もうすこし、トゥードと話していたい……」

　それから、トゥードの制止の言葉も聞かず、神は身を完全におこした。動くと、傷口が拡がり、また、血がしたたる。

「トゥード。おまえは以前、こんな迷宮を造る用途は、遊びか、何かを封じこめること以外、考えられない、と言ったな」

　トゥード、神の傷に困惑のまなざしをむけつつ、うなずく。

「それは、正しい。が、また同時に、誤りでもある。何故、迷宮に人を封じこめることができると思うのだ？　言いかえよう。迷宮には、出口と入り口がある。何かを封じこめたいと思うのなら、出口と入り口があってはいけないではないか。それは、ふさぐべきではないか？」

　……確かに。神は、迷宮に封じこめられているのではなく、神自身の意志で、迷宮から出ないのだ。

「出口があるのなら、いつか必ず、封じこめられたものは外へ出ることができる。では、何故、おまえは、これの用途として、何かを封じこめる、ということを思いついたのだろう」

「それは……判りません。でも、何となくそんな気がして……どこか、迷宮には、神秘的で魔術的な感じがあって……」

「そうだ。わしは思うのだが……おそらく迷宮というのは、いのちの象徴なのだ。いのち、人生の模型であり図式。……生きる、ということは、巨大な迷宮の中で迷う、ということによく似ていると思う。誰もが出口を求めてさまよい歩くことに。正しい道だと思って、一所懸命《いっしょけんめい》歩いてきたのに、またふりだしに戻ってしまったり、いつの間にかゆきどまりになってしまったり……。故に、人は、無意識に迷宮を、神秘的で魔術的な力を持ったものだと思ってしまうのかも知れない。だから、おまえは、無意識に、迷宮には何かを封じこめる力があると思った。……が、迷宮と命とには、大きな差があるぞ。それは何だか判るか」

「迷宮には、必ず出口があるけれど、命には果たして本当に出口があるかどうか判らない」

サーラが、ひょいと脇から口をはさんだ。

「そう……そのとおりだ。トゥード。おまえがこの先、生きていっても、果たして、人生という名の迷宮に、出口があるかどうかは判らないのだ。悩み、苦しみ、出口を求めても、生命には、出口があるかどうか、判らないのだ。迷宮内で出口が判らずとも、それは、失望といった程度ですむ。必ず出口はあるのだから。が、人生の出口が判らなければ、それは絶望、だ」

神は、ずるずると、壁にむかってはっていった。慌《あわ》ててとめようとしたトゥード――結局、声をだせなかった。血の跡を――ナメクジのはっていった跡に残る銀色のぬめり、それのように、はっていった跡に残る血のぬめりを――見ると。

神は、壁に手をかけた。半《なか》ばよりかかるようにして、右足と尻尾だけで、何とか立ちあがる。

これは――もう、ここまでくれば。

神が助かる訳がない。神は、今、まさに死の瀬戸際《せとぎわ》にいて――今、神がしゃべろうとしていることは、神の遺言なのだ。

「迷宮の基本構造を知っているか？　入り口から、左手なり、右手なりを壁につけて、ずっとその壁から手を離さずに歩いてゆけば、必ず出口につく。いいか、迷路の、左の壁だけを、まず考えてみろ。左の壁に、ゆきどまりの道が一本、くっついているとする。もし、おまえがずっと左の壁から手を離さずにいたら、どうなる？」

「袋小路《ふくろこうじ》の、ゆきどまりへとはいってゆきます。そして、ゆきどまりについて、ゆきどまりの壁にふれ、また、もとの道へともどってくる……」

「そのとおりだ。ゆきどまりの道が枝分かれしていても、最終的には、ゆきどまりでない方の道へとすすんでゆくな。同じく、ぐるりとまわって、もう一度もとの処へ帰ってきてしまう道の、左の壁から手を離さなければ、どうなる?」

「やはり、ぐるりとまわって、もとの道へもどり……」

「枝分かれしている、ぐるりとまわってしまう道を抜け、正しい道へともどってゆくだろう。迷宮とは、どんなに複雑なものであっても、結局、ゆきどまりと、ぐるりとまわってしまう道の組みあわせだ。ものすごい力持ちがいて、迷宮の出口と入り口の両方を握り、きゅっと引っぱれば――どんな迷宮も、すべて、一本の道に近い形――処々《ところどころ》、ぐるりとまわってしまう道のなれの果て、つまり、正しい道よりいささか長い道をつけた、一本の道のようなものになってしまうだろう。この理屈は判るな?」

頭の中に、簡単な迷路を描いてから、トゥードは、うなずいた。

「故に、左右どちらかの壁に手をふれていれば、必ず、迷宮から出ることができる」

「……はい」

「これが、トゥード、おまえの牙だ。知識という……が、今、このような迷宮の内にいる時、決しておまえの牙は、何よりも強いものではない。何故なら――この迷宮は、右の壁に手をふれて歩けば出るのに三日、左の壁で二日、かかるからだ。用意をしていなければ、おまえは、必ず、途中でかわき死ぬだろう。一番近い、正解のルートをたどれば、ほんの数刻の迷宮なのに。……また、この迷宮よりも巨大な迷宮であったら――たとえば、人生という名の迷宮であれば、あるいは、この方法をとったら、出るまでに――道半ばにして、寿命が尽きてしまうやも知れぬ。トゥード。おまえの牙は、決して最強でもなく、最上でもない」

くるりと、サーラの方をむく。

「また、サーラ。おまえが迷宮内にいたとして――道が、ゆきどまったとする。おまえなら、こうしような」

この台詞と同時に、神は――傷ついているとはとても思えぬ程の力で、尻尾を、ふった。怖ろしい音がして、神のよりかかっている処のすぐ脇の壁と、尻尾がぶつかり……ラビリンスの、青く半透明な壁は、ごく、ごく小さな破片となり、こな雪のように、ふっていった。まわりの壁に、くもの巣のようなひびがはいる。その破片、そのひび、一つ一つが、光をうけ、きらきらと、光のシャワーであるかのように、輝いた。

また、同時に。急に力をいれたせいであろう、神の切断された足のつけ根から――くだけ散る壁のように、血がシャワーの如《ごと》く、流れだした。

「これが、サーラ、お前の牙――力である」

神は――おそらくは、怖ろしい程の痛みと、多大な失血に耐えていたのだろう、ほおから血の気のなくなった神は――言った。

「が、お前の牙もまた、最強でも最上でもない。何故なら、壁がもっと厚くもっと強ければ――例えば、金属であったなら、おまえは決してそれを破れはしないだろうから。力には、物理的な限界がある」

力には、物理的な限界がある。

サーラは、その神の言葉を、しみじみと納得して聞いていた。あたしは、このラビリンスの壁すら、破ることはできなかった。

「おそらく」

最後の力をふりしぼって、神は、はりのある声をだす。

「おそらくは、第三の方法があるに違いないと思う。例えば……トゥード、おまえがこの迷宮の中にいて、視点だけが上へのぼれば。この迷宮の基本的な構図も、出口も、見極めることはたやすいだろう」

昨夜の夢。それを想いだして、トゥード、深くうなずく。

「そのように……どういう方法かは、知らない。が、知恵と力以外に、必ず、何か第三の道がある筈だ。それこそが完全な正しい道であって――わしにも、おまえ達にも、また判らないものなのだろう。願わくば……おまえが、トゥードよ、いや、おまえではなくとも、おまえの生徒達が、おまえの子供達が、いつか、人が、その第三の道に気がつきますように……」

「かみさま！」

気がつきますように……語尾は、ひどく不鮮明で、気弱だった。まるで、今すぐ死ぬ者であるかのように。故に、トゥードは、必死に、あらん限りの大声をあげ、神をゆさぶる。かみさま！

「行くがよい」

あまりにも、多量の出血。いたみ。ショック。すべてが重なって、神は、今にも死にそうな状態で、そこにいた。

「ゆくが、よい」

何度か、うわごとのように、そう繰り返して。

「その……ここからみて、左から数え、十七本目の道……。その道をゆけ。左、右、左、右、と、左からはじめて、枝分かれする道をかわりばんこにとってゆけば、それが、出口への最短距離だ。いいか、左からだぞ……」

「神様！　そんな！　駄目《だめ》です。わたし、こんな状態で……死にそうな状態のあなたをおいて、ここを出ることはできません」

トゥードの目から、何故か――イアスが死んだ時ですら、トゥードは泣かなかったのに――大粒の涙がこぼれた。

「駄目です。わたしを、おいてゆかないで下さい。まだ、知りたいことが沢山《たくさん》ある。まだ、教えてもらっていないことが沢山ありすぎます」

かきくどくトゥードに、苦笑をうかべ、神、答える。

「死ぬのは、わしの意志でやめられることではないからな……。言ったろう、西の島へ渡れと。そこには、わしの同族がいる」

「駄目です……だめです！　わたしにものごとを教えてくれるのは、あなたでなければ駄目です！」

苦笑――どこか、遠いところでいとしさと深い優しさに混じった苦笑をうかべ、神は、トゥードを、見つめた。そして、目をつむる。

まぶたの中に、海があった。海――赤い花の海。青緑の、ほそい茎がささえている、大輪の赤い花。それは、風が吹くと一斉に同じ方向へゆれ、ざわざわと音をたてた。風は吹き続け、どこまでも続く赤い花は、波のように、規則正しく、ゆれていた。

無限だ。

神は思う。

これは、無限というものだ。わしは今、無限の前にいて――無限は別名〝死〟ともいい、また、〝生〟でもあるのだ。

無限の前にたたずむ。

ゆれる、赤い、波。

無限の前でわしは立ちつくす。

ゆれる、赤い、波。

このまま、わしは無限にすいこまれ、一本の赤い花となり、待っていよう。いつの日か、トゥードが、サーラが、臨終《いまわ》の際《きわ》、この無限の前に立ちつくす日を。

ゆるやかに、体の力を抜く。風が吹く。無限の大波が、神の命をさらいにくる。

「お願い！」

トゥードの、声。かすかに聞こえる声。

「もしも、神様が人を食べる自分を憎むのなら――それでも、人を喰わずにいられないというジレンマに悩むのなら、わたしは喜んで自分からあなたに、わたしの左腕を与えます。食べるために。その次は、右腕を。次には、左足を。そして、右足を。だから、少なくとも、わたしの手足を食べつくす間は、神様は御自分の命について悩まずにすみます。だから――それまでは。それまでは、どうか」

ゆれる、赤い波。今すぐにでも、自分をのみこんでくれる、無限。

その無限の、優しい誘惑を感じながらも、神はふり返った。有限の――生の世界を。

そして、わずかに残念そうに、無限を見やる。まだ、おわっていなかったのだ。わしの命の意味は。わしは、この子に——惑い、悩んでいる生徒に、生きることは罪ではない、ということ以外のことをも、教えねばならないのだろう、おそらくは。何故なら、これ程必死に、この子がそれを望んでいるのだから。

優しく、おだやかで、何もかも包みこんでくれる無限に、背をむける。そして——そして。

☆

「約束だ」

神の声は、重たく、強くひびいた。六週間ののち。

「約束だ。わしは——わしが、他の生物を喰って生きてゆくことを、決して罪とは思わない。が、トゥードとサーラ、おまえ達を喰うことは、罪であるかないかを越えた問題——おまえ達を好きである、という観点から、決して、したくはない。だからわしは、極力、その本能をおさえようと努力する。が……サーラ。約束してくれ。もし、わしが、おまえ達のどちらに対してでも、喰いたいという本能を抱《いだ》いてしまったら、どちらかをおそったら、その剣で、即座に、わしの首をおとすように」

「約束します」

サーラは、ゆっくりと、答えた。神は満足そうにほほえむ。

結局、神は、生と死の境を何日もさまよい——助かってしまった。そう、神が、生きなければならない、という義務感を覚えたら、このくらいの怪我では、死ねないのだ。野生動物が、足を一本切断されても、しばしば死なぬように。

が、勿論。一度、切断された足は、二度とはえない。神は、尻尾を杖《つえ》がわりにし、何とか歩ける、という状態だ。

そして。

三人は、出てゆくことを、決めた。閉塞《へいそく》状況下で、精神が極限状態となるのを避ける為に。また、トゥードの望みどおり、旧人類の遺跡を発見する為に。

さよなら、リュイ。

サーラ、心の中で——のち、小声にだして、呟《つぶや》く。

さよなら、リュイ。

もう、あなた、要《い》らない——偶像としてのリュイは。あなたよりあなたらしいものを、神を、あたしはみつけてしまったから。あなたは、あたしの偶像としてではなく、リュイ一個人として、好きなように人生を送りなさい。もう、村に未練はない。

また。サーラは気づかなかったが、トゥードも、神も、サーラが来てくれなかったら、おそらくは東のはてへは行けなかったろう。

トゥードは。いつか見た、迷宮の、出口。あの、白光に満ちたイメージ。それとサーラを、いつのまにか、すっかり重ねていた。サーラ。わたしの出口。わたしの理想――トゥードは、サーラを、深く――性別という問題を越え、生物として、愛していた。

神は。生きることは罪ではない。サーラ、わしの出口。わしにそれを教えてくれたもの――神もまた、サーラを、深く――観念を越えた、生命の本質として、愛していた。

この、奇妙で観念的な三角関係。これが、三人に深い結びつきを与え……。

ゆっくりと、確実に、明るくなってゆく迷宮。出口へ近づいてゆく迷宮。

角を、まがる。と。

白、かった。

目の中に、赤だの青だのむらさきだの、ありとあらゆる色のイメージをおこさせる程、白かった。その――出口は。出口は、光に満ち力に満ち――。

つめたい風が、吹きこんでくる。先頭にいた、サーラの髪がなびく。赤い、光の乱反射。

そして――。

「…………」

眼下、はるかに。

サーラとトゥードは、思わず息をのんだ。サーラですらまだ登ったことがない程の高みに、彼らは立っていた。

眼下、はるかに。

村が、あった。二人の育った村。木々にさえぎられ、いくつか見える屋根。そして、山。山のむこう側。

町が見えた。ほとんどかすんでしまい、判然とはしていないが、村よりはるかに巨大な家屋の集合体。千の単位の人、万の単位の人、十万の単位の人、百万の単位の人……。

そして、街のむこうにはまた、低い山。その先には、更にかすんではいるが、砂漠。そしてその先に……。

強い風が吹いてきた。トゥード、思わずサーラの腕にしがみつく。この広い世界の前では、怖ろしい程自分が小さく見える。砂の一粒のように、簡単に風で吹きとばされそうだ。

サーラは、軽く肩をすくめ、優しい苦笑をうかべつつ、トゥードの手のひらをそっとなぜてやる。神、二人の様を眺めて。

「どうした。外へ出たのは、初めてではあるまいに」

「でも……こんなに世界が広いだなんて……こんなに広い世界を見たの、初めてなんです」

「そうか」

神、少し意地悪く言う。

「そんなことでは、この先精神が持たないぞ。世界は――はるかに広いのだからな。この大陸は、この星は、全世界から見れば、ほんの点のようなものなのだから」

「それの前では、わたしなんか、砂の一粒に等しいんでしょうね……それ以下かも知れない」

「でも、どんな動物も、大きな自然を敬《うやま》いはしても、それを怖れはしない」

サーラ、こう言って、軽くトゥードの腕を握ってやる。それから、剣のつかを、確かめるようにさわって。トゥードも、サーラの腕から手を離し、そっと髪をかきあげて。おずおずと、微笑をうかべる。

「でも、だからこそ——わたしが、ほんの砂粒一つに等しいものであるからこそ、大きな本当の世界を見るのが楽しみです」

「そうか」

今度はだいぶ優し気《げ》に、たのもし気に自分の生徒を見やると、神、二人をうながした。

空に近い処。ここには、空の青がおりてきていて。見渡すと、一面の青。空の青、それをうける迷宮の青、町をかすませるもやの青。

世界は今、巨大なラビリンスとなり、二人を待ちうけ、二人は、一歩一歩、足場に気をつけながら、世界の中へとはいってゆく。時々、世界の入り口までの水先案内人である神を見上げて。

いずれにせよ、この先の迷宮の中へはいってゆくのは、サーラ達若い世代の仕事であり——そして、一度迷宮にはいったら。どれ程巨大な迷宮であっても、出口の有無《うむ》が判らなくても、歩いてみないことには仕方がないのだから。迷宮の中で立ちどまっていては、何の可能性もないのだから。

巨大な人生《ラビリンス》が、今、そのつめたく苦しく優しい手をひろげて、二人を包みこんでいた——。


〈Fin〉

ディアナ・ディア・ディアス

ディア（ディアナ・ディア・ディアス）は、二面神である。

神話上の位置づけは、主神ラムールの息子にして娘。司《つかさど》るものは〝対立〟、もしくは〝対立する二つの概念〟。（この国の神話上、それは多くの場合、〝運命〟という含みを持つ。）

外見上、ディアはごく普通の若者に見える——その頭部を除いて、ではあるが。ディアの体は、若いというよりも幼いものであり、うすものを纏《まと》った上からは、まだ少年のものとも少女のものとも断定しがたい。（ディアの体の性別は、神学上の謎《なぞ》である。）

ディアを両性具有神としているのは、二つある頭部である。左には若い、美しい、勝ちほこった表情をうかべた女の顔があり、右には、年老い、くたびれ果てた、哀《あわ》れ気《げ》な表情をうかべた男の顔がある。女の顔は〝ディアナ〟と呼ばれ、男の顔は〝ディアス〟と呼ばれる。故《ゆえ》に、この神を示す時には、簡単にディアと呼ぶか、あるいはディアナ・ディア・ディアスと呼ぶ。

ディアナとディアスは後頭部で接合しており、ディアスはディアナを、ディアナはディアスを、決して見ることはできない。そしてまた、この世が始まって以来、ディアスとディアナの意見が一致したためしはない。（ディアナとディアスの意見が一致するのはただ一度だけ——この世の終わりの時のみであると言う。故に、ディアは、〝運命〟。）

また、であるが故に、ディアは唯一の絶対神であり、ディアの父親である主神ラムールより、一般の信仰があつい。必ず対立する二つの神託《しんたく》を下すディアは、いつも、必ず、どちらかが正しいからだ。

また、〝ディア〟という音には、〝高貴なる血〟という意味もある。名と姓との間にディアという音をはさめばそれは貴族を意味し、王族の直系長男はディアス、長女はディアナという名を持つ。これは、南の国の開祖シシス一世（ディアス・ディア・シシス）からの伝統である。

南の国神話におけるディアの存在は、神学上極めて重要である。東の国神話におけるラーラと、おそろしいばかりの類似を示し（主神の娘にして息子、両性具有神であり、ディアは〝対立・運命〟を、ラーラは〝戦《いく》さ・運命〟を司る）、中の国原神話にも類似性を認められるからである。（中の国は、のち、民間伝承であるネリューラ伝説蔓延《まんえん》の為《ため》、原神話のほとんどがわずかに痕跡《こんせき》を残すのみとなった。故に、原神話の研究は、きわめて困難である。）

これは、はるか昔、半島部一帯に、いわゆる半島部原神話と呼ばれるものがあった可能性を暗示している。

〈神学概論・ディア序説より〉

カトゥサ Ⅰ

風が、渡る。

さわさわさわさわ。

草がゆれる。草が鳴る。目の前の、そして後ろの、右の、左の、どこまでも続く草の壁が鳴る。ゆれる。

ななめ上方に視線を遊ばせる。どこまでも続いているのであろう草、太い緑の茎、上の方の葉の、かすかに柔らかい緑の色。

風が吹く。雲が動く。一筋掃《は》かれた陽光が、上方の葉の柔らかい緑を慈《いつく》しむようにつつみこむ。ここから見える葉の色は、本当に優しくて暖かそうで、この草が、行く手をはばむ壁を作っているとはとても思えない。

風が渡る。

上方、緑の葉に守られて、白い色。小さな白い花だ。お母さまの好きな白い花だ。

ああ。あの夢だ。夢を見ている。

不思議な程くっきりと、カトゥサはそう思った。そうだ、これは夢なんだ。はるか昔の夢、自分がまだ小さかった頃の悪夢、とりもどしようのない甘い夢。

「……お母さま」

夢の中、まだ六歳のカトゥサは、草の海の中で溺《おぼ》れそうになり、思わずこう呟《つぶや》く。呼んでみたのではない。呼んだとて、母が返事をしてくれるとは思えない。ただ不安に耐えかねて——恐怖と寂《さび》しさに耐えかねて、ほんの小声でつぶやいてみただけ。

「どちらですか、お母さま」

声を出しても恐怖は消えず、それはむしろつのってきた。

「お母さま……お母さま……お母さま……」

渡る風の音、ゆれる草の音、それらがカトゥサの声のように聞こえた。

まわり中の草、まわり中の風がつぶやいている。不安に耐えかねた、心細い、今にも泣きだしそうなカトゥサの声で。

お母さま……お母さま……お母さま……。

なのにお母さまはいないのだ。いない——いや、いる。カトゥサのすぐそば、草の海の中のどこかにいる。息をひそめて、気配を殺して。カトゥサが——自分の息子が、不安と孤独に泣きだすのを心待ちにして、息子の心が恐怖一色に染めあげられるのを楽しみにして。

とりあえず、僕は、逃げなければならない。

夢の中のカトゥサ、けなげにもこう決心する。

これはルーティン・ワーク。いつものこと。泣いても懇願《こんがん》しても、お母さまがその気にならなければ救いは来ない。そして――この試練をのりきりさえすれば、いつもの楽しいルーティン・ワークが待っていてくれる筈《はず》。カトゥサを可愛《かわい》がってくれる母、母と息子のほんのしばしの蜜月というルーティン・ワークが。

「お母さま」

お守りのようにこう呟いて、カトゥサ、草の壁の中へと進みだした。お母さま。この名が決してお守りにならない、むしろ、この世の中で唯《ただ》一人、明確な悪意、歴然とした憎しみを自分に対して向けている人の名だと知りながら。

「……お母さま」

案《あん》の定《じょう》、そんな名前をお守りにした罰か、カトゥサの手足の皮膚は破れだした。足の指。痛みに対してとっても敏感な指。この草の海、白い花の海は、見掛けによらずおそろしい処《ところ》なのだ。草の茎は太く、細い細いトゲを持ち、頑丈で強く、六歳の幼児のうすい皮膚を裂くのには最適だった。

足の指。いつもは絹の靴下《くつした》と、上等な皮のブーツで包まれている指。そこにはいつの間にか血がにじみだし――そこは、いつの間にか、血まみれになった。

「お母さま……」

そう、お母さまは注意深い。いつも細心の注意を払ってカトゥサを扱うのだ。ブーツ、皮のコート、長そでの服など、カトゥサの身を守るものはすべてとり去ってくれる。

「お母さま……」

手足は無数の切り傷で満たされつつあった。顔も、白い花の茎のトゲを逃れ得ない。ほおを流れる血をぬぐいながらも、カトゥサは歩き続けた。

「……お母さま……」

そうだ。お母さまは注意深いのだ。カトゥサをこの白い花、草の海に溺れさせる時は、いつも巧妙な罠《わな》をしかけて、二食くらいカトゥサの食事を抜いてくれる。だからカトゥサは、いつもこの辺で――草の海で一時間も溺れれば、空腹に悩まされるのだ。空腹、そして、耐えがたい渇《かわ》き。

「お母さま……」

目の下の傷が痛い。

いや、すべての傷は、その傷の程度から言うと大仰《おおぎょう》な程の痛みをカトゥサに与え続けていたが、目の下の傷が、何だか異様に痛い。もうくじけてしまいそうだ。

その傷をぬぐった瞬間、カトゥサは驚いた。指には血と――聖なる王家の聖なる血、ディアと――涙が付着していたので。

僕は泣いているのか――泣いていたのか。痛み故《ゆえ》にか、心細さ故にか、恐怖故にか。

では、何故《なぜ》？

カトゥサの心の中に、新たな恐怖がわきおこる。

僕は泣いていた。泣きだしたら、お母さまは何らかの反応を示す筈なのだ。いつものゲーム——僕を心ゆくまで苛《いじ》めたら、今度は心ゆくまで可愛がってくれる、そんなゲームの条件として、僕が泣いたらお母さまは反応を示す筈なのだ。実際今までは示していてくれたのだ。

ということは。今日が、その日なのだろうか？

いつか。

その日がきたら。

何のためらいもなく、お母さまは僕を殺すだろう。いや——違う。いつか、その日が来たら、お母さまに殺されるように、その為《ため》に僕は、育てられたのだ。

そんなことは判《わか》っていた。勿論《もちろん》母親がカトゥサにそう言った訳でもないし、誰かにそう言われたことがある訳でもないが——それでも、いつ頃からか、カトゥサはそう思いこんでいた。思いこんで——いや、知っていた。納得していた、と言うべきなのだろうか。

何故って。

お母さまは、僕を、憎む為に育てているのだもの。憎しみだけが、お母さまをこの世に生かし続けていてくれる唯一の力であり、僕だけがお母さまの憎しみを一手にひきうけられる存在なのだから。だから、いつか——お母さまが憎しみを必要としなくなったら——お母さまが生き続ける必要がなくなったら——お母さまは、白い花を一輪つむのよりも簡単に、僕を殺してしまうだろう。

ああ。そんなことは判っているんだってば。判っているんだ。でも。ただ。

まだ。

準備が整っていないのだ。だって——本当に、今日が、その日、なのだろうか？

今日、お母さまは最初から僕を殺すつもりで、だから僕が泣こうがどうしようが気にしなかったのか？

だとしたら。

それは困る。

困るんだ。

まだ、準備が整っていない。まだ、僕は言っていない。死ぬ前に僕がお母さまに言わなければいけないことを、死ぬ前に僕がお母さまに言いたかったことを。

カトゥサは走りだした。本当の全力疾走。必ずや、どこかこの近くにいる筈の母を求めて。

殺されるのは、いい。殺されるのはいいんだ。だけど僕は、殺される前に言わなくっちゃいけない。『　　』のことを。

——殺されるものか、殺されるもんか。確かにお母さまは僕を憎んでいる。殺さずにはいられない程憎んでいる。でも、お母さまが僕を殺す筈がないんだ。筈がないんだ。何故って、お母さまは僕のことを『　　』だから。

不思議だった。

夢の中で、カトゥサの感情は、みごとに二つに割れていた。

　カトゥサにとってなじみ深い、いつも味わっているあきらめに似た想い——お母さまは僕を殺す、そして僕はそれに抵抗できない、何故ならば僕の存在意義そのものが『お母さまに殺されること』であるからだ、僕の存在それ自体が、父上様へのお母さまの反抗のしるしであり、リール大公の不実を責めるものであるのだから——と。

　もう一つは、それにまっこうから対立する思い。

　お母さまは、たとえどんなに、どんなに僕を憎んでいても、決して僕を殺せないのだ、という確信。何故ならば、お母さまの憎しみは、深い深い愛情の表現に他ならないのだから。お母さまは、憎む以外に、愛し方を知らないのだから。

　そして。

　そして、僕がディアスだから。

　カトゥサはディアスであるから。

　ディアナであるお母さまは決してディアスを殺せない。何故なら、ディアナがディアスを殺すのは、自殺以外の何物でもないから。ほこりたかいディアナであるお母さまは、たとえ御自分が生き続ける必要がなくなっても、決して自殺はなさらないから。

　ディアナとディアスは同一のものであるから。

同一の《高貴なる血の、その最も高貴なるもの《ディアナ・ディア・ディアス》》であるから。

　ああ。

　記憶が乱れている。

　これはおかしい。

　夢を見ながら、カトゥサ、そのおかしい点に意志を集中する。そんな筈はないのだ。あの時まだ、僕は自分の真の名前を知らない筈。あの時まだ、僕は、カトゥサ・ディア・ムールだった筈。僕が本当の自分の名前——ディアス・ディア・ムールを知るのは、このあとのこと。故に、この時の僕が確信できる筈がないのだ。僕がディアスであるだなんて。

「お母さま——お母さま！」

　夢の中、まだ小さなカトゥサは、必死に走り続けていた。

　そして、草が、ゆれる。

　草が、ゆれる。

「お母さま——おかあさまあ！」

　草が、ゆれる。

白い花。

お母さまの好きな、白い花。それは今や、カトゥサの血に染まり、赤い、もしくはピンクの花になっていた。

草のトゲはどこまでも鋭く、自由気儘《きまま》にカトゥサのやわらかい皮膚を切りさいた。

「カトゥサ！」

がさっ。

と、思いの他間近《まぢか》で、草が揺れた。

「カトゥサ！　カトゥサ！　大丈夫《だいじょうぶ》？」

……お母さまだ。

お母さまが、姿を見せてくれた。

夢の中で、小さなカトゥサは倒れてしまう。あまりに急激に体力を失ってしまって。

「待って！　カトゥサ！　走らないで、おお、走らないで、わたしのディアス！」

お母さまの声。カトゥサは、夢の中のカトゥサは、ゆっくり上半身を起こして、自分に駆けよってくる母を見ていた。傷をおったのはカトゥサなのに、すっかり血の気を失って駆けてくる母を。

「待って、わたしのディアス」

お母さまはとり乱していた、確かに。でも――いくらとり乱していたからといって、自分の子供の名前を呼び間違えることがあるだろうか。

ましてや、ディアス。わたしのディアス。

《ディアス》は普通の名前ではない。間違って呼ばれる名前では、決してない。

いや。

そんなことはどうでもいいのだ。何も疑問に思うことなんてないんだ。僕はディアスなんだ、僕の本当の名前はディアスなんだ。お母さまは誰にもそれを言わないし、乳母《パミュラ》だってプシケだって決して言わないけれど、みんな知っている事実なんだ。本当は、本当は僕だって、それを知っていたんだ。

夢の中のカトゥサは、いつもここで気を失う。夢がある程度現実をなぞるものである以上、それは仕方のないことなのかも知れない。現実のカトゥサは、ここで気を失ったのだから。

だが。夢と現実が違うものである以上、カトゥサはそれが不満だった。人生がやり直せないものならば、現実が覆《くつがえ》せないものならば、せめて夢くらい、希望にそってくれたっていいじゃないか。僕は、夢の中の僕は、まだ気を失う訳にはいかない。まだまだ、聞きたいことが山のようにある。言わなければいけないことがある。

『　　　』

何だろう。とってもよく知っていること。殺される前に、カトゥサが母に言いたかったこと。それを知っているから、母がカトゥサを殺すまいと確信できたこと。

母がカトゥサを抱きおこした。やわらかい母のひざが、優しくカトゥサの頭の下にしかれていた。

「カトゥサ。ああ、ごめんなさい。わたしのディアス」

「…………」

『　　　』。何だろう。何だったのだろう。カトゥサは、先刻必死になって母に告げようと思った言葉を、何とか思い出そうとあがく。

「おか……あ……さま、ぼく……その……」

もう少しだ。まだ気を失っては駄目《だめ》だ。もう少しがんばれば、きっと、カトゥサが言おうとしていた言葉がでると。


「おお！」

悲鳴にも似た母の叫びが、カトゥサの必死の努力をおし流してしまう。

「カトゥサ！　足をこんなに切って！　ああ、ディアが、《高貴なる血《ディア》》が流れていってしまう！」

そうだ、ディアは流れていってしまったのだ。ディアは流れ、カトゥサはついに本当に気を失ってしまう。《運命《ディア》》は流れていってしまったのだ。

☆

目覚めは限りない不安に満ちていた。ふとんは重く、ねまきはもう纏《まと》っているのが耐え難い程しめっている。

カトゥサはのそのそとベッドの上に起き上がると、かけぶとんをベッドからけおとした。シーツの上には案の定、殆《ほとん》ど人型に近いしみができている。肩、胴体、そしてふともも。汗が作ったカトゥサの人型。

あの夢を見ると、いつも、こうだ。

ここ十年。あの夢を見るようになってから十年というもの、あの夢の度、カトゥサは尋常《じんじょう》ならざる汗をかく。父の死からもう十年。十年もたつというのに、まだ夢魔《むま》は僕を解放してくれないのだろうか。

「カトゥサ様。お目ざめですか」

ドアのむこうから、おし殺したような声がする。プシケだ。

「ああ、はいっていいよ、プシケ。タオルを持ってきてくれ」

「またあの夢ですね」

タオルを取りにいきもしなかったのに、部屋にはいってきたプシケの腕には、厚手のタオルが数枚かけてあった。

「……ああ、僕はまたうなされていたのかい」

「ええ」

ねまきを脱ぐとカトゥサは、プシケの腕からタオルを一枚とった。プシケに背をむけて、はだかの胸にうきでた汗をふく。プシケは、はだかのカトゥサから、そっと目をそらした。

うなされるのも無理はないのだわ。

カトゥサの裸体。二十六の青年のものにしてはあまりに貧弱な、まるで骨が皮をかぶっただけのようなカトゥサの裸体、そして背中一面にきざまれた無数の傷跡を見るにしのびなくて、目をあらぬ方向に向けながら、プシケは思った。

実際、うなされるのも無理はないのだわ。カトゥサ様くらい御不幸なおいたちの方は、おそらく世界に二人といらっしゃらない筈だもの。実の親にあれだけ苛められ、責めさいなまれ、溺愛《できあい》され抜かれるだなんて……あの『白い花の館』ですごされた十年間が、カトゥサ様の心に、深い傷を作ってしまったことは間違いがない。そして、心に深い傷を持った人間は、昼間は平気な顔をしてすごしていても、夜毎《よごと》夢の中で心の傷が血を流して――うなされるのよ。

それとも。奥方様が、カトゥサ様の母親、気の狂ってしまわれた奥方様が、呼んでいらっしゃるのだろうか。憎しみ抜いた、愛し抜いた自分の息子を、発狂という名の闇《やみ》の中へ連れてゆこうとして。

気の狂いは闇の領分。夢魔もまた、闇の領分。夜毎奥方様は、カトゥサ様を闇の領土へ誘っておいでなのかも知れない。

……ああ、嫌《いや》なことを考えてしまった。

プシケは今の考えを心の中からおい払おうと、二言三言神言をとなえた。注意深く、ディアの神言を避けて。

「パミュラからの伝言はなかったかい？」

体をふきおえたカトゥサは、手早く服を着けながらこう聞く。これはもう習慣。

「いえ、特に。元気ですとのことです」

プシケはこう答えると、一旦《いったん》次の間《ま》へさがり、カトゥサの洗面用の水のはいった桶《おけ》を持ってくる。桶を運びながら、ちょっとの間、思いをはせる。パミュラ――プシケの母、奥方様つきの女官頭、そしてカトゥサの乳母の人生に。

思えば母さんも可哀想《かわいそう》な人なのだ。初めは宮廷づきの女官だったのに――奥方様のお気に入りでさえなければ、宮廷に出入りする商人だとか、ちゃんとした礼儀作法を心得た娘を欲しがる家だとかに嫁に行き、平凡ではあってもしあわせな一生を送れた筈なのに。あるいは、もっと運がよかったなら、宮廷の女官頭を経て、サル・ディアと呼ばれる、平民と貴族の中間に属する、上流階級の一番下の位につけたかも知れないのに。奥方様のお気に入りであったが故に、奥方様が御主人様にお嫁入りをする際に、一緒に宮廷をでてきてしまった。

それでもまだ、御主人様の館、東の館に奥方様がいらっしゃった時はよかったのだ。東の館には、御主人様の公用の為、ちゃんとした貴族やちゃんとした騎士やちゃんとした商人が出入りしており、秩序も治安もちゃんとしていたのだから。

奥方様が結婚して、二年して、リュドーサ様がおうまれになった。何もかも、御主人様に似た、リュドーサ様が。

四歳におなりの頃から、リュドーサ様は天才としての誉《ほま》れが高かったと聞く。御主人様ゆずりの、健康で大きく立派な体格、四歳できちんと作法どおりに剣を構えることができたという、武人としての天才。ムール家が、南の国第一将軍家という家柄である以上、そして、長子は親の跡を継ぐという南の国の法律上、これ以上のあと継ぎが望めるだろうかと、人をして言わしめたというお方だ。

そうよ、リュドーサ様が十六歳におなりになった時、あの成人の儀式は、それはそれは素晴らしいものだった。学問の方こそ、今一つふるわなかったものの、剣、小剣、馬術、キリアの扱い、狩り、体術、タケの扱い、その他武人に必要なすべての技術を、リュドーサ様はいとも楽々と演じてみせた。王様にまで言われたのよ。

『のう、我が国の誇る第一将軍、ムール四世よ。おまえが素晴らしい将軍として讃《たた》えられるなら──そして、実際、おまえは得がたい第一将軍として讃えられているが──、おまえの息子、いずれムール五世となるものは、生きながらにして伝説として讃えられるような、大将軍になるであろうな』

でも、奥方様はそんなリュドーサ様を愛さなかった。御自分のお子であるのに、全然、愛さなかった。そう、奥方様が御主人様を愛さなかったように、愛さなかった。

そして、リュドーサ様をお生みになった奥方様は、これで私の用は済んだのでしょうとでも言うように、あてつけがましく東の館をでて、白い花の館にうつり住むのよ。愛していない自分の夫、愛していない自分の息子を見ることなしに過ごせる館に。可哀想な母さん、奥方様のお気に入りの母さんも、一緒に白い花の館にうつって──あのさびれた、もの凄《すさ》まじい館の裏庭で、奥方様の『罪』にまきこまれた。『罪』を手引きした男に、強姦《ごうかん》された。

白い花の館で、母さんはわたしを生んだ。結婚もしていないのに、しようがなくてわたしを生んだ。この時、母さんの、女としてのしあわせな人生は砕け散ったのだ。『罪』の結果として、奥方様はカトゥサ様をお生みになった。そりゃ、御主人様だって、時々は白い花の館にいらっしゃったけれど──でも、カトゥサ様の本当の父親が誰であるのか、それはみんな知っている。

父親のない子を生んだ母さんは、その乳で、望まれていない子のわたしを育てる為の乳で、わたしを、そしてカトゥサ様を育てた。

奥方様はカトゥサ様を愛した。御主人様や、リュドーサ様にまわらない愛を、一挙に全部与えるように、カトゥサ様を愛した。

そしてまた、カトゥサ様を憎み、責め、さいなみ、いたぶり尽くした。御自分の意に染まぬ夫、意に染まぬ子供にそうできない分、まとめてカトゥサ様をいたぶった。

可哀想な母さん。母さんにとってカトゥサ様は自分の子供のようなものであったから、精一杯カトゥサ様を庇《かば》い、その分奥方様に笞《むち》うたれ……そして、実の子、望まれない子であるわたしのことは、二の次にされた。

いいえ、ううん、わたしはそのことに関して文句を言う気はない。たとえどんなことがあったにせよ、わたしはカトゥサ様が好きだ。自分の乳姉弟として——おそれおおい言い方ではあるけれど、弟を愛するように、カトゥサ様が好きだ。カトゥサ様を愛している母さんが好きだ。

そして、突然の御主人様の死。御病気の様子なんてまるでなかったのに、突然訪れた心の臓の病。第一将軍なのに——将軍のくせに、最も恥ずかしい、ベッドの上の死。

この時。どうやらはじめて、奥方様は知ったらしいのだ。御自分が、御主人様を、こよなく愛していらっしゃるということを。

奥方様は、発狂した。前から少し、狂っている感じのあった奥方様が、完全に発狂した。ディアナにはよくあることなのだそうだ。ディアナ、あるいはディアス。《高貴なる血の、その最も高貴なるもの》は、完全な血を持つ代償として、しばしば正気の領分にとどまっておれなくなると言う。

可哀想な母さん——可哀想な母さんは、今、白い花の館にいる。白い花の館で、奥方様の、気の狂った奥方様の面倒をみている。

可哀想な母さん。母さんの一生は、一体何だったのだろう……。

☆

「……ケ。プシケ！」

着替え終わったカトゥサは、ちょっと声を大きくした。彼の着替えを手伝いながら、プシケが放心してしまった為。

「あ……あ、すみません、何か」

「今、パミュラのことを考えていたね？」

「いえ——いいえ」

図星をあてられて、プシケ、慌《あわ》てて強くそれを否定する。わたしはカトゥサ様を弟を愛するように愛する——先程の、自分の想いを多少恥ずかしく反省しながら。弟のようにだなんて、何と失礼なたとえだったことだろう。彼女の主人、彼女の乳姉弟は、時として恐ろしい程鋭く、察しがよいのだ。そんなことを考えただなんてことがばれたら……。

「何も隠さなくたっていいよ。おまえがパミュラのことをどう思っているか、それくらいのことは判る。……いや、僕も正直言って、パミュラには申し訳ない、甘えすぎているとは思っているんだ」

「いえ、そんなこと！　そんなことはありませんわ！」

「気の狂った者の世話をするのは、ただでさえ大変なことなのに……パミュラには、本当に苦労をかけていると思っている」

　カトゥサの母親は、たとえ今の身分が何であれ、いやしくもディアナなのだ。たとえ狂っていたにしても、ディアナなのだ。故に、どれ程ひどく狂っていようとも、誰も彼女の行動を束縛《そくばく》することはできない。彼女の意志は神の意志であり、理性と正気を持った人間が彼女の行動を律する訳にはゆかない。

　狂人に、まったく本人の思いどおりの行動をとることを許し、なおかつ本人が傷つかないように面倒をみなければならない。そして、その狂人は、でき得る限りの最上の生活を保証されねばならない。

　パミュラに与えられた命題は、そんな、果てしなくやっかいでむくわれないものだった。

「でも。母さんは奥方様が好きですから——カトゥサ様を愛しておりますから——そんなこと、何の苦痛でもありませんわ。愛する者の為に尽くす、愛する者の面倒をみるというのは、人間にとって、心地よい行いですもの」

「プシケ——僕の」

　カトゥサはその時、少しおかしかった。夢見のせいだろうか、それとも、その後に自分を見舞う運命をある程度察したせいだろうか、このほんのわずか年上の乳姉弟に、いつになく優しい、とりとめもない気持ちがわいてくるのをふせげなかった。

「僕の、義姉上《あねうえ》」

「カトゥサ様！」

　プシケは目を大きく見開いた。今、今、カトゥサは何と言ったのだ？　今、とんでもないことを聞いてしまったような気がする。

「何度でもいうよ。プシケ、君は僕の乳姉弟なのだから——君は僕の義姉上だ」

「カトゥサ様！　そんな……そんな……勿体《もったい》ない、おそれおおい、いえ、あの、そんなことをおっしゃってはいけません！　こんな、わたしのような、《尊い血《ディア》》から最も遠い処にいるようなものに、そんな……そんな」

「義姉上、君は——いや、あなたには判っている筈だ。確かにパミュラは僕を愛している。母上様を好きだったろう。でも、今の母上様の面倒をみるというのは、愛とか好きだとかという単語でおさまりきらない苦痛がある筈だということを」

「カトゥサ様！　どうか話をはぐらかさないで！」

　可哀想にプシケは、今やもう、カトゥサの言うことを満足に聞いてもいられない程、とり乱していた。本人も無意識のまま、やたらと耳のあたりの、汗にしめった金のほつれ毛をかきあげている。

「だから僕は今、約束をしておきたい。不思議なことなんだけれど今朝、あなたの顔を見た瞬間、思いついたんだ」

不思議なことだけれど。

が。このほんの数分後にカトゥサを訪れる《運命《ディア》》を考えてみると、それは不思議でも何でもないことだった。何故なら、まさに〝今〟、それを言わなければ――カトゥサには生涯、プシケにそれを言う機会はなかったのだから。

「まったくあてにはできない約束で――それは申し訳ないのだが――もし、僕が、大神官になったら」

まったくあてにはできない約束。この時点で、カトゥサもプシケも、それは嘘《うそ》だと判っていた。あてにならないどころか、大神官になる資格としてカトゥサ以上のものを持つ人間は今の処いないのだから。

王立学院の卒業生であり、成績優秀であるもの。

大神官になる条件は、ただこれだけで――カトゥサは、王立学院創立以来の天才児だった。

「僕が大神官になったあかつきには、プシケ、あなたは大神官の第一女官だ。他のどんな女にも、第一女官の地位は与えない。もし、万が一、あなたがその時まで生きていなかったなら、僕の第一女官は、空席のままだ。……この意味は、判るね?」

大神官の第一女官。

聞いていたプシケは、思わずくらくらした。

それは元来、聖なる血《ディア》に連なる一族の為の席であり――いわゆる召使い的な意味あいが濃い女官の中では、別格のポストであった。そして、歴代の、どの大神官をふり返っても、《ディア》が含まれないものが、第一女官になったという例は、ない。

「あの、そんな、だって」

事のあまりの重大さに、プシケは口の中でもぞもぞと何か呟くのが精一杯だった。カトゥサが約束しているのは、あまりにも途方もないことで、どうしても現実的なリアクションがわいてこない。

「僕がそう決めたんだ。もう決めたんだ。だから、あなたは、何も言わずにそれに従って欲しい」

何だか無闇《むやみ》と、それ――プシケが第一女官になるということ――を強調したくなり、カトゥサ、いささか強くこう続ける。

無闇と、まるで何かに脅迫《きょうはく》されてでもいるかのように、今、それを言いたくてたまらなくなった。

また何か、《運命《ディア》》が流れだしたのかも知れない。

と同時に、カトゥサは漠然《ばくぜん》とした、予感めいたものを覚えていた。今、これだけプシケの将来を強く決めたくなったのは、何かそれにさし障《さわ》りがある方向に《運命《ディア》》が流れたからではないのか。とりとめのない不安、そして、あせり。そう、いつだって、《運命《ディア》》は、カトゥサがそうあって欲しくない方へと向かって流れていってしまうのだ。

と。

朝の木々が醸《かも》しだしている濃い沈黙、意味あり気《げ》な静けさを破って、軽い、リズミカルな足音が近付いてくるのが聞こえた。リズミカルな、やたらとテンポの速い、動物の足音。

「まあ……タケの使者ですわ」

プシケはその足音を聞いてやっと正気にかえり、すっと窓辺によると手荒く窓を閉めた。王立学院の敷地内には、普通タケに乗った使者ははいれない。そのタケが敷地内にまではいってくるということは、余程《よほど》火急《かきゅう》の用件——往々にして、肉親の死——を意味していた。

「まあ……嫌ですわ。あの使者、こちらに近付いてくるみたい」

窓を閉め、カーテンを閉じ、タケの使者が運んで来る不吉を払おうとするプシケの努力にもかかわらず、確かにタケの使者は、カトゥサの住む一画の方へと近付いてくるようだった。

「嫌ですわ、どうして」

「《運命《ディア》》が流れだしたんだよ、また」

ゆっくりため息をつくと、カトゥサはあきらめたようにベッドの上にすわりこんだ。

「プシケ。使者をむかえる用意をしなさい。どんなに祈っても、あいつは僕の処に来る。そして多分……先刻の女官の話は、なしになるだろう」

ディア I

「カトゥサ様！　カトゥサ・ディア・ムール——ムール六世にお目どおりを願います」

先刻からタケの足音は消えていた。先刻——ちょうど、タケが、カトゥサの住む西リリア館の玄関についたと思われる頃あいから。そして、かわりに今度は、玄関からカトゥサに与えられた一画に近付いてくる人間の足音が聞こえだし、その足音も扉の前でぴたりと止まり——そして、この声がした。

ムール六世！

平然と——使者が自分の処《ところ》に来ると決めてかかったように身づくろいをはじめたカトゥサを眺めながら、それでも必死に使者がきませんようにと祈っていたプシケは、その台詞《せりふ》を聞くと、両手の力をだらんと抜き、のろのろと扉に近付いた。ムール六世——では、リュドーサ様は死んだのだ！

「カトゥサ・ディア・ムールはここに。はいるがよい」

のろのろとプシケはドアを開け、のろのろと使者にお辞儀《じぎ》をし、そして目をみはった。使者はプシケを脅《おびや》かせてなお余りある恰好《かっこう》をしていたのだ。髪は砂にまみれ、汗でほおに無様《ぶざま》にはりつき、服は処々《ところどころ》ひきちぎられたようにさけ、ふとももに一つ、大きなかぎざきができていた――どう見ても、戦場から直接やって来たとしか思えない。


また同時に、使者の方も目をみひらいていた。

何てこった！　これがカトゥサ・ディア・ムールか！　これはまた――こんなのがムール六世なら、賭《か》けてもいい、ムール第一将軍家は終わりだ。あきらかに、そんな表情を瞳に浮かべて。

使者の目の前にいる男は――使者としては瞬時、まずその男が男であることを確認しなければならない程だった――どう見ても、小さすぎた。細すぎた。どう見ても二十六の男には見えない、せいぜいふんで十五の少年にしか見えない。

まだひげもはえていない。のど仏も判然としない。これで女物の服を着ていたら、女だと思ってしまう――いや、いくら何でもこんなにがりがりの女はいない。


そして、顔！　顔！　何ということだ、あの顔は、奥方様、以前の王女殿下、その人そのものではないか！

「使者殿」

自分の顔と、母の顔のあまりの相似に茫然《ぼうぜん》としているらしい使者に――そしてディアナを一目でも見たことがある人は、カトゥサの顔を一目見た瞬間、誰でも同じ反応を示すのだ――多少うんざりして、カトゥサ、二、三歩、彼に歩みよる。


「あちらへ。一応、椅子《いす》がある。僕の顔については、よければ腰かけてからじっくり見ればよい。僕が誰の息子であるのか、嫌《いや》という程よく判《わか》るだろう」

「大変失礼致しました」

使者は慌《あわ》ててぴっと背筋を伸ばし、一度ひざまずき、最大級の礼をした。

「決して他意があった訳では」

「よい、すわれ」

するりとカトゥサは使者の前を通り抜け、自分の椅子に腰をおろした。

「要点を確認しよう。君はどこの隊の者だ」

「エト旗本隊の者です。あ、まず、御報告をしたいことが」

「よい。判っている。相手はどこの者だ」

「大変なのです。ムール五世が――リュドーサ様が」

「判っている。兄上様が東の国の誰か大物に国境で挑発され、深追いし、戦死されたことは。だから、相手は誰だと聞いているのだ」

使者の目と、そして今度は口までが茫然と開かれた。

「どうして……どうして」

「そう、君が一番早い使者だよ。だが……論理的な帰結というものだ。タケが来る、ということは、肉親が死んだ、君は僕をムール六世と呼んだ、故《ゆえ》に死んだのは兄上だ。で、君は戦場から来た、それも、しかし、大がかりな戦闘の結末ではない。それだったら旗本隊がまず出るということはない、他の隊が先に出て戦闘が始まっている。なのに、そういう情報が一切なしに、旗本隊の君が怪我《けが》をしている。故に、兄上は、突発的にとびだした形に違いない。が、兄上は、あまり軽々しく功をあせる人間ではない、しかるによって、兄上の敵の誰か大物が――兄上みずからがたまらなくなる程の――ひどい挑発行為を行ったに違いない。で……それは、誰だね」

「ワンス――ラ・ヴィディス・ワンス」

「そんな！　ワンスの筈《はず》がない！」

それまで落ち着いていたカトゥサ、急に使者の台詞を横どりする。

「あ、はい、違います。殺してから判りました。ワンスの贋者《にせもの》だったんです」

「それでもおかしい。ワンスの贋者が、兄上に挑発行為をとる筈が……ああ、そうか」

カトゥサの表情がくもる。

「不幸にして、余程《よほど》近くで、兄上の隊とワンスの贋者の隊がでくわしたのだな。そして兄上は深追いしてしまった」

「そ……その、とおりです」

「ということは、……ラ・ミディン・ディミダ……噂《うわさ》をここの処《ところ》聞かんな。そうか、ディミダはハノウ山を越えたのか」

「どうして！」

椅子にすわることも忘れ、使者は殆《ほとん》ど絶叫した。

「どうして！　ディミダがワンスの軍を従えてハノウ山を越えた――すなわち、今、東の国には鬼姫と守りの要《かなめ》がいないということは、ワンスの影武者《かげむしゃ》をとらえてやっと先刻得た、最新の情報なのですよ」

「論理的な帰結、もしくは推理というものだよ。手順を説明するのもうっとうしいが……あと、何か言うことがあるかい？」

「いえ……リュドーサ様の死と、ラ・ミディン・ディミダの不在をお伝えするのが私の用事でしたから……。あ、それと、一刻もはやく東の館へ」

「昼までには何とか行くよ。……結局、椅子にすわるまでもなかったね」

「あ……はい！」

使者は、また慌ててぴんと背筋を伸ばし、一礼し――とにかくひたすら急いで、出来る限り急いで、もし許されるならば駆けだしかねぬ勢いで、部屋を出ていった。

☆

何なんだ何なんだ何なんだ。

タケを全力で走らせながら――彼はもう使者の役をすませたのだから、まったく急ぐ必要はなかったのだが

——男はずっと心の中で呟《つぶや》いていた。

何なんだ、あれは何なんだ。俺達は何て化物につかえることになっちまったんだ。ムール四世もムール五世も、いい将軍だった。二人共確かに荒っぽかったし、きつい性格ではあったが、でも、二人共判る男だった。何をどう考え、で、どういう命令を下したのか、理解が、できる男だった。なのにあの六世は——あいつは一体、何なんだ。

カトゥサがふわりと彼の前を横切って椅子に腰をおろした瞬間から、妙な感覚があったのだ。妙な——ぞくりとするような。カトゥサは、部屋の空気をまったく動かさずに、自分だけ動いた。変な言い方だが、そんな感じがしてしようがなかった。

年齢だけ考えれば立派な大人のくせに、少年とも少女ともつかぬ未熟な体。ディアナ姫そっくりの——たとえ親子といえども、異なる人間の顔があそこまで似ていていいのだろうか？——顔。部屋の空気をまったく動かさずに移動する男。あいつには、あの化物には、ひょっとして実体というものがないのではなかろうか？　そして、何でも知っている。まさしく何でも知っている男。

「ディア！」

使者は、タケの上で、ふいにそう叫んだ。

「あれはディアだ！　ディアナ・ディア・ディアス！　完全なるディア！」

言ってしまってから、慌ててタケの上で魔よけの印を結ぶ。

「奥方様が悪いんだ、ムール四世は何て悪い妻をむかえちまったんだろう！　あの人は、ディアを生んでしまったんだ！　そうか、それで、だから！　だから、あの人は狂っちまったに違いない！　いくらディアナだって、完全なディアを生んじまったら、そりゃ狂うしかない筈だぜ！」

そしてまた、必死でぶつぶつと魔よけの神言をとなえる。となえて——やがて。神言のせいか、風に頭をなぶられたせいか、落ち着いてくると。

今度はまた、全然別種の興奮が、彼の胸にきざしたようだ。

「何てこったい！　ディアだぜ！　俺達の主はディアかよ！　……考えてみれば、これは凄《すご》いことだ。そうだよ、凄いことだ。ここは一つ、慎重に考えてみた方が……」

男、ここから先は、怖くて声にも出せず、心の中で呟く。

俺の主《あるじ》は、はっきりとした——それはもうくっきりとした、ディアの印を持っている。あれだけくっきりとしたディアの印なんだから、それはいずれ、誰の目にもあきらかになる。するとどうなるか。俺の主は、死ぬか狂うか殺されるか……あるいは……運さえよければ……そして本当のディアなら神さまだって守ってくれる筈だし……王様になっちまう！　だとしたら……。

その家来は、どうなるんだろう。

俺みたいな身分じゃ、どうあがいたって王族に直接つかえることなどできはしない。王宮の傭兵《ようへい》にだって、しちゃくれない。けど、今の王様じゃない、いずれそうなる王様だったら……。ムール家は、今でこそ第一将軍だが、四世までは騎士でしかなかった。俺の親父が傭《やと》ってもらえる身分だった。だから俺は今まで、ムール五世につかえてきて……。

ここは一つ、腹のくくりどころだぜ。

確かにあの人は、今はただの将軍になりたてのひよっこだ。戦《いく》さの指揮ができるかどうかだっておぼつかない。だから今なら、あの人にとりいろうだなんて奴はそうそういないし、あの人は逆に腹心が欲しくてたまらないだろう。

そりゃ、確かに、あれだけはっきりしたディアの印を持ったお人だ。王になる前に狂っちまったり殺されちまう確率だって高い。でも——逆に、あれだけはっきりしたディアの印を持ったお人だもの、あの人はおそらく、そういった危難をきり抜けるだろう。

決めた！　腹をくくるぜ、俺はあの人につこう！　あの人の旗本隊を志願して、何とかあの人の腹心になってやろうじゃないか。こいつはちょっと凄いことになるぜ。

そうだよ。こいつはちょっと、凄いことになるぜ！

☆

この話の舞台となる南の国について語る時、人は、まず、ディア信仰に注目せざるを得ない。この半島部一帯に広がる、土着的な宗教形態の中で、中の国のネリューラ伝説、そして南の国のディア信仰は、共に特殊な——特殊すぎるものであったから。

いや。その前にまず、地理的歴史的な条件から話を起こそう。

このあたりは、海につきでた、一つの巨大な半島である。

その半島の、まさに半島部、三方を海に囲まれた処に、中の国という国がある——いや、以前あったと言うべきだろうか。

中の国は、国の中央に山脈を持ち——また、特異な地理的条件として、国の東に、おそろしく巨大で険《けわ》しい山脈を持っていた。また、国の南に、どうにも橋のかけようがない程、巨大な河を。その、険しい、人間の越えることのできない山脈をハノウ山、河をキョセ河という。すなわち、中の国は、国の三方を海に、残る一方の三分の二をハノウ山に、三分の一をキョセ河によって区切られた、実質的な陸の孤島だったのである。

そのような地理的条件下——すなわち、群雄割拠《ぐんゆうかっきょ》する時代に、他のどこの国からも攻めにくすぎる——で、中の国は、最も早く中央集権国家を作りあげ、ハノウ山に道を作り、キョセ河を渡り、周囲の群雄達を圧倒し、一時は一大帝国を築くにいたった。

その当時、ようやく国としてまとまりかけていたハノウ山の東に住んでいる人々、キョセ河の南に住む人々は、中の国の中華思想のおかげで、おのおの〝東の国〟〝南の国〟として〝中の国〟の属国となる。

が。

やがて誰もが無視していた、中の国の先はるか西に浮かぶ、小さな島に住む一族が、不思議な力を得、西の国となり、中の国へおしいり、それを侵略した。

かくて、今、このあたりには、西の島（すなわち西の国）、中の国（西の国の属領）、南の国、東の国の、実質三国があることになる。（中の国の崩壊と共にハノウ山を越える道はとだえ、キョセ河にかかる橋も滅びた。西の国には、あらたにそういうものを作ってまで、東、南の両国を侵略する意図はなかったので、今、西の国と、東、南の国の間は、キョセ河を渡る西の国の船によって、通商が保たれているだけである。）

これがおのおの国名の由来であるが――さて。

南の国と東の国は、間に草原をおきながらも、お互い同士は隣接していた。

そして、南の国の更《さら》に南、西、東の国の更に東、北には、どこまでも続く砂漠があった。――言いかえれば、広い広い砂漠の中、かろうじて草木がはえる半島部に、人々は集まり住んでいたのである。

そしてその砂漠は、『死の砂漠』と呼ばれ、決して人の住めない処だったのである。

まず、草木がしげらない。そして、ある年数以上その砂漠で生活していると、大抵《たいてい》の人は原因の判らない病気で死ぬことになるのだ。（一応、砂漠の民とよばれる人達がいない訳ではない。ただ、彼らの寿命は極端に短く、生まれながらにして五体に異常のある者が過半数である、という集団であるが為《ため》、南の国も東の国も、砂漠の民の住居あたりまで、おのが版図《はんと》を拡大したいとは思わなかったのだ。）

かくて、この二国は、はるか昔から、一種の仇敵《きゅうてき》同士となるのである。お互い、おのれの領土を拡大したいという意欲に燃えていたし、お互い、領土を拡大する為には、どこしか方向がないのか、よく知っていたので。

ただ、今の処、国をあげての戦闘状態にたちいたってはいない。草原をはさんで睨《にら》みあいをし、時々小ぜりあいを繰り返すだけで。

それでも四十年くらい前までは、南の国の方が優勢で、おし気味ではあったのだ。東の国が、事実上まったくの陸の孤島であるのに比べ、南の国は、西の国と通商ができる分だけ、新しい知識、新しい武器を吸収できたので。

が、四十年前、東の国の国境警備を、ラ・ヴィディス・ワンスという二十そこそこの若者がするようになってから、一転して南の国はおされ気味になってしまった。ワンスは、わずか十六にして、一軍をまかされた将軍となった程の男で、若い頃の彼は、鬼神もかくやという美《び》丈夫《じょうぶ》であった。（ワンスはのち、順当に出世し、四十代の時に、おそらく東の国の次代女王になるであろうと言われている、現在の将軍、ラ・ミディン・ディミダの養い親となった。――れっきとした親がいても、子供を八歳から独立するまで養い親に預けるというのが、東の国大貴族の風習である――。ディミダ姫が女王となったあかつきには、ワンスはそのふところ刀として、殆ど国王並みの権力を得るであろうという評判である。）

ワンスの力により、じりじりと、国境は南の国の方へおしやられてゆく。そんな中で、でてきたのが、トリューサ・ディア・ムール――ムール四世、カトゥサの父である。

ムール四世は、それまで、国境間近に領土を持つ、一領主にすぎなかった。第一将軍どころか、一騎士侯にすぎない、いわば田舎《いなか》貴族――貴族でありながら、ディアの血を持たない、数少ない下級貴族の一人――であった。

その彼が。ラ・ヴィディス・ワンスの侵攻を、彼の領地の外側でぴたっとくいとめたのだ。ムール四世は、将軍となった。

一軍をまかされたムール四世は、調子にのって草原を越え、いくら田舎とはいえ、彼の領土近くまで攻めいってきていたワンスの軍を草原の中程までおしもどした。そして彼は第一将軍となり――彼のもとの身分では考えられない妻、ディアナを得た。ムール四世は、いわば人間の考え得る限りの出世を果たした、立志伝《りっしでん》中の人物なのである。

さて。

ようやく地理的説明をおえ、信仰の問題にたちもどることができる。

南の国のディア信仰、そして中の国のネリューラ信仰。この二つは、正しくは神話でも伝説でもないのだ。

何故《なぜ》なら、ネリューラ伝説は、正しい民間信仰、昔からあった伝説ではなく、ほんの五百年の間に、人為的に作られた伝説であったし、ディア信仰は。

神という抽象《ちゅうしょう》的なものを持ってこずとも、信仰の対象がそこにあった、現人神《あらひとがみ》がおわした信仰なのである。

昔。

今となっては、それは失われた技術なので、方法論も何も残っていないのだが、昔、人は人におのが血をわけ与える技術を持っていた。人が大量の血を失った場合、肉親者は死におもむこうとする者に、おのが血をわけ与え、生命を呼びもどすことができた。

そんな中で。おそろしい血、畏敬《いけい》すべき血というものが、あったのだ。それが《尊い血《ディア》》である。

ディアを与えられた者は、たとえどんな病気になっていようとも、まず、十中八九、不思議と治った。どんな恐ろしい伝染病、どんな病気もディアが体の中にはいったとたん、快方に向かった。場合によっては、完治した。かなりの怪我をし、怪我故に発熱し、命がとび去ってしまう危険性の高い者も、ディアをもらえば治ってしまった。

これは、まじないと薬草以外、ろくな医療技術を持たぬ人にとっての福音《ふくいん》であり、同時に脅威《きょうい》であった。ディアは当時、一種の万能薬であったのだ。

人々は、人間を厳密に区別した。ディア筋であるものと、そうでないものと。

その区別は、割合簡単であった。ディアの血筋を引く者には、著《いちじる》しい特徴があったのである。寿命が、ディアの血筋を引かぬ者に比べ、三十年程も長く、大抵の病気にかかっても、まず死ぬことはない。

が。やがて人々は、ディアにも二種類のディアがいることを知るようになる。

正しいディアと正しくないディアである。

正しいディアの血は、万民の病気に治療効果がある。

正しくないディアの血は、ある人には治療効果があるが、他の人にとっては、まったく、それが、ない。

いや、それがないのみならず。

正しくないディアの血を与えられると——場合によっては、病気自体はたいしたことはなくても、ディアの血によって死んでしまう者がいるのだ。

不思議なことに、それはディアの量に正比例した。正しくないディアの血を、それをうけつけない人に与えた場合、ディアの血が多量であればある程それは致命的な毒として作用した。

ディアは、万能薬であると同時に、毒薬にもなり得る！

これは、恐ろしいことだった。正しいディアと正しくないディア。この二つは、厳密に、区別されねばならない。

やがて、経験的に人は知りだす。正しいディアと正しいディアの組み合わせからは、正しいディアのみが生まれる。そして、その血の組み合わせの最も正しい家系が、聖王家であり、聖王家の者と婚姻《こんいん》することが宿命的にきめられている純血の家が、両聖大公家、両聖神官家となった。

王家の聖なる血。

南の国王家の血筋程、この言葉にふさわしい血筋はなかったし——逆に言うと、その血のみが南の国王家の者を王家の者であると保証するのだ。

血をわけ与える技術が失われた今となっても、王家の聖なる血を重んじる気風は、まったく衰えていなかった。いや、むしろ、その技術がなくなってからのちの方が、ディアに対する信仰は篤《あつ》くなったと言えるかも知れない。

なにせ、ディアにより、病気が治った者は、もはや、いないのだ。だから、逆に――ディアの効果を見た者がいないから――それは『伝説』へと昇華してしまった。

そういう意味では、南の国の国王は、正しくは王であるより神の一族であると言ってもよかったのだろう。血を与える術が失われた今、その効果を見ることはできなくとも、王家の者は、平民のほぼ倍近く生きる。その事実だけで、その血の神性は疑いようもなく信じられるし――また。

代々の国王は、往々にして、神であることは可能であっても、王であることは不可能な場合があったのだ。たび重なる近親結婚のせいか、あるいはディアにはそういう要素も含まれていたのか、王家の者の三人に一人は、狂人であったから。

そういう環境下で。南の国の人々は、むしろ、狂った王の方を歓迎した。施政は、その為に、ディアをあまり含まない大臣達がいたし、軍の掌握《しょうあく》は、代々、ディアをあまり含まない将軍一派がいたのだから。王が正常人の場合、王は王として大臣や将軍の上に君臨したし、王が狂人の場合、王は神々の一族として万民に君臨した。そして――これが、この一族のもっとも不思議な処であるのだが――狂った王、狂った女王は、あきらかに狂っており、論理の整った命令は発し得なかったにもかかわらず、異常な程のカリスマ性を持っていたり、異常な程の勘の良さを持っていたりしたので。

そして。狂った王、狂った女王の次の代には、真のディアと呼ばれる王子、王女がうまれるのだ。真のディアこそが、南の国における真の支配者であり、王家の聖なる血筋は、その血の中に真の王をひそませているからこそ、高貴なのである。

歴代の王のうち、初代建国の父、シシス一世、ディアス・ディア・シシス、六代狂王シシス六世、十二代金の女神ディアナ・ディア・シシスが、真のディアであったといわれている。

真のディアは、はるか未来までを見通せる目を持っており、王位に真のディアがついた時、南の国は国として必ず大きな発展をとげたのである。そして真のディアは、立派な王、もしくは女王であり、明確な方針を持ち国を統治したにもかかわらず――必ず、どこか一ヵ所、深く深く狂っている処があった。それがまた、王家に対して人々の信仰をより深くさせる、人々の目に、王家を、神秘な、この世のものならぬ一族として見せる、原因となっていた。

さて。

そういう意味では、今、南の国は、建国以来の危機をむかえているといえよう。何故ならば、現国王は、ディアスではないのだから。この国開闢《かいびゃく》以来はじめて、正統なディアの血をひかない者が王座についているのだから。

群臣達の間には、それもまた仕方のないことだ、という意見もあった。十六代にわたる、長い長い純血主義のせいでか、王家の者は、徐々に、徐々に、子を作る能力を衰えさせていたのだ。

前々代の王——シシス十四世は、正しいディアを引く王妃《おうひ》との間に、子を一人しか作れなかった。それが、前代の王、シシス十五世である。

が、世継ぎが一人しかいないというのは——いくら、その世継ぎがディア、病にかからぬ者であっても——、あまりにも不安なことであった。そこで、目はしのきく大臣の一人が、王に妾妃《しょうひ》をあてがったのである。異なる血と一回混じりあえば、再び子供を作る能力がとり戻せるやも知れぬ、というので。

さて、前代の王、シシス十五世は、やはり、群臣達が心配したとおり、正しいディアを引く王妃との間に、子をずっと作れなかった。王はディアスとして六十四歳まで生き——六十三の年に、やっと一人、姫をもうけることができたのである。それが、ムール四世の妻、ディアナ・ディア・シシスである。

王が六十三の時の子供——王妃が五十をまわった時にできた子供。歴代のディアナ、ディアスの中で、彼女程ひよわなディアナはいなかった。あまりといえばあまりの高年齢出産の為か、生まれた時のディアナは、ほとんど仮死状態であり、実に六歳を数えるまで、立って歩くことすらできなかった。その後も、ディアナが十六で成人した時、誰も彼女を十六の娘だとは思ってくれなかった。その時で、まだほんの、七、八歳にしか見えなかったのである。

さて。ここで、簡単な算数の問題を解いてみよう。前王が死んだ時、ディアナはわずか一歳だった。血からいえば、次の王はディアナに決まっていたのだが、いかんせんこのディアナは、六歳まで立って歩くことすらできなかった。

大臣達は、協議につぐ協議を繰り返した。代々、狂った王を戴《いただ》いたこともある南の国王家である。一歳の、立つことすらできない姫を王とすることも、不可能ではない。

が、国王——聖なるディアをひいているものの最低条件として、彼もしくは彼女は、長命でなければならないのだ。血を他人にわけ与える技術のうしなわれた今、ディアの聖なる血の証明の為にも、彼もしくは彼女は、長生きせねばならない。

伝統を守る者は、それでもディアナによる統治を主張した。だが、果たして五十をまわった女が出産した子供なぞ——生きのびることができるのだろうか？（この国における、ディア一族の平均寿命こそ、六十から七十であったのだが、一般民衆の平均寿命は、まだ、四十すらも越せずにいたのだ。）いや、生きのびるかどうかなぞという問題の前に、この子は――ディアナは、そもそも生まれることを許された子供であるのだろうか？　この子は、聖なるディアが生まれせしめた奇蹟《きせき》の子なのか、それとも、この世の終わりを告げるディアの呪《のろ》いの子なのか？（この時代――この国――ありとあらゆる伝説の上にも、母が四十を越えてからのち生まれた子供の記録なぞ、なかったのだ。）

　そして、いつの時代、どんな局面であっても、折衷案《せっちゅう》というのはでてくるものなのだ。ディアナがちゃんと育つかどうか、正しいディアの血を引いているのかどうか、時の流れがそれをおのずとあきらかにしてくれるまで、待ってみようではないか。

　幸いなことに、前国王には弟君がおわした。正しいディアの血筋でこそないが、しかし、王の血を引いた方が。それも、三十代の弟君が。（と書けば判るが、この弟――カイオス・ディア・シシスもまた、父親が六十すぎてからできた子供であった。が、カイオスの場合、その母である妾妃ルディアが若かった。この国では、子供のできのよしあしは、その子をみごもった時の母親の状態による、というのが常識だったので、カイオスの場合は、父親の年齢は問題にされなかった。）

　そこで。

　とりあえず、ディアナがつつがなく成人し、両聖大公家、もしくは両聖神官家のどちらかから正しいディアをうけ継ぐ夫をむかえた時、王位をディアナに返すという約束で、暫定《ざんてい》的に、カイオスが王位につくことになった。これがシシス十六世、現国王であり、今までの処、歴代唯《ただ》一人のディアスではない国王である。

　と。ここまで読んできた方は、必ず疑問を抱かれるであろう。今、ディアナはすでに二人の子を生んでいる。リュドーサとカトゥサ。なのに彼女は、女王になっておらず、また彼女の子供達が次期国王になる予定という訳でもない。まして、今の彼女は、単なる第一将軍の妻である。これはどういうことなのか、と。

　これもまた、血の悲劇であるといえる。

　王家がその純血故《ゆえ》に子の数が少なくなるのなら、まったく同じ理由であと継ぎがいなくなる家がある筈なのだ。すなわち、聖大公家と聖神官家である。

左の聖神官家の血は、二代前に絶えた。

右の聖神官家、右の聖大公家には、おのおの一人の娘しかいなかった。

左の聖大公家――リール大公家に、たった一人、ディアナに年ごろのちょうどいい男の子がいただけなのである。ティーク・ディア・リール。

　ディアナが。自分と同じ、正しいディアの血を引く子供を作ろうと思った場合、この広い世界の中で、その相手となり得る男は、ただの一人しかいなかったのだ。ティーク・ディア・リール、ただ一人。

一方、カイオス王は、二十二で結婚し（みずからの妻は、右の聖神官家からむかえた）、四人の子供をもうけていた。ミア、ルディア、イリナ、ティアという、年子の四人娘。ミアは、ディアナより、二歳年下であった。

カイオス王の四人の娘は、カイオス王より濃いディアの血をひいている。彼女達が正しいディアの血をひく男と結ばれれば、次代に生まれてくる子は、正しいディアナ、正しいディアスとはいいがたくても、かなりそれに近いものとなる筈である。

が。男は一人。男は一人しかいなかったのだ。

ディアナが正しいディアを残す為に必要な男が。

ミアが、ルディアが、イリナが、ティアが、自分の血をより正しいディアに近付ける為に必要な男が。

カイオス王が約束を守れば、ティーク・ディア・リールの妻は――いいかえれば、次の女王は――決まっていた筈なのだ。群臣達は、こういう紛糾《ふんきゅう》をおそれて、ディアナが無事成長した時の為の約束をとりつけた筈なのだ。

だが、権力の座に一度ついた人間は、そうたやすくその椅子をはなしはしない。そして、どういう確執があったのか、どういう策略があったのか、ディアナは自分から捨ててしまったのである。自分が、ディアナ、もしくはディアスを生む資格を。

彼女は、自分の意志で、ムール四世――まったく、その血の中にディアを含まぬ者――の処へ嫁《とつ》いだのだ。

反対する者も、多々、いた。ディアナが――彼らが、十六代にわたって守ってきた純血が、一度混血してしまったら、たとえどんなに純血に近付くことができても、二度と、本当の、まじり気なしのディアを手にいれることはできなくなる。

その時の、政治的手配は、カイオス王がとりおこなった。ディアナが、無事、ムール四世の処へ嫁げるよう、カイオス王は反対派をひとつひとつ丁寧につぶしていった。これにより、カイオス王の評判はいちじるしく下がったが――そういう手配をとりおこなったということは、とりもなおさず、ディアナがムール四世に嫁ぐにあたって、カイオス王の意志がひそんでいることを明らかにするものである――、今となっては、誰も、一人として、面とむかってカイオス王を責めることはできなくなってしまったのである。何故なら、ディアナがムール四世に嫁いでしまったから。

この世には、もう、本当のディアは、決して生まれてこないのだから。もう、本物の、まじり気《け》のないディアは、失われてしまったのだから……。

ディアナ　Ⅰ

「うふ。うふふふ……パミュラ、みつけてごらん、パミュラ」

ディアナは笑う。ここは白い花の館、その大きな広間に設けられた巨大な生け垣迷路。

「パミュラ、ほら、わたしをみつけてごらん。ああ、そうね、もし首尾よくわたしを見つけたなら、オーガル三尾分の金をあげましょう程に」

巨大な、針葉樹で作られた、生け垣迷路。確かに、手入れの行き届いた緑の木立ちは、パミュラの目からディアナの姿を隠していた。でも。

でも、奥方様。

わたしはこの遊びが嫌いです。

目に、半《なか》ば涙をためながら、パミュラは心の中で呟《つぶや》いた。

だって、奥方様、この迷路の中で、一回でも奥方様とおいかけっこをした者は、誰だって、判《わか》ってしまうのですよ。確かに奥方様はお上手にお隠れです。でも、二度目になれば――奥方様は決して隠れる場所をお変えにならないのだから――あなた様がどこに隠れているのか、誰だって、あなた様御自身より、正確に言いあててしまうでしょう。

「ほ、お、ら、どうしたのパミュラ」

「ディアナ様あ――どこにおいでですか、ディアナ様あ」

仕方なしにパミュラは動きまわる。ある程度ディアナのそばにちかづき、ある程度ディアナにスリルを与え、そして決してディアナを発見しないよう、注意深いコースで。

「うふっ、ふふふ、こっちよ。こっちよ……」

「どこにおいでなのですか、ディアナ様！　意地悪して莫迦《ばか》なパミュラを、あまり苦しめないでくださいませ」

「嫌《いや》だわ、パミュラ、苦しめるだなんて……ほんのちょっと、本当にほんのちょっとの頭があれば気がつく筈《はず》なのよ。わたしが今、どこにいるのか」

本当にほんのちょっと、奥方様に頭があれば、判る筈なのだ。こんな単純な迷路で、人はそう悩みはしないって。まして、奥方様がその位置を変えてもいないのだから……こんな迷路なぞ、鬼が常時その位置を変えていた時だって、わずか四歳のカトゥサ様は通暁《つうぎょう》してしまったではないか。

パミュラは、ちょっと苦々しくそう思い、慌《あわ》てて自分の思考をうち消した。ここにおわすは奥方様――ムール四世夫人では、ない。不遇のディアナ、ついに公式にはディアスを生めなかったディアナ、狂ったディアナなのだ。

「わたしをみつけてごらんなさい。ほら、パミュラ、わたしを見つけてごらんなさい、何をしているのよ！」

くすくすくす。いつまでも続く、忍び笑い。まるで子供のような――少なくとも、五十歳を越した女のものであるとはとても思えない、明るく若々しく、陽気な忍び笑い。

奥方様は、もう五十二におなりなのだ。

それを思うと、パミュラはぞっとした。パミュラはディアナとちょうど十、年が離れていて――もう、四十二。ディアの血を引かない者としては長生きしすぎた。八歳で奥方様づきの女官になり、そのあと三十四年間、よくもまあ、奥方様につかえて生きながらえてきたものよ。三十四年間。普通の者の人生と、同じくらいの長さだ。

「パミュラ！　どうしたのパミュラ！　そんなにわたしがみつからないの」

そして、三十四年たって。今の奥方様は、わたしが初めてお目見えした、十八の時の奥方様とまったく変わっていらっしゃらないのだ。いや――あの時、リール大公との、結ばれぬ恋をしていらっしゃる時より、ずっと幼くなってしまったかのような気まで、する。

儀礼的に――まさしく、儀礼以外の何物でもなく、パミュラは、ディアナを探すふりをしながら、三十四年前に思いをはせた。

☆

中産階級のゆとりのある家の娘は、六歳から十歳の間に、貴族の女官となる。これは、一種の行儀見習《ぎょうぎ》いのようなもので、大抵《たいてい》の娘は、十六から二十の間に、女官になった家に出いりする商人、騎士、あるいは下級貴族に見初《みそ》められて、その妻に請《こ》われ、嫁に行くのだ。パミュラは、そんな女官志望の娘達の中でも、とりたてて気のつく、才能のある――そして、運のよい娘だった。いや、だと思われていた。貴族の女官ですら出世なのに、王宮づきの女官、それもディアナ様づきの女官になれたださんて。

八歳で初めて女官の試験をうけ、王宮の、それもディアナづきの女官にならないか、という返事をもらった時、パミュラの両親、そして親戚一同は、盛大な宴《うたげ》を催《もよお》したものだった。どれ程遠縁の娘を捜してみても、パミュラより出世をした娘はいなかったので。

酒席で、パミュラは、両親に、叔父《おじ》に、知り合いに、何度も何度もほめたたえられ、そして同じ数だけ注意をうけた。

いいかい。おまえが仕《つか》えるのは、ディアナ様なんだからね。

前代の王なきあと、この世で一番尊い血筋の方なのだからね。

血の中にディアをひそませる、人であるというよりは、神の一族なのだからね。

今、おまえがつかんだもの、それこそがチャンスというものなのだからね。

だから注意して——それこそ、細心の注意を払って、仕えなさい。

どんなことがあっても、ディアナ様の機嫌をそこねないように。

何せ、相手は人ではないんだ。神の一族に連なるものなんだからね。

その宴の翌日、はじめて宮廷に出仕した日、だからパミュラはがちがちに緊張していた。ディアナ様——どんな方なのだろうか——ディアナ様——人よりは神であるという……。

王宮の、南のウイング、真珠の間《ま》にひれ伏して。

「インナ。クシュア。パミュラ。顔を上げなさい」

古参の女官がこう言ってくれるまで、それこそ真珠の間の絨毯《じゅうたん》しか、パミュラは見ていなかった。

「そちらにおわすのがディアナ様——おまえ達の、主《あるじ》でいらっしゃる」

顔をあげて、まず、パミュラはちらっとその古参の女官の表情を確かめたものだった。ここにいらっしゃるのが、ディアナ様？

ディアナは当時、十八だった。パミュラ達はそう聞いていた。が——そこに、パミュラの目の前にいた姫は。どう考えても十二以上には見えなかった。

全体に、きゃしゃで、小づくりで……。

いや。

そもそもこれが姫なのだろうか。

大変失礼な話ではあるが、乞食《こじき》の娘だといわれれば、パミュラ、それを納得してしまったに違いない。

うすい——としかいいようがない、八歳のパミュラよりうすい胸。くっきりと、衣服の上からも、あばら骨が透《す》けてみえる。娘らしい、女らしいまろやかな線は、体中どこを見てもなく——あるのは、栄養失調としか思えない、ごつごつとした、骨のうきでた線。黄金の色をした髪も、ゆたかとは言いがたい。また、それをきつく頭のうしろで結っているので、より娘らしいゆたかな印象がなくなってしまっているのだ。

が——が！

まぶたを閉じ、みずからを女官の好奇心の許《もと》にさらしていたディアナ姫が、いったん目を開いた瞬間！

「何て！」

とりつくろいようもない。パミュラ、叫んでしまったのだ。

何て美しい姫なのだろう！

御前《ごぜん》で声をだしてはいけない。事前にいわれていたルールを慌てて思い出し、パミュラはそれ以下の台詞《せりふ》を心の中に閉じ込める。

それは、いうなれば、奇形の美しさだった。

がりがりに痩《や》せた体、うるおい、娘らしさ、みずみずしさ、といったものがまったくない体の中で、ただ一点、瞳だけが異様に大きく、うるんでいた。異様に大きく、異様にうるんで――そして、奥深い、不思議ないろをした瞳。正面からのぞきこめば、それは若草のような、やわらかい緑であった。が、ディアナ姫が視線を動かすと、かすかに、その色が変わるのだ。深い、海の底でよどむ海草のような緑に、あるいは、緑というよりは黄色、枯草に近いような色に、そしてその髪よりもこうごうしい、輝く金色に。

パミュラは初めて知った。世の中には、『強い瞳』というものがあるのだということを。

ディアナの瞳には、たった一つのものがあふれていた。強烈な、意志。ディアナの瞳を見、そしてそののちにディアナに何かを要求されたら、大抵の人間はそれをかなえてしまうだろう。それ程強烈な意志を、ディアナの瞳はそなえており、それはおそろしい圧迫であった。ディアナが口を開かずとも、彼女の目にみすえられただけで、人は、耳許で叫ばれ続けているような気になってしまうだろう。『わたしはディアナ、わたしはこの世の中で唯《ただ》一人のディアナ。わたしを敬《うやま》いなさい。わたしを尊《たっと》びなさい。わたしを愛しなさい。わたしを……』決して舌にのせられることのない、であるが故《ゆえ》に余計耳許に残る、リフレイン。

また、その瞳は、その他にも恐しい魅力――いや、ここまでくれば、それは魔力だ――をひめていた。不思議なことに、価値観の逆転をうながすのである。

がりがりの彼女の肢体《したい》。まず、その、どうひいき目に見ても、無残という印象になってしまう彼女の体を、見る人に納得させてしまうのだ。彼女の肢体はがりがりなのではない。必要以上にきゃしゃなだけだ。そう思わせてしまうのである。

そして、では、何故《なぜ》彼女は必要以上にきゃしゃなのであろうか。その答えも、また、彼女の瞳はひきだしてしまう。

すなわち、それが、彼女がディアナであるということなのだ。

ディアナの体には、不必要な肉はもとより、必要な肉すらもついていない。それは彼女がディアナであるせいで――ディアナである彼女は、当然それだけで、人に敬われ、愛されなければいけないのだ。そして、真に人に敬われ、愛されるものは、そもそも筋肉を、いや、その肉体すらも、必要としない。ディアナがその肉体を使ってするようなことは、すべて、他のディアナを愛する人がかわりにとり行えばいいのだ。

ディアナの、豊かとは言えない黄金の髪。それは、もはや、貧しい様にも、みっともない様にも見えなかった。それは、痛々しい――同情すべき様へと、変貌《へんぼう》をとげてしまったのである。そうだ、ディアナのような人が、こんなに痛々しい様子をしているのを許しておいてはいけない。彼女は、本来、もっとずっと華やかで、きらびやかな人でなければいけないのだ。

「インナとクシュアは、わたしの部屋づきの女官に」

パミュラと目があうと、ディアナはにっこりと笑い――そしてこう言った。高い、星くずが鳴るような、澄んだその声の、何と美しく聞こえたこと！

「パミュラ。おまえは、わたしづきの女官におなりなさい」

わたしづきの女官に――パミュラの心は、ふるえた。ということは、わたしは、この女《ひと》にずっとくっついていられるのだ！　この女《ひと》の用をたすことができるのだ！

「ディアナ様、今回の女官は、部屋づきか浴室係の筈……。姫君づきの女官は、もっと身分の」

「その口を閉じるか、それともわたしがその口を縫《ぬ》ってしまうか、そのどちらかを選びなさい、エトナ。パミュラは、わたしづきの女官です」

古参の女官が抗議の声をあげ、ディアナがそれを制するのを聞いた瞬間。パミュラの心は、はるか遠く天まで昇り――もう、その感動をどう制御《せいぎょ》していいのか判らなくなっていた。

ディアナ姫は、身分を問わず、わたしを姫づきの女官にしてくれたんだ！

「当然の配慮というものです。ねえ。パミュラ」

ディアナはこう言うと、にっこりとまた、笑った。

「これから先のことを考えれば、わたしはわたしの味方が欲しい。一人でも二人でも、できるだけ沢山《たくさん》欲しい。……パミュラは、生涯に渡って、わたしの、数少ない、本当の味方の一人となってくれるでしょう」

その真意は判らなくとも、ディアナが、まったく異常な程、パミュラのことをかってくれているのはよく判った。そして――その時。

とてつもなく奇妙なことに、パミュラは気がついたのである。

古参の女官――エトナは、パミュラも含め、誰もディアナに紹介していない。誰がパミュラで誰がクシュアなのか、そもそもディアナに判る筈がない。なのにディアナは、パミュラのことを話す時、まったく何のためらいもなく、パミュラの瞳をみつめていたのだ――。

☆

「ほおら、パミュラ、まだなの？　まだなの？」

はしゃぐディアナの声。それを聞くこと程辛《つら》いことはないと、パミュラは思う。

論理的な帰結、もしくは推理。

その言葉が奥方様の舌にのらなくなってから、もうどのくらいたつのだろう。そして、今、その同じ言葉が、カトゥサ様の口癖になっているだなんて……。

論理的な帰結、もしくは推理。

昔のディアナは、この言葉が口癖だったのだ。そして、その当時のディアナくらい頭のいい人間を、パミュラは知らない。――いや、カトゥサがいるか。ただ……どうしてもパミュラは、カトゥサとディアナを別の人格として見ることができないのだ。どういう風にいったらいいのか判らないけれど、カトゥサとディアナは同じくらい頭がいい、というのではなくて、カトゥサは、ディアナの一部のような気がする。

ディアナづきの女官になってのち。ディアナの髪を梳《す》く為《ため》に、二人きりで鏡の前に陣取った時、パミュラはつい、聞いてみたのだ。あの初対面の日、何故ディアナにはパミュラがどの娘であるのか判ったのか。

「論理的な帰結、もしくは推理っていうものよ」

ディアナは、こう答えると、それですべての解答が済んだというように黙りこんでしまった。

「あの……ろんりてきな……?」

「ああ……まずはね、観察の問題なの。どんな人間でもね、自分の名前っていうのは、自分にとっては特別な意味を持っている音なのよ。名前を呼ばれると――たとえそれがこの間の時のように、返事を期待した呼び方じゃなくて、他の誰かにその人を紹介する為の呼び方であっても――よく観察さえしていれば、必ずどこか体の一部が反応してしまうものなの。で、あの時エトナは、あなた達の名前を呼んだ。あなた達は、自分がそういうことをしているっていう意識もなしに、自分の名前に反応した。だからわたしは、その時点で、大体誰が誰なのか判ってしまった」

パミュラは茫然《ぼうぜん》と、自分の女主人を眺めることしか、できなかった。

「それとね、名前には、わりといろいろな意味が含まれているものなのよ、本人は知らなくてもね。少なくとも、名前を聞いただけで、その人の親、家庭環境の一部は、推測がつくわ。特に、この国の場合はね。名前のつけ方にもいろいろな方法があるでしょうけど――たとえば、恩人の名前をつける、とか、自分の父か母の名を自分の子供につける、とか――、この国の人の場合、神の名、もしくは神にまつわる神話上の人物の名をつけるのが、ほとんどでしょう。たとえばあなた――パミュラ、ね。パミュラっていう名は、あなたも知ってのとおり、ラムール伝の中にでてくるわ」

「ラムールを奉じる十二使徒の一人、グァガーサの妻、ですね」

「そう。そして、グァガーサの妻の名を自分の娘につける人って、あんまりはいないでしょう。何故なら、グァガーサは、使徒の中では唯《ただ》一人、商人の出だから。他の使徒が、純粋に信仰としてラムールをあがめているのに対して、グァガーサだけは、商売の為にラムールに帰依《きえ》していたんだから。……ま、そこから転じて、グァガーサは商売の守り神になったのだけれど」

「……はい」

「他の二人――インナは、とってもよくある名前だわ。美の女神・インナですものね。女の子の名前としては、一番ありふれた種類のものだって言えるかも知れない。でも、自分の娘の器量に絶対の自信があって、それでインナっていう名前をつける親って、まず、いないと思うの。すると、どういった人が、その名前をつけるか。まず大体が、子供がある数以上いて、一々その子にふさわしい名前をつけるのがうっとうしくなってきた人達よ。ということは、かなりの兄弟がいて、末の方ってこと。あなた達三人のうち、まんなかにいた女は、あきらかに大家族の出で、それも末っ子よ。だから、彼女がインナだろうって推理はできる」

　実際、まん中にいたのが、インナだった。

「そして、あと一人、クシュアね。クシュアはクシュリーサの女性形。そしてクシュリーサっていうのは……パミュラ、あなた、知ってる?」

「……いいえ」

「じゃ、クシュは?」

「神の一族です」

　主神の一族ではないが、一応、神々の兵士長をやっているのが、クシュ。

「クシュリーサっていうのはね、クシュの私設軍隊の名前なの。簡単に推測できるでしょ、娘にそういう名前の女性形をつける親がどんな人間だか。軍隊関係――それも、傭兵《ようへい》か何かで、一時兵士をやっていたっていうんじゃなくて、ちゃんとした、おそらくは親子何代かにわたる、軍人の家よ」

　確かにクシュアの父親は、どこかの貴族の軍の伍長をやっていると聞いた。

「で、あなた達二人をくらべてみたの。どちらかがパミュラ――商家の、おそらくは長女で、どちらかがクシュア。クシュアの方があなたよりずっと姿勢がよかったし、厳格に躾《しつけ》られているのが判った。だから、あなたがパミュラだと思ったの。そして、わたしが推理した結果と、わたしが観察した結果は、おんなじだった。……何か、わたしはあなたの手をとめさせるようなことを言ったかしらね?」

　いつの間にか、髪をすく手をとめていたパミュラ、慌ててその作業を再開する。自分がうっかりしていたことへのつぐないの意味を含めて、そのあとは黙々と作業にはげみ――そして、いつもより、ずっとゆるく髪をたばねて。

「いかがですか、ディアナ様」

直接――面とむかってディアナを直視するのは、まだはばかられるような気がして、パミュラは、鏡にうつったディアナの瞳に微笑《ほほえ》みかける。

「いかがって何が」

「おぐしです。このくらいゆるくまとめた方が、ディアナ様にはずっとお似合いだと思います」

いつも、きつく髪をたばねすぎているので、そもそもどちらかというとあまり豊かではない髪が、より寂《さび》しく見えるのだわ。

といううしろの台詞をのみこんで。

でもパミュラ、すぐ後悔する。ひょっとすると、あの髪型は、ディアナ本人の趣味だったのかも知れないと思いついたので。これはひょっとして、さしでがましいことを言ってしまったのかも知れない。

「ありがとう、パミュラ。……でも、いつものようにもっときつくゆって頂戴《ちょうだい》」

ああ、やっぱり、あれはディアナ様の御趣味だったのだわ。そうよ、あの髪型が似合わないだなんてこと、お化粧係が気がつかない筈はないのよ、それなのにずっとあの髪型をしていらっしゃったということは。

「すみませんでした。さしで口をいたしまして」

目一杯慌てて、心の中で愚《ぐ》にもつかないことを呟きながら、パミュラは急いで一回ゆったディアナの髪をほどきだした。と、鏡の前のディアナが、何故かゆっくりとふり返って、櫛《くし》を持つパミュラの手に、その手をそえたのだ。

「ああ、慌てないでね、慌てなくていいのよ。わたしはあなたを怒ってもいなければ、生意気だとも思ってないから。それにわたし、いつもの髪型がいいだなんて思っていないし、あなたが先刻ゆってくれた方がわたしに似合っていると思うわ」

その声があくまでもおだやかで優しそうだったので、パミュラ、より混乱してしまった。わざわざ似合わない髪型をゆわせるというのも納得のゆかないことだったし、それに、この、口調。

その時、パミュラは、ディアナと二人きりになるのは、まだ二回目だった。前回は興奮してしまい、何が何だか判らなかったが、今回は判る。どう考えても、ディアナの口調は全体的に優しすぎるし丁寧なのだ。

そう。ディアナには変わった性癖があって、人前では、女官に高飛車《たかびしゃ》な命令口調でものを言うのに、二人きりになると、誰に対しても自分と同等のものに対するような口のきき方をするのだ。

「あのね、こういうことなのよ。わたしはいつも髪をきつくゆいすぎる。それはわたしのやせっぽちという印象をより強める効果しかない。そんなことは判っているの。

ただ、誰かがそれをわたしに注意してくれる、それを待っているの」

「………」

「あなたは合格したのよ、かわいいパミュラ。だから、またもとのように髪をゆって」

「あの……すみません、意味が」

「判らなくていいの。今日はあなたに名前のことを説明した。一日に、一人の人に、二つ以上のことを説明するのを大儀《たいぎ》というのよ」

「は？」

ディアアナの口調は、何故か段々きつくなっている。これ以上聞き返すのはまずいのではないか。そんな気はしていたのだが、パミュラ、ついつい丁寧に反応してしまう。それから慌てて、またとまってしまっていた手を動かして。

「……もう一つだけ、教えてあげましょう。あなたはまだ慣れていないのだから。いーい、わたしに、このディアナに、一日に二つ以上のことを説明させないで。覚えておいて。わたしには、忍耐力というものが、あまりないのよ。自分でもそれは欠点だと思う。だから、一日に一つの質問には、いつだって優しく答えてあげる。でも、それ以上は駄目《だめ》。絶対、嫌《いや》」

当時のパミュラには、ディアアナの言っていることが、またもやまったく理解できなかったのだが、ただ、一つだけ、判った。またここで聞き返したら、ディアアナの機嫌がもっと悪くなるであろうということ。

「そもそもわたしには、我慢できないのよ。わたし本人だって、まったく我慢ができない程におろかであるのに――世の中には、そのわたしより、更《さら》に更におろかな人間が存在するだなんて、腹だたしいことは」

「はい」

言葉の意味が理解できなくとも、返事をすることはできる。何故か唐突《とうとつ》に機嫌が悪くなってしまった鏡の中のディアアナと極力目をあわさないようにして、パミュラはひたすらそそくさとディアアナの髪をゆった。

☆

「……パミュラ様」

ほとんど気がつかない程そっと、迷宮の間《ま》に続く扉を開け、今年採用したばかりの女官がはいってきた。

「何」

パミュラ、ディアアナにこのやりとりが聞こえないよう、精一杯注意して聞く。ディアアナはこの迷宮遊びが大好きで、たとえどんなに重要な用件があっても、これの邪魔をされるのを嫌う。

「タケの使者がいらっしゃいました。奥方様に御用事があるそうで、どなたにも御用件をおっしゃってくださいません。……どうしましょう？」

タケの使者。パミュラの心はふるえた。

当時、この国――いや、この地方全体には、二大交通機関があった。すなわち、馬とタケである。

馬は、要するに、日本語における馬そのものだと――大体の処《ところ》は――思ってよい。そしてタケは――説明がむずかしいが――要するに、やたらと速い、訓練がゆきとどいたダチョウのようなものだと思ってくれればいいだろう。

タケと馬。平坦な所で競走をさせれば、あるいは馬の方が速いかも知れない。が、この国の地形は、お世辞《せじ》にも平坦とはいいがたく、まともな道路と呼べるものも、存在しない。

こういう状況下では、タケは速かった。馬はもとより、人間をのせることのできるすべての動物の中でも、タケは最も速く目的の場所へゆける動物だった。

が。

行動様式としてみてみると。

タケに乗ってくるのと、馬に乗ってくるのでは、後者の方がはるかに上品にみえたのだ。また、当時、南の国では、タケは普及品であったが、馬は高級品であった。

以上の問題から、格式というものが発生する。

高貴な人の処へゆく使者は、馬にのる。

そうではない人の処へゆく使者は、タケに。

では、使者は、相手の身分によって確実に二つに別れるのかというと、そうではなく――ここに特殊な事情が発生する。

とにかく、馬よりもタケの方が速いのだ。身分の上下を問わず、とにかくいそいでいる、火急《かきゅう》の用件をもった使者は、タケに乗るべきである。

故に。

ある程度以上の身分のある人の処へくるタケの使者は、おうおうにしてたった一つのことを意味するのである。（ただし、軍務を除いて。軍務の使者は、当然格式よりは速さをとる。）すなわち――肉親の、死を。

「タケの使者……判りました。では、使者殿を水晶の間《ま》にお通しするように。奥方様は、できるだけすぐに行かれます」

「キニア？　キニアでしょ？」

と。ふいにディアナが声をあげた。

「ディアナ様……」

「パミュラ。今、そこにキニアがいたでしょう？　キニアにわたしを探させてごらん」

どこからともなく声が聞こえる。

「キニア……といいますと？」

「きこりの娘よ。この間――ついこの間、新しい女官として採用した四人のうち一人。今、そこに彼女がいたでしょう」

念をおされて、やっとパミュラ、思い出す。新人の中に一人、確かにきこりの娘がいた。とすると、今の娘、キニアという名前なのか。

「ディアナ様……どうして」

「声がしたわ。どこかで聞いたことのある声が、パミュラとひそひそ話していた。で、その声のことを考えたら、キニアだって思い出したの」

持ってうまれた頭の違いだろうか。もうそろそろ、正気なパミュラですら物事を忘れてしまいがちなのに、狂ってしまったにもかかわらず、ディアナはまだなお、天才的な記憶力を有していた。それこそ、一度聞いた名は、二度と忘れないのである。

「ディアナ様」

パミュラはそっとディアナに声をかける。使用人達の間では、そしてディアナの正式な呼び方は『奥方様』であるのだが、その言い方は、ディアナに対しては禁止されているのだ。ムール四世――旦那《だんな》様が死んでよりのち。『奥方様』という呼び掛けは、ディアナに時としてあることを思い出させる。そして、その『あること』を思い出すと、大変あつかいやすい狂人であったディアナが、急にあれくるってしまうのである。『あること』――旦那様の、死を。

「なあに」

「申し訳ありませんけれど――莫迦《ばか》なパミュラには嬉《うれ》しいことですけれど――かくれんぼは、中止です」

「どうして」

とっても不満そうなディアナの声。

「使者がきたのだそうです。ディアナ様がおでにならなければいけません」

「使者なぞ、放っておけばよいのに」

「タケの使者です」

タケの使者です。さすがに、この言葉の持つ意味は、ディアナにも理解できたらしい。

「水晶の間に待たせてあります。申し訳ありませんが、おこしの程を」

「判ったわ。入浴の用意を」

吐いて捨てるようにディアナはこう言うと、ラビリンスからその姿をあらわした。

☆

かなり、苛々《いらいら》していた。

自分は、不当な程、待たされている。

それは、実感として判った。

シユーリサ――白い花の館に来た使者――は水晶の間で、ずっと小きざみに足ぶみをつづけていた。

タケの使者は、たとえ王そのものに謁見《えっけん》を求めたとしても、一時間以内に会える筈だ。なのに、ここでは、もうすでに三時間近く、待たされている。いくら相手がディアナ――前王の唯一の娘、現王よりも尊い血の持ち主だからといって、非礼がすぎるのではないか。

不快だ。

それは、この部屋そのものについても言えることであった。

不快だ。

これが、タケの使者を待たせる部屋であろうか。

壁という壁には、仮面がかけてあった。それも、見る人を不快の念につきおとさずにはいられないような仮面。お化け《イノーガル》、死なぬ者《ディストーマ》、へび男《シュリークス》。そして、その他多数の、不心得な妖怪達の仮面。

お化け《イノーガル》は、実体なきもの、嵐の夜、かみなりの夜、死者のでた家へおもむくもの。実体あるもの——聖《オー》なるきつね《ガル》——の守護なしにイノーガルにでくわしたものは、すべてみな、イノーガルになるという。

死なぬ者《ディストーマ》は、不死のもの。死なずして、その体はいたみ果て、そのむくろは腐り果てる。その腐った体にふれたものは、狂い死ぬか、本人もまた、ディストーマとなる。

へび男《シュリークス》は、神聖《リ》なる《リ》白蛇《ス》を殺した者のなれの果て。へび《シュ》の呪い《リス》をうけ、人間の手足が溶けてしまい、ただ胴体のみがのたくるもの。

そして、シュワニス、パプケ、ルドュシマー——壁面をかざる、数々の魔物、異形《いぎょう》のものの面。

不快だ。

シューリサは、また、心のなかでつぶやいてみて、そして、感じる。

何か、おかしい。何か、平衡《へいこう》をかいている……。

そう、シューリサの精神状態は、あきらかに少しおかしくなってきていた。確かにこの部屋の様子は不快だったが、そう何度も、それこそそのことだけで心の中を満たす程、不快さを強調しなければならないものだとも思えなかった。なのに、まるで、それだけしか思いつけないかのように、不快だ、不快だ、という台詞をリフレインせずにはいられないとは……。

シューリサは、あきらかに、この部屋に魂をのまれていたのだ。自分の心を不快の念で満たしておかなければ、つい、この部屋に心を奪われてしまう程、この部屋に魅せられてしまっていたのだ。本人も意識し得ない、心の奥底で。

何故、ここが水晶の間なのだろうか。

ついで、シューリサは、この部屋の名の由来に、強《し》いて心をむけた。

水晶の間。名前を聞けば美しいのに——何故、美しい名の部屋が、こうまで毒々しい魔性のものの面によってかざりたてられているのだろうか。

と。

「おなり！」

面の一つが口をきいた——のかと、一瞬、シューリサは思った。いつの間にか、扉の脇に、それこそ面のように無表情な男が立っていて、彼が叫んだものらしい。

「おなり――おなり！」

続いて、部屋の外、廊下に立っているらしい、数人の女官の声。ディアナの到来を告げているらしい。

今時、国王だとてここまで大仰《おおぎょう》なことはやるまいに。普通の部屋に通されたのなら、あるいは抱《いだ》いたかも知れないそんな感慨も、シューリサの心をかすりもしなかった。がらにもなく、シューリサは完全に上がっていたのである。壁面という壁面を満たす化物達の顔、いつからか、そこにすっかりまぎれこんでしまっており、昔ながらの宮廷作法でディアナの到来を告げる、無表情な男に。

「ディアナ・ディア・ムールである。用件を聞こう」

シューリサがついうっかりとどぎまぎしている間に、ディアナはすっとはいってきて――はいってきて、ちゃんとシューリサの正面にすわる前、歩きながら、こう言った。

「あ……あ」

これで完全にシューリサ、度を失ってしまった。ディアナが、まだ席につかないうちからしゃべりだしてしまったという事情もあるが、とにかくシューリサ、使者が当然するべき礼を、ディアナに対してする機会を失ってしまったのである。

「御報告いたします」

今更《いまさら》礼をするのも恰好《かっこう》がつかぬと判断したのか、とにかくシューリサは口火をきった。

「国境におきまして、ムール五世様がお亡くなりになりました。名誉の戦死でございます」

言いおえてからシューリサ、次におこるであろう事態にそなえて身がまえた――が、何も起こらなかった。かなりの長い時間、沈黙が続く。

「他には」

沈黙にあきたのか、ディアナの冷たい声がして、シューリサ、愕然《がくぜん》とする。

「他に、と申しますと……若君がお亡くなりになったのは、東の国との国境最前線で」

「言わずともよい。聞きたくもない。いずれ、ワンスの計であろうが」

カトゥサをおとずれた使者が味わったのより、余程《よほど》ひどい茫然自失《ぼうぜんじしつ》を、シューリサ、味わう。どうして――どうしてここ十年、白い花の館を出たことのないディアナにそれが判るのか――いや、そんなことより何より、死んだのはディアナの長男なんだぞ！　どうしてこの女は、こんなに落ち着き払って……普通、息子の死を告げられた女は、失神するか泣きだすか……。

「リュドーサは死ぬ。そんな判りきったことでわたしが驚かないのが不思議かえ？　他に用がないのなら、去《い》ね」

「あ、そして」

「嫌じゃ」

「は？」

「それは嫌じゃ。おっつけカトゥサは東の館へくるであろう。カトゥサに伝えよ。嫌じゃ」

シューリサ、もうどうしていいのか判らない。嫌じゃ、といわれても、まだ、用件を口にしていないではないか。

「では去ね」

こういい捨てると、ディアナ、さっと部屋を退出してしまう。

「使者殿。奥方様は、こう言っておられます。『リュドーサ様のお葬式には参列したくない、それについての相談もうけたくはない。当然ここへ来たのと同じ用件の使者が、王立学院のカトゥサ様の処へも行っている筈だし、だとすればカトゥサ様は、今頃学院を出て、おっつけ東の館へつくでしょう。そのカトゥサ様に、そう伝えよ、そうすれば、カトゥサ様がよいようにしてくれるであろう』、と」

ディアナの脇にひかえていた老女――パミュラが、早口でこうまくしたてる。それからパミュラ、大慌てでディアナのあとをおいかける。今頃、泣きながら廊下を駆け、自室へと向かっているに違いないディアナを慰《なぐさ》める為。

泣きながら廊下を駆け――叫ぶ台詞さえ、想像ができる。『あなた、わたしのあなた、何故、何故おなくなりになってしまわれたのですか！　わたしのあなた！』

お可哀想《かわいそう》なディアナ様。ムール四世の為に泣く――十年前に死んだ、ムール四世のことを思って、まだ泣き続けるディアナ様。

その心情を思いやって、パミュラも、思わず目頭をおさえ――それから、カトゥサのことを思いやる。きっと今頃、泣いていらっしゃるに違いない。御自分の、《運命《ディア》》を思い知って。お可哀想なディアナ様、お可哀想なカトゥサ様……。

シューリサがふと気がつくと、部屋にはまた、自分と面だけがとり残されていた。先程、『おなり！』と叫んだ無表情な男も、すでにいない。

「何なんだ、この館は……」

とにかく帰ろう。一応、使者としての用向きだけは果たしたのだから。

きびすを返して、その時やっと、シューリサは気づく。この部屋の床。今までずっと、壁面にばかり気をとられていて気がつかなかったのだが、この床ときたら、一面、紫水晶がはりめぐらされているではないか。

水晶の妖《あや》しい輝きに眩惑《げんわく》されて、シューリサはしばし、今、目前であったことは、すべて本当のできごとだったのか、それとも水晶の見せた幻だったのか、判断できなくなっていた――。

☆

その日。

リユドーサ・ディア・ムール――ムール五世が、戦死した。

リユドーサの母ディアナ、弟カトゥサ、ディアナの侍女パミユラ、パミユラの娘プシケは、おのおの、泣いた。

ディアナは、すでになき夫、ムール四世の為に。

カトゥサは、自分の《運命《ディア》》に。

パミユラは、ディアナとカトゥサの為に。

プシケは、カトゥサと自分の為に。

リユドーサの為に泣いた者がいたかどうか、誰も知らない。

カトゥサ Ⅱ

「よろしいのですか、カトゥサ様」

使者が出ていったあと、プシケにこう言われるまで、カトゥサ、茫然自失《ぼうぜんじしつ》していた。

「よろしいというと……何が?」

「使者をあんな風に帰して、です。それは、カトゥサ様づきのわたし達には判《わか》りますよ。カトゥサ様が、『論理的な帰結、もしくは推理』とおっしゃったら、それより詳《くわ》しい話は聞けない、というのは。でも、カトゥサ様と初対面の人は」

「いいんだよ」

かなりうっとうしそうに、カトゥサ、こう言うと首をふる。それからプシケの、思いの他真剣な目の色を見て。

「いいんだよ、むしろ、ああいう奴にはああいう風にいった方がいいんだ」

「は?」

「今頃、あいつは僕の腹心の部下になろうって決意している処《ところ》だろうし」

「は?」

「僕は、そう望んでいないにも――心から、そう望んでいないにもかかわらず、ムール六世になってしまった。沢《たく》山《さん》、僕に心酔する者が要《い》る。理由は判るだろう？」

だとしたら、必要なのは、味方だ。それも、初期に、沢山、僕に心酔する者が要る。理由は判るだろう？」

カトゥサ、もう一度でんと椅《い》子《す》に腰をおろすと、実に寂《さび》しそうな表情をして、片目でプシケを見上げた。

「ええ、それは……将軍ともなれば」

「義《あね》姉《うえ》上。僕達二人の時は、そういうたてまえはやめようじゃないか。僕がムール六世になるということは——僕は、いずれ、国王になるということだ」

それを言ってはいけません。プシケは、できうる限り強く、瞳にその思いを込めて、カトゥサを見下ろした。だが、プシケにも判ってはいたのだ。カトゥサがムール六世になるということは、彼が王となるか、あるいは彼が死ぬことになるか、その二つのうちどちらかだということは。

「あの使者——あ、やっと思い出した、ミリサだ——は、小心で、こずるくて、迷信深い。そんなことは目を見れば判る。……情ないね。僕は、人柄で人望を集める自信も能力もないものだから、最初のうち、僕の味方は、こずるい、利にさといものばかりにならざるを得ないんだよ」

プシケは黙って、カトゥサの台詞《せりふ》を聞くとも自分の考え事にとらわれているともつかぬ様子で、たたずんでいる。

「でも、そうね。そうよ。無理もないのだわ。カトゥサ様もずいぶんとり乱していらっしゃるのだわ。」

ただ、心の片隅で、そんなやくたいもないことだけ考えて。

一回名を聞いたものは、すべて、必ず名と顔を一致させてしまう。そんなカトゥサの特技からすると、兄の旗本隊にいた者の名を、その場で思い出せなかったというのは、むしろ異常なことだ。

「でね、こずるいくせに迷信深い男なら、今頃きっと、思っている筈《はず》だ。僕がディア——本当のディア、ディアナ・ディア・ディアスだって。すると彼は、僕と国王のどちらにつくだろう。臆病な者程、僕につくよ。これは賭《か》けてもいい」

「でも、その割にはカトゥサ様の対応は、ぶっきら棒にすぎませんでしたか」

「その方がいいんだ。ワンスがディミダと一緒にハノウ山を越えたであろうことなんか、目のある者にはすぐ判る。種あかしをしてもいいんだが——それより、僕がディアだから、理由も何もなく、とにかく僕には判るんだ、そう思わせておいた方がいい」

それからカトゥサ、少し不安そうな瞳をして、プシケを見上げる。

「でも……義姉上は、そういうやり方が嫌いだろうね。それは判っているんだが、僕は、どうしたって民に慕《した》われるような人間になれない。それにプシケ――いや、義姉上の前で、自分をいつわる気にもなれない。だが、嫌われたくはない。困ったものだ」

「いいのですよ、カトゥサ様」

プシケはうすく笑って、カトゥサの前に腰をおろした。

「どうしても不思議でしようがないんですが……どうして奥方様もカトゥサ様も、自分を愛する者のことには、こうまでうとくなってしまわれるのでしょうね。わたしと母――パミュラが、カトゥサ様を嫌うだなんてこと、それはもう、絶対に、絶対にないのですよ。カトゥサ様がたとえどんなことをなさっても、プシケがカトゥサ様を嫌うだなんてことはあり得ません、ええ、絶対に。プシケの愛と忠誠だけは、絶対疑わずに信じて下さって結構です。……ただ……奥方様もそうですけれど……もう少し、普通の人間はあまりよくものごとを推測できないものなんだ、ということだけ気にとめていていただければ」

「じゃ、義姉上、あなたにも判らない？　たとえばワンスのこととか」

「ええ」

信じられないといった顔をカトゥサは一瞬し、それからでき得る限りの根気をかりたてて説明をはじめた。

「殺してからワンスの贋者《にせもの》だと判った。使者はこう言ったよね。勿論《もちろん》、兄上様だって、人並み程度の頭はもっていただろうから、敵がワンスだと思わなければ、深追いなんかしなかったと思うんだ。これで推測されることは一つ――敵は、ワンスのように見えた、それも、漫然とそう見えたのではなく、かなり具体的にワンスであると思われた。ということは、体格や風貌《ふうぼう》がワンスに似ていただけでなく、たとえば、ワンス軍の旗印のようなものを持っていたとか、何らかの特徴をそなえていたんであろうと思われる。と、ここで、推理はいくつかの道に別れるね」

「一つ、まず、その男はワンスが許可した贋者であった。二つ、ワンスも知らない、贋者であった」

カトゥサとのつきあいが長いプシケ、即座に自分の考えをのべる。とにかく自分も考えることができる人間である。そのことを積極的に示す。ディアナやカトゥサに気にいってもらうには、まず、最低、この条件をみたさねばならない。

「そう。で、まず、二つ目は無視していいと思う。国境あたりでワンスを装《よそお》うのは、百害あって一利もない行為だからね。東の国の連中にみつかれば、不届き者として罰せられるだろうし、南の国の連中にみつかれば、攻撃される――それも、総力をあげて攻撃されるに決まっている。草原の連中をあざむくつもりなら、もう少し顔を知られていない人物にしないと、そもそも連中をあざむいて何かをする程近付いたら、贋者だということがばれてしまう。ということは、残りは、一つ目だ。そいつは、ワンスがしたてた贋者だよ。これについては、どうだい？」

「三つの可能性がありますね。一つ、単なる、どれが本当のワンスだか判らなくする為《ため》の影武者《かげむしゃ》。二つ、ワンスの死、もしくは不在をかくす為の影武者。三つ、ワンス本人がでてゆくのは危険でできない、特殊な作戦をする為の影武者」

「いいぞ、義姉上」

カトゥサ、プシケの台詞のどこが気にいったのだか、にやっと笑う。

「だが、まず、一はないな。あの武勇をもってなる男が、そんな方法を使うとは思えないし――それは、父上様が影武者を使うというのと同じくらい、あり得ない話だ――、それに、そういう目的の影武者は、本人がいる処とそうはなれた処に、意味もなく出没する筈がないんだ。そして、ありそうでないのが三、だ。不用意に兄上様の旗本隊に近付きすぎたということは、逆にいえばそこに意図が感じられるのだが、今回の場合、それはない。兄上様を誘い出して殺す気なら――それがワンスの作戦だったのなら、もっと徹底してやるだろう。兄上様の旗本隊にいた男が、使者として、ここへ来た。……ワンスが、本気で兄上様を殺す気なら、そんな甘い――旗本隊にいた男が助かるような陣は、絶対、はらない。今回兄上様が戦死なさったのは、ほんの偶然――まさしく、《運命《ディア》》がその方向へ進んだ、というだけのものなんだ」

そう。そういういい加減な陣で――まさしく、《運命《ディア》》のなせるわざで――兄上様は死んだのだ。死んでしまったのだ。そして僕は、ムール六世になる……。

できることならば――そんなことはできない、いや、そういうことを考えるだけで不遜《ふそん》である、それはよく知りながらも、カトゥサ、思う。もし、できることならば、《運命》を、《ディア》を、呪《のろ》い殺してしまいたい。

「ああ……いや」

《運命《ディア》》そのものを呪い殺そうと、とてつもなく苦い顔をしていたカトゥサ、心配そうなプシケの顔を見て、慌《あわ》てて明るい顔に戻る。

「そこで残るのが二つ目――ワンスがいない、ということだ。ワンスがいない――こう言えば、大抵《たいてい》の人が、まず、ワンスが死んだ、もしくは起き上がれぬ程の病気であると思うのに、よく義姉上は、ワンスの不在、という可能性に気づいたものよ」

先程までの、《運命《ディア》》を、呪い殺さんばかりの表情を少し反省して、できるだけなごやかな顔をして、カトゥサは言う。

「ここで話をディミダ――ラ・ミディン・ディミダのことにしよう。義姉上は、ディミダを、どういう女性だと思っておられるか？」

「……ひどく人騒がせな姫ですわ。今、我が国と東の国とは、戦力的にはずっと均衡《きんこう》を保っているというのに……国境でいさかいが起きる時、その九割は、何らかの意味でディミダ姫がかんでいるとか……」

「よくそう言われているね。……実際、ディミダというのは、歴史上稀《まれ》にみる程好戦的な姫だそうだね。……血統的に言えば、彼女は次期東の国の女王なんだそうだよ。彼女が東の国のあととりになってくれれば、こんなに嬉《うれ》しいことはないのだけれどね」

「どうして……ですか？」

「賭けてもいいが、好戦的な人間というのは、おうおうにして、まったく単純なんだよ。特に、ディミダのように、自分が強いか、他人が強いかってレベルで物事を計る好戦的な人間は、単純なんだ。……単純な人間が王冠を戴《いただ》いた場合、その王冠を奪うのは、思いの他簡単なんだよ。……話をもどそうね。その、人騒がせなディミダ姫のうわさを、ここしばらくの間、聞いていないのは、僕だけだろうか」

「ああ、そういえばそうですね。確かにそうですわ」

「あんなに血の気《け》の多い姫のうわさを、こんなに長いこと聞いていない理由は、唯《ただ》一つだと思わないかい？　ディミダは、今現在、国境にいないんだ」

　これも、《運命《ディア》》だろうか。話しながらカトゥサ、おそろしい程の脱力感を覚えていた。そう、そして多分、ディミダの不在というのが、遠因なんだ、兄上様の死の。

　兄上様。父上様に似て、戦《いく》さのみにその能力を発揮する、真の戦争屋だった。そういうタイプの人間にとって、小ぜりあいの類《たぐい》ですら全然ない状況というのは、さだめし苛々《いらいら》することであったに違いない。まず、戦さというおのれの能力の発揮場所がないことに苛々しただろうし、ついで、相手の意図にも苛々した筈だ。小ぜりあいすら起こさない——相手は、一体何を考えているのだろう、この間に兵力をためて、特殊な作戦でも考えているのだろうか。平生《へいぜい》、あまり考えるということをしない人間が、やたらといろいろなことに気をまわしすぎ、結果として、たまる、ストレス。

　必要がない程——あるいは、危険な程、ワンスの影武者を深追いし、そして殺されてしまったことの遠因には、必ずや、ディミダの不在という条件があったに違いない。

《運命《ディア》》はめぐる、《運命《ディア》》は流れる、《運命《ディア》》はめぐる……。

「ワンス、そしてディミダの不在。そこから推論されるのは」

「一、ワンスが死、もしくは重い病に倒れ、ディミダはワンスにつきっきりになっている。二、その逆。三、国王が死、もしくは重い病に倒れ、ワンスとディミダ姫がつきっきりになっている。四、本質的な意味での、不在」

「そう。まさに僕も、その四つだと思うよ、義姉上。ただ。真面目《まじめ》に考えてゆけば、一から三までは除外できるけど」

「どうして……ですか？」

「兄上様が——ムール五世が、殺されたからさ」
一、二、三の理由で、ワンスとディミダが不在だとしたら。彼らは、今、新しいごたごたの種をおこすことを、極力避けようと思う筈だ。ワンス、ディミダ姫、もしくは東の国国王。今、誰がかけても、東の国では、その政治的な勢力範囲の地図が変わる筈。そういう時に、好んで他国とのいさかいを起こす人間がいるとは思いがたい。そして、ムール五世を殺すというのは、ムール四世とワンスの関係を考えれば、あまりにも、あまりにも刺激的すぎること。ワンスにしろ、ディミダにしろ、政変のまっ最中にムール五世を殺すだなんて刺激的なことをするほど莫迦《ばか》だとは思えない。（逆にいえば、影武者になる人間に、嫌《いや》という程かんでふくめる筈だ。決して、ムール五世とごたごたをおこさないようにと。そして、そういい含められた影武者が、よりによってムール五世の旗本隊に不用意に近付きすぎただなんて……それは、あまりにも、あり得ないことだ。）
故《ゆえ》に、推理は、簡単にできる。

ワンス、ディミダ姫、東の国国王の誰もがまだ健在であるにもかかわらず、ディミダ姫とワンスは国境にいないのだ。

不在……いない。ということは、どこかへ行ったということ。東の鬼姫と、東の守りの要《かなめ》が、そろってでかける——それは、どこだ？

東の国の国境のうち、南は、この国と接している。だが、国境から、ワンスもしくはディミダ姫が国内へはいってきたという情報は、ない。（両人共、南の国内部においても大変な有名人なので、それはすぐに判る筈だった。）また、東と北とは、死の砂漠に面している。

そして、残る方向は——西。

東の国は、西では中の国と面している——が。

東の国と中の国との間には、ハノウ山という巨大な山が横たわっているのだ。ハノウ山。昔は、この山を越える方法があったのだという。が、中の国の文化が果ててのち、誰一人として、その山を越えたことがないという、絶壁。魔の山。

「ワンスとディミダ姫は、ハノウ山を越えたのだ。——いくら魔の山とはいえ、昔は人が越えられた山、歩いて越えるものがいたとて不思議はないし。それに……ディミダ姫が、好きそうなことだ」

カトゥサは、吐き捨てるようにこう言うと、黙りこんでしまった。ディミダ姫とワンスがハノウ山を越えた——その理由に、また、《運命《ディア》》を感じて。

ハノウ山越えを企画したのは、ワンスの方に違いない。

放っておくと、絶えず国境でごたごたをおこすディミダ、そのディミダへのおもちゃとして、ハノウ山越えは企画されたのではないだろうか。

　どうにも力があまってこちらの要求以上のことをし、ひいてはそれでごたごたをまきおこす若者を静かにさせるとっておきの方法。若者に、もっと強い魅力のある、おもちゃを与えること。南の国との小ぜりあいなどというものより、もっとずっとおもしろいおもちゃ――たとえば、未《いま》だかつて、歴史に残るような人間は誰も越えたことのない山を越すこと。そんなおもちゃを与えられた若者は、その時、きっと思うのではないだろうか。これは、《運命《ディア》》への挑戦なのだと。そして、《運命《ディア》》をも変えるつもりで、挑戦者はいどむに違いない……。

「リュドーサ様が殺されたことが、ディミダもワンスも死んでいないことの証拠に……ああ、そうですわね、そういう状況だったら、まず、ごたごたをひきおこすことを避けようとするのが普通でしょうからね」

　一テンポ遅れて、プシケが言う。

「ああ……だから、ハノウ山を越えたっていうことになるんですね」

　常に一テンポ、遅れる。プシケはずいぶんと気がついて頭がよい人間なのだが、常に、常に、一テンポ遅れるのだ。二テンポ遅れる、三テンポ遅れる、あるいはまったくついてこられない人間の存在は、もう頭から無視してしまえるが、なまじついてこられるだけ、一テンポおくれる人間は苛立つ。

　そんなことを考えて――自分が、プシケに対して不当な苛立ちを覚えていることを知って、カトゥサ、反省する。駄目《だめ》だ、今日は義姉上に優しくしようと思っていたのに。駄目だ、先刻まで義姉上の頭が、まあつかえることを喜ばしく思っていたのに、何故《なぜ》か今はそれが気に障《さわ》って仕方ない。

「荷作りを頼むよ、義姉上。僕は、ちょっと散歩してくる」

　これ以上ここにいると、きっとプシケにやつ当たりしてしまうに違いない。それが判ったのでカトゥサ、とってつけたようにこう言うと、ぷいっときびすを返した。荒々しく扉を開け、その扉が思いの他大きな音をたててしまったことにぎょっとする。それでも、それを気にしていないふりをして、やせこけた体をせいぜい伸ばすと、大またで玄関へ向かって歩き出す。

　どうして自分はこんな歩き方をしているのだろう。まるで、腹立ちまぎれに廊下に当たりちらしているようだ。ふっとそんな思いが浮かび、そして、判った。

　自分は、今、大声でなきわめきたい程、怒っており、孤独で、やるせないのだ。

　そしてもう一つ。何故、今日に限り、プシケを義姉上と呼んだのか。《運命《ディア》》に対する予感。今となっては自分を守ってくれるものは、天にも地にも、プシケとパミユラだけだ。だから、その二人を、家族にしてしまいたかった。いや。

　カトゥサは、自分がプシケを肉親のように愛しているということを知っていた。

　そしてカトゥサがカトゥサである限り、プシケを肉親のように愛してゆくことは可能だった筈だ。だが、カトゥサがムール六世となってしまった以上、それは、もはや、不可能だ。カトゥサのデリケートな——いや、そんな言葉でいいあらわせるものではない、おそろしい程脆《ぜい》弱《じゃく》な心は、いけにえなしには自分がムール六世であるという事実を我慢できないだろう。その場合、いけにえは——プシケだ。

　当然の成り行きとして、プシケはカトゥサの妾妃《しょうひ》となるだろう。それが判って——それが嫌で——。

　だが。

　いくら言葉の上でプシケを姉と言ってみせても、所詮《しょせん》、自分は、プシケといういけにえなしにはいられまい。

　それもまた、判ってしまう。

　そしてまた——もっと大きないけにえ、最大のいけにえ——あのひと。

　白い花の中で、あのひとが泣きわめく。泣いて、許しをこい、カトゥサを探し、転んで、草の刺《とげ》が皮膚を切り裂く。

　あのひとをそういう目にあわせたくなかったから、カトゥサは野心というものをまったく持たずにきた。あのひとをそういう目にあわせてしまうに違いない自分が怖くてたまらなかったから、みずからを王立学院の中に閉じ込めて、一生日のあたる処には出るまいと思っていた。

が、《運命《ディア》》はめぐり、《運命《ディア》》はめぐって……。

　今なら判るような気がする。『　　　』のことが。

昔、そして今も、夢の中で言いたかったことが。

　あのひとは僕を憎んでいた。僕のことを、いたぶり尽くさずにはおれない程、僕を憎んでいた。

　あのひとは僕を愛していた。僕のことをいたぶり尽くさずにはおれない程、僕を愛していた。

　それは、判る。それは、確かだ。

　でも……。

『　　　』。

　そうだ。あの、白い花の中での狂態には、もう一つ、理由があった筈なのだ。現実でも、夢の中でも判らなかったそれが、今、少し判ってきたような気がする。

　僕は、あのひとと同じくらい、弱いのだ。——いや、あのひとも僕も同じくらい弱かったのだと言うべきだろうか。

『　　　』。

　同じ理由で、僕はあのひとをいけにえの祭壇にあげるだろう。そして、プシケも。

『　　』。それが何だか、もう判っているのに、どうしても言葉にできない。

そして、くりひろげられる、イメージ――。

あのひとを水晶の間《ま》に閉じ込める。水晶の間の壁にかけてある仮面のうちのいくつかの目はくり抜かれており、他の部屋からののぞき穴になっているのだ。

水晶の間で、香《こう》を焚《た》く。たとえば幻覚をおこさせるような種類の。すると、壁にかけられた魔物達がよみがえり、うごめくのだ。たとえばディストーマが、たとえばイノーガルが。

イノーガルに襲われる幻におびえるあのひとの姿をのぞき穴から見て。自分はその時、どんな気分を味わうのであろうか。喉《のど》の奥を胃の腑《ふ》へ向かって流れてゆく蒸留酒の味、まだ飲んだことのないその酒の味、酒にはやたらと弱くて、とても飲めはしないと思うのに、でも、その時自分は飲むに違いない蒸留酒の味、それを、カトゥサの舌は、すでに知っている。日毎夜毎《ひごとよごと》に夢みてきた味。日毎夜毎に脅《おび》えてきた味。

あのひとが僕にしたことを。今度は僕があのひとに対してすることになるだろう。それはもう、ほとんど確定的なことに思える。

あのひとの。

ばたん。

考えながら、いきおいよく、扉を開けた。外はいつにない上天気で、ぎらぎらとした、遠慮会釈《えんりょえしゃく》のない陽光が、カトゥサの目を射た。

知らず、カトゥサは泣いていた。

☆

ばたん。

ばたばたばた……ばたん！

その音は、思いの他大きく、プシケの耳に届いた。その音――カトゥサが、荒っぽく扉を開け、荒っぽく廊下を歩き、そしてまた荒っぽく正面玄関の扉を開けた音。

何でカトゥサ様は急にヒステリックになったのかしら。

プシケの感情の表面は、その謎《なぞ》のカトゥサの行動をいぶかしんでいたが、しかし、プシケの感情の奥底では、カトゥサの突然の変化の理由は判っていた。

カトゥサには、今、必要なのだ。誰にも邪魔されず、おのが運命、そしてディアナの運命について、泣く為の場所が。もう先刻から、カトゥサ、大声で泣き出したいのを我慢し尽くしていたのだ。そう、カトゥサに王家の誇りがなかったら、使者の前でおいおいと泣き出してしまったに違いない。それを王家の誇り故《ゆえ》に、使者の前で我慢をし、プシケの前で我慢をし……。

と。そこまで考えて、プシケ、異様な程の同情が、自分の中に湧《わ》き上がってくるのを感じる。

わたしの前で我慢して？

そんなことがあっていいのだろうか。わたしが——このプシケ、パミュラの娘、カトゥサ様の乳姉弟が、そんなことを許していいのだろうか？　お可哀想《かわいそう》なカトゥサ様の味方になれるのは、この世の中でわたしプシケとその母パミュラの二人だけ。だとしたら——カトゥサ様が、わたしの前で、自分の感情をおし殺す様《さま》など——認めていい訳はない。

　妾妃——あんまりいい言葉ではないけれど。

　妾妃——かといって女官がその主人に望むには、あまりといえばあまりな程だいそれた言葉ではあるのだけれど。

　妾妃——。

　論理だって考えることはできなくとも、感情で、プシケにはそれが判ってしまった。

　わたしはいつかカトゥサ様の妾妃となる。そしてカトゥサ様はそれを決していいことだとは思いはしない。でも——そうせざるを得ないのだ。だから、今日、だから、この運命の日、逆説的に、カトゥサ様はわたしのことを《義姉》と呼んでくれたのだ。生涯わたしをそう呼べないことを知っていたから……。

　だとすると。でも。

　カトゥサの愛情。ディアナの愛情。その二者の、驚く程似た、あるいは同質といっていいかも知れない程の、ある、ひねくれた感情のあり方を考えると。わたしは、史上稀《まれ》に見る程の不幸な妾妃となるだろう。カトゥサ様が、あれだけディアナ様に愛されながらも、普通の目からみれば、史上稀に見る程の不幸な子供であったように。

　わたしは、カトゥサ様に、それこそ歴史に名が残る程愛され——しかるが故に、歴史に名を残す程、不幸な妾妃となるだろう。何故ならば、カトゥサ様の、ディアナ様の、あのひと達における愛情というものが……。

　でも。これがわたしの《運命《ディア》》なのだ。

　プシケは、いつ知らず、泣いていた。カトゥサの身のまわりの物、数日東の館に滞在するのに必要最低限のものをかき集めながら。

　泣いていた。

　自分の《運命《ディア》》を知ってそののちも、《運命《ディア》》にあたることなく、ただ、ただひたすら、一つのことを思って。

　カトゥサ様が、可哀想だ。

　もしくは。

　可哀想なカトゥサ様に、その一生を捧げることになるであろう、自分が可哀想だ。

　めぐる悪夢、めぐる《運命《ディア》》、めぐる悪夢。

　ディアナ様はカトゥサ様を愛してらして、それはそれは愛してらして、だからカトゥサ様をいたぶり、追い詰め、圧迫し、いためつけ……。

　カトゥサ様はいずれわたしに心を開いて下さるだろう。わたしのことを、愛し、慕《した》い、いたぶり、なじり、追い詰め、傷つけ……。

誰が悪いのでもない。ディアナに悪意があって、悪意がカトゥサを苛《いじ》めたのではない。愛するが故に、ディアナはカトゥサを苛めつくさずにはいられなかったのだし、そして多分、これから起きるに違いないことも、そうなのだろう。逆も、また、真であるのだ。

誰が悪いのでもない。悪意を抱いているひとなぞ、いない。だから余計、すべてが禍々《まがまが》しく、すべてが哀《かな》しいのだ。

大粒の涙が、カトゥサの愛用する石板の上に落ちた。プシケはいそいでそれを拭《ぬぐ》おうとして、あたりに手頃な布がないことに気づいた。あせったプシケは、自分のスカートのすそで涙を拭い、スカートには大きく、うすい汚れた白いしみがついた。

それを見て、プシケの心の中で、何かぷつんと切れた。しみ。大きなしみ。スカートについた、しみ。それが――おろしたてのスカート、やわらかな布地にくっきりとついたしみが、今後の、自分の姿を予見しているように思われて。

プシケはもはや何も考えず、作業の手をとめ、ひたすら泣き始めた。

☆

装飾庭園には、生け垣動物がいる。針葉樹《しんようじゅ》の枝をきれいにかりこんで作ったキリアが二頭――これは、何とか形がつくのに十五年かかったそうだ――、オーガルの親子、雪ウサギの群、広葉樹でつくられたタケは、今は無残に葉が落ちていて、ちょっと見には、何が何だか判らなくなってしまっている。

ちょっと見には、何が何だか判らなくなってしまっている。そういう意味では、この庭園自体、そうなりかけていると言えよう。もともとが、学院に生け垣動物なぞ必要なかったのだし、そもそもこんな学院の中心部からはずれた処では、訪《おと》なう人も滅多《めった》にいない。それに夜、まったくあかりがない処で、生け垣動物の群にでくわすと、それはどうも心臓に悪いことのように思われる。そういう理由があいまって、今年の夏から、ここには庭師がはいっていないのだ。故に、すでにキリアの背中部分は、不自然な程、もりあがってしまっている。

庭師がはいっていない。滅多に訪れる人もない。

以上二つの理由から、ここはカトゥサのお気にいりの場所であった。他人がやってくる心配がないというのは嬉しいことだったし、また、この種のものはカトゥサにとって、夜中にでくわしても、怖ろしいというよりはむしろ、なつかしいものであったので。

カトゥサが生まれ育った白い花の館。幼い頃は、他に比較するものがなかったから、家というのはああいうものであろうと思っていたのだが、のち、普通の家を知ってから思うと、つくづく、あそこは、異常な家だった。

庭に作られたラビリンス、部屋につくられたラビリンス、家中いたる処にある禍々しいものの仮面、数々のかくし部屋、鏡の間《ま》、かたむいている部屋、黒魔術の祭壇、白魔術の祭壇、特別に作られた動物や人間の体の中のものの模型――。あの館にあった生け垣動物は、もっとずっとなまなましくて、動きださないのが不思議なくらいだった。

今、カトゥサは、その一種なつかしい装飾庭園にずかずかとはいりこんでくると、まず、手近なオーガルをけとばした。カトゥサの腰くらいまでしかない、生け垣動物のオーガルは、すぐ折れるか、葉が散ってしまうに違いなかった。が、カトゥサが非力で、とうに成人に達した男子としては、やたらときゃしゃであった為か、意に反して、オーガルはかすかに揺れてみせただけで――カトゥサの右足に、激痛が走った。

「何だっていうんだ！」

狂ったようにカトゥサ、両手をふりあげると頭上で組み合わせ、逃げることのできないオーガルの頭を直撃する。嫌な音がして、オーガルの頭にあたる部分をささえていた枝が折れ、オーガルはちょうど、頭を地面にすりつけるような恰好《かっこう》になる。――のと、同時に、カトゥサの左のてのひらからひじにかけて、ざっくりと大きな切り傷ができた。

「何で《運命《ディア》》は放っておいてくれないんだ！　何で――何で、ディアなんか！」

血を見たせいで興奮したのか、頭を地面にすりつけたオーガルがちょうど攻撃姿勢をとっているように見えたのが刺激的だったのか、カトゥサは、もうひたすらに荒れ狂った。自分の腕が傷つくのもまったく構わず、とにかくそのオーガルが完全に壊れるまで、狂気のように手足をふりまわして。

「僕は二度と神になんか祈らない！」

カトゥサは泣きながら破壊活動を続けていた。

「僕のたった一つ、生涯にたった一回きりの祈りすら聞き届けてくれない神に、僕は二度と祈らない！」

そしてオーガルが完全に壊れると、今度はカトゥサ、一転して、オーガルの死体にすがりつくようにして、泣き出した。

「僕は……僕は……ここを出たくないんだ。ここにいて、大神官になれば、ずっと、何の権力を持つこともなく、ただ毎日祈るだけの大神官になれば――僕は、お母さまに会うこともなく、お母さまを保護する義務もなく、ただ、静かにお母さまの寿命が尽きる日を待っていられたのに……僕はそうしたかったのに……」

自分で壊してしまったオーガルが、さながら自分の唯一の友人のなきがらであるかのように、オーガルにすがりつき、オーガルに訴えかけるようにして、カトゥサは話し続ける。

「僕はお母さまに会ってはいけないんだ。僕はお母さまより立場が強くなってはいけないいんだ。そんなことになったら――そんなことになったら、僕はお母さまを……」

　オーガルの折れてしまった頭部を、慈《いつく》しむかのように抱き上げ、ほおずりをする。針葉樹の葉がほおに軽いかすり傷をつけることなぞ、まったく頓着《とんちゃく》しない。

「したくないんだ、そんなこと。したくないんだ、僕は。ああ、おまえ、おまえは判ってくれるよね」

　オーガルの頭を抱き締める。青くさい樹液が服に染み込む。

「だけど……そうだ、判っていたんだよ。僕は判っていた」

　一転して宙をにらむ。おそろしい程、うつろな目だった。

「僕はお母さまに会わずに――お母さまと暮らさずに、一生をおえることはおそらくできないだろうってね。そうだ、僕は、そうしたくないって一途《いちず》に思いつめてきたけれど……そして、それは真実なんだけど……でも、心の奥底では、そうしたかったんだ」

　ばしっ。先刻まで、あれ程大事に抱えていたオーガルの頭を、地面にたたきつける。それから、立ち上がると、丁寧に、その形が判らなくなってしまうまで、オーガルの頭をふみつけ、ふみにじった。

「そういうことなんだ」

　もう一回、地面にもぐってしまう程強く、オーガルの頭をふみにじる。

「そういうことなんだ……。僕は、ムール六世なんだよ」

ディアナ　Ⅱ

「あああああ――ああああああああ！」

扉の前まで来て、パミュラは思わず足を止めた。

扉の中、ディアナの私室で、ディアナが泣いている。

身体をもみしぼって、それこそ人間に出し得る、最大の声をあげ、涙を流しながら叫んでいる。それが判《わか》っていて――それをなぐさめようとして――なのに、どうしても、扉の前で二の足を踏んでしまう。

「ああああああああ！　いやああああああああああ」

それはもはや、泣き声には、聞こえなかった。慟哭《どうこく》、いや、そんな言葉ではおいつかない――悲鳴。今、全身全霊をあげて、ディアナは叫んでいる。ディアナは拒否している。現実を、この世の中を、自分の夫、ムール四世が死んだという事実を。

「いやああああ――ああああ」

扉を開けなければ。ディアナをなぐさめなければ。今、そうしないと……。

経験上、そういうことは嫌《いや》という程判っていたのだが、パミュラは、まだ、扉の前で躊躇《ちゅうちょ》していた。ディアナの声は――いつものこととはいえ――あまりにひどく、あまりに凄《すさ》まじく、現実、この世界、その全てを否定しきっていたので、扉を開けるのが怖かったのだ。扉を開けて、ディアナの私室にはいったとたん、ディアナの狂気、ディアナの拒否に、自分が染めあげられてしまいそうな気がして。

「いやあああああ――ああああ」

叫び声と同時に、物音が発生しだす。くぐもった、どおんという音。何か、かたい物同士がぶつかって発生したに違いない音。

「ディアナ様！」

パミュラは慌《あわ》てて扉を開けた。中では、ディアナが、叫びながら、ひたすら自分の頭を机にぶつけていた。

「ディアナ様！　おやめ下さいませ！　危のうございます！　ディアナ様」

パミュラはディアナに駆け寄ると、急いでディアナをうしろから羽交《はが》い締《じ》めにした。

「お願いです、ディアナ様、お願いです！」

ああ、何てことだ。やっぱりわたしはあんな処《ところ》でためらっているべきではなかった。

パミュラは、かたく唇をかみしめる。うすい唇の皮がさけ、血がにじみだし――流れ出すまで。

狂気のディアナは、ごくまれに――たとえば、タケの使者が来た今日のような日に、何か公式の行事をしなければいけない日に――正気に戻るのだ。瞬時、昔の、異様な程かしこく、毅然《きぜん》としたディアナに戻るのだ。

が、そのとりつくろわれた正気は、ほんのわずかの時間しか、もたない。そしてそのあと訪れるのは、夫をなくした未亡人の狂おしい激情。叫び狂ったあげくディアナは、必ず自虐《じぎゃく》的な行動に走る。ムール四世のいない現実に、自分が存在するということが、我慢できなくなるらしいのだ。

「衛兵！　誰か！」

ディアナはパミュラの腕の中で、ひたすらもがく。元来、平常時なら、ディアナをおさえておくのはパミュラにとってそうむずかしいことではない。体格的に平均よりかなり貧弱なディアナには、あまり体力や筋力がないので。だが、ひとたびディアナがみずからの狂った激情に身をまかすと。とてもパミュラだけでは、ディアナの身体をおさえつけてはいられない。

ディアナの私室の刃物はすべて捨てさった。壁も床も、やわらかい布を壁紙がわりにはりめぐらした。とがった物、多少なりとも人を傷つけ得るものは、すべて、捨てさった。だが、小卓を忘れていた自分の落ち度に、パミュラ、はがみをする程苛々《いらいら》しながら、こちらも狂おしく叫ぶ。

「衛兵！　誰か！」

「パミュラ！　おお、パミュラ」

と、パミュラの腕の中で、ふいにディアナの叫びがやみ、羽交い締めにされていたディアナ、無理矢理パミュラの腕をひきはがし、逆にパミュラに抱き付いてきた。

「パミュラ、おおお、パミュラ、お願い、嘘《うそ》よね？　お願い、嘘よね。あの方が――旦那《だんな》様が亡くなっただなんて……」

「ディアナ……様……？」

パミュラ、突然のディアナの変化に対応しきれず――それでも、ぎゅっと、ディアナの細い身体を抱きしめる。

「嘘よね。パミュラ、嘘でしょ？　ね？　言って？」

「ディアナ様……それは……」

「お言い！」

パミュラが口ごもると、急にディアナ、怖ろしい表情をして、今まで抱きついていたパミュラにつかみかかってきた。

「ええい、気のきかない女ね！　お言い！　言いなさい！　旦那様は、お元気でいらっしゃるのよね」

「ディアナ様……」

「お言い！　言えというのに！」

「…………」

「パミュラ、おまえは逆らうのかえ？」

ディアナ、すっとパミュラから離れる。

「おまえはわたしに逆らおうというのかえ？　この、ディアナに、このディアナ・ディア・シシス、この世の中で唯《ただ》一人のディアナに！」

ディアナ・ディア・シシス。ディアナは——どんなにムール四世を愛しているにせよ——せっぱつまると、それでも旧姓を名乗ってしまうのだ。ディアナ・ディア・シシス——シシス王朝の、正当なる末裔《まつえい》。

「わたしは……」

すっと、ディアナ、背筋を伸ばす。目がらんらんと輝きだす。ディアナの、角度によってはいろいろな色に見える瞳は、今やただ一色、燃えているような異様な力を持つ、ダーク・グリーンに染めあげられていた。

「わらわはこの世の中に唯一人のディアナ。この世の中に唯一人の正当な血の裔《すえ》。神の血筋にして、その血の中に、《運命《ディア》》を含むもの。そのわらわに、逆らうのかえ?」

「ディアナ様……その……わたしは、そんな……」

背筋を伸ばしたとたん。ディアナの背が、二センチは伸びたような気が、パミュラは、した。そしてそのまま視線をそらせずにいると——ディアナの背、平均よりずっと小柄だったディアナの身長が、どんどんどんどん伸びてゆくように見え……。

きりっ。

と、パミュラの視界の中で、ディアナ、おかしなことをした。自分の左手、軽く指をまげた左手を、口許《くちもと》へもってゆき——自分の中指、その第一関節の皮膚を、噛《か》んだのだ。きりっと、音がするくらい、強く。

瞳はうつろな三白眼《さんぱくがん》、口許はにやりと笑いをうかべ——そして、唇の端から、したたる血。

それからディアナ、おもいきり首をのけぞらす。パミュラの視界一面にひろがる、白いのど。

ぷっ。

いきおいよく首をもとに戻し、瞬間、ディアナは吐き出す。つばと一緒に、今噛み切られた、みずからの左手の中指の皮を。

「ディアナ様!」

「ごらん!」

ディアナはそんなパミュラの様子にまったく頓着《とんちゃく》せず、強く左手をふる。中指の傷にたまっていた血が、一直線に、ディアナの前の床と、パミュラの服に赤い汚点をつけた。

「ごらん! これが神の血よ! おまえはこの血に逆らおうというのかえ?」

「ディ……ディアナ様、そんな……」

と。ようやくその頃になって、おっとり刀で衛兵達が駆けつける。

「パミュラ様、何事が」

「ディアナ様、パミュラ様?」

「あ、その」

事態が思いもよらない方向へ発展してしまった為《ため》、どうしていいのか判らなくなってしまっているパミュラが口ごもると。より鋭い反応が、ディアナからおこった。

「いやああ、何、この人達は、何！　いや、嫌よ、嫌、よらないで！　あ、パミュラ！」

先程まで胸をはっていたディアナとは思えないような、いかにも心細そうな声。

「何なのパミュラ！　この人達は何？　嫌あ！　パミュラ！」

ディアナは、また、パミュラに抱きつく。

「あ、ディアナ様、あ、あの」

ディアナの気まぐれには慣れているパミュラ、慌てて衛兵達に合図をする。とにかくこの場を出てゆくようにと。

不承不承《ふしょうぶしょう》――というか、何が何だか判らないうちに、衛兵達が退出すると、今度はディアナ、笑い出してしまった。

「うふ……ふふふふふ……」

「ディア……ナ様？」

この人はもはや正気ではないのだ。まともな反応を期待する方がおかしいのだ。パミュラは心の中で何回もこう繰り返して――でも、先刻はあれだけ毅然としていたディアナが、こんな風になってしまうというのが――どうにも哀《かな》しい。

「ふふふふふ……ねえ、不思議？」

「何が、ですか」

パミュラは思わずこう聞いてしまう。

「リュドーサが死んだことよ。ねえ、あの子が死んだのが――あの子が死んだからって、わたしが顔色ひとつ変えなかったのが、そんなに不思議？」

「あ……あの」

「ははっ、ははははは、おかしいわね、おかしいわよ。何が不思議なのよ、どこが不思議なのよ、リュドーサが死んだことの、ねえ？　リュドーサなんて――あの子なんて――所詮《しょせん》、旦那様の影にもなり得なかったような男じゃないの。旦那様が死んだのに――あの、太陽のような旦那様さえおかくれになってしまったのに、リュドーサが、生きていられる訳がないのだわ。ねえ、パミュラ、違って、パミュラ」

「ディアナ様……」

ついにパミュラは、一言こうつぶやくと、その場につっ伏してしまった。出来る限りディアナに気づかれないよう、すすり泣きながら。

ディアナ様。でも、ディアナ様。どうかそんなことをおっしゃらないでくださいませ。たとえそのお手で乳を与えたことがなくとも、たとえそのお手で育《はぐく》んだことがなくとも、リュドーサ様は、ディアナ様の、真実血をわけたお子さまなのですよ。

それは、ディアナ様は、旦那様を愛していらっしゃったのでしょう。意識して、御自分が旦那様を愛していらっしゃると認められない分、無意識の領域で、深く、深く、旦那様を愛していらっしゃったのでしょう。

でも。だからといって、あんまりです。

いくら旦那様を愛していらっしゃったからといって
――それ程愛した旦那様がおなくなりになってしまったからといって――リュドーサ様が死ぬのはあたり前だなんて、どうか、どうかおっしゃらないでくださいませ。

それは確かにリュドーサ様はまだ子供で、旦那様に比べて頼りない処や男らしくない処はあったかも知れませんでも、――でも、ディアナ様、リュドーサ様はあなたの子供なのですよ！

「……パミュラ？　どうしたの？」

すすり泣いているパミュラを気づかうように、ディアナ、右手をのばす。そっとパミュラの背をなぜる。

「ディ……ディアナ様」

「泣いているのね、パミュラ。どうして？　何か哀しいことがあった？」

「何かって」

何かって。ディアナがリュドーサの死を、あたり前だと言ったことが哀しいのだが、ディアナにそう言う訳にもいかない。

「おお……可哀想《かわいそう》ね、パミュラ。何が哀しいの？　おまえが泣いていると、わたしまでが哀しくなるわ。……プシケはどこ？　パミュラ、おまえはプシケがいないからさみしくて泣いているのではなくて？　すぐにプシケを呼びましょうね」

一転してディアナは、まるで頑是《がんぜ》ない子を慰《なぐさ》めるように、優しくパミュラを抱きしめる。

「カトゥサはどこ？　おおかたあの子がプシケを一人じめしているのでしょうよ。みつけたら、またカトゥサをおしおきしてあげますからね。だから、パミュラ、泣かないで。泣かなくていいのよ」

「違うのですよ、ディアナ様。カトゥサ様は王立学院の寮においでです。プシケは、カトゥサ様づきの女官として、王立学院に」

わたしがしっかりしていないといけないのだったわ。

パミュラはそう思いなおすと、できるだけこっそり涙の跡をぬぐって立ち上がった。

「パミュラは泣いてなぞおりませんわ。ええ、本当に。カトゥサ様はとってもよくできたお子様で、パミュラの為にしょっちゅうプシケの消息を教えて下さるのですよ。ですから、パミュラはさみしいことなどありませんわ」

「カトゥサ……が、王立学院に？　おかしいわ。どうして？　あの子はまだ十にもなっていないのに」

ディアナの焦点のあっていない目を見て、パミュラ、むしろ逆に安心する。ディアナは、みずからの、狂った世界に、また無事に帰ることができたのだ。十数年も前、まだ旦那様が健在で、ディアナにとって世の中すべてが平穏であった日々に。

「まあ、いやですわ。ディアナ様。カトゥサ様は十歳におなりになったのですよ」

そう、もう十六年も前に。

「ですから、カトゥサ様が十歳におなりの誕生日に、ムール一族の皆様が集まって、王立学院入学の宴《うたげ》を開いたではありませんか。旦那様は銀オーガルの毛皮だけで作ったマントをお召しになっていて、それはそれはりりしかったじゃありませんか」

「銀オーガルのマント……そうよね、そうよ。嫌だわ、何で忘れていたのだろう。……パミュラ、知ってる？　あのマントの裏地には、わたしがぬいとり刺繍《ししゅう》をしたのよ」

「ええ、ええ、覚えておりますとも。ディアの聖句が、それは見事なかざり文字になっていて」

覚えているも何も。ムール四世の健康、そして強運を祈るディアの聖句を、パミュラはディアナと一月《ひと》がかりで、見事な程美しいかざり文字に図案化したのだ。そしてそんな労作を、表地ではなく裏地にこっそりぬいとり刺繍せざるを得ない程、ディアナはムール四世への愛情を、隠しておかなければならなかったのだ。誰よりもまず――ムール四世に。

「旦那様は本当に銀オーガルの毛皮が似合っていた……。似合うということは、作りがいがあるということよ。ねえ、パミュラ、わたし思ったのだけれど、銀オーガルの毛皮だけで作ったケープレットというのはどうかしらねえ？　お似合いなんじゃないかしら」

「え……ええ、そうですわね」

「きっととってもお似合いになるわ。次の――何か公式の行事までに、旦那様に銀オーガルのケープレットをお作りしておく、というのはどうかしらね？」

「いい……ですわね」

意識だけが十数年の昔にまい戻ってしまったディアナを、できるだけ刺激しないよう、パミュラは適当なあいづちをうつ。

「その時――リュドーサの分も、作っておこうかしら」

「……ディアナ様？」

不思議だ。

今日という日に、リュドーサの名を耳にして、パミュラ、あまりの不思議――もしくは不憫《ふびん》を感じ、思わず反問する。

今日、リュドーサが死んだと聞いて、それではじめてディアナの頭の中にリュドーサという単語がうまれたのか――今先刻聞いた言葉だから、より生々しく脳裏に残っているのか――狂ってしまったあと、狂った状態で、ディアナがリュドーサの名を呼ぶのを聞くのは、初めてだ。

「リュドーサは――あの子は、旦那様に似ているから、旦那様がお似合いになるものは、あの子も似合うと思うのよ。……何でだか、今日は、気になって仕方がないの。何だか――まあ確かにそうなのだけれど――昔からわたしが、あの子をないがしろにしているような気がして」

ディアナ・ディア・ディアス。

血、だ。

狂おしい程、パミュラはそれを意識した。

これは血のなせる業《わざ》に違いない、そうでなければおかしいのだ。

リュドーサ。カトゥサ。

共に、ディアナの実の子であるのに、ディアナの二人に対する意識がまるで違いすぎる。そしてそれは――あるべき姿と、逆なのだ。そう、まさしく血――ディアのせいとしか、思えない。

ディアナの子はディアス。ディアスの子はディアナ。

そういう、血の円環を築いてきた家系の、最後のディアナとして。ディアナは二人の子をうんだ。

リュドーサ――ムール四世を父に持つ子。ディアナの子はディアス、ディアスの子はディアナという原則を無視した子。故《ゆえ》に彼は、実の母に無視され続ける運命を歩んだ。何故《なぜ》ならば、ディアナの子はディアスでなければならないのだから。

そして、カトゥサ。

名目上はムール四世を父とするものの、実際はリール大公の子供。名目上の名はカトゥサであっても、真実ディアスである子供。ディアナにとって、たった一人の息子――ディアス。

「ディアナ様……」

思わずパミュラはディアナに抱きついて、泣き出してしまった。

それは、昔は、ディアナがリール大公に恋こがれたことはあったろう。でも、結婚して以来ずっと、ディアナが愛していたのはムール四世なのだ。カトゥサができてからは、ディアナはリール大公を軽蔑《けいべつ》してさえ、いた。

なのに。ディアナが愛するのはカトゥサであり、ディアナが無視するのはリュドーサなのだ。そしてそれは、血のせい、ディアのせい、運命のせい。

だとしたらこの女《ひと》は、このディアナは、何と、何と可哀想な人なのだろう……。

☆

昔。

ディアナは、王女だった。みずからすすんでムール四世に嫁《か》すまでは、第一王位継承者は、ディアナだった。

今でもはっきり、パミュラは覚えている。初めてディアナに会った時のこと、初めてディアナと二人きりになった時のこと、初めてディアナに怒られた時のこと。

ディアナは、一風変わった方法で、自分のとりまきを選んでいた。自分を無条件にほめる者、彼女がディアナであるというだけで尊敬する者、あがめる者は原則としてとりまきから外し、自分をあまりこころよく思っていない者と、極めて賢い者、そして自分に忠告をしてくれる者達で、とりまきを構成していた。女官達、召使達にしても、そう。ディアナを限りなく尊敬していて、ディアナの言うことなら何でも唯々《いい》諾々《だくだく》と従ってしまう者は、いつまでたっても食堂の係や応接間の係どまりなのに、ディアナに対してあまり忠誠心を持っていないような女官に限って、私室づきや話し相手に抜擢《ばってき》されるのだ。

それはパミュラにとってあまり不思議な行為だったので——忠告をしてくれる者をとりたてるのはまだ判る、が、あきらかにディアナに忠誠心を抱いていないものをとりたてるのは、どうしても理解できない——、女官になって半年目、ディアナの髪をすいている時に、パミュラはそっとそれを聞いてみたのだ。

「それはね、パミュラ、とっても簡単なことなの。毎日、わたしを愛し、わたしを敬《うやま》う人達に囲まれて過ごしていても、とりあえず、わたしには判らないでしょう——わたしのどこが、人に嫌われるのか。わたしを嫌う人達に囲まれていれば、嫌でもそれが判ってくるわ。これが、まず、第一の理由ね。わたしは、今の処、わたしが好かれる理由よりは、わたしが嫌われる理由を知りたい」

「そんな——ディアナ様を嫌っている人なんて、いる訳が」

量が少なく、不健康に細く、からまりやすい——それでもあきれる程輝いて見える、ディアナの金の髪を、そっとそっとすきながら、パミュラは口をはさむ。と、ディアナは鋭い口調で、それを制止する。

「いいこと、パミュラ。お愛想は、言わなくていいの。そういうものを聞きたい時は、心底《しんそこ》そういう風に思っている、うぶな女の子に言わせるから。あなたには、判っている筈よ。宮廷にも、この城の中にも、わたしの女官の中にも、わたしを嫌っている人達がいるって。そしてね、それが二つ目の理由。とげとげしい空気の中にいれば、嫌でも思い知ってしまうでしょう。今が、戦闘状態だってことを」

「戦争……」

確かに今も、そしてはるか昔も、南の国は東の国との、静かな戦争を続けてきた。だが、それとディアナに関係が……。

「戦闘、よ。戦争じゃなくて。そして、戦っているのは、わたしとおじ上——国王よ」

「王様が！　……ですか？」

「そう。今、わたしが死ぬと、おじ上にとってとっても都合がいいでしょうからね。……元来、この国の信仰形態を考えると、わたしを嫌う人がいる筈がないのよ。わたしは現人神《あらひとがみ》なのだから。……なのに、いる。確かに、いる。それも、宮廷の中に、沢山《たくさん》、いる。それは、わたしと敵対する勢力があるからだわ。わたしと敵対する勢力に属する人はわたしを嫌うでしょうし、——そういう人がいるって状態は、神を嫌うっていう、平生《へいぜい》ではなし得ないことを簡単になし得る呼び水になるでしょうしね」

「敵対って……でも、どうして、ですか？　それこそ、神に敵対したって、仕方がないじゃありませんか」

「ところがわたしは人間なのよ。現人神ですからね、神であるのと同時に、人間。人間である以上、敵対する人間というのは、出て来得るものよ。おじ上の王位は、仮の王位、わたしが王冠をつぐまでのつなぎに、あの人は王冠をかぶっている訳でしょう。そして——仮の何かを得た人間って、意外と、それを真の何かにしたくなるみたいね」

「そんな——だって」

ぶちっ。思わずパミュラは手を強くひいてしまい、ディアナの細い毛が数本ちぎれた。が、それにまったく気づきもせずに、パミュラはディアナにくってかかる。

「だって王様は——おそれながら、ディアス様ではあらせられないのですよ！　そして、ディアナ様はディアナ様なのに！」

「人間ってね、慣れるものなの、どんな状態にも。パミュラ、あなただって今、呼んだじゃない、あの人を、王様って。あなただってすでに、あの人がディアスでもないのに王であるという状態に、慣れているじゃない」

「でも——それはあくまで、年齢のみあったディアス様がいらっしゃらない間の仮の王様ですし」

「あなたの二世代前なら、ディアスでもディアナでもない人間を、決して王と呼びはしなかったでしょうよ。そしてもし、わたしが死んだり、わたしが子供のできない体になったりしたら——誰も、あの人が王であることを疑問にも何にも思わなくなるでしょう。だからわたしは、常に緊張していたいし、常に国王の動きを把握《はあく》していたい。……わたしづきの女官の三分の一くらいは、国王の息がかかった人間だって、知ってた？」

今度こそ真実パミュラは驚きの声をあげ、ディアナはそっとパミュラの手首をおさえた。これ以上、髪をちぎられないように。

「でも……それは……だって、そういう論旨《ろんし》から言うと、危ないんじゃないですか？」

「さいわいなことに、あの人は頭がいいのよ」

自分が手首をそっとおさえられたことにも気づかず、ましてやその理由など推測もせず、ひたすら真剣にディアナの身を案じているパミュラを、笑顔でみつめながら、ディアナは続ける。

「今、あたしが毒死して、あの人が王位を動かぬものとしたら、国民の大半の心はあの人から離れていってしまうわ。だから、そういう点に関しては、安心していいの。

さいわいあの人には政治力もあるし、人望もあるし、能力もあるし……だからわたしが殺されることは、ないわ。……はっきりと判る方法、ではね。ちょっとした事故――それも、ごく自然な、起こっても何の不思議もないような事故にだけ、気をつけていればいいの。落馬とか、ね。シャンデリアが落ちてくる、とか、偶然わたしの部屋のバルコニーの手すりが折れる、なんていう、〝いかにも〟って類《たぐい》の事故は、絶対おこらないから。……そうね」

くすっ。ディアナは笑うと、上唇をなめる。

「逆に言うと、あの人の息がかかっている女官の方が、そういう処はむしろ普通の女官より、気を配ってくれるわ。あの人はわたしを確実に始末したいでしょうから――痛くもない腹を探られることになるような事故が、絶対おきないように、それはそれは注意深くわたしを守ってくれるわよ。皮肉なことに、ね」

唖然《あぜん》としながらも、とにかく自分の手がとまっていることに気づいたパミュラが、慌てて仕事を再開しようとするのを、また、そっと、ディアナがとめる。

「それにね――人間って、長時間一緒にいると、結構観察できるものなのよ。どの程度の、どういった類の人間であるのか。するとね、その人間の程度、行為、もしくはしようとしたことから、その人間の裏にいる人間が――あの人が、今、わたしをどうしたいか、どういう方法をとりたいと思っているのか、ある程度、判ってしまうのよ。これは便利な方法だと思わない？　あの人がわたしに放ったスパイを観察することによって、逆にあの人をスパイできるというのは。――人件費も何もかからない、最良にして一番楽な方法だと思うわ」

でも。

ディアナ様が相手を観察できるということは、逆に言えば相手もディアナ様を観察できるということではありませんか？

そう言おうとしてパミュラ、その台詞《せりふ》をのみこむ。どう考えても――観察力、推察力をどちらが多く持っているか、あまりにも明白であったから。

「では、パミュラ、納得したら、また髪をすいてちょうだい。そして、わたしの質問に、答えて。何故あなたは、わたしに今の質問をしようと思ったの？」

「は？」

「あなたの質問は、悪意を持って裏返せば、『ディアナの女官の選び方はおかしい』という抗議にもとれるわよね。あるいは『ディアナをないがしろにするような女官を好んで登用する――ということは、ディアナに気にいられているパミュラは、ディアナに忠誠心を持っていない』と解釈することだって、やればできるわ。なのに、どうして、あえてああいう質問をしたの？　……ああ、そこまでは考えてませんでした、なんて嘘は、言わないでね。あなたは、たいして頭は良くないけれど、そのあたりくらいまでは考える人間よ。それに、わたしの性格を考えて、わたしがそうは考えないだろうと思える程は、頭がよくないし」

「え……ああ、それは簡単です。パミュラはディアナ様が好きだから、ですわ」

ディアナに質問と言われて、どんなにむずかしいことを聞かれるかと思っていたパミュラ、微笑《ほほえ》んで答える。

「このパミュラが好きなディアナ様ならば、そういう意地悪なうけとり方はなさらないと思いました。逆に言うと、もし、そういう意地悪なうけとり方をなさる方なら、それはパミュラの好きなディアナ様ではない、ということです。でしたら、嫌われても怒られても、そんなに苦痛じゃありませんもの」

「パミュラ……」

鏡にうつったディアナ、一瞬絶句する。それから、あきれたように微笑んで。

「本当におまえは莫迦《ばか》なのね。莫迦――ではないか、理解力はあるようだし……。では、純粋だというべきなのかしら。今、自分がどれだけ怖ろしい言葉を言ったのか、判っているの?」

「は?」

「判ってもいないのね。だから可愛《かわい》いわ。……そうね、そんな風にして、人を好きだというだけで信じられたら、人間ってしあわせかも知れないわね。……今、おまえは、わたしを――自分の主《あるじ》を、試したって言ったのよ」

「は? あ! いえ! あの、そういうつもりでは」

「なくて言ったのは判っている。だから怖ろしいっていうのよ。怖ろしいというか、羨《うらや》ましいというか――そういう割り切り方ができるのは、楽しい人生でしょうね」

「あの……申し訳ありません」

「謝らなくていいのよ。わたしはあきれて羨ましがっているだけで、責めているつもりも怒るつもりもないのだから。ただ、わたしは、そういうことはできないから……。わたしは、自分の好きな人を、好きであるという理由だけで信じることはできないでしょうし――信じても、多分、裏切られるでしょう」

後半の台詞は、パミュラに向けて発せられたというよりは、中空の、何もない空間に訴えかけているもののように聞こえた。

「そうね……パミュラ」

ふいにディアナはパミュラの手を払いのけ、鏡の前で、くるりとパミュラの方へ向きを変えた。

「覚えておくといいわ。今、わたしが戦《いく》さのまっ最中だということを。それも、今までとはまったく毛色の違う戦さの最中だということを。……先刻はあんな風に言ったけど、今のわたしには、事故の心配をする必要もないの。何故ならあの人は、もっと効果的に王冠を手にいれる方法を入手したのだから。……わたしは、自分の愛するひとを信じることができない。それはわたしのせいではなくて、わたしの愛する人が、わたしにその人を信じさせてくれないのよ。……いいえ、彼がわたしを愛していることは信じることができる。でも……彼がわたしの戦士となって、あの人と戦ってくれるであろうだなんて、信じることはできない。信じて待っているだけでは、多分、裏切られる。だからわたしは今までとはまったく別の種類の戦さをあの人に挑まなければならない。……今まで、まだわたしが頑是ない子供だった頃、わたしを毒殺や刺殺から守ってくれた、あの人の知恵、政治力、人望、そのすべてが今度はわたしにとって不利になる。考えようによっては、絶望的な戦さになるだろうと思う。でも、わたしは勝たなければならないのだし——わたしは、勝つわ。何故ならばわたしは、この世で唯一人のディアナなのだから」

「……は？」

くるり。ディアナはそれだけの長台詞を一気にしゃべってしまうと、また体の向きを変え、鏡の中の自分に見入った。

「あの……」

「続けて、パミュラ。ああ、今日は髪をゆうのにひどく時間がかかってしまった……。だから、急いで」

「あの、ディアナ様、今のは」

「聞いてくれてありがとう。でも、質問は、一日に一つよ。前にそう言ったでしょ。同じことを二度言わせないでね」

鏡の中のディアナには、とりつくしまもなかった。

☆

昔。ディアナがまだディアナ・ディア・シシスであった頃。彼女は自分のおじ、当時の国王を相手にして、絶望的な闘いを挑んでいた。いろいろな意味で、ディアナにとって、それは絶望的な闘いであるといえた。

まず、持ち駒の少なさ。ディアナの持っている駒の数は、たったの二つで——そのうち一つ、ディアナの血筋が、ことこの手の闘いにおいては絶対的な強みを持つ駒であることを計算にいれても、それは圧倒的な駒不足であった。（そしてまた、二つ目の駒に、まったく信頼がおけないというのも、不利な条件であることは確かだった。）

それから、能力差。

ディアナのおじ、現国王のカイオスは、それなりに立派な王ではあったのだ。王としての能力を単純に問題にするのならば、ディアナの父——前王——より、はるかにすぐれた、王に適した人物であった。

政治力。人の心を統《す》べる能力。バランス感覚。発言力。腹芸のつかい方。

それらすべてが、カイオス王にはそなわっていたのだ。あまりにも純粋すぎる血、究極の純血のみを追求した聖王家の人間の、持ってうまれた奇矯《ききょう》さと比べると、一般常識人であったカイオス王の方が、むしろ王に適していると言わざるを得なかった。

ディアナは時々考えたものだ。

わたしは、カイオス王——おじ上に、王位を渡したきりにしておく訳にはいかない。いつの日か必ず、王位を、自分、もしくは自分の子供にとり戻さなければならない。ずっとそう信じて成長してきた。そして、今でもそれを信じている——それだけが、わたしのよりどころとなっている。

が、しかし。

真に民衆のことを考えた場合、どちらが本当に正しいのであろうか。

王家の血として正しいのは、わたし、もしくはわたしの子供の方だ。代々うけつがれてきた血のみを問題として、王位をうけ渡していったこの国の歴史を考えると、真に正しい王は、わたしかその子供か、どちらかであることはあきらかだ。

が。血筋という問題はおいておいて、能力という面にだけ、論点をしぼれば。

王としての能力、どちらが王になった方が民衆にとってしあわせかという面だけで考えると——無条件にカイオス王の方に旗があがるだろう。

だとすると、わたしの闘いはそもそも正しいものなのだろうか？　わたしは——血が、血統が正しいというだけで、何の力もなく王座にあがってよいのだろうか？

が、哀しい程ディアナには時間がなかった。十歳を越え、ようやくおのが意志どおりに体を動かすことができるようになったディアナは、たとえ何もしなくとも、カイオス王にとっては脅威《きょうい》であったらしい。（あるいは、カイオス派の人々にとって、だ。ディアナが、個人的にはカイオス王の能力を評価しているように、カイオス王もまた、ディアナにもっと別の、叔父《おじ》と姪《めい》らしい感情を持っているのかも知れなかった。が、ディアナが歩けるようになると、本人達の意志は別にして、宮廷の中には、カイオス派、ディアナ派ができてしまっていた。）

故にディアナは、自分の意志で行動できるようになるとほぼ同時に、カイオス派の息のかかった女官の許《もと》で育てられることになり——それは、ディアナに、カイオス王に対する意味のない復讐《ふくしゅう》心を抱かせることになった。

かくて、ディアナは、実のおじを相手に闘いを挑まなければならなくなる。その闘いの正当性に疑問を持ちながらも、能力的にはあきらかに自分よりすぐれているカイオス王に、血筋と、そしてもう一つの駒だけを頼りにして。

絶望的な闘いを強《し》いられたディアナには、更《さら》にもう一つ、不利な条件があった。人々の慣れである。

人間——普通の人間は、おそろしい程素早く、現在の環境に慣れてしまうのだ。

現に、たとえば。

前王の治世の時に中年以上だった者は、今でもがんとしてカイオス王を国王としては認めていない。公式の場でこそ王と呼んではいても、彼らがカイオス王に対して下している評価は、あくまでも王の代理の者にしかすぎない。そしてそれが、綿々と続いてきた、南の国聖王家に対する、正しい接し方なのだ。

が。

前王の治世の時、青年以下だったもの、とりわけここ十数年、カイオス王の治世下でうまれた者にとっては。カイオス王は、正真正銘《しょうしんしょうめい》、南の国の聖王なのだ。

彼らとて、歴史的に南の国聖王家がどういうものであったのか、知らぬ筈はない。が、彼らの時代には、すでに正しい聖王ではない王というものが存在していたのだから——一度、おもてだって破られてしまったタブーは、もはや禁忌としての呪術《じゅじゅつ》的な効果を持ち得ない。まして、カイオス王の治世が、ここ数十年なかった程の安定と幸福を民衆に与えてくれるものであるなら、血筋などという、目に見えない、どうせ真実の処は血筋を守っていると称する本人以外には判らないものをありがたがる必要はないのではないか。


若い民衆の多数が、口にこそださないものの、そう思い始めているということを、ディアナは肌で知っていた。

そしてその傾向——カイオスが国王であるということへの慣れ——は、この先、増大することはあっても、減少することはないのだ。カイオス治世下でうまれた民は増えてゆき続け、前王、ディアス治世下でうまれた民は減ってゆく。

それがディアナにとって不利な条件であることは、言うまでもない。

これが他の王家であったなら。

かなわぬ——むしろ、それを願うということは、みずからの血の優位性を証明する時、完全に矛盾《むじゅん》する——ことであると知りながら、時々、ディアナはこう思わずにはいられなかった。

もし、他の王家——王も、民も、同じように年をとり、大体同じ年齢で寿命が尽きる王家であったなら。ならばこんなに刻々と、時をきざむ砂時計の砂が落ちてゆくのを見るような気分で、民衆が変わってゆくことを心配する必要もなかったろうに。

わたしの民が、父のことを覚えていてくれる、今まで、綿々と、数百年の長きにわたって培《つちか》ってきた王家の聖なる血のことを覚えていてくれるわたしの民が、せめてもう少し長命でいてくれたなら。

時々ディアナはそう願わずにはいられなくなり——ま

た、すぐにその願いを取り消さなければならなかった。

　何故なら、ディアナを窮地に追い込んだ、王家の長命こそが、《高貴なる血の、その最も高貴なるもの《ディアナ・ディア・ディアス》》を保証する、ディアナのたった一つのよりどころであったのだから。

　ティーク様。

　当時、まだ十八歳であったディアナの祈りは、しばしばその名でしめくくられた。

　ティーク様。

　どうかディアナにお力を。どうか、ディアナにお力を。どうかディアナに……。

　カイオス王がごりおしさえしなければ——そして、ティークという人間がいる限り、そこまでひどいごりおしを、カイオス王がしてこないことをディアナは知っていた——ティークこそが、ディアナにとっての切札だった。ティーク・ディア・リール。リール聖大公家の人間。

　彼が、ディアナの持っている二つ目の駒だった。血筋と、そして、ティークの心。

　たったこの二つを武器にして、若いディアナはカイオス王に対して、孤立無援の闘いを挑まなければならなかったのだ……。

ディア Ⅱ

　ディアナ・ディア・シシスとティーク・ディア・リールの恋。

　王女ディアナと大公の子息ティークとの恋。

　これは、のちのち、ずいぶん長い間、吟遊《ぎんゆう》詩人の生計をまかなう歌となった。考えようによっては、それは実に悲劇的で、若い娘の涙をしぼらせるのに最適の物語であったといえる。

　が、それもすべては詩人達の脚色があってのこと。

　実際のこの二人の恋は、恋情よりは政治、愛よりは力が勝った、きわめて政治的なものとして終わってしまった。

　それでも、この二人に対して正当にのぞむつもりならば。

　物語は最初から語りおこされなければならぬであろう。一番最初——まだ、二人の間に〝政治〟なぞというものが横たわらずに済んだ、単純に、お互いがお互いに恋することができた、ディアナ十二の夜会から。

☆

　ディアナの誕生日は——のち、ディアナが自分の意志でムール四世へ嫁《とつ》ぐまで——国の祭典であった。何故《なぜ》ならば、その頃まで（たとえ、水面下で、カイオス王がどのような策略をくりひろげていたとしても）、ディアナは、のちの女王であり、いずれこの国を継ぐ者であったのだから。

　それでも、ディアナにとって、九歳までは、その祭典は苦痛——もしくは、ない方がよいもの——でしか、なかった。何故なら、ディアナは十歳近くになるまで、自分の意志で自分の体を動かすことがほとんどできず、その祭典は、いたずらに、ディアナのそういった劣った肉体的特徴を強調する以外の効果がなかったのだから。（であるが故《ゆえ》に、カイオス王は、こういう祭典を思い付いたのだという風評は、カイオス王治世下ずっと、アンダーグラウンドで流れ続けた。）

が。十歳をすぎると、ディアナはようやく、自分の力で自分の体を動かし、自分の動きたいように動けるようになる。（とはいっても、平均的な十歳児の運動能力に較《くら》べ、それはあきれる程劣ったものではあったが。）

　おそらく、カイオス王の予定には、こういった事態——ディアナが、自分の意志で動けるようになること——は、含まれていなかったと思われる。ディアナが赤ん坊であった時代、幼少時、共に医師団は表明し続けてきたのだから。おそらく、ディアナ姫は、生涯自分の力だけで動けるようにはなりますまい、と。

が、いくら予定にない程ディアナの運動能力が向上したからといって、過去ずっと催《もよお》していた祭典を、急にとりやめにする訳には、勿論《もちろん》ゆかない。そこで、カイオス王は、比較的注意深く、ディアナの誕生パーティで、ディアナを孤立させる策をとった。すなわち、主にカイオス派の者達の集まるグループの中心に、ディアナをすえたのである。

　故に、自分の十二回目の誕生日であってもディアナには話し相手がろくにいなかった。いや、状況としては、もう少し悪いといえるかもしれない。ディアナのまわりに集まった人々は、まず儀礼的にディアナに誕生日のお祝いを言い——ついで、完全にディアナを無視したのだから。

　そんな中で。ディアナは、ティークに出会った。

ティークは、左の聖大公リール家の次男で、リール大公に連れられてパーティに出席していたのだ。当時ティークは十六歳、成人に達した年であり、そのパーティが、ティークの社交界へのデビューだった。

「ディアナ様」

　それでも、形ばかりは恭《うやうや》しく、当時のリール大公は、ディアナの前でお辞儀《じぎ》をしてみせた。形ばかりの——リール大公は、並みいる貴族達の中で、まっ先にカイオス王と手を結んだ大公として有名だった。

「これがうちの次男——ティークです。お目にかけるのは初めての筈《はず》ですな、今年社交界入りしたばかりなので」

父・リール大公がこう言いながらティークの背を押したので、はなはだ不承不承《ふしょうぶしょう》といった感じで、ティークはディアナの前に進みでた。場の中心たる王座には、勿論カイオス王が座っていたのだが、ディアナの席もまた、略式ではあるものの王座をかたどったものなので、ティークは、つい、ディアナの前にひざまずいてしまい、ディアナの手をとった。

「ディアナ・ディア・シシス様――ティーク・ディア・リールです。以後、お見知りおきを願いたいと存じます」

ざわめきがひろがった。ティークのうしろで、リール大公はわざと聞こえるように舌打ちをした。ディアナは一瞬、目をみひらいた。そして、ティークは、ふいに襲ってきた不安に、不作法にならない程度にあたりを見回した。ティークも、おぼろげながら、自分のとった行動が場のざわめきを呼んだのだということは理解できたのだが――では、それが何故かということになると、とんと理解できなかったので。不作法なことはしていない筈だ、他の連中がそうするのを見て、で、それを真似《まね》した筈なのだから。

「ありがとう」

妙な――何とも表現しようのない感動が、ディアナの背をつらぬき、ディアナはティークに声をかけた。何となれば、ティークにより、はじめて、ディアナは女王として扱われたのだから。（下級貴族は、王族に挨拶《あいさつ》する時、ひざまずいて、その手をとる。が、仮にも大公家の人間ともあろう者が、そういう行動をとるのは、相手が国王の時だけに限られているのだ。まして、ティークはリール大公家の者――大公の中で最も王に近いもの、左の聖大公家の者である。すなわちティークは、自分の家の格式を忘れ、つい他の下級貴族の行動を真似してしまったのである。そのことに、その場に居《い》あわせた、ティーク以外の全員が気づき、そののち、大公家の者は、ディアナに対して、女王に対する礼以下の行動はとれなくなってしまった。左の聖大公家が、ディアナを女王として扱ったのだから、それ以下の大公家が、そうしないわけにはいかない道理である。）

「は？　あの……」

ティークは、真剣に、あせりだした。ディアナが臣下の礼をとる者に声をかけたのはこれが初めてで――であるが故に、ティークは本気で不安になってしまったのだ。自分は一体、どのような間違いをしでかしてしまったのだろうかと。

「でもね、《あなた》《ディア》」

ほとんど骨に皮をまとうばかりという体で、それでもできる限り、ディアナは優しい微笑をうかべていう。

《あなた》《ディア》。この呼び掛けは、ディアナに対して女王に対する礼をとってくれたティークへのディアナの精一杯の感謝の印であり（王族が、王族以外の者へ《あなた》《ディア》という呼び掛けをするのは、極めて稀《まれ》である――これは、王族間で、親愛の情を表す時にのみ、もちいられる表現であるので――）、同時に、そこかしこでまた、驚きのざわめきが生まれた。

　それからディアナ、でき得る限り声をひそめて。

「でもね、《あなた》《ディア》。《あなた》《ディア》が今した礼は、本来ならば、あなたの家の格式を考えると、国王以外にとってはいけない礼なのよ」

　あ。

　ディアナに言われてようやく自分の間違いに気づいたティーク、まっ青《さお》になる。

「では、《あなた》《ディア》」

　気を落ち着けるよう、ティークにむかって目くばせしながら、ディアナ、今度はあたりの人々によく聞こえるような声で言う。

「あなたの今のとんでもないジョークのお礼に、約束をしましょうね。いつか、もし、わたしがこの国の女王になったら」

　カイオスの側近が、はっと息を飲む気配。

「その時は、ティーク、あなたを第一の家臣として、必ずとりあげましょうね」

　今度は、カイオス王の側近だけでなく、あたりにいた人々すべてが息をのみ――場は、水をうったようにしんと静まりかえる。

「なんて、ね。こんなことは、国王陛下が御健在でいらっしゃるが故に言えるジョークね。国王陛下のお健《すこ》やかなることと――そえものとはいうものの、わたしの十二歳の誕生日を皆様が楽しんでくださることを――祈って！」

　この台詞《せりふ》と同時に、ディアナはグラスを持った右手を軽くあげてみせる。それは、乾杯のジェスチャー。と。

「乾杯！」

「乾杯！」

「乾杯！」

　やたらと高まっていたあたりの緊張は、ディアナのこの動作によってやっととける。そして、期せずしておこる、『乾杯』の叫び。

「おいおい、そえものだなどとは酔狂なことを。この者達も、国民も、みなおまえの誕生日を心から祝っているというのに」

　ゆきがかり上、どうしようもなくなり、『乾杯』の叫びの間にカイオス王が茶々をいれる。

「では、今一度、我々の、南の国のいたずら好きの妖精の為《ため》に。乾杯！」

　表面だけ見れば、とても仲のよい叔父《おじ》と姪《めい》。再びわきあがる『乾杯』の声の中で、ティーク、注目がそれたのを機に、そそくさと父のうしろへひっこもうとする。と、そんな彼の動きを目の端でとらえてでもいたのか、国王はリール大公に声をかける。

「リール大公よ、今年社交界にデビューしたという、おまえの息子は、何か特技はないのかね？」

「特技……ですか？」

リール大公は、ちょっと困ったような顔をして、それから苦虫《にがむし》を噛《か》みつぶしたような表情になり、こう言った。

「ティークは……その……武術その他は、その……あまりうまいとは言いにくいのです。ただ、こいつは、キルートであるとか……音楽とか、詩の方面では、まあ、ちょっとした才能がないとはいいませんが」

「ほう、音楽か。できるものなら聞かせてもらいたいものだ」

「いえそんな」

慌《あわ》てたのはティークだった。それは確かに、この場で剣の技を披露《ひろう》しろ、と言われるのに較べれば、楽器の演奏の方がどれだけ得意だか知れないが、かといって、自分の演奏が、人に聞かせ得るレベルのものであるとは、彼はこれっぽっちも思っていなかったので。

「これからの貴族は、武術だけでなく、芸術など、いろいろな方面に才能があることが望ましい。若い新しい才能が、いろいろな方面へ伸びてゆくのは、素晴らしいことだ」

ティークの苦衷《くちゅう》も知らぬげに、カイオス王はこう続ける。カイオス王のこの台詞には、二つの意図があった。

一つは、ついうっかりとはいえ、ディアナに対して国王に対する礼をとってしまったティークへのこらしめの意図。この青年が、心底《しんそこ》内気で人前で何かをするのが苦手であるらしいと見抜いた王は、ティークへのちょっとした罰のつもりで、ティークに演奏を強要するつもりだった。

そして、二つめは、下座《しもざ》にひかえている、ムール四世への皮肉。ムール四世が、武術以外は何もできない人間であるということは周知の事実だったので、彼に対するちょっとしたあてこすりも含んでいた。

「一番得意なのは何だ？　キルートでも、シオンでも、すぐに上等な奴を持ってこさせよう」

面とむかって王にここまで言われると、ティークとしても、もう演奏をせずに済ませる手段を思いつけなかった。なので仕方なしに、できるだけ小声でつぶやくように言う。

「では、キルートをおかし下さい。……本当に、人様にお聞かせできるようなものではないのですが……」

「なに、楽師とは違うのだから、特別に上手な演奏、驚くような技巧がある必要はないのだよ。ただ、長年左の聖大公家に流れてきた、品《ひん》のある、真の貴族の血を感じさせてくれる演奏であればよいのだよ」

　王はこう言いながら、ちらっとムール四世の顔を眺めた。ゆったりと構えた表情の奥で、ムール四世がかすかに苦笑しているような気配が感じられる。

　これであからさまに頬《ほお》をひきつらせているのならば、まだ可愛気《かわいげ》というものもあるだろうに、あくまでも悠然としている。どうも気に喰わぬ奴だ。

　王は、そう思うと、かすかに首を振った。

☆

　当時の宮廷において。出世頭、台風の目、成り上がりといえば、それはすべてムール四世・南の国第一将軍のことを指していた。

　ムール三世までは、ムール家は、将軍ですらなく、単なる東方の一領主にすぎなかったのだ。それが四世になってからというもの、あっという間に将軍になり、東方守備軍の要《かなめ》となり、ついには南の国第一将軍となった。南の国の、短くはない歴史をひもといてみても、彼程短期間に、彼程出世した男はいなかった。

　ひとつには、時代がよかったのである。東と南の国境が、それまでどおり平穏なものであったなら、彼のような人物には出番がなかったろうが、ちょうどその時機、東の国にはワンスという傑出した英雄がでていた。そのワンスにより、おしまくられていた南の国の国境線を、何とか死守したのがムール四世なのである。

　国王、そして貴族達は、最初のうち、ずっとムール四世に感謝していた。彼を救世主のように扱っていたと言ってもよい。だからこそ、彼は破格の出世をとげたのだし、また、彼がもしいなかったら、二国間の地図は、書き換えを余儀なくされていただろう。

　が。やがて古い貴族達にとって、ムール四世の存在は、ただありがたいだけのものではなくなってきた。力のバランスが、崩れ出してきたのである。まったく《尊い血《ディア》》をもたない下級貴族であるムール四世の力が、どう考えても強くなりすぎたのだ。国境の警備を一手にひきうけているムール四世の軍は、万一彼がその気になったら、王宮を守っている軍隊を蹴散《けち》らかしてもなお余りがあるだろう。

　王、そして、貴族達は、困った。悩んだ。まったく《尊い血《ディア》》をひかない将軍風情《ふぜい》に、一国を覆《くつがえ》すことも可能な程の武力があるというのは問題だ。が、また、別の問題として、ワンスに拮抗《きっこう》できるのがムール四世しかいない以上、彼から地位や軍備を剝奪《はくだつ》することもできかねる。

　そして。今や、ムール四世は、遠回しに、あることを要求しだしたのである。すなわち、《尊い血《ディア》》をひく姫を、嫁に欲しいと。

　ただ一つの問題をのぞいて、それは古い貴族達にとって、喜ばしい提案であった。《尊い血《ディア》》を引く姫は、その血が濃ければ濃い程、王族、大貴族と、複雑な親戚関係にいる筈であった。そういう血筋の者をムール四世に与え、王族、大貴族がムール四世と親戚関係になってしまえば、彼による謀叛《むほん》は、起こる確率が低くなる。

また《尊い血《ディア》》をひく姫は、一般に大層賢く、結婚したのちも夫の操り方がたくみであったので、ムール四世に嫁ぐ姫にその点をよく含めておけば、ムール四世が王宮に反旗をひるがえす可能性は、ほぼなくなるであろうと思われた。

ただ。たった一つの問題として、仮にも王族や大貴族に連なる血の持ち主は、誰一人として、自分の娘をムール四世のような田舎《いなか》の領主に嫁がせることにうべなわなかったし、自分が《尊い血《ディア》》をひいているという自覚のある姫は、誰一人として、そんな田舎領主の許《もと》へ嫁ぎたくなかったのだ――。

☆

あくまでおどおどしていたティークだったが、それでもキルートを手にとると、腹がすわったのか、目に見えて顔色がよくなった。ためしにちょっと息をいれてみた処《ところ》、与えられたキルートがこよなく良い音色をひびかせた為かも知れない。

キルートというのは、キリアという獣の牙《きば》で作られた、横笛の一種である。高音部が極めてよく通る、透《す》き通った音色であることが特徴なのだが、大方《おおかた》の場合、その特徴はひきだされないままに終わる。誰でも息を吹き込みさえすれば、一応音を出せる楽器なのだが、きれいに高音部を鳴らす為には、特殊な技術が必要なのだ。そういう意味では、一応の演奏は誰にでもできる簡単な楽器であり、ちゃんとした演奏は余程《よほど》の腕がないとできない、むずかしい楽器である。

「これはいい――素晴らしいキルートですね」

とりあえず音階をだしてみて。ティークは、ため息まじりにつぶやいた。

「高音部がとってもなめらかに出る。こんなによいキルートを吹かせてもらうのははじめてです」

その台詞を聞くと、今度は国王がため息まじりに言った。

「楽器よりも――おまえは素晴らしい奏者だな、ティーク殿《どの》。よろしければ、一曲おえたあとで、そのキルートを差し上げよう。良い楽器は良い奏者にめぐりあってこそ、価値がでるというものだ」

まだ何のメロディも吹いていない段階で。それでも、その場にいた、音楽を聴く耳を持ち合わせている者は全員、ティークには音楽に対する天賦《てんぷ》の才能があることを認めていた。これほど澄《す》み切ったキルートの高音部を聞くのは、大方の者にとって初体験であり、過半数の者は、キルートという楽器に対して持っていたイメージを変えねばならぬ程だった。

「いえ……そんな……」

とか、何とか。気弱なティークは、口の中で王への謙《けん》遜《そん》の言葉をつむぎだそうとして、それすらかなわず、仕方なしにキルートに唇をあてる。

そして。魔法のゆうべがはじまった。

☆

しんねりと。まず、低音部でゆるやかなメロディが奏《かな》でられる。それは深い海の底で、かすかな潮流が、あきることもなく、繰り返し繰り返したゆたうようなメロディで、ほんの少しずつ高さを変えた、無限に続くような、リフレインの渦だった。

それは少しずつ、少しずつ、音域を上げて繰り返される。そして、ほんのわずか、装飾音符を増やしてゆき……。

そして、いつしか、誰もそれに気がつかないうちに、メロディは中音部まで上がってきており——それにつれ、装飾音は飛躍的に増え……。

寄せる波、返す波、寄せる波、返す波。中音部に達してからは、メロディラインにはわずかながら変化があるものの、しばらく同じフレーズが繰り返された。寄せる波、返す波、居心地《いごこち》のよい海のような曲。

そしてその頃には。おくればせながら、うっとりと曲に聞き惚《ほ》れていた者全員が、気づくような構成になっているのだ。オープニングの時は、どちらかというと簡単な、とりたてて技巧というものを必要としていなかったメロディラインが、今や、超絶的とでもいえる技巧を必要とするようなものに変わっていることに。

と。唐突《とうとつ》に、それまでのリフレインを主とした曲想が変わる。一転してティークの唇からひびきわたったのは、キルートで出しうる、ほとんど最高部の音。

空気を切り裂くように、宮廷の中をずたずたにするように、キルートの音はなりひびく。が、その、今まで低い音に慣れ親しんでいた耳には、あまりにも高すぎ鋭すぎる筈の音が、不思議とまったく不快でないのは——あまりにも澄んで、あまりにも美しい、キルートの高音部の音色のせいだ。普通の刃物でずたずたにされた空気は、ただ醜《みにく》い屍《しかばね》をさらすのみだが、鋭利な最高級の刃物でスライスされた空気は、ずたずたの断片でありながらも、美しい、巧みにカッティングされた宝石のようなきらめきを放つ。

キルートの音色でスライスされた空気、雰囲気《ふんいき》は、もはや音楽の域をこえ、そのきらめきで人々を魅了する。そう、宝石は、数多くの面を持つようにカッティングされた方が、光の反射、光の屈折で、思いもよらない美しさを醸《かも》し出すのだ。

——ああ。でも、同じメロディだわ。アレンジがずいぶん違うし、音の高さはまったく違うけれど、この曲の基本は、いろいろにバージョンを変えた、同じメロディのリフレインなんだわ。

ティークの演奏に聞き惚れながら、ふいにディアナ、それに気づく。そしてそれに気づいた瞬間。

「あ——あ」

ひびき渡るキルートの音にあわせて。知らず、ディアナは声を出していた。この曲は知らないけれど——ティークがどういう風に演奏するつもりなのかも知らないけれど——不思議と彼女には確信があった。自分は、決して、次の音をはずさないという。

いや、そんな確信など、なくとも。

歌うことは、ディアナにとって解放だった。

生まれてからほぼ十年、ディアナの体は自分の意志では動かなかった。体は発達しないのに、精神だけが年齢相当以上に発達してしまい——ディアナの肉体は、解放を求めていた。

動けるようになってから、ほぼ二年。ディアナのまわりには、カイオス王の顔色をうかがう人間ばかりがそろえられた。それまでにある程度に達していたディアナの知性は、そういう味方の顔をした敵の前で、自分の本性を発揮しないように自制することはできたが、反面、それはもの凄《すご》い抑圧であった。ディアナの精神は、解放を求めていた。

今。ディアナはティークのキルートにあわせて声を出す。

声。自分の体、自分の声帯をつかって、思いっきり。

それは、肉体の解放になった。

声。自分の言いたいこと、自分の思っていることを、言葉にしてまわりの人間に言うことはできなくとも。自分の思いをこめて、自分の声を発することはできる。それは、精神の解放になった。

高く。低く。うねるように。

ティークがだそうとする音は、ディアナには事前に完全に判った。それにあわせて思いっきり声をだすことは、ディアナにとって、生理的な快感以外の何物でもなかった。

一方、ティークはティークで驚いていたのだ。

まったく突然、加わる筈のない第三者が、ティークの演奏に加わってきたので。それも——この曲は、ある有名な楽曲の一フレーズを、ティークが勝手にバリエーションを作って編曲したものだから——誰も知らない曲である筈なのに、まったく音をはずさず、ぴたりと演奏についてくる。

最初、ティークはどうしていいのか判らなかった。ディアナの声が加わった瞬間、演奏を途中でやめてしまおうかとも思った。が——不思議な魅力にひきずられ、ティークは、ついに、最後までその曲をふいてしまう。

不思議な魅力。ティークは今まで、キルートこそが、究極の楽器、この世の中で一番素晴らしい音をだせる楽器だと思っていた。確かに今でも、その確信は覆《くつがえ》ってはいない。が、人の声が、キルートにあわさると。それは楽器の範疇《はんちゅう》を越えて、何て不思議で何てなまめかしい音を出すのだろう……。

☆

キルートの最後の余韻《よいん》が消える。

ディアナの声がその喉《のど》の奥へとひきとられる。

その瞬間。ホールは割れんばかりの拍手と『乾杯！』の声で満たされた。若い二人の芸術家は、お互いにまだ何が起こったのかも判らないように、ただただ相手の顔をみつめているばかり。

「これはこれは……若いリール公よ」

カイオス王は、まじまじとティークの顔をみつめた。

この辺がカイオス王の人気のある所以《ゆえん》で、彼は――たとえ相手がどんなに自分の意にそまぬ人間であっても――、相手に対して敬意を払う必要があると思った時には、ちゃんと相応の敬意を払うことができる人間なのであった。

現に、ティークへの呼び掛けが、ティーク殿から若いリール公へと変わっている。

「貴殿はどこでディアナ姫とめぐりあったのかな？」

「は？」

ティークにとって、それは真実思いがけない質問であったので――実際に、ティークとディアナは初対面であったから――思わずこう聞き返してしまう。

「いや、さ、責めている訳ではないのだよ。若い貴族と若い姫が、お互いの芸術性を高めあう交際をするということは、微笑《ほほえ》ましいことだ。ただ、同じ王宮に住んでいながら、ディアナ姫が貴殿と合奏をしているなぞというわさを、ついぞ聞いたことがなかったのでな」

「あ、いえ、僕はディアナ様にお目にかかったのは、これがはじめてです。まして、合奏なんて」

「初めて」

ざわざわざわ。なみいる貴族達が、次々に私語をはじめる。

「初めて――何の練習もなしに、それでいてディアナ姫とあそこまで息があった合奏ができるとは」

「初めてです。初対面です！」

我《われ》しらず、ディアナはカイオス王に喰《く》ってかかっていた。

「知っていれば……初対面でなければ、わたしは彼にあんなお辞儀はさせません！」

わたしは彼にあんなお辞儀はさせません。その言葉は実にもっともに聞こえたので、一瞬ぴたっとどよめきがやみ――ついで、もっと大きなざわめきが、そこかしこでおこった。初対面で——初対面なのに、あそこまで息があった演奏ができるというのは、どういうことなのか。

「ほう……。するとディアナ姫、あなたはどうやって若いリール公のキルートの音に、あんなに完全にあった歌を唄えたのですか」

「判りません……いいえ、わたしには、判ったのです。ティーク殿が次にどんな音を出すのか。そう、それにその理由は簡単に説明がつきますわ！　何も王様がお思いのような、人目を忍んでの逢瀬《おうせ》なぞ必要ないのです！　何故って、わたしもティーク殿も、純粋な《ディア》を引く人間、《神秘の血《ディア》》は、時々、こういった作用をひきおこすんじゃありませんこと？」

……あ！

言ってしまってからディアナ、今の自分の台詞を激しく後悔する。今の台詞は、半分しか《ディア》を引かないカイオス王を刺激するには充分すぎた……。いつもは、必要以上に慎重なディアナだというのに、一体これは何という失策なのだろう。

「おお、そうだ、演奏といえば」

だが、さすがにカイオス王は、貴族達の前では自分の不快の念を表したりはしなかった。ディアナの台詞を軽く無視して、すっと話題をそらす。

「タチアナ伯の姫もまた、楽才があるといううわさでしたな。若いリール公のキルートのあとには、タチアナ伯の姫のパーシアンの演奏などというのはいかがだろうか」

何とか話題がそれたことを心から喜びながら——何とはなしに、若いティークと若いディアナは瞳を見交わした。そこには先刻の——失策をしでかした若い貴族と、それをフォローした姫という関係の——なごりはみじんもなく、同じ血を引く者同士、魂が共感する者同士の、何ともいえない、甘ずっぱいような、意識の交流があった。

そして、その共感の思いは。

おりおりのパーティ、年にそう何回もない貴族達が集う催しの中で、しだいしだいに育てられてゆき——六年の年月をかけて、恋になった。

王女ディアナと左の聖大公家のティークの恋。場合によっては、《運命《ディア》》すらも動かしたかも知れない、まさに運命の恋。

この時は——この恋に溺《おぼ》れている時は。

若いティークは思いもしなかったのだ。

それがのちのち、吟遊詩人達の糊口《ここう》をしのぐ糧《かて》となる、世紀の悲恋におわることを。

ただ。

若いディアナは知っていた。

お得意の、論理的な帰結、もしくは推理によって。

恋に溺れている、まさにその時さえも。ディアナの頭脳は、彼女が考えることをやめるのを許してくれなかったのだ。彼女は、自分の恋人、ティーク・ディア・リールの弱点を、どんなに恋に溺れていても、実にしっかり把握《はあく》しており——そして、そして彼女は、盲目的に信じることができなかったのだ。自分が生涯に唯《ただ》一人と信じた恋人を。

☆

若いディアナとティークの恋。

これについてのべる時、とある要素をはぶいておく訳にはゆかない。

何故、この二人の恋を——もしくは、のち、恋になるかも知れない感情を——国王カイオス、リール大公が放置しておいたのか。

というのは、この頃まで——というか、ディアナが十八、ティークが二十二になるまで——リール大公家に、男は二人いたのである。

ティーク・ディア・リール——のちのリール大公と、ルーク・ディア・リール——ティークの四つ違いの兄である。

最初、カイオス王も、リール大公も、ミアとルークをめあわそうと思っていたのだ。ミアとルークのまじった血は、それはディアナとティークのまじった血より、その純粋さには欠けるかも知れないが、でも、カイオス王よりは《ディア》に近い血になる筈だった。

そして、論理的に言えば。

ティークとルークでは、はるかに、ルークの方がリール大公家をつぐ可能性が高かったのである。ルークが大公家をついでしまえば、次男であるティークは、あらたに公爵家をつくることになる。いくらティークが、血筋的にはルークと同じものであっても、左の聖大公家と単なる公爵家では、家柄の格が違いすぎる。そう思えばこそ、カイオス王はディアナとティークの交際に目をつむったのだし、また、ティークのことを若いリール公、と呼んだのだ。（ルークは、若いリール大公と呼ばれていた。）

また、この話の裏には、ルークの策略もあったのだ。

最初。

自分の息子が、あたかもディアナ姫と内通しているかのように扱われた時。

リール大公は、真剣に頭にきたのだ。彼こそが、まっさきにカイオス王につくという旗印をかかげた人間であるというのに、その次男をカイオス王から疑われたのでは、立つ瀬がないと思って。

で、そのリール大公を何とか説得したのが、ルークだった。ルークはこう言ったのだ。

「父上様。神話の、イノーガル・ガールにおなりなさい」

「実体のないものの使い《イノーガル・ガール》？」

「いえ、こうもり《イノーガル・ガール》。こうもりはふたつの種族の間を、ばけの皮をはがされないようにして、飛んでいたといいます。動物と鳥の間を。神話のこうもりは、どちらの種族にもそれがばれて、手ひどい目にあい、実体のないものの使いにまでおちぶれてしまうのですが、そこはそうならないように、かしこいこうもりに、おなりなさい」

「と……いうと」

「僕は、ミアかルディアか、そのどちらかと結婚するでしょう。カイオス王は、まず間違いなく、ディアナではなくミアかルディアにその王位をゆずるでしょうから、ミアかルディアと結婚した僕は、であるが故に殆《ほとん》ど確実に、王か、悪くとも王の父になれるでしょう。そうなれば、リール大公家は、安泰です」

「判っておる。そんなことは、判っておる！　わしも――いや、わしこそが、まず、カイオス王に未来を託したのだ。だからこそ、そのわしの息子であるティークが、よりによってディアナ姫と内通しているだなんて噂《うわさ》は」

「だからこうもりにおなりなさいと言っているのですよ。いいですか、父上。僕は、十のうち九は、確実に、次代の王、もしくは王の父になります。ですが……十の一、ディアナ姫が王位をついでしまったら。血の面からいっても、それはまったくないとはいえない可能性でしょう？」

「……ああ」

ぶすっとしながらも、リール大公、それを否定はできない。

「そんな時、リール大公家はどうなります。ディアナ姫にとって、リール大公家は、自分が王位につくのを一番強力に邪魔しようとした大貴族だということになるのですよ！」

「それは判っている。だから、カイオス王に肩入れするのは、一種の賭《か》けだと言っておる」

どん！

若いルークは、本気で机をたたいた。

「ですから！　こうもりになるべきだというのです。いいですか、父上、さいわい我がリール大公家には、男が二人おります。その長男たる僕――ルークは、カイオス王の機嫌をとりむすぶでしょう。ですが、将来が百パーセント、カイオス王のものになると決まるまでは、ディアナ姫の機嫌をとりむすぶものがいたって、悪くはない筈です。それをティークにやらせればよいのですよ」

「だが……そんな二股《ふたまた》をかけるような行為は……」

「僕が問題にしているのは、人間の信義ではありません。この家の、将来なのです。それに、カイオス王も、ティークの言動には――僕という存在がある限り――そう文句をつけはしないでしょう。だって、ティークとディアナ姫の関係は、どうみたって政治的なものではなくて、珍しい程純粋な恋愛だっていうのは、誰の目にもあきらかですからね。だから、ティークがどれだけディアナにちかづいたって、カイオス王も、それをリール大公家の裏切りだとは思わないでしょう。……恋にはやった男というのは、しようがないものですから」

「そうか……？　まあ……おまえがそういうのなら……」

「そうですよ。それに……万一、僕とミアが結婚して、ティークがディアナ姫と結婚して、僕とティークで王位をあらそうことになったとしても……僕が、勝ちます」

「それはそうだろう……な」

かくして。

ティークとディアナの交際は――それは、さすがに、表立ってリール大公やカイオス王に歓迎された訳ではないが――いつの間にか、黙認、といった形で、続けられたのである。

カトゥサ　Ⅲ

「ざわめいているな。思いの他、とり乱しているようだ」

急にあつらえた馬車の中で。まだ、東の館まではずいぶんあるというのに、嫌《いや》に断定したような口調で、カトゥサは言う。

「は？」

とり急いでのことなので、主《あるじ》の馬車と従者の馬車を二つ用意することができず、仕方なくカトゥサと一緒の馬車の中でちぢこまっていたプシケ、意味が判《わか》らず問い返す。

「東の館、さ。とり乱している。主が武人である以上、主を失うことはつねに考え、そなえていなければいけないというのに――不用意に、とり乱している」

「……どうしてそんなことが判るんですか？　まだ、見えてもいないのに」

「……論理的な帰結、もしくは推理……では、ないな。気がする、とでもいうべきなんだろうか。だが、確信できる。……あるいは、ひがみ、というものなのかも知れないが」

「は？」

不得要領《ふとくようりょう》なプシケをそのままにし、カトゥサ、こっそりため息をつく。

ひがみ、だろうか。ひがみ、だな。

不思議な程鮮明に、今、カトゥサの頭の中にうかんだのだ。急に主を失い、とり乱しきっている館の人々の顔が。

論理的な帰結、もしくは推理。

お得意のそれで、そのことを論証してみることも、まあ、できない相談では、ない。だが、今はそんなことをしたくはなかった。結局それで論証できるのは、館の人々にとって、リュドーサが大層よい主人であったということと、カトゥサがろくな主人にならないであろうと思われているということだけだ。

もっとも、今は、それでいい。

当面の間、カトゥサは無能な軍人でいたかったし、無能な主人であると思われていたかった。

そして……裏では……たとえば、燃やしてみようか。

汚い方法だ。

今、自分で考えたことについて、カトゥサ、何ともいえない壮絶な苦笑をうかべる。

何て汚い方法だろう。地獄の席で、父上様や兄上様が、僕のやろうとしていることを知ったなら——ムール家の名誉にかけても、僕を祟《たた》り殺したくなるだろうな。

そして。


あっという間に、自分の心の中でふくれあがってしまった、巨大な蛇《へび》の影に、カトゥサはまた、おびえも感じていた。

お母さまの為《ため》にも、自分の為にも、決して、決して野心は抱《いだ》くまい。そう思って王立学院へはいり、そう思ってすごしてきて——実際、今までは、芥子粒《けしつぶ》程の野心すら、抱かずにきたというのに……あっという間に、このていたらくだ。今のカトゥサの心の中は、何よりも大きな、黒いとぐろをまく蛇——野心——に、占められてしまっている。

「開門！」

外門をすぎる。窓の外を流れてゆく、喪《も》の黒いよろいにつつまれた、歩兵の姿。

「開門！」

中門をすぎる。堀を渡る。

「開門！」

内門にいたる。

なんという疾《はや》さだろう。馬車の窓ごしに外の景色を見ていたカトゥサ、思わず微笑《ほほえ》む。そこだけ嫌になまめかしく赤い舌が、血の気のうせた唇を舐《な》める。

そうだ、物事は、一旦《いったん》こうときめたら、疾《と》くあるにこしたことはない。心の中に巣くう蛇、その大きさに驚いていてはいけないのだ。一旦蛇を巣くわせると決めたなら、その蛇は、より大きく、よりどす黒い方がいい。

カトゥサの微笑みは、同乗しているプシケの目に、何とも陰惨《いんさん》でなまめかしいものに見えた。これから先、すべての事象の予告となるように——たとえようもなく、陰惨で、較《くら》べるものもなく、なまめかしく。

☆

さて。どうしたものだろうか。

馬車がとまったあと、うすい紗《しゃ》の幕越しに、馬車をとりまく人々の顔を見渡しながら、カトゥサは、苦笑ににた表情をうかべた。

「カトゥサ様」

率先して馬車をおり、カトゥサの為に扉を開けようとするプシケの手を軽くおさえ、わずかに首をふる。今更《いまさら》怖《お》じ気《け》づいている訳でもあるまいに、一体どうしたのかと聞きたげなプシケの表情を目にとめ、また、困ったように微笑んでみせる。

「しっ。……ちょっと、静かにしておいで。今、僕は見ているのだから」

「見ている……?」

「そう。僕以外の連中の飼っている蛇を、ね。みきわめておかなければならない」

紗の幕を通して、一様に重く沈んだ顔をしてつっ立っている人々を眺める。かすかな瞳の動き、余程《よほど》注意していないと判らないとりつくろった表情。

「予想していたこととはいえ、僕は人望のない弟なのだね」

「は?」

「見てごらんなさい、みんなの顔。兄上様を失った悲しみが素直に表にでてしまっている者より、不安だの、これから先への恐れだのが顔にでている者の方が、ずっとずっと多いじゃないか。それにまあ——思いの他、野心で顔が輝いている者の多いこと」

「野心って……だって」

「考えてごらんよ。僕は、今まで、実戦に出た経験の一回もない、体力的にもあきらかに戦《いく》さむきではない将軍なんだよ。いや、将軍、とも、そもそも呼べないな。名目上、とにかく将軍家を継いだものの、実質的には、今まで、大神官になる為の勉強しかしてこなかった身の上なんだ。武勇のほまれ高かった兄上様にかわいがられてきた連中の目に、僕がどんな風にうつっていることか……。ごらん、エトだね、あれは。ほら、哀《かな》しそうな顔をしているけど——実際、兄上様を失って、哀しくてしようがないのだろうけど——それと同じくらい、心の底が、野心で光輝いているのがみてとれる」

「でも……野心って、エトや、たとえばファーサなんかがいくら野心を抱いたって、しようがないじゃありませんか。ムール六世は、カトゥサ様ですわ。それはどういう状況になったって、かわるものではありません」

「素敵だ、プシケ」

いつの間にか、プシケの呼び方が、義姉《あね》上《うえ》からまたプシケにもどってしまったことに、プシケもカトゥサも気がついたかどうか。

「観察する目のある女性っていうのは、素敵なものだよ。あなたの目にも、はっきりと判るでしょう。エトやファーサが、野心できらきらしているのが。……それは確かに、エトやファーサは、ムール六世には、なれない。絶対、なれない。でも、彼らは、ムール六世を陰で操る、陰の実力者にはなれると思っているんだ。可哀想《かわいそう》にね」

「一人……不思議な表情をしている者がおりますね。……まあ、あれは、ミリサだわ、さっきタケでやってきた……」

「ミリサの表情を、どういう風に観察する？」

「先刻までは、妙に一人だけ緊張して、そのくせありありと期待に満ちた顔をしていたのに、段々妙な表情になってくるんです。何だかこう……当然もらえると思って期待していたおもちゃの包みが、彼の前で他の子供に渡されてしまったのを見ている、子供のような」

「いい表現だね」

プシケの視線をおったカトゥサは、こちらも妙に嬉《うれ》しげにいう。

「彼には目をかけてやって欲しい。彼は今、出むかえの人々の中で、唯《ただ》一人、心底《しんそこ》僕の身を案じているんだよ。馬車がついたのに、僕がでてゆかないものだから、段々居心地《いごこち》が悪くなってきている。……おそらくは、彼、彼の身分じゃ馬車のでむかえができない処《ところ》を、誰かに何かをやってこっそり代わってもらっているな」

と。馬車がつきはしたものの、一向に出てくる様子のみえないカトゥサをみかねたのか、人々の中央にいた巨漢がゆっくりと馬車の方へと歩いてきた。

「エトだ。……エトとファーサのどちらかにしようと思っていたんだけれど、今、決めた。エトにしよう」

カトゥサは、プシケにむかって意味あり気にこう呟《つぶや》いてみせ、それからプシケの質問を封じるように、更《さら》に台詞《せりふ》をかぶせた。

「勿論《もちろん》判っているだろうけど、僕がこれから誰の前でどんな態度にでたとしても、妙に思ったり訝《いぶか》し気《げ》な様子をみせたり、しないでおくれ」

はい、とプシケが返事をするよりも早く。カトゥサの顔が、ふいにくしゃくしゃになり、目に涙がうかんだ。

「ムール六世様——おそれながら、ムール六世様でいらっしゃいますね」

馬車の前にひざまずき、顔を上げずにエトは言う。カトゥサは、故意に返事をしない。

「ムール六世様——カトゥサ様？」

返事がないので、おそるおそる、といった感じで、エトは顔をあげる。紗の幕ごしに、一瞬、エトとカトゥサは目をあわせ、いかにも慌《あわ》てたような風情《ふぜい》で、カトゥサはぱっと目をそらした。それでも、充分、エトは見てとったに違いない。ゆがんで、涙でくしゃくしゃになった、カトゥサの顔を。

「カトゥサ様……？　おそれながら、大丈夫《だいじょうぶ》ですか？　馬車からお出になれますか？」

「だい……じょうぶだ、心配するにはおよばない」

カトゥサは、乱暴に、ぐいっと涙を拭《ぬぐ》ってみせる。だが、その声は、その台詞とまったくうらはらに、とても大丈夫といえる状態ではなかった。

「ただ……ちょっと……館を見たら感傷的になっただけだ。人には言わぬように」

「はい、勿論です。ですが……そろそろ馬車からお出になっていただかないと、どうにも恰好《かっこう》がつきませんので……」

「判った。もっともだ。ただ……」

カトゥサ、少し、いいよどむ。と、エトは、その沈黙をうけ、すべてを察したような顔をして。

「よろしければ、出迎えの儀《ぎ》なぞ、極力省《はぶ》きましょうか？」

「そうしてもらえるとありがたい。ただ……この先のことも相談しないといけないし……屋敷のおもだったもの、軍のおもだったものに挨拶《あいさつ》をしない訳にもいかないし……兄上様の……葬儀のことだってあるだろうし……」

「……とりあえず、いったんお部屋かどこかで落ち着かれて、そのあとで、そういうことをなさったらいかがでしょう？　あるいは、対面の儀は、今宵《こよい》の晩餐《ばんさん》の時にでものばせば」

「そうしてもらえるだろうか……？」

「勿論ですとも。何をおっしゃるのですか、この館の御主人様は、カトゥサ様なのですよ。カトゥサ様がやりたいようになさって、当然、よいのです」

「ありがとう。……あ、エト、おまえはエトだったよね？　兄上様の旗本隊の隊長だった……」

「はい。覚えていていただいて、光栄であります」

エトはふたたび深々と頭をさげる。

「それは覚えているよ。兄上様が、おまえのことを、『僕の右腕だ』といって紹介してくれたことがあったもの。……ねえ、エト、僕は、戦さのことも、この館のことも……もっといってしまうと、将軍家のことを、そもそも何も知らないんだ。僕が学んできたのは、すべて大神官になる為の勉強で……。聖なる大神官と、将軍家とでは、しきたりや何や、みんな違うんだろうね……」

「いいえ、基本的に、家の中のこと、貴族としてのしきたりは、みんな、同じですよ。格式という問題があるだけで。でも、格式のことなら、カトゥサ様とて、お判りでしょう？　あと、違いというと、将軍家には軍隊があり、神官は神につかえるということくらいです」

「その軍隊がまったく判らないんだよ！　晩餐の席で、僕は、将軍家のあととりとして、ちゃんとふるまえるだろうか？」

「では……カトゥサ様がお部屋で落ち着かれたころ、ちょっとお邪魔して軍のことなぞお話ししましょうか……？」

「ああ、エト、そうしてもらえるだろうか？　ほんとうにそうしてもらえるだろうか？」

　カトゥサの瞳は、すいつくように、懇願《こんがん》するように、エトの瞳をじっとみつめる。

「何をおっしゃるのですか！　何度もいうように、この館の、そしてこのわたしめの御主人様は、カトゥサ様、あなたなのですぞ。……大丈夫ですよ、何もかも、心配なことはすべて、このエトにおまかせください。必ず、カトゥサ様のいいようにいたしますから」

　表面は重々しく、カトゥサの心を思い遣《や》っているかのように話していても、時折、エトの顔を、隠し得ない喜びの表情がかすめる。新しい主君が、思いの他素直で、思いの他簡単にエトの思うように操れそうなので、ひきしめよう、ひきしめようという努力をしつつも、ついつい顔がゆるんでしまうらしい。

「ではとりあえず、カトゥサ様は御気分が悪いということにして」

「済まないね、のっけから妙なことをやらせてしまって。僕も、自分の部屋にはいって、はちみつ酒でものんだら、少しは落ち着くと思うから」

「判りました」

　一礼すると、エトはまた、玄関の前に集まっている人々の方へ帰っていった。ムール六世様との対面は、晩餐時まで待って欲しいとのことだ、ムール六世様は、今、ちょっとお具合が悪いらしい、というエトの話を聞いたせいか、集まっている人々の間から、ざわめきがおきる。

「さて、プシケ。では僕達もここを出よう。悪いんだが、僕は今病気なんで、とりあえず手をひいていってもらえるかな？　それと、日差しが少しきついんで、僕にマントをさしかけるようにして欲しい」

「マントを、ですか？」

「そう。僕が今、どんな顔をしているのか、本当に気分が悪いのか、泣いているのか、それともエトに何かをいい含められて対面の儀をのばしたのか、その辺の処をはっきりさせずにおきたいんだ」

「あるいは、本当はカトゥサ様がどんな顔をなさっているのか、判らないように、でしょう？」

　プシケも軽く苦笑をうかべ、すっと立ち上がるとマントを用意した。

☆

「さて、いそがしくなるよ、プシケ。とりあえず、エトをむかえる準備をしておくれ。そうしたら、そのあとに必ずファーサがくる。それから、おそらく、ミリサもくるだろうな。ふふ」

東の館のカトゥサの自室に落ち着き、まずは最初のお茶で喉《のど》をうるおすと、矢つぎばやに、カトゥサはこう言った。

「それにしても……僕はよく吹き出さなかったものだと思わないかい？　エトが何ていったか覚えている？」

「格式のことなら、カトゥサ様とて、判るでしょう……でしたっけ」

プシケも思わずくすくす笑う。

「とて！　よくもまあ、言ったものよ！　将軍家と、大神官――儀式における格が、どちらがどれだけ高いと思っているんだろう、あいつは。まして、僕の母方の祖父は、この世で一番格式が高いお方だぞ。ふふふ」

「わたしが吹き出さなかったのも、ほめてやってくださいませ。それから……その……誰かが面会を申し出る前に、まずお部屋を変えるべきではないでしょうか？」

対面式も何もしないで、カトゥサはすっと東の館にはいってしまった。そして、これもまたすっと、かつての自分の部屋だった所にはいってしまったのだ。

これは当然、この館を管理している連中にとって、あまりにも意外なことだった筈《はず》。カトゥサは元来、白い花の館で生まれ、白い花の館で育ち、王立学院へはいった人間なので、ここ、東の館には、カトゥサの為の部屋は、ごく時々の滞在の為のものしか、ないのだ。今や、ムール家の当主、ムール六世になったカトゥサの部屋にしては、その昔のカトゥサの部屋は、それこそあまりにも格式がおとっているし、広さもたりない。

当然、誰もが、カトゥサはついこの間までリュドーサが使っていた、主の間《ま》に通ると思っていたにちがいないのだ。また、その予定のもとに、主の間は、掃除《そうじ》もゆきとどき、きれいに片付けられているに違いない。逆に言うと、今の部屋は、ここしばらく掃除もしていないらしく、どうもほこりっぽい。

「いいんだよ、この部屋の方が――当座の間は、ね。思い出がある、なつかしい、あるいは、兄上様のお使いになっていた部屋は、当分そのままの状態で保存しておきたいとか何とか理由をつけて、僕はしばらくの間はここにいるつもりだ。主の間は、ね、今の処、つかい心地が悪いと思うよ」

「でも……この部屋には、火急《かきゅう》の際のぬけ穴もなにもないんですよ。ちょっと不用心じゃありませんか？」

「だからね、いいんだよ。タペストリの裏にぬけ穴のある部屋じゃ、屋敷中が僕の完全な味方になるまでは、逆に居心地が悪くてしようがないんだよ。僕をはかなくしようとする者は、さすがにいないだろうけれど、たち聞きされる心配をつねにしながら話さなくっちゃいけないというのは、ここしばらく、まずい。それに、主の間は、ひろすぎる。プシケ一人じゃ、管理が大変すぎるだろ?」

「わたし一人?」

「そう。……あ、これも頼んでおきたいのだけれど、ファーサもエトも、僕の為に女官や召使いを何人も世話してくれると思うんだが……当分の間、プシケはできるだけ女らしく意地悪をして、その女官達をあんまり僕に近付けないようにして欲しいんだ。古参の女官として、微《び》にいり細《さい》にわたり丁寧に、新人をいびってやってくれ」

「……判りましたわ。わたし、とっても損な役まわりなのですね」

プシケ、くすくす笑う。カトゥサも笑いながら。

「ごめんね。でも……あなたなら、とっても上手に、その役をやりぬいてくれると思うな」

「それは、賞賛ですの、皮肉ですの? ……とにかく、はちみつ酒をおもちしましょうね。はちみつ酒をのんで、カトゥサ様が落ち着かれた様子を確かめたい人が、いらしたようですから」

軽く皮肉な笑みをうかべて、プシケが立ち上がる。のと、ほぼ同時に、規則正しい軍人の足音が、カトゥサの部屋の前まできてとまった。

☆

「カトゥサ様……エトです」

扉の処でしめやかなノックの音がする。テーブルの上、カトゥサの前のグラスに半分程はちみつ酒をつぐと、プシケはすっと身をひるがえし、扉を開けた。

「いかがですか? 落ち着かれましたか?」

「ああ、エト、先刻はすまなかった。ありがとう。そこへすわってくれ。はちみつ酒をもってこさせよう」

「では失礼して」

エトは一礼すると、カトゥサの前の椅子《いす》をひく。

「……悪かったね。さぞあきれただろう。仮にもムール六世になろうという男が、ずいぶんとなさけない処を見せてしまって」

「いえいえ、そんなことはありませんよ。肉親を失った者は、誰だってその時は、気が弱くなるものなのですよ」

プシケがエトの為のグラスとはちみつ酒を持ってくる。

「ではとりあえず――そうですな、その、カトゥサ様とわたしの親交を祝って、乾杯といきましょうか」

悪い男ではないのだな。

乾杯。そうグラスを持ち上げながら、カトゥサは心の中でため息をつく。もうすっかり、エトはカトゥサを御《ぎょ》しえたような気分になっている。うかれている、といってもいいような様子だ。

これだけ単純なのだから、根が悪い男でいられる訳がないのだ。ただ、思慮が、あまりにも、あまりにもないだけで。

ムール六世は、今、気分が悪い。だから、対面式は、晩餐の時だ。

仮にも、カトゥサのことを本気で心配してくれる者ならば——プシケやパミュラなら——絶対、いいっこない台詞だ。彼女達なら、もっとずっとうまく、その場をとりつくろってくれる筈。何故《なぜ》なら、その台詞からは、病弱なムール六世、気の弱いムール六世、勝手なムール六世といったイメージしか、おこり得ないのだから。

カトゥサ様とわたしの親交を祝って、乾杯。

パミュラやプシケなら、絶対、口がさけても言わない台詞。いつの間にか、エトの心の中で、自分とカトゥサが同列のものになってしまっているのを、はからずももらしてしまっている台詞。

この場合——カトゥサが、新ムール六世として、リュドーサの部下達を統治してゆかなければならない場合——この、あまりといえばあまりのエトの思慮のなさは、罪だ。

半《なか》ば暴力的に、カトゥサはこう思い込むようにする。

そして、思慮のなさ故に、エトには死んでもらおう。

「では、これからのことですが……」

「頼む。お願いだ。一つだけ、まず、その前に、僕の頼みを聞いて欲しい」

早速本題にはいろうとしたエトの台詞をさえぎるように。カトゥサはできるかぎり真剣な顔をして、真剣な声で言う。

「僕は、兄上様がそうであったように、エトに、僕の右腕になって欲しいんだけど……でも、もし、エトがこの願いをきいてくれないんだったら、僕はエトのことをこの先、絶対信頼できそうにないんだ。これだけは、聞いて欲しいんだ。いや——何より、この願いを聞き届けてくれないと、その気もないのに、僕は、エトのことを恨《うら》んでしまいそうなんだ」

「……あの」

「ああ、ごめんなさい、こんな脅《おど》かすような言い方をして。ただ——これが、僕の、ムール六世としての、君に対する、最初の、そして唯一のお願いになると思うんだ。この願いさえかなえてくれたら——ほんといって、僕は、軍隊向きにはできていないんだ。もしエトが、この願いをかなえてくれるなら、僕は、軍のことはみんなエトにまかせたっていい……いや、本当は、願いのことなんかなくったって、僕は軍隊を指揮するのなんか嫌《いや》だし……でも、この願いだけはきいてもらわなくっちゃ……」

エトの瞳が輝きだす。ほおら、これはおいしそうなエサだろう。くいついておいで。

「それは……」

「兄上様の、仇《かたき》をとってほしい。……いや、エト、おまえはとってくれなくっちゃいけないんだ！」

感情が激したように、カトゥサは机をたたく。

「だってそうだろ？　おまえは兄上様の旗本隊の隊長だったんだろ？　旗本隊——そうだよ、旗本隊だぞ！　その命にかえても、兄上様の命を守るのが、旗本隊の仕事じゃないのか！　なのにおまえは、ワンスの贋者《にせもの》ごときに、むざむざ兄上様を殺させて！　何で仇をとってくれないんだ！」

まるで子供のように、カトゥサはどんどんと机をたたく。そうだ、こうして退路をたっておかなければ。エト、おまえの進むべき道は一つだ。リュドーサの仇をうてば、新ムール六世は、軍隊の全権をおまえに委任しようとまで言っている。だが、仇がうてなければ、ムール六世は、おまえが生きていることすら、許せない。

「それは……でも……ワンスの贋者は、とらえて殺しました」

「贋者！　そもそも何で兄上様は贋者なんかおいかけたんだよ！」

「ワンスそっくりに見えましたので……それに、ワンスの旗本隊の旗印をかかげて……」

「それはほんとに贋者だったの？　ほんとはワンスじゃなかったの？　僕は、嫌だ。ほんとに兄上様は、贋者なんかに殺されたの？」

「残念ながら……ワンスでないことは、殺した時、判りました。ただ……遠目には、本当にそっくりに見えたのです。旗印は本物でしたし、御丁寧にも、指にはワンスの紋章いりの指輪さえしていましたし……」

「じゃ、本物じゃないの？」

「いえ。近くでみると、別人でした。ただ、指輪を持っていた処からすると、ワンスの留守の間、それなりにワンス軍の指揮をあずかってはいたようですが」

「でも、贋者は贋者だよ。……その指輪、今、ある？」

「はい」

「よければ僕におくれ。僕は——ワンスが、今度こそ、本当のワンスが殺されるまで、ネックレスか何かにして、その指輪をこっそり身につけておこう。僕の復讐《ふくしゅう》の印として」

「あ……はい」

カトゥサのいきおいにおされたのか、しばらくの沈黙が、エトの上におとずれる。それから。

「でも……一応、その贋者も含む、ワンスの旗本隊は我々が殺しました。リュドーサ様の仇は、一応、うったつもりなのですが」

「ワンスが贋者なら、どうせ旗本隊も贋の旗本隊だったろう」

「……はい」

「そんなものをうって、何の復讐になるというの？　それに……それに……エト、おまえはそんなに兄上様を辱《はずかし》めたいの！」

渾身《こんしん》の力を瞳にこめて、カトゥサはエトをにらみつける。

「いえ――いえ、そんな訳では」

「だったら、兄上様がおいかけたのは、そして殺されたのは、兄上様の名誉にかけたって、本物のワンス、本物のワンスの旗本隊じゃなきゃいけないんだ！　兄上様が、贋者の手にかかって死んだなんて、そんなこと、許しておいてはいけないんだ！　……だとしたら、兄上様がおいかけたのが本物のワンスだとしたら、仇はまったくとれてはいないじゃないか！　本物のワンスは、まだ、まったく元気でいるのだから」

「はあ……それは、ごもっともです。ですが……そりゃ我々としましても、ワンスを殺したいのはやまやまなのですが……。リュドーサ様だって、トリューサ様だって、ワンスを殺したかったのです。ムール第一将軍家の人間にとって、いつだって、ワンスを殺すというのは、悲願だったのです」

「だから、殺してったら！」

「あの……ですが……あの戦さの天才であらせられた先代――いえ、もう、先々代ですね、そのムール四世ですら果たしえず、リュドーサ様――長《ちょう》ずれば、そのムール四世をしのごうと人に言われたリュドーサ様のお力をもってしても、果たせなかった悲願なのです。わたしごときに、そうおいそれと……」

「ひとつ、教えてよ。父上様は、ワンスを殺せなかったの？　違うでしょう、殺さなかった筈だよ」

「は？　と……申しますと？」

「ワンスは東の国の守りの要《かなめ》――次期、東の国の女王ともくされる、ラ・ミディン・ディミダの養父だよ。このままゆけば、おそらく数年のうちには、東の国の国父となる人物だ。そんな人間を、いくら戦争中だとはいえ、そう簡単に殺していいと思うの？」

「は？」

「東と南の戦争は、正しい意味ではとっくに戦争じゃなくなっているんだよ。草原をはさんだ睨《にら》みあい、冷戦だよ。なのにこんな局面で、ワンスを殺してしまったら……東の国は、国としての威信にかけたって、本気で闘いを挑んでくるだろう。第一あのうわさに高い、東の鬼姫、ラ・ミディン・ディミダがだまっている筈がない」

「それは……そうですね」

「だから、父上様も兄上様も、領土のやりとり、雑兵《ぞうひょう》の殺しあいはしても、故意にワンスとその側近には手をださなかった筈なんだ。また、その逆も言える筈だよ。ワンスだって、注意深く、父上様や兄上様の旗本隊には手出しをしなかった筈なんだ。事情にうとい贋者が、ついうっかりと失敗するまではね」

「そう……なんでしょうか」

「じゃなかったら、何で兄上様が深追いをしたんだ！」

ついつい激してしまい、カトゥサは慌てて反省をする。駄目《だめ》だ、いつもの癖をだしてしまったら駄目だ。いくらこのエトという男が、パミュラやプシケに較べ、あまりにも察しが悪いからといって、それにいらついている訳にはいかない。

「旗本隊には弓矢隊もいなかったというの？　そうではないでしょう」

なるべくゆっくりと、興奮しないようにしてしゃべる。

「ああ……そうです。そうでした、そういえば。ほんとに間近《まぢか》にワンスの姿があったので――あ、その、そう見えたので――リュドーサ様はこうお叫びになっていらっしゃいました。『射るな！　とらえよ！　殺すでないぞ！』……そうですね、確かに、言われてみれば、リュドーサ様にワンスを殺す気はなかったようです」

「ワンスを殺すのはまずいけれど、ワンスを人質にできれば、と思ったのでしょう」

ワンスの贋者にしても、ムール五世に手出しをするな、とはいわれていたに違いない。だが、急に間近にムール五世があらわれ、おいかけられてあせったのか――あるいは、若輩者《じゃくはいもの》のムール五世ごときにいけどりにされたのでは、ラ・ヴィディス・ワンスの恥だと思ったのか――つかまって、ワンスの不在がばれてしまったらまずいと思ったのか、今となってはうかがい知れない事情によって、ワンスの贋者は、リュドーサをつい、殺してしまったのだろう。

「だからね、今までは、父上様も兄上様も、本当にワンスを殺す気ではなかったんだよ。けれど――僕は、違う。僕は本気でワンスを殺したい。そう思って、そう決意して攻めてゆけば、ワンスだって人の子だ、いつかは殺せるものだと思う」

「ですが……でも……」

「僕は兄上様の仇をとりたいんだ！」

カトゥサはまたテーブルをたたく。あまりに強くたたきすぎた為、テーブルの上にあったはちみつ酒のグラスがゆれ、酒がこぼれた。

「それは……その……決意の程はよく判りましたけれども……」

カトゥサに、一つだけお願いがある、といわれた時は、さすがにこんなに大それたことを言われるとは思ってもいなかったのだろう、かなりはぎれ悪く、エトは口ごもる。

「第一、ワンスは今、東の国にはいない筈ですし……」

「いくら何だって、ハノウ山を越えて中の国までもワンスをおいかけて行け、とは、さすがに僕も言わないよ。でも、逆にいうとね、今、東の国にはワンスはいないんだよ。ラ・ミディン・ディミダもね。……東の国を攻めるのに、今は絶好の機会だと思わないかい？」

「ええ……まあ」

カトゥサの熱気におされて、次に何を言われるか、不安で一杯になりながらも、とにかくエトはあいづちをうつ。

「僕達が、東の国の奥へ攻めてゆけばゆく程、ワンスとしてはいてもたってもいられなくなる筈なんだ。連絡の密使が行き次第、それこそワンスは死にもの狂いで、また、ハノウ山を越えて帰ってくるだろう。……死にもの狂いであんな山を越えて帰ってきたワンスは、それはそれは疲れているだろうと思わない？」

「ええ……それはそうでしょうね」

「だとしたら、チャンスだよ。いくら東の国の守りの要だと言ったって、ワンスだって人の子だ。あんな、越えるだけで一大事の山を越えて帰ってきた処を襲われれば……。それからね」

効果を狙うように、カトゥサ、ここで大きく息つぎをする。

「贋者を用意していたことだし、ワンスのハノウ山越えのことは、まだ、大衆には知られていないんだよ。ここでハノウ山を越えてきたワンスをうてば、民《たみ》百姓が知るのは、たった二つの事実ということになる。すなわち、兄上様が死んだということと、ワンスが死んだということ。その状況からなら、兄上様とワンスが刺し交《ちが》えたっていうデマは、とっても通りがよくなる筈だし——実際、そうでもしないと、兄上様はうかばれないよ」

「……はあ」

「ね？　だろ？　でしょう？　長ずれば、父上様をも凌《しの》ぐだろう麒麟児《きりんじ》よ、と讃《たた》えられた兄上様だよ、その兄上様の死には、せめてそのくらいのドラマをそえるべきだ。いや……せめてそのくらいのドラマもないなら——兄上様は、死んじゃいけないんだ！」

台詞の後半は、もはや絶叫となっていた。それも、今までの、装《よそお》った激情、演技としての絶叫とは違って、心の底からの、カトゥサにとって、真実の叫び。

……駄目だ。どうしたんだろう。落ち着かなくては。

そのつもりもなかったのに、いつの間にか、にじみでてきた涙を、強い瞬《また》きでかくし、カトゥサは反省する。

この男——エトがあまりにも鈍《にぶ》いから、ついつい腹がたって興奮してしまったのだろうか——否。

情ないな、たった二人の兄弟だというのに、僕にとって、最後のあの一言だけが、真実の台詞だったのだ。こんな、何のドラマもなしに、兄上様は死んではいけなかったんだ。

とはいっても、それは勿論、弟として兄の死を悼《いた》んでの台詞ではない。リュドーサは、カトゥサにとって残された最後の砦《とりで》、自分と母をカイオス王の手から守ってくれる最後の城壁、そして自分の狂気を封じこめてくれる最後の封印だったのだ。それが、こんなにもあっけなく、何のドラマもなく崩れさってしまったことに、心底腹がたっている……。

「カトゥサ様、また御気分がよろしくないのでは……」

まったく唐突《とうとつ》に、カトゥサが自分の中にしずみこんでしまったので、それまでカトゥサの迫力におしまくられていたエト、その間に何とか自分をとりもどす。

「ああ……ごめんなさい、エト。僕はまた、とり乱してしまったようだ」

「いえ。……その……失礼ですが、リュドーサ様とカトゥサ様は、あまり仲の良い御兄弟ではないと、恥ずかしながら、わたしはそう思っておりました。今となっては、そのあまりに至らぬ思いに、恥ずかしさのあまり顔もあげられません」

　エトの態度は、先刻までの、カトゥサにおもねるようなものと、どこか感じが違ってきていた。どこという訳でもないのだが、一本ぴんと筋が通っているようなしゃべり方になっている。

「とりあえず、これを——ワンスの贋者が持っていた指輪です。そして——リュドーサ様の仇は、もし、このエトにうてるものであるならば、必ずうってごらんにいれます」

　エトがその気になってくれたのは嬉しい。とりあえず、うつべき駒の一つは、その定位置におさまった。

　そう思いながらもカトゥサ、どうにも何だか落ち着きが悪い。何故エトが、こんなにも唐突にその気になってしまったのかが今一つつかみきれなかったので、素直に今の状況を利用する気になりにくいのだ。とはいうものの、自分の心のすわりの悪さにかまけていられる状況ではないというのもまた、判ってはいたので、いかにも感激したような声を作って。

「ありがとう、エト。おまえにそう言ってもらえると、本当に心強いよ」

「いいのですよ、カトゥサ様、そんなに気をつかっていただかなくとも」

　こう言うと、エトはカトゥサにむかって、初めて正面からにっこりと微笑みかけたのだ。不思議なことに、それは今までのエトの悪印象——カトゥサに近付き、カトゥサをつかってみずからの権力を肥《こ》やそうという、野心に燃えた男の印象——を完全にぬぐいさってなお余りある、真に忠実な部下が、その主君を見上げる微笑だった。

「先刻まで——どうにも妙な、言葉では説明できない感覚がつきまとっていました。カトゥサ様のお言葉は、それは勿論、みんな判るのですが、どうも間に、うすい紗の幕でもはさまっているかのような、何やら妙な感覚があって……。それが今、やっと判りました。カトゥサ様は、怒っていらっしゃるのですね」

「あ……」

「いえ、いいんです、当然なんです。わたしは、旗本隊隊長のくせに、リュドーサ様のお命をおまもりできなかった男です。カトゥサ様がお怒りになるのも当然なのです。なのにカトゥサ様は、その当然のこと――わたしをののしり、わたしに怒り、死んでもリュドーサ様の仇をうつように、と命じることをせずに、もってまわった言い方で、わたしを傷つけないよう、それを命じようとなさったから、どうも何だか妙な感じがしたんです。ですが、カトゥサ様、いいのですよ、わたしに気なぞつかってくださらなくて。頭からどなりつけ、命令してくださってかまわないのです。旗本隊隊長のくせに、主君の命を守れなかったとは何事だ、その命にかえても仇をうってこい、そうおっしゃってくだされば、いいのです」

「…………」

これは……何だ？　どういうことだ？

あまりといえばあまりに脈絡のないエトの台詞の続き方に、カトゥサが茫然《ぼうぜん》としていると。それをまたどう解釈したのか、エトは深々と頭をさげた。

「……失礼いたしました。つい、嬉しくて、余計なこと言ってしまいました。さぞや御気分を」

「嬉しくて、だって？」

カトゥサは思わず叫んでしまう。

「はい。先程、カトゥサ様は、リュドーサ様の死を心底怒っていらっしゃいました。それが本当によく判りましたので……このエト、リュドーサ様の死を心底怒って下さる方になら、喜んでこの命を差し上げます。……今日は、まだ、カトゥサ様はこの館にいらしたばかりですし、おっつけファーサの方からもいろいろ言ってくると思いますので、それが一段落いたしましたら、軍議をいたしたいと思います。わたしごときでたちうちできる相手だとは思えませんが、刺し交《ちが》えてでも、ワンスの首は、必ずやカトゥサ様に捧げましょう」

深々とまた、一礼して、エトが出てゆく――のと、ほとんど入れ違いに、プシケがはいってきた。

「聞いていたね。プシケ」

やるせなく視線を天井へほうりなげると、カトゥサは椅子に崩れるようにして座りこんだ。プシケは、そんなカトゥサの前にひざまずき、姉のように優しくその手をつつみこむ。

「はい……それから、次の間《ま》に、通るのを待っていただいている方がいらっしゃるのですが」

「ファーサがもう来たのか……。一刻後に、申し訳ないが、またきてくれと言ってくれ。それから、僕に火酒を。そして、僕が陣をたてなおすのを、手伝ってくれ」

「判っております。判っておりますわ、カトゥサ様」

プシケはこう繰り返すと、再び優しくカトゥサの手をなぜる。

「プシケは嬉しゅうございます」

「嬉しい？」

プシケまでがまた、論理の通らぬことをいいだしたらどうしよう。瞬時そんな危惧《きぐ》を抱き、青ざめたカトゥサ、プシケの手をにぎりしめる。

「今朝、たとえ冗談にもカトゥサ様はわたしを義姉と呼んでくださいました。そのお礼ができそうなので、嬉しいのです」

　こう言うと、プシケは立ち上がる。

「まず、ファーサ殿《どの》をおいかえし、ついで火酒、ですわね」

☆

「……ふう」

　火酒を一息に飲み干す。これは、常日頃、酒に弱いことを自認しているカトゥサにしてみれば、まったく珍しい行動で、おかげで少し、落ち着いたようだ。

「やっと頭に血が戻ってきたようだ。が……思いもしなかったぞ。普通の人間というのは——あんなにも鋭いものだったのか?」

「ええ」

　カトゥサのおそろしく省略しきった言い方に、とまどいもせず、プシケはあいづちをうつ。

　そうだ。落ち着いてみれば、事態はこれ程までに明白なのだ。

　エトの態度が変わった。そのきっかけは、たったのあの一言だ。カトゥサが、リュドーサの死に対して、思わずかくしきれずに真の感情——怒りをぶちまけてしまった、あの一言だ。

　それまでカトゥサが、甘言《かんげん》でつってみたり、なきおとしてみたりした、そのすべての手管《てくだ》が、エトには通用していなかった。エトは、カトゥサの言葉を聞きながらずっと、間に何かうすい紗の幕のようなものを感じていたのだ。

　その紗の幕が、たったの一言でとり払われてしまった。そして、幕をとり払った一言が何を持っていたのかというと、たった一つのもの——真実。

「真実は強い、とよく言いますでしょう」

「違うな。真実が強いのではない、人は、おそろしい程的確に、真実を見抜いてしまうのだ」

　エトがかしこかったという訳ではない。その証拠に、そのあとのエトの誤解たるや、ひどいものであった。ただエトは、真実と、そうでないものを、見分けることができただけなのだ。

　カトゥサはリュドーサの死について、心底怒っている。たったそれだけの真実を見抜いたエト、勝手に誤解を増殖させていったのだ。先刻のエトの態度は、そうとしか思えない。

　カトゥサは、個人的な、まったく自分本位の理由で、リュドーサの死を怒っていた。

が、エトは、それを、むざむざと愛する兄を死なせてしまった、旗本隊隊長エトへの怒りであると勝手に解釈した。

そこを出発点にして、エトの中で勝手な推理が発展していったに違いない。

リュドーサの性格。あの、生《き》一本《いっぽん》な、とにかく本音だけで生きていった、まったくの武人であったリュドーサ。そのリュドーサが旗本隊の隊長にすえたということは、エトもまた、生一本の純な性格であったに違いない。

純なエトは、純粋な心で、リュドーサとカトゥサの兄弟間を観察していたに違いない。そして、素直に納得した。リュドーサとカトゥサは、まったく異質な、相いれない、仲のよくない兄弟だと。

そしてまた、純粋なエトは、純粋な忠誠心を、おのが主、リュドーサに対して抱いていたに違いない。

そんな状況下で、リュドーサが死ぬ。そしてカトゥサがやってくる。

純粋な――いいかえれば、単純なエトを主人公にして、この経緯を見ると。うんとうんと単純な、こんな図式が生まれたのではなかろうか。

カトゥサはリュドーサを好いていなかった。

次男が父の後をつぐのは、世俗的な野心があるのなら、大出世だ。

故《ゆえ》にカトゥサは、喜んでほいほい東の館へやってくるであろう。

が、カトゥサにはおそらく、軍事能力はまるでない。その点リュドーサは、不世出とも言われる名将軍だった。

自分はリュドーサを好きであった。

単純な男がこう思うと、そこから生まれてくるのは、単純な反抗心。今度の主君は、好きになれないという。

が。エトは、旗本隊隊長だ。こと戦さの問題については、嫌《いや》でも気にいらない主君の右腕にならなければいけない。

そこでエトに、単純な野心がうまれる。気にいらない、手腕のまるでない主君の側近としてつかえる。ならば、嫌々側近をつとめるより、いっそ主君を傀儡《かいらい》にして……。

そしてエトは新しい主君にであう。何やら奥歯にものがはさまったようなことを言われる。が――やがてエトは、カトゥサがリュドーサの死に、真実怒りを覚えているらしいことを知る。

エトにとって。これは、おそろしい衝撃であったろう。やはり、血は濃いものなのだ。はたからはどんな風に見えようとも、カトゥサはリュドーサを愛しており、リュドーサの死に、哀しみを通りこして、怒りを感じているのだ！

純粋なエトは、そう思った瞬間、どれ程自分を恥じただろう。自分の野心を、どれ程みっともないものだと思っただろう。

申し訳なさのあまり、エトは勝手にきめつける。

今まで感じていた、カトゥサの、何かが奥歯にはさまったようなしゃべり方。それはひとえに、兄を見殺しにした自分に対する、直接怒りをぶつける訳にはいかない、でも、怒らずにはいられない、その苦しみの産物なのだ。

では何故、カトゥサは自分に対して直接怒りをぶつけないのか。遠慮しているのだ。遠慮——何故？

そうだ、カトゥサは、軍事面においてはまったく経験のない、青二才だ。愛する兄、リュドーサの仇をうちたくとも、その術《すべ》を持たない青年だ。一方、自分は、仮にも旗本隊隊長だ。カトゥサが、リュドーサの仇をうつように頼める相手は、この世の中で唯一人、自分しかいないのではないか？　その自分を怒らせて、兄の仇がとれなくなっては困ると思うからこそ、カトゥサは自分に遠慮をしているのではないだろうか？

そう思ったら、もう、たまらない。エトの心の中には、カトゥサに対する申し訳なさと忠誠心のみがうずまいてゆく。

そして。宣言する。

能力を単純に比較するなら、かなう相手ではないと知りながらも。ラ・ヴィディス・ワンスの首を刺し交《ちが》えてでもとってみせると。

「してみると、あのエトというのは、極めていい人間ではあるのだな」

「ええ」

プシケは、ため息とともに、こう答える。

早晩、このことが問題になるとは思っていた。このこと——カトゥサの、普通の人間の、普通の感情についての、徹底的な理解のなさ、が。

「もう一杯火酒をもらおうかな——飲みすぎてしまうだろうか」

「どうぞおのみになって下さいませ。……少しくらい酔わないと、これからあとのことがいささか辛《つら》いんじゃありませんか？　そう思って、壺《つぼ》ごと火酒は用意してあります」

手早く壺を持ってきて、てきぱきとおかわりをついでくれるプシケを見ながら、カトゥサはまたも困惑の表情をうかべる。どうも調子が悪いのだ。どうもこういうことには慣れていない。エトといい、プシケといい、カトゥサの感情の動きをある程度的確に読んでいるらしいのに、カトゥサは逆に、彼らの感情がまったく読めない。こういう——人に自分のことを見透《みす》かされ、逆に自分は人のことを見透かせない状況におちいった経験は、カトゥサには今までほとんどなくて、それがどうにも居心地悪い。

「僕は急に目が見えなくなってしまったんだろうかね」

二杯目の火酒をほんのわずか口に含む。喉、そして火酒が流れこんでいった腹の中が、ぽっと熱くなってゆくのを感じる。

「いいえ——いいえ。カトゥサ様は、やっと今、この世にお生まれになった処なのです。生まれたばかりの赤児《あかご》なんですから、いろいろ戸惑われるのも無理はないのです。でも、カトゥサ様は、常人ばなれした目をお持ちの人ですもの、早晩、何もかもお見通しになれますわ」

「……どういうことだい?」

物問いた気《げ》なカトゥサの視線に出喰《でく》わすと、プシケは何とも痛まし気な目をして、許しもこわずにカトゥサの前の椅子にすわる。それは、いくら乳姉弟であるとはいえ、主と女官という身分を考えると、あり得べからざる所作であり、今までプシケがやったこともないことだった。が、不思議とカトゥサは、それが気に障《さわ》りも、意外に思えもしなかった。

「今までの、カトゥサ様の環境は、どう考えても普通ではなかったのです。今までカトゥサ様のまわりには、普通の感情を持ち、普通にカトゥサ様に接する、普通の人が一人もいなかったのです。……カトゥサ様は、人の二手先、三手先をお読みになることができます。でも、それは、あくまで人が、論理的にものを考え、論理的にものごとをはこんだ時の二手先、三手先でしょう? ところが、普通の人間というものは、論理で割り切って物事をすすめないものなのですよ。普通の人間は、感情で動きます」

「僕は他人の感情の動きに対する観察もおこたらなかったつもりなんだが……それは僕のうぬぼれだったんだろうか?」

表面は何気なさを装いつつ会話を続けながらもカトゥサ、今、プシケが、口に出して言うよりもはるかに明確な方法であきらかにした、ある事実をうけいれるべきかどうか、心底悩んでいた。

「いいえ——いいえ! それは、カトゥサ様の観察に抜かりがあったという意味ではないのです。カトゥサ様のまわりにいた人達が、つくづく、普通ではなかったのですわ。……カトゥサ様は、十六年間、ずっと王立学院にいらっしゃいましたでしょう? あの環境を〝普通〟だと思うのは、まず、間違いです。あそこにいるのは、将来南の国をしょってたつ、南の国の頭脳達だけなのですよ。ですから、彼らは、極力感情を排して、理性でものを考えていました。でも、普通の人は違うんです。普通の人は、まず、感情で動くんです」

ある事実を受け入れるかどうか。そんなこと、そもそも悩む問題ではないのかも知れない。プシケはもう、その事実が決定済であるかのようにふるまっているし、カトゥサにしても、何の異もとなえずにそれを受け入れてしまっている。今更《いまさら》悩んでみた処で、もう、どうにもならないことなのかも知れない。

「それに、感情の動き方だって、王立学院にいた人々と、普通の人間は違いますわ。王立学院にはいるような人達の多数は、有力な貴族の次男か三男でしょう。あわよくば、というか、兄に何かあった時に、家をつごうという人達です。いきおい何というのか……その、多少、屈折したり、ひねくれている方々ばかりなのです。あそこにいる人達は、平生《へいぜい》から、人の言うことをそのまま素直に信じません。まず必ず、裏に何かあるんではないかって疑ってかかります。……ですから、そういう人を相手にする時には、その人にとって都合のいい裏の事情を用意しておけば、意外と簡単にだまされるんです。でも、普通の人は、そうはいかないんです。そもそも、普通の人は、ちょっとやそっとのほのめかしでは、裏の理屈までは推測してくれません。それに、大体、普通の人は、他人の言うことを、おおむね普通は頭から信じてしまいます」

　プシケは大きく息をつぐと、身をのりだした。いつの間にか、こころもち体重を右にあずけ、楽な姿勢となって。

　その様子は。すでに、完全に、主とその女官のものではなくなっていた。乳姉弟の、それとも、違う。

　では何かというと――主と女官、姉と弟という関係よりも、ずっと深く、生涯を共にするもの。男であるカトゥサにとって、はじめての、そして心底心をゆるしあえるものとしては、おそらくは、唯《ただ》一人の、女。

「人の言うことを頭から信じてしまうかわりに――ほのめかしとか、そういう技巧的な会話、そのすべてに通じていないかわりに――普通の人々は、やたらとカンが鋭くなります。これは、理屈とか、筋の通った議論とかから導きだされる種類のものではないんです。とにかく彼らは、先天的にちゃんと見極めてしまいます。真実である処のものと、そうではないものを。……どんなに筋が通っていようとも、どんなに論理的に正しかろうとも、普通の人にとっては、それはまるで意味のないことなんです。彼らは、論旨《ろんし》が整っていることよりは、〝本当のことを言っているにおいがする〟という、はなはだ感情的なものの方を信じます。――先程の、エトのように」

　自分の言っていることに熱中したせいか、プシケの顔は、今やカトゥサの顔のすぐ近くにあった。カトゥサが、ちょっとその手をのばし、プシケのおとがいに手をかければ、いつでも接吻《せっぷん》できる程近くに。

「それにその前――王立学院にはいる前のカトゥサ様の環境も、言ってみれば普通のものではありませんでした。『白い花の館』では、自分の感情をいつわる人こそいませんでしたが……というか、みんなそれどころじゃなかったというか……その……」

「あそこにいる時は、あそこにいた人々の誰もが、母上様の影響をうけずにはいられなかったんだ。そしてその……すべての人に影響を与え続けた母上様が、そもそも普通ではなかった」

　いいよどんだプシケの最後の台詞を、カトゥサはひきとる。そしてそのまま、中空をにらむようにして、台詞を続ける。

「母上様は、ディアナだ。この世の中で最も濃い《聖なる血《ディア》》を——《運命《ディア》》をお持ちだ。だから、あそこにいた人達は、みんな《運命《ディア》》の影響を強くうけ、《運命《ディア》》にあやつられて……」

　ゆるやかにカトゥサはその頭をふった。ディアナがカトゥサにしたこと、あの館でのできごと——今は、思い出したく、ない。

「僕の欠点は判った。プシケ、おまえがそれを補佐してくれると思う。……が……けれど……それでいいのか？」

　一回、深々と自分の椅子に沈みこむと。そのあとで、ゆったりとカトゥサ、身をおこして、プシケに聞く。

　それでいいのか——男にとって、女。このままでゆくと、カトゥサとプシケは、主と女官とのわくを越えてしまう。カトゥサにとって、プシケが義姉でも女官でも友人でもなく、『女』になった時、真に愛するものを自分が得た時、母親ゆずりの自分の気質が、どれ程の苦しみをプシケにおわせることになるのか知っているカトゥサ、つい、こう聞く。

「はい」

　プシケの、答えはいとも簡単なものだった。

「プシケ、おまえ……」

「カトゥサ様は、この先、言葉にできぬ程の苦しみをしょって立つ身です。……たとえば、先程のエトですね。彼は本質的にはいい人間です。それは、カトゥサ様にも勿論お判りのことだと思います」

「……ああ」

「でも……一度たてた方針の為、カトゥサ様はエトを見殺しにせざるを得なくなるでしょう。……いいえ、見殺しなんてものじゃなくて、自分から、エトを、死地へおいやることになるでしょう」

「よい人間と、愛する人間とは、違うからな」

「ですから、プシケが必要なのです。……これから先、カトゥサ様が、御自分のなさりたいようにふるまい、最終的には御自身の手でこの国を摑《つか》むまでの間、必ずや、カトゥサ様は泣き、苦しみ、もだえることになるでしょう。その時、プシケが、カトゥサ様のお苦しみを、半分この身でひきうけとうございます」

「……プシケ……」

　カトゥサはぎゅっとプシケのてのひらを握りしめ、それから乱暴に、きわめて乱暴に、プシケのおとがいに手首をかけた。

「あ……カトゥサ様」

　判っていた。

　自分が大神官になれずに、ムール将軍家をつぐことになったら、必ずやカトゥサは、プシケを――思い切りあまえ、心をひらける女を――求めてしまうであろうことは、判っていた。将軍家をつぐということは、カトゥサにとってはあまりにも荷の重いことであったし、最後の、本当の平安の地にたどりつくまでの道程は、あまりにも遠大すぎ、とても一人ではそれに耐えてゆけないであろうということも、判っていた。

ただ。

こういうことは――こういう風には、なりたくなかったのだ。義姉とも思う、ただ一人の友人、プシケを、こういう風にはしたくなかったのだ。

だが。《運命《ディア》》の歯車はあくまで着実に、一歩一歩、カトゥサの望まなかった方向へと進んでしまっている。そしてプシケも、それを受け入れてしまっている。

「あっ」

プシケが、かるくうめくような声をあげた。

カトゥサの歯は、いつの間にかくいしばられており――その間にはさまれた、プシケの唇からは、わずかに血がしたたり落ちていた。

「やがて一刻」

と。

ふいにカトゥサはプシケを放す。

「もうそろそろ、ファーサが再び来る刻限だろう」

「もうこの後は、たいして悩むことはないと思いますわ」

唇をかまれ、そして乱暴につきとばされたにもかかわらず、まったくそれを苦にしていないかのように平然と、プシケは言う。唇の左端から、わずかに流れる血を、意にもとめないように。

「エトは善良なよい男でした。でも、ファーサは、わたしの見る処、切り捨てる時にエト程は罪悪感を抱かなくてよいタイプのように見えました。あの人は、エトとは違って、自分のことばかり考えているタイプの人間にみうけられますもの」

「そうか」

「あと……、ミリサは、自分で選んでしまった運命ですもの」

プシケはこう言うと、口許の血を乱暴に拭う。

「ありがとうプシケ。早速、僕の罪悪感をへらしてくれるのだね」

「いいえ。わたしは何もしておりませんわ」

唇を嚙《か》み切られたこと、乱暴につきとばされたことなど、まったく何でもないことのように、プシケはにっこり笑う。あたかも、自分の肉体的な苦痛など、カトゥサの精神的な苦痛の前には何ほどのものでもないのだ、とでもいいたげに。

そして。

「では、ファーサ殿をお通ししましょう」

ディアナⅢ

我が事、おわりぬ。

奥方様が——わたしのディアナ様が、そう思い詰めてしまわれたのは、いつのことだったろうか。

リュドーサの死の使者をむかえ、半狂乱となり、やっと落ち着いた——寝室で、眠りについたディアナの髪を、そっとそっとなぜながら、パミュラは思いおこす。

昔、わたし、パミュラが御奉公にあがった頃。あの頃はまだ、ディアナ様は野心を持っていた。御自分か、もしくはお子様が、王位をつぐのだという。

野心——いいえ！

それは今となっては野心と呼べるものかも知れないけれど、でも、あの時代では。それは、野心などではない、あたり前のことの筈《はず》であった。王の子か、もしくは孫が、次の国王となる。他の王家はどうあれ、《尊い血《ディア》》を戴《いただ》く南の国王家にとって、それはあたり前以外の何だというのだ？

でも、いつからかディアナ様は、その当然の思いを——王位に対する、当然の欲望を——みずから、お捨てになってしまったのだ。いつからかディアナ様は、ディアスの直系であることを、みずからお捨てになってしまったのだ。

いつからか。

いいえ。

そんな風に言葉をかざらなくとも、判《わか》っている。

若いリール大公が、ティーク様が——いや、あんな男に敬称をつけてやる必要なんてない、ティーク・ディア・リールが、ディアナ様の信頼を裏切った時から。

ほんとに、にくい、あの、おとこ。

一言一言を区切って、パミュラは心の中で発音してみる。

ほんとに、にくい、あの、おとこ。

昔、ディアナ様を裏切り、そしてのち、ディアナ様に「罪」をおかさせた男。

殺してもあきたらない——いいえ、殺すだけなんて生やさしいことでは、復讐《ふくしゅう》にもなりはしない、生きながらにして、この世の地獄を味わわせてやりたい男。

いつしか。

パミュラの、ディアナの髪をなぜる手は、早く、乱暴になり——そして、いつしか。

パミュラはディアナの髪を半《なか》ばかきむしるようにして、なぜ続けていた。

あの男——ティーク・ディア・リール。どうかこの世の果てるまで、あの男に、すべての神々の呪《のろ》いがふりかかりますように……。

☆

ディアナの武器は、たったの二つだった。一つは、その血筋の、正しく純なこと。

そしてもう一つは、リール大公の次男、ティーク・ディア・リールの心がディアナの上にあること。

そんな中で――王位継承問題は、とりあえずディアナの結婚が公《おおや》けに発表されるまで棚《たな》あげになっている中で――カイオス王の長女ミアと、リール聖大公家の長男ルークの婚約が、まず、発表された。そして、あくまで水面下で、ディアナとリール大公の次男、ティークのことがとりざたされていた。

宮廷すずめ達は――カイオス王、ディアナ姫、そのどちらとも直接の関係を持っていない、無責任な奴ばらは――ハンデをつけて、賭《か》けまでしていたらしい。ルークとミア、ティークとディアナ、そのどちらのカップルが、次期国王の座をいとめるのであろうかと。

勿論《もちろん》、血筋としては圧倒的に、ディアナとティークのカップルの方が正しい。いや――そもそもカイオス王は、いずれ将来はディアナへ返す為《ため》に、その冠を戴いているのではなかったのか？

そんな声がなかった訳ではない。だが、慣れ親しんだカイオス王の善政と、そしてカイオス王の権力が、そういう台詞《せりふ》を、いわばまったく形式だけのものにしてしまっていた。

いや。

この二組のカップル、そのどちらが王位をつぐかという賭けは、実は、十中九まで、ミアとルークの方が優勢だったのである。

たとえ血筋は劣るとも。

ミアは、今をときめくカイオス王の長女であった。

そして、ルーク。左の聖大公家の長男。（この時代、この国には、厳とした長子相続制度があって、次男、三男が家をつげるのは、故《ゆえ》あって長男が子をもうけないうちに死んだ場合だけであった。故に、聖大公家をつぐのは、生まれた時からルークと決まっていたのだ。かたや弟――次男、三男は、何かすぐれた特技があれば、そちら方面の職についてもよし、それがない場合は、兄より二階級劣った貴族として分家を作ることしか許されていなかった。）

この二人が結婚すれば。

舅《しゅうと》に現国王を持つ、聖大公家の若夫婦となる。聖大公家の若夫婦――それだけでも、現国王をのぞけば、この国で一番由緒《ゆいしょ》正しく権力を持つ家柄だというのに、あまつさえその舅は、現国王であるのだ。

それに対して、ディアナとティークは。

ディアナ――前国王の、一人娘。今や、この国には、彼女より正しい家柄の娘はいないという程の、最高の血筋を持ちながらも、これといったうしろだてを持たず、現国王からみれば、目の上のたんこぶにも等しい存在。

ティーク。確かに聖大公家の血はひいているが、不肖《ふしょう》の次男。兄が、リール大公家のあとつぎとして、才覚めざましく、世の人々にもてはやされているのに較《くら》べ、芸術方面でしか人の口にのらぬ、生まれを間違ったのではないか、楽師の家にでも生まれてくれれば幸せであったろうにと人に言われる次男。

こんな二人がたとえ結ばれたとして、たとえディアナの家柄、血筋がどれ程比類ないものだったとして……。

人々は、どんどんディアナに見切りをつけていった。ディアナに対してうっていた媚《こび》をミアに対してうるようになり、ディアナに対して使っていたおべっかを、ミアに対して使うようになり……。

だが。

ある日、状況は、一変する。

フォクサー・オーガル（きつね狩り、とでもいおうか。聖なる獣、実体あるもの、オーガルを狩って、それをラムールの神殿に捧げるという、宗教的な儀式とスポーツのいりまじったものである）の最中に、ルークが死んでしまったのだ。オーガルをおいつめる為の、別動隊の矢にかかって。

かくて。

自動的に、ディアナは、リール大公家の一人息子とつきあっていることになってしまった。リール大公家の一人息子――のち、必ずリール大公になるもの。

二人の恋は、いっぺんに、その様相を変えてしまった。ディアナは、期せずして、とっても大きな駒をとってしまった自分を感じた。

今や。

リール大公家――いや、両聖大公家、両聖神官家をみわたしても、男は一人きりになってしまったのである。ディアナに、ミアに、ルディアに、イリナに、そしてティアに、ただ一人の男。

そのたった一人の男を、ディアナは所有しているのだ――。

ディアナは当然期待した。いや、ディアナは期待しなくとも、パミュラが、そして、ディアナに味方する数少ない人々は、期待した。《運命《ディア》》が音をたててディアナの方へと流れてくることを。そのつむぎ車の音さえも、パミュラなどは聞いたかもしれない。ディアナとティークのことは、もはや公然の秘密だったし、こういうことになった以上、リール大公家はディアナのあとおしをしてくれると思われた。

が。

ディアナ派の人々の至福感は、ほんの半年ももたなかった。（いや、そもそもディアナ本人は、ルークの死ののち、かたときだとて至福感を味わったことがあるのだろうか？　ディアナは、自分の恋人の性格を、よく知っていた。それはそれはよく知っていたのだ。誠実にディアナだけを愛していてくれることは信じられるし、権力に目がくらむような人間ではないことも、信じられた。が――父親から、面とむかって、ディアナと別れろと命令されたら、どうしても、嫌《いや》だという意志をつらぬけない人間であろうということもまた……哀《かな》しいかな、ディアナは知っていたのである。）

　あれ程将来を誓いあった恋人、たとえどんなことがあろうとも、たとえこの身から《生命の泉《ディア》》が涸《か》れ果て、この身がくち、イノーガルの手先にのっとられてしまおうとも、必ずや、必ずやそいとげようと約束をした、当の本人がディアナを裏切ったので。

　この一年がすぎ、兄・ルークの喪《も》があけたなら、ルディア姫と結婚すると、ティーク本人がその口で宣言したので。

　ディアナには判っていた。

　確かに昔、ティークは本気で誓ったのだ。どんなことがあろうとも、必ずディアナとそいとげると。

　が、その時は、リール大公はディアナとティークの仲に反対をとなえていなかった。ティークの恋は本物であっても、ティークは、両親の反対をおしきってまで何かをする、ということを、その生涯においてただの一度もやったことがない人間だった。その時、どんなに本気で誓ってくれても、親の意志にそむいたことが一度もない人間が、急場になったらどんな反応を示してしまうか、ディアナには最初から判っていた。

　でも。

　判っていたことと、本当にそのとおりになってしまったこととは違う。

　最初から判っていていても、予想していたことであっても、ディアナは傷ついてしまったのだ。それはそれは深く、傷ついてしまったのだ――。

　そして、《運命《ディア》》の時がくる。ごくうちわの、ルディアの婚約祝いの席。

☆

気がすすまなかった。

朝から――いや、前日から――いや、そのずっと前、そもそものパーティの話を聞いた時から、ディアナはまったく気がすすまなかった。できることなら、そんなパーティは、ぶち壊してしまいたかった。それができないのなら、せめて病気か何かを理由にして、欠席をしたかった。今までの事情を考えれば、ディアナには当然、そんなパーティに欠席する権利があると思っていた。

が。

出席しない訳にも、また、いかなかったのだ。

その席にディアナを誘いにきたカイオス王のつかいは、無視する訳にはゆかないことを言ってきたので。

それは。

「おじ、めいの間柄とはいえ、そう軽々しくしゃべりあうこともできぬ我々である。この会は、本当にごくうちうちの、まさに親族しか出席しない会であるから、あなたにも、ぜひ、出席をいただいて、腹をわった話し合いなぞ、したいと思う。実は、話題の一つとして、さる方より、姫を欲しいという話があるのだ。いくらおじとはいえ、姫の気持ちも聞かずに話を進める訳にもゆかぬことだし、この件については、早急に話しあう必要があるので、ぜひ、まげて出席いただきたい」

ルディアの——いいかえればティークの——婚約の祝いの席で、ディアナの結婚の話をする!

それは何という悪意に満ちた……。

しかし。この手紙を読んでのち、なお、意図的にこの会に出なければ、カイオス王は勝手にディアナの縁談をすすめてしまうかも知れない。

それが怖くて、それ故に、ディアナはその会に出ざるを得なかった。

そして、また。

この時はじめて、ディアナは明白な、カイオス王の悪意を感じたのだった。

それまでは。

カイオス王とディアナが対立していたとしても、それはあくまで王座というものを間にはさんだ、いわば形式的な対立であるとディアナは思っていたのだ。カイオス王がディアナを憎むのは、ディアナがどういう人間であるか故ではなく、単にディアナが、王位を彼と争う者であるが故だと。

が。

この時はじめてディアナは、そういう形式的なものではない、ディアナという血肉を持った人間に対する、カイオス王の憎しみを、ひしひしと感じたのだった——。

☆

「ディアナ姫。これはこれは——こうして、直接、他人に聞かれる心配もなく、お話ができるのは、実にひさしぶりですな」

宴《うたげ》の夜。席についたとたん、ディアナは異常な空気を感じた。

パミュラはじめ、ディアナづきの女官達は、ひかえの間《ま》にはいることはおろか、会場であるディア小館の入口をくぐることさえ許されず——はるかむこう、ディア小館の入口、ここでディアナがどんな悲鳴をあげたとしても聞こえない処《ところ》にいた。

それだけなら、カイオス王の悪意をより感じるだけなのだが——しかし。

カイオス王づき、ルディアづきの女官達もまた、一切ディア小館への出入りを禁じられているらしく、その席にいるのは、カイオス王とディアナ、そしてカイオス王の次女ルディアだけ。ティークの姿は見えなかったし、料理を運ぶという、いつもならそれ専門の女官がやることとは——なんと、王妃《おうひ》とイリナとティアがやっていた。

「……おば……さま？」

前菜をはこんできたのが他ならぬ王妃であったのを見て、ディアナはしばらく絶句する。王家の長い歴史の中にも、こんな、女官のやるようなことをやった王妃の記録は、ない。

そして、カイオス王とルディア姫に前菜を運んできたのが、イリナとティアであるのを見て——もはやディアナ、茫然《ぼうぜん》とする。

「ミアは欠席させた。——あいつはルーク殿《どの》の喪に服する義務があるのでな、祝いごとの席にだす訳にはいくまいよ」

「でも……あの……」

「妻や娘達が給仕するのが不思議か？　下々《しもじも》の——普通の家では、客の接待は、女主人がやるのが普通だそうだが」

「ここは王宮ですよ！　そしてあなたは仮にも国王！」

「それが？」

それが何だというんだ？

カイオス王の瞳は、ゆったりとすみきっており——ディアナはその二の句を失う。

「ルディア——今度、ティーク殿と結婚することになったルディアだがな、ディアナ姫はこの名に覚えがないか？」

悠然と前菜に手をつけながら、カイオス王は聞く。

「ルディアって……王の御母君の名では？」

「とりつくろって言わなくともよい。おまえのおじいさまの妾妃《しょうひ》だよ。妾妃——はっ！　何という言葉だろうな！」

カイオス王、妙にひきつれたような笑顔をうかべる。

「ところで、ディアナ姫は、わたしの母、ルディアについて、どんなことを知っている？　たとえば、ルディアが王宮にあがる前は、どんな家にいたか知っているか？」

「さあ……それは……」

「大神官の娘だったのだそうだ」

大神官。これは、ちょっと説明のいる役職だ。

大神官は、王立学院で、神学をおさめたもののうち、もっとも成績が優秀であったもの——卒業生がなる。

王立学院の制度は、普通の学校の制度とは違っていて、ある年数そこで学べば、順当に次の学年へ進める、といったものではなく、教師がつぎへ進んでよいと判断するまで、学年がかわることはないのである。故に、初等科、中等科、高等科、とあるクラスの中で、そもそもまず、高等科へとすすめる者は、殆《ほとん》どいない。まして、高等科を無事卒業できるものにいたっては、まず、めったにいないのである。では、途中でくじけてしまったものはどうなるのかというと、初等科を修了したものは、その時点で、神官の資格を得ることができるし、中等科を修了したものは、神官長の資格を得る。初等科を修了したあと、漸次《ぜんじ》、自分の能力にみきりをつけた時点で退学し、神官、もしくは神官長となるのが平民の生徒の場合、普通だ。（また、生徒の九割は、貴族の次男、三男、四男なので、自分の能力にみきりをつけたところで、大体その貴族の分家を作って独立する。）

聖神官家が世襲であることを思えば、あるいはこれは奇異なことに聞こえるかもしれないが、大神官は世襲ではないのである。（ごくまれに、優秀な人材が豊富な時は、現職の大神官が壮年であるにもかかわらず、次の大神官が発生してしまうこともあり得る。その場合は、現職の大神官が隠居《いんきょ》することになっているのだが、そういう事態が発生することは、まず、ない。逆に、現職の大神官が隠居したくてたまらない年になっても、後継者不足に悩むというのが、現状であった。——大神官の隠居というのは、ほとんどの場合、王立学院の教授職への転職を意味する。意外と大神官とは激務であるので、三十五を越した男は、おおむね、隠居を望む。——）

この国における神官職は、見事に二つに分裂していた。

その一つが、両聖神官家に代表される、聖神官である。これは、もっぱら、《血《ディア》》の保存の為にある神官職で、実質的なことは、何もしていないといっても過言ではない。一応、聖神官家の掌握《しょうあく》のもと、王族の神事をつかさどっている神官達もいることはいるが、王族の神事（結婚、出産、葬式、戴冠式《たいかんしき》）などというものは、彼らの人生に二度あれば多い方である。つまり、これはほとんど飾りの神官職。

それに対して、大神官は、王族の神事以外のすべての神事をつかさどる。王族以外の結婚、葬式、そのすべてをとりおこなう神官は、大神官の管轄《かんかつ》のもとに組織されているし、四季おりおりの神々の祭典は、すべて神官長がとりおこなう。そして、四大祭典は、大神官以外のものがとりおこなってはいけないのである。

大神官となるのに、身分の上下はいらぬ。故に、この国において、一般民衆が出世街道をのぼりつめようとしたら、その頂点にたつのは、大神官だと言えるそう。

大神官は、おうおうにして、まったく平民の出でありながらも、格式だけは、実に、王家、両聖大公家、両聖神官家の次にくるのである。大神官の第一女官——神に選ばれた乙女——が、つねに、《ディア》をひく者であることからも、それは実証できる。（王族ですら、《ディア》をひく人間を女官にしはしない。）

その、大神官の娘。

それは、二つのことを意味していた。

一つ。もともとは、そうたいした家柄の娘ではないということ。（王立学院の生徒のほとんどが貴族の出ではあるが、実際問題として、高等科まですすめるのは、九十九パーセント以上、平民であった。適当に学問をおさめて分家を作ろうという貴族の子弟と、これがのぼりつめることのできる最上の階級である、という目標をさだめて学問にはげむ優秀な平民の子弟とでは、その結果においてこの程度の差が生じるのは、むしろ当然であったろう。また、大神官は、格式こそ異様に高かったが、実質的な権力はほとんどないので、貴族の子弟にとっては、さして魅力のあるポストではなかったという理由もある。）

一つ。だが、彼女の父親は、《ディア》をひかぬ者のたどりつける、最上級の階級に属しているということ。

「大神官の娘故、母には、それこそ、降るように縁談があったという。下は豪商から、上は貴族――それも、子爵あたりからも、な」

一味一味、吟味《ぎんみ》しているかのように、カイオス王はゆっくりと前菜を、その口へ運ぶ。

「が、母は、そのすべての縁談にうべなわなかったそうだ。余程《よほど》理想が高かったのか、それともこっそり慕《した》っている人でもいたのか……。また、時の大神官、母の父上も、それをこころよく許していたと聞く。祖父にとっては一人娘故、そうおいそれとやってしまう気にはなれなかったというのも、判らない話ではない」

一方、ディアナは。その話を聞きながら、がんとして料理には手をつけずにいた。何かは知らない、今、話しているカイオス王の体から妙にふわふわとうきあがってくる気配が、どうしてもディアナの食欲を、マイナスの方向に刺激してやまなかったのだ。

「ところが、の。やがて母は、あくまで独身をつらぬいたのを後悔するようになる。何となれば――時の王、すなわちディアナ姫、そなたの祖父上から、あまりにも無体な要求があったのでな。母上を――妾妃に欲しい、という。……は！　妾妃！　何という言葉だ！」

先程も、カイオス王、同じようなイントネーションで、同じような台詞を言った。

「妻は一人でいいのだ、普通の男ならな。それを何で――いや。妻以外に、愛人を持つ気持ちは、まったく判らない訳でもない。が――が、それなら、せめて……せめて、母をみそめてくれればよかったものを！」

どん！　カイオス王、思いあまってか、テーブルをたたいた。もうほとんど空《から》になっていたカイオス王の前の前菜をもっていた皿が、いやにしつこくぶるぶる揺れた。と、慌《あわ》てて、王妃がその皿をさげにくる。

「……とり乱した。いや、ディアナ姫、お見苦しい処を見せてしまい、申し訳ない。……とにかく、母を妾妃に欲しいと言っていた時、時の王は――ええい、じれったい、父上は――母の顔さえ知らなんだのだ！　おまけに、年が四十程も違う――おう！　ほとんど爺《じじい》と孫程もちがっておったのじゃ！　父上が母上をのぞんだ理由は、たったの一つだ。すなわち、父上と、その奥方様の間には、子が一人しかできなかった、かといって、王家の血を――《ディア》をたやす訳にはいかない。故に、子を生める妾妃がほしい、子を生める妾妃をもたなければならない、そんな理由だったのだ！」

現王妃が、しずしずとディアナの前の皿を――何も手をつけていない、前菜の皿を――持ち去ってゆく。

「《ディア》をたやしてしまう訳にはいかない、双方共に《ディア》をひく父上とその奥方様の間には子供ができない。だとしたら、《ディア》そのものに問題があるのではなかろうか、《ディア》をひかぬ女性との間にだったら、父上も子をなせるのではないか。かといって、また、いくら妾妃とはいえ、王家には王家の格式がある、あまり妙な家の娘を王宮にあげる訳にはいかない。とはいえ、ちゃんとした貴族の娘は、多かれ少なかれ、《ディア》をひいている。そんな中で、白羽《しらは》の矢をたてられたのが、わたしの母なのだ。格式からいえばそのへんの貴族さえおよばない、しかし、血の中に一滴の《ディア》も含まぬもの――大神官の、娘」

ティアにより、スープ用の皿がディアナの前におかれる。

「母は――いや、女は、子供をうむ道具か！　女は――いや、そもそも、人間とは、血の流れを伝える容器にすぎぬのか！　違うだろう、違う筈だ。少なくともわたしは、自分のことをミアやルディアに血を渡す為の入れ物だとは思っていないし、また、我が娘を、血の容器だとも思いたくはない！」

カイオス王の前にも、スープ皿がおかれており、その深皿は、カイオス王の大声に、ちょこんとふるえた。

「……どうも、興奮してしまう。……。これはいかんな」

王妃が、三人の前の皿にスープをついでまわる。そして。

数分にわたる沈黙のあと、やっとカイオス王は口をひらいた。

「とにかく母は、しようがなしに時の王の――父の妾妃になったのだ。そしてまた……このようなことは言いたくはないのだが……父も、また、しようがなくて母を妾妃にしたようなのだ。父は、奥方様を、そして奥方様のおうみになった兄上様を、真に愛していたようで……実に、不本意ながらも、《ディア》の為に、ただ《ディア》の為だけに、母を抱いたようなのだ。それは認めなければいけないな。父上には、確かに何らよこしまな心も、好き心もなかったのだ。父上は、真実、奥方様と兄上様を愛した、よい夫、よい父親であったらしいということは、の」

　妙な、敬語の混乱。

　カイオス王にとっての父、母には、敬称がついたりつかなかったりするのに——また、カイオス王が自分の両親について話す時には、一貫して敬語が使われていないのに、一貫して、敬語も敬称も使われている人物が、二人、いるのだ。時の王妃と、カイオス王の兄。すなわち、ディアナにとっての父と祖母。

　これは実におかしなことだわ。

　ディアナ、とうとうとまくしたてるカイオス王の顔を見ながら、何故か、そそけだつ。実に実に異様な——異《い》形《ぎょう》のものをかいま見てしまったような気分。

　話の筋から言えば、それはあきらかにおかしいのだ。なれそめがどれ程不本意なものであったにせよ、カイオス王の母、ルディアは、前々代ディアス王の妾妃となった人物。カイオス王は、その、一人息子。とすると、母子にとって、真に邪魔であるもの、真にいとうべき対象であるものが、前々代ディアス王の正妻と息子である筈ではないか。なのに、カイオス王が、一貫して敬称を、つけてしゃべっているのが、その正妻と息子なのだ。

「父は真実奥方様のみを愛していたらしい。そのよい証拠に、母上がみごもったことが判った日から、ぴたりと父は母の許《もと》へかようのをやめたそうなのでな。そして、それ以来。母上は、まったく捨ておかれた。何と、命の果てる、その日まで、な。それは、確かに、捨ておかれたといっても、食うに困ったり生活が貧しくなるということは、さすがに、なかった。気ままにすごしてよい、むしろ恵まれた生活だったといえないこともない。だが——花の乙女が無理矢理妾妃にさせられて、子をはらまされ、その子がうまれたらそれっきりすておかれるというのは……。女とうまれて、これ程の屈辱《くつじょく》は、そうはあるまいよ」

　何かの骨髄《こつずい》を煮込んだと思われるスープ。それをカイオス王、のむという訳でもなく、やたらとスプーンでかきまわす。

「腹いせで、かな、母はわたしを捨ておいた。まあ、王家には有能な女官達が、それは沢山《たくさん》いるのでな、わたしも生活に不自由したり、困ることはなかったが……国というもの、国民、民衆、そして王家、《ディア》そのものにまで望まれて、ただ一つ、その両親にのみ望まれなかった子という立場も……子供として、うまれてきて、これ程の屈辱は、そうそうないのではないかと思っておる」

　かきまわされる骨髄のスープ。めぐる環、めぐる連環、何重ものうず巻き。

「妙な話で、わたしを家族として扱ってくれたのは、今は亡き奥方様と、今は亡き兄上様——ディアナ姫、そなたの祖母上と父上だよ――だけだった。両親に捨ておかれた子だったわたしには、それはそれはお二人の好意が嬉《うれ》しかったよ。今でも、言わせてもらえるのなら、わたしはこう断言できる。母として、兄として、家族として、わたしは奥方様と兄上様を、本当に敬《うやま》い、本当に愛した、と。――兄上様がお亡くなりになり、わたしの許に王冠がきた時、心ない民衆は、わたしについていろいろと噂《うわさ》をしただろうが……誓って言える。兄上様がお亡くなりになった時、真実魂から涙をしぼったのは――この国の中で、一番悲しんだのは、他ならぬ、このわたしだとな」

　いくぶん病的に、いつまでも、カイオス王はスープをこねまわし続けていた。いつ果てるともなく続く、スープの金色のうず。

「が――同時に、どうやらわたしは憎んでもいたらしいな。兄上様と、奥方様を。どうもわたしは、子供の頃から心がひねくれていたらしい。奥方様に優しくしていただけばいただく程、兄上様に可愛《かわい》がっていただけばいただく程、ひがみ根性がうずまいてしまって……の。お二方がわたしに優しくしてくださるのも、所詮《しょせん》、御自分達が父上に愛されているという自信がおありだからだ、もし父上が、わたしの母に夢中になってしまい、奥方様や兄上様をかえりみなくなっていたら、お二人がわたしに優しくしてくれる筈はない、と、な。それから、考えまい、考えまいと思う程に考えてしまうある姿。奥方様と兄上様が、もし、わたしにうんと辛《つら》くあたることがあれば――そこは実の両親故、父上と母上は、仲よく手をつないでわたしを守ってくれるのではないかという、はかない夢」

　今や、カイオス王がかきまわすそのスープ皿は。そのあまりの速さにつられてか、かちゃかちゃと耳障《ざわ》りな音をたてはじめていた。かちゃかちゃと、耳障りなうず巻き、耳障りなロンド。

「結局の処、わたしは母を――心の表面ではどんな風に思い、どんな風に言おうとも、心の底では母を、愛していたらしいのだ。結果――次女に、こんな名をつけてしまった。ルディア――母の名だ」

　マザー・コンプレックス。それも、ねじまがった、奇形的な……。

　カイオス王の表情からは、そんな病的なものしかうかがえなかった。

　母親に愛されず、でも母親の愛を求めて。その求めに応じぬ母親を憎みつつも、やはり心の奥底では母親を求めて。

　カイオス王のいうところの『奥方様』。彼女は、勢力的に言えば、カイオス王の母とはまったく利害関係が対立しているにもかかわらず、でも、カイオス王は、その優しさ故に、『奥方様』を代理母とみなす。が、母に対する抑圧された憎しみが、『奥方様』に対する意味のない憎悪をひきださせ、そしてまた、実の母に愛情を求め……。

それがかなわぬと知った時。彼は、自分の娘に名前をつける。愛しても愛してもむくわれなかった、が、しかし、むくわれずにはいられなかった女の名前――ルディア。

「やがて父が死に、奥方様がお亡くなりになって、母が死に、兄上様が亡くなった。今や、もう、昔、あれだけ憎んだ、あれだけ愛した人々はいない。その時――わたしには判ったのだ。わたしが真に憎むものが何であるのか。……そしてわたしは名前をつけた。考えをまとめたあとで、うまれた娘に。ルディア、と。わたしが真に憎むものに相対する名として、これ程のものが他にあるとは思えなかった」

「王が真に憎むものといいますと……」

聞きたくはなかった。ディアナ、聞きたくはなかったのだ。それを聞いたら最後、カイオス王の醸《かも》し出す異常な世界にきっとまきこまれてしまう……。だが。それが判っていてもなお、ディアナは聞かずにはいられなかった。

「《血》だよ、《血》！　《神聖な血の、その最も聖なるもの》――《ディアナ・ディア・ディアス》！　それこそが、わたしの真に憎むものであったのだ！」

めぐるロンド、めぐるロンド、めぐるロンド！

どこまでも続く金色のうず巻き、吸い込まれそうな金色のうず巻き！

ディアナは、一瞬、気を失いそうになった。

☆

「父上が、不本意ながら母上を妾妃としてむかえざるを得なかったのは、ひとえに《ディア》のせいだ。母上がそれに逆らえなかったのもまた、《ディア》のせいだ。そしてわたしは《ディア》を半分しかひかない。……わたしにはもともと、持って生まれた大志などなかったし、王冠など、戴きたくもなかった。が、わたし――《ディアナ・ディア・ディアス》を《真正の血》をひかぬものが王冠をかむったのなら、それにはそれ相応の意味があろう。だとしたら、その意味は、たったの一つだ。わたしの在位中に、わたしの憎む、《ディアナ・ディア・ディアス》をなくしてしまうことだ。……いつしか、わたしは、そこまで思い詰めるようになった。民衆のことまでは判らない。だが、少なくとも、この家、王家にとっては、真の呪《のろ》いは《ディアナ・ディア・ディアス》に他ならないとな。……ディアナ姫、最初はわたしはまったく正直に、そなたが十六になった時、この王冠をそなたに返すつもりであったのだよ」

一時の狂乱状態がすぎると、カイオス王の状態は、また、静かな、まともなものへと戻っていった。が、その『まともさ』の、何とおそろしいことか！　今、カイオス王は平然と過去形を使わなかったか？　この王冠を返すつもりであった、と。では今は――？

「が。つらつら《ディアナ・ディア・ディアス》の意味を考えるにつれ、段々、その意志がゆらいできた。そして、そなたがティーク殿と、真実恋を語られるにおよんで……わたしは、その気を、なくしたのだよ」

「王よ！　何と」

　ディアナの心は完全に混乱した。思わず、手前のスープ皿から内容物がこぼれ散るのも気づかずに、ぐいとテーブルをゆらして立ち上がってしまう程。ディアナにとって唯一のきり札だと思っていたティーク、その存在こそが、カイオス王をして、ディアナに王冠を渡すまいと決心させた、そのきっかけになっただなんて。

「ディアナ姫、そなたとティーク殿との恋が、政治的な思惑《おもわく》によるものであったなら、あるいはむしろ、わたしはそなた達を祝福し、苦笑まじりにこの王冠をそなたの頭にのせたかも知れない。が――哀しいかな、そなた達の恋心は、神かけてまっとうな、真実の思いであったようだな。……わたしは、それが、哀しかった。いやさ、ディアナ姫。姫がわたしの妨害なぞものともせず、何とかルーク殿を籠絡《ろうらく》してくれていれば、わたしも逆臣の汚名をきずともよかったのだがな」

「何と……何と？　王よ！」

「姫がもし、恋だの想いだのというものにうつつを抜かさず、そのまなこをしっかりと見ひらいて、純粋に政治的に御自分の伴侶を捜したとすれば――姫は、必ず、ルーク殿にその白羽の矢をたてたであろう？　ここな娘の夫になる人物故、あまり悪口は言いたくないが、ティーク殿は、芸術の天分にこそ恵まれているものの、政治の天分には見放されたお方。なのに、姫はティーク殿を選ばれた。わたしにとって、これは実に不審な話であったのだが――ルークという男、あれは実にそういう処にめはしがきく男であったから、ミアと、ディアナ姫、そなたの、双方から求愛されれば、必ずうまいこと双方を手玉にとったであろうからな、姫がルーク殿を相手にしなかったことは、判っていると言ってもよい――ルーク殿の死によって、ようやくすべてが判った」

「……は？」

「ディアナ姫。可哀想《かわいそう》にそなたは、御自身の意志でティーク殿に恋したと思っておられるであろうが、それは、違うのだ。姫を恋におとしたのは、その体の中を流れる血、その体に流れる運命、すなわち《ディアナ・ディア・ディアス》に他ならないのだ！　《運命《ディア》》は、《運命《ディア》》こそは、いちはやく見抜いていたのだ。この世に――ディアナ姫、《正しい血《ディア》》をひくあなたの相手になる男が、たったの一人しかいないということを！　そして、姫、そなたは正しく見抜いたではないか。ルーク殿が死ぬ、そのずっとずっと、何年も前から、自分の夫になるのは誰か、見抜いていたではないか！　……いや、そなたは、そんなことが判るずっと前から、何の打算もなく、その男と恋におちていた。――判るか、姫、判るか、この怖ろしさが！　《運命《ディア》》は、運命の血、《ディアナ・ディア・ディアス》は、ここまで怖ろしいものなのですぞ！」

……狂っている。

目の前でスープ皿をかきまわしている自分のおじをじっと見ながら、静かにディアナはそう結論を下していた。

この男は狂っている。そう思わなければ。

もし、思わなければ？

もし、この男が正気だったら？　ディアナの人生は、ディアナの恋は、ディアナの想いは、一体何だったというのだ！

いや、そんなことは考えたくない、考えるにおよばない。

故に、この男は、狂っているのだ！

そう思いながらもディアナ、カイオス王の言ったことに妙にとらわれている自分を感じる。

「そこで、わたしは、決心した。わたしは王冠も何もいらない。それは事実だ。でも――わたしは、ディアナ姫。あなたにだけは決して王冠を与えたくなかった。今となっては――《ディア》のおそろしさがここまで前面にでてしまった今となっては、たとえ何があろうとも、わたしがのちの人々に何と言われようとも、国民全員に見捨てられようとも、ディアナ姫、あなたにだけは、あなたにだけは、決して王冠を渡しはしない。そこで、慌ててティーク殿とわたしの娘との縁談を考えたら――そうしたら、ちょうどいい娘が、ルディアなのですよ！」

狂笑。まさしくそんな感じで、カイオス王は笑う。

「わたしは何も意図あって、長女ではなくて次女の名をルディアにした訳ではない。何か意図があって、ルーク殿とミアをめあわせようとしていた訳ではない。なのに――どういう訳か、ちょうど次で残っていたのが、ルディアなのですよ！　わたしの母の名、《ディア》によって泣かなくともよい筈の涙を流した女の名、その名を持つ女が、《ディア》の――《運命《ディア》》の邪魔をするだなんて……」

これもまた、《運命《ディア》》。

何故かは知らない。また、特にこれといった意味がある訳でもない。だが、何故か今、ディアナの心の中に、そんな言葉がうまれたのだ。

これも、また、《運命《ディア》》、ほうら、ごらんよ、《運命《ディア》》の歯車がまわる……。

「ティーク殿は、思いの他すんなりと、ルディアとの結婚をうけいれてくれましたよ。……ま、こんな風に言うと、ディアナ姫の心を傷つけるかも知れないが」

「いえ……判っていましたから」

ディアナはゆっくりこう言うと、ゆっくりとまた席についた。先程の衝撃でか、皿の中のスープは、金色の、妙にねっとりとした輪を描いて、まだゆれていた。金の連環、黄金のロンド。

「あの方は——ティーク様は、人の反対をおしきってまで、何かができる人ではありませんもの」

「さめた口調だな、ディアナ姫。そなたはもう、ティーク殿に愛想をつかしたのかな」

「いえ。……はじめから、ことのおこりのはじめから、不思議な程、こういう結末は判っていたのですよ。それを《ディア》の持つ魔性だと思いたければ思ってください。それこそ——ルーク殿ではなくて、ティーク様を選んだ時から、この結末は見えていたような気がします」

「ディアナ姫。そなたがディアナでさえ、なければ、な」

カイオス王はこう言うと、いったんその台詞を区切り、ゆっくりとルディアの方をみやる。ルディアは——これだけきわどい会話が自分のそばでなされているというのに、驚くべきことにまったくそれに関心をよせず、ただ黙々と食事を続けていた。

「わたしはおじとして、出来うる限りそなたの後見をしたであろうし……早くに両親をなくされたそなたにとって、わたしはよいおじになれたであろうと思うよ。ただ、そなた——いや、いいかえよう、御身《おんみ》がわたしの生涯の仇敵《きゅうてき》、《ディアナ・ディア・ディアス》そのものを体現する姫であったことだけが、残念じゃ」

この時。

パミュラが、そしてディアナ派の誰が、どう思おうと、じつはこの時。ディアナは悟《さと》ったのだ。

王位あらそいにおける、自分の決定的な敗北を。

それは、理屈とか、宮廷内における力関係とか、政治的な考えとはまったく別のものであった。

ディアナは、カイオス王の、言わば『狂念』とでも呼ぶべき狂った思い、ことの是非《ぜひ》はおいておいて、とにかく《ディア》そのものを絶とうという、狂人の思いに負けたのだ。その思いの、あまりの強さ、しぶとさに——自分の正気を犠牲にしてまでつのってしまう、その思いに負けたのだ。

何故なら。

ディアナの目には、この時はっきり見えてしまったのだから。

カイオス王のうしろに君臨する、哀《あわ》れな女、妾妃ルディアの影が。

カイオス王をして重度のマザー・コンプレックスに陥《おちい》らせ（そうだ。仮にミアは喪に服しているとはいえ、いくら内密を要する話だとはいえ、ルディアのみを席につかせ、自分の妻や他の娘達に給仕をさせるとは——これは、一体どんな神経なのだ？　ルディアという名を持つ女のみを自分と同列に扱い、他のものをかえりみないこの態度は何だというのだ)、一方、ルディアをまるで自分の意志がないでく人形のようなものにしてしまっている、可哀想な妾妃の影が。

　狂ってしまった想いは、どこまで人々をゆがめてゆくのだろう。

　ぼんやりと負けを悟ったディアナはそんなことを考え——そして、知る。

　自分の思い、王冠によせる自分の思い、健全な思いの、なんと脆弱《ぜいじゃく》であることか！

　健全な人々が、健全に生活を営む、そういった中では、健全な思いが、普通一番強い筈。

　だが。

　ひとたびその中に、『狂念』を抱いたひとがまじったならば。

　健全な思いは、その健全であるが故をもって、負けてしまうだろう。

　健全な思いは、『理屈』だの、『条理』だのをもって、人々にせまるであろう。

　だが、狂った思いは、そんなことに一切頓着《とんちゃく》せず——ただ、その思い、感情のみを基盤として、人々にせまるのだ。そして、そのおおいなる感情の前には、どんな理屈も歯がたたない……。

　現に。

　今、ディアナは、あきらかに常軌《じょうき》をいっしているカイオス王に対して、何も言えずにいるではないか。カイオス王の背後にほの見える、妾妃ルディアの影に対して、何も言えずにいるではないか。

　そして。

　あいまいなうちに、《運命《ディア》》の歯車はまわる。

　あいまいなうちに、ディアナはみずからの敗北宣言をする——すなわち、ムール四世との縁談を自分の意志で認めてしまう。

　ムール四世との縁談。

　これは、もし、ディアナが正気でいたならば、鼻の先で笑って、それでおしまいにすることのできる話であった筈だ。

　だが。その晩餐《ばんさん》の、メイン・ディッシュがでる頃に、ムール四世との縁談を聞かされたディアナ、それを鼻で笑えなかったのである。

　一つには、それまでにカイオス王の見せた、あまりの言動に圧倒されていた、という理由もあろう。

　また、一つには——口でこそ、判っていた、こうなることは予想できていたといっても、ティークの裏切りに、心底《しんそこ》傷ついていたせいもあろう。そして、もうこうなったら誰が相手でもいいという、自分で自分の将来をとざすような、自棄《じき》的な気分に陥っていたのかも知れない。

そしてまた、一つには。

ディアナには、この時、見えたのかも知れない。

一時、ルディアの思いにうちまかされていた形の《ディア》が、のち、その翼をひろげる処が。

が、今となっては、それはすべて想像の上のことでしかない。

ここで事実のみをのべさせてもらうならば。

この晩餐のあと、ディアナは、自分で認めてしまうのである。ムール四世のところへ、嫁《とつ》ぐということを。

カトゥサ　Ⅳ

おどおどと、どうしていいのか判《わか》らない風情《ふぜい》で、ファーサはカトゥサの部屋にはいってきた。時に、エトが退出して、一刻のち。

「どうぞ、おすわりなさい」

カトゥサは優雅にファーサに椅子《いす》を示す。自分自身は立ったまま、先程自分の体の中を駆け抜けていった火酒のあつさをさましながら。

「あ……どうも、これは」

示された椅子に視線を走らせたのちもなお、ファーサはどぎまぎして立ちすくんでいた。主たるカトゥサが立っているのに、従たる自分が座る訳にはいかない、が、主であるカトゥサが椅子を示した、この場合どうしたらいいのか、とっさには思い付きかねている様子だ。

「すわりなさいよ……ああ、僕が立っているからか。よし、すわろう」

カトゥサはつくねんと立っているファーサに苦笑いをうかべてみせ、椅子をひきよせる。

「僕は長いこと王立学院にいたのでね、どうもいわゆる礼儀という奴にうとくて。王立学院では、生徒はみな平等——貴族の子弟も、商人の子供も、みんな一緒に席をならべているからね、いきおい儀礼的なことは忘れがちになってしまうんだ」

「あ、いや、その、そこまで考えがおよばず、いたりませんで」

ファーサは慌《あわ》てて頭を下げる。ファーサにしてみれば、この、若い、リュドーサとはまったく毛色の違う新しい将軍に、気にいられない訳にはいかないのだ。ここはファーサが管理をまかされている——ファーサが家令《かれい》の館だというのに、リュドーサ治世下では、ずいぶんエトをはじめとする旗本隊の連中、あのむさくるしい、不潔な連中に、好き勝手なふるまいをされてしまった。ファーサにしてみれば、それは許しがたい暴虐《ぼうぎゃく》であり、長年の屈辱《くつじょく》であったのだ。

が、そんな状況下で、リュドーサが死ぬ。次期ムール家の当主・カトゥサは、あきらかに武官であるというよりは文官のような人物である。ここでファーサは期待したのだ。エトによってぐちゃぐちゃにされた、この館の秩序を、何とかこのカトゥサ治世下でとりもどしたい。だから、ファーサはカトゥサに嫌われる訳にはいかなかったし、同時に、どうしてもカトゥサに対するしゃべり方が、こびるようなものになる。

純粋身分制度からいうと、ファーサのこの怒りは、実に正しい。この館が貴族の館である以上、この館にも貴族としてのちゃんとした格式が存在するのだ。ここは、当主の館、その館の家令であるファーサは、元来の職制からいえば、ムール家の家来、召使いのうち、もっとも偉い人物であるのだ。ムール家に軍隊が所属している以上、当主に何かがあった時、この館、そして軍隊を掌握《しょうあく》するのはファーサでなければおかしいのだ。

それを、エトは、完全に無視した。いや、エトが無視したのではない、リュドーサが無視させたのだ。リュドーサ治世下において——まあ、リュドーサが生粋《きっすい》の軍人であり、館のこと、貴族としての格式に、まったく興味がなかったことを考えれば、無理もないのだが（実に、軍隊、戦争以外に興味のなかったリュドーサは、まだ、結婚すらしていなかった。奥方様さえいれば、もう少しは家の格式というものについても考えてくれるのではないかと、リュドーサの独身を一番なげいていたのは、このファーサである。）——一時的に、この館では、本来の職制を無視し、軍人達がわがもの顔にのさばり、家の中の管理まで、軍隊むきに、エトがとりしきっていたのである。（ただ、ムール家という家の特徴、まさに武勲《ぶくん》のみでなりあがった家であるという事実から考えれば、ファーサの怒りは、いたずらに形式的なものであったとも言える。その点、ムール四世の方が、多少は人格が練れていたのであろう、同じ軍人であっても、館にいる時はファーサの顔をできるだけたててやっていた。リュドーサは、まだ、そこまで気をまわせる程には、人間ができていなかったのである。)

「君は……ファーサ、だったよね。もし、名前を間違えたのなら、ごめんなさい。そして確か、この家の家令の」

「ええ、はい! そうです! そうなんです!」

ファーサの答えは、あまりにも派手なものだった。

「わたしがファーサで、わたしファーサ――この家の家令です。わたしこそがファーサで、わたしこそが家令なのです!」

それこそ、つかみかからんばかりのいきおいで、ファーサ、自分のことを宣伝する。

どれ程の野心を秘めていようが――これも、また。

カトゥサ、あまりといえばあまりのファーサの剣幕《けんまく》に驚きながらも、こう思う
これもまた、正直な男ではないか。あきらかに野心を持っていると思われたエトとファーサがこうなんだから……つくづく、ムール将軍家というのは、部下に恵まれた、というか、代々余程《よほど》単純だったのだ、というか……。

確かにファーサには、野心があるだろう。エトを――旗本隊の連中を、兵士どもをこの屋敷から駆逐《くちく》して、自分がこの屋敷における、当主を除いたナンバーワン、本来の家令としての権力をとり戻そう、という。だが、こうまであけっぴろげに、こんな様を見せられてしまったら、とてもこの男に悪感情は抱《いだ》けそうにない。

が。

カトゥサには、予定があったのだ。エトを殺し、ミリサを裏切り者とし、また、一方では、すべての非難をファーサに集める、という。エトがあれだけ単純ないい奴であっても、自分の予定の為《ため》に、そのエトを殺さなければならないのだから……たとえ、どんな人間であったにせよ、このファーサには泥をかぶってもらわないといけない。

「なのに先程のおふるまいは……あんまりというものですよ」

ファーサ、しゃべりだして興奮したのか、カトゥサにおもねるという最初の予定も忘れて、思わずカトゥサに恨《うら》みがましい視線をよこす。

「あんまり……とは、何が?」

「まず、エトをお呼びになったでしょう、カトゥサ様は! あ、あの、あ、いいえ、別にカトゥサ様が悪いという訳ではないのです、勿論《もちろん》。ただ、その……少しでも作法というものを知っているのであれば、エトはそれをうけちゃいけないんですよ。いや、そもそも、エトは馬車のお出迎えになんか、行っちゃいけないんですよ!」

「まずエトを呼んだのは――そんなに、作法として問題があったのだろうか?」

この男は放っておいてもいくらでもしゃべってくれそうだ。その見極めがついたので、カトゥサ、聞くともな

く聞いてみる。

「ええ、ええ！　何せ、この館の家令は、このわたし、ファーサなのですよ！　エトは、旗本隊の隊長じゃありませんか！　職制というものが、まったく違う。あいつには、そういうことがまったく判っていないのです！」

「僕は……その……そういうことにはうといんだけど、家令と旗本隊の隊長っていうのは、そんなに身分が違うものなの？」

「ええ、ええ！　まったく違います。大体、軍人が家にはいってどうしようっていうんです！　この館の中には、戦争なんてありゃしません」

「ま……それはそうだろうね」

「身分だって、全然違いますよ！　エトは軍人で、わたし、このファーサは、王も認めた準貴族――サル・ディアなのですぞ！　館の主たる貴族に万一のことがあった時、その後継者が決まるまでの四十八時間、貴族として館内のことを決めてよいという、まさに、貴族に準ずる身分なのですよ！」

「ほお……そういうことは、しらなんだ。すると、君は、兄上様がおなくなりになってから今まで、この館を」

「いえいえいえ！　それがまったく、そういうことはなかったのです！　リュドーサ様がおなくなりになったことをわたしが知ったのは、ほんのさっき……。伝令は、まず、カトゥサ様と奥方様の処《ところ》へゆき……この館へリュドーサ様御死去の連絡があったのは、カトゥサ様がおつきになる、ほんの一時間前でした。それも、カトゥサ様の処へいった伝令が、ついでのように……あ！　いえ！　だからといって、リュドーサ様の死を、すぐに知らせてもらえなかったからといって、それに不服を言うような奴は、この館にはおりません、勿論」

「ほお……」

「リュドーサ様がおなくなりになったらカトゥサ様がいらっしゃる、そんなことは最初から判っていたことですし、ですから、まず、伝令がわたしの処へこなくとも、せいぜい新主君をおむかえする為の掃除《そうじ》がなっていないくらいの弊害《へいがい》しかありません。……この部屋の掃除はなっておりませんな、本当に。これだって、もうちょっと早く伝令がくれば、館中ぴかぴかにして、カトゥサ様をおむかえできましたものを……」

　ファーサはこういうと、本気で顔をしかめた。どうやらきれい好きな男であるらしい。それから慌てて台詞《せりふ》をつづけて。

「あ、ですが、その……弊害がないということと、礼を失するということは、また、全然別の問題です！　エトは、自分に課せられた義務を無視しました！　……しかし、ここまでほこりっぽいと、充分弊害はあったといえますな……あ、それと、そう、それのみならず、カトゥサ様がこの館においきになった時、職制その他をすべて無視して、エトがまず、カトゥサ様と御面会なさいました。これは許せないことです！」

「そうか……申し訳ないことをしたね」

考えこむようなふりをして、カトゥサはこう言ってみる。

「僕はそういうことはまったくうといんだけど……とにかくエトがまずやってきたから、彼の話を聞いたんだけど……君を無視してしまった恰好《かっこう》になったのか。謝罪するよ」

「あ、あ、あ、いえ！　いえ、いえ、いえ！　カトゥサ様におかれましては、無理はないんです、誰だって、最初にやってきたものに頼りたくなるものです。問題は――エトがとにかく秩序だの格式だのを無視するということで……」

「でも……エトにも悪気があった訳じゃないだろうし……」

「ああ！　ああ！　カトゥサ様ももうエトにたばかられていらっしゃる！」

「……たばかられて？」

「そうですよ。エトは、格式のことを知っていて、それを無視するのです。知らずに無視した恰好になってしまったカトゥサ様とは違います。彼には、本質的に、悪意があるのですよ！　大体が、リュドーサ様を見殺しにしたのだって、エトなんだし」

「見殺し……ってことは、あんまり……」

「あいつはこの館の中だって――本来、戦場とは何の関係もない、この館の中だって、旗本隊の隊長だっていうんで、ずいぶんいばっているのですよ！　なのに、何でその本領を発揮すべき戦場で、主《あるじ》を殺されてしまうんです！　これじゃ見殺しと一緒ですよ」

「兄上様を見殺しに……」

カトゥサ、ちょっと重々しく、こうつぶやいてみる。

「エトって……そういう人だったのか……」

「そういう男なんですよ、エトは！　こう言ってしまっては何ですが、カトゥサ様もリュドーサ様も、世間のことはまるで知らない、純粋なお方だ。エトはそこにつけこんで、そこにとりいって……。エトは、純粋な御主君の心に、とりいるだけが才能の男なんです！」

……おや？

カトゥサは、ファーサの台詞の中にこめられた、とても強い思いに気づく。

ファーサは、カトゥサにとりいりたいから、ライバルであるエトの悪口をいっている訳ではないらしい。どうやらファーサ、エトのことを、本当にそういう人間だと、信じこんでいるらしいのだ。台詞の中に、とっても強い、真実の重みが感じられる。

「現に、その証拠に、トリューサ様は、ムール四世様は、エトなんぞ、こわっぱ扱いをしていらっしゃいましたからね！」

　それはそうだろう。リュドーサとトリューサは実の親子なのだから、まさに親子程も年が違う。リュドーサにとって、同年配の、たよりになる友であるエトは、トリューサにとっては、まるで子供のように思えたのも道理だ。だが、どうやらファーサは、二者の年齢的な違いというものをまったく無視して、一途《いちず》にそう思い込んでいるらしい。

　真実の重み。

　はじめてカトゥサは、それを心の底から感じることができた。

　ファーサは、真実、エトを、主にとりいるだけが特技の、それだけの男だと思っている。この場合、実際のエトがどういう人間であったのか――本当の真実――は、問題ではないのだ。ファーサが、真実、どう思っているのかだけが問題であり、ファーサが、真実、エトのことを主にとりいるだけのつまらない男だと思っている以上、ファーサの口から話されるエトは、それだけの男なのである。

　そして、どうしてファーサがそんなことを信じるようになったのかと言えば――実際のエトは、本気でリュドーサに忠誠を捧げている兵士であるのは確かだ――それは、おそらく、ファーサのひがみ故《ゆえ》。何よりもまず、身分制度でものを考えるファーサにとっては、サル・ディアである自分より、一介の兵士でしかないエトが重用されるのは、たまらないことであったのだろう。また、だからといって、エトは自分より有能だと思うことは、できかねただろう。

　故にファーサは思い込む。エトが重用されるのは、エトの能力故にではない。あいつは、ただ、口がうまくて御主君にとりいるのがうまいだけなのだ……。

　真剣にファーサの心の中でそう思い込まれ、信じられたことは――それが、本当に本当の処、真実であるかどうかはおいておいて――そう信じこんだ人の口から聞く限り、何よりも強い真実となる。

「そうか……判った」

　更《さら》に何か言いた気《げ》なファーサの口を封じるつもりで、カトゥサ、ぴしゃりとこう言う。

「エトについては、僕なりに観察して、考えてみよう。……ありがとう、ファーサ、今日君にきてもらったに値する収穫があったようだ」

　こう言うとカトゥサ、立ち上がる。ファーサが他に何かいいたいことがあったとしても、これは会見終了のサイン。

「カトゥサ様が、今日わたしの言ったことを、真実有効にお使いになることを期待しております」

　まだ何か言いたいことがあるようなファーサも、カトゥサのこの暗黙の意思表示には逆らえない。こう捨て台詞をのべたあと、仕方なしに一礼し、退出の準備をする。

この、わずかな時間の面会で。

しかし、カトゥサが得たものは、かなりのものだった。

この先。

カトゥサが何も言わなくとも、ファーサはあちこちに吹聴《ふいちょう》して歩いてくれるだろう。

特に、この先も、カトゥサがエトを重用すれば。それだけで彼は、どんな方法を使って依頼するのより確実に、あたりに宣伝してまわってくれるだろう。

エトが何をしようと、それは一見カトゥサの意をうけているように見えても、実はエトの先ばしりだ、と。

そういう風評――カトゥサが、最初からぜひたてたいと思っていた風評――を、おそらくは何の指示をしなくとも、ファーサがたててくれる。カトゥサ自身がまったく手を汚さなくとも、ファーサは自分から進んでそれをやってくれる。

でもファーサ。君は命びろいをしたね。

ファーサが退出したのち。カトゥサはついにこらえきれなくなって、喉《のど》の奥でくすくす笑いながら思う。

君とエトとの反目というのは――おそらく君が一方的に吹聴して歩いているせいで、かなり有名なのだろうね。おまけに、これだけ単純なものだもの、君はどうやら、僕のスケープゴートになる資格がないみたいだ。

いや。そもそも。君は僕の館から追い出す必要がない人間のようだ。ここしばらくの間、僕はエトを重用するから、君はさぞ、気分が悪いだろうけど、最終的には、君はこの館の家令のままでいてもらっていいよ。

くすくすくす。もうしばらく、カトゥサは笑って。それから、ちょっと、ため息をついた。プシケの言うとおり、ファーサは自分のことばかり考えている人間だ。でも――結果として、ファーサがこの館では生き残る。僕のまわりに最初集まる者達は、所詮《しょせん》そういう連中ばかりなのだ……。

☆

「それは……本当のことなんですかい？　本当にこのわたしの為に、あのカトゥサ様が時間をさいてくれるっていうんですかい？　あ、いや、女官殿《どの》、確かにあなたとは王立学院でお目にかかりました。ですからあなたがカトゥサ様づきの女官であることは知ってますが、でも、この忙しい時に、カトゥサ様がまさか」

ミリサが、一番、抵抗した。いや、抵抗、というよりは、疑問を抱き、にわかには信じられないようなのだ。カトゥサが、自分を呼んでいるだなんて。

だがそれも、ミリサの立場になってみれば、まったく無理もないことだと言える。

王立学院で。まるっきり化け物のような、まさしく《ディア》の申し子のようなカトゥサを見てしまったミリサは、いち早くカトゥサにつけば得だと思った。で、何とかカトゥサの用事の一部でもやってやり、カトゥサとの関係を深めたいと思ったのだ。その為、職制からいっても身分からいっても、本来うろつくべき処ではない、新しい主の住居のまわりをうろついて、新しい主づきの女官にみつかった。

ミリサは、てっきりこれは怒られておい返されると思ったに違いない。が、意に反して、その女官は、カトゥサがミリサを呼んでいるという。

そんな——そんな都合のいい話がある訳はない。そんなに万事都合よくいくだなんてことが、この実人生であってはおかしい。

ミリサは、実にもっともにもそう思い、カトゥサが呼んでいると告げる女官——プシケに抵抗し続けた。

一方、プシケとしては。

ファーサが退出した今、この辺をうろついている筈《はず》のミリサを呼んで、こっそりカトゥサに会わせなければいけないというのに、当のミリサにこんなに騒がれたのではたまらない。『こっそり』という、カトゥサの要求が、このままではミリサ本人のせいで、ぶち壊しになってしまうではないか。

「いいから、来てください、早く。カトゥサ様がお呼びであるかどうか、来てくれれば判るじゃないですか」

仕方なしに、出来るだけ声をひそめてこう言う。と、また、プシケが声をひそめたという事実が、ミリサをしておじけづかせるのだから——これはもう、本当にどうしようもない。

「でも……ムール六世様が、わたしに何の用があるっていうんです。……軍議だったら、先刻エト隊長がはいっていったし、家のことだったらファーサ様が」

「それを知っているというのはミリサ殿、貴殿がずっとここを見張っていたという証拠でしょう？　貴殿こそ、カトゥサ様に何か用事があるのでしょう？　でしたら素直について来なさい」

「いや、わたしは別に用事なんて……その……ただこの辺をぶらぶらとしていただけで……」

仕方ない。

こんなこと、本当は一介の女官が言っては、あきらかにおかしいのだけれど。

そう思いながらもプシケ、できるだけミリサの耳に口を近付けて、こうささやいてみる。

「おまえはカトゥサ様を何だと思っているの！　ディアナ様——最後の、正しい《ディア》を引く方の息子、そしてこの世にうまれいでたる、最大の《ディア》、まさしく、《ディアナ・ディア・ディアス》その人なのですよ。そのカトゥサ様に——いえ、いいかえましょう、《ディアナ・ディア・ディアス》に、真正の《ディア》に、あなたごときのふるまいが判らぬとでも思っているの？」

「カトゥサ様はわたしにこうおっしゃいました。ミリサが、必ずこの辺をうろついている筈だから、こっそり連れてこい、と」

「カ……カトゥサ様が、本当に？」

「あの方に判らぬことがあるだなんて、よもや思いはしないでしょう？」

「あ……ああ、いえ、あの、はい、そうですね、あの方なら」

ミリサの瞳に、再び野望の灯がともる。カトゥサは、真正なる《ディア》――《ディアナ・ディア・ディアス》。であるが故に、俺は、カトゥサの側近になろうとした。そのカトゥサの――《ディアナ・ディア・ディアス》のことだもの、俺ごときの考えが読まれていたって当然なんだ。

「……判りました、女官殿」

「長いつきあいになるでしょうね、ミリサ殿」

プシケは、カトゥサによってミリサが使い捨てられる運命にあると知りながらも、こういうとその頰《ほお》に微笑を刻んだ。

「わたしのことは、プシケとお呼びください」

「あ、はい、プシケ殿」

ミリサは、いとも簡単に、プシケの魔力に籠絡《ろうらく》されてしまう。

「では、参りましょうか」

☆

プシケ。

のちのどの言い伝え、どの歴史書をひもといても、出てくる名は、ただ、これのみである。《貴族の称号《ディア》》も何もつかない、ただ、プシケ。

のち、カトゥサの最愛の妾妃《しょうひ》となり、その右腕となり、カトゥサの死後まで、イノーガル・スワイトナ――魔の女、女妖――とおそれられた人物。

彼女の起源は、この瞬間に求められる。ミリサをおどしつけた瞬間、彼女は一介の女官である処のプシケをやめ、カトゥサの真の腹心、そしてカトゥサの死後も、ムール帝国の基礎を守った伝説の女妖、イノーガル・スワイトナ・プシケの道を歩きはじめる。

だが――それは、まだ、遠い話だ。

☆

「愉快だ。君の反応を聞いて、僕は本当に愉快だよ」

ミリサを前にして。カトゥサはとっても上機嫌だった。

「愉快って……」

「確かに、君にしてみれば、疑惑を抱《いだ》いて当然だと思う。僕が、一度会っただけの君に会いたいと言っているだなんて、そうそうある話じゃないものね。だって、君の野心は、君以外の人にとっては、本来知る由《よし》もないものである筈だし……いや、愉快だ。君はまともな人間であるのだね」

　ミリサの前では。

　王立学院での一件もあることだし、カトゥサは自分をかざらないで済んだ。それが、ミリサを愉快がる、その第一の原因。

「あの……野心って……」

「君は僕のことを、これこそ本物の《ディア》、《ディアナ・ディア・ディアス》だと思っただろう？　いや、反論しなくていいんだ。僕は、本当にそうなんだから。そして、次に思った筈だ。僕は、予想外の出世をする、だから、僕について損はない、と」

「あ、あの」

　あからさまに『そうです』とも言えず、ミリサは苦悩する。

「いいんだよ、僕の前では、そう自分をとりつくろわなくったって。大体、君が僕の前で自分をとりつくろってみせたからって、それにだまされる僕だと思うのかい？」

「い、いえ、はい、そうですね。そうでした」

　ミリサは多少慌てながらもこう言うと、それから腹をくくったのか、カトゥサににやっと笑ってみせた。

「わたしは確かに、あなた様についていれば損はないと判断しました。今でもそう思っとります。どうかお忘れなく、わたしは、この館の中で、一番早く、あなた様を正当に評価したものなんですよ」

　こう言うとミリサ、またにやっと笑う。

「ああ……正当に評価、だなんて、これはあきらかに主君に対していう言葉ではない、主君に対して礼を失している表現ですよね。でも、実際問題としてはそうなんだし、あなた様の前でそれをとりつくろってみたってどうしようもありませんからね」

「君は本当に愉快な——物判りのいい、かしこい人間だね。僕は、物判りのいい人間、かしこい人間は大好きだ」

　カトゥサもまた、そんなミリサを、いかにも気にいったと言わんばかりに、にっこりしてみせる。

「それで、君は僕に何か質問があるんだろう？　いいよ、言ってごらん」

「はあ。先刻はどうして——どうしてあんな風にしてこの館にお入りになったんで？　どうもその……あれじゃ、カトゥサ様の印象が」

「まるで弱々しい、腰抜け男に——世間の評判通り、天才児リュドーサの不肖《ふしょう》の弟、からっきし度胸も意気地《いくじ》もない男、に見えただろう」

「……はあ」

「それでいいんだ。それが狙いだったんだから。……当分の間、僕が本当はどういう人間であるのか、まわりの連中に知られたくないんだ。当分の間、まわりの連中が僕を御《ぎょ》している——僕が、御者となって、このムール将軍家っていう馬車が動いているんじゃなくて、側近達が動かしている、僕は傀儡《かいらい》になっていると思わせたいんだ」

「……へーえ」

　いかにも不思議な話を聞いたかのように、ミリサは間《ま》の抜けた声をだす。

「カトゥサ様は、今すぐにでもそれは怖ろしい第一将軍になれるでしょうに、またどうして……あ」

　いいかけて気づく。

「すみませんでした。余計なことを聞きまして。どうせカトゥサ様には、わたしなぞには想像もつかない、深い理由がおありになるんでしょうし……だとしたら、一々それを聞かれるのも面倒でしょうね」

「本当に、僕はおまえが好きだよ、ミリサ。そうだ、よく判ったね。僕は、僕のすることに一々質問されて、それに説明をしてやるのが、本当の処、まったくの苦痛なんだよ。おまえが今やったこと、まさにそれが、僕につかえるルールだ。僕につかえている以上、一日につき、質問は一つだ。でも……今日は僕達の初対面の、特別の日だから、おいおいその質問にも答えてあげよう」

　それからカトゥサ、すっと立ち上がり、すわっているミリサの瞳をみつめる。カトゥサの目は、次第次第に意志の力を強めていって……その目、吸い込まれそうな強い瞳に見据えられることは、それだけである種の圧力になる。

「当分の間、僕の本当の姿を知るのは、おまえだけだ、ミリサ。おまえだけでいい。僕はおまえ以外の人間の前では、あくまでおどおどした子羊《こひつじ》のような男でいるつもりだし、多分、おまえ以外の人間はそれを信じてくれると思う。……だから……他言するなよ。……いや、当分、したくてもできないだろうが」

　当分、他言したくてもできない。その言葉に秘められた、何とはなし、怖ろしい響きに、ミリサは思わず腰をうかせる。

「いや、考え違いをしないように、ミリサ。僕は、おまえが本当の僕を知っているからといって、おまえを殺そうとか、そういった類《たぐい》のことはまったく考えてないよ。それに言葉は正しく使うものだ。今、おまえを始末するつもりなら、『当分、したくてもできない』だなんて言い方を、僕は、しない。ただ『したくてもできない』とだけ、言うよ」

「あ、……はい」

　この男——カトゥサに、真正の《ディア》に、俺はくみしたんだ。俺から望んで《ディア》にくっついて出世しようと思ったんだ。その俺が、まさに最初に《ディア》に目をつけた俺が、こんなことくらいで脅《おび》えてどうするんだ。

ミリサ、心の中で、自分にこういいきかせると、覚悟を決めたように、深々と椅子にすわりなおしてみせる。

「そう、物判りがはやくていい。……これだけ物判りがはやいのなら、一つ、大筋だけは説明してあげようね」

カトゥサが静かに――そして、この館に来て初めて、声の中に威厳をこめてしゃべりだすと。カトゥサの動作、そしてその表情の中に、今まで、この館に来てからずっと、他人に対して抑圧されていた真正の《ディア》、《ディアナ・ディア・ディアス》の面影《おもかげ》がさす。

「ムール六世は、すみやかに、すみやかに、ムール五世に与えられた打撃を回復しなければならない。これは理の当然、だな。ムール家は、いくらディアナであらせられる母上様の血がまじったとはいえ、本来なら田舎《いなか》貴族、成り上がりの最たるものにすぎない。故に、当の戦争相手の東の国そのものよりも、哀《かな》しいかな、南の国内部の方に、より多くの敵を持っているのだ。どれだけの大将軍、どれだけの騎士達が、ムール家の持っている身分――南の国第一将軍――を狙っていることか。そういう連中に弱みを見せる訳にはいかない。故に、ムール六世は有能でなければならないのだ」

それじゃ、さっきの態度はより一層おかしくはありませんか?

口にはださなくとも、顔中をその疑問で一杯にしているミリサに対し、カトゥサは何やら含みのある笑みを見せる。

「が、ところで。一方、カトゥサ・ディア・ムール本人は、リュドーサ・ディア・ムールの半分も有能であってはいけないのだ」

「へ?」

「カトゥサ・ディア・ムールが――僕が、リュドーサの、兄上様の半分程も有能な将軍であったなら、それは即座に、僕の生命の危険を意味するのでね」

真剣に訳の判らない話を聞いた。まるっきりそんな表情をしているミリサ。カトゥサはそんな彼を満足気にみやると、すっと口をミリサの耳の方へ持っていった。

「何故《なぜ》ならね、ミリサ、おまえは兄上様の旗本隊の人間で、だから『白い花の館』にはほとんどきたことがなかっただろ? 故に知らないのも無理はないのだが、『白い花の館』では、これは公然の秘密なんだ。僕の父は、ムール四世では、ない」

「げっ!」

今度こそほんとにミリサは驚愕《きょうがく》し――その驚きのあまりの激しさ故に、あやうく椅子ごとうしろへひっくり返ってしまいそうになった。こんな時機に――まさに、父、ムール四世の名をうけついだ、こんな時機に、こんなことを言うだなんて、これはもう、この時代の人間の常識をまったくはずれている。はずれていすぎる。大体、もしそれが真実であるのなら、それこそまさに、カトゥサにとって秘事中の秘事、命にかけても守らなければならない秘密ではないのだろうか。

「僕の父はね——ま、僕としてはああいう人をあまり自分の血縁だとは思いたくはないのだが——現リール大公だよ。ティーク・ディア・リール」

「…………！」

今度という今度こそ、ミリサは、体中のありとあらゆる部分を使って、真剣な驚きを表現したかった。表現せずにはいられなかった。だが、現実には、先程に続く今、あまりに異常な発言が続いたので、逆にミリサは、何も言えず、何も反応をおこせず、ただ莫迦《ばか》みたいにすわっていることしかできなかった。

ティーク・ディア・リールが父！　現リール大公、左の聖大公が、父！

ということは。

カトゥサは《血《ディア》》の流れの中に咲いた仇花《あだばな》などではないのだ。

カトゥサこそが、今、ミリサの目の前にすわっている、やせぎすというには痩《や》せすぎている若者こそが、一度はとぎれてしまったと思われていた《血《ディア》》をつなぐ者、王の中の王、血の中の血の所有者、真正の《ディアナ・ディアス》であるのだ。

「判るだろう、僕は、失われた連環《れんかん》そのものなんだよ。僕が王族として認められれば、すぐに、正当な血、《ディアナ・ディアス》はよみがえるのだ。現国王たるカイオス王、その娘婿《むこ》のリール大公にとって、僕は、存在するというだけでどれ程危険な存在であることか……。実際、今まで、僕が暗殺されなかったというのが、不思議なくらいだ」

今までカトゥサが暗殺されなかった理由。それは、カトゥサには、屈辱として、痛い程判っていた。

一つには、カトゥサが正しい名前を持っていないこと。もし、カトゥサの名前がディアスであったなら、間違いない、彼は、生後一ヵ月以内に必ず殺されていただろう。が、彼の母たるディアナは、ムール四世の妻。故にディアナには、息子に本当の名前をつける権利がなく、まず、それでカトゥサは守られた。

ついで。カトゥサの真実の父が誰であるのか、当時『白い花の館』にいた人以外には、ほとんど知られていなかったということ。

そしてカトゥサの態度。

元来カトゥサは、王位などというものを望んではいなかったのだ。それは、まったく、望んではいなかったのだ。故に、カトゥサは、王立学院にはいり、自己の能力の限界まで学問にはげみ、何とかして王立学院を卒業しようとしていたのだ。（王立学院を、もし、卒業してしまえば、大神官になる以外の道は、完全に閉ざされてしまう。前記したように、大神官は、常時人手不足であったので、卒業生が大神官の職業につくことを拒否するのは、絶対禁止という不文律《ふぶんりつ》があった。）

それから最後の――そして、最大の理由。

リール大公ティークの、カトゥサ、ディアナへの同情。

リール大公こそは、カトゥサの存在を、もっともおそれ、もっとも抹殺《まっさつ》したくなる人物の筈であった。自分の、もしくは自分の子供の王位をおびやかしうる、たった一人の、そして最大の人物がカトゥサである筈だったし、カトゥサの素姓《すじょう》が知られるということは、彼の不貞を、彼の妻、彼の義父に知られてしまうということであるのだし。

いや。そもそも、リール大公の不貞が、カイオス王、ルディアにばれていないという保証はあるのだろうか。むしろ、十のうち八は、ばれていると思った方がよいのではなかろうか。だが、カトゥサの素姓を知ったあとで、カイオス王がカトゥサに手をだしてこないというのは、何とも不審な話であったし……。

おそらくは、リール大公が、必死になって不貞の事実を否認しているか、あるいはカトゥサとディアナをかばっているのだと、カトゥサは思っていた。今となっては――《運命《ディア》》が、ここまできてしまった今となっては、その同情は屈辱的なものでしかあり得なかったが……だが、まだ、カトゥサは当分、その同情に頼らなくてはならないのだ。

「だからね、僕は、まだ当分、無能な将軍でいなければいけないんだよ。さもないと――僕が脅威《きょうい》になり得ると知った瞬間……」

とりあえず、無能な男でいれば。王立学院にはいり、そこで必死に勉強していたことで、カトゥサが暗殺をまぬがれていた可能性があるのなら――カトゥサの、王位には興味がないのだという無言の意思表示を、カイオス王やリール大公達が認めていてくれたなら――無能な男でいることで、何とか暗殺をまぬがれることはできないだろうか。

だが。

彼らの同情を、そういつまでもあてにしている訳にはいかない。大体が、カトゥサは、もうすっかり、王位に手をのばす気でいるのだ。すると、いつか、そう遠くないいつか、彼は自分から自分の能力、自分の素姓を世にあきらかにしなければならない道理で、その先は、勿論彼らの同情を期待できる訳がない。

それまでに。何とかして、カトゥサの、カトゥサによる旗本隊を作っておかなければ。その為には、やっぱり、時間がいる……。

「で……ね」

ちょっともったいをつけて、カトゥサは言う。

「真正の《ディア》、《ディアナ・ディア・ディアス》である処の僕は、おまえの助けを求めているんだ。——どうしてか、なんて、聞かないでくれよ。それは——どうしても、なんだ。この館には、僕に近しい者はいない。本当の僕、本当の力を示した僕を知る者も、また、いない。そして、僕は、王家の目がある以上、この館で、〝本当の僕〟になってみせる訳にもゆかない。そういう状況下でおまえが——ミリサ、おまえがいるんだよ。王立学院で、本当の僕が何であるのかを知ってしまった、おまえが」

「ええ……はい」

　ミリサは、ただただ盲目的に、こううなずいてみせるが、また、一方で、ひたすらその頭を働かせてもいた。

　これが——これこそが、千載一遇《せんざいいちぐう》のチャンスでなくて何だというのだ！

　今、カトゥサは、カイオス王の目をおそれるあまり、その本当の自分——《ディアナ・ディア・ディアス》であるところの自分——を解放できずにいる。

　が、カトゥサとしては、本当の自分を解放したくてたまらない筈なのだ。

　そんな状況下における、自分——ミリサの存在。

　本来の自分をすでに知っていて、ここにいる人間の、存在。

　カトゥサ——《ディアナ・ディア・ディアス》にとりいるのに、これ程すぐれたポジションが他に期待できるだろうか。

「わたしは、カトゥサ様がお望みになっているすべてのことを、出来得る範囲で実行したく思います」

　ミリサは、できるだけ声に忠誠をこめて、こう言ってみる。

「本当に？」

　カトゥサは、いやに金属味をおびた言い方で、問い返す。

「本当に、どんなことであっても？」

「はい」

　ミリサ、断定的にこう言うと、黙って自分の主君の顔を見る。

「その命令が——たとえば、《南の国の宝《リニエド》》に火をつけよ、というものであっても？」

《南の国の宝》——リニエド。

　誰が、この世の中の一体誰が、そこに火をつけようだなんておそろしいことを考えるんだ？

　そこは聖域、決して手をふれてはならない場所、そこがあるから南の国と東の国の戦争が、決して本格的な、国をあげての戦争にならない場所。

《リニエド》に火をつける！

　ミリサは、しばらくの間、自分の聞いたことのあまりのおそろしさに、返す言葉をうしなってしまった……。

ディア　Ⅲ

リニエド。

それは、南の国の言葉である。その意味は――《南の国の宝》。

が、一方、そこは東の国の連中には、こうよばれる。

リニルーラ。

その意味は、《東の国の宝》。

南の国は、次に述べる五つの地帯に、おおむね分類できる。

一つ。南の国の更《さら》に南、そして西に接している、不毛の、そこにはいっただけで生命が失われるといわれている、砂漠地帯。

二つめ。（これは、厳密に言えば、地形的な分類ではないのだが）王宮を含む、都市部。

三つめ。国の大半を占める、森林地帯。

四つめ。海岸線、そして河川ぞいに広がるごくわずかの田畑。南の国は、その領土のほとんどを森林が占めている為《ため》（そして、後述の事情で、森林を切り開いてまで田畑を作る必要がなかったので）、南の国で穀物《こくもつ》がとれるのは、ほとんどここだけだと言える。（南の国――いや、当時のこの半島部における食生活は、主に次のようなものでまかなわれていた。森林部にすむ小動物、時として大型獣の肉、魚類と貝類、森でとれる木の実ときのこ、ある種の食べられる草と葉、動物の乳。穀物をひいて粉にし、それを練り、焼いて食品にするという方法は確立されてはいたが、民衆レベルには、まだ、あまり浸透しているとは言えなかった。）

そして、五つめ、リニエド。

正しくは、そこは南の国の領土ではない。また、東の国の領土でもない。南と東のはば広い国境を形成する、草原地帯の一部であり、草原の民《たみ》と呼ばれる、南にも東にも属さない、いやそれどころかそもそも定住の地というものを持たない、漂泊の民の土地。（いや、これらはすべて、『だった』と過去形で書かれるべきであろうか。とにかく、南と東、その二つの国が形成され、地がためをしている頃には、草原には、武装し、定住地をもたない、草原の民と呼ばれる人々が住んでいたのだ。）

が、やがて、いつともなく。草原の民の一部は、定住地を持ち始めたようなのだ。いつともなく、馬をかり、獣をおいたてる生活様式は変化をはじめ――草原の奥深くに、わずかばかりの穀倉《こくそう》地帯をつくりあげていった。

この時をもって、草原の民の生活様式は、きれいに二つにわかれるのだ。

成年に達した男達は、あいかわらず、定住地を持たず、草原の中を渡り、昔ながらの生活様式をもつ。一方、女、そして子供と老人は、穀倉地帯に定住し、その田畑をどんどんひろげ……。

一番はじめに穀倉地帯を作った連中に、そもそもどんな思惑《おもわく》があって、こんな二重生活を始めたのかは、もはや判然としない。あるいは、獣があまりいなくなった時期に、女は農耕生活を主張し、男がそれにうべなわなかったのかも知れないし、女は定住をしたがり、男は一つの土地にしがみついて生きてゆくのをいさぎよしとしなかったのかも知れない。

東、そして南の国の人々は、草原の民のこの生活様式を野蛮《やばん》だと笑った。（実際、彼らの家族生活、夫婦生活は、この生活様式の為に、ずいぶん犠牲になった筈《はず》である。）が、その何世代かのちに、野蛮だと思われていた草原の民の生活様式が、実にめざましい効果を発揮したのである。

ある程度、草原地帯の穀倉地帯が大きくなると、やがて、南の国も東の国も、そろってそこへ手をのばしたくなったのだ。実際、シシス十世治世下で、シシス十世は草原地帯の南の国よりの半分——そこは穀倉地帯の四分の三（当時）を占めていた——を、南の国の領土であると宣言したのだ。そして、税の徴収をとりおこなおうとした。

これは、手ひどい失敗におわった。何故《なぜ》ならば、文明国に住んでいた連中が野蛮だと笑ったその生活様式故《ゆえ》に、草原の民のうち成人男性は、すべて定住地をもたない、草原のことなら何でも知っている、草原における不屈の兵士となっていたからだ。

シシス十世の軍は、草原の民の男共にさんざんいいようにあしらわれ——そして、最終通告をたたきつけられた。それは、おおむね、こういった主旨のものだった。

『確かに女子供は、もうずいぶんと長い間、一つ処《ところ》に定住してはいる。が、我々は本来、好き勝手に草原の中をかけめぐる、草原の民である。

南の国の無能な王よ、そして、おそらくその真似《まね》をしようとしているであろう東の国の王よ、よく聞き、そして、考えるがいい。

確かにおまえ達が全力をつくせば、我々を征服するのは不可能事ではないだろう。が、おまえ達が無傷ですむとは、よもや、よもや、考えまいぞ。そして——それまでして、おまえ達は、一体何を手に入れるのだ？

我々は、草原の民、君主を戴《いただ》かぬ自由な民である。力によって我々を屈服させようというもくろみがあるのなら、それによって我々の富を搾取《さくしゅ》しようというのなら、我々は、喜んで、我々の畑に火をつけよう。侵略者達に奪われるくらいなら、喜んで、我々の富を灰と化そう。

我々が、我々の畑に火をつけるのを、よもやためらうと思うなかれ。何故ならば、我々はもともと草原の民、草原さえあれば生きてゆける。過剰な富を燃やしたからといって、我々には失うものなど、唯《ただ》の一つもありはしない。

それに対して。おまえ達は、多くの兵士を失うだろう。兵士の為の、多くの食糧を失うだろう。多くの富を失うだろう。そして、得るのは灰だけなのだ。そう、最後には、おまえ達は、自分の国の誇りすら、失ってしまうことになるであろう。自分達のした、あまりにおろかな行為故に。

南の国の王よ、そして東の国の王よ。よく聞き、そして、考えよ。

そして、逆に。

おまえ達が、世の末まで、我々をおまえ達とは別の生き物――草原の民――として扱うのなら。我々は、おまえ達に、二つのことを約束しよう。

一つ。今回の騒動の原因となった、我々の過剰な富は、我々に必要な分を差し引いたあと、公平に二等分して、二つの国へ売ってやろう。ただし、あくまで正当な価格で。

二つ。我々の畑、我々自身に手をくださないことを約束するなら、これまで通り、草原の通行、草原における宿泊は、双方共に認めよう。そう――何だったら、草原内で、我々の部族、我々の富に傷さえつけねば、戦《いく》さをするのも認めてやろう。

母なる草原は、広い。母なる草原は、どんなことでものみこんでしまえる程に、広く、優しい。だが、母なる草原は、決して何者の支配も許しはしない。

我々は、草原に属するもの、我々は、草原が人の形となったもの。故に我々は、草原が人の子に許すことは、すべてそのまま許してやろう。ただ――我々は、そして草原は、決して誰にも支配はされない。

王よ、よく聞き、そして考えろ。どちらがより、おまえ達にとって有利か』

シシス十世は、この通告をうけいれた――うけいれざるを得なかった。下手《へた》に戦さをして、草原の穀物すべてを焼き払われるのも痛手だったし、草原の民は予想外に強く、これ以上の戦さはその被害を拡大するばかりに思われたし、二つめの条件によって、この通告を断れば、隊商等、軍事に関係のない連中までも含めて、南と東の間の行き来が断絶する羽目になるであろうことは、容易に推測がついたので。

東の国もまた、同様の思いでか、その通告をうけいれた。

ここにおいて、草原地帯は一種の治外法権を獲得し、そして《リニエド》、《リニルーラ》となったのである。

(何故、治外法権が、一挙に《南の国の宝》と呼ばれるまでとんでしまったのかというと――正式に、穀物の売買がとりおこなわれるようになって、南東両国とも、本当に驚き果てたのである。その穀物の、意外なばかりの多さに。草原の民の余剰分の二分の一でさえ、当時の南の国の穀物総生産の倍近くあったのだ。そしてまた、草原の民と都市部の連中の、『富』に対する認識の差もすさまじく、実に、草原の民の示した適正な価格は、当時の南の国の穀物の価格の十分の一以下だったのである。双方にとって、これはあまりといえばあまりに嬉《うれ》しい誤算で、草原は、一躍、宝となったのだ。――だが逆に言うと、このおそろしく安い穀物の輸入のせいで、南東両国の穀物の価格は暴落し、国内の穀物生産は、ずたずたになった――)

リニエド。

今や、南の国の年間消費する穀物の八十パーセント程もが、リニエドの穀物に依存していた。それ故に、リニエドに手をつける――いや、そもそも、草原の民の機嫌を損《そこ》ねるようなことは、一切怖くてできなくなっているのだ。

なのに。その――その《リニエド》に、こともあろうに火をつける、だと。

☆

「いくら何でも……カトゥサ様。条約があります、草原の民とかわした条約ってもんが……」

ミリサ、我にかえるとまず、うわずった声でこう言った。

「その条約はシシス十世が結んだものだ。故に、王家の信頼にかけても、シシス家の人間たるもの、それを破る訳にはいかないだろうね」

「そうです！　そうですよ！」

「が、僕はシシス家の人間ではない。ムール六世――ムール家の人間だ」

カトゥサが、またあまりに突拍子《とっぴょうし》もないことを言い出したので、ミリサは再び茫然《ぼうぜん》とする。が、何とか言葉の糸をたぐりよせて。

「でも……ムール将軍様の剣の忠誠は、国王様に」

「捧げてなぞいないよ。……覚えておいて欲しい。僕は、カイオス王なぞ、王とは認めない。だってあの人はディアスではない」

「でも……でも……」

ミリサ、金魚のようにひたすら口をぱくぱくさせる。

「僕が剣を捧げているのは、のち王となるもの、ムール六世、ムール王朝の開祖――すなわち、僕自身、だけだ」

のち王となるもの。

この言葉が、あまりにも平静に、決まりきったことを言うようにカトゥサの口からもれたので、ミリサ、慌《あわ》てて思い出す。今、ここに、自分の目の前にいるのは、普通の人ではないのだ。《ディアナ・ディア・ディアス》

――真正の、《ディア》。そうだ、そんな人の言うことを、普通の人の台詞《せりふ》と同じレベルで解釈してはいけない。

「でも……とはいうものの、カトゥサ様、まずいんじゃないでしょうか、それは、やっぱり。ムール将軍家のものがリニエドを焼いただなんてことになったら、草原の民は怒り狂うでしょうし、一般の民衆だって」

「ああ、そうだね、ものすごくまずいよ。ムール家って家はそもそも、もう存続しなくなってしまうだろうね……万一、ムール家のものがやったとばれてしまったら」

「……そういうことですか……。なら、カトゥサ様、それがわたしのあなたへの忠誠心のテストであるというのであれば、リニエドぐらい、わたしは焼いてごらんにいれましょう」

「忠誠心のテストをする気なぞ、ない。こんな話を打ち明けているんだから、ミリサ、おまえはもう、自分の忠誠心を僕に信じられていると判《わか》ったっていい筈だ。だってそうだろう？　こんな話が、万一他の貴族にでももれたら」

「……判りました」

確かにリニエドに火をつけるだなんていうのは、とんでもない話だ。そんなことをやったというのがばれたら――いや、やる前でも、やるという予定がばれたら、それだけでミリサなんか、何回首をきられることになるのか判らない。

が、ミリサはカトゥサに賭《か》けたのだ。やがて王になるものの尻馬《しりうま》にくっついて出世する気なら、このくらいのことはやらなきゃいけないだろう。そう、それに。ひどいことをやっておけばやっておく程、俺の出世もすさまじいものになる筈だ。

「で、リニエドを焼くと、どんな利益があるのですか――あ、質問はいけないのか」

「いや、いいよ、それについては話しておかなければと思っていたんだし……ふふ、だけど、君は本当に飲み込みがいい。プシケぐらいだよ、僕のまわりにいる者で、君に肩をならべる程飲み込みがいいのは。つくづく、僕は君に会えてよかった」

あけっぴろげに嬉しそうに、カトゥサはひとしきりくすくす笑う。

「君は、まず、この館を出なくちゃならない。それも、黙って、だ。そう、君はまず、ムール家の兵士であることをやめて、脱走兵にならなきゃいけないんだ。それから次に、君は軍隊で覚えた規律を一切、忘れてしまわなければならない。そして、まるっきりの、ならず者になるんだよ。それから君は、単身リニエドを横切る。兵士でなければ――隊商か何かの護衛のならず者にやとわれれば――これはそう、むずかしいことではないと思う。そして、東の国の下町で、仲間をみつけるんだ。できるだけ命知らずで、金さえあれば何でもする奴らがいい。軍資金は、いくらでも、僕がだそう。ああ、とはいっても、君が東の国へはいってしまったら、その補給はずいぶんとむずかしいものになるだろうから、この館を出てゆく時から、君が必要だと思う金額の三倍程の金を持ってゆくがいい。そして、金でその横っつらをひっぱたいて、連中を連れて草原へもぐるんだ。で、できるだけリニエドのそばで、火を放つ。……ああ、油をまいてやるのがいいだろうな。あ、それから、くれぐれも風むきに気をつけるように。必ず、東の方から風が——それも強風が吹いている時に、やるんだ。……多分、火をつける時機は、僕が合図してやれると思う」

「…………」

　途中で、いくつか口をはさみたい処はあったのだけれど、ミリサは何とかその欲求をこらえ、カトゥサの台詞を一つたりとも聞き落とさないよう、一所懸命《いっしょけんめい》記憶する。

「君達が充分リニエドに近付いたら——いいかえれば、東の国から遠ざかったのなら、君は、こっそり、さり気なく連中に、僕がこれから渡す指輪を見せるようにするんだ。決してわざと見せてはいけない。内ポケットにひそませておいたのを、何かとりだそうとしてつい落としてしまう、とか、そういう形がいい。ついでに言うと、その指輪について何か聞かれても、決して返事をしてはいけない。あくまで、指輪を見せてしまったのは、本当に不本意きわまりないことだった、という態度をとるんだ。……それ、これがその指輪だ」

　カトゥサはぽいっと、先刻エトからうけとったワンスの紋章入りの指輪をミリサに渡す。

「……これは……判りました」

　ミリサは、ようやくカトゥサの意図が判って、にやりと笑う。

「リニエドを焼いたのは、東の国の守りの要《かなめ》、ラ・ヴィディス・ワンスがこっそりやとったごろつき共なのですね」

「そうだよ。東の国の下町の連中に、まず、自分達でそう思わせておくれ。それに、先刻、火を放つ時は僕が合図できるだろうと言ったよね、僕の合図は、こういうものだ。リニエドの向こう側に、ムール家の軍が——エトの軍の姿がみえたらやってくれ」

「え……あの……」

「エトには、東から強風が吹いたら、リニエドのうしろにすっぽり隠れるよう、指示しておくよ。『ムール軍は、ムール五世の仇《かたき》をうつ為に血まよっている。故に、東から風が吹く時ムール軍を発見したら、闘わず、草原に火をつけ逃げよ。血まよった軍を相手にするのは、いたずらな兵力の浪費だと知れ。一部草原を焼くことにはなるが、どこまでも続く、奥深い母なる草原のこと、そのくらいの傷はのみこんでくれるだろう』とでも書いた密書をたずさえた、東の国の兵士をつかまえて、ね。で、そういう兵士をつかまえたら、エトに、とりあえず、東から強風が吹いたらリニエドのうしろへはりつけ、よもやワンスもリニエドまでは焼くまい、という命令をくだすつもりだ」

「でも……そんな密書は」

「僕が作る。ほら」

　カトゥサ、何枚ものまだ何も書かれていない羊皮紙《ようひし》を見せる。そのすべての紙のうしろには、赤い蠟《ろう》がたらしてあり、そこにはくっきりと、ラ・ヴィディス・ワンスの紋章が押されていた。

「その指輪で、作っておいた。……僕は臆病な将軍だからね、奥の方にはエトを頭に主力をおくりこんで、自分は草原のほんのとっかかりまでしか出ずに、おそらく戦闘はしないだろうね。万一、どこかのはぐれたワンス軍と出会えば、まず彼らを全部殺し、闘いが終わったあと視察と称して死体を見て歩き、適当な死体に密書をもたせて、誰かに発見させるだろう。それができなければ――ま、可哀想《かわいそう》だが、どこかの隊商でも、あやしいといって殺させて、しかるのちに、この密書をみつけよう。そしてエトに伝令をだす。エトがたとえ密書に不審を抱いたとしても、エトは草原のはるか奥、僕は草原のとっかかりだし、一応筋は通っているし、結局エトは主命に従うことになるだろう。そして絶好の風が吹いた時、エトはみずからリニエドにはりつき……」

「でも……すると、エトはおそらく」

「死ぬんだよ。理屈が通るだろう？　ワンスが意味もなくリニエドを焼いたら、草原の民も不思議に思うだろう。が、ワンスがエトを――ムール家の主力を殺すためにリニエドに火をつけたなら、これは、まあ、筋がとおっている。……エトは、兄上様のあとを追って、名誉の戦死だ。僕はエトが死んだあとで、彼に称号をおくるつもりだよ」

「しかしその場合、一緒にムール家の主力軍のほとんどが……」

「エトに率いられている軍は、所詮《しょせん》、兄上様の軍だよ。僕が、自分の為の軍を作ろうと思ったら、まず、ああいう過去の実力者達には、名誉の戦死をしてもらわなくちゃいけない。それに……賭けてもいいな、ワンスの軍がリニエドを焼いたってことになったら……」

「草原の民が、つきますね、こちらに。すると、おそらく、カトゥサ様は御自身の軍を一兵も失わずに」

「おそらくワンスを大敗させることができるだろうと思う。とりあえず、今は、それでいい。草原を我々がおさえるだけで。東の国の中程までせめいる必要は、今は、ない。その間に僕は、リール大公に認めさせる準備にかかる。次の王が、一体、どこの誰であるのかを」

淡々《たんたん》と、カトゥサは、こう言った。東の国の中程までせめいる必要は、今は、ない。

　ということは。長い長い南と東の平和は、おそらくはこの人が王になった時、消えてなくなるものなのだろう。そしておそらく、長い戦争、そして……。

　真の《ディア》がでた時。南の国は国として、とても大きな発展をとげる、か。歴史として教えられたことを、この目で見ることになるとは思わなかったな。

　ミリサは、わずかに心の中でため息をつき、そして言った。

「判りました」

　まず東の国へ――そしてごろつき共をやとい――リニエドに近付き――指輪をおとし――エトを確認したら火をつける。

　にしても、エト。ミリサにとって、かつての隊長。昔の、旗本隊の隊長だったエトに示す最後の好意として、ミリサはこう聞いてみる。

「これは……こんなことを言うと、またカトゥサ様の御《ご》不興《ふきょう》をかってしまうかも知れませんが……」

「僕が、ずいぶん冷たい、部下の命というものを頭から問題にしていない、悪魔のような男だといいたいんだろう。そして――そんな男についていってしまって、果たして自分の運命が、吉とでるのか凶とでるのか」

　今更《いまさら》カトゥサに対して自分の思いをとりつくろってみても何にもならないと知っているミリサ、否定もせず、肯定《こうてい》もせず、ただその場に立ちつくす。

「そのとおり、僕は自分で言うのも何だが、悪魔のような男だよ。現実の運命が、《運命《ディア》》の申し子である僕に対して悪意をむきだしにして襲いかかってきたんだから、少なくとも、僕は《運命《ディア》》に対して牙《きば》をむいて襲いかかっていかなきゃならない。《運命《ディア》》が《運命《ディア》》に牙をむくのだから――僕の治世は、最初のうち、悪魔の化身がこの世をおさめるような時代となるだろう。……でも、それが、《運命《ディア》》ってものじゃないのか？　人間一人一人のしあわせ、人間一人一人の生活なんてものにはおかまいもなく、とにかく定められた結末にむかって、まっしぐらにつき進んでゆくのが、《運命《ディア》》ってものじゃないのか」

「……確かに、おっしゃるとおりでしょう」

　さようなら、エト隊長。あんたは割といい隊長だった。でも――申し訳ないが、俺は運命につかせてもらう。

　ミリサは心の中でこう言って――エトのことを頭の中からおいだした。

「君にも一つ、チャンスをあげよう、ミリサ。もし、君が僕のやり方についてゆけない、そんな残酷《ざんこく》なことはしたくないというのなら、軍資金をうけとったあと、自分の進みたい方向へと、勝手に逃げたらいい。自分のやりたいように、君の《運命》を確かめてみたらいい。それでもし、君が。僕のあげた軍資金をもとにして、どこかの田舎《いなか》の片隅ででもしあわせな生活が営めたのなら、それで君は、自分の《運命》に勝ったことになるのかも知れない。……実際僕の作戦にのって、君の命が助かるかどうかは、まったく保障できないいんだよ。なまじ大金を持っているが故に、東の国のごろつき共に殺される羽目になるかも知れないいし、草原の民が火をのりこえて押し寄せて、君の首をとってしまうかも知れない。無事、草原を抜け、東の国へいくことができたって、今度は逆に、草原の民をもまきこんだ戦乱の中、南の国へと生きて帰ってくることができるかどうかも判らない」

カトゥサはここで台詞を切ると、ミリサにゆっくり考える時間をあたえる為、ちょっと間をおく。

「僕は計画を示しただけだ。エトとエトの旗本隊——君が、僕の旗本隊隊長に抜擢《ばってき》されるのをさまたげるもの——を排除し、我々の兵、兄上様ではなくてこの僕につかえる兵をでき得るかぎり失わず、そしてワンスに手ひどい一撃を加えられる計画を。その計画における君の生存率は低いいし、何より君の手はとことんまで汚れてしまう。だから君は選んでいいんだ。僕の計画にのっかるか——手を汚さず、楽をして得た金で、余生を楽しくすごすか、二つのうちどっちかを。……実際、こんな計画を話したあとで、君がその計画の為の軍資金を全部持ち逃げしたって、僕がそれを公《おおやけ》に追及するのは、不可能なんだからね」

「…………」

ミリサは一拍黙りこみ——それから妙にひきつったような笑みをうかべて、こう言った。

「カトゥサ様が、本当にこの国の王になられるのなら——そうですね、王のお側には、汚いことができる人間は、確かに必要不可欠です」

カトゥサはそのミリサの台詞を聞くと、にっこりと笑って右手を軽くあげた。

「プシケ、酒の用意を。我々の、一人目の、運命共同体の為に、乾杯しよう」

☆

東の館における、せわしないカトゥサの一日は、そろそろおわりを告げかけていた。カトゥサが、まだプシケ以外のすべての女官を信用していなかったので、一人プシケは黙々と、小さな客用寝室を、カトゥサの主寝室とすべく、たち働いている。そして、晩餐会《ばんさんかい》と対面式をすませ、多少ぐったりしたカトゥサは、部屋の隅のストゥールにすわり、これもまた黙々と、ちびりちびりと、今朝から数えてもう十杯目にものぼる火酒をなめていた。平生《へいぜい》のカトゥサの酒量を考えると、それはもうとっくに限界に達して、限界をはるか昔に越えている筈。

先程からずっとそれを心配していたプシケなのだが、カトゥサはいっこうに乱れる様子も見せなかったし、また、酒量がかさんだ原因も、嫌《いや》という程わかっているので、ことさらそれを注意するのもはばかられていた。

ミリサ。あの男。

実際カトゥサは、あのミリサという男を、やけに気にいってしまったようだ。特に、ミリサが――まあ、口にだしてそう言いはしなかったが――カトゥサのことを、言外に、『悪魔のような男』とほのめかした時のカトゥサの顔ったら！

カトゥサは、あきらかに、喜んでいたのだ。自分のことをののしられて。何故ならおそらく、カトゥサは、自分の考えそれ自体に、自分でも吐き気を催《もよお》す程の嫌悪《けんお》の情を抱いているのに、自分でそれに唾《つば》をはきかける訳にもいかず、誰かに、かわりにそれを罵《ののし》って欲しいと思っていたに違いないのだから。

そこにはあきらかに、ディアナ――カトゥサに共通して見られる、『屈折』があった。

悪魔。

よくもまあ、そんなひどいことを言えたものだ。

そう言われることで、カトゥサが自虐《じぎゃく》的な快感を感じていることを知りながらも――いや、知っているからこそ、余計プシケはミリサが憎かった。

カトゥサの、真のカトゥサの顔を知っているのならば。あの、才ばしった、とっつきにくい、まるで何かにとりつかれているかのようなカトゥサの仮面の下にある、真のカトゥサの顔を見知っているものならば。

誰だって、カトゥサを、決して悪魔だなんて、呼びはすまい――いや、呼べっこないのだ。

真のカトゥサは、あまりにもナイーブで、あまりにも傷つきやすく、いつもいつも不安におびえて、心の隅でひざをかかえて、できるだけ小さく、できるだけめだたないようにしてうずくまっている影なのだ。あまりにも心弱く、常に生きていることが不安で不安でしようがないので、人の二手先、三手先を読み、それを誇示することによってバリヤーを築かねばいられない影なのだ。あまりにも脆弱《ぜいじゃく》で、人に嫌われることに耐えきれないので、常に人に好かれないよう、生きる影なのだ。

「エトも死ぬ。ミリサも死ぬ。いずれファーサも死ぬだろう。そしてリニエドは焼け、草原と東の国とでは大きな戦さがおこり、多くの、多くの人が死ぬだろう。今季のリニエドの収穫がなければ、更《さら》に多くの人々が、飢えで死ぬことになるだろう。……ミリサの言ったとおり、僕は悪魔だ」

十杯目の火酒をのみほして。しかし、全然乱れていない、酔いの形跡すらまったくない口調で、カトゥサはこう言う。これだけ飲んで、とっくにへべれけになって崩れるようにして寝こんでいる筈のカトゥサが、こんなにきちんとしゃべるだなんて――その、酔いを抑圧しているもののことを思いやると、プシケは、胸に、深い深い同情の傷《いた》みを禁じ得なかった。

「が――僕には僕の命がある。僕の命は僕にまず、お母さまと僕の命を、正しく生きながらえさせることを要求するのだ。僕は、エトを悪い人間だとは思わない。ミリサは気にいった。ファーサはまだ未知数だけど、おそらく殺さなければならないような複雑な人間ではないだろう。だが、僕は、お母さまを守る為、彼らを犠牲にしなければならないんだ」

ぱんっ！　プシケは、小さな破裂音と共に、手ぎわよく毛布のしわを完全にのばし、ベッドメイキングをおえる。それからゆっくりカトゥサの方へ向き直って。

「ああ、プシケ、何も言わないでくれ。君が僕を非難しないのは判っている。でも、僕は今、僕に対するどんな同情も、どんな哀《あわ》れみも、聞きたくないんだ。……僕は、この先、どれ程のことを自分がしてしまうのか、知っている。実際、僕がこれからやろうとしていることは、どんな同情、どんな哀れみさえもうけつけない程、汚く、ひどいことなんだ」

リニエドを焼く。それは、敵に今、一軍の将が――ワンスがいないからこそ、成り立つ作戦。

真実は強い。前にプシケが言ったように、そしてエトが実証したように、この世に真実程強い、武器はない。

ワンスが今、東の国にいれば、たとえカトゥサがどれ程の策をつくしても、真実の強みをもって、ワンスは草原の民を説得するだろう。自分達の軍は、決してリニエドを焼いていないと。草原の民にしてみても、それを頭から信じてしまうとは思えないが、それにしても疑惑の一つもおこせる筈。

だが、今、ワンスはいない。故に今、敵は頭のない龍なのだ。頭のない龍は、たとえ力はどれ程あっても、我が身にふりかかる火の粉をはらいのける術《すべ》を知らず、手痛い一撃を浴びせられるだろう。

そして、エトは死ぬ。

そして――おそらく、ミリサも。どんなに巧みに逃げたとしても、相手は草原のことなら何でも知っている草原の民のこと、無事に逃げきれるとは思えない。

それに万一。ミリサが生きのびてしまったら。

真実は強い、そして真実はいつかどこかから漏《も》れでるもの。それ故に、カトゥサは何とかして、ミリサに一言も口をきく機会をあたえず、ミリサを殺さねばならないだろう。

だが、そこまでして得たものも、所詮、一時の勝利にすぎない。リニエドが焼けたという伝令が届けば、何はさておきワンスはとって返してくるだろう。伝説の山、ハノウ山のけわしさ故に、伝令がワンスのもとへたどりつくことがなくとも、いつかワンスは帰ってくるだろう。

そして、ワンスの口から、真実が流れでる。それは最初はとるにたらない噂《うわさ》、ワンスの必死の弁解という趣《おもむき》であったにしても――いつかは、真実の、うごかぬ証拠をたずさえて、この世界にひろまってゆくことだろう。

　カトゥサは、その時までに、何とかして、王位についていなければならない。それができなければ、カトゥサの破滅。

　何故なら。真実が広まった時点で、カトゥサにできることは唯《ただ》一つ――草原を、長い長い間、南の国と東の国との緩衝《かんしょう》地帯となっていてくれた草原地帯、そのものすべてを焼き払うことだけだから。草原の民と東の国を敵とするのは辛《つら》すぎるから、草原地帯、それそのものを消滅させねばならないのだ。それは、一将軍ができることではないし、許されることでもないので――その時までにカトゥサは、南の国の王となっていなければならない。

　草原を焼く。その、今まで、歴代の王、誰一人としてやったことのない暴挙で。一体どれだけの人が死ぬことになるのだろう……。

「僕はね、時々思うんだけど……何で僕は、この世にこういう人間として存在しているんだろうね。僕という人間が、この世に存在していなかったのなら、多分、世界はずっときれいなものになるだろうに。……時々、思ったよ。真剣に、悩みさえした。何でお母さまは、僕なんかをお生みになったんだろうって。父上様のたねでない子をみごもってしまった時、何でお母さまは、みずから死を選ばなかったんだろうってね。お母さまのあの気位《きぐらい》の高さを考えると、不義の子をうむよりは、自害なさった方が自然だったと思うんだけどね」

　プシケは何も言わない。ずっとおし黙ってひたすら雑用を続ける。何でディアナは自殺しなかったのか。それは、プシケにとっても、あまりに切実な、当事者としての問題であったので。何でパミュラは自殺しなかったのか。

「で――僕が、それを悩んでいるのも本当のことだし、時々しみじみとそう思ってしまうのも本当のことなんだけど――実は、僕には、悩む必要も考える必要もなく、もうずっと前から、真実の答えは判っているんだよね。お母さまには、僕が必要だったんだ。父上様や兄上様だけじゃ、駄目《だめ》だったんだ。ここまでくると、もう血の呪《のろ》いだね。お母さまは――ディアナがディアナである為に、次のディアナか次のディアスが必要だったんだ。そう、血の呪いだよ」

　最後の台詞だけ、たたきつけるような強い口調で、カトゥサは言う。

「これは僕の考えていることじゃない、これは僕の体の中を流れている《ディア》が僕をして思わしむることなんだって、さっきから一所懸命思い込もうとしているんだけど……声がするんだ。声が聞こえてくるんだ。僕の頭の中、僕の心の中、僕の血管の中で。その声は、こう言っている」

うつむいていたカトゥサ、顔をおこすと、本当になにものかが耳許《みみもと》でささやいている言葉を復唱しているかのような、妙に抑揚《よくよう》をかいた声で続ける。

「シシス十世はあますぎたのだ。彼は対応を間違えたのだ。

何故、唯々《いい》諾々《だくだく》と草原の民の言うたわごとに耳をかす必要があったのだ？　草原の民は、おろかにも、みずからおのが弱点を言明しているではないか。

草原の民は、草原さえあれば生きてゆける。

おお！　よくも言ったものよ！　ここまで言われて、何故、シシス十世は、草原を焼かなかったのだ？　草原さえあれば生きてゆける連中なら、草原をなくせば死に絶えるではないか。

草原を焼けば、リニエドも失われる。それは確かにそうだ。だが、草は、何年かのうちに、またはえてくる。一回根だやしにした畑も、十年もあればもとの宝にもどるだろう。

草原地帯を完全に焼き払い、焼け出された草原の民を一人残らず殺す。そして、しかるのちに、草原に、従順な農民を移動させればよかったのだ。そうすればリニエドは完全に南の国の一部となり、今頃までには、東の国との力関係も違ったものになっていたであろうに。

それは、確かに、その争いで、何千何万という人間が死んだかも知れない。数年の間、リニエドの穀物がまったく期待できないせいで、餓死《がし》者の山ができたかも知れない。だが——それが、何だというのだ？

国家の計は、百年の年月を基にしてたてられるべきものの筈だ。百年の計の前に、ほんの数年間餓死者がでる年が続いたとして、それが何の障害になるというのだ？　百年の計の前に、死者の行列が多少増えたとしても、それが何の障害になるというのだ？

シシス十世——とんだ臆病者よ！　その彼ができなかったことを、今、わたしがやろう。リニエドを焼き、草原を焼き……。

死者の列が何だというのだ？　そんなものは、わたしに、悪い夢を見せる程度のことすらできない。何故ならば、わたしは知っているのだから。この一時の残酷、この一時の殺戮《さつりく》が、のち、何百年、何十世代にも渡って、南の国の富と繁栄を約束してくれるということを」

中途から、声までが変わっていた。いつものカトゥサの声に比べると、それは音にして二度ばかり高い、多少きいきいと耳につく声。

「ふいに——ふいに、この声が聞こえたんだ。ミリサと会う寸前に。それまでは、僕は……漠然《ばくぜん》と、リニエドを焼こうとは思っていたけれど、こんなひどいことは考えていなかった。が……その声を聞いた瞬間、決めたんだ。僕はこうするって、判ってしまったんだ。そしてミリサにあんなことを言ってしまった。……これが、血の呪い、僕が《ディアナ・ディア・ディアス》である証拠だと思うよ。僕は……この先……その声に導かれて、自分の野望の為に、あたら民衆の血を流し続けるんだ……」

「カトゥサ様！」

ついに耐えきれなくなって、プシケは用意している最中だった翌日用のカトゥサの下着をほうりだすと、カトゥサのひざにすがりついた。だが……その先に、プシケは言うべき言葉をもたない。

「おまけに……僕には、見えるんだ。僕の酷《ひど》いおこない、非人道的なふるまい、人々におそれられ、さげすまれるようなこと、そのすべてが——確かに、百年ののち、人々にとって、福音《ふくいん》と転じている様が！　僕の予見が正しいのなら、のちの世の人は、僕のことを希代の名君だというだろう。この国の基礎をつくりあげたのは僕だと、言葉をかぎりにほめつくすだろう。……なのに、僕は生きている間中、人々におびえられ、さげすまれ、恨《うら》まれて……。そして、それも、無理のないことなんだ。それも判っているんだ。リニエドを焼くのも、草原の民を根だやしにするのも、多分、おまえの孫の世代には実を結び、この国の為になる計画なんだ。だが、実を結ぶまでは、それは確かに、暴虐《ぼうぎゃく》以外のなにものでもないんだよ！　そしてずっと僕はののしられ続けるんだ……」

カトゥサは、力なくその首を、二、三度ふった。

「それに、僕には実は野望なんてものはない。僕が望んでいるのはたった一つのことだけ——お母さまが、しあわせに、平穏なうちに、その一生をおえること。それ以外、僕には何の望みもない。正直いって、今となっては王冠は重たすぎるだけだし、お母さまだって、僕には王冠はムール四世の妻として一生をおえられたら、それで満足なさるだろう。だが——だが、多分《運命《ディア》》はそれを許してはくれないんだ。カイオス王は、ルディア姫は、それを許してはくれないだろう。だからお母さまと僕が、無事、その一生をおえる為には……必要なんだよ」

最後の方は、もっぱら自分にいいきかせるような口調だった。

「僕が最高権力者になって——この世で最強の後ろ楯《だて》になって、お母さまを保護することが。……これだって血の呪いだと思うよ。お母さまは、ディアナであるが故に、単なる一将軍の妻ではいられない。僕はディアスであるが故に、単なる一将軍でいる訳にはいかない」

ついっ。

カトゥサは、プシケに視線をすべらせる。

「その先も、見えるようだ。リニエドが燃え、草原が燃えたあと、我が国民が困窮《こんきゅう》しない様に——未曾有《みぞう》の、大戦乱がおきるだろう。僕はおそらく——どういう方法でか、は、知らない。いや、それよりも前に、そもそも方法があるのかどうかすら判らない。でも何とかして、東の国をたいらげるだろう。東の国を完全に属領とすることで、南の国の人々の生活は、かろうじて戦争前よりもうるおうようになるだろう。そして……また、僕の前には、新たな死者の列ができるんだ。東の国の人々は、僕の名を、おそらくは悪魔を呼ぶのと同じ調子で呼ぶだろうね。でも……でも、しようがないんだ。そうだ、自業《じごう》自得《じとく》というものなんだ！」

急に激した感情を、何とかその行動でしずめようとするかのように、カトゥサ、渾身《こんしん》の力を込めて、両手でみずからのふとももをたたく。ぴしゃんという、小気味のよい音がして、カトゥサのてのひらはみるみる紅《あか》くなってゆく。服におおわれているので判《か》らないが、おそらくは、そのふとももにも、まっ赤なてのひら形のあざができたことだろう。

「自業自得だ！　東の国は兄上様を殺してはいけなかったんだ。兄上様にずっとこの家をまかせておくことができたなら、ムール第一将軍家は、いつまでも単なる将軍家でいられたんだ！　僕がカトゥサのままでいられたら、何事もおこらずに済んだ筈なんだ！　僕はカトゥサでいたかった！　僕はディアスになんかなりたくなかったんだ！」

狂気のように、何度も何度も、カトゥサは自分のふとももをたたき続ける。そして、おそらくは完全なあざが服の下にできたであろうころ、その行為にやっと満足したのか、その異常な行動をやめ、じっと、完全にはれあがってしまった自分の手のひらをみつめて、静かな口調で言った。

「リュドーサは僕の封印だったんだ。すべてのことは、封印されて閉じ込められておくべきだったのに……。魔の封印をといてしまった者は――ワンスは、ディミダは、東の国は、エトは、ミリサは……みな、ことごとく、呪われて当然なんだ……」

ディアナ　Ⅳ

世の中にはいろいろな男がいるものよ。

婚礼の席で、はじめてムール四世――トリューサ・ディア・ムールをみた時（何と、すでに勝負をなげてしまったディアナは、婚礼のその時まで、ムール四世と会おうともしなかったのだ）、ディアナは漠然《ばくぜん》とそんな感想を抱《いだ》いた。かたやディアナが《ディア》であるというだけで、彼女の血筋を絶やそうという男もいれば、かたや、彼女が《ディア》であるというだけで、その血筋をもらおうとする男もいる。

にしても、大きな男。こんな男とわたしは結ばれるのであろうか……？

次の瞬間、ディアナを襲ったのは、生理的、肉体的な恐怖感だった。それは、処女の、初夜に対する恐怖というよりはむしろ、草食獣の、その捕食者に対する恐怖の方に、似ていた。

というのは、あまりにも、あまりにも、トリューサとディアナは体格が違いすぎたので。二人が並ぶその様は、間違っても新郎新婦には見えなかった。思いっきり譲歩して、親子――とみるのも、いささか、辛《つら》い。

トリューサは、武勇をもってなる、軍人である。その背丈は、並の男よりはるかに大きく、百九十センチもありそうだ。そして、太く、がっしりとした首。ディアナが抱き付くのはとても不可能におもえる巨大な肩幅、がっしりとした腰に、とことん筋肉のついた足。その上腕部の太さは、実にディアナのウエストよりもありそうだ。体重も、百キロを割るとは思えない。それも、不必要な脂肪をまじえての重さではなく、とことん鍛えぬかれた、筋肉の重さ。

一方、ディアナは。ただでさえ、とても成人女性には見えない――いや、下手《へた》をすると女性にすら見えない、とことん、女性特有の脂肪、まるみに見放された体つきである。身長は百四十にも少しかけ、胸も腰もおよそ骨の上に皮がまとわりついただけといった印象であるし、体重もあって三十キロではないか。

そのトリューサの腕が、そのディアナの体を、彼にしてみればごく自然に抱き締めたら。おそらくそれだけで、ディアナの骨は折れるのではなかろうか。そのトリューサの体が（たとえできるだけ自分の体重をささえていてくれたとしても）、そのディアナの体にのしかかったら、おそらくはそれだけで、ディアナは圧死してしまうのではなかろうか。

列席した人々も、こうしてあらためて新郎新婦を並べてみて、そんな不安を覚えたらしい。あちらこちらで、かすかなざわめきがうまれる。中にははっきり声にして、『おいたわしい……』とつぶやいた者までいるようだ。

結婚式は、何の問題もなく、無事とりおこなわれた。王女の結婚であったから、式自体は大変に豪華なものであったし、衣装も見事、ふんだんな御祝儀《ごしゅうぎ》と沢山《たくさん》の花々が民衆の間にまかれもしたが、だが、どうしても、それは明るい話題にはなり得なかった。

それは、一つにはディアナとティークのロマンスが、すでに一般民衆の間にも浸透している程に有名であった為《ため》と(それが有名であり、それが純愛であればある程、ティークとルディアとの婚約、そのあとを追うようにして発表されたディアナとムール四世との婚約は、当人の意志をまったく無視した、カイオス王の野望による、仕組まれた政略結婚以外の何物にも見えないのは道理である。必然的にディアナは、引き裂かれた悲恋の姫、おじの野望の為、望みもしない男の処《ところ》へ嫁《とつ》がされる、悲劇のヒロインになってしまった)、もう一つ、この二人の、あまりの体格の差故《ゆえ》だと言える。

☆

「ディアナ姫……」

新床で。ベッドの上にぽっかりとすわり、さてこれからどうしたものか、妙に思案に沈んでしまったディアナ、ふいに声をかけられて、思わずびくっとする。

「……トリューサ様」

仕方なしに、ぽつりとディアナ、返事をする。考えてみれば、新床で途方にくれてもしようがないのである。これから先におきることは、世の習いとして決まりきったことである筈《はず》だし、正式な妻であるディアナが、初夜の床でそれを拒否できる訳がない。

「……きゃしゃ、ですね、姫は。本当に、きゃしゃだ」

が、トリューサは、ディアナのベッドの前に立ち、ひたすらディアナの体格に目を走らせるだけで、何の行動もおこそうとはしなかったのである。

「実に、実に、きゃしゃですね。服の上からも、はっきりと、骨の所在が見てとれる」

最初の、『きゃしゃ、ですね』は、まだ考えようによってはほめ言葉に聞こえていたのだが、こういう言われ方をされてしまうと。ディアナは、何だか、愚弄《ぐろう》されているような気分になってきた。

「あなたの妻には、女らしいまろやかさがまったくなくて、さぞかし残念なことでしょうね」

思わず語気荒く皮肉をいってしまう。が、トリューサは、まったくそれを意に介さないかのように、またも、言う。

「王家の姫君はきゃしゃでたおやかだとは聞いていましたが……ここまできゃしゃだとは……」

「………」

ディアナ、じっとトリューサの目をにらみつける。

「さすが、ディアナだ……。ところで、隣に腰をおろしてもいいですか」

「聞くまでもないことを」

ぷいとむこうを向く。そしてそのまま、一分がすぎ、二分がすぎ……。

ディアナは、段々、あせってきた。どうも勝手が違うのである。ぷいとむこうを向いたディアナの顔を、自分の方へ向けるでもなく、何か言葉をかけるでもなく、体に手をのばしてくるでもなく、じっと黙って動かずに、ただただトリューサが隣にすわっているだけなので。だが、では、トリューサはディアナに関心がないのかというとさにあらず、先程からディアナ、トリューサによってじっとみつめられているのを痛い程感じていた。

結局この男は何がしたくて何が言いたいのだ？

あまりに長い——もうそろそろ、十分近くになる——動きのなさ、会話のなさに耐えかねて、ディアナは自分からトリューサの方へむきなおった。と、また。

「いや、実に、ほれぼれとする程、きゃしゃですね」

じっとディアナをみつめていたらしいトリューサと目があい、こう言われる。

「……結局あなたは何がいいたいんですの？」

苛々《いらいら》とした感じは、ほとんど耐え難いまでにディアナの中でふくれあがった。

「あなたが実にきゃしゃであるといいたいのです、ディアナ姫」

ディアナは一瞬爆発しそうになり、ようようそれをこらえる。というのは、トリューサが、何かしらディアナをからかおうという意図を持って、で、『きゃしゃ』という単語を連発しているのではなく、どうやら本気でディアナがきゃしゃであることに感動しているらしいというのが、おくればせながら、やっとディアナにも判《わか》ったので。

「わたしがきゃしゃであることを、あなたはどう思うのですか」

……おかしい。どうも勝手が違う。

「大変喜ばしいことだと思っていますよ。わたしはずっと、いつか、きゃしゃで、小柄で、優雅な、芸術の天分のある妻を得たいと願ってきました。それが叶《かな》ったので、本当に嬉《うれ》しいのです」

見ればトリューサのひげだらけの顔は、本当の喜びの色に満ちている。

「…………」

ディアナは真剣にとまどってしまった。彼女の認識によれば、ムール四世は、とにかくその血の中に《ディア》を含む女性であるなら、誰と結婚してもいい、というようなことを公言していた人間の筈で、こういう展開は予想だにしていなかったのだ。

「得心《とくしん》がゆかぬ、といった顔ですね。そうでしょう、無理もない。我々は、何せ今日が初対面ですから、とにかく打ち明けた話というのを先にしてしまいましょう」

トリューサは、ベッドの上で、こころもち体をディアナの方へむける。

「まず、最初にいっておきたいのですが……わたしにとって、この結婚は、政略結婚などというものではないのです。わたしは本心から、この結婚を喜んでいますし、ディアナ姫を心底《しんそこ》愛しております。そして、このわたしの生涯、姫のよき騎士、よき夫でありたいと、本気で願っております」

「わたしを愛しているっておっしゃるのですか？　今日、初めて会った人間を」

「ええ。長い、長いこと、ずっとずっとお慕《した》い申し上げておりました」

ディアナの理性は、その台詞《せりふ》を、はっきり嘘《うそ》だと断定していた。だって、ムール四世といえば、『とにかく《ディア》をひく姫が欲しい』と王にねじこんで、これだから辺境の成り上がり者は、と皆の失笑をかい、《ディア》を持つ娘達から総スカンを喰《く》った男の筈ではないか。そんな男が、よくもまあぬけぬけと、いい加減なことを言うものよ。

だが。ディアナの観察力は、トリューサが正に真実を述べていると彼女に告げている。ディアナは、生まれてはじめての、自分の理性と観察力の食い違いに、どう対処していいのか判らなくなった。

「ああ……わたしの評判をお聞きですね。では、わたしの言葉が信じられないのも無理はない。おまけにあの評判――とにかく《ディア》を含む姫なら誰でもいい、という奴――が、本当のことだから、余計、始末が悪い。その上、わたしときたら口下手《くちべた》なもので、これはもう、どうしようもないですな」

台詞の割には、何だかこの状況を楽しんでいるような風情《ふぜい》。ふさふさのくちひげとあごひげにうもれた厚い唇が、太い笑い声をもらした。

「…………？」

「姫は――その、何といったらいいのかな、愛情というものをどうお考えになります？」

「は？」

ディアナは、自分の持っている能力を、最大限に活用して、この自分の夫を観察した。これは一体全体どういう人間であるのかと。そして、出て来た答え――不可解。

「人は人の中の何に愛情を感じるものなのでしょうね？」

「さあ……それは……何か、ですわね。口にしてこれとはいえない、何か」

「ですが、口にして言えるものを愛する人は沢山いますよ。たとえば『性格』だとか、『容姿』だとか、『才能』

だとか」

「え……ええ」

「容姿や才能というものは、その人の持って生まれたものですよね、おおむね。性格も、大体、もって生まれたものや、その人の育った環境によって作られるものです」

「……そうですわね」

「その伝でゆくと、わたしはずっと、《ディア》というものを慕ってきたのです。聖なる血、高貴なる血をね」

やっと話の筋が見えてきた。そう思うとディアナ、何だか妙な怒りを感じる。

要するにこの男は、何だかんだと理屈をこねて、自分がディアナを愛し続けてきたということを、ディアナに信じこませたいだけなのだ。

一度そう思ってしまうと、今度は、そんな男に一回でも『不可解』というレッテルをはった自分の目が、情けなくなる。

「言っておくが、わたしは世俗的な理由で《ディア》を慕っていたのではない」

ディアナがちょっと目にさげすみの色を加えると。トリューサは、急に、きつい口調でこう言った。いささかむっとした、とでもいいたげな風情で。それから、慌《あわ》てでそれを考え直したのか、またもとの口調に戻って。

「わたしは自分の出自をかざりたい、だとか、権力を手にいれたから次は家柄を手にしたい、などと思って、《ディア》にあこがれてきた訳ではないのです。わたしの身分がいやしいせいか、わたしが《ディア》にあこがれると、誰もがみんなそういう色眼鏡でわたしのことを見る……。あまり愉快とは言えない思いも、してきました」

ディアナの観察眼は、再び、トリューサが本当のことを言っているとディアナに告げていた。だが、その二つ以外に、ここまで《ディア》に固執する意味が何かあるというのだろうか。

「まったく信じられない話だが、《ディア》を持っている人はすべて、自分自身の《ディア》を軽《かろ》んじているような気がして仕方がないのです。いいですか、ディアナ姫。――ま、あなたにこんなことを、それもこのわたしが言うのはおかしいことのような気もしますが――《ディア》、とは、神の血のことなのですよ！　神の血筋、その体の中に神をひそませるもの、聖なるもの、それが《ディア》です！　その血の神性にくらべれば、家柄がどうとか、親の身分がどうなどということが、どれ程とるにたらない問題であるのか、どうしてあなた達には判らないのです！」

正直に言って、ディアナは驚いた。いや、感動した、といってもいい。

なまじ宮廷では、《ディア》、それも純度の高い《ディア》を引くものが多すぎて、気がつかなかったのだ。《ディア》の神性、それを、ここまで崇《あが》めてくれる人がいるとは――いや、一般民衆は、ここまで《ディア》の神性を崇めていてくれるとは。

「……それに……まあ……」

それから。急にトリューサは赤くなって。

「正直に言って、好みとしての問題も、ありましたけれどね。わたし達ムール一族は、みな、体が大きく、頑丈で、芸術方面のたしなみはまったくありません。その上、誰もが無骨で、優雅という単語とはまったく縁がない。それにひきかえ、《ディア》をひく人はみな、たとえ男であっても、小さく、きゃしゃで、芸術方面に才があり、典雅です。……自分にないものにあこがれるのは、人の世の常でしょう？　わたしはずっと恋こがれていました。その血の中に《ディア》をひく――神を、その血の中に宿らせる、小さな、きゃしゃで、芸術の才にとみ、優雅な婦人を。それで、叶わぬとは知りながら――あ、いや、最終的には最も望ましい、いや、その、望んでもいなかった、あまりにおそれ多くて望みすらもできないような形で叶ってしまったのですが――王にお願いしてみたのです。そうしたらあなたがきてくださった。今までにわたしの見た姫の中で、最も小柄で最もきゃしゃで最も芸術方面の才能があり最も典雅で――そして、最も濃い《ディア》をひく姫が。だから――確かにわたしは、《ディア》をひく姫なら誰でもいい、とはいいましたが――わたしが、ディアナ姫、あなたにずっと恋こがれていたというのは、本当なのです」

口では何と言おうとも。ディアナは、そのトリューサの目を見て、彼が本当のことを言っているというのを信じた。

「だから、その……わたしはあの日から――その、あなたがわたしの処へ来てくれると聞いた日から、もう、嬉しくて嬉しくてしようがなかったんです。あんまり嬉しかったので、実は、ここの処、眠っていません」

「まあ」

「あ、いや、その、何か訳があって眠っていなかったというのではなくて……嬉しくて、眠れなかったのです。だから、その、決して……あれ？」

確かにトリューサは、あまり口がうまい方ではないらしかった。（結婚後、ディアナは知ったのだが、彼は平生《へいぜい》、おそろしい程の無口であった。ただ、ディアナと二人でいる時だけは、それでも精一杯、何かしゃべってくれようとしていた。）現に、今、いつになくいろいろしゃべろうとしたせいで、自分で自分の言いたかったことを忘れ、どぎまぎしてしまっている。

そして。約一分程慌てまくったあと、一つ咳《せき》ばらいをして。

「今の話は、やめます。申し訳ありませんが、自分で言っておいてよく判らなくなってしまった。……今度は、ディアナ姫、あなたの話をしましょう」

「わたしの？」

「はい。……こういうことはあまり言いたくはないのですが、あなたこそ、望んでわたしの許《もと》に嫁いできてくださった訳ではないのでしょう？　詳《くわ》しい事情は知りませんが、若いリール大公との噂《うわさ》も聞いています」

「……そうですか」

「この結婚を、わたしは、それこそ諸手《もろて》をあげて喜んでいます。ですが、あなたは、そうではない筈だ。それを思うと、わたしも哀《かな》しいのですが……かといって、人の心というものは、他人の事情で変わるものではないということもまた、わたしは知っています」

　でも。わたしは何もかも知っていて、何もかも含んで、それでこの結婚に異議をとなえなかったのに。ムール四世は、今更《いまさら》何が言いたいのだろう？

　ディアナは、またもや、自分の夫、トリューサが『不可解』という闇《やみ》の中へと沈んでゆくのを感じた。

「わたしは、あなたが誰のことを思っていても、あなたのことが好きです。ですが……婦人というものはよく判らないので、断言はできないのですが、婦人は、好きでもない男と夫婦になるのは、嫌《いや》なのではないでしょうか」

「は？　……あ……まあ」

「ディアナ姫、あなたがこの結婚をうけいれた背景には、『政治』というものが、あまりにも見えすぎます。あなたがわたしの妻となってくれた。正直に言って、わたしはそれが嬉しくてしようがないのですが、あなたがそうしたのが、王による政治的な意図のせいで、あなたの意志ではないのならば……それは、あまりにも、不幸です」

　政略結婚の相手からこういう言葉を言われようとは。

　ディアナは、展開のあまりの意外さに、ほとんどあきれかえってしまっていた。そもそも政略結婚というのは、お互いにそういったことを百も承知でやってゆくものではなかったのか？

「それにもう一つ不幸なのは──我々の、体格の差、ですね。式場ではじめてあなたを見た時から、わたしは悩んでいたのです。その……わたしが真面目《まじめ》に抱き締めたら……下手をすると、あなたの骨の一本や二本、簡単におれてしまうような気がするのです」

　ディアナは、目に見えない程わずか、顔色をかえた。何故《なぜ》ならば──それこそが、まさに、先刻からディアナのもっとも恐れていたことなので。

「わたしの気にいっている自慢話の一つに、こういうものがあるのです。東の国のね、山のとばくちには、灰色熊《ぐま》という動物が沢山すんでいるのですが……あなたは灰色熊を見たことがありますか？」

「毛皮になってからならば」

確か、その地方に住む、人間を捕食の対象にする動物の中では、もっとも凶暴で力のある動物の名前。

「わたしは素手で、あいつの背骨を抱き折ってやったことがあるのですよ」

にこにこと、本当に嬉しそうに——本当に、それが自慢でしょうがないとでも言いた気《げ》に、トリューサは言う。

「先刻から……あなたは一体何をほのめかしたいのです？」

その笑みは、本当にまじり気なしの人なつこいものであったが、思わずディアナ、ヒステリックにこう叫んでしまう。だって——これが、初夜の晩、新床の花嫁にする話なのか？　本当に？

話の流れだけおってゆくと、リール大公の話をしたり、灰色熊の背骨を抱き折った話をしたり、まるで、暗に、ディアナに、抱かれない方がいいという忠告をしているようなものではないか。だが、こんなことを言うトリューサの瞳には、悪意のかけらも見当たらず、おまけに彼がディアナに執心《しゅうしん》しているのは、事実のように見えるのだ。

「いや、その……わたしはあなたがとっても好きです、ディアナ姫。おまけにわたしは充分健康な男なので……正直いって、こういう状態で、あなたの隣にただすわっているだけというのは、少し、辛《つら》いのですよ。かといって、この結婚には、先刻から話しているような問題が多々あるのも、事実です。また、わたしが、あなたの意志をまげてまで、あなたを不幸にしたくないと思っているのも、事実です。……正直に言ってね、わたしは考えるというのが、とことん苦手でとことん嫌いな男なのですよ。その点あなたは、考えるのが得意なようだ。そこで、この際、この先我々はどうしたらよいか、あなたに考えていただこうと思いましてね、長々と事実を列挙させてもらいました」

ディアナは、ほとんど目をみひらくようにして、自分の夫、トリューサをみつめる。しばらく考え、しばらく観察し……そして、決断する。

「……論理的な帰結、もしくは推理」

小声でそっとつぶやいてみて。

今までの人生、ディアナはずっと、物事をそのものさしではかってきた。だとしたら、自分の人生の転機であるらしい今も、自分の観察眼と自分の理性を信じてみよう。

ディアナのくだした結論によれば。

トリューサは、何のほのめかしも、何のかくした思いもなく——もっと言ってしまうなら、そもそも自分の言ったことが他人にどんな印象を与えるのか、考えることすらなく、ただただ言いたいことをそのまま言っているだけなのだ。そしてそれは——正直者であるとか、表裏のない性格であるとかいう問題ではなく――単に、おそろしい程、単純で、本人が言っているように、本当に考えることがあまり得意ではない為らしい。

「ん？」

ディアナの言った台詞がよく聞き取れなかったのか、トリューサ、軽く聞き返す。ひげに囲まれたぶ厚い唇が、かすかに笑みをつくり、濃い眉《まゆ》の下の瞳がにこやかに微笑《ほほえ》んでいる。

本当にこの人は嬉しそうだ。本当にこの人は《ディア》の血筋を手にいれたから嬉しいのではなく、ディアナその人を手にいれたことが嬉しそうだ。

「でも……では」

ためしにディアナ、言ってみる。

「あなた……その……よろしいのですか？　わたしのせいで、あなたの世継ぎが得られなくとも」

「ええ」

そう言ったムール四世の瞳は――どうやら、本当にそう思っているらしく、見えた。

「ムール家が、ここでとだえてしまっても？」

「ええ。別にそう……努力をしてまで残さねばならない家だという訳でもないし」

何という型やぶりな、何というおそろしいことをこの人はいうのだろう！

ディアナはしばらくの間、ムール四世――トリューサの、人間の器《うつわ》というものに溺《おぼ》れてしまう。

この人は――トリューサは、わたし達の結婚が政略結婚であるが故に、このわたしに、新妻たるディアナに、その気になれないのなら自分に抱かれることはないのだ、という権利を与えてくれているのだ！

それはディアナにとって、心底驚くべきことであり……ディアナは、こういうタイプの男を、はじめて見たと思った。

ここで。

もしも、ディアナが、その驚きと感動を、素直にあらわせる人間であったのならば。

このあとのすべての局面は、その趣《おもむき》を変えてしまったに違いないのだ。

だが、
ディアナは、あくまでもディアナであり、そして、聞いてしまう。

「いいのですか？　もし、わたしがあくまでそれを拒否したら――本当にあなたは、わたしに御自分の子を生ませる権利を――ムールの家に、《ディア》をまじらせる権利を――失ってしまうのですよ」

「何度も言うが、わたしは《ディア》が自分の子供達に流れていて欲しいだなどと――いいかえれば、ムール家をディアの血筋にしたいだなどとは、思ってはいない。わたしは、単にディアをひく姫が欲しかっただけだ」

トリューサの答えは、いささか怒っているかのように、ぶっきら棒だった。

「ただ……わたしは、あなたの——《ディア》の為ではない、あなたの為に、聞いたのだ。他に好きな男がいるというのに、こんなむさくるしい男に抱かれて、それでよいのか、と」

そして。

その目の色の、何と優しかったこと！

瞬時に、ディアナは、理解してしまう。

トリューサは、ディアナに同情している、ということを。

トリューサが、とっても深い意味でディアナを愛しており、だから、ディアナがその気になるまで、ディアナに指一本ふれまいという決意をしているということを。

だが。

トリューサは誤解していたのだ。

いや、あるいは、理解がたりなかったと言ってもよい。

ディアナの性格について。

ディアナは、自分が同情されている、自分が、誰かのてのひらの上で、ゆっくりと慈《いつく》しまれているのに、我慢できる女性ではなかったのだ。

ディアナにとって、常に、世界の中心は、自分であった。

どんな男であっても——たとえそれが、自分よりどれ程すぐれた男であったとしても——彼女にとって、男とは、自分のてのひらの上にいるものであったのだ。間違っても、自分が、男のてのひらの上にいるものではない。

そういう意味で。

ディアナは、その瞬間、トリューサを憎んだ。

自分を慈しみ、そのてのひらの中で自分を愛してゆこうとした、その姿勢故に、ディアナはトリューサを憎んだ。

何故ならば——それは、ディアナにとって、あり得てはいけないことであったから。

だからディアナは、ことさら虚勢をはるように、こう言ってみせたのだ。

「では、トリューサ様、あなたはわたしに汚名をきせる気なのですね」

「……汚名？」

かたや、あまりにも純粋な——あまりにも単純なトリューサは、ディアナのこの屈折を理解しえない。

「ええ。石女《うまずめ》という」

「そんなことはない！　そんなつもりじゃない！」

単純なトリューサは、ディアナの台詞のうしろに隠された意味までは、とても推測できない。

「あなたが——ええい、うっとうしい——おまえがそんなつもりでわしの言葉を聞いていたなら」

トリューサは、それまでの遠慮がどこかへけしとんでしまったかのように、ディアナにのしかかる。

「それならばわしは何の遠慮もすまい！」

——そして、ディアナとトリューサは、結ばれた。

☆

時々ディアナは考えた。

あの夜——運命の夜、ディアナにとって初夜となった夜。

あの時、もしもディアナが、自分の思いを、素直にトリューサに告げることができていたなら。あるいは、《運命《ディア》》は変わっていたのかも知れない、と。

だが、ディアナはどんな局面におちいってもディアナであったし、トリューサもまた、どんな局面におちいってもトリューサでしかなかったのだ。故に、これは、はかない望み。

ディアナは。そののち、トリューサと生活を営むにつれて、段々、段々、この単純な、まさしく思っていることしか言わない、思っていることしかしない、レトリック、言葉の裏の意味、誘導する台詞などというものにまったく無縁な、無骨な将軍を好きになってゆく自分を感じていた。

初夜こそ、不本意ななりゆきになったものの。

この、単純で、表裏のない、無骨な男は、まさしくその言葉の通り、ディアナを愛していてくれた。その思いのあり方が、あまりに単純で純粋であったが故に、ディアナはすぐにそれを察し——それを嬉しく思っている自分に、驚きさえ、した。

そう。リュドーサがうまれるずっと前、ディアナとトリューサが婚姻《こんいん》してすぐ、トリューサはディアナを、ディアナはトリューサを、真実愛するようになったのである。

それはディアナにとって、驚くべきことであった。

トリューサは、何の芸術的な側面をも、持ち合わせていなかった。ディアナの詩才、ディアナの楽才、そのすべてはトリューサにとって、何が何だか判らないものにすぎなかった。ティークと違って、トリューサは、ディアナと一緒にそれを楽しむこともまったくできなかった。また、ディアナは、トリューサと、しゃれた会話を楽しむことも、できなかった。トリューサがAといったら、それはほんとにAなのであり、Aにみせかけたb、Aのふりをしたcなどという、高級な会話術はトリューサには存在していなかった。

けれど。

トリューサには、ティークや、他の宮廷にいた人々すべてがもちあわせていない、素晴らしい側面があったのだ。

その、まさしく、武人であること。

トリューサは、うけとる人の解釈により、いく通りにも解釈できるようなことは、決して、いわない。

トリューサが言ったことは、すべて、何の装飾も、何の遠慮もない、本当のことである。トリューサは、自分が本当にしたいと思ったこと以外は、決してしない。

それらのトリューサの特色は、ディアナにとって、いつもいつも新鮮であり、驚きであった。トリューサは、まさに自分の思うとおり、まさに自分のしたいように、生きているのだ。

トリューサが、自分のことを愛していると言ってくれる。

この場合の愛は、たとえばティークが自分にむけてくれた愛とは、まるでその様相を別にする。

トリューサは、たとえ、親兄弟、その他誰に何といわれようとも、ひとたび愛しているといった以上、ディアナのことを愛していてくれるのだ。

だが。

トリューサの愛に、どれ程溺《おぼ》れようとも、トリューサを、どれ程愛そうとも、ディアナはディアナであった。

そして――ディアナは、《ディアナ・ディア・ディアス》、《運命》を色こくひく乙女であるディアナは、初夜の屈《くつ》辱《じょく》を、どうしても忘れることができなかったのだ。夫に同情され、その同情を拒否した結果、力ではどうにも抵抗しようがなく夫のものにされてしまったという屈辱を。

トリューサは自分を愛していてくれる。自分は、トリューサを愛している。

そのことを、はっきりと自覚していながらも。

ディアナには、我慢できなかったのである。誰かのてのひらの上で、充足している自分、自分をてのひらの上で、充足させている誰かが。

故に――トリューサのことを、真剣に愛していながらも、ディアナはそれをあきらかにすることができなかった。いつだって、トリューサに心配をかけるよう、トリューサが困るようなことしか、ディアナにはできなかった。

こんな時に。ディアナは、知る。自分が、妊娠した、ということを。

そして、リュドーサがうまれる。何もかも、トリューサに似た子供。

ここでディアナはいってみるのだ。子供もうんだことだし、自分を、『白い花の館』へ行かせてくれ、と。リュドーサを愛していない訳ではない。トリューサを愛していないだなんて、とんでもない。

だが。

どうしても素直にそれを認める気にはなれなかったし、認めたら、自分の負けだという意識が、ディアナにはあって。

負け。

時々ディアナは自分がなさけなくなった。自分とトリユーサは夫婦であるのだ。夫婦が愛しあうのに、何故勝ち負けがでてくるのか。夫婦はあくまで夫婦なのであって、妻が夫より器量があろうが、夫が妻より器量があろうが、どうしてそんなことを問題にして、どうしてそんなことでもめなければならないのか、考えるとしみじみ惨《みじ》めにもなった。

しかし、持ってうまれた自分の性格、自分が自分であることだけは、変える訳にもいかなかったし、変えることもできなかった。

また。トリューサも、意外と簡単に、それを許可した。ディアナの、すでに狂った思い、ディアナそのものを、やっとこの時、トリューサは理解できたのかも知れなかった。

そして、ディアナは、自分がトリューサを好きであるとは一言も言えないうちに、『白い花の館』の住民となる。

ディアナは、トリューサを、愛している。

トリューサは、ディアナを、愛している。

トリューサとディアナが夫婦である以上、何の不思議もない感情が――何故か、抑圧されねばならなかった。ディアナが、ディアナであるが故をもって。

が。

この時。

ディアナは知っていたのだ。トリューサが、ディアナを愛していること、そしてまた、ディアナがトリューサを愛していることをトリューサが知っていることを。

ディアナは自分の思いが相手に伝わったことを、しかし、素直に喜べなかった。むしろ――自分の思いを悟《さと》られたこともまた、屈辱のような気がしてならなかった。

この時期、しばしばディアナは、自分で自分がなさけなくてしようがなくなった。どうしてここまで自分は素直でないのか、どうしてティークと恋におちた時のように、今の自分がふるまえないのか。

そしてまた、その答えも、判ってしまっていた。

トリューサが、かしこくはなかったからだ。

トリューサは、たとえば、論理的な帰結だの推理だのによって、ディアナの心を察した訳ではなかった。ごくごく頼り無い、ディアナがあてにはしない、直観、気分というもので、ディアナの心中を悟ったのである。

頭のよさならディアナは評価できる。観察力でも、評価できる。だが、直観だとか、気分などという漠然としたものは、ディアナには評価できない。評価できない才能は、認める訳にはゆかない。

トリューサが、ディアナの評価できる才能において、ディアナより優れていたのなら。あるいはディアナも、そんな彼のてのひらの中にいることに、満足できたかも知れない。だが、評価できないもので彼がディアナより優れているというのは、ディアナにとって、屈辱でしかなかったのだ。

そして、白い花の館で時間が流れる。トリューサは、東方警備の合間をぬっては、実にしばしば白い花の館へディアナを訪ね、ディアナはそれを内心とても喜びつつも、どうしてもその感情をおもてにだせずにいた。

そして。

この屈折した夫婦のあり方、尋常《じんじょう》ではない夫婦のあり方が、とんでもない悲劇をひっぱってきてしまったのだ。

☆

人の口に戸はたてられない。

そして、人というのは、めでたい話よりは悲劇的な話の方を、より好んで口にするものである。

『悲劇』がおこってしまったのち、ディアナはそのことをしばしば考えた。今更考えてみたところでどうしようもないことではあったが、考えずにはいられなかったのだ。

ディアナの婚礼。人々の間からもれた『おいたわしい』という声。

ディアナの結婚生活。それはディアナの意地からでたこととはいえ、子供を生むとすぐに別居した夫婦。

落ち着いて考えてみれば、すぐに判る筈であった。こういう事実が、人々にどういった印象をあたえるのか。

ディアナは、人々の噂にのぼる時、必ず、悲劇のヒロイン、好きな男との間をさかれて、ただ《ディア》を引く姫なら誰でもよいという男の処へ嫁がされた可哀想《かわいそう》な姫、だった。トリューサは、その体の大きなことも手伝って、暴力的に姫をものにした、おそろしい男だという印象で人々に見られていた。

この噂は、いろいろな尾ひれをつけて、国中にひろまった。勿論《もちろん》、宮廷にもひろがった。そして、宮廷には、その噂を聞いて心をいためる人間が、まだ一人はいたのである。ティーク・ディア・リール——ディアナを裏切った、その人。

「僕のせいだ」

ディアナの噂を聞くにつけ、ディアナのことを思うにつけ、ルディアと結婚したティークの胸はいたんだ。酒量はあがった。

一つには、ティーク自身の結婚生活が、お世辞《せじ》にもしあわせなものではなかったからかもしれない。ティークは、一途《いちず》にディアナに同情し、ディアナのことを心配した。

「僕にはまったく勇気というものがなかった、僕は——たとえこの身が朽《く》ちてでも、必ずそいとげるとあの人に誓ったのに……」

ルディアは、まったくの人形だった。ルディアには、自分の意志、自分の考え——いや、そもそも自分というものがまるでないようにみうけられた。いつも、ただ黙ってそこにいる。ルディアがするのは、ほんとにそれだけで、自分の意志があまりある方だとはいいがたいティークの目からみても、それは歯痒《はがゆ》い程であった。

「僕があの時、王様の申し出をきっぱり断っていれば……僕さえあの時……」

ちょっとでも酒がはいると。ティークの台詞は、いつも同じ処でどうどう廻《めぐ》りをはじめる。そして、ひとたびどうどう廻りがはじまってしまうと、ティークは吐くまで酒を呑《の》むことをやめず――その様子は、まわりでティークを見ている者の方が辛くなってしまう程、痛々しい、情けないものであった。

「僕が……あの時僕が……いや、兄上様さえ死ななかったら……」

のち、カトゥサがティークのこの台詞を聞いたら、どんな反応を示しただろうか。期せずして、この親子は、自分の運命の転機にまったく同じことをなげいていたことになる。

「兄上様さえ死ななかったら……僕は、リール大公家なんて、つぎたくはなかったんだ！　兄上様さえ死ななかったら、僕は一介の貴族として……」

運命はめぐる。運命はめぐる。運命はめぐる。

そして、カトゥサにはプシケがいたように、ティークにも忠実な家来がいたのである。

☆

「決めた」

マリーサはその朝、誰に言うともなく、そう言ってみせた。明後日からは聖ラムール祭、国王は今日から潔斎《けっさい》にはいる。ラムール祭がおわるまで、国王は誰にも会うことはなく、ただただひたすら、国の平安を祈って、水ごりをするのだ。

「今日しかない。来年の聖ラムール祭まで、こんな状態でいられるものか」

マリーサが考えていたのは、ひたすらその主《あるじ》、ティークのことであった。

このままではいけない。もともと、どう贔屓目《ひいきめ》にみても酒に強い方ではなかったティークなのに、もう何カ月も、酒びたりの毎日だ。ディアナのことが気になっているのか、自分の恵まれない夫婦生活が苦になっているのか、原因までは判らないものの、このままではティークは完全に体を壊してしまう。

とにかく、ティーク様には完全にディアナ様のことを思いきってもらわなければ。さもないと――こんな状態が、あと半年でも続いたのなら、ティーク様は半病人になる。こんな状態があと一年続いたらティーク様は廃人になる。こんな状態があと二年続いたら、ティーク様は死んでしまう。

おいたわしい。

そもそも、ディアナ様なぞにほれたのがいけないのだ。マリーサはディアナとティークのつきあいには、もともと賛成してはいなかった。何といってもディアナ様は神の直系、おそれながらもティーク様の手にあまるお方。主思いのマリーサではあるが、自分の主の器量というものは完全に把握《はあく》できていたので、ティークとディアナが結ばれる、とは、最初から思ってはいなかった。

だがそれと、今の状態を放っておくのとは、また、別問題。

とにかく、一度でいいから、ティーク様とディアナ様を、こっそりお会わせするのだ。ディアナ様の口から、ティーク様にお酒をひかえるよう言っていただければ、ティーク様もお考えになってくださるのではないか。また、一目ディアナ様にお目にかかり、言葉のいくつかなりともおかわしになれば、ティーク様もディアナ様にあきらめがつくのではないか。

はなはだあらっぽい、漠然《ばくぜん》とした考えではあるが、マリーサは心底そう思っていた。また、そうでもしないと、ティークの様子はとても見ていられないのであった。

その為、マリーサは、所用にかこつけて、何度か、白い花の館あたりを下見していたのだ。白い花の館に出入りする商人に心付《こころづけ》もやっていた。もし、ティークとディアナが会う機会があったなら、その商人の手引によって、白い花の館にはいりこめるような算段もしてあった。

だが、マリーサにもどうしようもなかったのが、国王の監視。まあ、国王としては自分の娘婿《むこ》を監視する気はなかったのだろうが、王宮で、常に国王と一緒に生活しているティークが、国王の目を盗んで白い花の館まで遠出をするのは、事実上不可能であった。（白い花の館は、南の国の辺境と呼ばれる処に位置する東の館より、更《さら》に東、国境最前線の近くにあった。王宮のある、国の中心部からでは、ちょっと日がえりは無理な位置である。）

その国王が。これから丸々三日間は、潔斎の為、神殿にこもるのである。そして、ルディアは、国王の留守に何があったとしても、それを気にとめるような性格ではなかった。

もし。ティークが、人目をしのんで、こっそりディアナに会いにいくとしたら、チャンスは今しかないのだ。大祭のたびに、確かに国王は潔斎をするが、聖ラムール祭のようにそれが三日におよぶのは他になかったし、また、この次の大祭まで待っていては、ティークの健康に自信がもてなかった。

「やるしか、ないよな」

結論がどういう風にでるのか、マリーサには判らなかったし、想像できなかった。また、でた結論が、本当に主の為になるものかどうかも、判らなかった。あるいはマリーサは、主の古傷をかきむしるだけの、ろくでもない召使いということになるかも知れなかった。だが——とにかく、今のような、半病人の状態に、主ティークをおいておく訳にもいかなかった。

結局、結論としては、マリーサはやるしかなかった。

☆

「……いいのだろうか……ね」

ここまできて——白い花の館の中庭までしのびこんでおいて。まだ、ティークの口調ははぎれが悪かった。

「いいのだろうかって……もう、どうしようもないじゃないですか。とにかく、今のままじゃティーク様はいけないんです。あんな不健康な、酒くらってばかりいる状態は、絶対、ティーク様の為になりません」

ここまできたのだ。もういい加減に腹をくくってもいい筈。

マリーサはそう思い、主ティークの優柔不断《ゆうじゅうふだん》に苛々《いらいら》もしたが、また、同時に判ってもいた。この、優柔不断こそが、主の特徴であるということを。

「出入りの商人……あいつを帰しちまって、本当にいいのですか?」

ただ、マリーサが気にしているといえば、そのことだけだった。ここまで彼らを導いてきてくれた、白い花の館出入りの商人、それを、何を思ったのかティークは、帰してしまったのだ。(当初のマリーサの予定としては、何とか彼にディアナを呼び出してもらうつもりだったのだ。あるいは、ディアナがどうしても無理なら、いつもディアナの陰にいる、パミュラを。)

「ああ。……僕は、無理なことはしたくない。ディアナ姫を、策略にも、かけたくない。……これで姫がでてきてくれないのなら、マリーサ、いろいろと心配をかけたけど、姫のことはすっぱりあきらめるよ」

こう言うと、ティークは、ふところからキルートをとりだした。それは、いつぞやの夜会、ティークとディアナが初めて知り合った夜会で、ティークが国王より拝領した、例のキルートであった。

「キルート……。そりゃ、ティーク様のキルートの腕は、誰よりもこのわたしめがよく知っていますがね、ディアナ姫っていうのは、キルートの音が聞こえただけで、ひとりで中庭にでてきちまうっていう奇癖《きへき》をもってらっしゃるんで?」

「いや。だけど……あの人が、もし、まだ、僕のことを覚えていてくれるなら。そして、僕のことを少しでも好きでいてくれるなら、これから僕がふくメロディは、無視できないと思うんだ。……無視されたら、それはそれだけで一つの意思表示さ。あの人は、もう、僕のことなど歯牙《しが》にかけてもいない、という」

「…………」

貴族っていうのは、ここが判らないんだ。

マリーサは、ひそかにため息をついた。

どうしてこう、ティーク様は、ものごとをロマンティックに考えてしまうんだろう。たとえば、ディアナ姫が偶然、キルートの音が聞こえない処にいるって可能性は、頭っから無視できるものなのか？　出入りの商人に手引させれば、そういう心配はないっていうのに。

「じゃ……やるよ」

ティーク、緊張したのか、いわでもがなのことをマリーサに言う。そしてそれから、唇をキルートにあてがい……。

魔法のゆうべに流れだした、その音楽が、ふたたび流れ出した……。

☆

「あれは……何？」

マリーサの心配は杞憂《きゆう》であった。ディアナは、確かにティークのふくキルートの音を聞いた。

「キルート……ですかしら」

ディアナについて、ついにこの白い花の館まできてしまったパミュラ、耳をすませていう。

「ああ、キルートですよ。……どこの風流人かしら、この辺で、こんなに見事なキルートの音を聞くなんて……」

パミュラは、遠く、宮廷時代に思いを馳《は》せていた。このキルート。宮廷ですら、こんな見事なキルートの音色は、そうそう聞いたことがない。

「あれは……ティーク様」

ディアナ、思わずこう呟《つぶや》く。

「ティーク様？　奥方様、気を確かにもってくださいませ。ティーク様は――いえ、あのティークは、ルディア様と結婚を」

「パミュラ、あなたには判らない？　あれはティーク様よ……」

不思議だった。ディアナは真剣にその音色を聞いた時、悩んだ。

ディアナは、自分では、それなりに音楽を聞く耳があると思っている。そして、ディアナの音楽に関する知識は、今、まさに聞こえているキルートの演奏者はティークだと告げていた。だが――もし、今聞こえているキルートが、真実ティークのものだとしたら……ティークは、こんな処に、本当にきているというのか？　きているにしても、ティークは何をしているのだ？

ティークは、この時まで、ディアナのことが好きだった。また、ディアナも自分のことを思っていてくれると信じていた。であるが故に、ティークは、こんなロマンティックな、呼び出し方法をとったのだ。だが。この時すでに、ディアナはティークのことなど心の中からおいだしてしまっていた。一度恋がその心の中から消えてしまうと、確かにこの呼び出し方法は、不審以外のなにものでもなくなってしまう。

「このメロディ……今でもはっきり覚えている、これはわたしが十二の夜会で、ティーク様がふいたメロディよ。それに、この国に、あれだけのキルートの腕をもった人間がそうそういるとは思えない……。だから、あれは、ティーク様のキルートだわ」

「確かに、ティーク様のキルートの腕は、宮廷中の評判でしたものね……」

パミュラもそれは認めはするが——でも。

「でも、何だって今頃、こんな処にティーク様がいるのです？　何か公式の用事があるなら、表玄関からちゃんとくればいい筈ですし……何で中庭から、急にティーク様のキルートが聞こえてこなきゃいけないんです？」

ティークの唯一の誤算が、これだった。恋という要素がぬけおちてしまうと、ロマンティックな行動は、すべて不可解な行動、不審な行動になってしまうという、認識の欠如。

「パミュラ、わたしちょっと見てくるわ。……もし、ティーク様だとしたら、いつまでもあんな処でキルートをふかせておく訳にもいかないし」

「でも、奥方様、もう夜もふけております。たとえ今、中庭にいるのがティーク様だとしても、こんな時間に……誰かを見にやらせましょう。それがよろしゅうございますわ」

「駄目《だめ》よ、パミュラ、莫迦《ばか》なことをいわないで。もし、キルートの奏者がティーク様でごらんなさい、他のものに見られたら、旦那《だんな》様にどんな告げ口されるか判らないじゃないの。……わたしが、直接、見てくるわ」

「でも……」

「それにね……。ふふ、今、中庭にいるのがティーク様だとしたら……あの人に、何ができるっていうの？　あの人と、夜中に二人きりであったとしたって、どんな女が危ない目にあえるっていうの？」

「それは確かにそうですわね……でも、奥方様、一応パミュラも御一緒します」

☆

この夜の出来事を、ディアナ側にも、ティーク側にも公平にのべるならば。

それは、ただただ、誤解のみでぬりたくられた夜だった。

ティークの方には、まず、ディアナがトリューサとの結婚を喜んでいない、ディアナは自分のことを好きである、という誤解があったし、また、ディアナがパミュラと二人だけで中庭にでてきてくれたので、その誤解は一層深まってしまったのだ。

また、ディアナの方は。すでにティークとの経緯《いきさつ》なぞ、半《なか》ば以上忘れはててしまっていたのだ。故に、ディアナにとって、ティークがしのんできたということ自体が、すでに迷惑であったたし、他人に知られたくないことであった。それに、ティークがしのんでやってきたって、一体彼に何ができるのかという、あなどりもあった。

「ティーク様……。そこにいらっしゃいますの？」

だから、中庭の闇の中へよびかけるディアナの声は、かなり不快なニュアンスをともなっていた筈だ。それと同時に、他の人間に聞かれないよう、極力声をひそめる感じになる。

「ティーク様……」

「ディアナ姫……きてくださったのですね」

ところが。もう、この時すでにティークの方は、まともな精神状態ではなくなっていたのである。他人の家の中庭にしのびこむなどという行為は、もうそれだけで、ティークに可能な行為のわくを越えてしまっていた。そのうえ、かすれたような――本当は、単に声をひそめて、その声の中に不快なものがまじっているだけの――ディアナの声が、何だか妙に刺激的で。

「ティーク様……どこに」

闇の中から、急にティークの声がして。ディアナは、思わずびくっと身がまえる。

空には、白い、小さな和の月がでているばかり、どうやら雲がでているらしく、星のあかりは一つも見えない。そういう、絶対的な光量不足の環境下では、草や木の緑は、光をすべて吸い取ってしまい、ただただ虚無《きょむ》のような黒にみえる。その不気味な黒がさっと揺れて、そこからティークの姿がでてくる。

「ティーク様……どうして」

ディアナの声には、あきらかに相手の非常識をせめるひびきがあった。だが、平常心をうしなっているティークには、もはやそんなことは判らない。

「ディアナ姫……おいたわしい、ディアナ姫、お元気でいらっしゃいましたでしょうか」

ティークとルディアの結婚の話がおこったあと。ティークはディアナと二人っきりで会う機会がまったくなかったのだ。だから、いきおい、ルディアとの結婚話がおきる前、二人がまだ恋人同士でいた時のままのしゃべり方になる。

「ティーク様……」

一方ディアナの方は、まだ事態がよくのみこめてはいなかった。ここにティークがきているというだけでも充分異常な事態なのに……ティークは、何をしているんだ？　どうしてこういう状況下で、自分が元気であるかだなんて、社交辞令のようなことを聞くのだ？

「ずっとずっと御心配申し上げておりました。ディアナ姫、僕は」

窓からもれた明かりがかすかにティークの顔を照らす。

ここしばらくの酒びたりの毎日がたたってか、驚く程やせこけて、血色の悪い顔がそこにはあった。

「ティーク様……どうなさったんです」

「僕は……すみません、ディアナ姫、僕がだらしないばかりに」

「……酔っていらっしゃるのですか？」

段々不快な声になる。ディアナ、自分でもそれを制御《せいぎょ》できない。そしてまたティークは、ディアナの声にこめられた怒りのひびきを、ティークがディアナを裏切ったことへの怒りだと誤って解釈する。

「ディアナ姫、あなたがお怒りになるのももっともです、でも」

「帰ってください。こんな処を人に見られたら、どんな評判になるか」

今頃になって、何をどう思ったのか、ティークはルディアとの結婚のことを自分に謝りにきたらしい。あるいは、まだ恋人同士のつもりで、自分との逢瀬《おうせ》を楽しみにきたのか。やっとそういう推理がついて、ディアナ、あらっぽくティークから顔をそむける。そして、そのまま、自分は部屋にはいろうとする。

「ディアナ姫！　姫！」

自分のそれまでの酒びたりの日々。不幸である筈のディアナ。自分のキルートのロマンティックな誘いをうけて、でてきてくれた筈のディアナ。今ここで、何の話もかわさずに帰ってしまったら、これから先また自分を待っているのは、酒びたりの日々。

ティークの頭の中を、一瞬そういう単語の羅列《られつ》が走りすぎてゆき——何を思ったのかティーク、必死になってディアナの服のそでをつかんだ。

「ディアナ姫、待ってください、ディアナ姫」

「奥方様から手をおはなしになってください！」

慌ててパミュラがディアナとティークの間にわってはいろうとする。そのパミュラの声が結構大きかったので、今度はマリーサが慌てる。

「パミュラ殿、パミュラ殿、どうかお静かに」

マリーサ、おおいそぎでうしろからパミュラを羽交《はが》い締《じ》めにする。声をたてられないよう、口をおさえて。

「何を……」

叫ぼうとしたパミュラの声が、くぐもる。のと同時に、こちらもまた驚いたディアナ、息をのむ。よもやティークの他にもここに人がいたとは。そして——パミュラの声がくぐもったのは何故？　誰かがパミュラの口をふさいでいるというの？

「御主人様！」

息をのんだディアナ、すると次にその口からほとばしるのは悲鳴。それを察したマリーサ、パミュラを羽交い締めにしたまま、ティークの背をおす。おされたティークク、おもわずディアナにぶつかり、それからディアナの口が、まさに悲鳴をあげようとして開かれるのを見る。

このあとのことは。

ティーク本人にも、もう、よく判らなくなってしまった。

とにかくディアナに悲鳴をあげられてしまったら終わりだと思った。そうしたら、自分とマリーサはあきらかに曲者《くせもの》だし、二度と再びディアナと静かにかたりあう機会は持てない。いや、それより前に、国王やルディアにどう弁解してよいのか判らない。

それに。何でディアナが自分を見て悲鳴をあげるのかも、判らなかった。何でディアナが自分を見て迷惑そうな声を出すのかも、判らなかった。

この夜の成り行きは、何もかもがティークにとって理《り》不尽《ふじん》だった。とにかくディアナの口をふさがなければいけないと思った。だが、右手でディアナの唇をおさえようとしたら、ディアナは右手に噛《か》み付いた。足でティークのすねを蹴《け》った。しようがないから、まず、ディアナの体をおさえつけておちつかせようとした。それでも暴れた。そして……。

☆

ぼうっと雲にかすんだ、白い、月。

ふと気がつくと、ディアナはその和の月を見ていた。

月の端がわずかに葉の形にかけているのは、中庭の木が、自分と月の間にあるからだろう。

ほおが冷たい。ほおが濡《ぬ》れているようだ。何だろう、この感触……土?

何で、自分のほおは直接地面と接しているのか。ああ、髪の毛にも土がこびりついている、これは洗うのが大変だわ。

とりとめのないことを考える。何でわたしは地面の上に直接寝ているのか……。するとその答えを思い出す前に、泣き声が聞こえてきた。かすかに、かすかに、すすり泣くような声――パミュラだ。パミュラと――そして、もう一人……誰?

「パミュラ? 泣いているの、パミュラ」

「奥方様……」

自分のうしろの方の、それも自分と同じくらい低い位置から、パミュラの返事が聞こえた。とすると、パミュラも地面に寝ているのだ……何故?

その瞬間。ディアナは、自分の頰《ほお》に、冷たいものが上からおちてきてあたったことに気づいた。冷たい――涙。みあげると、自分の上にのしかかるようにして、泣いている男の顔が目にはいった。ティーク。

「ティーク様、あなたは……」

ティークの顔を見た瞬間、思い出す。自分がここで一体どういう目にあったのか。なのに……なのに、ティークは、その自分の上にのしかかったまま、泣いているのだ。

「ディアナ姫……ディアナ姫……ディアナ姫……」

泣きながらティークは、その名前だけを繰り返していた。その名前を呼びさえすれば、すべての罪は許されるとでもいうように。

「ディアナ姫……ディアナ姫……ディアナ姫……」

こんなことをするつもりじゃなかったのだ、こんな筈じゃなかったのだ、こんなことになる筈はなかったんだ
ティークは、ディアナの名前を呼ぶだけで、そういう思いをありったけ露呈していた。

これが結末、これが自分の恋の結末？

ティークの涙を頬でうけながら、ディアナはやるせない、寂寞《せきばく》とした思いが、心の中に満ちてくるのを感じていた。これがもし、自分の恋の結末であるというのなら、自分は本当に、自分は何というなさけない……。

トリユーサ様。二度と会うことはないであろう人の名を呼んでみる。

トリユーサ様。わたしは、ついに言うことはできませんでしたが、わたしはあなたが好きでした。

トリユーサ様。わたしは、あなたのディアナは、この身をきよめたら、一足先に黄泉《よみ》の国へと旅だたせていただきます。

またも、ティークの涙がディアナの頬にあたる。

この男は、一体何を泣いているのだろう。泣きたいのは、わたしの方なのに。

その瞬間。

ディアナは思わずティークの体をつきたおし、吐いた。

何かが――何か、とてつもなく大きく、とてつもなくグロテスクな何かが、今、ディアナの体の奥からディアナの喉《のど》もとへとつきあげてきたのだ。

「ぐっ……」

吐いても吐いても、喉の奥、食道の奥、胃の奥の方からこみあげてくるものは終わらない。いや――終わらないのみならず、まだ、かけらもでてきていないのだ。

「げふっ」

もはや、胃の中には、吐くにたる内容物は完全になくなっていた。胃液までも吐き出して、でも、まだとまらない、嘔吐《おうと》感。

「奥方様！」

パミユラが、ティークをおしのけるようにして、ディアナのそばにはってくる。

「奥方様？　大丈夫《だいじょうぶ》ですか？　どうしたのです？」

ディアナはとても返事ができない。おそろしいまでの嘔吐感のあとは、胸が、心臓、心のある辺りが、もの凄《すご》く重たい何かにふみつけにされているような悪寒《おかん》がして。

「ぐっ」

動悸《どうき》が、急にはやく、おそろしい圧迫感をもってディアナにせまってくる。吐きながら、たまらずうつぶせに

なっていたせいで、自分の手で感じることができる。異様に動いている、自分の胸部。

そしてその瞬間。ディアナは、悟《さと》ったのだ。

あるまがまがしいものが――その、呪《のろ》いを、成就《じょうじゅ》させたのだということを。

いつぞやの、ルディアの婚約祝いの席での、カイオス王の台詞が頭の中でがんがん響いた。

「奥方様！」

はい寄ってきて、何とかディアナの背に手をかけ、必死になってディアナの背をさすってくれるパミュラに体重をあずける。そして、ディアナ、何とか立ち上がる。

「ディアナ姫！」

ティークがよってこようとする。それをパミュラがつきとばす。ディアナは、パミュラに体重をあずけて何とか立ちながら、唇に、うっすらと笑みをうかべて、パミュラにつきとばされて地面に転がるティークをみていた。

「ディアナ姫……」

地面の上をはいずって、それでもティークはディアナの方へちかづこうとする。パミュラが、にらみ殺さんばかりの目つきで、ティークに唾《つば》をはきかける。

「よらないで、獣《けだもの》！」

「姫……」

パミュラから、わずかに重心を自分の方へずらす。ディアナは、やっとの思いで、自分の足で地面に立つと、ティークの手を足でふみにじろうとしているパミュラを制した。

「奥方様、こんな奴を……こんな奴に」

パミュラもまた、髪まで泥まみれになっていた。服のすその部分が裂けているのが痛々しい。

「パミュラ、いいの。ちょっと黙って」

ディアナは優しくパミュラの髪のほつれをとくと、そのまま、ティークの顔を見下ろした。

「姫……僕は、僕は、あんなことをするつもりじゃ……ただ、お話をしたかったのです。本当に、ただ、お話を」

「いいんです、ティーク様」

ディアナの声は、不思議な程、おだやかで――何故かしらん、ティークを哀《あわ》れんでいるようなひびきさえも、持ち合わせていた。

「帰ってあなたの義理の父上に伝えてください。カイオス王のおっしゃったことは、本当でした、と。ディアとは……おそろしいものなのですね」

「姫……？」

「今、判りました。カイオス王の言うとおりだったのです。わたしは、ティーク様、あなたが好きで、あなたに恋した訳ではなかったのですね」

「ディアナ姫？」

段々、段々、ティークの声はヒステリックにあがってゆく。

「あなたには何の責任もありません。あなたのせいではなかったのです。今日のことは忘れてください。あなたは今日のことについて何の責任ももちあわせてはいない筈だし……あなたは、ルディア姫と、しあわせな生活をおくってください」

「姫！」

「ただ、この伝言だけを……カイオス王に。王は、《運命《ディア》》を変える為に、万全の手をおつくしになったおつもりでしょうが……手抜かりがあったようです。わたしは、ディアを——次代の、ディアナかディアスを、身《み》籠《ご》もりました」

「姫！」

ティークの叫びは、もはや絶叫という類《たぐい》のものになっていた。

「どうしてそんなことが——そんな莫迦な！」

「今、判りました。十月十日《とつきとおか》後、わたしは《ディア》をうむでしょう。カイオス王に、そう伝えてください。……ああ、ティーク様、あなたとわたしのことがばれたって、カイオス王はお怒りにはならないでしょうよ。彼には……多分、判っている筈だと思います。それもこれも、みんなあなたやわたしのせいではなくて……《運命《ディア》》のせいだって。《運命《ディア》》に怒る人間は、そうそういないものですよ」

「奥方様！」

一方、パミュラはパミュラで混乱していた。次代のディアナかディアスを身籠もった——ということは、父親は、ティークしかいない。ディアナは……今、妊娠したというのだろうか？　それが、今、すぐに判ったというのだろうか？　そしてそれを……こともあろうに、カイオス王に伝言してくれ、とは。

「今しか機会はない、とカイオス王に言ってください。もし——王が《ディア》を、真実絶《た》とうというのなら、今がその最後の機会です。わたしが子供をうむ前に、子供ごとわたしを殺しなさい。それをしなければ——わたしには、判ります。今、わたしの中に根づいたものは、何よりもおそろしい、真正のディア、おそらくは《ディアナ・ディア・ディアス》そのものとなるものでしょう。この子が、もし、生まれてしまえば、誰も、運命を変えることはできなくなるでしょう」

「奥方様……」

「ディアナ姫……」

パミュラとティークは、同時に叫んだ——いや、叫ぼうとした。だが、二人の声は、共にささやくような小さいものにしか、ならなかった。というのは——今、ディアナは、その瞳をもえたたんばかりのダーク・グリーンに染めており、その瞳を見ただけで、判ったので。ディアナの正気は、すでにディアナの中では片隅におしやられており、今のディアナを支配しているのは、理性だの、思考だのでおしはかりようのない、ディアナの中に潜むおおいなる力、《運命《ディア》》、あるいは狂気と呼ばれるべきものだと。

「ティーク様？　パミュラ？　わたしが、怖い？」

　と。そんな二人の様子を目にとめたのか、ディアナはうっすらと笑った。

「怖い、でしょうね。わたしだって怖いわ。真正の《ディア》を生むということは……わたしは、おそらくは、狂うのでしょうね。……長い、長いこと、わたしは不思議だったのよ。どうして真正の《ディア》をうんだ前代の《ディア》は必ず狂うのか。今、判ったわ。真正の《ディア》を生むというのは……その体の中で、真正の《ディア》を養うというのは、重いのよ。《運命》を体の中で育《はぐ》むようなものですもの、人間には、重すぎるのよ。多分、正気の人間の容量を越えてしまうのね……」

「姫！」

「でも、カイオス王は、おそらくわたしを殺さないでしょうね。彼は、彼に与えられた運命の中で、精一杯、その運命を変えようとした。ところが、運命は彼の手には余ってしまった。わたしの知っているカイオス王は、そんな場合、従容《しょうよう》として運命にしたがうだけの器はもっていたと思うわ。……そうよ、ルディアの思いは、所詮《しょせん》、二世代にわたる狂念にすぎなかった。けれど、《ディア》は、その何倍もの長い間、ずっと我々の中を流れてきたんですものね……」

　そして。ティークとパミュラが茫然《ぼうぜん》と眺めている中で。

　ディアナは、笑い出した。体を二つに折って、いつまでも、狂ったように、狂ったように笑い続けた——。

☆

　のち。

　歴史書が教えてくれる事実は。

　カイオス王は、あるいは《ディア》を身籠もったかも知れないディアナを殺すかわりに、彼女に一通の手紙をだしたことになっている。

　その手紙は、ディアナと、その子供——たとえそれがティークの子供、由緒《ゆいしょ》正しいディアをひく子であったとしても——の命の安全を保障し、そのかわりに、唯《ただ》一つのことだけを要求していたという。

　のち、ディアナからうまれたものがディアナ、もしくはディアスとして、王位をつぐことがあったなら。その正嫡《せいちゃく》とはいわない、妾妃《しょうひ》の子、あるいは浮気でできた子があれば、その子に名前をつけて欲しい、と。その子に、ルディアという名前をつけて欲しい、と。

　血は、そして、強い《運命》は、必ずやその血の中に、みずからの滅びを育んでいる筈であるから、と。

☆

のち。

ムール王朝の開祖、ムール六世カトゥサ＝ディアス、ムール大帝の子供は、王妃《おうひ》との間に一人、妾妃プシケとの間に三人、できた。

その、プシケとの間にできた子の二人め、長女の名は、ルディアという。

ディアナ・ディア・ディアス

「うふふ。ほおら、お母さま、ほおら、僕が見える？　僕が判《わか》る？」

風が吹く。草がゆれる。

さわさわさわさわさわさわさわさわ。

風が吹く。草がなる。目の前の、そしてうしろの、右の、左の、草がゆれる。

プシケとパミュラは、ただ、黙ってカトゥサを見ていた。カトゥサが、自分の母親――ディアナを、白い花の迷路へさそいこんで、白い花の迷路で疲弊《ひへい》させるその様を、どうしようもなく、黙って見ていた。

「カトゥサ！　お願い、カトゥサ、わたしのディアス！」

ディアナが叫ぶ。カトゥサにより、丁寧に、慎重に、うすものしかまとわせてもらえなかった、ディアナの皮膚は、今頃はもう、白い花の咲くトゲをもった草の茎で、縦横無尽《じゅうおうむじん》にきりさかれてしまっているだろう。

「ほおら、お母さま、どうしたの？　僕はここだよ、見えないの？」

笑いを含んだカトゥサの声。

「カトゥサ……ディアス……カトゥサ……」

風に流れる、ディアナの叫び。

「どうしたの、お母さま、どうしたの」

風に流れる、カトゥサの声。

「リニエドは、どうなったの」

パミュラは、ついに、どうしてもこのカトゥサによる遊びを見ていることができなくなり、プシケにそっと話しかける。

「どうもこうも……カトゥサ様の思いどおりに……」

プシケも、カトゥサがディアナをいたぶっている様はあまり見たくはなかったのだが……また、同時に、プシケはリニエドのことも考えたくなかった。ミリサの働き。おそらくは死んだに違いないエト。そしてこれからカトゥサがしなくてはいけないこと。

それらのうち、どれ一つとして、暗くない話題はなかった。どれ一つをとっても、カトゥサの名は、その関係者に、悪魔を呼ぶ時のような声音《こわね》で呼ばれている筈《はず》だし……実際、それも無理はないことなのだ。

「ほおら、お母さま、どこへ行くの……」

風が吹く。それに流されて、『白い花の館』まで届く、カトゥサの声。

「ティークは、認めたんですってね」

パミュラ、どうしてもティークを呼ぶ時、敬称をつける気になれずにいる。

「え……ああ、カトゥサ様が自分の子だって、ね。認めたわよ、それは意外な程素直に」

「いえ——カトゥサ様が、《ディアナ・ディア・ディアス》だって、認めたんでしょ」

「同じことよ」

カトゥサがリニエドを燃やし——草原の民《たみ》の協力を得て、ワンスの軍を蹴散《けち》らして、東の国の国境線をやぶった後。意外な程簡単に、カイオス王もリール大公も、カトゥサがディアスであることを認めた。昔、ディアナとカイオス王との間にかわされた手紙の存在を知らないプシケにとって、それは意外な程あっけなかったが——でも、そうなることが、判っていたような気も、一方ではするのだ。

「カトゥサああ……。わたしのディアス……」

風にのって、どこまでも。ディアナの悲痛な叫び声が聞こえる。カトゥサは、自分の軍がとりあえず快勝をあげ、一旦《いったん》、南の国の国境までひきかえしてくると、何はさておき、『白い花の館』へきたのだ。そしてそれまでたまっていた疲労を、一気に回復するように、ひたすら、むさぼるようにして、ディアナを苛《さいな》みつづけている。その様は、あまりに壮絶で、理由も何も知らない人間にも、カトゥサが疲れを回復する為《ため》には、ディアナを苛む必要があると納得させてしまう程、鬼気せまるものであった。

「因果《いんが》はめぐるっていうけどねえ……」

パミュラがいかにディアナのことを思っているにせよ、

そのパミュラをしても、カトゥサの今の行為をやめさせることはできなかった。それ程までに、カトゥサは必死であったのだ。何が何でもディアナを苛まずにはいられない――それをさせてもらえないのなら、自分は生きてゆくことが不可能だ。そんなことを思わせる程、カトゥサはディアナを苛むことに熱中している。

「あの頃……奥方様が、こうだったのよね。どんなに言葉をつくして説得しても、どうしても奥方様はカトゥサ様をせめ苛むのをやめなかった。その因果がめぐっているのだと思えば、しようがないことなのかも知れないけれど……」

「母さん、館にはいろうよ」

ふいに、プシケ、ため息まじりに、パミュラにこう提案してみる。自分自身、カトゥサの狂ったような激情を見ているのが辛《つら》くなってきた。

「ほおら、お母さま、お母さま、どうしたの」

ざざっ。

風が吹く。

草がゆれる。

白い花が揺れる。

カトゥサの台詞《せりふ》が流れてくる。

「プシケ……」

「もう、館へはいろう。ねえ、母さん」

「プシケ……」

「このあとのことは……ディアナ様とカトゥサ様、あのお二人のことは、あのお二人以外には判らないんだから……」

「……そう、だね」

草がなる。

風が吹く。

草がなる……。

☆

「ねーえ、お母さま」

カトゥサは、自分の手の中にいる、自分の母親に、そっとそっと問いかけてみる。母親――ディアナは、とうに気を失って、ただただカトゥサのてのひらに、その頭をあずけているだけ。

「僕にはずっと、判らなかった。判ったような気が何度もしたけど、でも判らなかった。それが、今、判った。……ずいぶん長いこと、お母さまが僕を苛《いじ》めるのは、お母さまが父上様を愛していらして、なのに、僕の父上が、父上様ではないからだ、僕の本当の父上は、お母さまを捨てたひとだ、だからお母さまは、僕に冷たくあたるんだって、そう思ってきたんだよ」

気絶しているディアナの頬《ほお》を、カトゥサは優しくなぜる。

「でも……今、判った。それは……違うんだね」

優しく優しく、頬をなぜる。ずいぶんと長い間
「それから、僕は、夢をみたんだ。ずいぶんと長い間
――同じ夢を。夢の中で、僕は、いつも、お母さまに何かを言おうとしていたんだ。その、何かがあるからこそ、お母さまは僕を殺さない、その、何かがあるって僕が知っているからこそ、僕は、お母さまを究極的にはおそれなくてすむ、何かのことを。夢の中では、いつも、その何かは、何であるか判らないんだ。いつだって、それを言おうとした僕は、『　　　』って形でしか……何も言えないって形でしか、夢の中ではそれが表現できなかったんだけれど……今、判った」

ゆるやかに、そっと、そっと、カトゥサはディアナの頬をなぜる。

「お母さまは……怖かったんだね」

そして、しばらくの、沈黙。

「今、自分がおなじ状況になって……で、初めて判るよ。お母さまは、とてもとても、それはそれは、怖かったんだ」

また、しばらくの、沈黙。

「最初のうち……理性で考えている間は、僕は、その、空白の台詞の中にはいるのは、『愛』って言葉だと思っていた。お母さまは、僕を『愛』しているから、だから、僕のことを殺さないんだって、思っていた。でも……それは、違うんだよね」

ゆっくりと、ゆっくりと、カトゥサはディアナの頬をなぜる。

「お母さまは、怖かったんだ。だから、僕を殺せなかったんだ。僕は――子供の僕は、それを知っていたんだ。そうだよね、お母さま」

ゆっくりと、いつまでも、狂気の緩慢《かんまん》さをもって、カトゥサはディアナの頬をなぜる。

「怖い――恐怖。それは、普通の人が、普通に、何か怖いものに対して感じる恐怖とは、違ったものであったろうと思う。だとしたら……お母さまが感じていた恐怖って、こういう恐怖ではなかったのかしら。……生きているのが、怖い。自分が存在しているということが、怖い」

カトゥサの手、ディアナの頬をなぜる、カトゥサの手。それが、次第に早くなる。

「怖いんだ。何がっていうんじゃ、ない。とにかく、怖いんだ。何もかも……生きている、そのこと自体が、怖いんだ。僕が、僕として、ここにある。それがもう、怖くていられないくらい、怖いんだ」

ゆるやかに、ゆるやかに、カトゥサはディアナをなぜる。

「お母さまの気が違われてしまったのも、判るような気がするよ。だってこんなの……だって、こんな不安は、人間が耐えられるものじゃないんだ。《運命の血《ディア》》がど

んなものであったにせよ、こんな不安は、そもそも人間が耐えられるものじゃない筈なんだ。いや……血がどうこういう問題ではなくて」

カトゥサの、ディアナをなぜる手は、段々、段々、はやくなる。

「他の人間は——普通の人達は、そもそもどうして生きてゆけるのだろう。人間が、動物であることをやめた時、人間が、考え、覚え、推理し、想像することをはじめた時からずっと、他の人達はどうして生きてこれたのだろう。生きているということは——自分が、ここにいるということは——これ程までに怖いことであるというのに」

カトゥサの目に、光っているのは、涙であろうか。

「世界には、自分と、自分ではないものがある。そして、世界の中では、自分というのはとてつもなく小さく、とるにたらないものにしかすぎないんだ。こんな小さな自分が、こんなに沢山《たくさん》の、大きな自分ではないものにとり囲まれているというのに……そもそも、一体どうして生きてゆけるというの？　どうして恐怖にその心が喰《く》いあらされないでいられるというの」

カトゥサの瞳の中で光っていた涙は、やっと一粒にまとまり、カトゥサのやせこけた頬をすべりおちた。

「いっそ僕が小さなけものであったらよかったのに。そうしたら僕は、より大きな獣に殺されることをおびえるだけですんだのに。人に生まれてしまったら、自分の死以外にも、ありとあらゆることにおびえなきゃいけないんだ。僕は自分の死だけじゃなくて、他人の死にも、自分によって他人が殺されることにも、おびえなきゃいけない。他人の心にだって、おびえなきゃいけない。空にだって、天気にだって、おびえなきゃいけない。小さなけものであったなら、その日の天気はただそれだけの事象ですむのに……人間は——考えるもの、想像するもの、推理するものは——天気を考え、天気を想像し、天気を推理できるが故《ゆえ》に、天気にまでおびえなきゃいけないんだ。僕は、僕が僕として、この世に存在するということにまで、おびえなくっちゃ、いけないんだ」

カトゥサのてのひらの中で、ディアナの頭がかすかにゆれる。どうやら意識をとり戻しつつあるようだ。

「おかあさま……おかあさまも怖かったのでしょ？　だから昔、僕をあんなに苛めて——だけど、僕の夢の中の僕はいつもちゃんと言えないんだけれど、現実の僕は、いつもちゃんといってあげたよね。愛している、好きだって」

現実——自分が自分としてそこに存在すること——にすら耐えきれなかった昔のディアナは、今のカトゥサは、精一杯現実から逃避して、そこで、自分のてのひらに残されたわずかの現実——ディアナにとってカトゥサ、カトゥサにとってディアナ——に聞いてみるのだ。

自分のてのひらに残された、かすかな現実、わずかな現実を、精一杯せめ苛んで、しかるがのちに、その現実に聞いてみるのだ。

ねえ、カトゥサ、お母さまが好き？

ねえ、お母さま、カトゥサが好き？

てのひらの中の小さな現実、自分がいたぶりつくした現実は、それでも健気《けなげ》にこう言ってくれる。

どんなに苛められても、どんなに苛められても、わたしはあなたが大好きよ。

その言葉によって——いたぶり尽くした現実が、それでもまだ自分のことを好いていてくれることによって、やっと彼らは納得する。やっと彼らは安心する。自分は、まだ、現実に拒絶されてはいない……。

カトゥサを苛めている時。

昔のディアナは、それはそれはおびえていたのだ。

いつか、現実が牙《きば》をむいて——カトゥサが、自分を嫌ってしまう日がくるのではないかと。

カトゥサをいたぶっている間中、ディアナの心は不安と恐怖にむしばまれ尽くすのだ。

その恐怖は。やっと、カトゥサの最後の言葉で消え去ってくれる。

僕は、お母さまが、好きだよ……。

そしてディアナは安心する。しばらくは、自分が自分としてそこに存在することの恐怖すら忘れてしまえる程に、安心する。

好きだよ。愛している。

単にそんな言葉だけでは、とても魂の平安を得られない程、常に常にいつもいつも、彼らの心は不安に満ちているのだ。だから、自分の相手をいたぶり尽くして——相手を恐怖の限界までおいつめて……。そうしないと、言葉だけでは、彼らは平安が得られないのだ。

「子供の頃、おかあさまに苛められるのは、いつだって怖かった。だけど、今、判った。本当に、本当に怖かったのは、おかあさまの方だったんだよね……」

カトゥサの腕の中で、ディアナがゆっくりと目をあける。

「お母さま……気がついた？」

カトゥサはゆっくりと母の瞳を見下ろして、優しい、優しい、ぞっとする程優しい口調で声をかける。

「ああ……カトゥサ、わたしのディアス」

ディアナはカトゥサに抱きついてくる。

「おおお……もう、どこにもいかないでね、わたしのそばにいて、わたしのディアス」

「おかあさま」

優しい、甘い、ねばりつくような声で、カトゥサは聞く。

「ああ……ディアス、大好きよ、わたしのディアス」

そして、おこる笑い声。

真実嬉《うれ》しそうな、それでいて血を含んでいるかのような――狂笑。

「ああ……ディアス、大好きよ、わたしのディアス……」

☆

ムール大帝――カトゥサ（ディアス）・ディア・ムール――ムール六世。

シシス王朝の正当な裔《すえ》にして、ムール王朝の開祖、その治世下で、旧南の国、旧東の国、旧中の国を統合し、歴史上初の半島部統一王朝を築いた、ムール帝国の始祖。

ムール帝国を、南の国が発展してできたものとしてとらえるのなら、彼は歴史上最大の《ディア》、《ディアナ・ディア・ディアス》であり、ムール帝国を一つの国としてとらえるのなら、その建国の父である。

その生涯は、数々の伝説、神話となってしまい、この人物を正しく歴史的に評価することは、もはや不可能と言ってもよい。

☆

さわさわさわ。

風が吹き、草がゆれ、草が鳴る。

さわさわさわ。

白い花が、ゆれる。

「ほら、おかあさま、みつけてごらん、おかあさま……」


さわさわさわ。

「カトゥサ……わたしのディアス……」

風が吹き、草がゆれる。草が鳴る。

そして、風の音とともに。

「ほおら、ほら……うふふふふふ……ふふふふふふふ……」

聞こえてくるのは、何の音。

――ほおら……

　ふふふふふふふ……

風が吹き、草が鳴る。

草が、鳴る――。


〈FIN〉

週に一度のお食事を

☆

たとえば何が嫌いって、中途半端《はんぱ》な混み方の電車程、嫌《いや》なものはないと思うの。そりゃ、満員電車はいいものじゃないけど、まだ、すき間がないだけましよ。適当に混んでいる地下鉄なんて最悪。つり皮につかまることはできないくせに、転ぶすき間だけはきちんとあいててくれるんだから。

その日の帰りも、そんな地下鉄に乗った。あたし、一応、大学生。最後の授業おえて帰ると、六時少しすぎ――いっちばん、電車にのりたくない時間帯――にひっかかっちゃうの。

そろそろ梅雨《つゆ》があける――うー、むし暑い――この人、凄《すご》い汗ね――あと駅一つの辛棒《しんぼう》だ――ああ嫌《や》だ、むっとする。そんなことを考えながら、電車に乗っていると。

首筋の処《ところ》に、何やらなまあたたかい気配。ぞっとして身を引く。何よ何。中年の男が、あたしの首筋に顔を寄せていた。うっ、気持ち悪い。新手《あらて》の痴漢《ちかん》かしら。不気味。首筋なんて、さわって面白いもん？

少し急なカーブ。その男は、電車がゆれたせいみたいな顔をして、あたしの首筋にキスをした。背中に氷つっこまれたような不快感。気持ち悪い。

なんて思ったとたん。すっと頭から血が引いてゆくのが判《わか》る。足ががくがく。まずい。立ちくらみだわ。――とたんに地下鉄は駅につき、ドアが開いた。降りる人が一杯いるんだろう、ひどく押されて転んでしまい――後は何も覚えていない。

☆

「大丈夫ですか？」

気がつくとあたしは、駅長室のソファに寝かされていた。どうやら貧血おこして人に押され、転んで気を失ったみたい。体中のあちらこちらにすり傷とあざ。気絶しているあたしを踏んづけていった乗客がいるに違いない。日本の公衆道徳を疑いたくなるわ。

「本当にどうも、お世話になりました」

立ちあがってお辞儀《じぎ》をしたら、また貧血状態。駄目《だめ》だあ、食生活のせいかしら。家がなつかしい。下宿って、こういうとこ、不便なのよね。

明日から食事の量、少し増やさなきゃ。あたしは、やっとの思いでお礼を言うと、何とか下宿へむかいだす。下宿まで十五分。その間、休むこと八回。ちょっと異常な体力の低下だと思う。

下宿に帰ると、ベッドの中へ倒れこみ、とにかくあたしはこんこんと眠った。

☆

目が醒《さ》めると三時だった。昨夜学校から帰ってすぐ——午後九時頃寝ちゃったので、こんなに早く目が醒めたんだろうか。なんて思って、窓の外見て驚く。少しくもっているけれど、外、明るいじゃない。するってえと今は、午前三時じゃなくて……午後の三時だわ。ちょっとお、あたし、十八時間も眠っちゃったのお？

服着替えて、また少し驚く。昨日の怪我《けが》。すり傷とあざは、きれいに全部消えていた。そうたいした怪我じゃなかったのかな。そう思うことにして、朝御飯《あさごはん》作る。本当言うと、全然お腹すいてなかったんだけれど、今食べとかないと、また貧血おこすかも知れないでしょ。

トーストやいて、卵は半熟、紅茶いれて。でも、紅茶飲んだだけで、お腹の中は過飽和《かほうわ》状態。トーストのこうばしいかおりをかいで吐き気をもよおすようじゃ、もう、どうしようもない。

☆

その日からあたしのいささか異様な生活が始まった。とにかく朝——と言えるのかどうか——三時頃まで起きられない。その分、夜、目がさえてしまって。おかげで学校、三時限めまで全滅。もう、目もあてられない。

それに、食事。おなかが全然すかないんだもの。何食抜こうが運動しようが、まるで空腹を感じない。そりゃまあ、食費が浮いていいけど……でも。

それから。日ざしがまぶしくて仕方なくなった。目が弱くなったのか、今が初夏のせいなのか。起きてすぐは、まともに陽《ひ》の光を見ることができない。

最初のうちは、かなり悩んだ。でだしが立ちくらみだったじゃない。何か病気にでもかかったのかなって思って。でもまあ、五日もたつと、いくら異常事態でも、段々慣れてきちゃうものなのよね。

そして、六日めになった。

☆

六日めの三時半。あたしはのそのそとおしいれからはいだしてきて、のびをする。おしいれ——あ、これ、言ってなかったっけ。体が変調をきたしてから、あたし、何故《なぜ》かベッドで眠れなくなったのだ。広々とした処で寝るの、落ち着かなくて。仕方ないからおしいれの中でふとんにくるまり、まっ暗な処で丸まって。

あたし、起きるとすぐ、新調のスカートをはいてみる。浮いた食費で買った奴。そのうち鏡買わなきゃね。このスカート、似合ってるかな。

彼、あたしが新しいスカートはいていることに気づくかしら。うふ。少し楽しみ。多分気づかないだろうなあ。わりとそういうことに無頓着《むとんちゃく》な人だから。

あ、今日はね、あたし、ＢＦの下宿に遊びに行くの。この頃自主休講ばっかりしているから、大学でもなかなか彼に会えないし、ノート借りる必要もあったしね。そろそろテストのシーズンだから。

　彼のアパートは、あたしの部屋よりだいぶ大きくて立派。こういうところ見るたびに、おひっこししたくなるのよね。

「お。新しいスカート？」

　意外にも、彼はすぐに気づいてくれた。ちょっと嬉《うれ》しい。

「わお。判る？」

「この間デパートで見てた奴だろ」

「そう。二割引きだった」

「よくそんな金あったな……。ほらよ、ノート。あんまりさぼるんじゃないよ。語学出席とってるぞ」

「うん……」

　判ってはいるんだけどね。起きられないんだもの、どうしても。

　その後ちょっとおしゃべりをして。六時半頃。

「あれ。帰っちゃうの」

　ノートしまいだしたあたしを見て、彼、かなり残念そうな顔をした。

「夕めし作ってくれることを期待してたのに」

「夕御飯……」

「特にこったもん作れとは言わないから。どうせ、たいしたものできねえだろ。けどさ、毎晩ラーメンだとあきてくんだよね」

「そりゃ……作ってあげるのは簡単なんだけど……」

　ただ、最近、どうにもカンが狂ってきてて――自分で何も食べないじゃない。味つけなんて、滅茶滅茶《めちゃくちゃ》よ、もう。とか何とか言いながらも、適当に味つけて御飯作る。脇で見てた彼、あたしが一人前しか作ってないのに気づいて、妙な顔をする。

「何だ。おまえ、食べてかないの」

「ん……ちょっとね……」

「食べてけよ。うち帰ってもう一度作るの面倒だろ」

　こう言いながら、彼、首筋のあたりの髪をかきあげる。とたんに。久しぶりの食欲。

「あ。おなかすいてきた」

　でも。何故か御飯食べる気になれないのよね。

「すごくおなかすいてきた。そうよね、ここんとこ、まともな食事してないもの」

「喰《く》えばいいだろう」

「ん……でも……」

　あたしの食欲の対象は、どうやら御飯ではないらしいのだ。彼の首筋。脈打つ頸動脈《けいどうみゃく》。おいしそ。

「何だよ。どうしてそう俺のほうばっか見てんだよ……うわ」

もう駄目。我慢できない。

あたしは彼に襲いかかると、有無《うむ》を言わさず、首筋にかみついた。

☆

どうやらあたしは吸血鬼になってしまったらしい。そう悟《さと》るのに、さほど時間はかからなかった。いつかの地下鉄。あの時あたしの首筋にキスした痴漢って、あれ、吸血鬼だったんだ。だからあの日からあたし、昼間は起きていられなくなっちゃったし、食事はできないし、寝る時もベッドじゃなくておしいれを愛用するようになったんだわ。あそこ、多分雰囲気《ふんいき》が一番かんおけに似てるから。

彼は、あたしと同様、こんこんと眠り続けた。目をさまして事情聞いてしばらく絶句。

「よくもまあ……生まれもつかぬ吸血鬼なんかに……」

最初のうちは少し恨《うら》めし気《げ》だったけれど、一日たたないうちに、吸血鬼の生活がすっかり気にいったみたい。

だってね、あなた。まず、食費ゼロよ、ゼロ。たまに趣味でお茶飲むだけで。それに、ちょっとやそっとの怪我はすぐ治るし。――大体、決定的なことに、確か吸血鬼って心臓に杭《くい》打たれたり、銀の弾丸でうたれたりしない限り、不老不死じゃない！　何でみんな、あんなに吸血鬼怖がってんのかな、ヨーロッパの人達なんか。これ、なってみると、実に、便利なものなのよね。

「……まあ……宗教上の問題じゃないの」

彼もその点は不思議がってるみたい。

「日本てさ、わりと宗教ぐちゃぐちゃじゃない。クリスマスパーティーして、大みそかに百八つ鐘聞いて、新年に神社行くだろ。だからさほど気にならないんじゃないか……。デメリットっつったら、昼起きてられないことと、鏡に映《うつ》んないことだけだろ」

☆

そのあと五日位して。四時頃、彼の下宿に行ってみると。ちょうどのそのそおしいれからはいだしてきた彼、開口一番。

「腹減ったあ」

あたしも、少しおなかすいてた。彼の血を吸って以来、まだ一度も食事――他の人の血を頂《いただ》くことってしてなかったから。

「食事、したいな」

「うん、あたしもそろそろ……。どうしようかあ。誰かもう一人、襲ってみる？」

「そうだな……。佐々木なんてうまそうじゃない？　あいつラグビーやってっから、生きはよさそうだし、血色もいい」

「嫌だ。あの人の肉、かたそうだもん」

「おまえな、そう怖ろしいこと言うなよ。とって喰うわけじゃあるまいし。……似たようなもんかな」

「女の子のほうがいいわよお。敦子ちゃんなんてどう？　やわらかくっておいしそう」

……なんか、凄くおそろしい会話だわ。

「でもなあ……俺は吸血鬼って状態気にいったからいいけど、下手《へた》に襲って、後で当人が文句言ってきたら困るよな。損害賠償なんて要求されたら、日本裁判史上に残るような裁判になっちまう」

それもそうなのよね。彼の場合は、あたしまだ、自分が吸血鬼になったってこと知らなかったから、吸血本能のおもむくままに食事しちゃったけど、敦子ちゃんか誰か襲って、あとで泣きだされたら、どうしていいか判んない。

「あ、そうだ。いいことがある」

彼、急に嬉しそうな声だす。

「合意の上でやればいいんだ。友達何人かあたってみるよ。誰か吸血鬼になりたい人、いませんかっつって」

「そんな無茶な。いるわけないわよ」

「いると思うぜ。食費ただに不老不死っておまけつきだもの」

そして実際。驚くべきことに——その日のうちに、彼は、吸血鬼志願者を三人ばかり集めてきたのだ。

☆

半年後。日本全国津々浦々《つつうらうら》、吸血鬼は破竹《はちく》のいきおいで増えてゆき、日本の人口の一割弱に達した。最初のうちは主に興味本位の連中が吸血鬼を志願し、じきに評判を聞きつけて、死ぬのを怖がっている老人達が、はるばる地方から、血を吸われるために上京してくることになった。すでに老いている人は、不老というわけにはいかなかったけど、老化は確実にとまったみたい。それから全国の重病人。吸血鬼が不死だというのは本当で、不治の病に冒《おか》された人も、吸血鬼になったとたん、死ななくなった。中でも一番感動的だったのは、あたしが血を吸ってあげた交通事故の被害者で、彼はいったん死んだものの、次の晩、伝説どおりかんおけの中で生き返ったのよ。こうなると、今、若さのまっさかりの女性達はきそって吸血鬼になりたがったし、若い男性達然《しか》り。それに、潜在的吸血鬼人口——吸血鬼志願者をつのるなんて行動とる前から吸血鬼だった人々——も、かなりいたみたいだし。

とにかく。吸血鬼現象は完全に日本をおおいつくしていた。レストランは次々につぶれ、鏡を扱う店にも閑古《かんこ》鳥《どり》が鳴きだした。かわりに、かんおけ型ベッドなんて新製品ができ、八重歯《やえば》美人コンテストが開かれた。人口の増加率と死亡率はぐんと減った。吸血鬼というのは、子供が作れないので。

　でも。中でも一番すごいのは、日本吸血鬼党なんて政党ができたこと。彼らは、『吸血鬼は、人口問題と食糧問題を解決する画期的な方法です。何故なら吸血鬼は子供を生みませんし、食糧を消費しません』というのと、『吸血鬼にも人権を』という二つのスローガンをかかげ、全国の吸血鬼達の支持のもと、夜間学校、夜間企業を次々と作ってくれた。

　ただ。吸血鬼達と農業組合 etc. は当然のことながらひどくおりあいが悪く——吸血鬼達がある程度増えると、お百姓さんが失業する——、また、食品流通関係につとめている人達も、対吸血鬼運動を開始した。このごたごたは当分おさまりそうになかったけれど、それでも何だかんだで、日本の社会はひどく活発でいきがよくなった。

　最初心配された諸外国——特にクリスチャンの国——の反応も、意外な程、おだやかだった。中には——アメリカとかヨーロッパの国々とか——原則として吸血鬼の入国を拒否している国もあったが、その国の人は決して襲わないという約束さえ守れば、それ程厳しいことは言われなかった。日本政府もその点には非常に気を遣《つか》い——国際社会でのけ者にされたくなかったのだ——、今のところ、万事はうまくいっていた。

　それに。日本の吸血鬼現象が表沙汰《おもてざた》になって初めて判ったんだけど、実は、それまでにも、吸血鬼のはびこってる国って、結構あったみたい。アフリカ諸国にオーストラリア、南アメリカ諸国その他もろもろ。ヨーロッパは、原産地のくせに——というより、原産地だからか、皆無だったみたいだけど。ひょっとしたら、ヨーロッパで苛《いじ》められるから、吸血鬼達、海を渡って日本やオーストラリアに移住したのかも知れない。

☆

　それから半年程して。

「今更《いまさら》転入試験のために受験勉強する破目になるとは思わなかったな」

　夜間大学転入試験の発表見に行った帰り、午後六時頃。あたしは、彼と連れだって、夕暮れの街を歩いていた。この時間だと、人間も吸血鬼も起きていられるので、街はにぎやか。

「うん……でも、それにしても、英語ひどかった……きゃ！」

　何？　道の脇の公園から、急に男が一人とびだしてきて、あたしに抱きついたのよ！　彼は敢然とそいつにたちむかってゆこうとしてくれたんだけど、その男、委細《いさい》かまわず、あたしの首筋にかみついた。一口血を飲みかけて、ぺっと吐き出す。失礼しちゃうわね。

「残念でした。あたし、吸血鬼よ」

　男は謝りもせず、露骨《ろこつ》に不快な顔をして、走り去ってゆく。

「おい、大丈夫か」

彼、あたしの肩に手をまわして、抱きかかえるようなポーズをとってくれる。

「うん、どってことない。……不愉快だけどね」

あたし、ことさらに顔をしかめてみせる。今の男のせいで、思い出したくないこと、思いだしちゃったじゃないの。

「嫌なこと思いついちゃった」

彼も顔をしかめる。あたしは軽くため息ついて、彼の台詞《せりふ》をさえぎる。

「言わなくてていい。あたしも判ってるから」

みんなうすうす感づいているのよ。口にだして言わないだけで。最近、吸血鬼が吸血鬼を襲う事故が多発してるから。もし、もし日本人全員が吸血鬼になったら――そう遠いことでもないだろう――その後、吸血鬼は何を食べて生きてゆけばいいんだろう……。

「日本もオーストラリアも島国だし、アフリカ大陸だって……。船や飛行機をシャット・アウトすりゃいいんだから、もし強制的に鎖国《さこく》させる気になれば……一番楽なんだよな」

ところが。彼の台詞は予想とは全然違うものだった。

「鎖国？　どういうこと？」

「いや……。ヨーロッパとソ連と中国――ユーラシア大陸の国と、アメリカ合衆国――北アメリカ大陸にだけ吸血鬼がいないっての、ひっかからない？　……吸血鬼って、人の生き血を吸うから不死身なんだよな。血を吸えなくなったら……。吸血鬼って、死ぬとどうなるか知ってる？」

「さあ……昔、まんがで、吸血鬼を銀の弾丸でうって殺すシーンがあったのよね。塵《ちり》かなんかになって消えてたけど……」

「だろ。うまくできてんだよな。本当、吸血鬼って、人口問題と食糧問題解決する画期的な方法じゃん。ユーラシア大陸と北アメリカ大陸以外の人間がみんな塵になっちまったら……。島国の人間が全部いなくなっちまったら、土地はあくし……人口問題も食糧問題も楽にカタつくぜ。俺がどっかの大国のえらい人なら、絶対そう思う」

今の台詞、聞かなかったことにしよう。あたしは黙って、暮れかけていた空を見上げた。


〈Fin〉

宇宙魚顚末記《うちゅうぎょてんまつき》

「はふ」

　あたしは読みさしの推理小説の三百十ページめを読み終えると——その本の本文は三百十ページしかないから、もう少し素直に言うと、その本を読み終えると——目の前にあったアイスコーヒーを一息に飲みほした。十一時四十八分、ね。まずいなあ、アイスコーヒー、飲んじゃわなきゃよかった。

「すいません。アイスコーヒー、もう一杯下さい」

　またですか、とでも言いたげな表情のウェイトレス。考えてみればこれでオーダー三回目だもの、いい加減呆《あき》れられるのも無理はない。

　四階建てのビルの二階にある喫茶店。店の一番奥の窓際の席。見おろすとすぐ下が線路。あっちからのたのた走って来るのは西武線。あ、あれ冷房車だ。

　もう一回時計を見る。文字盤に四角い穴があって、そこには〝MON.6〟という文字。

　そうよ、もう、六日なんだから。六日っていっても、七月の六日や九月の六日じゃない、八月の六日なんだから。ほんっとに、あいつったら、もう六日なのよ。八月になったら電話するって、もう六日じゃない。

　……別にいいけどね。別に……いい……もん……あたし、家《うち》にいてあげないから。仮にあなたが電話してきてくれたって、あたし、留守だからでてあげない。

　なんて、ね。嘘《うそ》よ。あたし、自分でちゃんと判《わか》ってる。あたし、あなたの電話にでたくないから家《うち》をあけてるわけじゃない。一日中待ってて電話が掛かってこなかったらたまらないから、家をあけているんだわ。

　ああ、やだやだ。あたしってこんな未練がましい人だっけ。

「およ、ひろみ。早いな」

　窓の外の電車見ながら拗《す》ねてたら、待ち人の片方が来た。

「おじょうさんは？」

　水沢佳拓《よしひろ》があたしの正面の椅子《いす》に坐る。

「まだ」

「ふふん」

　声の調子がからかうような色を帯びる。

「伝票にはアイスコーヒー三つって書いてあるぜ」

「残念でした、ホームズ君。あたしが三つ頼んだの」

「あんたがあ？　何してんだよ。いつからここに居《い》るんだ」

「十時位、かな」

「何だ。前に約束でもあったのか」

「家に居たくなかったから」

「何かあったのか、不良少女め」

声の調子はまだふざけているけれど、目が真面目《まじめ》になっている。

「う……ん、電話が掛かってくるじゃない」

「変な電話でも掛かってくんのか」

「……電話、待ってんの」

佳拓ちゃん、きつねにつままれたような顔してる。

「おじょうさん遅いね」

話題を変えることにしよう。

「あいつはあと十五、六分は来ないよ。約束に遅れることで有名な人なんだから」

佳拓ちゃんはこう言うと、胸ポケットから煙草《たばこ》をとりだしてくわえる。どうやらライターが見つからないらしく、あっちこっちのポケットをひっかきまわす。

☆

佳拓ちゃんの台詞《せりふ》を信じるならば、おじょうさんは当分来そうにないから、その間に簡単な自己紹介しとくね。

あたしは杉掛《すぎかけ》ひろみという。今現在十八歳。何故《なぜ》〝今現在〟なんて言葉をつけるのかっていうと、あさってが誕生日だから。大学行ってドイツ語なんてのやってる。作家志望。もっとも、作家でも何でも、志望するのは簡単なわけ。問題はなれるかどうかであって。

それで、ですね。今、あたしちょっと鬱《うつ》なの。何をするのも面倒で、気分が重い。自分で自分が好きになれない。だもんで、少しばかりうじうじしている。決してこれがあたしの常態ってわけじゃないからね、念の為《ため》。

さて、今あたしの正面に坐《すわ》っている人は水沢佳拓という。彼はもう十九になっている筈《はず》じゃないかしら。十九にしてヘビースモーカー。年がら年中煙草くわえている。彼も一応大学通ってて、油絵描いてるの。

あたしと佳拓ちゃんともう一人の待ちびと——おじょうさんこと木暮美紀子——は、高校時代からの友人だった。あたし達三人、よく言えばユニーク、悪く言えば変わり者。変わり者どうしなんとなくうまがあって、今までつきあってきている。

で、今日、何だってこの暑いのに、あたし達二人こんなところにいるのかというと、実はおじょうさんに呼びだされたのだ。昨日電話もらったんだけれど、とにかく淋《さび》しくて仕方ないから構ってくれないかっていうのが、彼女の台詞だった。

淋しくて仕方ないっていえば、あたしも淋しくて仕方なかったのよね。それに、おじょうさんとは、高校出てからあんまり会う機会がなかったから、会ってみたくもあったし。

☆

「悪い。待った?」

佳拓ちゃんの予言どおり、十五分ばかり遅刻して、おじょうさんは現われた。

「髪切ったのお？」

髪。おじょうさん御自慢の、長いウェーヴのかかった焦茶《こげちゃ》の髪。たっぷり腰まであった髪が、肩の処《ところ》できれいに切りそろえられている。

「そんなに騒がないでよ。似合わ、ない？」

「いや、そういうわけじゃないけれど」

確かにその髪形も似合ってはいた。でも、おじょうさんって言えば長い髪を想い出す程、おじょうさんってひとを特徴づけていたあの髪が、こうきれいさっぱり切られていると、やっぱり何か、変なのだ。

「淋しくて仕方ないんだって」

佳拓ちゃん、少しつめて、おじょうさん分のスペースを作ってやりながら言う。

「うん……それも、あったしね。なかなかあなた達に会う機会もないし、それにね……それにね、海へ行きたかったから」

「海？」

あたし、繰り返す。まるで必然性のないフレーズのつながり方。

「うん、海」

「行きたきゃ行けばいいだろ」

「どうしてそういう冷たい言い方すんのよ」

「海へ行きたいっていうのと、あたし達と会うっていうの、どう結びつくわけ」

「あのね、一緒に海へ行きませんかってことなんだけど」

おじょうさん、あたしと佳拓ちゃんの顔を見較《みくら》べながら、こう言う。

「おじょうさんあんたね、話はそこから切りださなきゃ駄目《だめ》だよ。海、ねえ。俺は行ってもいいな」

「あたし、泳ぎたいな」

そういえば、あたし今年はまだ一度も泳いでないんだ。

「海でなんか泳げるかよ。人はいっぱいいるし汚ないし。ああいう処のは水遊びっていうんだ」

「泳げなくてもいいじゃない」

おじょうさんがとんでもないことを言う。

「泳げなくてもいいって、じゃ、おじょうさん、あなた何しに海行くのよ」

「海、見に」

「海見る？　一日中？　ただつっ立って？」

「うん。ひねもす、ただつっ立って」

「ただつっ立って何するの」

「じゃ、ひろみはただ泳いでどうするわけよ」

こういう風に問いつめられると困ってしまうじゃない。

「泳ぐ場合、ただ泳ぐことが目的なのよ」

「あたしも、ただ海見ることが目的なの」

佳拓ちゃんとあたし、顔を見合わす。どうも今日のおじょうさん、変なんだ。

「いいわよ、行っても。で、いつにするの」
五、六秒の沈黙の後、あたしはカレンダーつき手帳をとりだしながら、こう言った。
「今日」

「え？」

「うーんとね、佳拓ちゃんとひろみの都合が悪くなければ、なるべく早く見たいんだけどな」

「これから海行くのか」

佳拓ちゃん、時計を見ながら言う。

「駄目？」

「……駄目ってことはないけれど。泳げなくってもいいんだな」

「うん」

「ひろみは？　どうする？」

「あたし？　あたし、いいよ、行っても。あたしも海見たい」

「そいじゃ連れてってやるよ。でさ、おじょうさん」

佳拓ちゃん、少し考えこんで。

「一体何があったんだ」

「え？　あたし、変？　いつもと様子違う？」

「ああ。そりゃ、あんたは平生《へいぜい》からして少し変わってるけどさ。今日は特に常軌《じょうき》を逸してる」

「ごめんね、わがまま言って」

「そんなことはいいんだよ。それより、理由が気になるんだ」

「………」

「言いたくなければ言わなくていいわよ」

あたし、脇から助け船を出してあげる。おじょうさんがおかしい理由、推測がつくような気がした。

「ううん、ひろみや佳拓ちゃんに隠しといても仕方ないもの。あのね、あたし……あたしね、森瀬君ともう会わないことにしたの」

「俺が出しとく」

佳拓ちゃんが、突然、伝票持って立ちあがった。

「もう出るの？　行く先とか決めないで？」

あたし、こう言っちゃってから、慌《あわ》てて佳拓ちゃんに続く。冗談じゃない。おじょうさんがこんな台詞言った後で、彼女の顔見ながらお茶飲む気になんて、なれやしないもの。

森瀬君、だって。森瀬君。この間まで、大介って名前の方を呼び捨てにしてたのに。

――それでね、大介ったらね――ってね、大介が言ってたの――うん、大介に言っとく。

おじょうさんの台詞をいくつか想い出す。あのひと、〝大介〟って名前をどれ程優しく発音していたことだろう。少し甘えているようだった、あの〝大介〟って発音。

森瀬君、か。

あ、やだ。こんなこと考えてたら、なんだか落ちこんできた。あたし、ただでさえ、今鬱なのに。

あたしがそんなことを考えてたら、おじょうさんがとっても明るい声でこう言った。

「ねえ、ひろみ」

「あなたがそんな顔をすることないのよ。これはあたしと森瀬君の問題なんだから」

うわ！　うわ、駄目、おじょうさん、やだ、どうしよう。ごめん、違うの、あたし恥ずかしい。あたしが今、いささかばかり鬱ですよって顔をしたのは、決してあなたと森瀬君のことを考えあなたに同情したせいじゃない。あたし自身の悩みごとのせいなのよ。あたし、あなたが思ってくれている程、思いやりのある人じゃない。もっとずっと利己的で、自分のことばっかり考えている人なんだもん。

突然、がくんと体が左へかしいだ。佳拓ちゃんがあたしの左腕をつかんで、あたしを道の端に寄せたみたい。今まであたしの体があった処を車が走りすぎてゆく。

「わ、驚いた」

「驚いたのはこっちだよ。あんた、車に轢《ひ》かれるのが趣味ってわけじゃないんだろう」

「うん……ありがと」

「ごめんねひろみ。あたしが変なこと言ったから」

おじょうさんが、本当に申しわけないって感じの声を出す。だもんで、あたし、ますます自己嫌悪《けんお》……。

あたしが今滅入《めい》っている理由を、説明しといた方がいいかしら。

☆

まず、（前にも書いたけど、あたし作家志望なのね）原稿をボツにしたこと。高校時代から同人誌みたいな奴を仲間うちで出していた。で、あたし、一応そこの中心メンバーの一人なのよね。だから、ちょくちょくそこに原稿載せてもらっては、知り合いに読ませてまわってたのよ。でも、それが、ここのところ駄目なの。入試の為に一年間程小説書かなかったんだけど、そのせいか、まるで書けなくなってんの。でも、書けない書けないって言ってるんじゃ、あんまり進歩がないから、この間、半《なか》ば無理矢理、原稿用紙を埋めたのね。で、埋め終えてから読んでみたら……あたしったら、ねえ、何書いてんのよ！

今までだって、別に〝何かを訴えたい〟なんて思って原稿書いてたわけじゃなかった。だけど——なんていうのかな、今までは、この話書きたいっていう一種の衝動みたいなものがあったのだ。ところが。今回のはまるでそれが感じられないのよ。なんか、ほんとに義務で書いたって感じがして。それで、とても人に見せる気がしなくて、自分でボツにしてしまった。

で。今までは、あたし、原稿用紙のます目埋めが一種の生きがいだったのですよ。ある日突然、生きがいがなくなっちゃったら……あたし、自分で自分ってものが、全然判んなくなっちゃったのよ。

その為、あたし、かなり鬱々としていた。自分で自分に愛想尽かしちゃったもんだから、かわりに誰かに慰《なぐさ》めてもらいたかった。誰かに「落ちこむんじゃないよ。あんたそれ程駄目な人間じゃない」って言ってもらいたかった。で、あたしには一応ボーイフレンドなんてのがいたわけ。それだもんだから、あたしとしては、彼にその役割を期待してたのよね。ところが、何かどうもタイミングが狂ってしまって、あたし、まだ、彼に慰めてもらうはおろか、ぐちすら言ってない――言えないのよ。会う機会がないんだもの。あいつ忙しすぎるんだもの。「八月になったら電話するよ」って七月の初旬に言われて、原稿ボツにしたの、その直後なんだもん。それで、気がついたら八月六日になってたの。

で、理不尽《りふじん》な話なんだけれど、あたし、拗ねたのよ。いいかげん拗ねて、拗ねて、拗ねまくっているうちに、さらにひどく自己嫌悪に陥ってきたわけ。

自己嫌悪がつのればつのる程、あたしは自分ってものが理解できなくなり、自分で自分が判んなくなっちゃった以上、原稿なんぞ書ける筈がなく、生きがいと趣味と夢をいっぺんになくしちゃったあたしは、精神的に凄《すさま》じい欲求不満となり、それを満たしてくれる先を他に探そうとし、するってえとBFはいそがしいし、他の友人達は友人達でまたそろって浪人してくれちゃってて、大体、落ち着いて考えてみれば、十八にもなって、他人に構ってもらわなきゃいられないっていうのは情無い限りで、するってえとやっぱり自己嫌悪なんて言葉がうかんできちゃって……。

一体、何をやってるのよ、もう。

つまるところ、何が原因で悩んでるんだか自分でもよく判んないの。それでも毎日こういうことをぐちゃぐちゃ考えてて、なんだか、こんな莫迦《ばか》なことやってるひとが、人間の、それも遠からず成人になる女かと思うと、あたしがいること自体、人類に対する冒瀆《ぼうとく》なんじゃないかって気がしてきて、で、気がつくと〝猫になりたい〟なんて呟《つぶや》いてるわけ。ほんと、夢見てしまうのよね、猫になった自分を。茶と白のトラ猫になって、どっちかっていうと長い尻尾《しっぽ》をかったる気《げ》に振って、陽《ひ》のよくあたる屋根の上でお昼寝するの。昼寝に飽きたら、みゃあと鳴いて、夕暮のほどよく暖まったアスファルトの上をのたのた歩くのよね。それから時々、知り合いの家とかへ行って、尻尾ぱたぱた振って、塩ジャケもらうの。

こういうことを考えるのは現実からの逃避だっていうの、よく判ってる。つまりは仔猫《こねこ》みたいな、甘えているだけで許される存在になって、だれかれかまわず、べたーっと甘えていたいだけなんだってこと、判ってる。判っているから自己嫌悪に陥《おちい》るわけ。

ずどどど、なんて擬音つきで気分は底辺までおちこみ、ぐしゃっと音をたててなけなしのプライドがつぶれ……。もう、何ていうのかな、果てしなく滅入ってんの。だから。もう森瀬君と会わないことにして、その結果、何とはなしに海が見たくなり、あたしや佳拓ちゃんを呼びだしたおじょうさんの気持ち、とってもよく判る――気がする。

☆

「海……なのね、これも」

おじょうさんが口をあんぐりあけて言った。

「海なんだぜ、これでも」

佳拓ちゃん憮然《ぶぜん》。でも。

「海……ねえ、これが」

あたしだって、こう言っちゃう。そりゃ確かに海は海でしょうけどね。いやな予感はしてたんだ。一時間半で行ける海なんて。

どっちかっていうと、ドブ川ってイメージ。ドブ川――大きな水たまりって言った方が正しいかな。水はよどんでて、なんか、手をつっこんだら、ぬめっとなんて感じ、しそうで怖い。

「海ってさ、もっと青くて、潮の香りがして、目をつむるといつまでも波の音が聞こえるもんだと思ってたわ」

「そりゃおじょうさんあんた、ひとを昼頃呼びだしといて、急に海につれてけって言ったひとの台詞じゃないぜ」

「はあい。ごめんなさい」

「いやに素直だな……。でも、確かにこの海はちょっとひどいな。明日、少し早起きする気になったら、もっとまともな海へ連れてってやってもいいぜ。混んでるだろうけど」

海岸線（この言葉、抵抗を覚えるなあ。ドブ川の土手っぷちって単語におきかえた方がイメージ合う）を三人で歩く。この海に対する文句を並べたてながら。

佳拓ちゃんて、ひょっとしたら、とっても優しいのかも知れない。ふっとそんなことを思った。もし、もっと海らしい海へ来ていたら、きっと今頃、あたしもおじょうさんも、救い難い程、感傷的になってるわ。海なんて単語遣《つか》えない処へ来てるから、今は感傷的なんて言葉、思いださずにいるだけで。

「あれえ。すっごくロマンティックなことするひとがいる」

おじょうさんが驚きの声をあげ、波打ち際《ぎわ》から、水色の壜《びん》を拾いあげた。

それは、十五センチ位の、美しい水色の壜だった。青に白を混ぜて作った色じゃない、青い絵の具を水にといて、かすかに青をとどめる位までうすめて作った水色。ガラスにしては暖かい手ざわり。透《す》きとおっているような気がするのに、あちら側が見透かせない壜。

「いいな、こんなのにお手紙いれて流すのって……。これで、海がもう少しきれいだったらね」

おじょうさんはすっかり、その壜の中味が手紙であると決めてかかっていた。

「まあ、海にういていただけまだロマンティックだろ」

佳拓ちゃんがその壜を手にとって振ってみる。かさとも音はしない。

「なんにもはいっていないみたいだぜ」

同系色の栓《せん》に手をかける。水がはいらないようにする為か、かなりきつく栓がしまっていた。

「あたしがやろうか？　あたしの方がつめ長い」

「いや、大丈夫だろう。ほら、開くぜ」

栓が抜けるのと、そこから何か小さなものが落っこちるのとは、ほぼ同時だった。

「うわ」

佳拓ちゃん、思わず壜を放り投げる。壜は小さな岩にぶつかり、がちゃんと音をたて、でも、割れなかった。

壜から出てきたものはどんどん大きくなり続け……三分後には身長百六十位の立派な女性の姿になって、あたし達の前につっ立っていた。彼女は自分のはいっていた壜を拾いあげると栓を閉め、微笑《ほほえ》んだ。

☆

「あの……壜の精さんでいらっしゃいますか」

ランプの精だの指輪の精だのがいる以上、壜の精がいたって悪いことはないだろうし、実際、突如としてあたし達の目の前に出現した女性は、少なくとも尋常《じんじょう》一様の女性でないことは確かだった。まっ黒な長い髪、いささかばかり整いすぎた顔だち、白い肌、なんとも均整のとれたプロポーション。そして——そして、まっ白の、素敵な翼。

「いいえ、あくまです」

そのひと——と言っていいのかどうか——は、こう言った。

「は？」

最初、あたしはその単語の意味が理解できなかった。

「悪魔、です」

彼女は再度こう言う。

「はあ？」

今度の〝はあ？〟は、さっきの〝は？〟とはニュアンスが違う。これは、相手の言ったことを理解した為おこった反応。

「悪魔さんとおっしゃいますと、つまりその……いわゆるあの悪魔さんですか？」

このあたりの台詞を聞いて莫迦らしいと思った方は、

ぜひ一度悪魔さんと御対面なさってみるとよい。間違いなく、まともな台詞なんて出てきやしないから。

「あなたの頭の中には〝あの悪魔〟とか、〝この悪魔〟とか、〝その悪魔〟とか、いろいろな悪魔のイメージがあるわけですの？」

　悪魔さんはこう言うと、にっこりと笑った。で、あたし達三人、顔を見合わせる破目になる。彼女は自分で悪魔だと言っているわけだし、実際どうもそのとおりらしいんだけれども……でも、こんな場合、どうしたらいいの？　何か用があって悪魔呼びだしたんならともかく、こんな自然発生風に出てこられちゃったんじゃ、困るんだけどなあ。

「で……その、ですね、悪魔さん」

　ようやく気をとりなおしたおじょうさんが口をきく。

「あなた、一体何だってこんな処へ出現なさったわけですか」

「実はあたくし、長いことその壜の中に封じこめられていたんです。水沢佳拓さんが栓を抜いてくださったんで、外へ出ることができたわけで……」

　佳拓ちゃん、息を飲む。

「ですから、お礼って言うとなんですけれど、三つの願いを叶《かな》えてさしあげようと思って。それに大体、三つの願いを叶えるのが、あたくしのお仕事ですし」

「三つの願い？　そりゃまた古典的だなあ」

　佳拓ちゃんが半畳《はんじょう》をいれる。

「それで、俺達が死んだ後、魂をどうしようってわけ？」

「魂？　そんなもの、欲しくありませんわよ。迷信でしょ」

　悪魔さん、憮然として。

「そんなものもらって、どうしろって言うんです」

「そんなもの、だって」

　今度は佳拓ちゃんが憮然とする番。

「まあまあまあ。魂の用途なんかでけんかしなくてもいいじゃない」

　あたし、二人の間に割ってはいる。

「ただ、三つの願いを叶えるに際して、いくつか条件があるんです。まず、願いは具体的でなければならないってこと。たとえば、大金持ちになりたいっていうのは、抽象《ちゅうしょう》的すぎて駄目なんです。そういう場合は、いくら欲しいのか、具体的な数字をだして欲しいんです。二つめ、永遠に関する願いも駄目です。不老不死、なんて類《たぐい》ですね。それから三つめ。一度口にした願いは、決してとりけせません」

　悪魔さんは佳拓ちゃんを無視することに決めたらしく、とにかく言うことだけをずらずら並べたてた。それから、ちょっと小首をかしげて。

「いいですか？」

　あたし達、つい、うなずいてしまう。

「ふふん。では、どうぞ願いを言ってみてください」

そう言うと悪魔さんは、くるりと体の向きを変え、おじょうさんの近くの岩に腰をおろした。見れば見る程、均整のとれたプロポーション。

で、あたしが悪魔さんの外観を観察していた間、他の連中が何をしていたかというと、やはり悪魔さんを眺めていたらしく——つまり、数分間沈黙があって、誰も、何も言わなかったのである。

「なんにも願い事がないんですか?」

悪魔さん、信じられないって顔をする。でも、唐突《とうとつ》にそんなこと言われても、ねえ。

「何も遠慮することとなんかないんですからね。お金は? 欲しくありません?」

そりゃ欲しいけど。でも。

「でも、ねえ。突然大金もらっちゃっても、使《つか》い途《みち》に困るもの。たとえば今急に十万円渡されたとしたら……ありがたいだろうけど……用途に困っちゃうわよ。あんまりお金の浪費ぐせつけたくないし、それに、一万円位なら、なまじ使い途があるから、逆に困るわ」

「いちまんえん」

悪魔さん、ちょっと不愉快そう。

「どうして十億円位のことが言えないんです? 仮に十億円あれば、どれだけあなたに浪費ぐせがあるとしても、まず一生大丈夫《だいじょうぶ》ですもの。それでも不安なら百億円なり何なり言えばいいじゃありませんか」

「十億円、ね」

今の悪魔さんの台詞があまり気にいらなかったらしく、佳拓ちゃん、にっと笑ってこう言う。この人がこういう笑い方する時って必ず、誰かをからかってやろうって決めた時なの。

「するってえと、一人のとりぶんが三億円強。三億円から基礎控除《こうじょ》六十万ひいて、で、税率が七十五パーセントで……控除額が八百十九万五千円、かな。てことは……」

「何、計算しているんです?」

悪魔さんが不審そうな声を出す。

「ん? 贈与税引いてんの」

悪魔さんは、できることなら呪《のろ》い殺してやりたいって目つきで、佳拓ちゃんを睨《にら》んだ。

「額が不足なら不足って言えばいいでしょ。そんなあてつけがましい計算しないで」

「あてつけてるつもりはないんだけどね。ところでひろみ、あんた、今、仮に三億の収入があったとしたら、何て税務署へ届けるつもりだい? 悪魔さんから頂《いただ》きましたって言うか?」

「うーん、そんなこと言っても、普通の人は信じてくれないでしょうね」

あたしもついつい悪魔さんをからかう方にまわっちゃった。

「それに、あたしなんかが、億単位――ううん、百万円位のお金を銀行にいれたら、税務署さんより警察さんの方が、あたしに興味を示してくれそうだし」

「お金欲しくないって言えば嘘になるけど」

と、ラスト、おじょうさん。

「悪魔に頼んでまで欲しくはないわよ」

悪魔さんは、何だか苛々《いらいら》してきたみたいだった。

「お金がそんなに嫌《いや》なら……」

佳拓ちゃんの顔をみつめる。

「あなた、画家志望なんでしょ」

「ま、な」

「あなたが今度描く絵、何かの賞でもとらせてあげるっていうのはどうです」

「いや、結構」

佳拓ちゃん、簡単に拒絶する。

「どうして」

「実力もないのにそんなもん取っちまって、後でそのプレッシャーに悩むなんて、俺の美意識が許さない」

「二作目以降も、美術界において、かなりの評価を得られるようにしてもいいんですのよ」

佳拓ちゃん、軽く上方を見上げ、肩をすくめる。

「それも遠慮するよ。画家としてやっていけるようになったとしたら、それが自分の実力じゃなくて、悪魔のおかげだって自分で判ってるとしたら……たまらないもんな」

それから、悪魔さんに挑みかけるように微笑む。

「それにね……それに、俺には自信があるんだ。いつか、俺は誰の力も借りずに画家になってみせる。――俺にそれだけの才能があるのかどうか判らないし、本当にそれが実現されるかどうかも知らない。だけど、俺はそれを信じてる。だから、あんたの力なんか、借りない」

「ふうん、そうですか」

悪魔さん、ぷいと横を向く。

「判りましたよ。別にあたくしが画家になりたいってわけじゃないんですからね。あなた、何年か先に後悔しても知りませんからね。たとえあなたにどれ程の実力があろうとも、世の中には運ってものがあるんですから……じゃ、木暮美紀子さん。あなた、最近失恋したでしょ」

ぎく。あたし、突然呼吸がスムーズにいかなくなる。ちょっと、落ち着いてよひろみちゃん。今の台詞、あたしに向けて言われたものじゃないじゃない。

「うわ、やだ、悪魔さん、知ってんの」

そんなあたしに較べて、これを言われた当のおじょうさんは、平然としたものだった。顔が赤くなって、台詞がとぎれとぎれ。多少あせっているみたいに聞こえないでもないけれど、でも……でも、ですね、彼女の台詞の中には、〝笑ってごまかそうや〟ってニュアンスがあるじゃない。

「あなたの恋人だった森瀬大介君ってひと、最近他の女の子と恋仲になったって話ね」

　それまで苦笑いをうかべていたおじょうさんの顔が、なんとなく、ひきつる。微笑んだまま、顔が凍りついたみたい。

「それがどうしたっていうの」

「森瀬君があなたのことだけを想うようにしてあげるっていうのはいかがです」

「莫迦にしないでよ。あたしを何だと思ってんのよ」

　おじょうさん、声を少し荒くする。

「何って……十八歳の女の子でしょ」

「十八歳の木暮美紀子って女の子よ。他の人ならいざしらず、何でこのあたしが、悪魔さんなんかの力を借りて恋人をひきとめなきゃならないのよ。あなたもね、誘惑するんなら、もっとそれらしいひと、物色しなさいよ」

「凄《すご》いプライドの高さですのね」

　悪魔さん、呆れたように肩をすくめる。あたしはさり気《げ》なく上を向く。危ないとこだわ。涙、こぼれそう。おじょうさんの気持ちが、手にとるようによく判った。彼女は、決して、プライドが高いからあんな台詞を言ったんじゃないんだ。

　彼女は今、必死になって自分の精神状態を調整しようとしているんだ。彼女は強い人だから、はしゃいで、笑って、精神状態が落ち着くのを待っているんだろうけれど、それでもやっぱり、そこに触れられるとつらいのだ。だから、誰かがちょっとそのウイークポイントに触れたら、さりげなく笑ってごまかして……でも、それをやっても、相手がしつこくそれを刺激するなら、相手に対して攻撃をしかけてゆくしかないじゃない。相手が放ってよこした言葉を倍くらいの強さで相手へ投げつけて、自分の心の領域へ相手をいれないようにするしかないじゃない。

　おじょうさん、強いな。あたしはつくづくそう思って——そしたら、なんだか悲しくなってきちゃったの。だから慌てて上向いて。

　だって、ね。だって、あたしじゃとても、ああはいかないもの。あたしならきっと……。

「もっとそれらしい人、ね」

　悪魔さん、顔をこっちへ向けた。嫌な予感。

「ねえ、杉掛ひろみさん」

　うわお。予感的中。

「あなたも今、いささか悩みごとがあるんじゃありません？」

「…………」

「最近あなた、どうもやることなすことうまくいかなくて、自分に自信がなくなり不安定なんでしょ。それで誰かに甘えたくて仕方ないのに、ＢＦが全然構ってくれなくて不満。違います？」

あたし、答えなかった。電話機のイメージが、心の中に、はっきりとうかんだ。

「彼が四六時中、あなたを構ってくれるようにしてあげてもいいんですよ」

あくまで返事なんかしてやるものか。

「それに、あなたの鬱の根本原因を治すっていう手もあるんですよ。素晴らしい小説、書かせてあげてもいい」

口、ひらかないぞ。絶対に口あけてたまるもんか。今、口をあけたら、あたし、間違いなくそれを頼んじゃいそうなんだもの。

ほんと、おじょうさん達がいてくれてよかったな。連中がいてくれるから、あたしは何とか、理性で感情をおさえていられるのだ。あたしにだって、恥なんて感覚があるわけよ、やっぱり。いくらなんでも、おじょうさんと佳拓ちゃんが、あんなにきっぱりと断った後で、あいつに構ってもらいたい、とか、小説書けるようにして欲しい、なんて、口がさけたって、あたし、言えない。

「黙っているってことはどういう意味なのかしら」

悪魔さん、ゆっくり立ちあがると、あたしの前まで歩いて来て、下からあたしの顔をのぞきこむようにする。あたし、慌てて目をそらす。

「おい悪魔さん」

佳拓ちゃん、怒ったみたい。声の質が違う。

「あんた、お礼がわりに三つの願いを叶えてくれるって言ったんだよな。なら、結構だ。放っといてくれ。それに、どうも好意でやってくれてるようじゃないみたいだからな」

「大体、悪魔が好意で人間を助けてあげるなんて、思う方がおかしいんじゃありません？」

まるで悪びれる様子もなく、悪魔さんこう言う。言われてみれば、ごもっとも。

「それに、何が何でもあたくし、あなた方に三つの願いを言っていただきますわ。最初に申しあげましたけれど、それがあたくしのお仕事ですもの」

「じゃ、勝手にすればいいだろ」

佳拓ちゃんはこう言うと、あたし達をうながし、駅へ向かって歩きだす。

「ずいぶんつれない態度じゃありません？」

後ろで悪魔さんの声がする。

「放っとけ。構うんじゃないよ」

佳拓ちゃんに言われるまでもない。

「……意地悪」

何、あの悪魔さん。拗ねてんじゃない。

「いいですわよ。そっちがその気なら」

今度の悪魔さんの台詞は、いささかおろおろした声だった。

「あたくし、絶対、諦《あきら》めませんからね。みんなしてあたくしのこと苛《いじ》めて」

苛めてんのはどっちだっていうのよ。と。後ろで、何か妙な――何とも形容しがたい音がした。思わず振り返りそうになる首を意志の力で固定する。

「あ……あっくまさん？」

おじょうさんはついに振り返ってしまったらしい。素《す》っ頓狂《とんきょう》な叫び声。

「おじょうさん、佳拓ちゃあん、あのひと」

「だってえ、構うんじゃないってば」

会話のはこびで思わずあたしも振り返っちゃう。うわ。おじょうさんうり二つとなった悪魔さんが、にっこり笑ってつっ立っていた。

☆

佳拓ちゃんは悪魔なんて無視しろって言うんだけれど、それはちょっとできない相談だった。しばらくはそれでも、しらんぷりを通してきたのだけれど……池袋へたどりついた時には、本当、どうしていいか判んなくなっちゃってた。つまりね、この辺まで来ると、顔見知りに会う可能性があるわけ。こんなとこ知り合いに見られたら、どう説明しろっていうのよ。

で、さしもの佳拓ちゃんも、おじょうさんの家が近くなるにつれて、精神的に参ってきたみたい。ついに音《ね》をあげた。

「おい悪魔さん。頼むよ、やめてくれ」

「ふふん。どうしようかなあ」

って今や声や喋《しゃべ》り方までおじょうさんそっくりになった悪魔さんが言う。

「佳拓ちゃん、さっきさんざあたしのこと苛めたもん、ね。そう簡単に許してあげる気にならないな」

この間、おじょうさん本人は、不機嫌そのものって表情をしていた。

「おい、おじょうさん――じゃない、悪魔さん、そう拗ねんなよ」

佳拓ちゃんもつられちゃって、つい、おじょうさんに話しかける声音になる。

「きちんとした三つの願い、言ってちょうだい。さもなきゃあたし、ずっとこのまま木暮美紀子さんの格好でいるわよ。本物を壜の中に閉じこめて、あたしがこれからずっと木暮美紀子って名乗ってもいいな」

おじょうさん、すがりつくような目をして右手の人差し指のつめをかみ、佳拓ちゃんのワイシャツの袖《そで》をひっぱる。

「大丈夫だって。そんなこと、させやしないから」

佳拓ちゃんはこう言うと、おじょうさんのほおを軽くたたき、それから半ばやけのような口調で言う。

「ＯＫ、悪魔さん。俺の負けだよ。三つの願いって奴を言えばいいんだろう、言えば」

「そう」

また先程と同じく、何とも形容しがたい音がして、おじょうさんそっくりの悪魔さんは、もとの姿に戻った。ただし、今度は翼なしで、白のブラウス、紺《こん》のスカートをはいた女の子の姿。

「最初っから、そういう風に素直にすればよろしかったのに」

今度は、声も喋り方も悪魔さんのものだった。

「ただし、あんまり変な願いは言わないでくださいね。千円欲しいとか、その類のは駄目」

佳拓ちゃん――多分その手の願いでお茶をにごそうとしていたらしい――軽く肩をすくめる。

「時間制限はあるのか？」

「時間……制限？」

「そう。ゆっくり考えて有効に使いたいからね」

あーあ、こりゃまた一波乱あるわ。ゆっくり考えたら佳拓ちゃん、絶対まともな願い事言わないに決まってるんだから。

「どうぞ」

悪魔さん、憤然としてこう言う。

「あたくし、三つの願いを言っていただくまでは、決してあなた方から離れませんからね」

そして。悪魔さんがつかず離れずの状態で、二日、たった。

☆

「あ、ひろみ、それ触っちゃ駄目だ。まだ乾いてない」

今日はあたしの誕生日。悪魔さん――親しくなるにつれ、仇名《あだな》というか、呼称が必要になったので、あたし達は彼女をキティと呼ぶことにしていた。拗ねてふくれた時の仕草が仔猫みたいだったから――を拾った日以来（何のことはない、二日前なんだけど）、毎日会っている佳拓ちゃんとおじょうさんが、あたしの誕生パーティを開いてくれた。佳拓ちゃんは、高三の時、お父さんが金沢へ転勤したせいで、今、一人ずまいなの。だから、誰に気がねもいらない彼の家を会場にしたのだけれど……この会場、とっても怖いのよ。油絵はあっちこっちにころがってるし、絵の具の出てるパレットはあるし、画用木炭踏んづけては畳と靴下《くつした》まっ黒にするし。

「佳拓ちゃん、ここ開けて」

なんとかあたりを片付けて、あたしと佳拓ちゃんとキティがテーブル囲んだら、ドアの外でおじょうさんの声がした。

「はいよ」

右手にケーキの箱、左手にバラの花束かかえて、おじょうさんがつっ立っていた。

「わお、バラかよ。気障《きざ》だなあ」

「うるさいわね、佳拓ちゃんにあげるわけじゃないからいいでしょ。ね、ひろみ、これだけあれば、ジャム作れるんじゃない」

何が気障よ。

「ケーキ、五つ買って来ちゃった。あ、キティ、お皿とティカップ出してくれない？ ひろみは今日の主賓《しゅひん》なんだから、黙って坐っていなさいね」

この汚ない佳拓ちゃんの部屋のどこから探してきたのか、花びんに花を活《い》けながら、おじょうさんがこう言う。

「まったく、悪魔使いの荒い連中なんだから……」

なんてことを言いながら、キッチンでキティ、手早くティカップを洗ってる。

「おいキティ、その辺の奴、きちんと洗ってあるんだぜ」

「佳拓さんが洗ったんでしょ」

キティ、もくもくとカップを洗い続け、佳拓ちゃん仏頂面《ぶっちょうづら》。この二人は顔をあわすと憎まれ口しかきかないんだけれど、どういうわけだか、そんなにとげとげしい間柄じゃなくなっている。

そう。不思議なことにキティとあたし達、いつの間にかわりと仲良くなっているのだ。相変わらずキティは、機会さえあれば、画家にしてやろうとか恋人とのよりを戻してあげようなんて言うんだけれど、それだって、あたし達を苦しめようとして言っているんじゃなくて、彼女の習性——というか、くせ——で言ってるみたいなの。三つの願いに固執する以外は、まるで邪気《じゃき》のない悪魔なんだもの。

「きゃは。ラズベリータルトじゃない」

と、これは、ケーキの箱を開けたあたしの喜びの声。あたし、今日は、少し無理をしてもはしゃぐつもり。

「佳拓ちゃん、お宅にプリンス・オヴ・ウェールズある？」

「プリンス・オヴ・ウェールズ？ 赤い罐《かん》の奴だっけ？」

「ううん、トワイニングの黒い奴」

「ああ、あるよ」

「あたし、うすくしてね」

タイミングよくしゅんしゅん言いだしたやかんをあたしに渡しながら、おじょうさんがこう言う。高校時代から、お茶をいれるのはあたしの役目。

「あたしは今日の主賓だから黙って坐ってろって言ったの、誰だっけ」

なんて言いながらあたし、ティポットにお茶っ葉を入れる。キティは今度はケーキ皿とフォークを洗ってる。

「お、キティ、これもついでに洗って」

佳拓ちゃん、キティにグラスを四つ放る。慌てて洗い物の手をやすめたキティは、辛《かろ》うじてそれをうけとめると、鼻を鳴らした。

「佳拓さん、危ないでしょ。割れたらどうするのよ」

「そしたら、三つの願いの最初の一つでなおしてもらおうと思ってた」

「そういうのは駄目って、あらかじめ釘《くぎ》をさしておいたでしょう」

そう言った時の、とっても不満そうなキティの顔を見て、佳拓ちゃんはくすっと笑う。

「どうせあんたのことだから、器用にうけとめると思ってたんだよ」

「………………」

返答に困ったらしく、左頬《ほお》を軽くふくらませてからキティ、またもくもくと洗い物を続ける。

「佳拓ちゃん、そのグラスどうするの」

お茶をわりとうまくいれることができ、いたって機嫌良く、あたしは聞く。

「ん？　あんたの誕生日だから、これあけようと思って。氷もあるし」

ウイスキーの壜を示してみせる。

「あー、いけないな、まだ十九のくせに」

と、からかうような調子でおじょうさん。

「おじょうさんに到っては、まだ十八だもんな。こんなもの、飲まないよな」

と、これもからかうような調子で佳拓ちゃん。とたんにおじょうさん、そっぽ向いて一言。

「意地悪」

あたしとキティが、同時にふきだした。

☆

ラズベリータルトは美味《おい》しかったし——最終的にはおじょうさんが二つ食べた——、紅茶もわりとうまくはいった。おまけに少しアルコールも加わって、あたし達はおしゃべりを楽しんでいた。

で、いつの間にか、あたしの小説が話題になっていた。

「そういえばひろみ、最近原稿書いてんの？」

確か、おじょうさんがこんな風に切りだしたんじゃないかと思う。

「ここのところ、同人誌、売りにこないね」

「う……ん、ちょっと、ね。スランプって奴でして」

あたし、こんな台詞を口にしてから、猛然と恥ずかしくなった。スランプなんて単語は、もっと中味のある悩み方をしている人が使うべきよね。あたしのは、単に、いじけてるだけだもの。でも。

「あの、さ、おじょうさんに佳拓ちゃん。ちょっと慰めてくれようって気にならないかな」

「ん？　何だよ」

あたし、この間っから、誰かに甘えたくて仕方なかったんだもの。少し位、いいでしょ、甘えても、ねえ。あたし、原稿ボツにしたことから始めて、最近の精神状態を話しだしたの。そうしたら。

「ばっかだなあ」

佳拓ちゃんったら、こんなこと言うんだもの。

「百二十枚も書いといて、自分で気に入らなくなってボツにしちまったのかよ。莫迦としか言いようがない」

「佳拓ちゃん、その言い方ってあんまりじゃない。それで慰めてくれてるつもり?」

「慰めてやる気ないもの。絶対いい作品書いたって自信があるのにボツにされたっていうんなら、まあ慰めてやらんこともないけど、何で自分で失敗してボツにした奴まで俺が慰めてやらにゃならんのだよ。つまり、あんたが莫迦だったたっていうだけの話だろ」

　そりゃそうでしょうけど。そうなのよ、確かに。だけど。

「……どうせあたしは莫迦なのよ。悪うございましたね」

「自分で判ってりゃいいんだよ」

「放っといてよ、もう」

「じゃ、はじめからそんな話すんなよな」

「…………」

　これが仮にも友達の言う台詞? 悪魔のキティさんの方がよっぽど優しいわよ。その優しいキティとおじょうさんが、あたし達の間に割ってはいったらしいけれど、あたし、そんな台詞、耳にはいらなかった。グラスの中の液体を一息に飲みほすと、佳拓ちゃんの前にあった壜をひったくり、自分で水割りを一杯作る。

　ふん。そりゃ、あんたはいいわよ佳拓ちゃん。油絵なんか描いちゃって、この間もキティに啖呵《たんか》切ってたけど、あんたなら確かに画家になれるかも知れないもの。人生順風満帆《じゅんぷうまんぱん》なんでしょね。あんたが恋愛問題で悩んでるなんて話、ついぞ聞いたことないしね。何よこれ、オールド・パー? 学生のくせに、ほんっと、ブルジョワめ。

　あたしなんか、あたしなんか、小説は書けなくなるし、自己嫌悪は襲ってくるし、鬱だし、淋しいし、あいつは最近冷たいし、大体文学部なんか出てこの先どうしろっつーのよ。それに加えて莫迦だって言うんでしょ。そうよ、あたし、莫迦なんだから。莫迦で、美人じゃなくて、家柄も良くなくて、資産も無くて、も、もう、救い難いんだから。うー、まずい。嫌《や》だ、こんな飲み方。お酒全然おいしくない。……でも、いい、知らない。知らないもんこんなあたし。知らないもん佳拓ちゃんなんか。どうせあたしは莫迦だもん。水割りもう一杯作っちゃお。

　で、あたしが三杯めの水割りを飲みながら、何やらごちゃごちゃ、前に書いたようなことを言いたてたら、佳拓の阿《あ》呆《ほう》はこう言ったのよ。

「原稿ボツにしたのも、今鬱なのも、つまりはあんたが悪いんだろ。ごちゃごちゃ言ったって、仕方ないじゃないか」

「そうよ。どうせあたしが悪いのよ。だからちゃんと自己嫌悪にも陥ってる」

「……自己嫌悪なんかに陥ってどうするんだよ。そんなことする暇《ひま》があるんなら、今度はもっといい小説、書きゃいいんだろうに」

「それができればぐちなんかこぼしませんよお、だ。できないんだもの」

「嘘つけ。できないんじゃなくて、やってないんだろ」

佳拓ちゃんは、軽くため息をつくと、とっても不思議な目をしてあたしの顔を見た。いつの間にか彼は煙草をくわえていて、その煙が上へ昇ってゆくのが、どういうわけか口惜《くや》しかった。そう、口惜しかったのだ。佳拓ちゃんが言っているのが正論だってことは判る。だけど。だけど！　それに、何、この目は。あたしを哀《あわ》れんでいるような目。あたしのことを可哀想《かわいそう》だと思っているに違いない目。確かに最初は、あたし、佳拓ちゃんに慰めてもらうつもりだった。でも、期待したのは、こんな目じゃない。

「唐突だけど、三つの願いっていうのは、いつになったら言っていただけるんです？」

本当に唐突に、キティが口をはさんだ。いや、まてよ、決して唐突ではないや。さっきっからキティとおじょうさんは、あたしと佳拓ちゃんの間に割ってはいろうと必死だったの。今までは、あたしと佳拓ちゃんが、大声で台詞のやりとりをしていたから、キティの声が聞こえなかっただけ。


もう、こんなわけの判らない自己嫌悪、嫌。小説書けるようにして欲しい。こんな淋しいの、嫌。あいつに構ってもらいたい。

そんな台詞があやうくもれるところだった。アルコールが自制心をどこかへ吹きとばしてしまっていた。それを言わずにすんだのは、佳拓ちゃんとおじょうさんがいてくれたおかげだわ。あたし、まだ何とか強がってみせることができる。

「一つめのお願いね」

あたしは、自分の思考をそっちからひきはなす為にも、何か関係のない願い事を言わなきゃならなかった。

「えーとね、キティ。その……何であなた、そんなに三つの願いを叶えたがるの」

キティは、もの凄くめんくらったような、どうにも困ったというような表情をした。

「それ……、願いというよりは、質問じゃありません？」

「うん……だけど、そういう事を教えて欲しいっていうの、願いにならない？」

「でも……そういう願いは前例がないから」

「前例がないと駄目なの」

「そういうわけじゃないけれど……」

キティは、なんだかとっても困ってるみたいだった。でも、あたし、ちょっと誰かにからみたい心境だったので、ついついこう続けちゃう。

「これ、いつかあなたが言った三つの条件のどれにも反してないでしょ。具体的だし、永遠には関係ないし、前に言ったことのとりけしでもないし」

「……ええ」

「じゃ、叶えてくれなきゃフェアじゃないわ」

「その……ね、ルールだから……ゲームの」

キティ、ぼそぼそと話しだす。なんだか言いにくそう。

「……あの、ね、この地球みたいな世界は、他にも沢山《たくさん》あるんです。で、そのうち、半分があたくし達側――つまり悪魔側の陣地で、残りが天使側の陣地なんです。ここは天使側の陣地なんですね。で、悪魔は天使側の世界の知的生命体を滅ぼそうとし、天使は悪魔側の世界で同じことをし……どちらが先に、相手の陣地の知的生命体を滅ぼせるかっていうゲームをしているんです」

「おい、ちょっと待ってくれよ」

佳拓ちゃん、ゆっくり二回まばたきをする。

「ゲームって一体……何だって俺達の世界使ってゲームなんぞを……」

「あ、それ、逆なんです。あなた方の世界を使ってゲームをしているんじゃなくて、あなた方が――これ、あんまりうまい表現じゃないんですけれど――ゲーム盤の上で暮らしてるんです。今までやってきた、天地創造ゲームだとか、生物の進化競争なんかが、いいかげんマンネリになってきたんで、ここ二千年位、おのおのの世界の知的生命体の攻防戦をやっているんで……」

「…………」

すっかり憂鬱《ゆううつ》そうな顔になった佳拓ちゃん、それでも気力をふるい起こして聞く。

「それと三つの願いとがどうつながるんだ」

「あたくしだって、こう見えてもかなりの力を持っているんですね。だから、やる気になればすぐ、人類位滅ぼせるんです。でも、それじゃ面白くも何ともないでしょう。だから、ルールによって、ある程度力を制限するんです。悪魔側は、その世界の知的生命体の持つ欲を刺激して、三つの願いを言わせるんです。すべてのものを進歩させるのは欲なんですね。で、欲望が次々に叶えられてゆくと、文明の進歩するスピードがあがり、ある程度以上加速度がつくと、文明っていうのはたいてい、まっしぐらに破滅へつき進むんです――というか、さりげなく横で欲望をあおりたてて、そういう風に方向づけるのが、悪魔のうでなんです」

ここでキティがため息をついたところを見ると、どうやらキティは、それが大の苦手らしい。

「天使側――つまり防禦《ぼうぎょ》側は、もうちょっと力を制限されてます。連中は、悪魔の立ちまわり先にあらわれて、何かとその邪魔をすることしかできないんです。いわゆる魔力のようなものは、悪魔の三回に対して一回しか使えませんし。ただ、連中は自然状況をいささか細工できるんです。津波をおこしてみたり、病気をはやらせたり……中世のペストとか、癌《がん》なんかが連中の傑作です」

「それ、逆じゃないの？」

と、おじょうさん。

「癌を作ったのは、天使じゃなくて悪魔でしょ？」

「どうして」

キティ、きょとんとする。

「人類を破滅させようとしているのが悪魔で、少しでも良い方向へ導こうとしている——いや、ゲームなら、少しでも長びかせようとしているって言わなくっちゃいけないのかしら、とにかく、そっちが天使なんでしょ？」

「ええ」

「じゃ、何だって天使が癌とかペストとかを流行《はや》らせるのよ。そんなもの流行ったら、人がばたばた死んじゃうだけで、人類の役になんて全然たたないじゃない」

「あたくし達、数の増え方を競ってるわけじゃありませんもの。今だって、平均寿命が伸びちゃって——これも、悪魔側が努力した結果なんですけれどね——、人口が増えて、困っているわけでしょう。地球のスペース自体に限りがあるんだから、人間がそうそう異常繁殖したら、必ずどこかでバランスが崩れるんですよ。だから天使方は必死にバランスをとろうとして、人間をまびくわけでしょう」

「まびく……」

地球が大きな植木鉢《うえきばち》で、そこにびっしりはえているあたし達。天使が一所懸命《いっしょけんめい》それをまびいて肥料をやって……それも、ただの、ゲームの為に。

「ですから、それに対して悪魔側は、たとえば家族が癌なんかで苦しんでいる人に呼びだされた場合、何とか〝癌の治療法を作ってください〟なんて言わせるように欲を刺激するんです」

「それなら、未《いま》だに癌の完全な治療法がないっていうのは、おかしな話じゃないのか？」

「そこのところは天使が非常に良く考えてあるんです。人間って、とっても利己的に出来てるんですよね。大抵《たいてい》の人が〝私の癌を治してください〟って頼み方をするんです……。三つの願いについても、そうなんですよね。僕にお金を下さい、とか、私を〇〇大学にいれてください、なんていう願い事じゃ、叶えてあげても、文明の進歩には全然関係ないでしょう。そこを何とか、文明の進歩に貢献するような欲望に変換させるのが、あたくし達の仕事の一番むずかしいところなんです」

「じゃ、私利私欲を追いかけずに、文明の進歩に貢献してやろうと思うような人が、結局人類を破滅させるのか……」

灰皿の上で、佳拓ちゃんの煙草が、一口吸われたきり、全部灰になってしまっていた。

なんとなく、たまらなかった。どういうわけか、あたしはその時、自分の部屋のグッピーのことなんか考えていた。

「おさかなみたいだわ……」

「魚？　何が」

「あたし達が、さ」

何年か前から熱帯魚を飼っている。とても欲しかったのだ。水の中を優美に泳いでゆく魚達。身をくねらす時のしなやかな動き。水草の間をぬって泳いでゆく魚。

魚達が泳いでいるのを見るのは楽しかったし、水槽《すいそう》の中に空気を送りこむ、モーターの規則正しい音を聞くのも楽しかった。が、やがて、まるで楽しくない事態が発生したのだ。

魚が一匹、水槽からとびだして、ひからびて死んでいたことがあった。ヒーターとサーモスタットのコードを出す為、水槽のふたには二ヵ処、小さな三角形の穴があいている。そこからとびだしたのに違いなかった。

魚が生きてゆけるのは、ほんのわずかな水のはいった空間の中でだけ。この水槽の中で、魚は、ガラス越しに外の世界を見て、どんなことを考えていたろう。あたしが、もし、魚なら。きっと、何度も何度もガラスに体あたりしてみたろう。この透きとおった物質のあちら側に見える世界へ行ってみたくて。あたしにとって何の必然性もないガラスの壁が邪魔をして、あたしは決してあちら側へ行くことができないのだ。


そしてある日。あたしは天井にあいている三角形の穴に気づく。その外がどんな風になっているのか知る由《よし》もないが、いずれにせよ、そこにはガラスはないのだ。

あたしは、ジャンプする。何度も何度も、ジャンプする。もう少しで外へ出ることができるのだ。もう少しで。で、出たら。出たら、死ぬのだ。ひからびて。

——勿論《もちろん》、その魚が死んだのは、こういう理由である筈はないと思う。でも。

そういう目で見ると、水槽の何と残酷《ざんこく》なことか。いや、こんなせまい処に閉じこめられて、という意識が持てるなら、まだいいのだ。水槽の中で生まれた魚は。彼らにとって、水槽内の狭い空間が、生まれてから死ぬまでのすべてなのだ。外のことなど、そもそも考える発端すらない……。

ただ泳ぎまわる魚を見ていたかっただけなのだ。それなのに、気がついたらあたしは、魚にとって絶対的な存在になってしまっていた。すべての世界を掌握《しょうあく》している絶対者。もしあたしが、ある日突然、えさをあげることを止めてしまったら。ある日突然、ヒーターの電源を抜いてしまったら。

魚は、生まれおちたその瞬間から、否《いや》も応《おう》もなく、あたしに生殺与奪《せいさつよだつ》の権を握られてしまっているのだ。何のいわれもなく。おまけに、何故あたしが連中を飼っているのかというと——ただ泳ぎまわるところを見ていたかったたけ！

そんなのってある？　あたしが魚だったら絶対そんなの我慢できない。

でも。かといって、あたしは魚の為に何もしてやれない。この世界で生かすのが可哀想だからって、殺すわけにもいかない。そもそも水槽の中で生まれ育った連中だから、水槽以外の場所で生きてゆけるとも思えない。しかも、次々と魚は子供を生むのだ……。かくて水槽は未だにあたしの部屋にあり、おそらくこれからもあり続けるだろう。

ろれつがよくまわらないまま、あたしはこんなことを話していた。何が言いたいのか、自分でもよく判らなかった。でも、何かを喋っていたかったのだ。黙っているのは耐えられない――。

大きな植木鉢にかがみこんでまびきをしている天使の姿。からからにひからびた魚。自己嫌悪に陥ってる暇があるなら、今度はもっといい小説書けばいいだろうって、佳拓ちゃんの台詞のリフレイン。いつまで待っても鳴らない電話。

いろいろなイメージが頭の中を通り抜けていった。気分が悪い。もう、何考えるのも嫌。

――今にして思いおこせば、この時あたしは、少しでもおじょうさんに気を遣ってあげればよかったのだ。キティの話を聞かされて、森瀬君には他に好きな人ができて、いかに強いとはいえ、精神的にずたずたになっていたおじょうさんが、どっちかっていうとアルコールに弱い人だっていうの、判っていた筈なのに。

「みんな嫌い」

あたしが喋ることだけ喋りつくして少し静かになると、今度はおじょうさんがわめきだした。

「みんなだいっ嫌い。大介嫌い。悪魔さんも嫌い。お魚も、天使も、みんな嫌い」

森瀬君、と意識して喋っていたのが、いつの間にか大介に戻っている。

「海へ行きたかったの。去年は夏期講習だの何だので行けなかったから。大介も連れてってくれるって言ってたの」

おじょうさん、泣いてた。佳拓ちゃん、困ったって風《ふ》情《ぜい》でおじょうさんをなだめる。

「俺がつれてってやるよ。おととい、そう約束したもんな。あと二つ願い事言って、この悪魔さんがいなくなったら、みんなで行こう。ひろみだけじゃなく、月館ちゃんとか山崎とか、いっぱい誘って」

「大介なんか、だいっきらい。約束したのに。海へ行こうって」

「山崎を誘うのはいい案だと思うぜ。あいつ、この間免許とったから……でも、あいつの車にのるの、少し怖いな」

二人の話は全然かみあっていなかったけれど、それでも二人は話し続けていた。

「海へ行きたかったの。あたしね……あたし、ほんっとに今でも大介好きなの。大好きなの。だけど……だけど、大介なんて嫌い」

激しく首を横に二、三度振る。

「天使も嫌い、悪魔も嫌い、お魚さんも嫌い……。もう、嫌だ、あたし。あたし……あたし……大介なんか……大介なんか、お魚にでも何にでも食べられちゃえばいいんだわ。みんなお魚にでも食べられちゃえばいいんだわ。……嫌だ、佳拓ちゃん、気持ち悪い……」

「おい、大丈夫かよ、おじょうさん。水飲むか?」

「うん……気持ち悪い、ねえ佳拓ちゃん、どうして」

「どうしてってそりゃあんた……ひろみ、悪いけど水くんできてやってくれない」

今はすっかりおじょうさんの面倒みることに専念している佳拓ちゃん、あたしにからのグラスを差し出す。

「ごめんな、あんたの誕生日だっていうのに、俺があんたにからんだりしたから」

「ごめんなさい、あたくしが変な話、したから」

「ううん、そんな……」

あたし、グラスをもって立ちあがる。もとはといえば、あたしがキティにあんな願い事したのがいけないんだもの。

キッチンへ行って水道の蛇口《じゃぐち》をひねる。足許《あしもと》が少し危ない。おじょうさん、また何かわめきだしたみたい。ねえキティ、というかん高いおじょうさんの声が何度か聞こえた。

「ねえキティ、二つめのお願いなの……」

おじょうさん、森瀬君とよりを戻すことを願う気かしら。そんなこと、させちゃいけない。それじゃおじょうさんが惨《みじ》めすぎる。

少しあせってもとの場所へ帰ろうとしたら、ごみ箱にぶつかって倒しちゃった。しゃがみこんで、ごみを拾い集める。

「おい、キティ、ちょっと待てよ」

「でも」

あっちの方から妙に切迫した佳拓ちゃんとキティの声が聞こえてきた。何やってんのかしら。あたしは立ちあがる。あ、やん、水、こぼれちゃった。あたし、体をまともに動かせなくなる程飲んだっけ。仕方ないから、もう一回蛇口の処へ行く——と。水道のすぐ上の処に窓があって。

「よ……佳拓ちゃん」

あたし、コップを放り捨てテーブルにぶつかり再びごみ箱を倒して、佳拓ちゃん達のいる部屋へ駆け込んだ。

「佳拓ちゃん、どうしよう。あたし、アル中になっちゃった」

おっそろしいものが見えたのだ。

「空に凄く大きな魚が浮いている幻覚がみえんの……」

「キティ、おい」

佳拓ちゃん、慌てて窓の方へ駆けてゆきながら、こうどなる。

「だって……」

と、キティは消えいりそうな声。おじょうさんは顔面蒼白《そうはく》になってつっ立っている。で、いかにあたしが鈍《にぶ》いとはいえ、ことここに至って、ようやくあたしにも話の筋が見えてきた。

みんなお魚にでも何にでも食べられちゃえばいいんだわ。

ねえ、キティ、二つめのお願いなの……。

おじょうさんの台詞が思いだされた。でも……でも、まさか、そんな！

きっと酔ってるせいだわ。だって、足許がふらふらするもの。

酔っていたせいか、理性が現実と直面するのを拒否してどこかへ行っちゃったせいか、とにかくあたしは、その場で崩れるように眠りこんでしまったのである。

☆

白《しら》けた陽の光が、窓から射しこんでいた。目をあけてまず、あたしはあたりが明るいことに驚いていた。

あたしの誕生パーティとかいうのが始まったのが午後三時。五時位からウイスキー飲みだして、で、あたしが原稿ボツにした話をしたのは六時をまわるころだったと思う。とすると。今射しこんでいる陽の光は。

うわ、あたし、無断外泊しちゃったんだ。いくらおじょうさんとキティが一緒だとはいえ、男の人の家に。どうしよう。

慌てて立ちあがる。見まわすと、おじょうさんも佳拓ちゃんもキティも、目をあけていた。

「おはよう」

みんな、起きてるなら、あたしのことを起こしてくれるなり何なりしてくれればいいのに。とにかく、水を飲もう。無性《むしょう》にのどが渇いている。

「……おはよう」

三テンポ位遅れて、佳拓ちゃんが何とも救い難い沈んだ声をだした。で。その声を聞いたとたん、あたしは突然、ゆうべのことを、はっきりと思い出したのだ。

「さ……さかな、まだ、いる？」

慌ててキッチンの窓の処へ駆けてゆく。空には……魚なんて浮いていなかった。は、良かった。

「ひろみ、あんたが徒《あだ》な期待抱《いだ》くと可哀想だから言っとくけど、魚、夢じゃないぜ。地球は自転してるだろうが」

そうか。夜見えた魚さんが、早朝に見える筈、ないんだ。

「夕方になればまたあの魚が見えるようになるよ」

「あの……さ、で、ひょっとしてあたし達、あの魚に地球ごと食べられちゃうわけ？」

「一ヵ月後にね」

一ヵ月！　あの魚さん、一ヵ月かかって、のたのたのたのた地球追いかけてくるんだろうか。陰湿《いんしつ》。いっやらしい。……でも、くじけてばかりはいられないので。

「ね、キティ、まだ三つめの願いっていうの、残ってるんでしょ」

「願いの取り消しはきかないってさ。あのグッピーは、地球を喰《く》い終わればすぐ消えるけれど、それまでは絶対消せないそうだ」

佳拓ちゃんがのたのたと口をきく。

「じゃ、軌道の修正は？　ひたすら魚から逃げるのよ、地球ごと」

いろいろ良からぬ影響は出るだろうけれど、とりあえず、助かることのみ考えればいいや。

「そうしたら、あの魚が速度あげて追いかけてくるとさ」

捨《す》て鉢《ばち》な佳拓ちゃんの台詞。

「そんな……じゃ、あの魚ふっとばせない？」

「あの魚ふっとばすことは、間接的に二つ目の願いの取り消しになるから駄目だって」


……は。あたしはため息一つつくと、疲れきった佳拓ちゃんの顔をみつめた。しばらくして、絶望が何とかおさまると、今度は理不尽な——自分でも判ってる、これはやつあたりだって——怒りが、わきあがってきた。

「佳拓ちゃん、あんたいつから悪魔の代弁者になったわけ。そんな……そんな悟《さと》りきったみたいな顔して、地球があんなお化け魚に食べられちゃっても平気なの！」

「ひろみ」

佳拓ちゃん、珍しくきつい声を出す。

「あんたの意識がとんずらこいちまった後、俺とおじょうさんはぽけっと起きてたわけじゃないんだぜ」

……それも、そうか。

「……ごめんね。……で……どうなの」

佳拓ちゃんは、肩をすくめてみせた。昨日から数えて何本目なんだろう、吸いさしのハイライトが、灰皿の吸《すい》殻《がら》の山の上で、所在なげに燃えていた。一ヵ月、か。

「辞世の句作るには時間がありすぎる位ね」

あたし、のそのそとこう言った。言ってから、今の、変に醒《さ》めきったような感じ、さっきの佳拓ちゃんの喋り方にそっくりだと思った。昨日のお酒がまだ残ってんのかしら。体中の血がとろりと粘性を帯び、ゆっくりと、ゆっくりと血管中をうごめいているような気がした。おだやかな倦怠《けんたい》感。

自殺する気なんてのはなかった。でも、死が不可避なら、従容《しょうよう》としてそれに従っちまってもいいや。そんな気分だった。死んでしまえば、もう悩むことなんか、何もないじゃない。

「辞世の句……」

おじょうさんがぞっとするような声をだした。

「どうしよう……ごめん、ひろみ、ごめん、佳拓ちゃん……あたしのせいで……あたしのせいで……あたし、どうしよう」

しまった、おじょうさん。さっきから彼女黙りっ放しだったので、あたし、ついつい辞世の句なんて言っちゃって……この台詞でおじょうさんがどんなに傷つくだろうか、なんて考えるの、忘れてたのよ。

「ごめんね、本当にごめんなさい。あたし、あたしどうしたら……」

昨夜《ゆうべ》っから泣きっ放しだったに違いないまっ赤《か》な目。

「さて、と」

と。佳拓ちゃんが急に立ちあがった。

「どうしたの？」

「ん？　あの魚、何とかしなきゃな」

「何とかって……」

あたし、目をむく。さっきまでの倦怠感一杯の佳拓ちゃんは一体どうしちゃったんだろう。

「いいか、おじょうさん、俺にまかせとけ。何とかしてみせるから。あんたは少し寝ろよ。昨夜《ゆうべ》から一睡もしてないじゃないか」

「佳拓ちゃんも全然寝てないでしょ」

「俺とあんたじゃ、体格も体力も全然違うだろ。ひろみ、おじょうさんについててやってくれないか。後頭部ぶんなぐってでも眠らせろ」

「うん、判った」

「あたしなら大丈夫よ。心配しないでね」

おじょうさんはこう言うと、健気《けなげ》に笑ってみせた。

「で、佳拓ちゃんはどこへ行くわけ？」

「ちょっと、な。心あたりがあるから」

ちょっと、な、か。本当はあてなんか何にもないくせに。おじょうさんの心の重荷を軽くしようとして、いいかげんなことを言ったくせに。

佳拓ちゃんはドアを閉めた。おじょうさんは、枕の上に頭をのせる。すると。頭が枕につくや否《いな》や、おじょうさんは寝息をたてだしたのだ。

「お・ま・け」

キティがこう言って片目をつむる。

「彼女この先、夢の中でしか安らかな生活おくれないんじゃないかと思うから……」

彼女がそんな風になっちゃったのは、あの巨大な魚のせいじゃない。そう言いかけて口をつぐむ。キティは悪魔なんだもの。自分の仕事――知的生命体を滅ぼすこと――を遂行するのがあたりまえで、今のキティみたいに人情味がある方が、むしろ、おかしいのだ。

「そうなんですよね」

彼女、あたしが口の中でもぞもぞ言ったことの意味を悟ったらしい。

「あたくし、駄目なんですよね。堕悪魔《だあくま》って言葉はないけれど……妙に人間染みてるでしょ。悪魔としては三流なんですよね」

「そんなことないわよ」

あたし、思わず大声を出し、それから慌てておじょうさんを見る。大丈夫、おじょうさんはぐっすり眠っていた。

「そうなんですよ。なんせ、壜に封じこめられるような、駄目な悪魔なんですもの」

「ね、何で壜の中なんかに閉じこめられてたわけ?」

それを聞いてどうしようという意図もなく話しだす。おじょうさんの寝息を聞きながら黙ってるなんてこと、あたし、とてもできなかったんだもの。

「いろいろと失敗してしまったから」

キティ、ふっと遠い処を見るような目つきをする。

「今にして思えば、あたくしあの頃、少しはりきりすぎていたんです。あたくし、まだ新米の悪魔で、それに運もあまり良くなくて、なかなか呼び出してもらえなかったんです。だから、早く、自分の力を使ってみたかった……。で、少し、あせったんです」

百年位前、初めて呼びだされたキティは、喜びいさんで三つの願いを叶えてやった。が、どうもその頃からキティは人間運が悪いらしく――つまりは、人を誘惑するのがあまりうまくないってことなんだろうけど――ろくな願いを言ってもらえなかった。だんだん苛々してきたキティちゃん、ついにゲームのルールを破り、彼女を呼び出しもしない人の願いを、二、三回叶えてしまったのだ。

キティが叶えてやった願い自体はとるに足らないものだったらしい。でも、ルールがあるからこそゲームは成り立つのであって、その根本を犯した以上、キティをそのままにしておくわけにはいかない。かくてキティは、あの水色の壜の中に封じこめられ、誰かが助けてくれるまで、海の中をただよい続ける破目になったのだ。

「でも……じゃあいいの? 悪魔を呼びだしたんじゃないあたし達の願いなんかきいちゃって」

できればなしにしてもらいたい。

「ええ。壜から出たら、腕だめしがわりに、助けだしてくれた人の願いを三つ叶えてあげて、その時どんな願いを叶えたかによって、あたくしの評価が決まることになっているんです」

それであんなに必死になって、三つの願いを言わせようとしたわけか。

「とすると、あなたの将来は安泰なわけか。地球一つ滅ぼすような願い、言わせたんだから」

「ええ、まあ……多分」

なんか、話を聞いているのがたまらなくなってきた。

「お茶いれたら飲む？」

立ちあがって、昨夜のままになっているテーブルの上のものを、キッチンへ運んでゆく。プリンス・オヴ・ウエールズの罐をとりあげ、それから思いなおす。二人なんだから、ティバッグでいいや。

ポットのお湯をやかんに移して、ガスの火をつける。木製のタイルが碁盤《ごばん》の目のようになっているキッチンの床の上に立っていたら、奇妙な錯覚《さっかく》にとらわれた。

所詮《しょせん》、チェスの駒なのよ。詰められたからって、指し手に喰ってかかっているキングの像が目にうかんだ。指し手を睨みつけているキングのイメージは、実に滑稽《こっけい》で、実にもの哀《がな》しかった。

「どうもありがとう」

あたしとキティは、黙ってお茶を飲んだ。今日のお茶はあまりうまくはいらなかったみたい。濃すぎるわ。

所詮は駒にすぎない、か。キティを責めてみたってどうにもなることじゃない。彼女は自分の仕事をしただけなんだ。それに、考えようによっては、彼女だって一種の駒じゃない。あたし達より格が一つ上であるだけで。ポーンがキャッスルにやられたことを怒っているみたいなもんだわ。ん、まてよ。キティなら、キャッスルじゃないや。赤の女王だわ。突然、鏡の国のアリスに出てくる赤の女王の絵を想い出す。

「ん？　何か？」

あたしの顔を見ていたキティ、微妙な表情の変化をすぐ見てとり、こう聞く。

「ちょっとね……。今、あたし達ってまるでチェスの駒みたいだなって考えてたの。そしたら想い出したんだけど、鏡の国のアリスって話があるのよ。その中にチェスの駒の赤の女王が出てくるんだけど、その赤の女王、実はアリスが飼ってる仔猫で、キティっていうのよ」

不得要領《ふとくようりょう》な顔をしているキティ。彼女のそんな表情を見ていたら、ふっと心のどこかで警報が鳴った。

うん……と、何だろう。今、あたし、何か考えつきかけたのよ。とっても大切なことを。えーと……。キティ──チェスの駒──赤の女王──Red Queen ……あ、判った。白の女王よ、ホワイトクイーン。

もしあたしがチェスの駒で、今、赤の陣営にやられそうになっているとしたら、当然、白の連中が助けてくれなきゃいけないわ。

地球が悪魔によってぶち壊されるとしたら、当然、天使が助けてくれなくちゃ。そうよ、天使。天使は何やってるのよ、天使は。

「キティ！」

あたし、思わず大声で叫んじゃった。ああ、よかった。

何はともあれ、ハッピーエンドだ。悪魔の三つの願いに対して、天使は一回しか魔力を使えない、か。うふ。でも。一つで充分。あの目障《めざわ》りな魚さえ消してもらえればいいんだもの。

「天使ってどうやって呼びだすの？」

「天使って呼びだすものじゃありませんよ」

「だって、悪魔の三つの願いに対して、一回魔力が使えるわけでしょ、天使は」

「ええ……まあ」

「呼びださなきゃ、どうやって出てくるのよ」

「……ごめんなさい、それはちょっと教えられない」

「じゃ、キティ、三つめの願いよ。天使と連絡とる方法、教えて」

キティの顔が〝そんな〟とでも言いたげにゆがむ。

「これはあなたの言っていた願い事の条件から、はずれてないでしょう？　さあ」

「……天使は普通、呼びださなくても、自分から出向いてくるものなんです、悪魔が願いを叶えてやった先々に」

キティはしぶしぶ話しだした。でも、あたしの処、天使来てないよ。

「あなたの行く先に現われる筈の天使は？」

「……水色の壜に封じ込められたままです」

そういえば。あの時確か、壜から出てまずキティがしたのは、あの壜に栓をすることだっけ。

それを想い出したら、急にあたし、キティに腹がたってきた。ずいぶんじゃない。出る時は自分だけとっとと出て来ちゃうなんて。

あたし、ひょっとしたらキティのこと、わりと好きになってたのよ。悪魔だからあたし達に、三つの願いがどうのこうのなんて言うけれど、でも、本質的にはいい人だと思ってたのよ。ふん、見損《みそこな》った。

あたし、少し濃いお茶を一息に飲みほすと、ショルダーバッグを肩にかけた。

「あの海岸に行くんですか」

キティに返事なんてするものか、とは思ったものの、やっぱり後のことが気がかりなので。

「佳拓ちゃんが帰ってきたら、テーブルの上のメモ見ろって伝えてくれない……握りつぶしたりなんてしないでよ」

「その必要はありませんよ」

キティ、あたしの台詞に傷ついたみたい。なんだか淋しそうな声。あたし、良心が、少し疼《うず》く。

「佳拓さんなら、さっきっから何するでもなくこの辺うろつきまわっていますから」

「そう」

あたし、ドアを開けて――それから、おじょうさんのことを思い出す。

「木暮美紀子さんなら大丈夫。今日のお昼一杯、目を醒まさないし、あたくしがついててあげますから」

このキティの台詞を聞いて、あたしの心はさらに疼いたけれど……けれど、どうしようもないじゃない。

☆

キティの言うとおり、家を出るとすぐ佳拓ちゃんに出喰わした。

「あれ、佳拓ちゃん。心あたりはどうしたの」

昨日、原稿のことで苛《いじ》められたから、少し苛めかえしちゃう。

「ひろみ。いい趣味じゃないよ」

「判ってる。うふ、あのね……」

さっきの天使の話を教えてあげる。とたんに、佳拓ちゃんも、表情をぱっと変える。二人して、嬉々《きき》と駅へ向かう。心の重荷がなくなったものだから、あたし、昨日から佳拓ちゃんに言いたい言いたいと思ってたことを喋りだす。

「あのね佳拓ちゃん。昨日の話なんだけれど……あなた、自己嫌悪に陥ってる暇があるならもっといい作品書けって言ったでしょ」

「言ったよ。実際そうだろ」

「そうじゃない。佳拓ちゃんみたいに才能があったり、おじょうさんみたいに強い人ならそうかも知れないけれど……あたし、弱い人間だもの。情無い人間だもの。自分を見失いもするし、自己嫌悪にだって陥るもの」

「そりゃそうだろう。俺だってそうだもの」

「え……？　だって、佳拓ちゃん……」

「自己嫌悪に陥るなとは言わないよ。俺が言いたいのはね、そんなことばっかりぐちゃぐちゃ考えたり、宣伝してまわったりしなさんなってことなんだよ。そんなことしたって、誰も慰めちゃくれないぜ」

「あなたは慰めてくれないだろうけれど、おじょうさんとか山崎君なら、きっと慰めてくれるわよ」

「あんた、それで慰むと思う？　誰がどう言ってくれたって、所詮あんたは一人なんだよ。落ちこんじまったら、自分ではいあがんなきゃ立ち直れやしないんだから。仮に俺が手を貸してやって、ひっぱりあげてやったとするだろ。そしたら何か、あんた一生俺にひっぱっててもらうのか？」

「そんなもんですかね」

なんか、うまくまるめこまれたみたい。気持ちが釈然としない。

「そんなもんだよ。それに、おじょうさんは、あんたが思ってる程強い人じゃない。あいつ、俺達の中で一番神経もろいぞ、多分。気をつけてやらないと、いつか折れる」

「嘘お」

「嘘じゃないよ。あいつ今朝から何回〝大丈夫よ〟って言ったと思う。あれがあいつの強がりの限度だよ」

「あたしじゃとてもあんな風に強がれないもの。彼女、あたしの何倍も強くて立派よ」

「おいおい、何て日本語だよ、ひろみちゃん。いいか、強い奴が強がると思う？　おじょうさんは、自分がすぐくじけるのを知ってるから、いつも目一杯虚勢をはってるんだよ」

虚勢ね。そうかしら。

「現に、あんたは何だかんだ言いながらも、現実に対処してるだろ。それに、あんたの意識は、自分が受けいれることが不可能な事態に直面すれば、すぐ逃げだしちゃう――」

「それ皮肉？」

「違うよ、ほめてんの。あんたの精神が健康で強靭《きょうじん》だってことだもの。俺の表現が素直じゃないっての、知ってんだろう」

それは知ってる。

「それでね……こんなことはあまり言いたくないんだけれど……俺もそろそろ限界なんだ。俺の神経も、これ以上もちそうにないんだよ。だからこの先、俺、おじょうさんの心配しかしてやれないと思う。あんたは、俺が気を遣ってやらなくても、自分で何とかできるだろう」

返答に困る。あたしだって、限界よお。

「信頼してるから」

殺し文句だ。

「……判ったわよ、仕方ないな」

……あたしも、強がっちゃった。虚勢はっちゃった。

「おじょうさんの強がりは、強がってみせるところが限界なんだよ。大丈夫よって言ってみせても、つまりは大丈夫じゃないいんだ。その点あんたは、大丈夫よって言ってみせたら、何とか本当に大丈夫にしちまえるだろ」

…………

「ほんっと佳拓ちゃん、口が上手《うま》いわねえ」

「ああ。どっちが作家志望なんだかな」

なんつう台詞よ。もう。

☆

壜が見つかるのと、壜を見つけるのには、雲泥《うんでい》の違いがあるってことが、すぐ判った。おとといと同じ海岸、おとといと同じ浜、おとといと同じメンバー。なのに、壜だけがみつからない。

「やだ、そろそろ暗くなっちゃう」

夕方四時ごろ目を醒ましたおじょうさんは、あたし達と合流していた。キティは、三つの願いも叶えたことだし、これ以上一緒にいると感情がもつれるのみだという理由で、いずこともなく消えた由《よし》。で、そんな話を聞くと、なんていうのかな……罪悪感。

「夜になったら、今日の仕事は中断せざるを得ないな」と、佳拓ちゃん、のそのそ言う。でも、一ヵ月のうちに見つければいいんだから。さっきまでの救いようのない感じよりか、ずいぶんましよ。

で、あたし達が壜を探している間、世間一般は何をしていたのかというと……今朝からTVのニュース等は、もっぱら、あの魚の話ばかりわめきちらしていた。勿論、何であんなものが宇宙空間に出現したのか誰も知りはしないが、このままでいればどういうことになるかは、きちんと予想がついたみたい。どこのニュースも、莫迦の一つおぼえみたいに「あの物体が今の速度で近づいてくれば、あと一ヵ月で地球はあれに衝突します」と繰り返していた。

それで、今日の午前中一杯位、街はなんだかんだでごたごたしていたのだけれど、夕方近くになると、人々は意外におとなしく、平生の暮らしに戻ってしまった。無理もないって言えば、無理もない。あたしだって、事情を知らなければ、TVがいくら地球と魚が衝突しますって言ったところで、信じやしないもの。大体、魚――あたしの見たてでは、どうもグッピーらしい――が地球を食べるなんて、いささか話が莫迦莫迦《ばかばか》しすぎる。

でも、残念ながら、これが笑い話じゃないってこと、あたし達はよく知ってたんだ――。

☆

二日が過ぎた。壜は相変わらず見つからなかった。佳拓ちゃん、暗くなったら壜探しは中断しようなんて言ったくせに、結局二日の間、ほとんど休みはしなかった。日にほんの二、三時間、乾いた処でうとうとするだけ。あたしとおじょうさんも、大体同様だった。食事だって、誰か一人が近所の店へ行って、パンと牛乳を買って来る程度だったから……あたし達三人、かなりやつれて、不健康の見本みたいになっていた。

で、あたしはこの間、少し驚いていたのよね。相変わらずあたし、心の表面では、〝死が不可避なら、それを受け入れちゃった方が、いっそせいせいしていいや〟なんて思っているのね。多少、鬱のせいもあって。〝でも、こんな風にして死ぬんじゃ、おじょうさんがあんまり可哀想〟なんて理由で、必死になって壜を探している――つもりだったのよ、今までは。でも、それって嘘だわ。嘘って言葉が悪いなら、単に表面でそう思っているだけって言ってもいい。本当はあたし、死ぬのが凄く怖いんだ。なんだか死んだらとてつもなく淋しくなりそうで、嫌なんだ。本当はとっても死にたくないんだ。

で。〝あたしは本当は何が何でも死にたくないんだ〟ってことが判ったら、一種奇妙な、何とも表現のしようがない感情が、あたしを襲った。この表現が正しいのかどうか判らないんだけれど、あたし、実は今まで、〝いっそ死んでしまえたらどんなに楽だろう〟って思うことに、一種の優越感を抱いていたんだわ。あたしの悩みは死を考える程深いって思うことに、優越感おぼえていたのよ。そして。これ程深く悩んでいるんだからっていう理由にならない理由で、ずいぶん自分を甘やかしていたのよ。

今は何が何だか無我夢中《むがむちゅう》で体を動かしているからいいんだけれど、この件が終ったら、きっとまた救い難い自己嫌悪に陥るんだろうなあ。

けれど。あたし、その日を夢みちゃう。あの水色の壜を探しだし、天使を出してあげ、グッピー消してもらう日を。たとえその後にどんな凄《すさま》じい自己嫌悪が待ち構えていようとも、それでハッピーエンドだものね。一応。

そして。夢は意外に早く叶えられそうになったのだ。

☆

八月十一日の夕方。ついに壜がみつかった。どうやらあの後、壜は海の中へ落ちたらしい。波間に壜の上部がちらりと見えた。

「良かったな、あの壜拾った先客がいなくて」

「この海が汚れてて良かったわ。なまじ青かったら、きっとあの壜、見えなかった」

「良かったあ。これで遠からずハッピーエンドだあ」

まるでかなづちのおじょうさんが陸の上に残り、あたしと佳拓ちゃんが海へはいることになった。おじょうさんは、例の壜が見えるたびに、陸から位置を知らせる役目。で、あたしは、サンダルを脱ぎ、おそるおそるその水にはいっていった。

☆

病気にならなかったらめっけもんよ、本当。何、このぬめっとした水。これがどうして海なのよ。海のふりしたドブじゃない。

「ぶつぶつ言わん方がいいぞ、水飲むから」

あたしの少し先を平泳ぎで泳いでいる佳拓ちゃんが、言った。

「もう遅い。ずいぶん飲んだ」

うー、気持ち悪い。

「だいぶずれてるわよ。もっと右」

おじょうさんの声が聞こえる。右、ね。

「お、あった。あれだ」

「どれ」

「もう見えなくなっちまったよ。とにかく、あっちだ」

佳拓ちゃんの進む方へついてゆく。と、足が何か堅い物に触れた。ここ、岩があるんだわ。気をつけなくちゃ。

「あ、あれ」

あたし、叫ぶ。見えた、壜だ。それも、ほんのすぐのとこ。思いきって右手を伸ばす。

もうちょっと。今、あたしの右手、水の中で壜に触れた。ゆっくりと、今度は両手を伸ばす。壜を手の中に抱える。とたんに顔が水中に没し、相当水を飲んでしまい咳《せき》こむ。でも、こうなった以上、意地でも壜を放すもんですか。

「きゃあ、ひろみ、やったあ」

陸地でおじょうさんがはしゃいでる。あたしは壜を右手でつかみ、バランスをとりなおし、ゆっくり体の向きをかえる。佳拓ちゃんが、軽くあたしの額《ひたい》をつっつついてウインクする。

うっふ。よかったあ。あたし、ハッピーエンドへ向かって、力一杯泳ぎだす。思いっきり水をける。と。とたんに。

「あ、いたあ」

足を何かにぶつけた。思いっきり何か堅い物をけとばしちゃった。左足の膝《ひざ》から下がどうしようもなく痛い。バランスがとれなくなって水の中に沈む。また水を飲んじゃう。うー、気持ち悪い。あ、壜。畜生《ちくしょう》、死んでもこれだけは放すもんか。余計なもの抱えているから、なおさらバランスがとりづらい。足がつかない。左足をちょっと動かしただけでも凄い痛み。あ、駄目、沈む。息が続かない。

「おい、大丈夫かよ」

佳拓ちゃんの姿が見えた。夢中でしがみつく。

「莫迦。しがみついちゃ駄目だ。二人して溺《おぼ》れるぞ」

何も考えているゆとりがなかった。動悸《どうき》が凄い。体中脈打っているのがよく判った。鼻から水を吸いこんでしまう。

キティのイメージが突然うかんだ。キティったら悪魔のくせに、あたし達に嫌われるのがとてもつらそうだった。あたしも、うちのグッピーに嫌われたら、さぞつらいだろうな。そんなことを、ふと、思った。

「お・ま・け」

こう言っておじょうさん寝かしつけてくれた時のキティの表情が、まざまざとうかんだ。そして、それが、あたしの心の中にひろがった、最後のイメージだった。あとは、ただただひたすら赤――。

☆

すっごく、寝苦しかった。胸がむかむかしていた。足が痛い。

「ひろみ。ひろみってば」

誰かがあたしを呼んでいた。何よお。あたし、眠いの。

「ひろみってばあ、ねえ」

「放っといてやれよ。疲れてんだろ」

そう、疲れてんの、放っといて。

「だって、こんなびしょ濡《ぬ》れじゃ、風邪《かぜ》ひいちゃうよ、この子」

「死にゃしないから大丈夫だよ。俺も疲れた。少し寝たい」

「嫌だ佳拓ちゃんまで、こんなとこで寝ないでよ。……ちょっとお」

　騒がないでよおじょうさん。あたし、眠いの。気持ち悪いの。吐き気がするの。足が痛いの。嫌だなあ、何でだろう。何かが頭の片隅にへばりついていた。壜って単語。壜……一体、何だっけ。

　疲労感の波があたしを再び飲みこむ。

　お・ま・け。誰かがそう言って微笑んだ。長い黒髪の美女だった。誰だっけ。この人。キティ――キティとかいうんだ。そのキティって人の微笑があんまり素敵だったんで、その人の面影《おもかげ》が消えてしまった後も、その微笑の印象のみが、心の中に残っていた。キティ――仔猫、ね。そうかあ、きっとあの人、チェシャ・キャットの親戚なんだなあ。

　うすれてゆく意識の底で、あたし、自嘲《じちょう》していた。何莫迦なこと、考えてるのよお。あたしって、ほんっと……。

　再び、闇《やみ》。

☆

　今度気づいた時は、さっきよりずっと意識はまともだった。寒い。思わず自分の肩を抱く。服がびっしょりと濡れているのが判った。

「ひろみ、やっと目を醒ましてくれたあ」

　おじょうさんがうれしそうな声をだす。あたりはすっかり暗くなっていた。

「今、何時？」

「そろそろ八時をまわるのよ」

　海にはいったのが四時前後。うっわあ、もうそんな時間か。突然意識がはっきりする。

「壜は？」

「ほら」

　渡された壜は、何やら暖かい肌ざわり。

「あなた最後までしっかりとこれ握りしめてたわよ」

　ああ、良かった。

「ねえ、佳拓ちゃんは？　あたし、彼にお礼言わなきゃ」

　聞く必要なかった。隣で寝てるわ。

「お礼？」

「うん。あたしを助けてくれたの、彼でしょう？　まさか、おじょうさんじゃないわよね？」

「助けるって何を」

「あたし途中で溺れたじゃない、岩に足ぶつけて」

「うん。でも、あなた自分で泳いで帰ってきたわよ」

「嘘お。あたし、佳拓ちゃんにしがみついた後、意識ない」

「心配したんだから。急にあなたが溺れて、で、佳拓ちゃんに抱きついたまま、二人して沈んでっちゃったでしょ。あたし泳げないし、どうしようかと思ったわよ。でも、結局、二人共ちゃんと泳ぎだしたじゃない。陸へ上がるや否や、濡れたままの格好で寝ちゃって」

まさか。まさか、でも。あたしの心の中に、再び、長い黒髪の女の微笑のイメージがうかんできた。でも、どうして？　もしキティがあたしと佳拓ちゃんを助けてくれたのだとしたら、それなら確かに辻褄《つじつま》は合うわよ。あたしは気を失う寸前に、キティの「お・ま・け」って声を聞いたような気がするし、でも、どうして。どうしてよキティ。あたし、壜を手にいれたのよ。天使出せるのよキティ。せっかくの大金星はどうなるの。

あなたと佳拓さんが死んでも、木暮美紀子さんが別の人を連れてきて、きっとあの壜を回収したでしょ。同じことですもの。

キティの声が聞こえたような気がした。

だからあたくし、いつまでたっても三流の悪魔でしかないんだわ。

そんなことない。あたし、心の中で、何度も何度も、その台詞を繰り返した。それから、ふと、とんでもないことに気づく。あたし、水槽の魚見て喜んでたの、最初のうちだけだった。あとはとってもつらかったんだ。魚見るの大好きだったけど、つらかったんだ。いつも、いつも、罪悪感もってたんだ。もし、もし、キティが……。

☆

「さて。いよいよひろみ念願のハッピーエンドに到達したみたいだな」

その日の真夜中——というべきか、翌日の朝早くというべきか。あたし達三人、佳拓ちゃんの家に居《い》た。

あの後、びしょ濡れのまま電車をのりつぎ、やっとこの佳拓ちゃんの家へたどりつき、で、今、お風呂借りて服を着がえたところ。佳拓ちゃんとあたしでは体格がまるで違うから、おそろしい程ダブダブだったけれど、でも乾いているだけまし。濡れた服を着て寝たものだから、あたしは完全に熱を出していた。脈が百十八ある。

「さてと」

佳拓ちゃんはいささか勿体《もったい》をつけて、壜の栓に手をつけた。つめをひっかける。相変わらずあきにくい栓らしく、少しの間、壜をつめでひっかく。何やってんのよ、なんて言いたくなった頃、ようやく栓があいた。前回と同じく小さなものが転がり出てきて、床につくや否や、それはまた人の形になっていった。

キティとはだいぶ印象が違うや。きつくウェーヴのかかった金髪、意志の強そうな目、くっきりとしたあごの線、そしてまっ白の翼。

「あ……の、天使さん、でしょ？」

「そうよ」

天使さんの声は、キティよりずっときつい調子だった。

「実は……」

佳拓ちゃん、今までの事情を説明する。天使さんは、顔をしかめて佳拓ちゃんの話に耳を傾け、で、グッピーが空に現われた理由を聞いたところで、ありありと不快の意を表明した。

「まったく、こんな連中を長もちさせなきゃいけないんだから、楽じゃないわ」

おじょうさんが面《おもて》を伏せる。あたし、どなりだしそうになるのを我慢する。

「俺だって、あんたなんかの世話になりたかないけれど、この場合仕方ないんだ。あんただって、俺達を長もちさせるのが仕事なんだろう。早くあの魚、何とかしてくれよ」

佳拓ちゃんがあたしの気持ちを代弁してくれた。

「だから腹たててるんじゃない」

天使さん、苛々とこう言う。

「絶望的なんだもん。あなた——おじょうさんとか言ったわね、何だってこんなやっかいな願い事したの」

「ごめんなさい……酔ってたから」

「ごめんで済めば警察はいらないって、人間界の常套句《じょうとうく》があるでしょうが」

あたし、もう駄目、怒り心頭に発しちゃった。

「じゃ、天使さんあんた、警察使ってこの事態何とかできるっていうの」

天使さん、返答に困ったたって様子で口をつぐむ。あは、ざまみろ。

「まあ……あたしの口のきき方も悪かったわ」

しばらく黙った後、天使さん、わりと簡単に折れる。

「事態があんまりやっかいだから、腹たてちゃったのよ。今更《いまさら》こんなこと言っても仕方ないけれど、あたしの方が先にこの世に出ていれば、これ程ひどい事態にならなくて済んだのに」

「そうよ。本当、今更言っても仕方ないけれど、どうしてあの時、悪魔さんと一緒に出てきてくれなかったの」

「だって、栓をあけたのが、佳拓ちゃんって人だったんだもの」

天使、少し拗ねて。

「どうして俺があけると悪魔が出てきちまうんだよ」

「今回は、二人一組になって相手の邪魔をするんじゃなくて、一人ずつ別々にそれぞれの力を発揮してみるようにって言われてたの。あたし達二人共、ちょっとしたルール違反とミスの為に壜に封じこめられたのね。だから、この世界へ戻る時に、それぞれテストされることになってたの。で、最初に栓をあけたのが男だったらあの子が先に出て、女だったらあたしが先に出ることになってたの……。しっかし、地球を魚に食べさせるなんて……これであの子の現場復帰は確実ね。あたしはどうなるのかなあ。また、壜の中かしら」

え！　え、え、え、ええ！　じゃ、何、キティが天使を壜の中に残して栓閉めちゃったのは、最初からそういう約束だったからなのお？　あたし、どうしよう。キティ、ごめん。あたし、あなたに謝りたい。

「そんな情ないこと言うなよ、天使さん。あんただって、魔力の類《たぐい》、一回は使えるんだろう？　その一回であのグッピー消せば、おあいこじゃないか」

「それができれば、こんなことぐちゃぐちゃ言ってないわよお」

「え！　え、え、え、ええ！」

あたし、さっき心の中で言ったことを、今度は口にして叫んじゃう。できないの？　そんな莫迦な。冗談でしょ。お願い、嘘だと言って。

「どうして。どうしてできないの」

おじょうさん、すがりつくような目をして天使を見つめる。

「悪魔の三つの願いの直接的な撤回はできないのよ。だって、そうでしょ、それ認めちゃったら、ゲームにならないもの」

「ねえ、何とかならないの」

「何とかって言ったって……大きな宇宙船作って地球捨てるのが最善の策かな」

「宇宙船って、どこ行きの」

「……あて、ないわよねえ。それに、とても人類全員をのせるわけにはいかないだろうなあ。大体、人類だけ助けるってわけにもいかないだろうし……第二のノアの方舟《はこぶね》ってとこかしら」

あてもなく大宇宙にのりだす。人類の大部分を見捨てて。地球を見捨てて。

「いや。いやあ」

おじょうさんが叫びだした。立ちあがる。

「おじょうさん！」

佳拓ちゃんが叫ぶ。おじょうさんは首を激しく左右に振る。意味もなく振る。

「おじょうさん」

佳拓ちゃんも立ちあがると、予想だにしなかった行動をとる。凄い勢いでおじょうさんのほおをぶったのだ。とても痛そうな音が数回。

「おじょうさん、おい、木暮美紀子！　みんなあんたが悪いんだぞ、判ってんだろうな」

おじょうさん、ひくっと息を飲む。

「ちょっと佳拓ちゃん、その言い草……」

「ひろみは黙ってろ。泣くな莫迦」

しゃくりあげるおじょうさんのほおをまたひっぱたく。呆然《ぼうぜん》としているおじょうさんをその場に残し、隣の部屋へ行き、水のはいったコップと薬を持ってくる。

「飲めよ」

「これ、何……」

「飲めってんだよ」

ものの凄い迫力。で、薬を飲んだおじょうさんを、そのままのポーズでずっと睨みつけてる。

三十分位すると、おじょうさんが寝息をたてだした。

「……佳拓、ちゃん……」

「ああ、ひろみ、心配かけて悪かったな」

こっち振り向いて煙草くわえた佳拓ちゃんは、もういつもの佳拓ちゃん。

「精神安定剤の類と睡眠薬の類だよ。……罪悪感で気が狂いそうな時は、むしろ、おこってやった方がいいと思って」

壁際に坐って灰皿をひきよせる。

「もっとも、どうせあと一ヵ月の命なんだし、狂わせてやった方が、むしろおじょうさん、楽になったかも知れないけどね」

煙草の煙を目で追う。

☆

おじょうさんは寝ていたし、佳拓ちゃんは黙って吸殻の山を築いていた。天使さんは、紙の上に図面をひいて、何やら一所懸命計算をしていた。宇宙船のサイズや定員を決めているみたい。

で、あたしは。あたしはっていうと、ぽけっといろいろなことを考えていた。

あいつ、今頃何しているだろう。何の脈絡もなく、電話のイメージがうかぶ。あいつはノアの方舟にのせてもらえるんだろうか。ふいに、ぞくっとした。寒い。ああ、あたしは風邪をひいているんだっけ。寒いや。

誰かにそばにいて欲しかった。誰かに寄りかかってしまいたかった。目の前が急にぼやけた。泣いてるのね、あたし。二、三回、まばたく。涙のつぶが鼻を伝って流れてゆくのが見えた。自分で自分の肩を抱いてやる。胸と下腹が呼吸にあわせて動いている。

お願いだからそばにいて。心の中で呟いてみる。お願いだからそばにいて。あたし、淋しい。あたし、怖い。

腕をとく。左手の小指を、つめから右手の人指し指でなぜてゆく。関節が二つ、これはお茶碗《ちゃわん》かいた時できた傷。そして、緑に透けてみえる血管をたどる。手首に白い輪があるのは、腕時計のせいで陽焼けしそこねた跡。

……何だか存在感にかける腕だな。あたしの腕じゃないみたい。借り物の、まぼろしの腕みたい。

あ、判った。あたし、何で寒いのか。あたし、哀《かな》しい位、からっぽなんだわ。透けて、透けて、あちら側が見える位。中味がないから寒いのよ。

みんなどこへ行ってしまったのかしら。皮膚、筋肉、血液、骨、なんにもない。ここにあるのはあたしの輪郭《りんかく》なんだわ。だから寒いの。だから、誰かにそばにいて欲しいのよ。

　なっさけない。誰かが言った。誰か——あたしの声よね、今の。情ない、ひろみ、それじゃあんたって一体何なのよ。

　知らない。そんなこと、知らない。あたし、どうしてこんなに空《から》っぽになっちゃったんだろう。小説書けなくなったのも、淋しくて仕方なかったのも、自己嫌悪の繰り返しばっかりやっていたのも、みんなあたしが空っぽのせいだわ。

　死ぬのは確かに怖いけれど、これじゃ生きてても仕方ないなあ。また、誰かが言った。うるさいわねえ、放っといてよ。誰かって、あなた、あたしでしょ。あたしのくせに、何であたしにそんなひどいこと言うの……。

☆

　そうこうするうちに、朝になった。否応《いやおう》なしに時間はすぎてゆく。

　買いおきの煙草全部吸ってしまった佳拓ちゃん、所在なげに視線を遊ばせる。あたしと目があう。

「……コーヒーでも飲みに行かないか」

　気弱そうに微笑んでる。あたし、何となくうなずく。ゆきあたりばったり、佳拓ちゃんの家に一番近い店にはいる。平生より少しばかり閑散《かんさん》としている。

「俺、アメリカン……」

「ブレンド、下さい」

　しゃべるわけでもなく、ただ坐っている。佳拓ちゃんは習慣でポケットを探り、そういえば全部吸っちまったな、なんて呟く。昨日のお昼から何にも食べていないのに、お腹、全然すかない。

　ウェイトレスさんがのろのろとコーヒーを持ってきてくれる。あたし、目の前におかれたカップを持ち上げ口をつけかけ、そこで動作を止める。間違ってる、これ、アメリカンだ。

「佳拓ちゃん、逆でしょ」

「ひろみ、ちょっとこれ見てくれよ」

　あたしと佳拓ちゃん、同時に声をだす。うわあ。佳拓ちゃんのコーヒーカップの中をのぞいたあたし、仰天《ぎょうてん》する。何これ。確かにアメリカンはアメリカンだけど。紫《むらさき》の花もようのコーヒーカップの底の方の花が、透けて見えるのよ。

「凄《すげ》えアメリカンだなあ。コーヒーの味がほとんどしない」

「あたしのブレンドだって、他の店行けば充分アメリカンで通用するわよ」

　あたし、自分のコーヒーを、ブラックのまま一息に飲みほす。まずい。

「ねえ佳拓ちゃん、他の店行こう。あたし、もっとまともなコーヒー飲みたい」

「そうだな。もうじき、コーヒーも飲めなくなるんだからな。ひょっとしたら、これがコーヒーの飲みおさめになるかも知れないし」

コーヒーの飲みおさめかあ。そう思ったら、急に、なんだかたまらなくなった。

「ね、佳拓ちゃん。あたし、コーヒー飲みたい」

「何だよ唐突に。だから行こうって言ってんじゃないか」

「ううん、違うの。違うのよ佳拓ちゃん」

あたし、自分の表現能力のなさがもどかしい。

「あたし、コーヒー飲みたい。海行ってみたい。泳ぎたい。外歩きたい。読みたい本がまだ沢山残ってる。絵、描きたい」

コーヒーの飲みおさめ。そう、これが最後。もうすぐ何もできなくなる。そう思ったら急にやりたいことがわきあがってきた。

それから。いろいろな、いろいろなイメージが、目の前にうかんだ。

秋のはじめのお昼時の公園で見た陽に透けた葉っぱ。うす緑色の葉脈。あたたかい黄緑の葉の中を走るうすい緑の線。

夏休み。田舎《いなか》へ遊びに行って、夜、妹と二人で、星を数えた。百八十位まで、数えた。空に無数の穴があいているようで、寒々しくて、すいこまれそうで……。東京の空とは、星の数が違う。まだ小学生だったあたしは、妹と、怖いね、怖いねって繰り返していた。

小学生の頃、学校のプールの帰りに、よく素足で歩いた。夕暮、快《こころよ》い疲労、暖かいアスファルト。そして体中にまとわりつく、粘っこい夏の夕陽。まるで溶けかけたはちみつの中を歩いているみたいだと思った。体が妙に重くて、ほてってて、でも悪い感じじゃない。

この間の夕立ち。傘《かさ》を持たずにいたあたしは、しばらく木陰で雨やどりをしていた。でも、雨があんまり大粒であんまり盛大に降っているものだから、あたし、ついに我慢できなくなって、雨の中を歩きだしちゃった。下着まですっかり濡れてしまうと、今度は逆に濡れるのが楽しくなってきた。わざと水たまりにつっこんだりして。

心の中をかけめぐる数々の景色。なつかしい景色。もう二度とこんなもの、見られないっていうの？　もう二度とこんなこと、できないっていうの？

「あたしの中味が空っぽで、輪郭線しか残ってないなんて、誰が言ったのよ」

「……俺、そんなこと言ってないぜ」

「あたしが言ったのよ」

うふ。確かにあたし、そうたいした人間じゃないよ。ろくな中味、ないかも知れない。でも、あたし、いろいろなこと知ってるもの。いろいろなもの持ってるもの。

　松本城へ行ったことがある。お城の窓から見た空は、とっても下まで降りてきていて、建物にくっついてしまいそうだった。うすい青を背景に、切り絵のようにくっきりうかぶ建物。

　中学の修学旅行では関西へ行ったの。あたし、自由時間、ほとんど月光菩薩《がっこうぼさつ》の前に立ってた。月光菩薩の目を見ていると、なんだか吸いこまれそうな、でも優しい、おだやかな気持ちになれたんだ。

　河口湖も行ったこと、ある。坂を登るの。かなり登るの。で、脇道にそれ、お墓の中を歩いてゆく。そして、一つ角を曲がると――急に展望が開けるのよ。急に目の前に何もなくなっちゃうのよ。湖の方へおりてゆく、まっすぐにおりてゆく道があるの。左はとうもろこし畑。右は空地。正面に河口湖――。

　あたし、今、判った。あたしって、本当に莫迦だったんだ。そうよ、鬱々とした気分にひたって、目をつむっちゃう暇があるんなら。あたりを見まわしさえすれば、いくらでも、何かを見ることができるのに。何かを感じることができるのに。

「あたしね。あたしね。今想い出したの。あたし、書きたいこと一杯あるの。一杯」

　今、頭の中にうかんだイメージを、適当に二つ三つ口にする。

「あの、ひろみ、まさかと思うけどあんた、坂登って右に曲がると急に展望がひらけて、左がとうもろこし畑で右が空地って小説書くの……かい？」

「まさか」

　ふきだしちゃうじゃないの。

「あのね、あたしが言いたかったのは、あたし、この世の中が本当に好きだってことなの。この世界が本当に好きなのよ、あたし。死にたくないんじゃない、生きていたいの」

　それだけじゃない。あたし、どうして気がつかなかったんだろう。みんな、いつでもあたしのそばにいてくれたんだ。いろいろな人とのささいな会話が、いろいろな人の仕草が、目の前にうかんでは消えた。そうよ、あなた達がいてくれたから、あたし、いろいろなことを感じてこられたんじゃない。あなた達が読んでくれるから、あたし、お話作ろうだなんて思ったんじゃない。あたしがどんなにこの世界が好きか、伝えたいから。どんなにあなた達が好きか、伝えたいから。

　それだけじゃない。あたし、何だかんだ言っても、自分のこと大好きだわ。自己嫌悪だの何だのって言っても、結局、あたしのこと好きなのよ。あたし、生きているのが好きだから、あなた達のことが好きだから、自分のこと、好きだから――それを表現したいのよ。

　立ちあがっちゃった。思わず。

「ひろみ、どうしたんだよ」

佳拓ちゃんが伝票ひっつかんで追いかけてくる。

「文房具屋へ行く」

「何で」

「原稿用紙買いに」

呆然《ぼうぜん》として立ちつくしていた佳拓ちゃん、ワンテンポおいてから、急にふきだす。

「ひろみ、あんたって、本当に単純にできてるんだね。小説書けなくなったとたん鬱になって、鬱状態抜けだしたとたん、小説書きたくなるのか」

それから急に真面目な顔になって。

「水をさすようで悪いけれど、あんた、あと一ヵ月足らずで魚に喰われるっていうの、覚えてる?」

忘れてた。でも。

「グッピーが何よ。グッピーだろうが、ネオンテトラだろうが、ブラックモーリーだろうが、あたしがお話作るの邪魔させやしないわよ。何とかしなくちゃ……何とかするわ」

「何ともなりゃしないよ」

「あたし、何とかなるなんて言ってない。何とかするのよ」

「だから、どう何とかするんだよ」

「……それが問題なのよね」

うー。あたし、その辺を歩きまわる。ひたすら、歩きまわる、とにかく、歩きまわる。

何とか、しなくちゃ。

あの魚は、地球を食べない限り不死身で、地球が逃げればどこまでも追いかけてくる、か。あれえ? 簡単じゃない。

「簡単じゃない」

「何が」

「あの天使さん、まだノアの方舟、作ってないよね」

「うん。確かまだ、図面引いて計算している最中だ」

「じゃ、早く帰ろう。帰って天使さんに助けてもらおう」

「彼女は、あの魚、消せないんだぜ」

「あの魚の口のまん前に、もう一個地球作ってもらうの。地球食べればあれ消えるんでしょ」

佳拓ちゃんはしばらくぽかんと口をあけていて——で、急にあたしの肩をつかむと、荒っぽくゆさぶった。

「ひろみ! おい、あんたって奴は……。あんた、ずっと躁《そう》でいろよ。ずっと躁でいろよ……」

☆

「うわあ、海じゃなあい」

ちょっと大きな自動車道路を横切ると、目の前に砂浜がひろがる。そして、海。例の水たまり風ドブ的海じゃなくて、青い、潮のかおりのする、海。

「あんたが海見たいって言うから来たんだぜ、おじょうさん。何も海見て驚くことはないだろうが」

佳拓ちゃんは、例によって例のごとく、決して素直な表現をしない。

「だからあたし、驚いてるんじゃない。もしあたしがここで、何だ海かって顔したら、佳拓ちゃん怒るんじゃない？」

「そら……まあ、そうだな」

八月十二日の夕方頃。例の魚に、もう一つの地球喰わせて消した後、あたしと佳拓ちゃんとおじょうさんは、二時間半も電車をのりつぎ、いささかばかり海らしい海へやってきたのだ。天使さんは、これであたし壜詰めにならなくて済むって言って、嬉々《きき》として消えていった。

佳拓ちゃんは、例の水色の壜を持ってきていた。渾身《こんしん》の力をこめて、壜を放り投げる。壜は、大きく弧を描いて、海に吸いこまれていった。

「これで終りだな」

うん。これでおしまいよ。

海の青が静かに心にしみてくる。

これでおしまい、ね。ゆっくりと、ゆっくりと、目を閉じる。

水槽のことを思い出していた。所詮、あたしもお魚と一緒なのよ。あたしの水槽の方が、確かに広いかも知れない。でも、結局のところ、死ぬまであっちこっちを無意味にうろつくだけ。観賞魚なのよ。グッピーがひれを上手に使ってターンするのを見てあたしが喜ぶように、ネオンテトラの色を飽きもせずあたしが見つめるように、誰かがあたし達を見て喜んでる。

それでもあたし、言っちゃうもの。あたし、生きてるの、好きだって。

魚に喰われた地球の上にも、あたしがいたんでしょうね。地球一つ出してって言ったんだから。あそこにも、佳拓ちゃんやおじょうさんや……みんな、いたんでしょうね。あっちの地球のみなさんは、魚に喰われる為にこの世に生を享《う》けたようなもんだわ。

キティに会わず、神様のゲームの話、聞かなかったとしても、どうせ、何故生きているのかなんて判りゃしないのよ。生きる目的なんて、少くともあたしには、判りゃしないと思うのよ。

でも。それでもあたし言っちゃうもの。あたし、生きてるの、好きだわ。

生きてることは素晴らしい、なんて言う気は毛頭ないわよ。生きるって、どっちかっていえば、ろくでもないことみたいだし、いくらあたしがグッピーに同情したって、あたし、さんまを喜んで食べちゃうもの。かといって、あたしがグッピーに対して抱いていた感情を、「偽善よ」なんて言ってせせら笑ってみる気にもなれない。

毎日精一杯生きてみたところで、毎日寝てすごしたとところで、死ぬときゃ死ぬのよ。人類がどんなにがんばって、文化遺産なんての作りあげたって、太陽が駄目になればそれでおわりじゃない。

　あたし、生きることの意味だの、生きてることがいいのか悪いのかだの、絶対判んない。そもそも、あたしの思考能力の限界を越えちゃってるよ、そんなの。でも、思考じゃなくて感覚なら。生きてるってことが、素晴らしかろうがなかろうが、意味があろうがなかろうが、これだけは確かよ。あたし、生きてるの、好き。

　うっわあ。うわ、なんという青臭《あおくさ》さ。さっきの喫茶店のシーンだってそうよ。あたりを見まわしさえすれば、いくらでも、何かを見ることができる、なんて。なんて単純に、なんて優等生的に、納得しちゃうのよ。どうしようもない楽天家ね。

　って、これは自嘲。

　ふん。楽天家とでも、後生楽《ごしょうらく》とでも、極楽蜻蛉《ごくらくとんぼ》とでも、もう、何とでも言いなさいよ。青臭くったっていいじゃない。あたし、本当にそう思っちゃったんだから。何か文句ある？

　って、これは自嘲に対する自問。

ないよ。

　自嘲に対する自問に対する自答。あたし、苦笑いしてるみたい。

　目をあける。水とじゃれているおじょうさんが見える。そのおじょうさんを見ている佳拓ちゃんが見える。

　あたし、ひょっとしたら凄く運が良かったのかも知れない。精神的に参ってた時、べたっとあいつに甘えることができてたら。昨夜、誰かそばにいてほしいって思ってた時、あいつが隣にいてくれたら。あたし、きっとそれだけで満足しちゃって、原稿書きたいって衝動、覚えなかっただろうと思う。甘えたまま、自分は輪郭だけになっちゃってあいつによりかかり、無為に一ヵ月すごしちゃったことだろう。

　四日も無断外泊しちゃったんだな、あたし。うちでは心配してるだろうな。あいつ、この四日のうちに、電話してきてくれたかしら。まだいそがしいのかな、でも、いいや、こっちから電話しよう。ぜひ、このグッピーの顛末《てんまつ》を話したいんだ。でも……でも、何て言って？　開口一番〝あたし、あなたのこと大好き。だからお話作るの〟って言ったら、電話のむこうで、あいつ、恐慌状態に陥るんじゃないかしら。

　……あたし、判ってる。あたし、それ程単純じゃない。さっき佳拓ちゃんが、〝あんたずっと躁でいろよ〟って言ったけど、あの人、間違ってるわ。あたし、躁状態になれたわけじゃない。今、精神が高揚してるから、一時的に躁なだけ。

　これからだってしばらく、鬱っぽい状態が続くと思う。原稿が書けないって言っちゃ悩み、あいつが冷たいって言っちゃ悩み、どうせあたしはゲームの駒よって言っちゃ悩み、あたりを見まわしても何にも見えないって言っちゃ、悩むだろう。もういっそ死んじゃいたい、なんて思うかも知れない。

でも。

指を組んでみる。脈うっているのが、かすかに判る。あたし、自分が生きているのが、何とも言いようがない程、いとおしい。

「何考えてんの」

いつの間にか、佳拓ちゃんが隣に来ていた。

「ふふん、ちょっとね。ね、佳拓ちゃん、あたし、あなたもおじょうさんも大好きよ」

佳拓ちゃん、不審そうに数回まばたきをする。それから、にやっと笑って。

「イギリスの文豪に敬意を表したい気分だ」

「ん?」

「終わり良ければすべて良し」

波の音が、繰り返し繰り返し、いつまでも聞こえていた。

〈Fin〉

付録① 関連資料

ビッグ・インタビュー《星新一氏にきく》デビューから現在まで、その豊かな才能万歳

聞き手・「SFアドベンチャー」編集長

その魅力について

――『奇想天外』新人賞の選考会で、星さんが新井素子《あらいもとこ》さんを強力に推されたことはほとんどの読者が知っていることとですが、その推輓《すいばん》の理由をかいつまんで要約しますと、一つは文章が新鮮であるということ、二つ目はストーリーがしっかりしているということ、三つ目がSFに臨む態度が実に真摯《しんし》であるという点だったと思います。

あれから八年以上経って、新井素子さんは人気作家の地位を獲得してファンを楽しませてくれているわけですが、きょうは生みの親でもある星さんにもう一度、〝新井素子の魅力〟についてお話を伺《うかが》いたいと思います。

星　この間、『幻想文学』という雑誌がインタビューに来て、新井素子の話になったんだけれども、彼女についてぼくは太宰治《だざいおさむ》との共通点みたいなものを感じたわけですね。太宰というのは空前絶後の作家で、死後なお読まれつづけている。なぜそんなに魅力があるか考えてみると、太宰の作品は読者個人ひとりひとりに語りかけてくるような書き方をしているんですね。

新井素子もそれが言えると思う。要するに、読んでいる読者個人にとっては、テレビを見ているというより、電話で話を聞かせてもらっているような感じがするんじゃないかと思うわけですな。非常に個人的なお話を聞かせているようなのが、新井素子の文体の一つの特色でしょう。新井素子も太宰を読んでいるそうだから、そこに一つの共通点があるんじゃないかという気がします。

その面でいうと、たとえば三島由紀夫《みしまゆきお》とか、筒井《つつい》さんもそうですけども、そういう作家の場合は芝居が根本にありますから、書くものは大勢を相手にしているという感じですね。どっちがいいとは言いませんが、特色の例として挙げればそうですな。小松《こまつ》さんもそうだろうと思うんです。映画化が頭にあったりしますからね……。映画化された人の作品には、そういう傾向があるように思うんです。大勢を同時に楽しませようという書き方をしている。

――選考会で、小松さん、筒井さんの意見と星さんの意見はだいぶ違ったわけですけれども、そのへんの感性の違いみたいなものがあるわけですか。

星　選考会って、そういうものですよ。座談会として雑誌にのるのだし。佳作の三作が掲載になるのはわかってた。しかし、あの文体は新鮮でしたね。

最終的に三人残ったわけだけれども、ただ、ぼくは営

業面を考えたというところがありますな。要するに、新井素子のは商品として売れる作品だということがピンと来た。ＳＦ作品としては、大和真也《やまとまや》さんのほうが、あるいはもうひとひねりあったかもしれんけれども、大衆性となると、やはり新井素子のほうが強いわけですな。ＳＦも売れないことにはしようがないと思うんですよ。

ハードのＳＦもマニアにはウケるかもしらんけれども、もっとたくさんの読者がつかなきゃどうしようもないわけですよ。ぼくが書いてきた方針だって、ハードなものを書こうなんて一回も思ったことないし、とにかく読者が読んでくれなきゃしようがなかろうということで来たわけですからね。

——その大衆性という点で、新井素子さんの場合、とくに特徴的なのは文体だと思うんですが……。

星　文体というのも、はたして意識してああいう文体が書けるかというと、だれにも書けないわけでしょう。つまり、本人のサービス精神の一つのあらわれが、ああいう文体になったということじゃないですかね。

ぼくは、今の若い人はああいうのが書けるのかなと思って、それならもっと新井素子の亜流が出るかと思ったけど、結局、出ないでしょう。やはり、はなはだしく個性的なものの表れというふうにしか思えんですな。太宰にイカれるのは大勢いるけれども、いまだにその亜流が出ていないのと同じようなものじゃないですか。

ぼくの場合もそうかな。あんな素人《しろうと》みたいなのはだれでも書けると思う人はいっぱいいるけれども、じゃあ実際にぼくみたいな文体の作家が出てきたかとなると、いないわけですよね。

ＳＦ作家としての新井素子

——彼女の作品のＳＦ性についてちょっとおききしますが。先ほど、三番目の推薦の理由として挙げられたＳＦに対する姿勢が真剣であるということですけれども、新井素子作品のＳＦ的な濃度というようなことではどうでしょうか。

星　彼女の読書体験、とくに劇画についての読書体験がわからんですが、ＳＦ劇画のＳＦ性というのとだいたい同じなんじゃないですかね。あんまりＳＦ性が突出しているということはないんじゃないかなあ。

——彼女にハードなものをないものねだりふうにお願いするというのは……。

星　いや、彼女にかぎらず日本人はハードなＳＦというのは早くいえばダメなんですよ、はっきり言って……。だから、結局、いま売れているのは、伝奇ロマンとかバイオレンスとか、そっちのほうでしょう。筒井さんみたいな奇妙な感覚とか……。サイエンス的なものと離れたところで読まれているわけですね。

昔から、ＳＦはもっとサイエンスに重点を置くべきだという人がいます。この間の朝日新聞の文芸欄にもだれかが書いていたけれども、それは第三者がいうのは勝手ですが、作者はそれで食わなくちゃならない。それを読んでもらわなきゃならないわけですよね。そうなると限界があるんじゃないですか。

――彼女がいま書いている方向のSFが、いちばんポピュラリティがあるということでしょうか。

星　彼女にとってはね。しかし、ぼくよりは平井《ひらい》さんのほうの影響が強いんじゃないですかね。

――文学性みたいなものはいかがですか。若い十六、七から十八ぐらいのときに書いた作品でも、人間を見る目といいますか、人生を見る目といいますか、非常に確かなところがあると思うわけですが。

星　そうですね。

――ですから、必ずしもSF的な新鮮さだけじゃなくて、根底にSFだけではくくれない何かを持っているように思われますが……。

星　それは読書体験からでしょうな。もっと幅の広い読書体験があるわけです。解説にも書いたけれども、彼女が新人賞に入ったあとで、お父さんが大学の同級生ということがわかった。講談社の科学部門の編集部にいて、お母さんも編集者をしているんですね。彼女の場合、お父さんが読書指導をしていたといいますから。しかも、親父さんというのは、ものすごい読書家なんですよね。普通の人とはかなり条件が違うんじゃないですか。『SFマガジン』も、二冊買ってきて、自分が一冊読んで、一冊は子供に読ませたという……。いくつのときですかねえ。おそらく中学校に入る前からでしょう。

　彼女もどこかに書いていたけれども、中学のころから話をつくるのが好きで、自分で書いて友達に回覧していた。それも、非常に役に立っているんでしょう。だいたい小説を書こうという人たちは、友達に見せたがらんようですね。だれかに見せれば、こんな見えすいた間違いをしないで済むのに、こんな誤字を使わないで済むのに、という作品がいっぱいあるんですよ。友達に回し読みさせていりゃ、その友達からまともな反応が返ってきますからね。

　ですから、同人誌ではいかんのですね。同人誌の仲間だと何かワンクッション置いた、屈折した反応しか返ってこないから、同人誌から作家になるなんていうのは容易じゃないですよ。SFにかぎらず、すべて同人誌というのはよくないものがありますな。ぼくも、昔『宇宙《うちゅう》塵《じん》』以外の同人誌にも関係したことがあったけど、あれはよくないなあ。

　同人誌にいると何か変に気取るとか格好をつけるとかそんなことになっちゃって、ストレートにおもしろがらせようというサービス精神が発揮できないんじゃないですかな、よほどの才能がないかぎり。

将来、どう変貌するか

――あと新井素子さんの人気ですね。タレント性ということもいわれますが、そのへんの人気について、星さんなりにどうご覧になっていらっしゃるか……。

星　ユニークさですか。それに、ほかに競争相手とか似たものがなかったということもあるんじゃないですか。つまりは才能ですが、目に見えない部分での、想像以上の努力の結果ですね。作家やってる者には、よくわかるんです。

それにSFだからよかったということもあるんですね。これがいわゆる文学的な新人賞だと、文学ですから、何となく体験なりそういうものがないと無理でしょう。そこへ行くと、SFだと劇画でストーリーのノウハウを身につけていれば、あとは未来を知らず、他の星を知らず、超能力も知らない点においては、大人も子供も関係ないわけですから。そこで新井素子の活躍の場がピタリとあったということはあるでしょうな。個性が充分に発揮できた。おそらく私小説書けといったって、これは無理ですよ。

――ところで、彼女独得の文体とストーリーで彼女はすでに十四作書いているわけですけど、今後の新井素子さんがどうなっていくか、あるいは星さんとしてはこうなってほしいとか、そのへんはいかがですか。

星　これはちょっとわかりませんが、結婚したという事実が周知のこととなると、いままでのような一人称では書きにくくなるでしょうね。そうなると、作風の変化も起こるんじゃないですか。あと、怪奇小説のスティーブン・キングか、ああいうものを書きたがっているみたいだから、そっちのほうに行くのかなという感じもします。いまそうなりつつあると思うんだけれども。だんだん三人称的になってきたわけでしょう。だから、いままでの地の魅力みたいなものが使いにくくなると、それを補う代わりのものとして、怪奇小説的なものに行くんじゃないですかね。

――作風を少しずつ変えていく？

星　これは本人がやることであって、周りでそう言ったところで、ハイ、そうですかというふうにはならんでしょうけど。夢枕貘《ゆめまくらばく》のようなのを書けといったって無理でしょうし、そうなればおかしなことになりますよ。

――SFの中でもこういうテーマで書かせてみたいというようなことはありませんか。編集者のやる仕事ですけど、星さんとしてご意見があれば……。

星　女性となるとバイオレンスもダメだし、あんまりセックスだけのものもどうかと思うし、なにか新しいタイプを考え出すんじゃないかな。『……絶句』という作品の最初のひねり方には驚いたんだけれども、ああいうのも一つの方法でしょうな。あれでは、作中人物に新井素子というのが出てきて、こういうのは前例がなかったのではと思ったけど……。あんまり実験小説的になるのはどうかなと思いますがね。
　休んだりせず書いていくんじゃないですか。女流作家がスランプになったという話、あまり聞きませんからね。

――ＳＦを書かなくても、作家としてやっていける力は充分もっているということですか。

星　何を書くかですよね。彼女の場合はいまのところはやはりＳＦがいちばん合っているように思えますがね。ノンフィクションを書かれると、ちょっと違和感もあるし、曾野《その》綾子《あやこ》さんなんかは、わりと男の世界みたいなものを書いているんだけれども、そこまで行けるかとなると、いまの段階ではちょっと無理でしょうな。
　ミステリーも、いま日本のミステリー自体が変わってきちゃって、冒険小説が主流になっちゃいましたし……。結婚すると、取材に外国に行くのもちょっと無理でしょうし、そういう風に考えていくと、ＳＦがいちばんぴったりかもしらん。本人の個性があまりにも表面に出てしまったから、今さらハーレークインロマンみたいなものは無理でしょうしね。
　あまり大長篇は書かんほうがいいと思うけど、どうかしら。皆さん長篇を書き過ぎている。この傾向がはたしていいものかどうか……。その点になると、新井素子にかぎらず、今後のＳＦ界がどうなるかということが、ぼくは気になるがなあ。そういう大長篇は一人か二人のうちはいいけど、みんな一斉にやると、今後日本のＳＦ界はどうなってしまうのか。あれは平井さんなら平井さんに任せておいてね（笑）。新井素子にも大長篇だけは書いてほしくないですな。

（「ＳＦアドベンチャー」一九八五年十二月増刊「新井素子100％」掲載）

新井素子の言魔術

友成純一《ともなりじゅんいち》

文体のこと

二年ほど前だったか、新井素子《あらいもとこ》の「……絶句」という小説を読んだ。舌を巻いた。体言止めと句読点を連発したブッチ切りの文体が、実にカッコイイ。何という思いきりのいい文章を書くのだろう、愕然《がくぜん》とした。

「……のだった、まる、と。そして一郎は、てん、てん、おもむろにその右手を、てん、信拓《のぶひろ》の肩先へのばし、てん……あーあ」

べりっ。かなり乱暴に原稿用紙をひきさく。

「何かしっくりこないなあ……」

ぐしゃぐしゃぐしゃぐしゃ。力一杯原稿用紙丸めてくずかごへ放りこみ、しばらく思案。コーヒーカップの底にほんのわずか残っていたコーヒーを、全部口の中へ流しこむと、軽くため息をつく。くずかごの中から、先程の原稿用紙を拾いあげ、肩をすくめつつしわをのばして、スタンドのうしろにおいてある〝下書き・ボツ原稿〟と書いた箱の中へつっこんだ。

「……絶句」の冒頭の一節。女の子言葉をそのまま使った文章、考えようによってはひどく気取った、作為的な書き方である。少なくとも、これほど〝文体〟を意識させる書き方は、ちょっと例がない。だが、句読点が多く体言止めを多用するからこそ却《かえ》って、十ページ、二十ページ……と読み進むうちに、いつしか止めどもなく続く単語の連鎖に飲みこまれ、この文体で考えるようになっているのに気づく。言文一致なんてものでなく、これはもう会話体そのまま。否応《いやおう》なしに、思考と一致してしまうのだ。

しかも綴《つづ》られてゆく事柄に、見栄《みえ》やてらいが全然ない。知らないことは知らない、不思議に思ったことは不思議だと堂どうと書く。恥や外聞、身や蓋《ふた》を全然気にしていないのである。これではもう、全面的に信用して、文章の流れるままに身も心も委《ゆだ》ねるしかないではないか。冒頭の数ページこそわざとらしさが鼻についたが、いつしか目くるめく新井話術に翻弄《ほんろう》されていた。

新井素子のデビューは、もう十年も前になる。当時この人は、高校三年生だった。「あたしの中の……」という短編で、『奇想天外』誌の新人賞に佳作入選。新井素子という名前と、マンガのネームを思わせる特異な文体については、このときからちらほら耳にしていた。が、愚かにもぼくは「マンガみたいな文章読むよりは、マンガ読んでた方がイイわ」と、全く読もうとせずにいた。
「……絶句」を手にしたのは、ほんの気紛《きまぐ》れからだ。

その「……絶句」だが、登場するキャラクターがみんな、喋《しゃべ》ることしゃべること、ワイワイキャッキャッと喋りまくるうちにエッサカホイサカ話が進んでゆく。信拓くんだの森村くんだの美弥ちゃんだの、ついでに新井素子まで出て来るのだが、いずれも〈天使病〉もかくやというほど善人で能天気でトラブルメイカー。全員はっきり言って似たり寄ったりの性格で、それが喋くりまわるのだからキャラの区別がつかなくなっても不思議はなく、しかもときには四、五人が同時に言葉を交わすというのに、この人の筆にかかると全くキャラクターが混乱しないばかりか、いつのまにかお話まで進んでしまっている。これはひょっとすると、大変なことなのではないだろうか?

さらに「……絶句」の一節で、一人称と三人称とを同時に使い分ける条《くだ》りがある。キャラ新井素子と作者新井素子とが対話するのだが、〈あたし〉という一人称と〈新井素子〉という三人称が、それぞれ交互にキャラクターになったり作者になったりする。読み終わってからふいにこの〝主観のアクロバット〟に気づき、背筋にゾゾ毛が立った。これもひょっとすると、大変なことなのではないだろうか?

「……絶句」は上下二分冊の大部な本。ぼくは本を読むのが極端に遅く、これだけの分量があると最低二日はかかるのだが、朝読みはじめて夜中には読み終わっていた——さて、困った。他の新井本も読みたいが、夜中に本屋が開いてるわけない。悶《もん》もんとしてほとんど眠れぬ夜をすごし、翌朝そそくさと神保町へ出かけた。集英社コバルト文庫だのCBS・ソニー出版だのを十数冊、カウンターに積み上げた。「これ下さい」。「なんや、このオッサン」あの本屋の姐《ねえ》ちゃんの顔を、生涯忘れないであろう。

仕事も何もほったらかし、一週間ほどかけて全部読んだ。ムチャクチャに面白かった、この年で一番幸福な一週間だった——のはいいのだが、困ったことに新井素子文体が脳ミソにこびりついてしまい、こちらの文章までトチ狂った。それからほぼ一ヵ月、仕事先の編集者には「おまえ、オカマか?」とセックスを疑われ、ついにエロ雑誌に「女高生の体験告白」というのまで書かされた。この屈辱《くつじょく》は、生涯忘れないであろう。

ただし、まことに失礼な話なのだが、まとめて十冊読んだせいか、十冊分が頭のなかでゴチャゴチャになり、「星へ行く船」のシリーズも「ブラック・キャット」のシリーズも、はっきり言って今ではほとんど区別がつかなくなっている。これはあながちぼくの記憶力のせいばかりでなく、そもそも第13あかねマンション(「扉を開けて」もここが発端)とか、信拓、ひろふみ、山崎《ヤマサキ》、秋野、森村……同じ名前を頻繁《ひんぱん》に使う作者にも、責任の一半はある。

エッセイ集「ひでおと素子の愛の交換日記」によると、この人は物心つく前からお話ばかり作って過ごしていたという。おそらく小説を書くのにわざわざそれ用のストーリーやキャラクターをでっち上げる必要はなく、キャラクターの皆さんが頭に住みついて、年柄年中会話を交わしているのでは？　だから頻繁に同じ名前が登場する。それでいて、一見同じような連中ばかりなのに、しっかり一人ひとりの描き分けができている。

頭のなかをそっくりそのまま割ってみせるときにおのずと選び取られた文体こそ、あの超主観表現なのだろう。一人称というのはそもそも主観表現の振りをして読者を騙《だま》す詐術《さじゅつ》だが、彼女の文体はそんな半端《はんぱ》な代物《しろもの》ではなく、身体の内と外をペロリとひっくり返し、体内で肉眼をギョロギョロさせている、それに近い。かつてのウーファ社製ドイツ表現主義映画やきょう日《び》のＳＦＸ映画が、狭いスタジオに時空を超越した世界を展開した、狭いスタジオだからこそそれが可能だったように、新井一人称は、あの自閉的ですらある極端な主観表現により、自在に世界を拡げることができる。

その世界観

新井素子は、平井《ひらい》和正《かずまさ》の熱烈なファンだったという。

なるほどと思った。新井作品の奇妙にねじれた〝思想〟は、平井〈ウルフガイ〉と通底していないだろうか。激しいバイオレンス描写で世間を唸《うな》らせた〈ウルフガイ〉と、能天気なまでに優しい新井作品、ちょっと見にはまるで別物だが……。

これは全くたまたまなのだが、ちょうど「……絶句」と前後して、平井和正の〈ウルフガイ〉シリーズを、初めて読んだ。'70年代半《なか》ば、十年近く昔に始まったシリーズだが、未《いま》だにロング・セラー（一千万部！）を続けている。〈アダルト・ウルフ〉と〈ヤング・ウルフ〉の二本立てだが、特に〈ヤング〉が凄《すご》い！「狼《おおかみ》の紋章」でのたうちまわり、「狼の怨歌」で顔が曲り、「狼のレクイエム」で泣いてしまった。

作者平井和正の筆は、犬神明《いぬがみあきら》のストイシズムは氷のように冷たく突き放しつつ、悪党どもの描写になると躍り出す。この激しさは、やたら物ものしいばかりの近頃のヴァイオレンス小説などの到底及ぶところではない。永《なが》井《い》豪《ごう》の「デビルマン」と並び、価値感（理想）の崩れていった'70年代特有の苦悩表現と言えるだろう。

'70年代の平井は、理想を目指すにはあまりにエゴが強すぎる人間に、愛想をつかそうにもつかしきれず、激しく苦悩した。狼という理想と人間というブタ（この人間め！　これがウルフガイ最大の罵倒《ばとう》語である）の中間にいる犬神明は、すなわち苦悩の代名詞であり、加えられる拷問《ごうもん》はどこまで人間を信じられるかという試練だった。単なる暴力描写でなく背景に苦悩があるからこそ、描写は読んでいるこちらの顔が歪《ゆが》むほど熾烈《しれつ》をきわめ、重量感を与えられた。

平井和正は、人間に期待するところ大なるゆえに、描写は過激をきわめる。しかし新井素子は、いったん、人間に愛想をつかしはしなかったか。肉体を持ち、そのせいで物を食わなければ生きてゆけない人間に、愛想をつかしはしなかったか。そしてそれが、あの〝優しさ〟につながったのではないだろうか。

新井の小説を、グロだと呼ぶ読者がしばしばいる。グロと言うのは言いすぎだ。しかし、ついそう呼びたくなる何かがあることは間違いない。作中であっさり人が死んだり（そして生き返ったり）、人肉食いのエピソードがあったり、そんな上辺《うわべ》の表現でこう言うのでなく、もっと本質的なところで、この人の感性は尋常《じんじょう》ではない。

対談集「ネバーランド・パーティ」でだったか、カーペンター「遊星からの物体X」についてこんなことを話していた。「物体X」、あのロブ・ボッティンの造形したグログロヌルヌルの怪物に、誰もが気持ち悪いと呆《あき》れつつのけぞった映画である。

新井素子は呆れもしなければ、のけぞりもしなかった。それどころか、「可愛《かわい》い」「けなげだ」と言う。地球に漂着してしまった物体Xが、人間たちの妨害にもめげず、身悶《みもだ》えするように変身しつつ、故郷に帰るため一所懸命《いっしょけんめい》空飛ぶ円盤を造ろうとする、そんなけなげな宇宙人のお話なのだと――啞然《あぜん》としたが、すぐに、全くその通りだと大いに納得した。

先日、某誌の座談会で御本人に会う機会があった。話がどういうわけか何が苦手かという方向に進み、ぼくは「ゴキブリが怖い！」と顔を歪めた。するとすかさず「カナブンはどうなのか」と問うてくる。「あれとかカブトムシなら平気だ」と胸を張ったら、「差別じゃないか！」と怒るのである。そこで正直に「実は中学の頃に、なんでカナブンやコオロギは平気なのか自分でも不思議に思った。そしたらみんな怖くなった」と告白すると、深刻に悩まれてしまった。

こんな言い方をすると誤解を招くかもしれないが、新井素子にはヒューマニズムがないのである。だからこそ、ぼくはこの人の小説に魅《ひ》かれる。

ヒューマニズムというと御立派な代物のように思われているが、実はこれこそ諸悪の根源。ヒューマニズムとは人間中心主義、人間がこの世で一番偉いとする傲慢《ごうまん》きわまりない思想なのだから。しかしルネサンス以降の近代人間社会は、これを〝常識〟とするところから出発し、産業社会を築いてきた。そして人間と似てもにつかぬ物体Xは、ヒューマニズムからすれば〝気持ち悪い〟ないし〝怖い〟のが当たり前であり、あれを〝けなげ〟とみるのはヒューマニズムの否定、とんでもない危険思想なのである⁉　だが、ジャン＝ジャック・ルソー、人類の傲慢を憎みつつ、産業社会の行き着く果てに自然状態（生きとし生けるすべて平等）が必ず実現するであろうと革命を予言したあのジャン＝ジャックを心から愛するぼくとしては、この新井素子の感性、まことに捨てがたい。

　新井作品はいずれも、ヒューマニズム＝人間の傲慢さ、に対する呪詛《じゅそ》に満ちみちている。〈ワープロさん〉〈けしごむさん〉〈東京さん〉……人間以外のものを片っ端から擬人化してゆくのは、人間ばかりでなく、森羅万象《しんらばんしょう》を対等の存在にするための方便なのだ。

　人間は、他の生き物を殺し、犬死ににも似たその犠牲の上に成り立っている。他の生き物を犠牲にし、土足で踏みにじって顧《かえり》みないホモ・サピエンスに、新井素子はたぶんいちど、愛想をつかした。

　だが他の生き物が殺されるように、ホモ・サピエンスもまた別の生き物によって否応なく殺されるのではないか。それに気づいたとき、初めてホモ・サピエンスを許せると思ったにちがいない。ヒューマニズムでなく、人間もまた生命連鎖の一環、獣や虫や魚や、樹や草やそれらと全く同じレベルで生きている。他者を殺しその肉を食らいつつ、しかし自分は殺されまいと必死に生き抜く人間を、愛《いと》しいとさえ思った。

　これをヒューマニズムでなく、人類愛とでも呼ぼうか。

扉を開けて

「扉を開けて」、そしてこれとシリーズをなす「ラビリンス〈迷宮〉」「ディアナ・ディア・ディアス」の三冊は、ヒロイック・ファンタジーという架空小説の枠組を借りている。架空小説、つまり思考の実験室。いま、〈世界観〉として記した事柄はすべて、ここに凝縮されて塗りこめられている。

　思考の実験室などというと、えらくムズカシク聞こえるが、それは逆。舞台が限定されているので、他の小説より読みやすいくらい。

　西の国と、今や西の国に併合されてしまった中の国、そして東の国と南の国。東の国と中の国の境にあるハノウ山や何本かの河、幻覚を生むヒオカの森……何ともばかばかしいくらい単純な世界だが、こう設定してしまうのが新井素子の思いきりの良さであり、巧妙な点なのだ。設定は極力単純にして、ディテールは話の展開に応じて緻密《ちみつ》に織り成されてゆく。

「扉を開けて」は、西の国の支配下で生きる意味を見失っていた住人が、それを取り戻すまでの物語。

　超能力を持つせいで現代社会では〝怪物〟扱いされるネコと杏《はるか》、桂一郎《けいいちろう》の三人が、第13あかねマンション（新井作品のレギュラー、時空の歪んだ場所）から中の国に転移してしまう。そして予言者ラディン、ハノウ山を越えて来た東の国の鬼姫ディミダらとめぐり会いつつ、中の国を西の国の支配から解放してゆく。西の国の支配下で、「今日と同じ明日」を迎えることしか考えない中の国の民《たみ》を、いかにして「今日と違う明日」、つまり生きる喜びに目覚めさせるか。ラディンとディミダの生への激しい願望が、ネコたち三人を戦いに巻きこんでゆく。

　ネコは最後までためらう。扉を開けて今日と違う明日に向かって歩みだすのは、なるほど大切なことだが、しかし本当に開けてしまって良いのか？　彼女の危惧《きぐ》を証明するかのように、生きる喜びを知った中の国の民は嬉《き》きとして戦い＝人殺しに赴《おもむ》く。

「ラビリンス〈迷宮〉」は東の国の山間が舞台で、神＝人間を食う生き物の苦悩と、それに対峙《たいじ》した人間の物語。人類の傲慢さと、人類を含めた生命連鎖の問題が、最も強く押しだされた作品である。

　さて「ディアナ・ディア・ディアス」は、問題作。南の国を舞台に展開する、人間という種の根底を流れる血＝運命の物語だ。人間の原罪とでもいおうか。作者が〈あとがき〉で身も蓋もなく（？）記しているように、いささか肩が凝《こ》る。正直言って、ケレーニーの神話論を読んだときくらい疲れた。しかしいったん言葉の連鎖に乗ってしまえれば、やはりケレーニーと同じく、目眩《めまい》がするくらい一気に世界が〈観《み》〉える。

　肩が凝るのは、呪文《じゅもん》めいたタイトルが示すように、言葉がひどく複雑に連関しているせいだろう。ディアという単語が、男性形ディアスになったり女性形ディアナになったりしつつ、運命、高貴な血、危険な血、本質……とさまざまな局面を覗《のぞ》かせてゆく。ディアナ、ディア、ディアスは同時に人の名であり、ディアの血を受け継ぐ者に局面に応じたさまざまな運命をもたらす……。

　言葉の意味の二重三重の奪胎《だったい》は、ここが新井素子の凄いところなのだが、三作を通じて全く当たり前になされつつ、「ディアナ・ディア・ディアス」で一挙に盛りあがる。言葉と表裏一体の形で、〈生〉の意味をめぐって一作ごとに掘り下げが深くなっており、「ディアナ・ディア・ディアス」ではついに単語の一節ひとふし、ディテールの一つひとつまで緊密に計算されている。ま、そのせいで余裕がなくて疲れるわけだが、しかしこの緊密な構成がなければ、運命という必然の世界に、説得力がなくなってしまう。

アニメ

アニメ「扉を開けて」は、原作では強く打ち出されている世界観を薄め、物語の面白さに重点を置いた。これは、順当なやり方だと思う。新井作品の面白さは会話のダイナミックな展開と、ブッチ切り文体の連鎖によって成立しているのだが、これは活字ならではの表現であり、映像化は不可能。へたにあの世界を忠実に映画化するより、一編のヒロイック・ファンタジーとして仕上げる方が、正解にはちがいない。

冒頭いきなり、主人公のネコがパンツ一枚で部屋を歩いたり、シャワーを浴びるヌード・シーンがあったりには、のけぞった。ボケーッと見とれていたら、ネコちゃん、ブラウン管のこちらを睨《にら》み、ピシャリ、シャワールームのドアを閉じた。やはり冗談でしたね、これは。

ストーリーそのものは、ほぼ原作通りに進行する。コンプレックスを背負った悩める乙女ネコは地味めに、生気に満ちた鬼姫ディミダはマンガ的に派手にデザインされている。そして原作にないディミダと黒騎士隊の隊長のエピソードを加え、原作以上にディミダ姫の性格を強化した。

決定的な違いは、ラストでラディンを悪の側にまわしたことだろうか。これによってネコの煩悶《はんもん》や、中の国の民の戦いは、すべてラディンのエゴに帰せられることになる。ネコがラディンを倒して、万事めでたし、というわけだ。

あえて難を言うなら、ちとストーリーが原作に忠実すぎるのではないか？　活字と映像では表現方法が全く違うのだから、もっともっと大胆に造り直しても良かったのでは。原作はヒロイック・ファンタジーの体裁を借りてはいるが、ファンタジーである以上に新井小説なのである。あくまで言葉や話術の面白さでストーリーが進行しており、動きそのものが派手になる部分は、却って省略されているくらい。この辺を補って「オズの魔法使い」をやってしまうとか、「不思議の国のアリス」から頂《いただ》いてみるとか、もっとガンガン遊んで良かったのでは……。

それはそうと、やはり新井素子原作のもう一本の映画、今関《いまぜき》あきよし監督の「グリーン・レクイエム」、もう出来上がっていると聞くが、いったいいつ公開されるのだろう。早く見せろ。

（「キネマ旬報」一九八六年十一月上旬号掲載）

自作を語る

新井素子

週に一度のお食事を

これは、今度出た『二分割幽霊綺譚』って話の登場人物の砂姫《さき》のセリフからヒントを得た作品なんですよね。というと、どういうことになるんだ？　その砂姫を書いてたのは、あたしなんだな。

彼女が吸血鬼なもんですから、吸血鬼のどこが悪いんだーってしょっちゅう言うんですよね。なにかっていうと。吸血鬼と日本赤十字とどこが違うんだーって。

彼女は、なんていうか、彼女が血を吸っても吸われた人が吸血鬼にならないたぐいの吸血鬼で、吸血鬼と伝染病を同一視してほしくない、とかそういうことを平気で言うもんですので、それで思いついたんです。

雑誌に載ったのと、単行本に入ってるのは少し違うんですが、どこが違うかって言ったら接続詞がちょっと多いとか、句読点がちょっと多いとか、そういう差なんです。それでも原稿用紙にして二枚分くらい違うんですね。

☆

あたしの場合、食事はだいたい、おなかのすいた時にしますね。自分で作るか、さもないとお客さんが来る時に、お客さんに電話をかけさせて食事を買ってこさせる(笑)。

さすがに、編集の方にそういうことは言いませんが。友達が来る時はね、電話してもらうでしょ、でまあ、近所の子だったら、なんか食いもんなんか食いもんなんか食いもん、と叫ぶと大抵《たいてい》なんか買ってきてくれます。

一人でいる時は自分で作ります。一応、女の子でしたりしますので。

夜食はね、ほとんどカップヌードルかなんかじゃないと駄目《だめ》なの。台所が両親の寝室のすぐわきなんで、夜ごとごとやってると、両親が起きちゃうんですよね。だもんで、夜食は音をたてずに作れるもんじゃないと、いけないんです。

宇宙魚顚末記《うちゅうぎょてんまつき》

これ書いたの、大学一年の夏休みです。現場復帰第一作。ずーっとね、戦線離脱をしていたっていう雰囲気《ふんいき》があったから。エッセイとかああいうのってやっぱ、書いてても小説と違うでしょう。

これはね、結局半年くらい、奇想天外の方《かた》が懐《ふところ》に持っていたんです。ずーっと載らないから、絶対にボツだろうと思ってたら、忘れたころ載った（笑）。

ので、七九年、一作もなしんなっちゃったのね、あたし。そうなんだ、星コンかなんか行ってね、荒巻《あらまき》さんかだれかに浪人したんだと思われて、なぐさめられたんですよ。

☆

実はね、この前に長編二個書いたんですよね。それがのちの『扉を開けて』なのですが。それを自主的にボツにしちゃったんで、それでここんとこブランクが長いんですね。その後、のちに「星へ行く船」になる話も一回書いてボツにしてるんですよ。全部直したの、二つとも。つまんなかったから。

あ、「星へ行く船」って今言っちゃったけど、その当時は「ブラック・キャット」ってタイトルだったんですね。今度の「ブラック・キャット」とは違います。全然別もの。だからこのへんは嫌《いや》なのよ、まぎらわしくて。

で、とにかくその作品には太一郎さんが出てきたんですよね。太一郎さんの初の主演作品だったんです。時代設定は現代で、パラレルワールドものだったんですが、いかんせん、つまんなかったんですねえ。キャラクターは非常に気に入ったんだけど。そういうふうな事情で、自発的にボツにしました。

☆

『扉を開けて』の方もね。その頃まだ根岸美弥子《ねぎしみやこ》さんは高校生だった。初々《ういうい》しかった。初々しかったけど、話が書けなかった。

奇想天外はこの時代、まだ注文原稿じゃないんです。持込みだったんです、雰囲気的に。っていうかね、書いたらいつでも見てあげるよーって言われたから、はーい頑張って書きまーすっつって書いてたの。

これはずーっと長いこと尾を引いちゃって。奇想天外は締切りがないというのが。なんつっても、持込みに締切りがあるわけなくて、だから奇想天外で書くのが一番好きだったんです。ま、でも持込みはあたしだけですよ、たぶん。

告白――画家の卵と山崎くん

これはまだ誰も気づいていないんですが、「宇宙魚顚末記」の水沢佳拓《よしひろ》くんは、国立系の美術学校にいるんですね。これはもう、芸大っきゃないんですね。

ほんで『二分割幽霊綺譚』の礼子《もとこ》さんは、上野にある美術学校に行ってるんですね。これも芸大なんですね。

で、『ひとめあなたに……』の圭子ちゃんも、やっぱ芸大に行ってるんですね。

そんで、今あげた三人は全員油絵科なんですね。おまけに全員、年齢設定がおんなじだから、全員クラスメートだという恐ろしい事実が、浮かびあがってくるんですねー。

え？　ああ、それはね、「宇宙魚顚末記」では地球は滅びてないわけですよね。でもって、『ひとめあなたに……』は、魚に食わせるためのもう一個の地球の方の話なんですね。ということは、ほんとの地球の方にも、圭子さんと朗くんはいるはずなんです。ほんとの地球は魚に食べられてないから、当然朗くんは死んでしまってますでしょ。

だからそれでね、水沢くんちの佳拓くんが礼子ちゃん誘ってさ、沈んでる圭子ちゃんをなぐさめる、というかはげますという話を書こうかと思って。

なんか、だいたいあたしは一つの話に一人か二人くらいは、必ず画家志望とか画家の卵が出てくるもんで。みんなおんなじところにいるんですよねー。

☆

水沢くんというのは、所長の先祖ですね。水沢ってのは画数が少ないから、好きなんです。山崎は嫌いなんだ、難しいから。

だからあの人は太一郎と呼ばれていて、めったに山崎とは呼ばれない。ほんとは太一とか呼ばせたいんだけど、でもそれじゃあんまりだしね。

山崎って名前、いっぱい出てくるでしょ。だいたい、一作品に一回は出てくんですよね。

たとえば「宇宙魚顚末記」で、佳拓くんとひろみちゃんが会話する中にね、

「あそうだ、山崎が今度免許とったっけ」

とかいうふうな会話が、出てくるんですよね。

あと『扉を開けて』の中でね、美弥子ちゃんが昔を回想するとこで、中学校の時に初めて超能力使っちゃったのを、山崎くんという人が歪《ゆが》んだ恐怖の目をして見ていた、というのが二回出てくるんですね。

あれはなぜかというと、根岸美弥子さんの初恋の相手が山崎ひろふみくんだったから、なんですねー。

ひろふみくんと美弥子ちゃんは、中学校がおんなじで、ひろふみくんは中学校のあと、ある都立高校に行って、そこで水沢くんたちと同級生だったんです。ま。その後彼は大学に行きまして、警察学校に行きまして、今は刑事をやっております。

☆

実は、「あたしの中の……」すごい失敗をしてしまったんですよね、あたし。

まさかこんなもんが通るだろう、活字になるだろう、

とは全然思ってなかったんです。だもんで、新たにキャラクターを作るのがめんどくさくて、それまでに作っていたキャラクターの中で気にいってるやつを適当に、てきとーに再配置してしまったんですね。

それがたとえば山崎ひろふみさんですが、あの方はちゃんと、ご自分の主演作品持っていらっしゃるのに、よそのところに客演をしたという感じになってしまいまして。特に悲惨《ひさん》なのが森村一郎くんで、あの子はあたしの、今あるうちで一番長い作品の主人公だったのに、かわいそうに別な作品でも主人公にされてしまい……。

信拓くんだっても、あの子は秋野信拓くんという名前で、ちゃんと自分の作品を持っていたのに、名字を変えられてあんなところに使われてしまった。うえーん。

第13あかねマンション、ラビリンス……

（前略）すごい莫迦《ばか》な話ですけど、あたし、シリーズが継続して書けないんですよね。

たとえば、集英社でもって「ブラック・キャット」シリーズのⅠを書くでしょう。そんで、次が早川で次のが文化出版局で次のが徳間でってなると、そういうふうな仕事を一回りするまでの間、書けないわけ。

やっぱね、徳間に「ブラック・キャットⅡ」を書く、とかいうことになると、両方から石が飛んできそうだし。一話完結してれば、まだそんなに問題はないような気がするけど、「ブラック・キャット」は「星へ行く船」よりは連続性が強いんで、そうするとやばいかなって気もするし。

そういう意味では、第13あかねマンションは完全に一話完結なので、完全にぽいぽいぽいぽいあちこちに振りまいてます。なんか三階の話は徳間に行きそうだし。

まあ、本人が体質的に、そのとき書きたい話しか書けないから、逆に言うとその時依頼があった出版社に行ってしまう、という状況ではありますが。

☆

第13あかねマンションってのは、実は目立たないところでこっそりとシリーズにしよう、と思ってまして。『扉を開けて』は第13あかねマンションの二階の方のお話で、『二分割幽霊綺譚』は一階の方のお話ですね。で、もうひとつ、今んとこまだタイトル考えてないけど、三階の方のお話を書きますと、住人が全部揃いますので、そしたら今度、華々しくほんとのシリーズでスタートしようかなー、と思ってて。いつんなることやら。

☆

『ラビリンス』というのはあれですね、一応、中の国の方は中の国の方で、第13あかねマンションとは関係なしに、ストーリーが進行しているわけでして。

あれは中の国タイムでいきますと、『扉を開けて』の四年前の話なんですね。で、あのあと話をのばしていくと、サーラとディミダのお話になってしまうんです。あの二人はまったく同い年で、同じ時間に生まれた子で、両方とも王になる運命を持ってます。あの二人は成長したら絶対戦うぜって感じ。

ま、あのあとしばらくの間、サーラさんはあんまり面白いことしないいんですよね。わりと普通に旅行をしてて、ところどころ苦難もあるけど、そんな大きなものはない。やっぱ、も一回帰ってきてディミダと出会うあたりから、面白くなるんだよなー。

ところがところが、こっから先はたぶん書かないでしょう。と思うんですよね。っていうのは、書くとどうやってもディミダもサーラもかわいそうなのよね、暗いのよね、みじめなのよねー。

特に、ディミダを好きな人が友達に多いので、ディミダが悲惨な目にあう、と言うと絶対に書いてはいけない、と言う。ので書きません、たぶん。

あ、そうだ『ラビリンス』については、お詫《わ》びをしておかなければならないことがあるんだ。なんだっけ。火星をマーキュリーって書いたのか、水星をマルスって書いたのか。どっかわかんないけど、一ヵ所間違えたでしょ、星の名前。

ひえーっつってあわてて直したんだけど、ハハハ、なんでなんだろう。ちょっと頭がおかしくなっていた。マルスとマーキュリーって〝マ〟がおんなじだから、きっとあわてて書き間違えちゃったんだよなー。

再版のとき直しました。初版では間違えてるんです。すいません（泣）。


（著者注／談、です。しゃべった自分の言葉を他の方が文章にしたのって……自分で直していても、やっぱり妙な感じです……。）

編集部注・本項は、別冊ＳＦイズム１「まるまる新井素子」（一九八三年五月）に掲載された、自作についての談話から、本選集に収録された作品に言及されたものを適宜抜粋、まとめたものです。

付録②　既刊全あとがき

あと書き

徳間書店版『ラビリンス〈迷宮〉』

えっと、あと書きです。

これは、私の八冊目の本にあたりまして、二十一歳の春、できたお話です。私にしては珍しく——あ、長編では初めてだ——最初から最後まで、全部三人称のお話。

☆

これを書いた動機っていうのは——うーん、あらためて文字にしてみると実に莫迦莫迦《ばかばか》しいな——あんた、一人称じゃないと文書けないの？　って言われたせいなのです。そういえば、過去三人称使ったのは、わずかなショートショートと、章ごとに三人称が混じるって構成で書いた長編だけです。

完全三人称。ここで本人が悩んじゃったんですよね。三人称。昔は時々使ってた。書ける筈《はず》だ。でも、ここしばらく書いてないし——で、きわめて短絡的に、決めちゃったんです。書けるかどうか判《わか》んないのなら、とにかく書いてみよう。書いてみれば、書けるかどうか判る。

一応、いつか三人称で書いてみたいっていう、短編の構想だけは割と前からあったんです。五十枚くらいの気分で。そこへちょうどSFアドベンチャーの編集部から短編書かないかってお話があったんです。うん、渡りに舟だ。これ書いちゃお。

一応設計図などひきまして、担当の国田さんとうちあわせ。

「大体どんな話になりますか？」

「えーと、ですね、ああなってこうなってこうなってあれがこうで……」

あら筋話すのに二時間かかってしまいました。あれえ？　五十枚の筈なのになあ。何であら筋がこんなに長いんだろう。（どうでもいいけど、私があら筋話す間中、編集部の国田さんはけたけた笑ってらしたんですよね。これ、笑うような話ですか？　……本人としては、かなりシリアスのつもりだったんだけどなあ。）

「それ……五十枚よりもうちょっと長めの気分でいた方がいいみたいですね」

「ええ……八十枚くらい……よもや百枚はいかないと思うんですけれど……」

——このあとのことは略します。例によって例の如《ごと》くのパターンで、何度か、ごめんなさいのびましたっていうのやって……三百五十枚。七倍っていうのは、珍しいです。本当に。本当に珍しいんですよお、いつもはのびても倍か三倍どまりです。（全然自慢になっていないような気も、しないでもない。）栗本薫《くりもとかおる》さん風に言うと、私は徹底的に枚数に不自由な人みたいです。

国田さんをはじめ、SFアドベンチャー編集部のみなさま、本当にいろいろと御迷惑かけてすみませんでした。

☆

箱根の、彫刻の森美術館（だったと思います。なんせ、行ったのが中学の時だから、ちょっと記憶が判然としないのですが）に、ちいさな迷路があります。入り口から私がはいって、出口から妹がはいって。二人でやった鬼ごっこは、いつどこから妹がでてくるか判らず、人影見て慌《あわ》てて逃げようとするとよそのおじさんだったりして、なかなか面白かった——というより、スリルがありました。

迷宮というのは——別に鬼ごっこをしていなくとも——常にある種のスリルをはらんでいるものだと思います。角を一つまがると、次に何がでてくるか判らない、どこへ出てしまうか判らない、といった類《たぐい》の。それはどこか、童話や何かによくでてくる、私の大好きなモティーフ——巨大な魔女の館にいて、魔女が留守の時、大きな鍵束をかかえて一部屋一部屋のぞいて歩くという奴——のような魅力があって。そしてその魅力っていうのは、私の特技——迷子になること——のせいで、何かものすごく私の人生に密着しているみたいです。いつでもどこでもすぐ迷子になれるものだから、何か私、一生迷宮の中にいるみたいで。方向音痴《おんち》にとっては、人生は迷宮だっていうの、実感なんだから。

☆

ミノタウルスって、神話があるでしょう。

ミノス王って王様がいまして、彼は、自分が神によって選ばれた王であることを示す為《ため》に、ポセイドンから牛をもらうんです。で、神の牛により王位についたんですけれど、その神の牛があんまり素晴らしかったので、ポセイドンに返すのがおしくなり、別な牛をポセイドンへのいけにえにしてしまうんですよね。

さあ、ポセイドン、怒った。で、何とミノス王の奥さんパシパエが、牛に恋心を抱くようにしてしまうんです。そして、王妃《おうひ》パシパエと牛との間に、半人半牛の子供、ミノタウルスができてしまうんです。

さて、あせったミノス王、ラビリンスを造り、その中にミノタウルスをとじこめ、毎年七人の少年少女をいけにえとして捧げることにしたんです。（このの ち、王女アリアドネがそのいけにえの少年に恋をし、何とか彼を助けようとどうのこうのする……と話は続くのですが。）

あれは、さみしい神話だと思っています。

ミノタウルスは、何を考えていたんでしょう。彼の他に、人一人いない迷宮の中で。かなり感傷的に言わせてもらえば——化物に生まれたのは、彼のせいじゃないのに。

　そして、パシパエは。あるいは、誰か。誰でも。

　誰かミノタウルスを愛してくれなかったのでしょうか。パシパエは――例えミノタウルスが人喰《ひとく》いでも――母なのに。ミノス王は、妻が牛を愛しミノタウルスが生まれたのは彼のせいなのに、彼に対し、罪悪感なり、屈折した愛情なり、あわれみなりを抱《いだ》かなかったのでしょうか。

　そんなことを考えているうちに、このお話ができました。

　だから、最初、このお話のタイトルは〝ミノタウルス〟だったんですよね。前に〝ネプチューン〟ってお話、書いたことがあったから、わーい神話シリーズ、なんて言ったりして。

　それが何故《なぜ》〝ラビリンス〟になったのかというと、

「よーし、ミノタウルスにしよう」

　なんて言いつつ設計図書きおえて、ふー疲れた、もう寝よ、あ、寝る前にまんが雑誌買ってきたんだ、ちょっと読もうかな、ぱらぱら……ってやってたら、そこに〝ミノタウルス〟っていうまんがが載っていたからなんです。

（〝ラビリンス〟に決定してすぐ、〝ラビリンス〟というまんがもある、ということを本屋さんで発見したのですが、でも、さすがに今度は変える気になれずに、最終的には、〝ラビリンス――迷宮――〟としました。）

☆

　あ、あと、このお話には、中原中也《なかはらちゅうや》と泉鏡花《いずみきょうか》読んで、私の頭の中にうかんだイメージも、ちょっとはいってます。どーこだ？

☆

　この話がＳＦアドベンチャーに載った時、以前書いた〝扉を開けて〟っていうお話と関係があるのか、というお手紙をいくつかいただきました。

　うん。同じ世界のお話です。このお話は、東の国の山あいの部分が舞台で、〝扉を開けて〟は、その山こえたむこう側、中の国が舞台ですが。

　ちなみにちょっと解説しておきますと、〝扉を開けて〟で、西の島の文化があたりの他の国に較《くら》べてやたらと高かったのは、この本にもちょっと書いたように、昔、神々が一斉に西の島へむかって移動したからです。故《ゆえ》に、中の国の人々や東の国生まれのトゥードが、文字という概念すら知らないのに、西の国のデュラン三世は、文献なんて言葉を知っていたのです。（あ、だから神が、この本の中で、西の島は無人島だって思っているの、あれ、誤解なんですよね。誤解した理由とか、その誤解の結果どうなったのか、なんていうことは、いつか、機会があったら書いてみたいと思っています。）

☆

最後に、ちょっとお礼を書いておわろうと思います。

まず、徳間書店の編集部の方に。本当にいろいろと、どうもありがとうございました。枚数がのびたせいで、必然的に、書くのにかかる時間ものびてしまい……。

それから、これを読んで下さったみなさまに。読んで下さって、どうもありがとうございます。気にいって頂《いただ》けると嬉《うれ》しいのですが。

もし、気にいって頂けたとして――そして。

もしも御縁がありましたら、いつの日か、また、お目にかかりましょう――。

一九八二年八月

新井素子

新書版のためのあと書き

徳間ノベルズ版『ラビリンス〈迷宮〉』

あと書きであります。

これは、私の八冊目の本にあたりまして、二十一の時に書いたお話です。でもって――一応、過去に一回、本になっているのですよね。で、その時のあと書きで、この本を書いた時の事情とか、思い出なんかを書いちゃっているので、今回は、ちょっと趣向を変えて、迷宮という言葉から連想するもの、あるいは迷宮のイメージについて、書いてみようと思います。

☆

のっけから妙な話で何なんですが、あたし、目がよくないんです。高校の時は、裸眼視力が左右ともに○・○三だったと思うし。（どういう訳か、現在はちょっとあがりまして、○・○六くらい、あるのですが）眼鏡なしで歩くと、ちょっと生命の自信がなくなったりする。

ところが、今考えるとおそろしい話なんですが、中学高校時代、あたし、普段は眼鏡かけていなかったんですよね。眼鏡かけた自分の顔っていうのが、とっても好きじゃなくて――授業中と映画見る時くらいしか、眼鏡かけなかったんです。

とにかく、おそろしい時代でした。道を歩けば石にけつまずき（だって見えないんだもおん）、電柱に激突し（ぼやけてるから、距離感覚があんまりはっきりしないんだよね）、ドブに落ち（同じ理由）、果ては凄《すさ》まじい方向音痴《おんち》となり（目印になるものが、何一つ、はっきり判らないんだよね）。遠くで人影のようなものが手を振っていれば、友達だと思って手を振りかえしはするものの、さて、相手が誰かは勿論《もちろん》、そもそも男なのか女なのか、一人なのか二人なのかも判《わか》らない。（これでずいぶん見知らぬ人に手を振っちゃって恥をかいたものだわ。）

この時代。あたしにとって、世界はまさしく迷宮でした。身近なところにあるものしか判らない、先がどうなっているのか行ってみなければまったく不明な——悪意をもった、迷宮。

☆

結局。大学にはいって、仕事関係の人と多数会うようになって、眼鏡をかけざるを得なくなるんですが（何せ、眼鏡ないと、何回会ってもその人の顔を覚えられない）——初めて眼鏡をかけて世界を見た時、背筋がぞっとするような恐怖を覚えたものでした。

確か、自宅の茶の間だったと思うんですよね。あーあ、やっぱしこれかけて歩かなきゃいけないのかな、なんて思いながら何気なく眼鏡かけて——で、庭を見て。

池のむこうの木。経験的に、椿《つばき》だってことは、知ってる、脇の他の木より、一段深い緑の色調が、椿だってことを物語っていた。でもそれ——でもあれ——こんな、もの、なの？

ぼんやりと、深い緑。どことなく、てかてかしているような気がするのは、葉の表面のせい。もやもやっとした緑の塊である筈《はず》の椿——それが。

くっきりと。葉の一枚一枚までの姿が、見える。緑の塊じゃなくて——葉の一枚一枚が緑で、で、トータルイメージとして、緑色に見えるんだわ。

庭を見まわすと。今や、すべての色の塊が、塊ではなく、ちゃんと形を持って、そこに存在しています。もわっとした緑の上に浮いているように見えていたピンク。眼鏡かけて見ると、それは決して浮いているピンクじゃなくて、細い茎のうえに乗っているピンクの花に見える。空中に浮いていた白や赤のものは、ものほし竿《ざお》にかかった洗濯物。

世界って、こんなくっきり見えていいものなのだろうか。一瞬、めまいと吐き気を覚えました。五年間、もわっとした、色調の変化だけの世界に住んでて——五年前、視力が落ちる前のあたし、こんな世界を見てたんだっけ？

それはちょうど、初めて顕微鏡《けんびきょう》で物を見た時とおんなじ感覚でした。ただ、緑色で、ちょっとざらっとしていると思ってた、はっぱ。それが――それに――こんな、唇のような、厚ぼったい、奇妙な、気孔なんてものがついてて、いいんだろうか。

玉葱《たまねぎ》。ただ、おいしいものとだけ、思っていた、玉葱。それに、こんな小部屋が一杯あって――あたしが玉葱を食べる時。あたしの歯が、あたしの舌が、玉葱を押すと、小部屋、一々、やっぱり、つぶれるんだろうな。

そんなことを思った時。どういう訳か、迷宮って言葉を連想して。

（これ――自分でも不思議な感覚なんだけど、あたし、それまで塊に見えていたものが、よく見ると細々《こまごま》とした、ちゃんとした構造をしていると、何故《なぜ》か迷宮を連想するんですよね。）

たとえば、蜂《はち》の巣。あれ、遠くから見れば、蜂の巣っていう一つの塊なんだけど、近よって見れば、もの凄《すご》く細かい、とっても規則的な小部屋の集団。

たとえば、曼荼羅《まんだら》。遠くで見れば、もあっとした、ペルシャ絨毯《じゅうたん》みたいな模様の塊に見えるのに――近よって見ると。模様に見えたのが実は仏像で、おまけにポーズまで違っちゃっていたりする。（もっとも、曼荼羅はそれ自体、どんな感覚を持っていても、迷宮のように見えるとは思うけど。）

そういったものを見ていると――何だか、それらの中にすいこまれそうな気がして。ぼやっとした塊風に見えていたくせに、実はこまごまとした構造物の中に吸いこまれる――と。あたりはたちどころに迷宮化するような、迷宮の中にとり残されたような、一種のめまいを覚えるのです。

こういうのって――ちょっと気持ちが悪いような――ちょっと感動するような――ちょっとぞくっとするような――何とも妙な感覚で。

以来、迷宮って言葉と、この、ちょっと気持ちが悪いような、ちょっと感動するような、ちょっとぞくっとするような、何とも妙な感覚って、あたしの頭の中ではいっしょくたになっているのです。

☆

おんなじような感覚を、ちょうど逆の状態でも覚えたことがありました。セスナにのっけてもらった時。

窓から見ていると。

最初のうちは、下の道路を走っている車の形、そのそばにいる人まで一々区別がついたのに、どんどんあがってゆくにつれ。

まるっきり、地図見ているみたい。もう、車一つ一つ、細かい道の一本一本なんて、とても判らないの。大きな道と――その上にあるのは、多分、車。そして、住宅。

あれ、大きいものの筈なのにね。当然中には人が何人もはいるだろうに——もう、一軒一軒ごとの家なんて、とても判別ができない。判るのは、大きい道と家の集団。

(飛行機にのると、もっとはっきりするんですよね。もう、大きい道だの家の集団だのも判らなくなって、判るのは、河川と田圃《たんぼ》と山並みと。で——上から見ると、ほんとに人間の営みっていうのが、河川を中心に、周囲の山地にひろがってゆくんだなっていうのが、とってもよく判る。)

自分が地上にいた時は、あ、これは家、これは車、これは道っていうの——判るっていうのとはちょっと違う、何ていうのかその——知っている、でしょ。それがちょっと上にあがっただけで。

それまで、家だ、大きいものだ、中に部屋がいくつかあるんだ、その部屋ごとに人が何人もはいるんだって感じていたものが——急に、頼りなく小さく、まるで模型みたいになっちゃって——で。

この家は、この家を建てた人が、自分で考えて、自分の好きなように建てたんだなって信じていたものが、違ったように思えてくるんですよね。

ここに家があるのは、この家を建てた人の意志じゃない。この家がこんな形をしているのも、建てた人の意志じゃ、ない。感じられるのは——人間全体の、意志。人類の——都市を作ろうって、意志。

だって。どの家も、上からみればまるで区別がなくって——山田さんの家も、田中さんの家も、山田さんや田中さんのものじゃなくて、ただ、たんなる、家。

それはとっても、蜂の巣をのぞきこんだ時の感覚に似ていました。(あるいは——蜂の巣にだって、ここは山田蜂の家、ここは田中蜂の家っていうのが、あるかも知れないしね。)

世界は。眼鏡をかけていない時迷宮だった、眼鏡をかけた時迷宮だった世界は——やはり、あたしにとって、迷宮だったのです——。

☆

さて、多少、本来のあと書き風に戻りましょうか。

あたしにとって、『迷宮』っていうのは、いつでもとっても興味のあるモティーフでした。そのものずばりのお話を書くのもおもしろかったし、小道具として迷宮迷路袋小路《ふくろこうじ》を出すのも、好き。

だもんで。特にタイトルに迷宮ってつけちゃったこのお話は、最初から最後まで、迷宮です。物理的な迷路・袋小路、心理的な迷路・袋小路のお話。

それから。ひたすらくるくる視点が変わります。っていうのは——これもあたしの信念なんだけど——世界が、おのれが迷宮であることを示すのは、特に視点が変わった時だと思うんですね。顕微鏡をのぞいて、それまでとは違った視点を得た時、玉葱は迷宮になる。空へ昇って、見なれたものを視点を変えて見た時、あたしの住む街は迷宮になる。それまでは——あたしが、普通のあたしとして、普通に生活をしている時は、世界はその迷宮性を、どこかにこっそり隠しておくんです。

それに。これはお話ですから、普通ではどう望んだってできないことが、できちゃうでしょ？　ある人にとっては、どこからどう見ても普通でしかない考え方が、他人から見るとどうにも不可解な、一種の迷宮に見える。他の人から見ればどうってことのない悩みでも、本人は迷宮にはいってしまったように、そこから抜けでられなくなる——。

☆

あと、最後に。

これを読んでくださった方に。

読んでくださって、どうもありがとうございました。気にいっていただけると嬉《うれ》しいのですが。

もし、もし、気にいっていただけたとして——そして。もしも御縁がありましたなら、いつの日か、また、お目にかかりましょう——。

昭和五十九年八月

新井素子

あと書き

徳間文庫版『ラビリンス〈迷宮〉』

あと書きであります。

これは、あたしの八冊目の本にあたりまして、二十一歳の春、できたお話です。

☆

いやー、その、往生《おうじょう》しました。

小説家っていうのはとんでもない商売だったんだって、初めて実感しましたっていうか、うーむ、若書きってこういうもんなんだなーってしみじみ思ってしまいましたっていうか。（おっとっと。そんなことを言える程、まだ、年とってないよね。どうせあと十年もすれば、今現在自分が書いたものを読んで、『うーむ、若書きってのはこういうものか』なんて思っちゃったりするんだろうし。）

えー、このお話を書いたの、六年も前のことなんですね。二十代における、六年は、長い。振り返ってみると、大昔に書いたような気分になっちゃう。で……普通の人は、六年前、どんなことを自分が考えていたかなんて、たとえ日記や何かに残っていても、じっくり読んだりしないでしょ？　まして、手をいれながら読むなんてこと、絶対、しない。

なのに、小説家っていう仕事をしてますと、六年前に書いたものを、じっくり読んで、誤字や表現の間違いなんかまで捜して、ついでにちょっとは文章直したりしなきゃいけないんですよね。

これは……その……何と言いますか……恥ずかしい。も、とおっても、恥ずかしい。

今までも、昔書いた自分の原稿を読み直して、そのあまりの文章の下手《へた》さ加減とか、表現力のなさ加減にうんざりしたことは多々あったんですが……これはもう、内容自体が、妙に恥ずかしいの。

アートセラピーって、あるでしょ、精神病の人なんかが、絵を描いて、それが治療行為となって、治ってゆくっていう奴。以前、大原《おおはら》まり子さんと対談した時に、小説家っていうの、仕事でアートセラピーやってるような職業だね、なんて話題がでたことがあったんですが……これ、何だか、ほんと、あたしの精神的な欠陥ないしは苦悩の、あまりに露骨《ろこつ》な治療行為みたいなお話なんだもん。（あたしが自分で読めば、ですけど——そうでもないかな。）

途中で、何度、原稿ひっちゃぶいてしまおうと思ったか、判《わか》りません。これ書いた頃と今とで、そうそう考え方に変化をきたしてるってことはないいんだけど、さすが若い頃書いたものだけあって、内容だけじゃなくて表現も何も、も、恥ずかしいったらないの。もしもできることならば、この原稿、ひっちゃぶいて、ついでに本屋さんをまわって、今現在売っている、新書判と四六判のこの本、全部買い占めて、焚書《ふんしょ》処分にしちゃいたくなったくらい、恥ずかしかったです。

とまあ、こんなこと書くと、そんならそんな恥ずかしいもの、文庫なんかにするなよなーって言われそうな気がするんですが（あるいは、恥ずかしくないよう、直して文庫に入れるべきだ、とかね）、それはまたそれで、ちょっと、できなかったりするんですよね。

っていうのは。（あ、あ、あ、こんなこと書くと、きっと莫迦《ばか》にされる。変な表現ですが、これって、一種、のろけているようなもんだもんな）何だかんだ言っても、この作品——自分で読みかえすのは恥ずかしくてならないんだけど、それなりに、好きでも、あったりするんですよね。若書きで、ほんと恥ずかしいんだけど、逆に言えば、若い時じゃなきゃこうは書けなかっただろうってお話だし、今となってはとても書けないお話だし。（とはいうものの、あたしはまだ若いぞ。）

二十一歳の、あたしの、お話です。

二十七になって読みかえすと、死にそうに恥ずかしいんだけど……でも、二十一のあたしのこと、二十七のあたしは、どれだけ恥ずかしかろうが、やっぱり大好きだったりしますので……もしよろしかったら読んでやってください。

☆

えー、このお話は、とある半島のつけ根部分にある、東の国って処《ところ》を舞台にしたお話です。お話の傾向なんかはまるで違うんだけど、同じ半島を舞台にした、ほぼ同じ時代のお話を、これ以外に今の処二本、書いていますので――お暇《ひま》な方は、読んでくださると嬉《うれ》しいです。

一本は、『扉を開けて』という作品で、この小説の四年後の、半島の先の方にある、中の国って処を舞台にしたお話です。もう一本は、『ディアナ・ディア・ディアス』といって、同じくこの小説の四年後の、このお話の舞台、東の国の隣国、南の国っていうのを舞台にしたお話です。

えー、周辺のお話ばっかり書いていて、中心部分のお話をまだまるで書いていないので、いつのことになるのかまったく予想もできないんですけれど、いつか、このお話の舞台、東の国王朝の盛衰記みたいなものを書けたら書きたいなって思ってます。(『扉を開けて』も『ラビリンス』も『ディアナ・ディア・ディアス』も、直接東の国王朝はでてきませんが、その王朝の盛衰にもろに関《かか》わりのある人、あるいは事件のお話だったりしますんで……。)

このお話の時点から見て四年後、あっちこっちを放浪したあげく、各種とんでもない文化遺産、ないしは文化を手に入れちゃったサーラとトゥードが、東の国の首都に帰ってきた時、何百年も続いた半島部の平和が破れ、中の国は西の島の植民地という地位から独立国となり、(あ、この小説の中では、西の島は無人島だってことになってますが、その知識は、数百年もラビリンスからでたことのない神様の知識だったでしょ、現実には、神様の知らない間に、西の島には人が移住し、西の国っていう国ができてます。でもって、神様が大挙して渡った西の島は、当然他の地方に比べて文化の進み方が早く、この小説の時点では、中の国を植民地として支配してます)南の国では聖シシス王朝が倒れ、新たにできたムール王朝の始祖、ムール大帝は東の国侵略を意図し、当時の東の国の正統王位継承者たるディミダ姫は、ララ神のみを守護神とする、星が流れた時に生まれたっていう、もろにサーラの運命と拮抗《きっこう》するような星まわりの姫だったりして……このお話から四年後、歴史はもうぐっちゃんぐっちゃんに流れ、やれ隣の中の国で大戦争が勃発《ぼっぱつ》するわ、援軍は出さにゃならんわ、(新たに独立した、新制中の国と東の国は、強力な同盟関係になります)自分の国は突然南の国および元来中立だった筈《はず》の草原の民から攻められるわ、そうこうするうちに食物の第一輸入先だった草原地帯は燃え尽きちゃうわ、間を縫《ぬ》って革命は起きるわ、中世程度の文化の中で、突然近代兵器が出現しちゃうわ、大騒ぎになるんですが……うーん、そんな話、いつ書けるんだろうか。

いつか、書けるといいな。

（あ、そうそう、それと、『扉を開けて』と『ラビリンス』を両方読んだ方からでた疑問なんですが、『扉を開けて』で、主人公の魔力っていうのは、赤い魔の月に左右されるんですね。でも、現実の月は、白い和の月の方で、赤い魔の月っていうのは実はスペースコロニーだったりするんで、これはおかしいんじゃないかっていう意見があったんですが――魔女でも狼男《おおかみおとこ》でも、月に魔力が左右されるっていったら、それは、現実の月の方だもんね――えー、これも、一応、理由があります。その理由は、もしも可能だったら、いつかそれもまたお話にしちゃいたいんで、今ここで詳《くわ》しく説明はしないけど……一応、ヒントだけ、言っときますと。

このお話では、神様は、とっても単純に、旧人類は自滅したって言ってますけど……地球上が完全に核の灰だの放射能だのに覆われても、まだ無事な、人類の版図《はんと》は、残ってたんですよね。

ついでに言うと、せっかく寿命遺伝子を克服した連中が、みずから不老不死になろうとしなかったたって思うのは、甘すぎるような気がするし……。してみると、まだ、旧人類が、そのままの文化を残して、それなりに生活している部分がありそうな気が、してきません？　したらその場合、その旧人類は、地球を復興するでもなく、一体全体何をしてると思います？　その上、閉じ込められていた神様は知らなくて無理はないんだけど、一口に、戦争を始めたっていったって、どこのどの莫迦《ばか》とどの莫迦が、戦争なんか、始める訳？　地球上で戦争がおきれば、自滅コースだって判っているのに。

ついでに言うと、地球上で生まれ育った人種と、地球以外の処で生まれ育った人類とでは、微妙に、意識の差なんかがでてきちゃって……。

へっへっへっ、という訳で、このお話の裏には――あたしの寿命のうちにきちんと書きおえる自信は、実のまったくないんだけれど――このお話の始まる前、一千年に及ぶ、サイドストーリーがあったりするのでした。あたしは、遅筆だって自覚があるもんだから、そうそう長大なお話は書けませんけど、その分、長大なストーリーを頭の中で作って、自分だけで楽しんじゃうっていう、いけない癖があったりするんだよな……。このお話も……いつかその……寿命が持てば……書きたいな。）

☆

えー、では。

とんでもないよた話を書いてしまったあとで、急にこだけ真面目《まじめ》になるのも妙なもんだとは思うんですが。

最後に、お礼の言葉だけ書いて、おしまいにしたいと思います。

まず、SFアドベンチャー編集部の（というか、この小説を掲載した当時、編集部にいらした）国田さんに。

ありがとうございました。

あたし、あら筋をしゃべる時、それを面白がっていただけると、何だかとっても小説を書くって作業が楽しくなるみたいなんですね。

この小説のあら筋が、本当に面白かったかどうかは別にしても、国田さんは、ずいぶん楽しそうにあたしのしゃべるあら筋を聞いてくださって……おかげさまで、たいして苦労なしに、この小説、作ることができました。

それから、この本を読んでくださったみなさまに。

読んでくださって、どうもありがとうございました。気にいっていただけると、ほんとに嬉しいのですが。

そして——もし。もし、気にいっていただけたとして。もしも御縁がありましたなら、いつの日か、また、お目にかかりましょう——。

一九八七年一一月

あとがき

徳間デュアル文庫版『ラビリンス〈迷宮〉』

あとがきであります。

これは、私の八冊目の本でして、二十一歳の春に書いたお話であります。

☆

……これ……書いたの、1981年なんですよね。

……古い。……昔だ。

遺伝子工学についての記述なんて、もう、目を覆《おお》ってしまうお話ではあります。今なら、こんなことを書かない、こんな表現をしない、そんなものの山があるお話です。けど、時代を考えると……おお、結構がんばってるじゃないか、1981年の新井素子。そんなこと、ちらっと、身びいきで私は思いました。

まあ、具体的、詳《くわ》しい科学記述をまったくしていないせいもあるのでしょうが（できるだけの知識がないのですが）、お話の根幹そのものは、そう古びてないぞ。今でも通用するお話のような気もします。

クローンがまったく未来の技術だって雰囲気《ふんいき》になっていたり、遺伝子と寿命の関係がでてきても最新の話題が全然なかったりするのは……1981年に免じて、笑って見過ごしてやってください。

☆

ところで。

本文中に、『自分の住んでいる家を迷宮にはしたくないだろう』って意味の文章がでてきますが……これ、実は、嘘《うそ》。

いや、神様やサーラやトゥードは、自分の家をラビリンスにしたくないと思っているのかも知れませんが、少なくとも私は……憧《あこが》れます。

迷宮の、我が家。

ああ、そんな家が欲しいっ。

☆

いえ、何もね、家の中で迷子になりたい訳じゃ、ないんですけれど。

けれど……憧れませんか、〝妖《あや》しい家〟。

あっちこっちに妖しい空間があり、ああ、隠し部屋だの隠し階段なんかも欲しいな、開かずの扉なんか絶対欲しい。

時々、老舗《しにせ》の旅館なんかで、建て増しに建て増しを繰り返した為《ため》、階段はやたらあるわ、平面図ではどこからどこが繋《つな》がっているのかよく判《わか》らないわ、坂地に建っているせいで一階の玄関からはいった筈《はず》なのに何故《なぜ》か二階になっちまってるわ、変な奴があるでしょう。あーゆーの……憧れ、だ、なー。

私に、とってもお金があったなら、そういう妖しい家を作るのに。

☆

うんと将来。

私と旦那《だんな》が老衰で死んでしまった後。

甥《おい》っこと姪《めい》っこが、遺品の整理が必要だの何だの、いろいろあって無人になった我が家にやってくる訳ですよ。

すると。

一部で〝ぬいぐるみ屋敷〟として有名だった我が家……どっか、変なんです。

そうだなー、例えば、写真や何かで見る限りでは、とても広そうな家だったのに、何故か、狭い。写真にうつっていた部屋なんか、どこにもないんです。

変だなーって思いながらも、甥は真面目《まじめ》に遺品の整理を始める。〝猫をも殺す好奇心〟に溢《あふ》れている姪は、お兄ちゃんを手伝いながらも、ついつい家の中を探検してしまう。

と。ふと、甥が気がつくと。

いつの間にか、妹の姿がないんです。

どっか遊びに行っちゃったのかなー、しょーがないなーって思いながら、甥は遺品の整理を続け……でも、夜になっても、あたりが真っ暗になっても、それでも姪は、でてこないんです。

こと、ここに至って。

ふいに、甥は気がつきます。

ぬいぐるみ屋敷として有名だったこの家……数千のぬいぐるみがいる筈だったこの家……数えてみると、ほんの百くらいしか、ぬいぐるみが、いない。百もいれば、かなりぬいぐるみ、多い方なので、あんまり気にしていなかったんだけど、そういえば、ぬいぐるみの数が少なすぎる。うん、注意してみれば、エッセルさんだの何だの、素子伯母《もとこおば》さんが大事にしているぬいぐるみがいない。

しかも。妹を探して家のまわりを歩いてみると、家の外周の長さと、内部の部屋の長さの感覚が……異様に違うんです。実際にはかってみた処《ところ》、壁が厚い、とか、誤差、とか、そんなものではとてもおいつかない差が、外周とうちのりの間にある。

……ということは。この家は、見たまんまの家では、ないんだ。隠し部屋があって……それも、一つや二つじゃなくあって……妹は、何かの間違いで、その隠し部屋に入ってしまい、自力では出てこられない状態になっているのかも知れない。

いきなり空気は緊迫します。

さて、甥は無事に、妹を発見できるでしょうか？　そして、素子伯母さんが大切にしていた、数々のぬいぐるみ達はどこに？

いきなり事態は、アドベンチャー・ゲームだ！

☆

うーん。凄《すご》く欲しいな、こーゆー家。

けど。聞こえてきてしまう、旦那の声が。

「ぜえっっったいっ、そんな家に住みたく、ないっっっ」

ああ、妹の声も、聞こえてきてしまう。

「やめてー、うちの子を変な趣味に巻き込まないでー」

……面白いのになー、絶対、面白いのになー。くっすん。

（まあ、ただ。この設定だと……老衰で死ぬまで、甥っこも姪っこもうちに遊びに来てくれなかったって前提条件が必要ですよね。うーん、それは嫌《いや》だなー。

ようし、身内を巻き込むのはやめて、家のまわりをひたすら荒れ果てさせるんだっ。そんで、私と旦那が死んだ後、我が家は御町内の名物・ぬいぐるみ化け物屋敷になって、近所の子供達が探検に来る。するとやっぱり、そのうちの誰かの姿が見えなくなって……。

ああ、やっぱり旦那に反対されるな、いや、それより前に、こんな野望を抱《いだ》いていると、引っ越し先に受け入れてもらえないか……。）

☆

あ、でも。

三年程前に、私、普通の家に引っ越したのですが（隠し部屋も抜け穴もなんにもないの。いや、それがあたり前なんだけれどね）、この普通の家に、ちょっとした迷宮があることを、遊びに来る友達の子供達が発見してくれました。

いいえ、単なる書庫なんですけれど。仕事の必要上、我が家の一番広い部屋は、書庫になっているんです。ドアと窓をのぞくと、壁はすべて本棚《ほんだな》になっていて、それだけじゃない、六十センチ間隔で天井までの作りつけの本棚が林立している部屋なんです。（早い話が、小学校の小さな図書室みたいなものを想像してくれればいいです。）

そうしたら。子供が複数遊びに来た場合、みんな、必ずこの書庫に行きたがるんです。冷暖房なんてないから、冬場寒いし夏場暑いし、まだみんな大人用の本なんて読める年じゃないのに、何でだろうと思っていたら……ここ、鬼ごっこをするのに、最高の立地条件だったんですよ。何たって、天井までの作りつけの本棚だ、棚の向こうに人がいるのかいないのかまったく判らない、二十何畳かある部屋だから、本棚一つの長さも一応二メートルちょっとはあって、小さな子供なら二、三人、走りまわる余地がある。

考えてみれば、そうなんです。

勿論《もちろん》、そんなことしちゃいけないって思っていたからやらなかったけど……小学校や中学校の図書館。その、本棚部分。あれ、鬼の姿がまったく見えないから、すんごくスリルのある鬼ごっこスペースになりますよね？　図書館でそんなことやれば大顰蹙《ひんしゅく》だけど、個人の家の本棚なら、別にその前で走ったって問題はない訳で……。

どんな単純な迷路であっても、鬼ごっこをするのはとっても面白い。

私、それ、判っていた筈なんですが、まさか、ごくあたり前の自分の家に、そんな準迷路スペースがあるだなんて、子供達を見るまで気がつきませんでした。

うーん、いかんなあー、頭、かたくなってきているのかも。

（そう思えば。ごく普通の家にも、ごく普通の生活にも、もっともっと迷路のようなものって、あるのかも知れません。うん、そう思うと、何かちょっと人生楽しくなってくるぞ。）

☆

んでは、最後に。お礼の言葉を書いて、このあとがき、終わりにしたいと思います。

このお話を読んで下さった皆様に。

読んで下さって、どうもありがとうございました。

気にいっていただけると、私としてはとても嬉《うれ》しいのですが。

そして、もし。

もしも気にいっていただけたとして。

もしも御縁がありましたなら、いつの日か、また、お目にかかりましょう――。

二〇〇〇年八月

新井素子

あと書き

徳間書店版『ディアナ・ディア・ディアス』

あと書きであります。

これは、私の十五冊目の本にあたりまして、昭和六十年の夏、書いたお話です。

えっと、今までのあと書きですと、ここに、何歳の、どの季節に書いたものかっていうのがはいるんだけど、今回から、それ、パスします。理由は――ご推察のとおり、えーい、二十代の半《なか》ばをすぎた女に、年齢を聞いちゃいけないんだぞ！

☆

今回のこのお話は――本文の方を先に読んでくださった方は知っていると思うんだけど――いやあ、実に、疲れるお話でした。

これ書いている間はね、何だってこんなに疲れるんだろう、何だかこのお話に、精力吸われているみたいだな、なんて思って書いていたのですが、いざ、できあがって、自分で読んでみると。このお話の疲れ方は半端《はんぱ》じゃないっていうか、読んでまで、疲れるんですね。

でも、ま、私のお話って、今までどっちかっていうと楽に読めるものばっかりだから、たまにはこういう、作者でさえ疲れるのがあったっていいんじゃないかなって思ってます。(この話、本にするので手をいれたり何だりで読みかえして……作者本人、疲労したものの、割と好きなんです。)

それと。

このお話を書いている間に、やたら疲れたって印象が強いのは……忘れもしない、原稿百枚消失事件がおこったもので。

☆

私、普通お話を作る時って、大体、まず原稿用紙に鉛筆で下書きをして、それをワープロにうってゆくんですよね。でもって、ワープロにうつ時に、随分と手直しをして。

でね、一応最後までワープロで原稿うっちゃって、で、それが全部完成したら、全部まとめて印刷して。(これは、もっの凄《すご》い、快感。これやる時って、もう原稿は一応完成している時だから、本人はのんびりと本読んだり、場合によっては祝杯あげたりしながら、んだけが仕事しているの見てます。でね、本一冊分の原稿だから、これ、ものによっては一日近く時間がかかったりするんです。特に、うちのプリンターはのろいから。とね、一応紙の補給してやったり、文書一が終わったら文書二を呼んでやったり、人間がする仕事も、ある程度ある訳。だから、その日は、本人は読書したりのてのてしたり、ま、主観的には遊んでいるにすぎないのに、客観的には、今日も一日ちゃんとお仕事をしましたっていう感じになるの。そういう、実は遊んでいるんだけど、れっきとした仕事、でもって、これが終わればほんとに仕事もそろそろおしまいっていうの、やってて気分いいだろうなーって思いません?)

だけど。

今の文章、注意深く読んでもらえれば判《わか》ることなんだけど……とんでもない問題点があるんですよね。

下書き。これは、ま、ある。でも……清書した原稿、すべての原稿ができあがるまで、原稿は、ただ、ワープロの記憶装置の中にあるっていうだけで、人間が読める形になってない! おまけに、下書きと清書とでは、随分違ったものになっているので、下書きだけあっても意味がない!

でも。

ワープロを買ってから今まで、何の疑問も不安もなく、こういう形態で仕事してこられたのは、それまで、ワープロによる事故っていうのが、そんなには発生していない、発生した時も、私が間違って仕事中に電源を抜いてしまった、とか、コーヒーをこぼしたっていう時に発生しただけで、一応、ワープロさんに対する信頼関係があったからなんですね。

ところが。このお話を書いている間におこった事故って、そんな生易《なまやさ》しいものじゃ、なかったんです。

あ、それと、最初の頃のワープロさん、一文書に、原稿用紙にして三十枚も、原稿がはいらなかったんです。ところが、今私が使っている奴、百枚かそこらは、軽くはいっちゃうの。で、また私も、はいるもんならいれてしまえっていう思想の持ち主だったんで、はいるぎりぎりまで一つの文書に原稿をつめこんじゃってて……で、その、つめこんじゃってた原稿が、ある日、突然、消えたのでした！

それも。（ま、ただ単に消えたっていうだけでも、ずいぶんとダメージは大きかったんですが）五百枚以上あった原稿の、三百枚目から四百枚目くらいまでっていう、途中が丸ごと消えちゃって。（あ、この事故がおこった頃って、もうそろそろ原稿できます、なんて編集の人に言ってた頃でした。）

これは……考えられる限り、も、ほとんど最悪の事態でした。ラスト百枚が消えたのなら、まだ、そのまま下書きをもとにして書き直せばそれで済んだんですが（それにしたって大事だけど）、中途に消えられてしまった日には、まさか百枚分もの原稿、すっかり暗記している訳はないんで、消えた処《ところ》以降、後半部もかなり手をいれるか、場合によっては書き直さないといけなくなっちゃう。しょうがないから直しましたが……でね、結局、最後にこのお話がのった、ＳＦアドベンチャーの私の特集号っていうのが、大幅に、発売日から遅れてしまったのでした。

☆

それに。ほんとのこと言うと、事故ってそれだけじゃなかったのね。泣く泣く原稿を直して、も、怖いから、その日ごとに、その日の分の原稿ができた段階で印刷しちゃってたら……これ書いている最中に、また、今度はプリンターが壊れたのです。

もう、ほとんど絶叫っていう感じの悲鳴をあげて、慌《あわ》ててワープロ屋さんに電話して、係の人にきてもらったら……係の人がついた瞬間、何故《なぜ》かプリンターが、自然治癒《ちゆ》してしまったのです。（自然治癒してしまった、だなんて、人にいっても信じてもらえないんじゃないかな、折角《せっかく》来てくれたワープロ屋さんに悪いなって思っていたら……そのワープロ屋さんの話によりますと、彼が行くと、割とワープロって、自然治癒するんですって……。そんなことって、あるんだろうか。）

でもって。それ以来、妙に壊れ癖がついちゃったうちのワープロは、何かというと壊れるのです……。（自分が、前より信頼されてないっていう事実に、傷ついてでもいるんだろうか……？）

☆

では、最後に。

この本を読んでくださった皆様に。

読んでくださって、どうもありがとうございました。（それもこんな疲れる話を）気にいっていただけると、本当に嬉《うれ》しいのですが。で、もし。もし気にいっていただけたとして、もしもご縁がありましたなら。

いつの日か、また、お目にかかりましょう――。

昭和六十一年六月　新井素子

あとがき

徳間ノベルズ版『ディアナ・ディア・ディアス』

☆

あとがきであります。

これは、私の、十五冊目の本にあたりまして、昭和六十年の夏に書いたお話です――。


『どういう時にお話って思いつきますか？　どうやってお話って作ってますか？』

一応、お話を作ることを仕事にしているせいか、あっちこっちでしょっちゅうこういうことを聞かれます。特に、高校の図書委員会だの文芸部だののインタビューをうけると、ほぼ確実に、これって聞かれます。で――そのたびに、実は、困っちゃうんですよね。

というのは。別に隠す訳じゃないんだけれど、ほんとに自分でもそれって判《わか》らないんだもの。私はどうやってお話を作っているんでしょうか。できることならむしろ私が教えて欲しいくらい。

で、しょうがないから、そういう質問は適当に返事を濁《にご》すようにしているんだけれど――時々は、自分でも、『ああ、こういうことが切っ掛けになって、で、このお話を作ったんだな』って判ることも、あります。(うーむ、何だか情けない言い方だな。)

このお話が、ちょうどそういう、切っ掛けはかろうじて判っているものなんで、ちょっとそのことについて書かせていただきます——。

☆

セイタカアワダチソウっていう草があるの、御存知ですか?

私の記憶違いでなければ、確か帰化《きか》植物の代表選手みたいな雑草で、私が子供の頃は、どこの空き地にもわさわさこの草がはえていました。別にこれっていって特徴のある草じゃない、特にきれいな草でもない、姿形だけみれば実にありふれた草なんですが、ただ、この草、油断するとぐんぐん伸びていってしまう、ちょっと気を抜くとあっという間に巨大な草に育ってしまう、庭の雑草とりをする人間にとっては、やっかいきわまりない草でした。(最近東京じゃ見掛けないけど、これって多分、最近の東京には空き地ってものがまったくないせいでしょうね。田舎《いなか》の方へいけば、何せ帰化植物の代表選手になっちゃうくらい生命力の強い草だもん、今でもわさわさはえているんでしょうね。)

もう十年近く前のことでしょうか、我孫子《あびこ》の方で、このセイタカアワダチソウを見たのが、このお話を書く直接の切っ掛けでした。

☆

当時私は、何の理由があってかなあ、我孫子の先まで、行ったことがあったんです。我孫子、までは覚えているんだけれど、その先、とにかくまったく聞いたことのない地名のあたりで、もう廃線になったんだか、それとも単なるローカル線なんだか、電車が走ってこない線路の脇を散歩がてら歩いて。

と、その、線路ぞいに、大きなおうちがあったんです。大きな、敷地が多分、二百坪《つぼ》や三百坪はありそうなおうちが、自然石を切り出してつくったような石塀にかこまれて立っていて——そんな立派なおうちなのに、不思議とその石塀が荒れ果てたような気配で。

近づいてみて、判りました。そのおうち、もうとっくに人が住んでいない、廃屋だったんですね。それは、石塀の様子や、門の様子、門からほの見える家の状態でよく判ったんですけれど、それ以上にはっきり判って、それ以上に驚いたのは。

門から家まで、それに庭全部、とにかく圧倒的なセイタカアワダチソウの海に埋もれていたからなんです。

セイタカアワダチソウ、セイタカアワダチソウ、セイタカアワダチソウ……右を見ても、左を見ても、とにかく見えるのは人間の背丈より高くなってしまったセイタカアワダチソウだけ。開けてみなかったけど、もし、この家の門がうちびらきなら、おそらくは内部のセイタカアワダチソウをひっこ抜かなきゃ、そもそもこの門があきそうにないし、たとえ門があいたとしても、セイタカアワダチソウをひっこ抜いて歩かない限り、人は誰もその家に到達できそうにない。

不思議に、感動しました。

何故《なぜ》かは判らないけど、しみじみ、涙がでそうな気がしました。

何て凄《すご》いセイタカアワダチソウ――何てがんばったセイタカアワダチソウ――何て偉いここまでこの家をセイタカアワダチソウの蹂躙《じゅうりん》にまかせたこの家の人達。

私、最終的には、この家の石塀に攀《よ》じ登っちゃって、ただただセイタカアワダチソウを見ていました。

こいつらが、このままでいられるといいな。

ふっと、そんなことを思ったりして。

このまま、誰も、人間がこの家に手入れをしようだなんて思わないといいな。

で、そんな時。

絵が、浮かんだのでした。

誰かが――女の人が――この、セイタカアワダチソウの中で、笑ってる。半《なか》ば気の狂ったような、意味のない、ヒステリックな笑い声をもらす。その女の人は、女の子というにはちょっと年をとっていて……そうね、ちょうど、お母さんってくらい。気の狂ったお母さんが、セイタカアワダチソウの中で笑う。セイタカアワダチソウ――ううん、そのままの草じゃ、何だな、とにかくセイタカアワダチソウと同じくらい背が高くて、刺《とげ》なんかがあって、そして……そうね、その割には優し気《げ》な小さな白い花が咲く草の海で、お母さんが、気の狂ったお母さんが笑う。後ろにあるのは、まさか廃屋っていう訳にはいかないから、それなりの館。でも、その館は、不思議と統一をかいて、何やらまがまがしいものがあるような気配。装飾動物の生け垣。紫水晶の床の部屋。部屋にかけられた数々のまがまがしいものの面。うち一部の目はくりぬかれて窓になっている。

すうっと、そんな情景が目の前に浮かび――そして、私は、『ああ、これはほっとけばお話になる』って思ったのでした。

☆

さて、それから、数年の年月がたって。

別に私は、『これはお話になる』って思ったものを、あっちこっちいじりまわるような癖はないので（大体、そういうのって、数年、場合によっては十年単位でほっときます。と、自然にお話になるみたい）――気がついたら、このお話は、殆《ほとん》ど無意識のうちに、私の中でできていました。（もっとも、人にあらすじを説明する時、白い花が咲いている草の中で気の狂ったお母さんが笑う、そういうお話、としかいいようがなく……これは困ったものなんですが。)

で、これが——これでも、判りやすい、私のお話の作り方の説明なんですが——これで、あの、判ります? これで、インタビューがあった時、どうやってお話を作っているのか、自分で説明ができると思います?

私はできそうにありません。(あ、それと、セイタカアワダチソウは、俗名を『きりん草』っていうらしいんですね。とにかく背がどんどん伸びちゃうから、こういう名前になったのかも知れませんが。で、この景色が大層気にいった私は、『もう誰も人が来て欲しくないと思っているきりん草の群れ』ってイメージで、過去、もう一つお話を作っちゃったのでした。)

☆

あ、それと。

これって喜んでいいことなのかなあ、てっぺんにでている『神学概論』って本からの引用は、すべて、嘘《うそ》っぱちです。みんな、私の創作。

ま、中にでてくる国自体が嘘っぱちですから、当然、その国の神話の研究なんて嘘に決まってるんだけど、不思議にも、『神学概論』が実在する本だと思った方が、何人かいらっしゃるみたいなんですよね。私の処《ところ》にも問い合わせが幾《いく》つかあったし、何と、図書館からまで聞かれちゃったしなー。

私は、半村良《はんむらりょう》氏がお書きになった、『闇《やみ》の中の系図』シリーズの、『嘘部《うそべ》』っていう、嘘をつくのが先天的に受け継がれた才能である一族にとっても肩入れをしている身なので、こういう反応って実に嬉《うれ》しいんですが、まっとうな話、こういうことって嬉しがっちゃいけないのかも知れません。

☆

では、さて。

最後に、いつもの台詞《せりふ》を書いて、おしまいにしたいと思います。

この本を読んで下さった皆様へ。

まず、読んで下さってどうもありがとうございました。

それから……気に入っていただけると、嬉しいのですが。

そして、もし。もし、気にいってくださったとして。

もしも御縁がありましたなら、いつの日か、また、お目にかかりましょう——。

平成元年二月

新井素子

文庫版のためのあとがき

徳間文庫版『ディアナ・ディア・ディアス』

あとがきであります。

これは私の十五冊目の本でして、昭和六十年の夏に書いたものです。

☆

えーと、この本は。最初に。単行本としてだしていただき、それから新書にいれていただき、更《さら》に今、文庫にいれていただけることになったっていう、とっても幸せな本ですので……書いたのが、昭和六十年。うーん、ずいぶん前だなー、結婚した直後ではないか。

ゲラ（あ、本になる前、試しに印刷して誤植なんかを直す奴です）に手にいれながら、何となく当時のことを思い出してしまいました。

☆

今もまだ、結構はやってはいるみたいですけれど、以前、私がこの原稿を書いていた時は。血液型って奴で、世間様は妙に盛り上がっていました。血液型で人の性格が判《わか》るだの、血液型で相性を見るだの何だの。

まあ、こういうの、そのちょっと前の女の子達が、「獅子《しし》座と牡牛《おうし》座は相性が悪い」だの、「あたしは獅子座だからどうのこうの」って言っているのと同じで、軽いお遊び、話題の一つとして、私もなんとなくほけーっと聞いていた訳です。（と、まあ、この文章でお判りのように、私はこういうのって、軽いお遊び、暇《ひま》つぶしの話題としては手軽でいいんじゃないって思うタイプです。言い換えると——全然、まあったく、これっぽっちも、信じてないの。あったり前だあ、〝私〟って、そりゃ、親や何かの教育も勿論《もちろん》あるけれど、でも、基本的には〝私〟が今までの人生で精根こめて作ってきた、〝私〟の作品だぞ。〝私〟が丹精《たんせい》して教育した、〝私〟が作りあげたもんだ。それを、生まれた日だの血液型だの名前だの手の筋だので、判断されたり決められてたまるかっ。……おっと、何か興奮してしまった。）

んで、だからまあ、特に調べた訳でもないけど、何となく、O型はこんな性格、A型はあんな性格って、漠然《ばくぜん》とした知識だけは一応あったんですね。（信じてないけど。）

そして、ところで、話はとんで。

このお話の中に出てくる《高貴なる血《ディア》》ですけれど。

これ、どういう血なのか、何でそうなったのかは、とりあえず、おいときます。どうせ、科学的にどうこうって説明は（仮に設定としてあったとしても）、私にできっこないんだし、まあ、それが判らなくたってお話自体に不都合はないし、ひょっとしてひょっとすると、いつか、このお話に関連したお話を作る可能性もない訳じゃないし。

けど……この、本文中にでてくる、他人に自分の《血》《ディア》を与える技術って……これは、やっぱり、輸血だよ、ねえ？　血をごくごく呑《の》むって考えられないから、まず、間違いなく、輸血だと思う。

んで、そう思っちゃうと。

正しい《血》《ディア》、正しくない《血》《ディア》って、すぐに答えがでちゃいますよねえ。《血》《ディア》が特別の薬だって仮定した場合……。

正しい《血》《ディア》は、万民に、薬効がある。正しい《血》《ディア》をもらった人は、かなりの確率でその怪我《けが》や病気が治ってしまう。

正しくない《血》《ディア》には、二面性がある。その《血》《ディア》をもらった人は、あるいは怪我や病気が治ることもある、が、怪我や病気がそれ程のものでなくても、正しくない《血》《ディア》が故《ゆえ》に、死んでしまうこともある。要するに、正しくない《血》《ディア》は、それを貰《もら》う人によって、薬にも毒にもなるのである。

これ……きっぱり、血液型不適合って問題だと思います。例えば、出血で瀕死《ひんし》のA型の人に、いくら出血がとまらないからって、B型の血液をどんどん輸血すれば……ただでさえ、瀕死なんだもの。まあ最悪の事態になるでしょう。傷口がふさがりかけていて、ほっときゃ何とかなる人だって、下手《へた》に血液型不適合の輸血をすれば、それ故に死んでしまうこともある筈。

とすると。

すんごい、常識的な話として。

カトゥサの家系――というか、純血の王家、両聖神官家、両聖大公家、正しい《血》《ディア》を引く万民に輸血可能な家系って、これ、O型の家系なんだあ。誰に輸血しても血液型不適合って問題が起こらない以上、そういうことになりますよね。（厳密に言えば、やっぱり輸血するなら、同じ血液型であるのが望ましいんですけど……それ言いだすには、この時代、この世界の医療水準自体が低すぎますんで……。）

親が両方共Oなら、必然的に子供は確実にOになります。うん、だから、血液型なんて調べようがないって設定の世界では、《血》《ディア》をどれくらい濃くひくのかっていうのと同じくらい、純血の家って重要になる訳です。一回、OがO以外の血液と混血してしまえば、O型って劣勢遺伝ですから、次代の人間はOじゃない可能性が結構強くなりますもん。まして、AB型、あるいはAやBでも、AA、BBって因子を持っている人と結婚すれば、子供は確実にO型じゃなくなる。（シスABなんていう極《ご》く少数例は、この場合無視します。）血液型を調べようがない以上、王家、両聖神官家、両聖大公家がひたすらその中のみで婚姻《こんいん》を繰り返したのも、まあ、無理のない話ではある訳です。（んで、そういうことをしていると、当然、優生学的な意味で、問題が多発する訳です。……この家系……多発してますね、見事に。）

と、まあ。

設定はこういう風になっておりまして、だから私、ある日、ふいに、「ああ、カトゥサって０型なんだ」って気がつき——（自分で設定作って、血液型不適合で純血の家が必要になったんだなって理解していながら、実は、お話半分以上書くまで、登場人物の血液型なんか考えもしなかったの……）これは、一人で、大笑いでした。

あの当時、結構キャラクターの血液型は何かって気にする読者の方もいらっしゃったみたいですが、カトゥサ、０型って言っても絶対信じてもらえないような気がする……。実際、何かの折りに編集の方に（ちょうどそんな話題がでたのかも知れない）、「カトゥサって０型ですよ」って話をしたら、あきらかに「えー」って表情されたし。（あ。カトゥサだけじゃないんだ、ディアナもティークも、絶対０。カイオス王はちょっと特定できませんね、でも、０じゃないとしてもＡ０かＢ０です。父親が０だからね。そして、王妃《おうひ》は０ですから、四人いる娘は、カイオスが０じゃなくても、二分の一の確率で０ですね。うーん、何かそういう考え方すると、これって凄《すご》いお話かも知れない。主要登場人物の殆《ほとん》どが０。万一パミュラやプシケが偶然０だったら、主要登場人物全員０のお話。）

ま、結局、これって裏がえせば、いかに私が血液型で性格が決まるだなんてこと、信じてないのかって話でもあるんですけどね。

☆

《血《ディア》》の話がでたついでに、もう一つ。

この本をだした後で、読者の方からお手紙をいただきました。カトゥサが東の国を併呑《へいどん》したってことは、カトゥサはディミダ（東の国のお姫さまです）と結婚するんですか？　って奴。

する訳ないです、できません。だってディミダは、間違いなく《ディア》をひいてないもん。ですが……ところが。そう思っちゃうと、更《さら》に問題がでてくるんですよね。というのは——このお話当時、この国に、カトゥサと婚姻可能な純血の《血《ディア》》をひいている姫がいるかっていうと……いない。いる訳ない。前代で唯一の、純粋な《血《ディア》》をひいている男、ティークさんは、純粋な《血《ディア》》をひいていないルディア姫と結婚しちゃったんだもん、ルディアとティークの間にできた子供だって、正確な意味ではすでに純血じゃありません。

で、まあ、そこで。カトゥサが次代のディアナかディアスを得る為《ため》には、倫理的《りんり》に山のように問題がある、とんでもない手段をとらざるを得なくなります。シシス王朝が、《ディア》の呪《のろ》いの為にゆがんでしまった家系だとすると……出だしからしてムール王朝は、もっともっと病んだ家系になってゆきます……。

☆

あ、ディミダ姫の名前がでたついでに、コマーシャル。えーと、このお話は、南の国王家の物語でしたけど、実は私、同時代の中の国、東の国を舞台にしたお話を二つ、書いてます。中の国を舞台にしたのは『扉を開けて』ってお話でして、ディミダ姫一行が副主人公格ででてきます。（国境でムール五世が殺された時、ディミダ達は何をしていたかってお話でもあります。）東の国を舞台にしたのは『ラビリンス――迷宮――』ってお話でして（あ、これは『扉……』『ディアナ……』の、四年前のお話です）、神様っていうとんでもないものがメイン・キャラクターになってますので、この世界の成り立ちが、かなりの部分、判ります。

もし、何かの折りに、読んでいただけたら、とっても嬉《うれ》しいです。

☆

では、最後に。お礼の言葉を書いて、このあとがき、お終《しま》いにしたいと思います。

読んでくださったあなたに。

読んでくださって、どうもありがとうございました。気にいっていただけると、とても嬉しいのですが。

そして、もし。気にいっていただけたとして。

もしも御縁がありましたら、いつの日か、また、お目にかかりましょう――。

一九九三年五月

新井素子

あとがき

徳間デュアル文庫版『ディアナ・ディア・ディアス』

あとがきであります。

これは、私の十五冊目の本でして、昭和六十年の夏、書いたお話です。

☆

……と、ここまで、書いてきて。

ちょっと、感慨にふけっております、私。

これ書いたの、ほんのちょっと前のような気がするんですけど（いや、私の感覚としては、本当に〝ほんのちょっと前〟なのよ）、昭和六十年っていったら、全然、〝ほんのちょっと前〟じゃないですよねえ。それに……今、この本を手にとってくださっている、読者の方の中には……下手《へた》すると、〝昭和〟ってものを、歴史の上でしか知らない、平成生まれの人が、いたりするんじゃないか？

何か、信じられない気分です。平成元年の冬、当時中学生だった読者の方とお会いして、色紙にサインなんて頼まれちゃって、「あ、平成って書くの、これが初めてですね」なんてしゃべったの……ついこの間のような気がするのに。あの時の中学生は、もうとっくに二十歳を越えているのかあ。実は、私、まだ、〝平成〟って元号に慣れていなくて、何となく昭和の方が身近な気分になるっていうのに……。

ああ。なんか、くらくらしてきた、私。

☆

昭和六十年と聞いて、私が思い出すことはあんまりないのですが、『ディアナ』を書いている時の思い出って言えば、あるぞ、あるぞ、とんでもない奴があるぞっ。

うちのワープロは、よく壊れます。そして、壊れる時は、大抵《たいてい》その時書いていた原稿を道連れにしてしまって……そうですねー、今までに私、単行本にして三冊かそれ以上、執筆途中の原稿をなくしてしまいました。（勿論《もちろん》これはとても困ります。いや、気軽に、『困ります』なんて書いている場合じゃないんだよね。大騒ぎです。大問題です。「私の三カ月を返してっ！」って話になります。）

今までに、なくした原稿九百枚以上。壊したワープロは十台以上。これはもう当然、泣くに泣けない事態になってしまいますので、こういう経験をしている作家の方は、バックアップをひたすらとるようになると思います。けれど私は、バックアップ、まったくとっていません。

これは何故《なぜ》かっていうと、バックアップを信頼できる程、私、ワープロやパソコンを信じていないから、なんですね。バックアップなんていくらとったって、ワープロやパソコンは、壊れる時まったく信じられない壊れ方をする、一番して欲しくない壊れ方をする、そういう確信を持っている私にしてみれば、ワープロやパソコンが壊れる時、まず、何故か、理由もなく、バックアップが壊れるに違いなく、したがって、バックアップしたってしょうがないって話になる訳です。（ここまで不信を抱《いだ》いているなら、いっそ手で書けばいいような気もするんですが。）

　そこで、だから。

　只今《ただいま》の私は、原稿を、三十枚以上書いた場合、バックアップをとらずに、原稿そのものを印刷します。（三十枚以下なら、も、最初っから壊れるって思ってますもん、平然ともう一回書き直します。どうせ壊れるもんなんだ、腰すわってます。）そんでもって、それ以降は、その印刷された、目で見える原稿に、鉛筆で直しをいれ、次の原稿をワープロにいれます。以降、えんえん、それを続けます。（従って。うちのワープロの中には、実は完成原稿ははいっていないの。完成原稿は、印刷した奴に鉛筆で手をいれた、手書きの原稿だってことになります。必然的に、ほんとに完成して、出版社に提出する時には、それ、もう一回打ち直すことになります。）

　何か、ワープロ使っている意味が、あんまりないような気もしますけど、どうせワープロやパソコンって、筆記用具なんだ、なら、これでいいじゃない。印刷された原稿さえあるのなら、万一ワープロがクラッシュしたって、もう一回、同じ原稿をワープロで打てばいいだけだ。

　……まあ……これは……〝能率〟っていう言葉をどこかへやってしまった、そんな作業方法なのですが……でも、私は、こんな作業をしております。

　んでもって、こんな〝作業〟をすることになった、その基本原因は、『ディアナ』なんですよ。一番最初に、一番泣いても泣ききれない状態で、ワープロがクラッシュしたのが、『ディアナ』なんですよ。

☆

　忘れもしない、「ディアナ」の初稿ができた時。

　徳間から電話を受けた私は、とても気軽にこう言いました。

「はあい、できてます。あとは印刷するだけでーすっ」

　あとは印刷するだけ。その状態になった、四百何十枚だかある『ディアナ』の原稿は……ああ、何か、言い訳みたいで、嫌《いや》だな、印刷する前に、忽然《こつぜん》となくなっていたのでした。

「驚驚驚驚驚……」

　どういう理由があるのかは判《わか》りません。いくつかに分けたある文書の一字目から、その文書の最後まで、何故か、どういう訳か、すべての文字が、「驚」って字になってしまっていたのでした。

「驚驚驚驚驚」

本当に驚いたのは、私です。

こ、これは。これを編集者に渡したら、本当に〝驚く〟べき本になってしまうではないかっ。（いや、勿論その前に、良識ある編集者ならこれを本にしてくれはしないでしょうけどね。）何十ページもただ、『驚』って字のみで占められている本っていうの……ストーリーも何もなく、ただ、『驚』って字のみが並んでいる本っていうの……こんな、〝驚く〟本は、多分、ないぞ。

もう、泣きながら私は、『ディアナ』を書き直しました。（三百何枚目か以降は、以前の原稿が残っていたのですが、それにきっちりくっつく原稿を書くよりは、全部書き直した方が、まだ、私の作業としては楽でした。）

そんで、その時以来今まで。

ワープロには申し訳ない話なんですが、パソコンはもっと関係ない話なんですが……私、ワープロも、パソコンも、信用できません。心のどこかで、絶対的に疑っています。だから、こんな能率をまったく無視した仕事方法を、以来ずっととってます。

そして、また。

☆

最近私は、『パソコンやワープロと出版社の法則』ってものを見出しました。

うん、これは、少なくとも私にとっては、本当のことなのよ。

私は、今まで、単行本にして三冊程度の量の原稿を、ワープロのせいでなくしている。んで、それは、どこの出版社のものかっていうと……。

K書店と、徳間書店、なんです、ねえ。

理由は……あるとは思えない、けれど、何故か、どうしてだか、原稿が消えてしまうのは、この二つの出版社の仕事をしている時に限る。

そして。

今回、この原稿を書いている私は、実は、『K書店』の書き下ろし原稿をやっている処《ところ》だったのでした。それに、『徳間』の原稿も、やっていました。（このあとがき以外に、徳間の雑誌に載っけていただく筈《はず》の短編を書いてもいたの。）

わはは、あっぷねーなー、『K書店』の書き下ろしをしている最中に、『徳間』の原稿を、書く？　〝ワープロ破壊の原則〟から言ったら、これ、すっごい危ないんじゃないの？（と、まあ、そんなことをのんびりと思えるのは、ここしばらく、ワープロもパソコンも壊れていなかったから。うん、そうなの、しばらくの間、K書店の仕事も徳間の仕事もしていなかったので、私、ついうっかり、〝ワープロ破壊の原則〟を甘くみていたの。）

　ところが。

〝ワープロ破壊の原則〟は、甘くはなかった。

……はい……壊れたんです、うちの、パソちゃん。ついでに、ワーちゃんのプリンターまでおかしくなってしまって……。

　今、私が、〝こんな原稿を書いていられる〟っていうのは……まあ、結構、〝花も嵐も踏み越えた〟末のことだと、思ってください。（本当に笑い話にならない苦労があったのだった。ま、ワープロは絶対壊れるって確信のもと、三十枚を越える原稿は印刷してあったんだけどね、K書店の方は長編だったからまだよかったんだけどね、徳間の原稿は、四十枚くらいだったの。短編、半分書いたあたりでパソコンが使えなくなると……それでも何とか三十枚を越し、印刷しようとしてプリンターがとまると……何か私、何やってんのか、ほんっと哀《かな》しくなってしまったぞ。それにまた、あとがきなんて三十枚ある訳はないんで……『長編』はまだしも、エッセイやあとがきは、ほぼ確実に締め切りを守るのが、普段の私です。ただ、このあとがきは、まあ、締め切りにゆとりがあったせいもあるんだけど、最初に約束した期日を無視し、次に渡す筈の日にもできていなく……ああ、「花も嵐も踏み越えた」、よ、ねえ……。）

☆

……徳間の原稿は！　も、絶対、K書店の原稿を書いている時には、書きません！

　逆に言うならば。

　K書店の原稿は！　も、絶対、徳間の原稿を書いている時には、書きません！

……強く、強く、決心した私なのですが……『食い合わせ』じゃないんだからなー、何かこの決心に意味があるんだろうか？

　多分、意味は、ないんだろうな。そして、こうして、〝ジンクス〟っていう奴が、できてゆくんだろうな。

　でも。でも、ほんっとに……ほんっとに……この組み合わせだと、壊れるのよ、うちのワーちゃんとパソちゃんはっ！（……いや……徳間単体、K書店単体でも、壊れるんだけどね。いっそ、この二つの出版社に限り、十枚書いたら印刷するようにしようか……なあ……。）

☆

……なんか……話が……ずれにずれたような気がしますので、いつもの奴を書いて、このあとがき、おしまいにしたいと思っています。

　この本を読んでくださった、あなたに。

読んでくださって、どうもありがとうございました。
このお話が、少しでも気にいっていただければ、私としては本当に嬉《うれ》しいのですが。
そして、もし。
もし、あなたが、このお話を気にいってくれたとして。
もしもご縁がありましたなら、いつの日か、また、お目にかかりましょう——。

新井素子

平成十三年二月

あとがき

あとがきであります。
今回もまた、あとがきが八本もはいっているー。んで、このあとがきを校正しながら、私、ふっと思い出しました。ああ、そういえば、『ディアナ』って言えば、原稿がふっとんじゃった話だよな、あれはほんとに辛《つら》かった……んで！　んでっ！

このあとがきの群れ（いや、そんなことを言いたくなる量だった）を読むまで、自分でも忘れていたんですけれど、確かに昔のワープロには、なんか、壊れる法則みたいなものがあったんですよね。（ほぼ、意味のないジンクスなんですけれど。）で、とある出版社の原稿を書いている時にやたらワープロの原稿がふっとぶ……はっ！

この校正をしているまさに今、私は、その出版社で連載をやっておりまして、しかも、今書いてる来週締め切りの原稿が、多分最終回だっ！　これがふっとんだら、私、泣く以外のことはできないっ！

で。昔の自分のあとがきを読んだ瞬間。私がやったのは、「書きかけの原稿をとにかく印刷する」でした。

今、プリンターが無事に動いてくれて、書きかけの原稿が印刷されて……はあああ。ほっと一息。とりあえず、今まで書いたものが印刷さえされていれば、紙に書かれた原稿さえあれば、どんなことが起こって原稿が消えても、大丈夫《だいじょうぶ》。最悪、これもう一回打ち直せばいいだけだもんね。（どっかに保存する、でも、メモリにいれる、でもなく、プリントアウトする。そのくらい、私は、パソコン全般を信用してません。紙しか信用しておりません。USBメモリとかに保存したら、こいつらはきっと、それが開けなくなるような壊れ方をするんだ。それに、私は、自分の原稿を打ち直すのがほんとに得意です。そんなもんが〝得意〟になっちゃう程、打ち直してます……。いや、いいのよ、その度毎《ごと》に自分の原稿推敲《すいこう》できるんだから。……これは、正しい日本語で、〝開き直り〟といいます。）

☆

まあ。ワープロが壊れることに関するジンクスを忘れていたのは……うん、これはとてもよいことだ、最近、うちの子達、あんまり壊れないんですよ。

ワープロで仕事をしていた時代が終わり、パソコンで仕事をするようになって。私は、親指シフト対応のパソコンを買いました。

するとまあ、この子はデスクトップ型のでかいパソコンだったんですけれど、記憶媒体がフロッピィディスクじゃ、なくなったんですね。この段階で、事故のかなりが、防げるようになりました。(それまで、原稿が消えてしまった事故のかなりは、フロッピィディスクに問題が発生したから、っていう側面があったんですね。一番判《わか》りやすいのが、フロッピィにコーヒー零《こぼ》しちゃった、とか。それが、ほぼ、あり得なくなった。)

同時に、私だって学習をしてましして、努力もしてます。

うちのワーちゃんが壊れる一番の原因は……私が、食卓で仕事をしている為《ため》だっていうの、判っていました。(私は、御飯《ごはん》は床に正座して食べたいんです。同時に、お仕事は、床に正座してやりたいんです。ただ、昨今、普通の家で正座するっていう環境は、そんなにはなくて……結婚した当初、私はちゃぶ台にワーちゃんを乗っけて仕事していました。このちゃぶ台、普段は食卓なんだけれど、お仕事をする時だけ、そこにワープロを乗っける。んで、これやってると、どんなに注意しても、「ああ、ワープロにお味噌汁《みそしる》がっ！」「しまった、コーヒー零したらそれがワープロにっ！」って事態が多発します。結果、ワーちゃんが壊れます。)

そんで。今の家に引っ越す際、ちゃぶ台を、二つ、作りました。一つは、御飯食べる処《ところ》。もう一つは、私が仕事をする処。

……基本的にフローリングの家、なんですけれどね。フローリングの家に座布団《ざぶとん》敷いて、正座して御飯食べてるだけでも変なのに、その脇に、もうひとつちゃぶ台があって、そこにも座布団が敷いてあって、そこで私が仕事をする……。凄《すさ》まじく、変、としか、言いようがないんですが。でも、こうするしか、ない。

その上。もうひとつ、努力しました私。

パソコンが乗っている同じ平面上には、絶対に、液体をおかない。

いつだって、コーヒー飲みながら、仕事しているんです私。でも、コーヒーカップは、絶対に、机の上には置かない。ここでコーヒーカップが倒れると、パソコンが危ないから。じゃ、どうするのかっていうと……床に置くんですよ、コーヒーカップ。普通のテーブルなら、床にコーヒーカップがあると、仕事しながらコーヒーが非常に飲みにくいんですが、床に正座してちゃぶ台で仕事をしているのなら。床にコーヒーカップがあっても、まあ、そんなに不自由はない。（そのかわり。うちの座布団コーヒーの染みだらけになってます。床にカップがおいてあると、これはもう、もの凄《すご》い勢いで、カップ、蹴倒《けたお》してしまう可能性が高まりますんで。）

そのうち、パソコンは、親指シフトに対応したノート型のものになり、そういう状況下で私は仕事を続け、保存した文書のすべてが「鷲」って字で占められるような事故は起こらなくなり……でも、今度は、まったく違う〝事故〟が起こるようになったんです。

☆

今、私は、ウインドウズを使って、それにオアシスのソフトを乗っけて、親指シフトで仕事してます。で。ウインドウズって奴は、勝手にアップデート、しやがるんだよっ！

……いや、ね。アップデートする必要性があるっていうのは、判らない訳じゃないんです。けれど……ならば……ね、もうちょっと、利用者に配慮したアップデートをしやがれっ！　この勝手アップデート、時々、オアシスの日本語入力を不可能にしてしまう奴があるんです。これやられる度に、私は文章が書けなくなります。（まあ、オアシスの方も、これ判っているんで、「アップデートされて日本語入力ができなくなった時の設定の直し方」なんて資料を配布してくれてはいるんですが……私は、独力では、これがほぼできない。毎度友達や編集の方頼って、おお騒ぎになります。）しかも、いつこれやられるんだか、こっちにはまったく判らない。

結果として。

うちには只今《ただいま》、パソコンが常時二つ以上あります。（今、四つある。）

一つは、ネットに繋《つな》がっている奴。こいつは、ウインドウズがアップデートしやがった場合、必ずそれをされてしまう、可哀想《かわいそう》な子です。

で、残りの子達は、スタンドアローン。

この子達はね、ネットに接続を絶対にしません。だから、メールだの検索だの、そういうの、一切、できません。ついでにうちのプリンターは、ネットに繋がっているんで、印刷もまったくできません。でも、原稿を、保持してくれる奴です。

……心から。ネットには、あんまり繋げたくないと思っている私です。（だから、調べたいことや資料にあたりたくなった場合、私、基本的に近所の図書館に通ってます。）

ああ。昔はよかった。原稿用紙も、鉛筆も、下敷きだって、ケシゴムだって、私に対して、「使いたいならあんたのスキルを何とかしろ」なんて、ひとことも言わなかったもん。小学生の時と同じ使い方していて、何の問題もなかったんだもん。

（んで。こんなことを書いていたら。来ると思っていたんだよなー、実際来たよな。うちの、プリンターですが。某出版社の原稿を印刷して、私がほっと一息ついた翌日、壊れました。……ああ、はいはい、そうですね。パソコン関係のものって、「私が疑うと」壊れるんですよね。いじける、というのが、正しい表現かも知れない。「私のことを信じてくれない素子さんの為になんか、絶対仕事してやんない！」という気分なんでしょう。まあ、このプリンターの故障は、休日だったので、その日のうちに旦那《だんな》が何とかしてくれましたが。ああ、でも。昔は原稿用紙の気持ちなんて忖度《そんたく》しないで原稿書いていたんだけれどなあ私。やっぱ、原稿用紙と鉛筆裏切って、ワープロやパソコンに走ってしまったのが間違いだったのでしょうか。でも、今更《いまさら》、どうしようもないもんなあ……。それに大体。昔はよかったって言い出したら年をとった証拠だって、よく判っているんですけどね。）

☆

ところで。この本と、一つ前にだしていただいた『扉を開けて』のあとがきには、なんかおっそろしいことが書いてあります。

このエピソードの続きを書きたいとか。こんなお話がある、とか。

いや、あるんですけれど。今まで、自分でも忘れていましたけれど、中の国のお話（正確には東の国年代記みたいな奴）とか、第13あかねマンションの他の階のお話とか。これ、読み返した瞬間、ほぼすべての伏線を思い出しました。お話っていうのはタイムカプセルで、当時の自分の気持ちを思い出せるのと同時に、当時自分が考えていたこのお話の、どこら辺がどう伏線だったのか、それはどういうことになる為の伏線だったのか、そんなこと、全部、思い出しちゃったよお。ほんとに凄いな、このタイムカプセル。

ただ。

子供の頃の私は、ほんっとおに自分の心の中だけで遊んでいたので。大体十歳くらいからこっち、一応現実生活にも適応はしているんだけれど、自分のキャラクター達と遊んだり、自分の作った世界設定の中でいろんなことを考えていることの方が多い子供でした。(自分つっこみ。友達いなかったんか、おいっ!)

その時、いろんなこと考えて、いろんな世界作って……ああ、私って、基本、あの頃作った思い出で、この年まで、仕事することができたんだなあ。

でも。子供の頃の私は、〝子供〟だったので、当然知らなかったことがあります。

時間っていうのは、たつものなんです。

いやあ、十歳や十四歳の私は、「世界はそのままでい続けていてくれる」って、なんとなく思っていたんだけれど、そんなこと、ある訳ない。現実世界で、私が一つ年をとれば、年は一年進んでしまうんです。けど、こんなこと、子供に判る訳がない。

結果として、二十歳くらいになった頃、自分が作った世界に遊びにいって、私は愕然《がくぜん》としました。

ちゃんとした記憶が始まる十歳の時。十歳だった私が、その頃、「これはかなりのお年のひと」って設定した、四十歳のキャラクターは、私が二十歳になった時にも、当然、四十のままでした。十歳の子供が思う四十歳と、二十歳の私が思う四十歳は、まったく違うものになっていたんですが(ここでもう、もの凄い齟齬《そご》が発生したんですが)……その、前に。時代背景が、そもそも違いすぎるっ!

十歳の私が四十として作ったキャラクターには、第二次世界大戦の経験があります。いや、直接の戦争の経験と言うよりは、戦後の経験。戦後の混乱している社会で、苦労して生き抜いた経験。どんな苦労があって何したか、そのエピソードだってありました。(子供だった私に、ちゃんとしたそういうものが作れた訳はないのですが、作らない訳にはいかないでしょ? だって、そういうのが〝ない〟方が絶対におかしいんだから。だから、作りましたよ子供の私。)

けど、同じキャラクターを、二十の私が考えると……え、このひとがこういう過去を持っていたって、あり得ないんじゃ……？

これ、今に敷衍《ふえん》すると凄いよ。今、四十のひとが、第二次世界大戦経験している訳がない。けど、お話の中の時間は止まったままですから。今でも、その時作ったキャラクターは四十で、四十なのに戦後どんな苦労したかの経験を持っているの。それも、十歳の子供が作った、もの凄く〝たどたどしい〟過去を。

なんかもう、これは〝面白い〟んだか〝凄い〟んだか、よく判らない。

お話というのはタイムカプセルで、もの凄い時間を凍結してしまうんだけれど、それを書いている私は、実人生を生きている訳で、現実の時間にのっとっている。なのに、私の心の中では、昔作ったキャラクターはそのまま。

うん。こういう目に会う度に思います。

お話っていうのは、なんか、凄い、ものなんですね……。

☆

それでは。最後にお礼の言葉を書いてこのあとがきを終わりにしたいと思っております。

読んでくださったあなたに。

読んでくださって、本当にどうもありがとうございました。このお話が、ちょっとでもお気に召してくだされば、本当に私は、嬉《うれ》しいのですが。

そして。そして、もし。もしも、気にいっていただけたのなら。

もしも御縁がありましたのなら、いつの日か、また、お目にかかりましょう……。

２０１９年10月１日

新井素子

編者解説

日下三蔵

新井素子《あらいもとこ》がデビューした奇想天外社の月刊誌「奇想天外」は、早川書房の「ＳＦマガジン」（60年～）、ＮＷ－ＳＦ社の「季刊ＮＷ－ＳＦ」（70～82年）に次ぐ第三のＳＦ専門誌であった。一九七四年に盛光社から全十号が発行された第一期「奇想天外」は、ＳＦ、ミステリ、ホラーを対象とした翻訳雑誌だったが、七六年に創刊された第二期「奇想天外」は、日本作家の作品を中心としたＳＦ専門誌になっていた（八一年に休刊）。

デビュー作「あたしの中の……」は同誌の七八年二月号に掲載されたが、これはまさに空前のＳＦブームが到来する直前に当たっている。日本では七八年二月に「未知との遭遇」、同年七月に「スター・ウォーズ」第一作（現在のエピソード４）が公開され、幅広い層にSFが受け入れられたのである。

これを受けてＳＦ専門誌が次々と創刊された。ツルモトルーム「スターログ」（78～87年）、徳間書店「ＳＦアドベンチャー」（79～93年）、光文社「ＳＦ宝石」（79～81年）、シャピオ／みき書房「ＳＦイズム」（81～85年）、新時代社「ＳＦの本」（82～86年）、双葉社「ＳＦワールド」（83～85年）などである。

このうち小説誌といえるのは「ＳＦアドベンチャー」と「ＳＦ宝石」だけだが、後者が早く休刊してしまったため、八〇年代のＳＦ界を牽引《けんいん》したのは「ＳＦマガジン」「ＳＦアドベンチャー」の二誌であった。

新井素子の作品リストを確認すると、「ＳＦマガジン」への寄稿が極端に少ないことが分かる。八二年の第十三回星雲賞日本短編部門を受賞した名品「ネプチューン」（81年1月号）の他には、「阪神が、勝ってしまった。」（85年12月増刊号）と「大きなくすのきの下で」（95年11月増刊号）の二本しかない。このうち「くすのき」は出版芸術社《ふしぎ文学館》から刊行された自選集『窓のあちら側』（07年2月）に収録されたが、「阪神」の方は、いまだに単著に未収録のままだ。早川書房からは書下し長篇『……絶句』（83年10月）が出ているとはいえ、ちょっと信じられないほどの少なさである。

短篇のつもりが百六十枚の中篇になったという「ネプチューン」のように、この時期の新井作品はどんどん長くなる傾向にあったから、雑誌には原稿を頼みにくかったのかもしれない。

一方、「SFアドベンチャー」では、本書に収録したふたつの長篇の他に、連作ショートショート「季節のお話」（90年1～12月号）を連載している。さらに連載約一年半に及んだ科学者との対談「新井素子の？《ハテナ》・教室」（全2巻で単行本化）、連載約三年に及んだ土屋裕《つちやゆたか》氏との対談「NERIMA井戸端コネクション」（『ネリマ大好き』として単行本化）もあり、誌面への登場回数は圧倒的に多い。

後述するように、一冊まるごと新井素子特集の増刊号まで出しており、八〇～九〇年代の新井作品を語る際には欠かせない発表媒体といえるだろう。ちなみに徳間書店で同誌の編集長を務めた石井紀男氏にうかがったところによると、創刊当時、SFと冒険小説に流行の兆《きざ》しがあったから、そのふたつを対象にするつもりで「SFアドベンチャー」という誌名をつけたという。初期の号に西村寿行《にしむらじゅこう》のアクション小説や赤川次郎《あかがわじろう》のユーモア推理が載っているのは、その名《な》残《ごり》とのこと。

第三巻に収録した長篇二本、短篇二本の初出は、以下のとおり。

ラビリンス〈迷宮〉　「SFアドベンチャー」82年7～8月号
ディアナ・ディア・ディアス　「SFアドベンチャー増刊　新井素子100％」85年12月　※一挙掲載
週に一度のお食事を　「小説春秋」80年7月号
宇宙魚顚末記《うちゅうぎょてんまつき》　「奇想天外」80年2月号

『ラビリンス〈迷宮〉』は新井素子の三番目の長篇小説である。「SFアドベンチャー」誌に前・後篇で分載された後、八二年八月に徳間書店から単行本化された。八四年八月に徳間ノベルズ、八八年十二月に徳間

「SFアドベンチャー」
1982年7月号

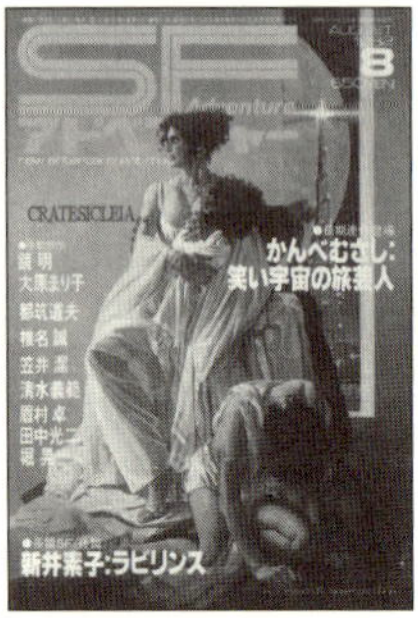

「SFアドベンチャー」
同8月号

文庫に、それぞれ収められ、二〇〇〇年八月に徳間デュアル文庫から文庫新装版が刊行されている。通算で本書が五度目の出版となる。

著者の「SFアドベンチャー」初登場作品で、「また、鎮静剤の効果で、サーラはゆるやかな眠りにおちていった」（本書66ページ上段）までが前篇であった。巻頭の中原中也《なかはらちゅうや》「盲目の秋」を引用したエピグラフは、徳間ノベルズ版で追加されたもの。

本書に収めた『ラビリンス〈迷宮〉』『ディアナ・ディア・ディアス』は、いずれも第二巻収録の長篇『扉を開けて』と同じ世界を舞台にしている。

『扉を開けて』は現代社会で暮らす主人公たちが異世界に迷い込むという枠組みだったから、「SF要素もあるファンタジー」という位置づけになるだろうが、『ラビリンス〈迷宮〉』は逆に、純粋なヒロイック・ファンタジーとしか思えない前半の展開から一転、《神》の正体が明らかになる中盤のシーンで物語の形をガラリと変えてしまうのである。

栗本薫《くりもとかおる》《グイン・サーガ》シリーズ（79年9月～／ハヤカワ文庫JA）を筆頭に、山田正紀《やまだまさき》『宝石泥棒』（80年1月／早川書房）、筒井康隆《つついやすたか》『旅のラゴス』（86年9月／徳間書店）など、SF作家の手がけるファンタジーには、どこかで本格SFの顔を覗《のぞ》かせる傾向があるようだ。ライトノベルの分野でも、宇野朴人《うのぼくと》による近年出色の戦記ファンタジー『ねじ巻き精霊戦記　天鏡のアルデラミン』（12年6月～18年8月／全14巻／電撃文庫）が、終盤で本

『ラビリンス〈迷宮〉』
徳間書店版

『ラビリンス〈迷宮〉』
徳間ノベルズ版

『ラビリンス〈迷宮〉』
徳間文庫版

『ラビリンス〈迷宮〉』
徳間デュアル文庫版

格ＳＦとしての顔を明らかにして読者を驚かせていた。

『ラビリンス〈迷宮〉』は迷宮に住む異形《いぎょう》の《神》に生贄《いけにえ》として捧げられた二人の少女が、《神》との対話を通して理詰めで「世界の秘密」に迫っていく物語だ。ジャンルとしては明確にファンタジーでありＳＦだが、新井作品の持つ高い論理性のために読み味は良質の推理小説に近い。ＳＦファンだけでなく、ミステリ・ファンにもぜひ読んでほしい傑作である。

SF アドベンチャー増刊
「新井素子100％」

『ディアナ・ディア・ディアス』
徳間書店版

『ディアナ・ディア・ディアス』は「ＳＦアドベンチャー」のまるごと一冊新井素子特集の増刊号「新井素子100％」に一挙掲載された後、八六年六月に徳間書店から単行本化された。八九年三月に徳間ノベルズ、九三年六月に徳間文庫に、それぞれ収められ、二〇〇一年三月に徳間デュアル文庫から文庫新装版が刊行されている。通算で本書が五度目の出版となる。

　初出誌の「新井素子100％」は、「新井素子プライベート・マガジン　完全保存版　〝新井素子まるかじり〟」と銘打たれた新井作品オンリーの特集号で、三〇四ページのうち約一六〇ページを新作長篇『ディアナ・ディア・ディアス』が占めている。

　その他の記事としては、巻頭グラビアで「新井素子撮り下ろし最新ポートレート」「写真で見る新井素子個人史」、本文で「素子チャンの身辺情報をぎっしり満載！　モトコラム」、「新井素子のお料理教室」、土屋裕氏によるアドベンチャーゲーム「アナザーラビリンス」、とり・みき氏によるマンガ「ニッポン新井素子時代」、星新一《ほししんいち》インタビュー「デビューから現在まで、その豊かな才能万歳」、中学時代以来のお茶会メンバーによる座談会「「この人は必ず作家になる」と思っていました」、マンガ家・イラストレーターへのアンケート「新井さんって、どんなひと？」（登場順に、吾妻《あづま》ひでお、いしかわじゅん、さべあのま、とり・みき、久住昌之《くすみまさゆき》、米田裕《よねだゆたか》）、「素子のぬいぐるみ図鑑」、田辺《たなべ》聖子《せいこ》との対談「私のぬいぐるみ自慢」、牧眞司《まきしんじ》氏による評論「物語は模様編み」、読者投稿イラスト、公開ファンレター・コーナー、全国の新井素子ファンクラブ紹介、ウルトラ素子クイズ、星敬《ほしたかし》氏による「新井キャラ・パーフェクト・ノート」（イラスト・星恵美子《ほしえみこ》、さえぐさじゅん、川猫《しまねこ》めぐみ）、星敬氏による新井素子フォト・ビブリオ（全著作リスト）と、とにかく盛りだくさん。

イラスト投稿者の中に、おそらくプロデビュー直前の時期に当たると思われるマンガ家・イラストレーターのるりあ046さんがいて驚く。SFファンには、高千穂遙《たかちほはるか》『ダーティペアFLASH』シリーズのイラストでお馴染《なじ》みだろう。

この増刊号は、最初の予告から数回にわたって発行が延期され、ファンをやきもきさせていた。奥付ページにその理由を記した新井さん自身のコメント「本当にごめんなさい」が掲載されているので、ここに再録しておこう。

　えっと、今回は、新井素子100パーセントの発売予定日が、何度も何度もずれこみまして、本当にすみませんでした。読者のみなさま、編集にたずさわって下さったみなさま、その他原稿をよせていただいたりした関係各位のみなさま、そして印刷所のみなさま、本当にごめんなさい。みんな私の原稿のできがおそかったせいと、うちのワープロがぶっこわれて、原稿が消えてしまったせいです。かえすがえすも申し訳ありませんでした。今後はこのようなことがないように、できるだけ努力をしたいと、深く反省しております。（ついでに、ワー

『ディアナ・ディア・ディアス』徳間ノベルズ版

『ディアナ・ディア・ディアス』徳間文庫版

『ディアナ・ディア・ディアス』徳間デュアル文庫版

プロに原稿をいれたら、絶対バックアップとハードコピーをとっておきます。二度と、ある朝目がさめたら、二章と三章と四章がぶっとんでいたという経験はしたくないっ！）

本当に申し訳ありませんでした。

新井素子

第一巻のあとがきで新井さんが書いてくださったが、高校時代の私が図書委員の友人にくっついて新井さんへのインタビューに参加したのは、ちょうどこの年であった。席上、「ＳＦアドベンチャー」の増刊がなかなか出ない理由を訊《たず》ねたところ、ワープロの故障で原稿が消えてしまい、必死で書き直している、と言われて絶句したことを覚えている。

この時、新井さんが文庫化されていない作品まで読破しているディープな山田《やまだ》風太郎《ふうたろう》ファンと知って喜んだが、古書マニアというイメージのない新井さんが、どうして入手困難な風太郎作品にそんなに詳《くわ》しいのかは不思議だった。

数年後、講談社で編集長を歴任した名物編集者・原田裕氏が定年退職後に起した出版芸術社に編集者として入った私は、原田さんから驚きの事実を聞かされた。講談社の編集者だった新井さんのお父さんは原田さんの部下で、山田風太郎の本も担当したことがあるというのだ。インタビューの時に、新井さんが山田風太郎の古い本は「元々家にあったのよ」といっていた理由が、やっと分かった。

原田さんに新井素子はＳＦ界の中でも重要な位置を占める大人気作家だ、と伝えたところ、「へえ、素子ちゃんが作家になったと聞いた時も驚いたけど、いまはそんなに活躍しているの」と大いに感心していた。現在、《星へ行く船》シリーズの新装版が出版芸術社から刊行されているのは、こうした縁があってのことなのである。

短篇「週に一度のお食事を」は桃園書房の月刊誌「小説春秋」、「宇宙魚顚末記」は「奇想天外」に発表後、八〇年十一月に奇想天外社から刊行された作品集『グリーン・レクイエム』に収録された。八三年十月に初刊本と同じ構成で講談社文庫に収録されたが、それ以降は表題作の中篇「グリーン・レクイエム」（本シリーズでは第一巻に収録）のみが単体で刊行されている。

別冊 SF イズム 1
「まるまる新井素子」

「週に一度のお食事を」「宇宙魚顚末記」は奇想天外社版、講談社文庫版につづく三度目の刊行であり、作品集『グリーン・レクイエム』に収録された全三篇は、本シリーズでは第一巻と第三巻に分割されてすべて読めることになる。短篇二作についても触れられている『グリーン・レクイエム』のあとがきは、第一巻に付録として収録済なので、併せてお読みいただきたい。

　最後に巻末資料について触れておくと、これまでどおり既刊本のあとがきは、すべて収録した。また、「新井素子100％」から星新一インタビュー、『扉を開けて』のアニメ映画公開時に「キネマ旬報」八六年十一月上旬号に掲載された友成純一《ともなりじゅんいち》の評論「新井素子の言魔術」を、それぞれ星ライブラリと友成さんのご厚意で再録させていただいた。友成さんはバイオレンスSFの作家として知られているが、学生時代に探偵小説誌「幻影城」の第二回新人賞評論部門に「透明人間の定理　リラダンについて」で佳作入選した論客であり、映画評論の仕事も多い。ページ数の関係で第二巻には入れにくかったのと『扉を開けて』一作に限定しない新井素子論になっていることから、第三巻の本書に収録させていただいた次第である。

　さらに第一巻と同様、シャピオのSF誌「SFイズム」の別冊として八三年五月に発行された「まるまる新井素子」から、「週に一度のお食事を」と「宇宙魚顚末記」に関連する文章を収めた。これは著者の談話を編集者がエッセイ風にまとめたものである。

　この「まるまる新井素子」をはじめ、『……絶句』『ふたりのかつみ』『ひでおと素子の愛の交換日記』シリーズと多くの新井作品で表紙を飾り、緊密なコンビを組んできたマンガ家の吾妻ひでお氏が、二〇一九年十月十三日に亡くなった。ギャグマンガ、SFマンガの分野で多大な功績を残した吾妻さんのご冥福をお祈りします。

　本シリーズの編集および本稿の執筆にあたっては、新井素子研究会さんのサイト（http://motoken.na.coocan.jp/index.html）にある作品リストを参考にさせていただきました。ここに記して感謝いたします。

　装幀の芦澤泰偉《あしざわたいい》さんと装画のシライシユウコさん、柏書房の皆さん、担当の村松剛さん、そして編者のわがままを全面的に許してくださった新井素子さん、皆さまのおかげで細部に至るまで満足のいくシリーズを作ることが出来ました。本当にありがとうございました。このシリーズを手にした新井ファンの皆さまにも、同じように思っていただけたなら、これに勝るよろこびはありません。

底本

・ラビリンス〈迷宮〉

『ラビリンス〈迷宮〉』（二〇〇〇年・徳間デュアル文庫）

・ディアナ・ディア・ディアス

『ディアナ・ディア・ディアス』（二〇〇一年・徳間デュアル文庫）

・週に一度のお食事を

・宇宙魚顚末記

『グリーン・レクイエム』（一九八三年・講談社文庫）

新井《あらい》素子《もとこ》SF&ファンタジーコレクション 3

ラビリンス〈迷宮《めいきゅう》〉
ディアナ・ディア・ディアス

二〇一九年一二月八日　第一刷発行

著　者　新井《あらい》素子《もとこ》
編　者　日下《くさか》三蔵《さんぞう》
発行者　富澤凡子
発行所　柏書房株式会社
東京都文京区本郷二‐一五‐一三（〒一一三‐〇〇三三）
電話（〇三）三八三〇‐一八九一［営業］
（〇三）三八三〇‐一八九四［編集］
印　刷　壮光舎印刷株式会社
製　本　小髙製本工業株式会社

ISBN978-4-7601-5158-5